D0840998

LE PALAIS DU FLEUVE

UN ROMAN DE LA SÉRIE LA ROUE À AUBES

LE PALAIS DU FLEUVE

UN ROMAN DE LA SÉRIE LA ROUE À AUBES

Gilbert Morris

Traduit de l'anglais par
Mathieu Fleury

éditions

Copyright © 2013 Gilbert Morris
Titre original anglais : The River Palace
Copyright © 2014 Éditions AdA Inc. pour la traduction française
Cette publication est publiée en accord avec B&H Publishing Group, Nashville, Tennessee.
Tous droits réservés. Aucune partie de ce livre ne peut être reproduite sous quelque forme que ce soit sans la permission écrite de l'éditeur, sauf dans le cas d'une critique littéraire.

Éditeur : François Doucet
Traduction : Mathieu Fleury
Révision linguistique : Féminin pluriel
Correction d'épreuves : Nancy Coulombe, Catherine Vallée-Dumas
Conception de la couverture : Matthieu Fortin
Photo de la couverture : © Thinkstock
Mise en pages : Sébastien Michaud
ISBN papier 978-2-89752-204-9
ISBN PDF numérique 978-2-89752-205-6
ISBN ePub 978-2-89752-206-3
Première impression : 2014
Dépôt légal : 2014
Bibliothèque et Archives nationales du Québec
Bibliothèque Nationale du Canada

Éditions AdA Inc.
1385, boul. Lionel-Boulet
Varennes, Québec, Canada, J3X 1P7
Téléphone : 450-929-0296
Télécopieur : 450-929-0220
www.ada-inc.com
info@ada-inc.com

Diffusion
Canada :   Éditions AdA Inc.
France :   D.G. Diffusion
                Z.I. des Bogues
                31750 Escalquens — France
                Téléphone : 05.61.00.09.99
Suisse :   Transat — 23.42.77.40
Belgique :   D.G. Diffusion — 05.61.00.09.99

Imprimé au Canada

Participation de la SODEC. $\mathcal{S}$ODEC

Nous reconnaissons l'aide financière du gouvernement du Canada par l'entremise du Fonds du livre du Canada (FLC) pour nos activités d'édition.
Gouvernement du Québec — Programme de crédit d'impôt pour l'édition de livres — Gestion SODEC.

Catalogage avant publication de Bibliothèque et Archives nationales du Québec et Bibliothèque et Archives Canada

Morris, Gilbert

[River palace. Français]
Le palais du fleuve
(Un roman de la série La Roue à aubes ; 3)
Traduction de : The river palace.
ISBN 978-2-89752-204-9
I. Fleury, Mathieu. II. Titre III. Titre : River palace. Français. IV. Collection : Morris, Gilbert. Roman de la série La Roue à aubes ; 3.

PS3563.O874R59214 2014   813'.54   C2014-941735-7

CHAPITRE 1

— Mais regarde-moi ces ridicules tuniques bleues, Gage. C'est à lever le cœur, pas vrai? Regarde-les, gras et gavés comme des cochons de lait dans leurs habits neufs.

Flanqué de son ami Ebenezer Jones, Gage Kennon observait les troupes de l'Union qui rentraient au camp de l'autre côté de la rivière, face au palais de justice d'Appomattox, en Virginie. Il embrassa du regard ces hommes qui ramenaient en cortège de pleins chariots de ravitaillement. Il vit leurs uniformes impeccables, les boutons de cuivre astiqués qui fermaient leurs redingotes, les galons dorés à la manche des officiers, la poignée scintillante de leurs épées, le cuir de leurs bottes cirées et étincelantes comme des miroirs. En comparaison, l'armée de Virginie du Nord faisait bien piètre figure ; on aurait dit une bande d'épouvantails déchirnés. Plusieurs hommes avaient perdu leur chemise et grelottaient, une couverture de laine jetée sur le dos. Son ami Eb n'avait plus de bottes ; ses pieds étaient enveloppés dans des lanières de cuir de vache.

Malgré cet état de fait, Gage gardait sa fierté. « Nous sommes encore dangereux, pensa-t-il, les sourcils froncés, comme les loups affamés ou les couguars. » Toutefois, il se contenta d'acquiescer à voix basse :

— Tu as raison, Eb. Ils sont jolis à croquer.

— Ils peuvent se les garder, leurs rations, ronchonna Eb. Juste à l'idée d'accepter leur charité, j'ai le gosier tout écorché.

— Tu sais que ces rations sont probablement les nôtres, dit Gage. J'ai entendu parler d'un de nos convois qu'ils auraient saisi sur la route de Lynchburg. Et si ce n'est pas nous qui mangeons, ces tuniques bleues se feront un plaisir de manger à notre place. Tu ne les trouves pas déjà assez roses et gras ?

— Hum ! grogna Eb. Dans ce cas, je vais m'en mettre plein la panse !

La veille, leur chef bien-aimé, le général Robert E. Lee, avait rejoint ce qu'il restait de l'armée de Virginie du Nord, qui, en ce mois d'avril 1865, ne comptait plus qu'un maigre effectif de vingt-sept mille hommes. Il avait rendu les armes devant le général Ulysses S. Grant dans l'enceinte du palais de justice d'Appomattox. Le général Lee avait mis ses plus beaux habits pour la triste occasion, se présentant vêtu d'un uniforme gris tout neuf, de bottes ornées de coutures rouges, de gants d'un blanc immaculé, son épée de cérémonie bien accrochée à la ceinture. Les hommes s'étaient attroupés autour de lui et de son cher cheval, Traveler, murmurant quelques mots de réconfort, la main doucement posée sur l'animal. Dans la foule réunie, on vit plusieurs hommes se jeter à genoux et pleurer sans gêne.

Les conditions de la reddition du général Grant furent généreuses, s'il en est. Selon elles, aucun soldat confédéré ne serait emprisonné ou poursuivi pour trahison; on les traiterait en hommes libres. Tout homme possédant sa propre monture serait en droit de la conserver. En agissant ainsi, le général Grant souhaitait faciliter le retour des hommes vers leurs fermes et leurs activités pastorales. Du propre aveu de Grant, le général Lee avait eu la confirmation que la U.S. Cavalry du général Sheridan avait capturé un de ses convois et avait reçu du même souffle la promesse d'une remise de trente mille rations.

La procession de chariots vint dans la vallée, escortée par la cavalerie unioniste. À l'entrée du camp, les soldats de l'Union furent accueillis par les rebelles vaincus, une mer d'hommes qui croisaient les bras et relevaient les épaules d'un air de défi. Dans la foule, Gage Kennon attira quelques regards curieux, non seulement en raison de sa grande taille — il faisait presque deux mètres —, mais aussi parce qu'il était le seul à porter encore l'uniforme des confédérés. En effet, on s'étonnait de voir parmi les soldats débraillés cet homme portant la redingote grise décorée des galons de sergent, un pantalon garni du ruban bleu de l'infanterie le long de la jambe et des bottes hautes de cuir noir. Son ami Eb, lui, se fondait dans la foule avec son un mètre soixante-dix, sa peau tannée par le soleil et son regard méprisant pour les soldats unionistes.

Personne ne se rua sur la nourriture, malgré la faim qu'on avait au ventre. Quand les intendants furent prêts à servir les rations, on fit la file indienne en silence pour recevoir une gamelle de porc salé et un biscuit. Lorsque le cuisinier unioniste tendit à Gage sa ration, celui-ci lui dit tout bas :

— Merci, soldat.

Surpris par cette politesse, l'homme ne trouva rien à répondre.

Eb et Gage retournèrent à leur tente et mangèrent sur le poncho ciré que Gage avait étendu par terre. Il avait encore plu cette nuit, et leur campement s'était transformé en une mare de boue malodorante. Le jour s'était levé, maussade et froid, avec des nuages bas qui couraient dans le ciel. Tout était calme dans la vallée malgré la présence militaire impressionnante. Entre soldats confédérés, on discutait peu ou à voix basse. Dans le camp de l'Union, les hommes échangeaient des paroles murmurées, et les officiers ne levaient jamais le ton, sauf pour donner quelques ordres sommaires.

— Ce ne sont pas nos rations, dit Eb. Marse Robert aurait au moins eu la décence de nous servir du maïs et des galettes. Il est dur comme un caillou, ce biscuit.

— Ils auraient pu nous laisser crever de faim, fit remarquer Gage d'un ton détaché. Vois le bon côté des choses, Eb : les charançons dans ton biscuit, c'est plus de viande dans ton bedon.

4

Ce fut bientôt l'heure de la toute dernière levée de camp. Les hommes s'affairèrent à plier les tentes et à ranger leurs effets personnels dans les havresacs. Ils formèrent ensuite les rangs pour remplir le dernier devoir du soldat vaincu : rendre ses armes. Ils marchèrent en plastronnant comme s'ils allaient en guerre, levant le pied haut et fier en traversant une avenue qu'on aurait facilement pu prendre pour le lit de boue d'un quelconque chemin de traverse. Les nordistes les attendaient en face, droits comme les arbres d'une forêt sombre et bleue. Eb et Gage venaient côte à côte parmi les hommes de leur compagnie, les Sons of the South Sharpshooters. Leur commandant, le général John B. Gordon, ouvrait la marche devant la colonne d'hommes, le dos voûté sur son cheval, le regard bas, lui qui avait l'habitude d'un port droit et altier.

À la surprise générale, l'officier chargé de présider la cérémonie de reddition de l'armée de Virginie du Nord, le commandant Joshua Chamberlain, donna soudain un ordre clair comme l'appel du clairon.

— Présentez les armes ! ordonna-t-il à ses hommes.

Dans le silence de cette matinée fraîche, on entendit les frottements familiers du garde-à-vous et des armes qu'on lève et présente appuyées sur l'épaule. Le général Gordon releva la tête, étonné par cette marque de respect ; l'ennemi les saluait, lui et ses hommes. Dans un bruit de métal frotté, il sortit son épée, en leva la garde devant les yeux pour ensuite porter le plat de la lame contre le bout de sa botte, répondant à l'honneur par l'honneur.

Deux jours plus tard, le général Chamberlain écrirait :

De fière humiliation se tenait devant nous l'image même de l'honneur viril ; des hommes que rien n'avait su détruire dans leur résolution, ni les souffrances ni les épreuves, pas plus que le fait de la mort, de l'échec ou du désespoir ; devant nous se tenaient ces hommes maigres, usés, affamés, mais qui nous regardaient droit dans les yeux, véritables incarnations de ce lien qui nous unit comme nul autre. Un tel courage ne devait-il pas être salué ? Ces âmes si éprouvées ne méritaient-elles pas de retrouver leur place au sein de l'Union ?

Eb et Gage déposèrent leurs fusils, jetèrent au sol leurs cartouchières et retournèrent chercher leurs chevaux dans les enclos. Sans mot dire, ils partirent à cheval, laissant derrière eux cette vallée désespérante.

À trois kilomètres à l'est, dans un dernier effort de retraite pour échapper à l'encerclement des nordistes, Gage et Eb s'étaient butés contre un fourré impénétrable de pins. Au pied d'un arbre, ils avaient enterré leurs armes, bien enveloppées dans le poncho ciré d'Eb. De retour sur les lieux de cette retraite infructueuse, ils trouvèrent un champ de bataille encore jonché de cadavres.

Gage et Eb se rendirent au pied des pins qui leur avaient servi de cache et s'empressèrent de récupérer leurs précieux fusils, dont un Whitworth, une arme haut de gamme dont se servaient presque exclusivement les tireurs d'élite. Gage ramassa également son fusil de type Mississippi, un M1841, l'arme qu'on lui avait confiée lors de son enrôlement dans l'armée confédérée. Elle n'avait pas beaucoup servi.

Le temps était venu pour les deux hommes de se séparer, et ce n'était pas de gaieté de cœur qu'ils se disaient adieu. Gage planta la main dans celle d'Eb, et ils se firent l'accolade.

— Ebenezer Jones, ce fut un privilège et un honneur de servir à tes côtés, lui dit Gage de sa voix grave. Que Dieu te bénisse, qu'Il vous garde, toi et les tiens. Adieu, mon ami.

Entre deux sanglots refoulés, Eb réussit à répondre :

— Porte-toi bien, mon bon ami.

Ebenezer Jones chevaucha à l'ouest. Gage partit à l'est. Aucun d'eux n'eut la force d'un regard en arrière.

Gage Kennon était un homme solitaire.

L'Union avait concédé aux rebelles qui voulaient retourner auprès des leurs l'accès gratuit aux chemins de fer, et Gage aurait pu choisir n'importe laquelle des nombreuses lignes qui partaient vers le sud, mais il n'en fit rien. Il préféra à cette offre généreuse la liberté d'un voyage à dos de cheval, qui lui demanderait de parcourir plus d'un millier de kilomètres sur les routes d'arrière-pays. Durant les quatre dernières années, il avait partagé la compagnie de mille hommes, mangeant avec eux, marchant à leurs côtés, leur parlant (un tant soit peu) et les écoutant (continuellement). Il mourait d'envie d'être seul, vraiment seul, un besoin qui lui semblait aussi vital que de l'eau pour qui meurt de soif. Le trajet en train jusqu'à La Nouvelle-Orléans se faisait en à peine deux semaines ; il faudrait deux mois pour s'y rendre à cheval. En quittant la vallée d'Appomattox au petit trot, Gage se sentit le cœur léger, souriant aux jours à venir qu'il passerait loin des hommes et de leur monde.

— Qu'en dis-tu, garçon ? demanda-t-il à son cheval, lui donnant deux petites tapes dans le cou. Nous retournons à la maison. Ce n'est pas la porte à côté, mais je te promets en chemin tout le bon fourrage que tu voudras. Sortons de ce fichu désert, veux-tu ?

En temps de paix, on n'avait jamais parlé de la Virginie méridionale et du Tennessee septentrional comme de déserts, mais quatre années de guerre avaient fait leurs ravages sur ces régions. Les fermes ne produisaient plus, abandonnées par les hommes enrôlés ou conscrits, les champs étaient vides ou en jachère, même les forêts semblaient clairsemées tant les armées avaient abattu d'arbres pour les fortifications et l'hivernage. Le cheval de Gage laissa échapper un ébrouement plaintif que son maître interpréta comme un acquiescement.

Gage avait nommé son cheval Cayenne parce que sa robe d'un marron vif avait des reflets rappelant le rouge des piments. Le grand cheval de seize paumes seyait parfaitement à un cavalier de la stature de Gage, avec ses jambes qu'il avait plus longues que la moyenne. Cayenne avait le corps tacheté de noir, comme le bas de ses pattes, sa crinière et sa queue. Il avait un bon coffre, mais des pattes fines. Les années de guerre l'avaient amaigri au point qu'on voyait saillir ses côtes sur les flancs, et sa crinière avait perdu de son lustre. Cependant, le cheval restait étonnamment fort et endurant. Gage et Cayenne s'entendaient bien ; ils étaient proches de caractère. Cayenne était un cheval calme, posé et facile à vivre.

Ils contournèrent les montagnes Cumberland en direction de Cumberland Gap, une passe dans la chaîne montagneuse. Après seize jours de chevauchée, ils atteignirent le village nommé d'après la passe. C'était le 26 avril 1865, et Gage pensa qu'il avait manqué la messe du dimanche de Pâques, qui tombait le seize du mois cette année-là. À cette date, il se trouvait à six jours d'Appomattox, dans une forêt éparse de pins à flanc de montagne. Aujourd'hui, bien que ce fût mercredi, Gage pensa à trouver une église où il pourrait se recueillir un moment.

L'avant-poste de Cumberland Gap possédait son propre bureau de poste, un saloon, un magasin général, une église et quelques cabanes en rondins plantées au hasard. Gage se rendit d'abord au magasin pour s'approvisionner en vivres, espérant que le commerce avait encore quelques stocks à vendre. Malgré l'importance stratégique que le village revêtait, étant le seul lieu de passage entre l'ouest et l'est à des kilomètres à la ronde, on n'y avait rapporté depuis le début de la guerre qu'une dizaine d'escarmouches, et aucune des deux armées n'avait occupé l'endroit en permanence.

Il y avait des hommes dans la rue solitaire qui scindait le village en deux, mais aucun cheval, aucun chariot. Gage attacha Cayenne au poteau en façade du magasin général et y entra. Plusieurs hommes étaient debout autour du poêle à bois, une truie en fonte bien joufflue où ronflait un feu modeste. Ils discutaient bruyamment, mais se firent vite silencieux quand Gage mit le pied dans l'endroit. Gage porta la main à son chapeau et salua ces bonnes gens :

— Bonjour à vous, messieurs. J'achèterais volontiers quelques vivres si jamais vous en aviez à vendre.

Le commerçant, un petit homme chauve avec un tablier blanc sur le ventre, vint à sa rencontre et lui serra la main.

— Content de vous voir, sergent. Vous êtes du coin ?

— Non, monsieur, seulement de passage. Je retourne chez moi.

Gage passa un regard sur les étagères étonnamment bien garnies, sur les barils de biscuits secs et de cornichons, et sur les coupes de viande qui pendaient sur des crochets au mur du fond.

— Bon sang, je ne me rappelle pas avoir vu autant de nourriture en un même endroit ! Pas de doute que je trouverai mon plaisir chez vous, monsieur. Il me plairait d'acquérir quelques articles, et je ne doute pas que vous les ayez en stock. J'aimerais acheter du café, de la farine de maïs, quelques légumes que vous auriez peut-être sous la main, de l'avoine aussi et de la mélasse pour mon cheval.

Le commerçant passa derrière son comptoir et commença à réunir certains produits dont Gage avait parlé.

— Euh… sergent ? Des Yankees sont passés par ici pour me dire que notre argent confédéré est désormais illégal, donc… euh, c'est-à-dire que…

— Ne vous faites pas de mouron, mon bon monsieur, j'ai la monnaie, dit Gage.

Sur ces mots, on vit le commerçant s'égayer considérablement.

— Que de bonnes nouvelles dans ce cas, claironna-t-il. Parlant de bonnes nouvelles, vous avez bien fait de passer aujourd'hui, sergent, parce que demain, j'ai bien peur que l'endroit se mette à grouiller de patrouilles à votre recherche. Vous savez, depuis les événements, la grogne monte chez les Yankees.

Gage le regarda, sourcils froncés.

— De quels événements parlez-vous ?

Un bas murmure se fit entendre parmi le groupe d'hommes autour du poêle.

— Vous ne savez pas la nouvelle ? demanda le commerçant. Abraham Lincoln a été assassiné, tué d'une balle à la nuque par un sympathisant à la cause confédérée, une espèce de timbré d'acteur à ce qu'il paraît. Ça s'est passé Vendredi saint, le 14 avril.

— Quoi ? Quelle bêtise ! fit Gage. Je crois que « timbré », c'est encore un mot trop gentil pour un criminel de cette espèce. Un fou furieux sans honneur me semble plus approprié.

Le commerçant acquiesça d'un grave hochement de tête.

— Le pire, c'est qu'ils nous blâment, tous autant que nous sommes. Comme si nous connaissions la sale vipère assassine qui a mis une balle dans la tête du président. Lincoln n'a rien vu venir ; ce vaurien l'a surpris par-derrière au beau milieu d'une pièce de théâtre. Et pensez un peu à sa pauvre femme qui a tout vu ! Bon, Lincoln était peut-être notre ennemi mortel, et personne ici ne va pleurer sur son sort, mais de là à accuser les fils du Sud d'un crime aussi ignoble ! De toute façon, sergent, si vous voyagez, et surtout si vous êtes armé, écoutez mon conseil et gardez l'œil ouvert parce que ça va bientôt bourdonner de Yankees dans les parages. Un vrai nid de frelons, je vous jure.

— On ne peut pas leur en vouloir de chercher des coupables, répondit Gage d'un air désolé. Merci de m'avoir prévenu, monsieur. Désormais, je vais m'en tenir aux routes de campagne.

Gage paya à l'homme le un dollar et onze cents dû.

Le regard du commerçant se figea sur les pièces dans sa main.

— Vous excuserez ma surprise, sergent, mais je croyais que nos pauvres gars n'avaient plus un sou vaillant à eux, murmura le commerçant.

— Je les avais en poche avant la guerre, raconta Gage. Il faut croire que ces quatre dernières années ne m'ont pas incité à la dépense. Merci encore, monsieur.

Gage se félicita de la décision qu'il avait prise à Appomattox ; pour les gens comme lui, emprunter le chemin de fer était soudainement devenu une dangereuse affaire. Les Yankees seraient dans toutes les gares et sur les dents après l'assassinat de leur chef. Gage se promit aussi d'éviter les grandes agglomérations, de faire de longs détours s'il le fallait.

À dix jours de Cumberland Gap, Gage s'approcha de Nashville, mais n'y entra pas. Sur la route en périphérie, il croisa quelques fermiers déguenillés et une carriole miteuse tirée par deux chevaux épuisés. Plus au sud, quand la ville fut derrière lui, Gage respira mieux ; il retrouvait un calme qu'il n'avait plus eu depuis Cumberland Gap. Il était de retour en terrain connu, à la limite nord de la piste de Natchez, cette vieille route qui reliait Nashville à l'État du Mississippi. D'abord tracés par les Amérindiens — les nations Choctaw et Chickasaw — qui suivaient dans leur migration les troupeaux de bisons et de cerfs, les sept cents kilomètres de cette grande voie terrestre débutaient dans le delta du Mississippi pour s'arrêter au pied des marais salants du nord, au Tennessee. Les colons européens avaient vite compris l'intérêt de cette voie utilisée en tant qu'axe de commerce par les Amérindiens, et au tournant du siècle, l'armée des États-Unis avait entrepris le balisage de la piste. Plus tard, les « Kaintocks », des fermiers du Kentucky et du Tennessee, l'avaient utilisée abondamment au retour de leurs voyages de commerce au sud. Une fois leurs marchandises écoulées à La Nouvelle-Orléans, des biens qu'ils transportaient depuis les rivières du nord jusqu'au Mississippi, les Kaintocks vendaient souvent leurs bateaux pour le bois avant de remonter au nord par la piste de Natchez.

À partir de 1815, la piste avait été moins utilisée, notamment parce que Memphis développait vers l'ouest son propre réseau de routes et de voies ferrées jusqu'au fleuve Mississippi, et qu'à l'est, Nashville avait eu cette même initiative. C'est à cette même époque qu'était apparu sur le fleuve les grands bateaux à vapeur remplaçant les petits bateaux de fret. Les années passant, la piste de Natchez avait été délaissée, et la nature y avait repris ses droits, bien que la route fût encore carrossable dans sa grande majorité. Gage était heureux de retrouver l'endroit inchangé depuis la guerre. Les bois y étaient denses et feuillus, et des clairières s'ouvraient sur des champs d'herbes verdoyantes. Il coulait dans les innombrables ruisseaux qu'on y croisait une eau pure et cristalline. C'était une nature que le sang des hommes en gris et en bleu n'avait pas souillée. On y faisait de bonnes chasses au gibier et des pêches fructueuses ; il n'y avait qu'à choisir, comme dans un garde-manger bien rempli. Les bois regorgeaient de dindons sauvages, de cerfs, de lapins, d'écureuils et de cailles. Gage reprit du poids durant les semaines qu'il passa sur la piste de Natchez, tout comme Cayenne. Les jours se firent plus doux et l'eau des rivières, plus chaude. Gage en profita pour s'offrir quelques bains, et ses fins cheveux blonds retrouvèrent leur éclat. Cayenne aussi avait fière allure, et sa robe acajou étincelait dans les rayons de soleil qui dardaient à travers le couvert forestier. Gage n'avait plus l'impression de faire deux fois son âge. Il retrouvait la forme et la vaillance de ses vingt-cinq ans.

Il arriva à Natchez à la fin du mois de mai. Il n'avait plus eu de nouvelles du monde civilisé depuis avril et n'allait pas entrer en ville pour en avoir. Passé Natchez, il continua sa route en suivant celles qui épousaient de préférence les rives du Mississippi. À une vingtaine de kilomètres plus loin, il décida de partir en quête d'un endroit où camper. Le voyage avait été long, et il voulait s'arrêter un jour ou deux. C'était un matin clair et humide, et Gage remercia le ciel d'avoir enfin retrouvé le chaud soleil du Sud. En Virginie, il avait enduré des hivers longs et rudes et, malgré les années, il ne s'était jamais habitué au froid. Il avait souvent rêvé de retrouver sa douce Nouvelle-Orléans, là où il faisait toujours chaud. Gage fit le vœu de ne jamais plus subir l'hiver et le mordant de ses nuits glaciales.

La route en terre battue que suivait Gage traversait une forêt peuplée de pins. Il lui arriva de rencontrer un chemin de traverse qui menait à une ferme cachée derrière les bois, mais il ne croisa pas le moindre voyageur les deux jours suivants.

Au troisième jour, il fut surpris d'apercevoir une silhouette au détour d'une légère montée. Gage avait une vue étonnamment perçante et, malgré la distance qui les séparait, il put voir un homme qui marchait sur le bas-côté. On aurait pu croire à un mirage, mais c'était bel et bien un homme tout vêtu de blanc qui traînait là des pas lents et mal assurés. En s'approchant, Gage s'aperçut que l'homme n'avait que son caleçon et un maillot de coton blanc sur le dos et était pieds nus. Il avait un képi bleu sur la tête et une gourde en bandoulière. Chaque mouvement semblait lui être pénible, et Gage pouvait maintenant voir qu'une inquiétante tache de sang souillait son maillot du côté gauche. L'homme avait entendu Gage s'approcher, mais ne se retourna pas.

Serrant la bride, Gage ramena Cayenne au pas en arrivant à la hauteur de l'homme. L'étranger releva la tête. Il avait le visage pâle, les yeux creusés de cernes noirs sous la visière de son képi garni du galon doré des capitaines. Sur sa gourde, il était écrit « U.S. ARMY ». L'homme tenait son flanc gauche à deux mains. Gage avait d'abord cru que l'homme boitait en raison de blessures aux jambes, mais il voyait maintenant qu'il titubait, au bout de son sang.

— Salut, Billy Yank, dit Gage.

— Salut, Johnny Reb, répondit l'homme avec toute la désinvolture qu'il pouvait rassembler, sans jamais quitter la route du regard.

— Il semblerait que vous vous trouviez dans une drôle de situation, Billy Yank, dit Gage tandis qu'il retenait Cayenne au pas.

— Oui, on pourrait dire ça.

— On dirait qu'une main serviable serait la bienvenue.

— Oui.

Gage descendit de cheval et se mit à marcher avec l'homme.

— Je m'appelle Gage Kennon.

— Enchanté, Reb. Moi, c'est Dennis Wainwright. Mes amis m'appellent Denny, mais vous pouvez m'appeler capitaine.

— Je n'y manquerai pas, dit lentement Gage. Est-ce l'une de vos dernières volontés ? À voir le sang que vous perdez, c'en est sûrement une.

— Vous avez remarqué ? dit Wainwright avec sarcasme. Oui, il semblerait qu'on m'ait tiré dessus.

Après un long silence, Gage lui fit cette proposition.

— Je veux bien vous aider, capitaine. Si vous voulez, bien sûr.

L'homme s'arrêta dans ses pas et se tourna vers Gage, titubant de façon précaire.

— M'aider ? Pourquoi feriez-vous une telle chose ?

— Si je peux épargner à ces gentes dames du Sud la vue d'un Yankee en petite tenue, dit Gage sur un ton badin, et quelques chaleurs…

— Je doute qu'elles tombent en pâmoison, Reb. Quoique…, commença-t-il, mais ses mots s'évanouirent tandis qu'il s'écroulait au sol, inconscient.

Gage prit sa paillasse roulée à l'arrière de la selle, son ciré et la tente qu'il gardait pliée dans une des sacoches.

— Reste ici, Cayenne, dit-il au cheval, avant de quitter la route.

À une trentaine de mètres dans le boisé, il s'arrêta pour tendre l'oreille : de l'eau coulait non loin. C'était un petit ruisseau qui roulait une eau peu profonde sur un lit de roches blanches. Quatre grands pins des marais se dressaient là, offrant l'abri d'une canopée fournie. Gage sortit son couteau et désherba un petit espace, puis il installa la tente sur un lit d'aiguilles de pin odorantes. Il retourna ensuite chercher le blessé sur la route.

— Allez, Cayenne, dit-il, il y a de l'eau fraîche pour toi un peu plus loin.

Obéissant, le cheval suivit Gage dans les bois.

Gage profita de ce fait qu'il transportait l'homme pour mieux l'étudier. Il avait les cheveux brun clair qui conservaient quelques boucles, malgré l'humidité qui les lui collait sur la tête. Il avait des traits un peu juvéniles, avec son nez petit et sa bouche généreuse légèrement retroussée aux commissures comme un début de sourire. Gage pensa qu'ils devaient avoir le même âge et qu'il était lourd à porter pour un jeune homme d'un mètre soixante-quinze. En marchant, Gage remarqua qu'il était brûlant de fièvre.

Gage l'étendit sur la paillasse déroulée sous les pins, le déposant tout doucement comme on aurait couché un jeune bambin. Il se rendit ensuite au ruisseau pour remplir sa gourde d'eau fraîche, puis revint auprès du blessé, qui revenait peu à peu à lui. On l'aurait cru mort tant sa figure était pâle et ses lèvres livides. Il respirait difficilement, son souffle davantage comme un râle. Il voulut se lever.

— Restez couché, monsieur le capitaine, lui dit Gage, sourire en coin. En vous levant, vous ne réussiriez qu'à perdre plus de sang et retomberiez aussitôt dans les pommes. Tenez, buvez un peu, mais à petites gorgées.

Wainwright avala deux gorgées d'eau et se mit aussitôt à grelotter.

— C'est bon, mais c'est froid. J'ai froid.

— Je sais, vous avez de la fièvre.

Cayenne s'était mis les pattes dans l'eau du ruisseau et buvait gaiement.

— Viens là, garçon, dit Gage. Allez, ne m'oblige pas à mouiller mes belles bottes.

Le cheval obéit, et Gage le délesta des sacoches et du havresac.

— Il faut vous reposer, expliqua Gage, s'agenouillant près de Wainwright. Mais avant toute chose, j'aimerais jeter un œil à votre blessure.

Wainwright acquiesça d'un hochement de tête, et Gage releva le coton mince de son maillot. La balle avait perforé le flanc gauche, juste au-dessus de l'os de la hanche.

— Faites-moi voir votre dos.

Wainwright se retourna, et le geste lui fut douloureux. En examinant la blessure dans le dos, Gage put confirmer que la balle n'était pas logée dans l'abdomen. Elle était ressortie. Il put aussi conclure du diamètre des plaies que le coup de feu avait été tiré à bout portant, autrement la blessure dans le dos aurait été plus importante.

— Ç'aurait pu être pire, diagnostiqua-t-il d'une voix égale. La balle a traversé d'un côté à l'autre, et à vue d'œil, je dirais qu'elle n'a rien touché d'important. Sauf une côte peut-être.

Wainwright s'allongea et eut un hochement de tête soulagé.

— J'en étais venu à la même conclusion.

Gage inspecta ensuite le trou dans le maillot du capitaine et sembla soudain préoccupé : Wainwright sut que les bonnes nouvelles s'arrêtaient là.

— Est-ce que mon maillot va s'en tirer, docteur ? dit Wainwright avec ironie.

Il était à craindre qu'un morceau de tissu se fût logé dans la plaie. Et si c'était le cas, Wainwright ne mourrait peut-être pas au bout de son sang, mais certainement de septicémie. L'infection se propagerait…

Gage s'assit sur les talons et parut un instant absorbé dans ses pensées. Wainwright l'observait avec méfiance.

— C'est arrivé quand ? demanda Gage.

— Hier soir, vers dix-huit heures.

Gage leva les yeux au ciel et établit le temps écoulé en observant la position du soleil.

— Seize heures, compta-t-il, à quelques minutes près. Où alliez-vous sur cette route ?

— Il y a un village à treize kilomètres au sud-ouest. Cold Spring, je crois. Je n'y aurais sans doute pas trouvé une âme compatissante, mais j'entretenais l'espoir qu'il y aurait quelqu'un là pour m'enterrer.

— Vous voulez que nous tentions le voyage ? demanda Gage.

Wainwright répondit d'une voix lasse et désespérée :

— Je ne me rendrais pas, Reb. Ma côte cassée me fait plus mal que le trou que j'ai au ventre.

— J'ai vu un chemin de traverse à cinq cents mètres d'ici, un chemin qui mène peut-être à une ferme. Vous pourriez…

— Non ! fit Wainwright avec une véhémence qui fit sursauter Gage. Non, merci, se reprit-il plus posément. J'en arrive, Reb. Croyez-moi, on ne trouvera pas d'aide par là. Il n'y a que vous qui puissiez m'aider.

— Ce ne sera pas sans douleur, l'avertit Gage. Je n'ai pas de laudanum… pas même une lampée de whisky.

— J'endurerai, comme on dit que vous l'avez fait vers la fin de la guerre, avec les amputations à froid. Si un rebelle peut le faire, je le peux aussi, dit Wainwright, l'air brave.

— D'accord. Nous nous installerons près du ruisseau, au soleil. Je vais avoir besoin de lumière pour jouer dans la plaie. Je vais devoir retirer le morceau de maillot pris dans votre blessure, et je vais peut-être devoir creuser dans votre plaie. Vous comprenez, capitaine ?

— Ouais, répondit-il d'une voix à peine audible. Je comprends.

Il se recoucha et ferma les yeux.

Gage ramassa son ciré et réunit les instruments dont il aurait besoin : une brosse à dents, du savon, une serviette à main et sa « trousse de couture », une petite boîte renfermant des objets qui s'étaient révélés fort utiles dans toutes sortes de circonstances. Il alla au ruisseau, frotta sa brosse à dents avec le pain de savon au crésol puis entreprit de nettoyer la lame de son couteau. Il enfonça ensuite une grosse aiguille dans le pain de savon avant d'y enfiler du fil noir. Quand il eut rincé le tout à l'eau vive, il plaça les instruments sur la serviette propre. Il ne restait plus qu'à dégager un coin des pierres et des branches qui jonchaient le bord du ruisseau. Il dénuda le sol jusqu'à la terre humide et y étendit son ciré.

Il revint enfin auprès de Wainwright.

— Est-ce que vous vous sentez capable de marcher ?

— Ouais, je peux marcher, dit-il avec détermination, bien que Gage dût l'aider à se lever.

Une fois debout, Gage passa le bras de Wainwright sur ses épaules, et ils marchèrent ainsi jusqu'au cours d'eau, Wainwright prenant appui sur Gage.

— Vous pouvez y arriver, Billy Yank. C'est juste ici. Couchez-vous sur mon manteau, juste là. Très bien.

Essoufflé, le capitaine s'étendit volontiers sur la toile cirée. Gage lui releva les bras, lui ôta son maillot et alla tremper le vêtement dans l'eau claire. Quand il l'essora, il s'en échappa une eau que le sang de Wainwright avait rendue rose. Gage plia le maillot pour en faire un petit rectangle d'une bonne épaisseur.

— Allons-y, dit-il gentiment en donnant le bout de tissu au capitaine, qui respira profondément avant de le prendre entre ses dents.

Gage épongea le sang autour de la plaie et, à la pointe du couteau, fit deux incisions perpendiculaires. Il en résulta une croix avec la plaie au centre. Il rabattit les petits triangles de chair pour ouvrir la plaie, qu'il examina, tête penchée pour ne pas cacher le soleil. En épongeant le sang, il crut voir un minuscule morceau de tissu logé à deux centimètres à l'intérieur de la plaie. D'une main sûre, Gage inséra la pointe de son couteau de chasse et en retourna l'extrémité légèrement recourbée dans un mouvement aussi bref que précis. Il donna un angle à la lame pour que le tissu s'y prenne quand il retirerait le couteau. Lentement, il fit glisser la pointe du couteau en suivant les chairs à vif. Le capitaine haletait furieusement, mais il ne cria pas. Gage l'admira pour cela.

Il fit enfin sortir le bout de la lame, du sang dégoulinant sur le fil tranchant. Il passa le pouce et l'index le long de la lame et… oui, il avait réussi ! Il sentait sur ses doigts le petit morceau de tissu mouillé. Il pinça les doigts pour ne pas le perdre et alla le tremper dans l'eau du ruisseau. Après un bref rinçage, il l'étala dans sa paume. C'était un petit rond parfait. Le pourtour n'était même pas effiloché ; la fibre avait été brûlée par la chaleur de la poudre explosive.

Dennis Wainwright recracha le carré de tissu qu'il avait dans la bouche et demanda faiblement :

— Est-ce que...

— Je l'ai, annonça Gage avec satisfaction. Il me reste à nettoyer vos plaies, capitaine. Pouvez-vous vous retourner sur le ventre ?

— Oui, répondit le capitaine, qui n'y parvint pas malgré ses efforts. En fait, non, dut-il enfin avouer.

Gage l'aida à se retourner, puis alla remplir la gourde au ruisseau. De retour auprès du blessé, il appuya le goulot contre la plaie de sorte que l'eau n'eut d'autre chemin d'évacuation que celui tracé par la balle de fusil. Il répéta l'opération plusieurs fois. Dennis Wainwright tremblait sans pouvoir s'arrêter, et ce, malgré la fièvre qui le consumait. Gage retourna le capitaine sur le dos pour recoudre la plaie, s'aidant des incisions qu'il avait pratiquées. Le travail d'aiguille achevé, il vit avec satisfaction que la plaie ne saignait plus. Il n'y avait rien à faire pour le trou que Wainwright avait dans le dos ; il faudrait laisser le corps guérir de lui-même. Gage plia sa serviette et en fit une compresse qu'il appuya sur la plaie béante.

— Voilà, dit Gage. C'est presque terminé.

Gage retourna sous les grands pins. Il voulait faire un plus gros tapis d'aiguilles sous la paillasse avant d'y coucher le capitaine. Cela fait, il alla chercher la couverture qu'il avait voulu jeter quelques semaines plus tôt, quand les nuits s'étaient faites plus chaudes ; il se félicitait maintenant de l'avoir conservée. Gage fut soulagé de trouver le capitaine conscient à son retour. Il le souleva de terre et le ramena au campement de fortune. Avant de le coucher sur la paillasse, il s'assura que la compresse fut sur la plaie. Il le couvrit ensuite de la couverture de laine.

— Ce n'est pas la laine la plus douce, je sais, lui dit-il, mais vous y survivrez. Vous avez bien fait aujourd'hui, Billy Yank. Vous avez très bien fait.

Le capitaine Dennis Wainwright eut la force d'un faible sourire avant de fermer les yeux.

Gage alla ramasser du bois pour le feu. Une fois les flammes bien prises, il partit chasser et en revint dix minutes plus tard avec un dindon sauvage bien en chair. Le capitaine dormait à poings fermés. Ses joues montraient un peu de couleur, et il avait les mains chaudes. La fièvre était tombée.

Gage apprêta le dindon et se retrouva avec plusieurs morceaux d'une viande appétissante et juteuse. Il mit de l'eau dans son poêlon de voyage, un ustensile de fonte d'une vingtaine de centimètres de diamètre, et arrangea quelques pierres plates autour du feu pour l'y déposer. Il fit bouillir la viande jusqu'à ce qu'elle se défasse de l'os. Il écuma le surplus de graisse et goûta au bouillon. Il le trouva délicieux.

Gage jeta son ciré sur un lit d'aiguilles de pin et profita des derniers rayons du soleil pour faire un peu de lecture. Le capitaine dormait toujours.

Cayenne flânait dans les environs depuis un certain moment déjà, et quand il décida de revenir au campement, Gage lui enleva la selle et le brossa minutieusement. Il fallait porter une attention particulière au poil de la crinière et de la queue. Gage sourit en pensant que son cheval était plus beau chaque jour. Il lui tapota le museau, et Cayenne lui rendit la pareille de quelques coups de tête affectueux.

— Je voudrais bien te préparer un bon mash chaud, garçon, mais j'ai utilisé le poêlon pour nourrir Billy Yank. Je t'en ferai chauffer une bonne poêlée demain matin, promis.

Gage s'étendit et lut quelques pages de la Bible, comme il aimait le faire chaque jour. Le soleil se couchait, et ses rayons orange et cramoisis s'attardaient dans la clairière non loin. Gage posa le livre sur sa poitrine et prit le temps d'admirer ses lueurs. Il ne se rappelait plus la dernière fois où il avait pu profiter d'un moment aussi paisible. Il regarda la lumière pâlir et danser dans les feuillages. Elle vira lentement au violet pour ensuite s'assombrir dans des teintes de pourpre foncé. Le jour faisait place au crépuscule.

— Suis-je encore en vie ? entendit-il chuchoter.

Il se tourna vers le capitaine et vit qu'il avait encore les yeux fermés.

— Vous êtes en vie, Billy Yank.

Dennis Wainwright ouvrit les yeux et posa sur Gage un regard ébahi.

— Vous… Vous m'avez aidé. Vous m'avez sauvé.

Gage haussa les épaules.

— J'espère que vous auriez fait la même chose pour moi.

— Mais vous vous doutez sûrement que non, dit Denny. Pourquoi ? Pourquoi m'aidez-vous ?

Gage répondit à voix basse.

— Parce que c'est la chose à faire. Durant la guerre, j'ai tué des hommes. Je les ai regardés mourir. Je me suis

éloigné d'eux lorsqu'ils étaient blessés. Mais maintenant, c'est différent. Je n'abandonne pas les gens qui ont
besoin d'aide, pas si je peux les aider.

Après un moment de silence, le capitaine dit :

— Oui, je vois. Euh, vous m'avez dit que vous vous
appeliez…

— Gage. Gage Kennon.

— Merci, Gage Kennon. Merci pour tout.

— Y'a pas de quoi, capitaine.

— Vous pouvez m'appeler Denny, dit Wainwright,
un faible sourire aux lèvres.

CHAPITRE 2

L e capitaine Dennis Wainwright s'éveilla épuisé, son corps las d'anticiper la douleur que chaque mouvement lui infligeait. Il n'ouvrit pas les yeux et resta sans bouger, couché sur son lit d'aiguilles de pin, songeant à la chance qu'il avait eue de croiser Gage Kennon sur cette route perdue, lui qui s'était résigné à vivre sa dernière heure. Il s'étonnait même de ne pas être mort avant que Gage ne vienne à son secours ; sa forte constitution et son jeune âge devaient y être pour quelque chose. En fait, Denny avait une santé de fer. Il ne tombait jamais malade, sauf en hiver quand le rhume sévissait.

Il se mit à méditer sur le drôle d'oiseau qu'était Gage Kennon, son sauveur. L'homme était grand avec de larges épaules, une mâchoire saillante, la bouche ferme et des yeux d'un bleu profond. De prime abord, on pouvait être intimidé par sa prestance, mais l'impression se dissipait dès qu'il ouvrait la bouche. Les propos qu'il tenait étaient posés, et il s'en dégageait comme une sérénité. À sa manière d'être, on comprenait que l'homme ne s'en faisait pas avec la vie, qu'il était de compagnie agréable et d'humeur égale. Denny se surprit à penser que ses états de service devaient raconter une tout autre histoire. Il se dit cela en pensant au fusil Whitworth que Gage traînait avec lui, une arme coûteuse importée d'Angleterre. Le fusil Whitworth n'était pas l'arme de n'importe quel homme ; c'était celle des tireurs d'élite, les « Whitworth Sharpshooters », comme on les appelait. Hantise permanente des officiers ennemis, ces soldats avaient semé la mort sur tous les fronts et fait trembler les armées de l'Union. N'ayant jamais vu en personne ces hommes qui tenaient de la légende vivante, Denny se les imaginait en tueurs sanguinaires, assassins impitoyables. Gage Kennon n'avait rien d'un tueur ou d'un assassin.

Denny entendit un froissement dans les feuillages et ouvrit les yeux. Une jolie biche grignotait les petits fruits d'une vigne qui grimpait sur le tronc de l'arbre derrière lui. Elle mastiquait tranquillement et le regardait avec des yeux de velours bruns. Elle se tenait tout près, à un demi-mètre peut-être, et Denny se demanda quelle folie avait pris les hommes de chasser une créature si jolie et innocente. Il lui sourit ; elle le regarda avec curiosité, et tandis qu'elle avalait sa bouchée de fruits, Denny eut cette pensée étrange que cette biche était plus jolie que toutes les demoiselles qu'il avait croisées durant sa jeune vie, qu'aucune n'avait cette douceur dans le regard, qu'aucune n'évoquait une pureté si parfaite. Après quelque temps, il dut faire un léger mouvement, car la biche prit peur et alla disparaître dans les fourrés.

Dans un soupir, Denny rassembla le courage de s'asseoir. Avec précaution, il examina la plaie qu'il avait au ventre. Un peu de sang suintait de la blessure, un peu de sérum aussi, mais la peau autour était rosée et saine. Quand il bougeait, le sang se remettait à couler de la plaie dans son dos. Il le sentait, mais voulut s'en assurer. En passant la main dans son dos, sa côte cassée lui arracha une grimace de douleur, mais la peau au niveau de la plaie était fraîche au toucher.

Il gémit en se retournant et fut alarmé d'entendre sa plainte s'élever dans la forêt muette. Il regarda autour, mais ne vit Gage nulle part ; il préférait que l'homme ne l'ait pas entendu vagir comme un chaton. Denny aperçut le second fusil de Gage, le M1841, laissé à côté de la paillasse. Il y avait aussi une grosse tasse en fer-blanc munie d'une anse et d'un couvercle à charnière pleine d'un bouillon encore chaud. Gage lui avait aussi laissé une gourde d'eau fraîche. Denny se rappela s'être réveillé durant la nuit, tantôt frissonnant, tantôt en sueur. Il revit Gage à son chevet, lui épongeant le front, insistant pour qu'il ne boive l'eau qu'à petites gorgées. Sans trop réfléchir, Denny but à la gourde et s'arrêta seulement quand il sentit sa soif assouvie. En repensant à la nuit terrible qu'il avait passée, à la douleur qui le tirait du sommeil au moindre mouvement, il sentit une grande faiblesse.

Denny considéra le fait que Gage lui avait confié un fusil chargé, un autre mystère qui faisait de l'homme une véritable énigme pour Denny. Supposons que Denny ait eu l'idée d'abattre Gage à son retour ? Gage Kennon ne connaissait Denny ni d'Ève ni d'Adam ; il ne savait absolument rien de lui, et Denny n'avait pas eu la chance de s'expliquer, vu son état. Et s'il était un déserteur ? Un confédéré qui serait pris à aider un Yankee déserteur serait assurément pendu haut et court, comme le déserteur, sur la même branche. Denny aurait aussi pu être un voleur sans scrupules, un criminel qu'on avait surpris la main dans le sac et chassé à coups de fusil. Bien sûr, Denny n'était ni déserteur ni voleur, mais Gage ne pouvait pas en jurer.

À ce moment, l'idée vint à Denny qu'il ne chasserait plus jamais le cerf. La petite biche qui broutait, Denny aurait facilement pu la tuer avec le fusil ; elle s'était trouvée sans défense, tout comme lui devant Gage Kennon. C'était décidé, il ferait désormais preuve de la grâce qu'on lui avait accordée. C'était une question de justice, de simple équité.

Le hameau de Cold Spring était à l'identique de milliers d'autres endroits du Sud : un petit village où quelques commerçants vivaient grâce aux seules activités économiques des fermes et des plantations environnantes. Gage remarqua que la pension pour chevaux était fermée, mais qu'on avait laissé les portes grandes ouvertes. Un magasin d'articles de mercerie avait ses fenêtres condamnées, et des chèvres allaient et venaient d'une devanture à l'autre. Un peu plus loin, au-dessus d'une porte ouverte, un écriteau mal accroché annonçait la boutique d'un chapelier.

Il y avait quand même un bâtiment couvert en bardeaux qui semblait en assez bon état, et on pouvait lire sur l'enseigne passée au-dessus d'un porche étroit «Pinckney's General Store». Gage descendit de sa monture et alla à l'intérieur. Une clochette fit entendre son léger tintement quand il ouvrit la porte.

Gage découvrit le magasin désert, mais entendit bientôt des pas dans l'escalier. Une femme aux traits tirés avec les cheveux grisonnants passa un rideau qui servait de porte vers l'arrière-boutique. Elle l'examina d'un regard suspicieux et demanda :

— Vous êtes Yankee?

— Non, m'dame. Je suis seulement un homme qui retourne à la maison, à La Nouvelle-Orléans.

On vit passer sur son visage un spasme comme une douleur.

— Il faut me pardonner, monsieur. C'est juste que depuis la reddition, les Yankees ne portent plus toujours l'uniforme, et, chez nous, les gars de l'Union ne sont pas les bienvenus. Mais vous, si. Je suis madame Pinckney. Qu'est-ce que je peux faire pour vous?

— Si vous aviez en stock quelques produits médicaux, m'dame, il me faudrait du laudanum et de quoi faire des bandages. De la mousseline peut-être ou n'importe quel tissu de coton qui n'aurait pas été teint?

— Oh? Vous êtes blessé, monsieur? demanda-t-elle, l'étudiant des pieds à la tête.

— Non, m'dame. C'est un homme que j'ai rencontré sur la route. On lui a tiré dessus. Je l'ai rafistolé hier avec

31

les moyens du bord, mais il est souffrant, et je n'ai rien pour lui faire les bandages appropriés.

— Eh bien, le mieux serait encore de me l'amener, monsieur. J'ai une cabane derrière où j'abritais mon poney et ma charrette avant que ces voleurs de Yankees ne me les confisquent, raconta-t-elle non sans aigreur. De toute manière, ça lui ferait un joli petit abri, à votre ami, et j'ai une réserve où vous pourriez vous servir. Ça me fera plaisir.

— C'est très généreux de votre part, m'dame, la remercia Gage, mais ce pauvre homme est capitaine... et unioniste.

La nouvelle lui assombrit aussitôt le visage.

— Dans ce cas, je ne peux rien pour vous, trancha-t-elle sèchement.

— Je vois, vous seriez mal à l'aise de me vendre quelques articles dans les circonstances. Est-ce bien le cas, m'dame ?

— Vous avez de l'argent ? Du vrai argent, je veux dire, pas des billets confédérés.

— J'ai de l'argent américain, m'dame.

— Dans ce cas, je vous vendrai ce que vous voulez, mais seulement parce que vous êtes des nôtres, concéda-t-elle avec une moue de dédain. Remarquez que je trouve ça honteux de vous voir gaspiller de l'argent pour aider le rebut du genre humain ; c'est mon avis, en tout cas. Mon mari est mort à Bloody Angle, vous savez. Il avait levé une compagnie ici, à Cold Spring, et des vingt-huit volontaires qui se sont joints à lui, on en a vu que seize revenir, certains estropiés d'ailleurs. Et depuis

1863, ces brutes de Yankees là-haut à Natchez, ils nous font la vie misérable. Ils prennent nos récoltes, notre bétail, nos chevaux, nos chariots de ferme, et même qu'il leur est arrivé de voler dans nos maisons des meubles et de l'argenterie, des choses de ce genre. « Confisqués » qu'ils disent, pour éviter que ça serve au confort et à l'aise de l'ennemi ! cracha-t-elle avant de reprendre, s'efforçant de retrouver son calme en se composant une certaine dignité. Bon, du laudanum et des bandages, vous disiez ? Je crois qu'il me reste une fiole de laudanum. Et je peux vous vendre du coton non blanchi, de la bonne qualité, de celle dont on fait les draps. Mais ça vous coûtera, laissa-t-elle tomber en guise d'avertissement.

— Très bien. Je prendrai la bouteille de laudanum et trois mètres de coton blanc. Et si vous aviez des brosses à dents, j'en prendrais deux. M'dame, excusez-moi, mais je n'ai pas manqué de voir que vous aviez des pois verts. Ils sont frais ? J'en prendrais une bonne grande platée.

— Oui, monsieur, dit-elle, puis elle s'affaira à réunir les articles et, quand elle eut terminé, prit grand soin de faire l'addition, vérifiant le prix de chaque produit. Je suis désolée, monsieur, mais il va falloir que je vous compte trois dollars pour le laudanum. C'est la dernière fiole que j'ai, et je ne sais pas quand viendra la prochaine livraison, ce qui fait que vous me devez la somme de quatre dollars et huit cents.

Gage mit la main dans sa bourse en cuir et en tira une pièce en cuivre frappée d'un grand aigle volant.

La vieille dame ramassa la lourde pièce de dix dollars et la retourna deux fois dans sa main calleuse.

— Monsieur, j'ai bien peur de ne pas avoir la monnaie pour une pièce pareille. J'ai exactement vingt-huit cents en tout et pour tout.

— Oh, pardon, m'dame, dit Gage, visiblement mal à l'aise. Je ne pensais pas que... et j'ai seulement quatre-vingt-trois cents en monnaie... euh... qu'est-ce que je pourrais bien... J'imagine que vous ne gardez pas de chaussures pour homme, n'est-ce pas, m'dame?

De le voir ainsi embarrassé, la dame eut les yeux pleins d'eau. Elle tourna les talons et partit presque en courant au fond du magasin, puis derrière le rideau. Il entendit ses pas précipités qui remontaient lourdement les marches de l'escalier. Perplexe, Gage ne savait pas quoi penser de la réaction de la commerçante. Ses achats étaient soigneusement placés sur le comptoir, mais la dame s'était éclipsée avec la pièce de dix dollars. Il décida de ranger ses achats dans son havresac et allait quitter le magasin sans demander son reste quand la dame revint dans la pièce. Elle n'avait plus les yeux mouillés, mais semblait toujours aussi triste. Dans ses mains, elle tenait une paire flambant neuve de brodequins en cuir tanné, ces bottes basses et robustes à lacets que portaient les travailleurs et les soldats.

— Ma belle-sœur a passé la commande pour son fils en apprenant son retour de la guerre, raconta-t-elle d'une voix chevrotante. Dans une lettre, il lui disait que ses chaussures étaient tellement rapiécées qu'elles comptaient plus de pièces cousues que de cuir original. Il est revenu à la maison l'été dernier, cul-de-jatte, alors vous comprenez que les bottes... Trois dollars qu'elle devait me payer à la réception de la commande. Est-ce que vous aimeriez les acheter, monsieur ?

— Oui, m'dame, c'est justement ce dont j'avais besoin, dit-il gentiment. Merci infiniment, ajouta-t-il en fourrant les bottes dans son havresac. Que Dieu vous bénisse, m'dame, vous êtes très aimable. J'adresserai une prière pour vous ce soir même.

— Mais… mais je vous dois encore trois dollars ! lâcha-t-elle après un bref calcul mental.

— Vous n'avez qu'à les garder, m'dame. Dans ma Bible, il est dit que si je me montre charitable envers une veuve, ma peine sera repayée au centuple, alors ne vous sentez pas la moindre dette envers moi. Bonne journée à vous, m'dame.

Sur le chemin du retour vers le campement, Gage songea qu'il avait toujours eu un drôle de rapport avec l'argent.

Du temps qu'il avait un travail stable à La Nouvelle-Orléans, Gage s'était considéré comme un homme frugal, mais à bien y penser, il ne s'était jamais empêché d'acheter ce qui lui plaisait. Il payait un gros loyer, vu le salaire qu'il gagnait, pour occuper un appartement à l'étage dans le quartier français. Il habitait l'aile gauche d'une vieille villa espagnole construite selon la tradition sur trois façades. La villa cachait une grande cour intérieure. Les pièces étaient d'un plâtre pêche qui moisissait et se piquait constamment d'humidité. Gage se rappelait qu'il fallait souvent récurer les murs à l'acide borique pour freiner la propagation des champignons. Il n'y avait aucune vitre aux fenêtres, seulement des persiennes, mais la cour sur laquelle elles donnaient était charmante, avec ses vieux rosiers courant le long des murs, ses jasmins en fleur et les vrilles de passiflores s'enroulant sur le peuplier de Virginie qui trônait au centre. La cour avait quelques sentiers en pavés ronds qui rappelaient les rues piétonnes de la vieille Espagne et entre lesquels quelques mousses et de petites plantes fragiles aux fleurs violettes s'épanouissaient à longueur d'année. Le tiers du salaire de Gage passait dans ce loyer, mais il n'y voyait rien d'excessif ; c'était une dépense qui en valait la peine.

Il avait aussi compris que, par cette astuce de conserver ses économies en différentes pièces de monnaie, il était moins enclin à dépenser son argent sur des coups de tête. C'était chose facile de se procurer des monnaies de toutes sortes à La Nouvelle-Orléans ; tout l'argent que Gage savait économiser, il l'échangeait à l'Hôtel de la Monnaie contre des pièces nouvellement mises en circulation ou des obligations émises par les banques privées. Il lui restait d'ailleurs un « dixie », un billet de dix dollars d'un rouge tape-à-l'œil qu'émettait en 1860 la banque de La Nouvelle-Orléans, cette institution dont le nom français exact était « Banque des citoyens de la Louisiane ». Comme le chiffre « *ten* » se dit « dix » en français, les citoyens anglophones de La Nouvelle-Orléans baptisèrent « dixie » ce billet aux couleurs criardes. Gage trouvait amusant que le terme à l'origine modeste soit devenu l'emblème des gens du Sud, le « Dixieland ». La grande majorité des soldats

— ceux qui n'avaient jamais mis les pieds en Louisiane — ignoraient tout de l'histoire et savaient seulement qu'ils se battaient pour la mère « Dixie ». D'ailleurs, Gage avait fait forte impression sur ses camarades d'armes en montrant le fameux billet rouge.

Bien sûr, le dixie ne valait plus un sou aujourd'hui. Depuis l'occupation de La Nouvelle-Orléans en 1862, les nordistes avaient non seulement condamné toute devise confédérée imprimée par le gouvernement, mais aussi déclaré illégales les monnaies émises par les banques privées du Sud, que celles-ci fussent convenablement capitalisées ou non.

La pièce de dix dollars que Gage venait de dépenser était tout ce qu'il lui restait en argent fédéral, hormis les quatre-vingt-trois cents qu'il avait encore en menue monnaie. Gage ne s'en faisait pas. Il devait le faire. Il se disait à juste titre que l'aigle de cuivre n'aidait personne, lui y compris, en restant au chaud dans sa bourse. Il possédait la pièce depuis son enrôlement et l'avait traînée durant la guerre entière. Il ne comptait plus ces occasions où la tentation l'avait pris d'acheter à manger, puisque le général Robert E. Lee avait strictement interdit les activités de pillage. Toutefois, il n'aurait pu supporter la culpabilité de ne pouvoir acheter assez de nourriture pour tout son régiment. Ce fut donc la conscience tranquille qu'il s'affama comme tout le monde avec les maigres rations disponibles. Cela dit, Gage avait l'atout dans son jeu d'être très talentueux à la chasse. C'est lui qu'on dut remercier pour la presque totalité des repas de viande fraîche qu'on s'offrit dans le campement, et ce fait de contribuer au repas de chacun lui procurait une satisfaction qu'il n'aurait jamais eue en dépensant l'aigle de cuivre pour faire profiter d'une manne éphémère les six ou sept amis proches qu'il comptait parmi ses camarades de régiment.

En revenant au campement, il trouva Denny, qui checelait dans le boisé, en caleçon et pieds nus, pour ramasser du bois de feu. Il se prenait le ventre d'une main, reprenant son souffle après chaque geste, le visage blême et tordu de douleur. Il donnait l'image d'un vieil homme en pleine décrépitude.

— Voulez-vous, s'il vous plaît, vous étendre avant de tomber raide mort! dit Gage d'un ton de reproche tandis qu'il descendait de sa monture. Je ne voudrais pas avoir à vous porter encore.

— J'essaie seulement de ramasser quelques brindilles, dit Denny d'une voix maussade. C'est désespérant, j'ai la force d'une fillette de quatre ans. Où étiez-vous passé?

— Je suis allé faire un tour du côté de Cold Spring, histoire de faire des emplettes. Asseyez-vous que j'examine vos plaies.

Docile, Denny s'assit sur sa paillasse, et Gage l'examina.

— C'est encourageant, la peau est rose. J'ai de quoi vous faire un grand bandage autour de la taille. J'ai bon espoir que le trou dans votre dos guérira mieux si nous y appliquons une pression constante. Et puis d'ailleurs, un peu de soutien pour cette côte cassée ne devrait pas nuire.

Gage tira de son havresac le rouleau de tissu et commença à le déchirer en longues bandelettes.

— Vous n'avez jamais pensé faire comme métier de rafistoler les Yankees blessés, Johnny Reb? demanda Denny, qui était d'une humeur caustique aujourd'hui.

— J'ai toujours mieux gagné ma vie en leur tirant dessus, rétorqua Gage. Et croyez-moi, je suis une bonne gâchette, contrairement à celui qui vous a mis cette balle au flanc. À ce sujet, vous voudriez peut-être m'éclairer?

— Il y a cette jeune femme, Marie Joslin, qui habite à la plantation des Winningham à un demi-kilomètre en remontant la route où vous m'avez trouvé. Mon régiment est stationné à Natchez depuis 1863, et ces dernières années, elle et moi, nous nous sommes... comment dire... liés d'amitié. C'est une jeune dame pétillante, expliqua Denny, les yeux pleins de lumière. Son père était chef d'escadron du 11e bataillon de la cavalerie du Mississippi, mort au combat à Antietam, paix à son âme. Ses deux frères aînés étaient de la cavalerie de Jeff Davis. Elle avait un frère plus jeune. Il avait douze ans seulement quand la guerre a commencé, et ses frères aînés l'ont pris avec eux comme petit tambour. À la maison, il ne restait plus que Marie et sa mère. On pourrait dire que je m'occupais d'elles.

— Vraiment, dit Gage d'un air entendu. Vous vous occupiez également de la mère?

— Euh... à vrai dire, non, elle ne m'aimait pas beaucoup, comme tous les soldats de l'Union d'ailleurs. Sa plantation était la cible de certaines confiscations, si l'on peut dire. Vous connaissez sans doute la politique contre l'aise et l'aide à l'ennemi. Certains de nos hommes ont comme qui dirait outrepassé l'esprit de la politique ; des vitres ont été brisées et certains objets ont disparu de la demeure, entre autres choses. Apprenant ces méfaits, j'ai voulu présenter mes excuses à mademoiselle Joslin, et, après m'avoir rencontré en personne, elle s'est prise d'affection pour moi. Bref, durant la dernière année, nous nous sommes fréquentés. J'apportais des présents pour elle et sa mère, de la nourriture, des chocolats et du parfum, ce genre de choses. Malheureusement, toutes mes attentions n'ont rien fait pour dissiper le froid entre madame Joslin et moi, mais Marie, elle s'était beaucoup réchauffée, si vous voyez ce que je veux dire, conclut-il avec un petit sourire canaille.

— Oui, mais ce n'est certainement pas la mère qui vous a volé vos vêtements et qui vous a chassé à coups de fusil, fit observer Gage.

— J'y arrivais justement, soupira Denny. J'ai demandé un dernier entretien auprès de Marie sans savoir que ses frères étaient revenus d'Appomattox. Ils sont sortis en trombe de la maison en me voyant arriver, poings levés, proférant des menaces et m'injuriant. Comprenant l'inopportunité de ma venue, j'ai fait volter mon cheval pour regagner la route. Ils m'ont rattrapé ; ils étaient trois, et leurs chevaux étaient rapides. Ils m'ont barré le chemin, et je me suis retrouvé encerclé.

— Les avez-vous menacés d'une arme ? demanda Gage, curieux.

— Ils n'étaient pas armés, et loin de moi l'idée de tirer sur un homme désarmé. J'ai voulu les chasser avec le plat de mon sabre, mais sans succès. Ils m'ont désarçonné puis m'ont arraché mes vêtements. C'est dans l'échauffourée que le coup est parti.

— De votre propre fusil ? fit Gage. C'est fâcheux.

— Au fond, ce n'était qu'un bête accident. Le gamin — il doit avoir seize ans aujourd'hui — a sorti mon Colt de son étui en voulant tirer sur ma ceinture. La gâchette est sensible, et le coup est parti, juste comme ça, dit Denny, peu fier de l'histoire. Je crois que le gamin a eu la frousse, et plus que moi d'ailleurs. Et les frères aînés… ils ont pris peur, eux aussi. Imaginez un peu, abattre un officier de l'Union, et ce, après la reddition ! Ce n'est pas bon du tout. Alors, ils ont détalé sans regarder derrière.

— Est-ce que vous avez l'intention de les faire arrêter ? demanda Gage d'une voix égale.

— Non, pourquoi ajouter au drame ? répondit Denny, désinvolte. Je n'ai aucune envie de voir le gamin être pendu. Pas plus que ses frères.

— Pourquoi pas ?

Denny haussa les épaules.

— Je suppose que je les comprends. À leur place, j'aurais eu les mêmes sentiments en apprenant que ma sœur se faisait baratiner par un Johnny Reb. Ils voulaient seulement m'embarrasser, pas me tuer. Voilà pourquoi je me baladais en caleçon sur la route. À leur défense, ils ont eu l'amabilité de me laisser ma gourde et mon képi. Ils ont gardé mon beau chapeau, cela dit, avec le galon doré, se rappela-t-il avec amertume. Je venais juste de le faire brosser.

— D'accord, mais votre cheval a été volé, et ce n'est pas banal, dit Gage, sourcils froncés. Vous aviez sans doute d'autres objets de valeur. Le vol, c'est un crime.

— Je sais. J'y ai réfléchi. Vous comprenez sans doute que je devrais les dénoncer pour récupérer mon cheval et mes effets personnels, et comme je vous l'ai dit, je ne veux pas qu'on pende le gamin.

Gage songea qu'il fallait admirer un homme capable de compassion dans l'adversité. Il en avait connu des plus vieux que Denny et des plus sages apparemment qui n'auraient jamais eu l'idée d'être aussi compréhensifs.

— Êtes-vous un déserteur, capitaine Wainwright ? demanda Gage, comme s'il s'agissait de la plus banale des questions. Dois-je vous ramener poings liés à Natchez ?

— Non, j'étais de la 10ᵉ division du Missouri, et nous avons été démobilisés le premier juin dernier. J'avais prévu une dernière visite à mademoiselle Joslin avant de m'embarquer sur un bateau à vapeur pour La Nouvelle-Orléans.

— Vous allez à La Nouvelle-Orléans plutôt que de retourner dans votre patelin ? C'est que, en fait, j'imaginais que vous viviez au Missouri.

— Je suis de Saint-Louis, répondit Denny, mais j'ai un oncle à La Nouvelle-Orléans, Zeke, que je pars rencontrer... ou plutôt que j'avais l'intention d'aller rencontrer, car maintenant, je suis fauché comme les blés.

— Je suis de La Nouvelle-Orléans, raconta candidement Gage, et c'est là que je retourne. C'est à deux cent cinquante bornes d'ici. Ce n'est pas si loin, en fait, étant donné le chemin déjà parcouru.

Denny s'attarda un long moment à regarder Gage.

— Oui, mais vous, vous n'êtes pas à pied. Vous avez un cheval. Pas deux. Et moi, je n'ai même plus de chaussures. J'aimerais bien vous accompagner, Gage, si vous vouliez de ma compagnie. Il faudrait juste que je prenne des forces… et un peu de corne aux pieds. C'est beaucoup vous demander, sans doute, mais je vous rembourserai pour la peine dès que j'aurai repris contact avec l'oncle Zeke.

Gage prit quelques instants pour réfléchir avant d'accepter.

— C'est d'accord, Billy Yank. Nous trouverons bien un moyen quand vous serez en état de voyager. De toute façon, j'avais prévu de m'installer quelques jours dans les environs, histoire de m'offrir un brin de repos. Cayenne et moi, nous avons beaucoup de route dans le corps. Je ne serais pas contre un jour ou deux hors de la selle… et je suis sûr que Cayenne serait d'accord.

— Merci, Gage, dit Denny à voix basse.

— Allez, il n'y a pas de quoi, dit Gage, qui enroulait une dernière bandelette de coton sur la taille de Denny. J'allume un feu pour le café et ensuite je nous cuisine une poêlée de pois verts. Je rêve de manger des légumes depuis quatre ans. L'intendant nous vantait les mérites des légumes frais et il aurait aimé pouvoir nous en fournir, mais c'était une denrée que notre armée ne pouvait pas s'offrir. À la place, on nous conseillait de manger des oignons sauvages. Je prie le ciel de n'avoir jamais à croquer dans un autre oignon pour le reste de mes jours.

Gage s'affaira à allumer le feu et à faire le café. Il possédait une petite cafetière verseuse et une unique tasse en fer-blanc. Denny et Gage burent à la même tasse l'infusion riche et corsée. Gage aimait son café noir et fort, selon la tradition néo-orléanaise.

— Parlez-moi un peu de vous, Gage, demanda Denny. Votre histoire, racontez-la-moi.

— Je me suis engagé en juin 1861, j'ai servi, et j'ai rendu les armes à Appomattox, résuma Gage. À présent, je retourne chez moi.

— À La Nouvelle-Orléans, hein? se rappela Denny. Dans quelle unité avez-vous servi?

— Les Louisiana Tigers, répondit fièrement Gage, 1er bataillon d'infanterie légère.

— Vous étiez des Louisiana Tigers! On dit que ces gars-là, c'étaient des… ce que je veux dire, c'est que vous êtes célèbres!

— «Tristement célèbres» serait plus juste, laissa indifféremment tomber Gage. Il y avait pas mal de voyous dans nos rangs. En fait, l'unité était presque entièrement composée de débardeurs, des gens pas mauvais au fond, mais qui n'avaient jamais rien connu d'autre que la violence et la vie à la dure. Quoi qu'on en dise, ils se sont tous battus le cœur vaillant; ils sont morts sans plainte ni regret. Je n'aurais pas pu demander de servir aux côtés de meilleurs hommes.

Denny acquiesça.

— À ce qu'on dit, il vaut mieux tourner les talons que d'affronter les Tigers, sur le champ de bataille ou ailleurs. Pardonnez ma candeur, mais vous n'avez pas la tête de l'emploi, dit Denny, montrant d'un signe de tête la bible que Gage avait laissée sur son lit d'aiguilles. Je me trompe, ou vous détonniez dans le groupe?

Gage eut un grand sourire.

— Oui, on peut dire ça. J'étais le seul teneur de livres du régiment.

— Vous, teneur de livres? rétorqua Denny, tout étonné.

Très bien, Gage n'était pas un assassin sanguinaire ni un voyou violent comme ses camarades de l'unité des Tigers de Louisiane. Toutefois, il fallait une imagination fertile pour l'imaginer rond-de-cuir.

— Tout juste. Dans une sucrerie, pour tout vous dire. Vous ne me croyez pas? Allez, posez-moi une question sur le raffinage du sucre, je suis expert.

— Un comptable dans une sucrerie, dit Denny d'une voix faible, secouant lentement la tête. De la famille?

— Aucune, répondit Gage d'une voix égale, le regard perdu dans les feuillages de la forêt.

— Rien? Pas de femme? Des parents?

— Je suis orphelin. Il y a bien eu une femme dans ma vie, jadis, mais elle en a épousé un autre au printemps de 1863, raconta Gage sans manifester d'amertume. Pour le reste, je peux vous dire que La Nouvelle-Orléans est le seul chez-moi que j'aie jamais eu, qu'il en vaut certainement bien un autre et que j'ai hâte de le retrouver. À vous de vous raconter un peu, Denny. De la famille?

— Mes parents habitent Saint-Louis. J'ai une sœur de dix ans mon aînée, mariée, avec deux enfants. Son mari et elle vivent à Pittsburgh. Si vous voulez mon avis, habiter à Pittsburgh, c'est habiter un trou qui se donne des airs de bourg.

— Vous n'aviez pas prévu de rendre visite à vos parents ? demanda Gage.

Denny eut une moue.

— Disons seulement que nous ne nous sommes pas laissés en bons termes. À vrai dire, il n'est pas impossible que je me sois enrôlé seulement pour horripiler mon père. Cela dit, n'allez pas vous imaginer des choses ; mon père est un fervent partisan de l'Union, seulement il me voulait à la tête de l'entreprise familiale, une manufacture de textiles. D'aussi loin que je me souvienne, je ne me suis jamais vu diriger une manufacture de coton. J'avais d'autres rêves étant enfant.

— La guerre n'a pas fait de vous un homme, Denny ? Moi, je croyais m'embarquer dans une aventure qui durerait six mois peut-être. C'est à First Bull Run que j'ai compris mon erreur et c'est là aussi que je suis devenu un homme.

— J'y étais, à First Bull Run, dit Denny. Du moins, assez près pour entendre les combats. J'étais aide de camp, attaché au général Theo Runyan. Nous avions reçu l'ordre de protéger l'arrière des armées. Quelle surprise cette journée-là de voir les arrières nous devancer dans la fuite ! Les armées nous marchaient dessus, rapides dans leur retraite. J'ai eu plus de mal à rester en selle qu'à me battre au champ de bataille. C'est un peu toute l'histoire de ma carrière militaire : une longue suite d'affectations secondaires, et beaucoup de dîners à organiser pour l'état-major. On devait me trouver un talent pour la fête, j'imagine.

— Qu'importe le rôle joué, vous avez fait votre devoir, dit Gage, qui avala la dernière goutte de café et se leva. On dirait que vous allez avoir des vapeurs, Billy Yank. Un peu de repos ne vous ferait pas de tort. Je vais chasser et je vous réveille quand le souper est prêt.

Tout las, Denny hocha la tête, puis s'allongea sur sa paillasse. Ses paupières se mirent aussitôt à papillonner.

— Hé, Gage? dit-il, déjà à moitié endormi. Ne tuez pas de biche, voulez-vous?

Puis il tomba de sommeil.

— Vous vous fichez de moi, renâcla Denny. Je ne porterai jamais ça, jamais en cent ans!

Gage se tenait devant lui avec dans ses bras les vêtements qu'il offrait à Denny. La redingote à basques d'un rouge cramoisi avait de gros boutons de cuivre frappés d'une tête de tigre. Le pantalon de longueur mollet était uni sur la jambe avec des rayures verticales bleues et blanches. L'uniforme était complété de guêtres et d'un bonnet de laine rouge garni d'un long pompon.

— Comme vous voudrez, fit Gage en haussant les épaules. Promenez-vous en caleçon. D'ailleurs, vous ne feriez probablement tourner aucune tête, vêtu de la sorte à La Nouvelle-Orléans.

Il se mit à plier les vêtements pour les ranger dans la sacoche de selle.

— Attendez, attendez, l'arrêta Denny à contrecœur. Je m'excuse, mes paroles ont dépassé ma pensée. C'est que, sauf votre respect, l'uniforme des Louisiana Tigers ressemble davantage à un costume de cirque qu'à un habit militaire. J'ai d'ailleurs peine à vous imaginer le porter. On aurait cru que les Whitworth Sharpshooters avaient droit à un uniforme décent !

— C'est mon premier uniforme, expliqua Gage. Les Sharpshooters ne formaient pas une unité organisée, vous savez. Triés sur le volet, nous étions affectés au bataillon qui partait au front, peu importe lequel. Pour ce qui est de l'uniforme, nous avons vite compris que ce n'était pas l'idéal de porter la redingote rouge écarlate quand on est tireur embusqué. Imaginez un peu la cible que nous aurions faite, des perroquets géants juchés dans les arbres !

Il tendit les vêtements à Denny, qui entreprit de les enfiler d'un air résigné.

— Et voilà des chaussures, dit Gage. Nous n'arriverions jamais à La Nouvelle-Orléans si vous deviez marcher pieds nus.

Gage lui présenta les brodequins achetés à Cold Spring, et Denny les examina avec intérêt.

— Ce ne sont pas les bottes fournies par l'armée. Elles sont flambant neuves. Vous les avez achetées ?

— Oui, et vous me devez trois dollars. Mais les guêtres vont par-dessus le pantalon et les bottes, commenta Gage, qui, devant l'hésitation de Denny, s'empressa de les arranger correctement, puis fit un pas en arrière pour admirer la nouvelle tenue de Denny. Maintenant, vous avez l'air d'un vrai soldat louisianais, la lie de l'humanité.

— Je refuse de porter ce bonnet ridicule, j'ai mon képi, ronchonna Denny, entêté dans son refus.

— Je n'ai pas d'objection, capitaine Yank. Bien, il reste seulement à vous mettre en selle. Vous commencerez le voyage avec Cayenne. Je ne voudrais pas vous voir tomber aux premières bornes sur la route.

Durant les cinq derniers jours, l'état de Denny s'était grandement amélioré, et les soins constants de Gage y étaient pour beaucoup. En effet, Gage changeait fréquemment les pansements et assurait à Denny un sommeil récupérateur en lui administrant une bonne dose de laudanum au coucher. Denny s'était plaint que le laudanum lui donnait des cauchemars et il avait signifié à Gage que son argent aurait été mieux investi dans une grosse bouteille de brandy. Gage avait rétorqué que Denny se montrait terriblement tatillon pour un mendiant blessé, ce qui avait immédiatement fait ravaler le reproche à ce dernier. Gage accepta de lui administrer de plus petites doses, et cette nouvelle posologie sembla faire diminuer le trouble de sommeil de Denny.

Gage s'était dit qu'en laissant Denny monter Cayenne, ils pourraient faire le voyage en un temps raisonnable. Gage avait l'endurance de marcher dix heures par jour, à raison de cinq à six kilomètres à l'heure. À ce rythme, il espérait arriver à La Nouvelle-Orléans en cinq ou six jours.

Après deux jours, Denny insista pour se délier les jambes; il avait récupéré au point qu'une marche d'une ou deux heures ne l'épuisait plus. Au troisième jour de leur voyage, ils parcoururent soixante-quatre kilomètres. Cette nuit-là, cependant, Denny se mit à tousser d'une toux sèche. Inquiet, Gage examina ses plaies et découvrit avec soulagement qu'elles guérissaient bien; pas de rougeur suspecte sur la peau, rien qui aurait indiqué le début d'une infection.

— Ne vous inquiétez pas tant, Gage, lui dit Denny. Je vais bien. C'est normal, j'ai toujours un petit rhume par année. Peut-être que cette année, c'est un rhume printanier.

Dans cette région du nord de la Louisiane, Gage savait trouver sans mal les meilleurs sites pour camper. C'était un territoire verdoyant et à la faune riche. De nombreuses rivières y suivaient leur cours et débouchaient souvent sur des lacs poissonneux. Ce soir-là, Denny et Gage discutèrent longuement après le repas en sirotant leur café.

— Vous étiez vraiment teneur de livres? demanda Denny, évoquant la conversation qu'ils avaient eue quelques jours auparavant.

— Oui, teneur de livres dans une sucrerie.

Gage porta à sa bouche la tasse en fer-blanc que Denny et lui partageaient, un sourire au coin des lèvres.

Denny eut un petit soupir; il fallait se lever de bonne heure pour tirer les vers du nez à cet homme.

— Dites-m'en plus, Gage. Parlez-moi de vous, de La Nouvelle-Orléans, tenta Denny.

— Il y a très peu à dire. Je suis une personne très ennuyeuse, répondit-il, un amusement secret sur son visage. Je suis orphelin et j'ai vécu jusqu'à seize ans à l'Orphelinat pour les garçons pauvres et indigents de La Nouvelle-Orléans. À cet âge, on vous laisse voler de vos propres ailes.

— C'est là que vous êtes né, à l'orphelinat ? Savez-vous quelque chose de vos parents ?

— Non, on m'y a déposé dans un berceau, au pied des marches. Le directeur m'a raconté plus tard qu'on m'avait laissé dans un berceau de bonne qualité, emmailloté dans une courtepointe cousue à la main. On avait aussi écrit sur un bout de papier « Gabriel Kennon ».

— Vous vous appelez donc Gabriel ?

— Oui, mais tout petit, j'avais de la peine à bien prononcer mon nom. Apparemment, aux autres garçons, je disais m'appeler « Gajeul ». Bien vite, tout le monde s'est mis à m'appeler Gage, et en toute honnêteté, je préfère le surnom au nom. Si j'avais connu ma mère ou mon père, ce serait peut-être différent. Qui sait ? De toute manière, l'orphelinat offrait une très bonne éducation pour les garçons, et pas seulement les trois clés du savoir ; on y enseignait aussi l'histoire, la littérature anglaise, américaine et française, la musique, les mathématiques avancées, la chimie, le dessin d'art et même un peu d'ingénierie. Je me suis découvert quelque talent en mathématiques et j'ai trouvé un travail à seize ans en tant que teneur de livres chez Urquard, une raffinerie de sucre. À dix-huit ans, on m'a promu comptable en chef. J'y travaillais encore quand la guerre a éclaté.

Sa curiosité piquée, Denny demanda :

— Mais comment... quel genre de vie meniez-vous ? Vous avez parlé d'une femme... une seule ? Et, quand même, vous faisiez quoi dans vos temps libres, pour vous amuser, en dehors de votre bureau de grand comptable en chef ?

Gage haussa les épaules.

— La femme, je ne sais pas... Je n'étais pas assez amusant pour elle, je n'avais pas assez fière allure, je ne sais pas. Je vous ai dit que j'étais quelqu'un d'ennuyeux. J'aime la chasse, et ce, depuis toujours, et j'ai toujours aimé le nord de la ville, me promener dans les bayous, dans les plantations de canne à sucre et les mangroves. Je suis chrétien et je vais à l'église. Je ne bois pas, je ne fréquente pas les saloons. J'aime le théâtre et les concerts, et c'est à peu près tout.

Un éclat heureux vint illuminer ses yeux tandis qu'il reprenait la parole.

— Oh oui, il y a aussi le French Market que j'aime visiter, juste pour voir les gens, l'agitation, pour entendre les langues qu'on y parle, les différentes cultures qui s'y mélangent. J'aime aller au café du coin et acheter un café au lait — l'unique endroit où je ne le bois pas noir — avec un beignet. À mon retour, j'irai me balader devant les étals, après quoi je me rendrai aux quais. J'adore regarder les bateaux venir sur le fleuve, qu'il s'agisse des petits bateaux-poste ou des grands palais flottants. J'aime à imaginer d'où ils arrivent, comment sont les cabines ou la salle des machines, la vie que les passagers y mènent, les endroits qu'ils ont visités. À seize ans déjà, j'allais aux docks au moins une fois la semaine et j'y passais des heures à regarder les bateaux passer.

— Vraiment ? s'étonna Denny. Avez-vous eu la chance de voyager à bord d'un bateau à vapeur ?

Gage secoua la tête.

— Non, si jamais je m'embarque sur un de ces bateaux, je veux pouvoir m'offrir une cabine. Je ne vois pas l'intérêt de passer le voyage sur les ponts.

Denny allait ajouter quelque chose, mais une quinte de toux l'emporta et il expliqua après avoir retrouvé le souffle que sa gorge lui faisait mal. Ils s'installèrent donc pour passer la nuit.

Le jour suivant, la toux de Denny se fit persistante. Ce n'était pas une toux grasse et profonde, mais chaque accès plongeait Denny dans un calvaire de souffrances en raison de sa côte cassée. La journée suivante, il ne descendit pas de cheval et toussa beaucoup. Ses yeux se veinèrent de rouge et son nez se mit à couler sans arrêt. Vers midi, Gage lui fit la remarque :

— Denny, vous n'avez pas l'air bien, et je sais que vous souffrez beaucoup. Je propose que nous nous arrêtions pour nous reposer un peu.

— Non, ça va, s'entêta à dire Denny. Ce n'est quand même pas un petit rhume de fillette qui nous empêchera d'avancer. Vous disiez que nous allions atteindre le lac Pontchartrain ce soir, et c'est ce que nous allons faire.

Ils arrivèrent en fin d'après-midi sur la rive nord du lac Pontchartrain. Il leur faudrait encore une quarantaine de kilomètres avant de rejoindre la ville au sud.

— Je connais bien ce coin de pays, dit Gage à Denny. Je campe et je chasse dans ces bois depuis toujours. Vous voyez cette corniche qui court d'est en ouest sur la rive gauche ? Les bois y sont tranquilles et généreux. C'est le meilleur endroit où camper au nord de la ville. Partout autour, on a beaucoup défriché. Quand on ne tombe pas sur une plantation ou des pâtures, c'est qu'on a les deux pieds dans les marais. La corniche est entourée de terres humides et marécageuses, mais je connais un chemin qui reste sec quelques mois. À ce temps-ci de l'année, j'imagine que l'eau s'est retirée, d'autant plus qu'il n'a pas plu ces derniers jours. Vous sentez-vous la force de continuer ? C'est à trois heures d'ici.

— Absolument, répondit hardiment Denny. Ça ne me dit rien de camper les pieds dans l'eau ou au beau milieu d'un champ de canne à sucre.

Denny s'était étonné de la vitesse à laquelle le climat, le paysage et la faune changeaient à mesure qu'on progressait au sud de la Louisiane. Il connaissait le Sud mais surtout Natchez, où le temps s'adoucissait vite dès le mois de mars, où il faisait chaud en juillet et en août, pluvieux et frisquet en septembre et légèrement froid durant les courts mois d'hiver.

En découvrant le sud de la Louisiane, on pouvait facilement se croire sur un autre continent. Il faisait une chaleur caniculaire du lever au coucher du soleil, et l'air y était si humide que les vêtements vous collaient toujours un peu au corps. Au crépuscule, une vapeur semblait remonter et sortir de terre, mouillant davantage l'air gorgé d'humidité, puis la rosée tombait, grise et lourde comme une pluie. L'horizon se noircissait souvent sans prévenir, et les averses ne semblaient plus vouloir s'arrêter. Une fois le déluge passé, le soleil de plomb revenait dans le ciel bleu d'azur, levant sur les terres luxuriantes un grand voile d'humidité vaporeuse.

Gage menait la marche, les guidant sur le pourtour du lac. Il devenait parfois difficile de savoir où débutaient les berges, puisque les eaux du lac Pontchartrain étaient saumâtres et tranquilles, souvent turbides en s'avançant dans la boue qui faisait ceinture autour du lac. Ils traversèrent le faible courant d'un bayou, se mouillant jusqu'aux genoux dans l'eau verte, avant d'entreprendre une montée peu abrupte vers la corniche que Gage avait indiquée plus tôt. C'était une saillie longue de trois kilomètres, une succession de petits monts couverts de chênaies, de cyprès et de gommiers noirs. Cette flore arborescente s'élevait en un couvert si dense que la lumière peinait à pénétrer jusqu'au sol, laissant peu de chances aux plantes de coloniser les sous-bois. La toux de Denny s'était aggravée, si bien qu'au premier emplacement décent pour s'arrêter, Gage dit :

— Parfait, c'est ici que nous camperons. Ça tombe bien, je commençais à me fatiguer.

Il restait encore deux bonnes heures de clarté avant la nuit.

— D'accord, dit Denny, vous avez marché toute la journée, Gage. Et même moi qui n'ai pas mis le pied à terre, j'ai le corps épuisé.

Gage dessella Cayenne, qui se mit aussitôt à grignoter les petites herbes vertes et tendres de l'endroit. Denny entreprit de monter le campement au pied d'un énorme gommier noir, mais n'eut la force que de dérouler sa paillasse sur la terre meuble.

— Je vais m'étendre quelques instants, expliqua-t-il en s'allongeant sous l'arbre.

La toux le reprit dès cette position adoptée, et il dut se relever. Il souffla bruyamment dans le mouchoir de Gage et se remit à tousser.

Gage fit le feu et y posa la cafetière qu'il avait remplie avec ce qui lui restait d'eau dans sa gourde. Il se désolait de n'avoir pas pu les mener à huit cents mètres plus à l'est, là où une source qu'il connaissait bien sortait de terre. Cela dit, l'endroit n'était pas idéal pour camper, faute d'espace. Le ruisseau que la source alimentait était bordé d'immenses gommiers noirs, et leurs racines en échasses occupaient de vastes espaces au sol. De toute manière, Denny avait épuisé toutes ses forces, et, quoi que Denny puisse dire, Gage savait qu'il ne couvait pas un simple rhume printanier.

Le soleil descendait tout bas à l'ouest et promettait de se coucher dans une spectaculaire profusion de lumière, ses rayons se teintant déjà d'orange clair et de rouge foncé comme la garance entre les branches des arbres. L'air était lourd d'une odeur qui mélangeait sans être désagréable la senteur des poissons du lac et le riche arôme de la terre humide. Autour du campement, les belles-de-nuit s'ouvraient lentement.

Denny toussait beaucoup et se grattait la tête.

— Vous m'avez filé des poux, Johnny Reb ? dit-il avec humeur. J'ai la tête qui me démange comme si c'était une fourmilière.

— Je n'ai pas de poux, Yank, dit Gage pour faire court tandis que Denny était repris d'un accès de toux, une toux méchante et grasse cette fois, ce qui ne manqua pas d'inquiéter Gage, qui se releva tout d'un coup pour aller auprès du malade. Levez-vous, Denny, et placez-vous juste là.

Gage pointa du doigt un endroit sous l'arbre où les derniers rayons de soleil perçaient la canopée.

— Pour faire quoi ?

— Faites ce que je dis, c'est tout.

Dans un soupir d'exaspération un peu exagéré, Denny vint se placer devant Gage, là où celui-ci voulait qu'il se tienne. Gage lui prit la tête et écarta ses cheveux en différents endroits, s'aidant de la lumière du soleil pour mieux examiner le cuir chevelu.

— J'ai des poux. Je le savais, dit Denny d'un ton maussade.

— Non, les poux n'ont rien à y voir. C'est la rougeole.

— Foutaise! Je n'ai surtout pas la rougeole!

D'une voix pleine de patience, Gage demanda :

— Avez-vous été en contact avec un rougeoleux dernièrement?

— Non, bien sûr que non, répondit sèchement Denny. Je n'ai vu personne depuis des jours... à part vous.

— Depuis onze jours, oui. Mais avant? Quand vous étiez encore à Natchez?

— Pas du tout. Je... Oh! Ça m'était complètement sorti de la tête. J'ai rendu visite à mon ami L. B. à l'hôpital, la veille de ma visite chez Marie. Oui. Il avait la rougeole, raconta Denny en soupirant, ce qui le fit tousser. Je m'excuse, Gage. Je, euh... j'espérais que je serais remis bien avant... que je ne serais plus, je veux dire...

— Ne vous torturez pas, Denny, lui dit Gage. Toute la bonne volonté du monde n'immunise pas contre la maladie. Elle reste en suspens dans l'air, et si par malheur vous croisez son chemin, eh bien, c'est l'infection assurée. À l'été 1862, les cas d'infection se sont multipliés. En trois mois, on a compté deux cent

quarante-deux cas de rougeole dans mon seul régiment.
Voyons le bon côté des choses, j'ai appris à soigner ceux
qui en souffrent.

— Avez-vous contracté la maladie ? demanda
Denny, qui alla lentement retrouver sa paillasse.

— Pas durant la guerre. J'ai eu la rougeole étant
enfant. À l'orphelinat, tous les enfants l'ont attrapée,
même les infirmières et le directeur l'ont eue. La rougeole n'a épargné personne.

Gage se garda bien de préciser le nombre de cas
mortels à l'orphelinat ainsi qu'au sein du régiment. En
soi, la rougeole était une maladie plutôt bénigne, mais
chez les enfants malades ou les hommes de faible constitution, la contagion menait souvent à une infection
plus grave des poumons, notamment la pneumonie.
Personne ne savait encore, et ce, même dans la communauté médicale, comment guérir le patient infecté ou
même prévenir l'aggravation des symptômes. N'étant
pas ignorant de ces faits, Gage s'inquiétait. Bien que
Denny fût jeune, énergique et en bonne santé, il était
encore affaibli par sa blessure par balle, un traumatisme
sérieux pour l'organisme.

— Le thé aurait mieux fait que le café, dit Gage, qui
s'affairait à verser l'infusion corsée et noire dans la tasse
en fer-blanc, y ajoutant un trait de mélasse. À vous
l'honneur, dit Gage en présentant à Denny la tasse. Le
goût est particulier, mais ça soulagera votre gorge.

Denny trempa ses lèvres.

— Ce n'est pas si mauvais, fit-il remarquer. Il y a le
goût de fumée du café torréfié, le fumé aussi de la
mélasse. Merci, Gage. Pour être franc, reprit-il entre

deux gorgées, je ne connais pas grand-chose à la rougeole, sauf pour les petits points rouges qui vous tapissent le corps.

— Eh bien, il y a la toux que vous avez déjà, le nez qui coule et un peu de fièvre la nuit. C'est d'ailleurs étrange, vous ne trouvez pas, que la fièvre monte la nuit pour redescendre au matin venu ? Quoi qu'il en soit, ne vous en faites pas trop, Denny, vous serez remis dans un jour ou deux, mentit Gage.

Bien qu'on vît rarement les éruptions cutanées perdurer au-delà de quatre jours et qu'elles disparussent au bout d'une semaine, d'autres symptômes comme la toux, l'écoulement nasal, les douleurs musculaires et la fièvre mettaient parfois plus de deux semaines à se résorber.

— J'ai une santé de fer. Je serai remis en moins de deux, promit mollement Denny. Je suis épuisé, Gage. Je n'ai pas très faim non plus, alors je crois que je vais dormir, si ça ne vous gêne pas.

— Prenez un peu de laudanum d'abord, dit Gage, tirant la bouteille bleu foncé de son havresac. Peut-être que ça vous aidera à dormir, si la fièvre se manifeste.

Il voyait que Denny faisait déjà de la température ; ses yeux avaient ce flou éloquent qui accompagne la fièvre et ses joues montraient des rougeurs. Denny avala une gorgée du médicament, et ses paupières se fermèrent bientôt.

Une tourterelle triste fit entendre son chant mélancolique, et le parfum des belles-de-nuit se mêla aux odeurs humides de terre noire. Le croissant de lune se levait comme on le connaît en Louisiane, couché sur l'horizon, jetant ses rayons aussi blancs qu'inféconds sur les terres endormies. Gage l'observait dans le ciel, savourant son apparition. Son spectacle était envoûtant. En plus de mille nuits, Gage n'avait pas vu la lune briller sur la terre de sa naissance. Il se sentit le cœur rempli de gratitude pour le spectacle que la nuit lui offrait : la tourterelle, l'abri des branches rassurantes des gommiers noirs, la géante floraison blanche des belles-de-nuit, la lune pleine de solennité. Il remercia Dieu, puis pria pour Denny.

CHAPITRE 3

Baba Simza se pencha au-dessus du chaudron et huma les vapeurs parfumées qui s'en dégageaient. Dans la lueur des flammes, son visage donnait l'impression d'une apparition désincarnée ; ses cheveux étaient couverts d'un *diklo* noir et son corps, caché sous un châle sombre comme la nuit.

— Ah ! souffla-t-elle de satisfaction. Nadyha, Niçu, *av akai*. Venez sentir cet encens. Il tonifie le cœur et apaise l'esprit.

La jeune femme qui s'appelait Nadyha approcha. Elle était grande, mince et de noir vêtue.

— *Puridaia* Simza ! s'exclama-t-elle, grimaçant de découvrir l'odeur de la décoction. Ton encens empeste la valériane ! Où sont donc passées les douces odeurs de mélisse et de lavande ? Et puis d'ailleurs, nous n'avons aucun besoin de ta potion qui rassérène l'esprit. Ce soir, Niçu et moi, nous allons nous amuser, *plus, buru plus*.

Niçu, son frère, un homme au physique maigre et nerveux, pencha docilement la tête au-dessus de la marmite et inspira profondément.

— Merci, *Puridaia*, dit-il en se relevant, voilà que j'ai le cœur tonifié et les nerfs apaisés. Par contre, je ne comprends pas, Nadyha, de quel grand amusement tu parles. Cueillir des herbes la nuit et au nez des *gajes*, ce n'est pas vraiment mon idée d'une partie de plaisir. D'ailleurs, n'avons-nous pas déjà toutes les herbes qu'il nous faut dans cette forêt? se plaignit-il.

Mirella, la femme de Niçu, était assise devant le feu de camp à côté de Baba Simza.

— Ne fais pas semblant, Niçu. Nous savons tous combien tu aimes te jouer des *gajes*.

— Le sage a de la retenue et se détourne du mal, mais l'insensé est arrogant et plein de sécurité, résuma Baba Simza, et, pour apaiser la piqûre de l'insulte, elle adressa un sourire plein d'amour à son petit-fils. Tu as ma bénédiction, Niçu, pars avec Nadyha et ravis les trésors dont ils nous ont dépouillés. Ces *gajes*, tous des *magerd' o choros*.

C'étaient là des mots gitans dont elle fleurissait la langue des Blancs, mais on ne l'aurait jamais prise avec le mot «gitan» aux lèvres, car ces gitans s'appelaient et s'étaient toujours appelés des «Roms». À l'âge vénérable de soixante ans, Simza avait un visage chiffonné et noirci par le soleil et de fortes mains que le labeur avait endurcies. Elle était la *Phuri Dae*, la femme sage de leur clan ou, comme on disait en langue romani, de leur *vitsi*. Nadyha et Niçu étaient ses petits-enfants — ceux qu'elle préférait entre tous, car elle en avait vu naître beaucoup, dix-huit en tout. Elle aimait aussi la femme de Niçu, Mirella, et la traitait comme sa propre petite-fille ; c'était d'ailleurs la coutume gitane que la nouvelle mariée fût adoptée par la famille de son mari.

Simza s'admettait volontiers une affection particulière pour Nadyha. Déjà très belle enfant, Nadyha était aujourd'hui à vingt ans une jeune femme épanouie à la beauté remarquable. Fait rare chez les Roms de son *vitsi*, Nadyha était née avec la peau claire. Elle avait le teint d'un léger mordoré, au contraire de sa fratrie, dont la peau rappelait la terre brune des forêts. On s'était étonné à sa naissance de découvrir ses yeux noisette, d'un brun doré qui s'était ombragé avec l'âge et se striait de vert profond au pourtour de l'iris. Elle avait les sourcils plus clairs que ses cheveux, qui étaient noirs comme l'ébène. Son nez était menu, sa bouche généreuse sans être lippue, et son visage suivait le doux tracé d'un joli ovale. Dans le *vitsi*, on était enclin à attribuer des dons particuliers et une intelligence hors du commun aux enfants nés avec ces traits rares. Dans le cas de Nadyha, il s'avéra que le préjugé favorable était fondé ; la jeune femme se démarquait par son habileté aux travaux d'aiguille et, dès un très jeune âge, avait montré des aptitudes surprenantes pour l'art de la guérison. Sous la tutelle de Simza, Nadyha s'était initiée au savoir des *drabengris* et était devenue une guérisseuse aguerrie. Elle chantait d'une voix belle et claire et avait vite surpassé en talent les professeurs qui lui enseignaient la guitare. On lui connaissait aussi un autre don, un talent avec les animaux qu'aucun membre du *vitsi* n'avait eu. Bien sûr, il était de notoriété publique que les gitans affectionnaient les chevaux ; en fait, ils les considéraient comme des frères. Mais Nadyha, elle, aimait tous les animaux, même ceux que la coutume gitane disait impurs ou sales, et les animaux semblaient l'aimer en retour.

Or, ce n'étaient pas les dons et les talents de Nadyha qui impressionnaient tant Simza. C'était l'esprit qu'elle avait, son cœur, son amour de la liberté et de l'indépendance. En effet, Nadyha avait cette volonté acharnée, cette détermination à apprécier la valeur de toute chose dans la vie, que ce fût de cultiver des herbes, de soigner un oiseau blessé ou de jouer un morceau à la guitare. Nadyha avait un caractère fort, qui parfois se manifestait par des colères et un sursaut d'amertume, mais Simza savait qu'avec le temps, Nadyha gagnerait en sagesse et aussi que son tempérament s'adoucirait quand elle prendrait un mari. Si jamais elle consentait au mariage, pensait souvent Simza, un soupir aux lèvres. Nadyha semblait n'éprouver que du mépris pour les hommes.

Son frère aîné, Niçu, lui ressemblait de caractère, mais ses traits étaient ceux typiques des hommes roms : il avait les cheveux noirs, les yeux d'un brun sombre, les pommettes hautes et saillantes, le visage long et un menton carré. Il avait la peau d'un brun plus clair que certains de sa fratrie, mais un teint qui, comme ceux de tous les Roms, n'avait rien du cuivré des Indiens ni de l'olive des gens d'Arabie.

Sa femme, Mirella, était une jolie Rom. Elle n'avait pas la sévérité au visage, les arêtes vives qui faisaient paraître les autres femmes roms plus dures qu'elles ne l'étaient en réalité. Mirella avait un visage allongé et un petit menton, un nez fin et long. Ses lèvres étaient petites mais pleines, et dans ses yeux noirs, on voyait danser l'éclat d'une joie candide. Mirella était une femme heureuse dans la vie et elle aimait son mari d'un amour profond ; c'était d'ailleurs un rêve qu'elle nourrissait depuis l'enfance de se marier à Niçu. Ils vivaient ensemble depuis deux ans maintenant, et leur mariage avait été ombragé par les événements malheureux de deux fausses couches. Bien qu'elle n'en eût pas toujours conscience et que ce fût presque toujours en l'absence de Niçu, on voyait parfois la tristesse poindre dans ses jolis yeux noirs. Hormis quelques moments plus difficiles, Mirella était une jeune femme de bonne nature qui aimait rire et s'amuser. À dix-neuf ans, elle voyait avec bonheur l'avenir qu'ils auraient, Niçu et elle.

Nadyha éclata de rire quand sa grand-mère traita les démons bleus de « méchants voleurs », car Niçu et elle s'apprêtaient à pénétrer en voleurs sur leurs terres. En temps normal, Nadyha n'aimait pas entendre le mot « voleur », car il rouvrait une plaie douloureuse, celle d'un peuple méprisé dont on se faisait un plaisir de ternir la réputation. Cependant, elle trouvait aujourd'hui le moyen d'en rire. Elle prit Niçu par le bras et dit :

— Dans la bouche du sot, des sottises, et dans le chemin, la voie !

Nadyha aimait taquiner Simza en inventant des dictons qu'elle déclamait à la manière du livre des Proverbes, le préféré de sa grand-mère.

— Partez en paix, *amaro deary Dovvel* veille sur vous, dit Simza tandis qu'ils quittaient le campement pour disparaître dans la forêt dense.

Ils empruntèrent la direction du nord. C'était la mi-juin, et la nuit aurait été suffocante si ce n'avait été de la petite bruine fraîche qui s'était mise à tomber. Les rayons d'une moitié de lune jaune maïs éclairaient leurs pas, encore qu'il aurait pu faire nuit noire et que cela n'aurait rien changé : ils connaissaient le sentier depuis qu'ils étaient enfants. Pour qui n'avait aucune connaissance de la région, ces bois auraient pu paraître obscurs et menaçants. Les grands cyprès et les chênes se dressaient partout autour et des mousses espagnoles s'accrochaient à leurs branches, comme des spectres gris et blancs. Quant à Niçu et Nadyha, ils se sentaient chez eux dans ces bois, de nuit comme de jour. Ils entendirent le hululement d'une chouette et levèrent les yeux pour voir si l'animal ne piquait pas sur eux ; c'était un comportement que l'on observait souvent chez les mâles de l'espèce. La chouette reprit son chant moqueur, mais jamais ils ne virent l'oiseau nocturne.

En empruntant un pont fait de troncs de cyprès, ils traversèrent un marais noir et profond qui ne permettait pas le passage à gué. Le pont, racontait-on, avait été construit par leur arrière-grand-père. De l'autre côté, il fallait descendre un terrain légèrement pentu pour rejoindre les grands champs de tabac qu'on laissait depuis quelques années en jachère. Les soldats de l'Union, trop occupés à faire la guerre, ne s'étaient pas occupés de faire les semailles, et les Noirs qui auraient pu prétendre à la propriété des terres s'étaient désintéressés d'un tel labeur depuis leur affranchissement en 1862.

Ces champs avaient appartenu à la famille Perrados pendant plus de cent ans, et le clan des gitans aussi. Durant la guerre, les démons bleus avaient volé l'argent de Manuel Perrados et confisqué sa maison. On les tenait aussi responsables de la mort du patriarche et de celle de ses fils. Le fils aîné, Jerome, avait été tué à Gettysburg, et le benjamin, Christophe, était mort dans la bataille de Spotsylvania. Manuel Perrados avait alors soixante-quatorze ans. Il avait perdu sa deuxième épouse, Genevieve, dix ans plus tôt durant l'épidémie de fièvre jaune qui avait frappé La Nouvelle-Orléans. Inconsolable depuis toutes ces années, et affligé par la perte de ses deux fils, Manuel Perrados s'était laissé dépérir en silence et avait finalement été emporté par une crise cardiaque lorsqu'on lui avait annoncé la décision de l'armée de l'Union de lever une taxe de huit mille dollars sur ses très nombreux avoirs.

L'arrière-arrière-grand-père de Manuel Perrados avait quitté Madrid et immigré à La Nouvelle-Orléans en 1762, emmenant les dix-neuf esclaves gitans qu'il possédait ainsi que deux serviteurs noirs. Il avait acquis dans le Nouveau Monde une vaste étendue de terres fertiles s'étendant au nord de La Nouvelle-Orléans, le long du Bayou Sauvage. Il y avait fait la culture du tabac. Très vite, les Tabacs Perrados furent reconnus pour leur production de qualité, leurs feuilles au goût riche et aux arômes délicats. La famille s'était enrichie de cette culture et avait entrepris d'étendre la plantation, qui avait compté lors des meilleures années plus de vingt mille hectares de terre. L'arrière-grand-père de Manuel

Perrados avait fait construire une superbe demeure sur la plantation, un bâtiment d'inspiration espagnole sur les berges des eaux lentes du Bayou Sauvage. Ce fut d'ailleurs à l'époque de cette construction que l'arrière-arrière-grand-père de Nadyha et de Niçu avait aidé à rescaper d'une mort certaine les chevaux des Perrados, de fines montures importées d'Espagne à fort coût. Bravant le terrible feu qui ravageait l'étable, l'ancêtre gitan avait sauvé les chevaux, mais était mort deux jours plus tard, succombant à de graves brûlures au corps. Pour honorer cet acte de courage, Xavier Perrados avait affranchi ses esclaves gitans, et puisqu'il avait toujours été un maître juste et équitable, il avait permis que les gitans vivent sur la plantation. Il leur avait versé des salaires, et les gitans étaient devenus des employés aimés et productifs. M. Perrados avait même eu l'idée de fonder une école pour les enfants gitans, et le professeur qu'il avait engagé leur avait appris à lire et à écrire l'anglais mais aussi le français. Xavier Perrados avait un faible pour la culture créole et francophone qu'on retrouvait à La Nouvelle-Orléans; il avait aussi épousé une Française.

Nadyha et Niçu marchèrent vite et furent bientôt sur la pelouse de l'ancienne résidence des Perrados, une superbe demeure au plâtre pêche. Le pavillon principal était imposant, avec ses deux étages, auquel on avait plus tard ajouté deux ailes secondaires. Toutes ses fenêtres et ses portes étaient coiffées d'arches élégantes. Dans la cour principale, on pouvait admirer des parterres de roses anciennes dont le parfum embaumait toute la propriété. Au centre trônait une grande fontaine, où l'eau jaillissante pouvait paresser sur cinq plans en escalier. Elle faisait deux mètres de haut et tenait lieu de socle à la jolie sculpture d'une femme grecque tenant une grande urne.

Nadyha et Niçu n'empruntèrent pas le chemin de l'entrée principale, n'ayant aucun désir de constater l'état déplorable dans lequel elle se trouvait désormais. L'ordre de confiscation émis par le commandant William Wining avait sonné le glas des belles années de la villa. L'élégante demeure servait depuis de quartier général. Les rosiers avaient été piétinés par les chevaux que les soldats laissaient dans la cour. La fontaine servait d'auge, et souvent les hommes s'y baignaient quand les soirées se changeaient en beuveries. Lors d'une nuit de débauche, les soldats avaient voulu s'exercer au tir et avaient pris la statue grecque pour cible. Si la statue tenait encore debout, c'était seulement en raison de leur état d'ivresse avancé. En effet, bien peu de balles avaient atteint leur cible, mais le marbre était brisé en plusieurs endroits : le visage était grêlé, le bec de l'urne était fendu et il manquait un gros morceau au coude de la statue. Dans leur emportement, cette même nuit, les soldats avaient eu l'idée d'organiser une course de chevaux qui avait pour ligne d'arrivée l'arche menant à la bibliothèque de Manuel Perrados. Les chevaux avaient galopé dans les escaliers, marquant le marbre de chaque marche.

Ce soir-là, des lanternes étaient allumées à chaque fenêtre. Nadyha et Niçu pouvaient entendre les chants grivois et les rires gras d'une vingtaine d'hommes à l'intérieur.

— Sales crapauds, marmonna sombrement Nadyha.

Dans la langue romani, on disait jadis «crapaud» pour parler du diable.

Nadyha passa devant Niçu. Ils contournèrent l'aile gauche qui tenait lieu de maison d'été du vivant de Manuel Perrados. Là, quelques chênes balançaient leurs branches au-dessus d'une pelouse envahie de mauvaises herbes. Ils se rendirent plus loin sous un grand magnolia, qu'une clôture en fer forgé ceignait. Derrière l'arbre à fleurs, ils trouvèrent deux plantes hautes, avec des tiges minces comme les roseaux et de longues feuilles pointues.

Tandis qu'ils enjambaient la clôture basse, Nadyha annonça :

— C'est ce que nous venons chercher, Niçu. L'*elachi*, les grains de paradis.

Elle s'agenouilla devant une première plante et lui montra une cosse de la grosseur d'un haricot. Elle prit ensuite le couteau qu'elle avait à la ceinture pour désherber la terre au pied de la plante.

— Fais attention de ne pas couper les tiges, avertit-elle. Déterre soigneusement les racines.

— Dans quoi me suis-je embarqué encore? C'est bon, je creuse, laissa tomber Niçu, résigné à faire le travail.

Il comprenait maintenant pourquoi Nadyha avait apporté un transplantoir. Il s'agenouilla et entreprit de libérer le pied de la plante. Grand-mère avait parlé d'un trésor, mais Niçu ne voyait pas en quoi cette plante était si remarquable; elle n'avait même pas d'odeur particulière. Niçu avait beau renifler, il ne sentait que l'odeur de la terre et le parfum des fleurs de magnolia qui s'ouvraient dans l'arbre au-dessus de leurs têtes.

Nadyha et Niçu arrêtèrent leur récolte, alertés par le vacarme d'un martèlement de bottes dans la maison. Les soldats s'étaient mis à chanter et à taper du pied. C'était un air de marche militaire. Au rythme de la musique, les hommes s'étaient sûrement mis à marcher autour de la longue table à manger en chêne d'Espagne, une table si vieille que son vernis avait pris la teinte noire de l'ébène. Un coup de feu retentit, puis un autre, tandis que les hommes chantaient en chœur. Ils tiraient sans doute en l'air, ruinant les délicates moulures en plâtre du plafond. L'air sombre, Nadyha et Niçu reprirent leur besogne.

Nadyha récolta et rangea soigneusement dans un sac les cosses tandis que Niçu déterrait les plants à l'aide de la pelle.

— Fais attention quand même, ce n'est pas une tranchée que tu creuses, le gronda Nadyha. N'abîme pas la racine pivotante, creuse en cercle autour du pied de la plante.

— *Hai, Kralisi* Nadhya, rétorqua-t-il avec sarcasme.

Elle lui jeta un regard sévère et s'assura que, malgré son impatience, il creusait avec prudence et soin. Rassurée, elle alla grimper dans le magnolia et s'arrêta à mi-chemin de la cime. À califourchon sur une grosse branche, elle chercha dans le feuillage la plus belle fleur à cueillir. Dans la lumière diffuse de la lune, elle trouva la fleur qu'elle cherchait. Celle-ci brillait, blanche et pure, aussi large qu'une assiette et sans aucun froissement sur les pétales. Se tenant d'une main au tronc de l'arbre, Nadyha s'étira précairement pour cueillir la fleur. Passant la main derrière la couronne de pétales, elle réussit à pincer le pétiole entre le pouce et l'index. Elle redescendit prudemment de l'arbre avec la précieuse fleur.

Les plants déterrés, Niçu les coucha au sol, vérifiant que la motte fût assez grosse pour en conserver l'humidité des racines.

— Tu as trouvé ? demanda-t-il tandis que Nadyha sautait en bas de l'arbre.

— Regarde, dit-elle fièrement, lui présentant l'impressionnante fleur.

Il en admira la perfection et dit, un petit sourire aux lèvres :

— *Misto kedast tute, Phei.*

— Merci, mon frère.

Nadyha sortit de son sac un panier d'osier qu'elle avait pris soin de tresser elle-même. Sur le lit de mousse espagnole qu'il contenait, elle déposa délicatement la fleur de magnolia. Le temps était venu d'aller rendre hommage aux morts, et ils enjambèrent à nouveau la petite clôture pour se diriger vers le cimetière familial à l'arrière de la demeure. Un grand portail en arche permettait d'accéder à l'endroit. Par un travail habile, le nom « Perrados » avait été forgé en lettres de fer au haut du portail. Ici comme partout dans la région, les morts ne reposaient pas sous terre, car l'eau qui inondait souvent les terres basses aurait vite fait de ramener les cercueils vers la surface. On retrouvait ainsi dans ce cimetière des tombeaux de marbre, dont certains étaient ornés de colonnes comme des temples grecs. Nadyha et Niçu s'arrêtèrent devant un monument funéraire tout simple. En devanture, l'inscription se lisait simplement «Manuel et Genevieve Perrados, bien-aimés de Dieu».

Devant la porte, Nadyha posa le panier contenant la fleur de magnolia. Manuel Perrados adorait la fleur des magnolias.

— Bonne nuit, *Kako* Perrados, *Kaki* Perrados, dirent Niçu et Nadyha d'une même voix. Nous sommes heureux de vous savoir auprès d'*amaro deary Dovvel*.

Leurs hommages rendus, ils allèrent devant un mur de crépi blanc au fond du cimetière. Il y avait là une série de niches funéraires munies d'un petit réceptacle en fer-blanc destiné à accueillir les offrandes aux morts ; d'ailleurs, certains étaient remplis de pots-pourris et de fleurs en bouquet. Au milieu du mur, ils trouvèrent la niche marquée de l'inscription *Guaril, rom Simza* — la dernière demeure du grand-père paternel de Nadyha et de Niçu, le mari de Simza. Niçu retira la chaîne qu'il avait au cou et la pendit au réceptacle. C'était une chaîne d'un métal modeste, mais dont les maillons étaient travaillés comme de l'argent repoussé. En guise de pendentif, elle arborait une croix en fer joliment gravée. Niçu avait un talent d'orfèvre.

— *Purodod* Guaril, Baba Simza me charge de te dire que tu es et seras toujours son *ves'tacha* et qu'elle est avec ton *te' sorthene*, déclara solennellement Nadyha. Elle te rejoindra bientôt aux côtés de *deary Dovvel*.

Niçu joignit sa voix à celle de sa sœur, et ils dirent au revoir au grand-père avant de retourner au pied du grand magnolia.

Les soldats chantaient encore, leurs voix avinées résonnant dans la grande demeure. Nadyha et Niçu ramassèrent les deux plantes couchées au sol. Ils allaient quitter les lieux quand Nadyha s'arrêta pour jeter un regard intéressé à la clôture en fer forgé.

— Non, Nadyha, dit Niçu sur un ton d'avertissement. Ces bouts de fer sont courts mais lourds. Je ne dis pas que tu ne saurais pas les porter, remarque, s'empressa-t-il d'ajouter en voyant l'œil torve que sa sœur tournait vers lui. Nous ne pourrions pas traîner un poids pareil tout en prenant soin de ne pas abîmer les plantes, n'est-ce pas?

— J'imagine que non, dit-elle sans gaieté. Oh, et puis, nous pourrons toujours revenir pour ramasser le fer. Et peut-être qu'à la pleine lune, on y verra mieux et que je pourrai sauver quelques-uns des rosiers que *Kako* Perrados aimait tant.

— Si tu envisages aussi de voler la fontaine, avertis-moi, s'il te plaît, grommela Niçu, je te construirai un gros chariot.

En avançant dans la lumière du feu de camp, ils furent accueillis par les éclats de rire de Simza et Mirella. Les plants, qui étaient très vieux, s'étaient multipliés de façon exponentielle tout au long des années, si bien que de Niçu et de Nadyha, on ne voyait plus que le haut du corps derrière les grandes tiges touffues d'un mètre et demi de haut. Ils avaient l'air de deux buissons avec de longues jambes.

— Je croyais que nous allions chercher des graines, se plaignit Niçu en posant la plante sous l'immense saule pleureur. Si ces choses sont des graines, alors moi, je suis une fourmi.

Nadyha se délesta de son fardeau, puis Niçu l'accompagna à la pompe à eau pour nettoyer la terre dont ils étaient couverts. Ils allèrent ensuite s'asseoir près du feu. Mirella leur avait préparé une tisane de chicorée et d'écorce d'orange, celle que Niçu préférait. L'infusion était épicée et rafraîchissante, sans toutefois stimuler comme le café ; en fait, elle avait un agréable effet sédatif.

— Je vais me reposer un peu, dit Nadyha, mais c'est promis, Baba Simza, je m'occupe de l'*elachi* avant l'aube.

La vieille femme hocha la tête, se leva et étira ses membres engourdis.

— C'est bien, Nadyha. Les plants flétriraient et mourraient si nous les laissions hors de terre toute la nuit. Je vais me coucher.

Ils se souhaitèrent bonne nuit. Niçu alla s'asseoir dans les marches de sa roulotte pour ôter la boue qui s'accrochait à ses bottes. Pendant ce temps, Mirella demanda à Nadyha :

— Voudrais-tu que je t'aide avec l'*elachi* ?

— Non, c'est inutile. J'ai déjà préparé la terre, répondit Nadyha. Il reste seulement à y mettre les plants et à les arroser. Ne t'en fais pas et va te mettre au lit, *Phei*.

Nadyha avait pris l'habitude d'appeler Mirella « sœur », et c'était tout naturel, puisqu'elle l'aimait comme telle.

Sa tivano bue, Nadyha apporta les plants au petit coin de jardin dont elle avait plus tôt retourné la terre.

Elle s'appliqua à les planter dans les règles de l'art, s'assurant de bien enterrer les racines pivotantes, puis elle ajouta rapidement une couche de sol sablonneux par petites pelletées autour des plants. Il lui resta à arroser chaque plant d'un arrosoir plein, et pas davantage.

Satisfaite de son travail, elle alla éteindre le feu, passa un moment à s'occuper des animaux, puis se prépara à se mettre au lit. Il lui fallut un certain temps avant de trouver le sommeil, bien qu'elle se sentît une grande fatigue. Allongée, le regard perdu dans le couvert des arbres qu'elle pouvait voir par la grande fenêtre à l'arrière de sa roulotte, elle réfléchissait, à défaut de pouvoir dormir.

Elle s'était mise à penser à la journée à venir, à toutes les tâches qu'elle comptait accomplir et à d'autres qui devraient attendre, faute de temps. Elle aurait souhaité que le marché n'ouvre pas seulement dans deux semaines pour qu'elle puisse dès demain se rendre en ville pour vendre les fruits de son artisanat. Nadyha sentait un bouillonnement en elle, une impatience de vivre de nouvelles expériences, de découvrir de nouveaux paysages et peut-être même de faire de nouvelles rencontres. Ce n'était pas qu'elle s'ennuyait dans sa famille, mais plutôt qu'elle aspirait à une vie plus trépidante. Elle était encore jeune après tout.

Elle pensa à son frère et à Mirella qui s'aimaient tant, à la passion qu'ils partageaient. Nadyha n'était pas différente, mais ses désirs amoureux étaient encore informes, sans nom et sans objet. En pensée, elle essayait parfois de s'imaginer amoureuse, de mettre une image sur son désir, sur un homme qu'elle aimerait, mais c'était peine perdue, et pour cause, car de manière générale, les hommes ne lui inspiraient que mépris et dédain, surtout les *gajes*, mais aussi certains *romoros*.

Suivant la coutume chez les Roms, sa famille l'avait promise en mariage à l'âge de quatorze ans. Elle aurait dû épouser Ferka, un gamin de quinze ans maigrichon et aux mains baladeuses. Une fois, il avait mis la main sur Nadyha, et elle s'était fâchée, promettant de lui planter un couteau dans le corps s'il osait recommencer. Le soir même, elle avait dit à Baba Simza que jamais elle n'épouserait Ferka, ni qui que ce soit d'autre d'ailleurs. Baba Simza avait bien compris qu'il ne servirait à rien de forcer la main de Nadyha, qu'elle ne changerait pas d'avis. Usant de son autorité en tant que *Phuri Dae*, Baba Simza avait convaincu le père de Nadyha, et les fiançailles avaient été rompues. Libérée, Nadyha avait dû néanmoins essuyer les remontrances et les commentaires méprisants des gens du *vitsi*. On l'avait traitée de tous les noms, on s'était amusé à dire qu'elle serait vieille fille à vingt ans, mais rien de tout cela n'avait ébranlé Nadyha dans sa détermination. Et le temps lui donna raison, puisque, à vingt ans, elle n'était ni décrépite ni vieille, et tout aussi déterminée à renoncer au mariage.

Bien sûr, cela ne l'avait pas empêchée de se découvrir à seize ans un béguin pour le plus jeune des garçons de la famille Perrados. De huit ans son aîné, Christophe Perrados était à ses yeux de jeune fille l'homme le plus séduisant et le plus gentil du monde. De son côté, Christophe ne s'était jamais intéressé aux gitans de la famille avant que Nadyha ne cherche des excuses pour se retrouver seule avec lui. Malgré son jeune âge et l'étourderie de l'amour juvénile, Nadyha était perspicace et vive. Elle avait vite compris que Christophe était prêt à la prendre en affection, physiquement, mais qu'il considérait le mariage avec une gitane comme une farce certes amusante mais grossière. Un jour, il était parti à la guerre pour ne jamais en revenir. Nadyha avait versé des larmes en apprenant sa mort, mais cette relation lui avait laissé une marque douloureuse. C'était peut-être de là qu'étaient nés le mépris et la suspicion qu'elle entretenait à l'égard des hommes.

Nadyha avait souvent réfléchi à cette étrange attitude qu'elle avait avec les hommes. Pour seule responsable, elle n'avait trouvé que la nature du sang qui coulait dans ses veines. Les Roms étaient des nomades, des vagabonds ; ils l'avaient été depuis des temps immémoriaux. Son *vitsi* était l'un des rares clans sédentaires, une exception à la règle. Peut-être que son cœur rêvait d'une vie sans attache, d'une existence où chaque jour vous amène de nouveaux visages, différents paysages.

Or, au fond d'elle-même, Nadyha savait que c'étaient des excuses. Bien sûr, elle avait ce goût de voir le monde et de vivre de nouvelles expériences, mais elle aimait davantage sa famille, la vie qu'elle menait ici.

Lasse de ces questionnements sans issue et par trop de fois répétés, Nadyha tourna ses pensées vers Dieu. Peut-être qu'Il avait toutes les réponses, comme Baba Simza aimait le répéter. Mais Nadyha était incapable d'y croire. Elle avait beaucoup de colère en elle ; son cœur nourrissait le ressentiment et l'amertume de bien des malheurs, certains personnels, mais d'autres nés de l'injustice et du mépris dont son peuple faisait l'objet. Elle ne comprenait pas comment, si c'était vrai que Dieu est bon, le monde pouvait être si mauvais. Elle voyait là deux vérités irréconciliables, et le plus grand non-sens.

Venant à la conclusion que ses ruminations n'avaient d'autres conséquences que de la garder éveillée, elle fit le vide dans son esprit. Immobile dans son lit, elle se mit à inventer les premières notes d'une nouvelle chanson. Ce serait une chanson poignante et douce-amère, décida-t-elle, une chanson qui parlerait d'une jeune étrangère en quête d'un endroit où s'installer, d'une maison de paix et de réconfort. Malheureusement, elle ne trouva pas la musique ni les paroles qui disaient ces sentiments, et bientôt elle tomba endormie, quelques notes en mineur sur le bout des lèvres, des notes qui continuèrent à résonner un temps dans son esprit troublé.

CHAPITRE 4

Denny se trouvait au plus mal.

Depuis le constat de Gage, deux jours plus tôt, que Denny avait contracté la rougeole, son état n'avait cessé de s'aggraver. Grandement affaibli, Denny avait le corps couvert d'éruptions rougeâtres, et même Gage s'inquiétait d'en trouver autant; on pouvait difficilement trouver un endroit du corps où mettre le doigt sur de la peau saine, et Denny se plaignait de démangeaisons terribles. Et bien que sa fièvre ne fût pas des plus sévères, elle était constante depuis plus de quarante-huit heures, et le moral de Denny s'en ressentait.

Mais le pire, ce n'était pas la peau qui lui démangeait ni la fièvre persistante. C'était un mal plus pernicieux, celui de la toux qui, à cause de la côte brisée et de l'épuisement dans lequel elle le laissait, causait plus de souffrances à Denny que tous les autres maux réunis. Gage veillait au chevet du malade et surveillait la progression des symptômes. Il y avait une forte chance que la maladie dégénère en pneumonie, et Gage n'y pouvait rien changer, sauf peut-être d'assurer à Denny un certain confort. En ce sens, il mouillait d'eau fraîche le front du malade pour faire baisser la fièvre et préparait du bouillon léger ou du gruau, au cas où il aurait faim. La veille, Denny avait refusé de s'alimenter, n'avalant rien d'autre qu'une ou deux gorgées d'eau. Il se plaignait d'un mal de gorge qui l'aurait empêché d'ingurgiter la moindre nourriture. Gage en conclut qu'il avait la bouche et la gorge rongées par des ulcères, un autre symptôme qu'il avait déjà constaté chez des rougeoleux.

Gage se leva et se vêtit aux premières lueurs de l'aube pour seller Cayenne. L'air se réchauffa quand les arbres alentour laissèrent filtrer les rayons du soleil. Denny grogna un peu en se débarrassant de la redingote rouge que Gage lui avait mise sur le corps en guise de couverture supplémentaire. Lentement, il ouvrit les yeux et demanda dans un murmure rauque :

— Je peux avoir de l'eau ?

Denny était si faible que Gage dut l'aider à s'asseoir pour le faire boire à même la gourde. Le malheureux s'étouffa à la première gorgée d'eau et se mit à tousser d'une toux grasse et mauvaise, son visage devenant blême sous l'effet de la douleur. Quand la toux cessa, il se laissa retomber sur les oreillers de fortune que Gage lui avait confectionnés, de gros ballots d'herbes tendres enveloppés dans ce qu'il restait du coton pour les bandages. Gage avait remarqué que Denny toussait moins avec ces gros oreillers dans le dos.

— Écoutez, Billy Yank, dit-il d'un ton inquiet. Je vais chercher de l'eau fraîche et je reviendrai pour m'assurer que vous allez bien, mais ensuite je pars en ville vous procurer des médicaments.

Gage fut confirmé dans ses craintes quant à la gravité de l'état de Denny quand celui-ci n'eut même pas la force de rouspéter. Il l'entendit seulement marmonner son accord.

— OK, Johnny Reb.

Ces deux derniers jours, Denny se braquait chaque fois que Gage évoquait la possibilité de l'amener voir un docteur en ville. Il ne voulait même pas entendre Gage quand celui-ci se proposait d'aller chercher des médicaments. Il s'était convaincu et essayait de persuader Gage qu'une fois les rougeurs disparues, tout irait bien. Il avait fini par croire que les éruptions étaient la cause de tous ses maux et que, comme Gage l'avait lui-même dit, les rougeurs disparaissaient après quatre ou cinq jours. Gage n'avait pas cherché à le détromper de l'erreur ; quel bien Denny aurait-il retiré de savoir qu'il serait mal plus longtemps que ce qu'il espérait ? La culpabilité tenaillait Gage. Il aurait dû traîner Denny en ville dès l'apparition des premiers symptômes ; il aurait dû savoir qu'un homme blessé par balle ne guérissait pas aussi facilement de la maladie, que des complications étaient à prévoir.

Denny toussa de nouveau. Gage posa le dos de la main sur le front du malade et sut que la fièvre le consumait encore. Denny ne semblait pas conscient qu'il brûlait de l'intérieur.

Gage ramassa les deux gourdes, qui étaient presque vides ; il n'aimait pas l'idée de laisser Denny, mais il leur fallait de l'eau, et vite. Tenant Cayenne par la bride, Gage partit à l'est vers le seul point d'eau potable qu'il connaissait au nord de La Nouvelle-Orléans. C'était une source qui sortait de terre au pied d'un bosquet de gommiers noirs. La veine d'eau ne devait pas courir profondément dans la terre puisque l'eau qu'on y puisait était à peine froide. Les autres sources d'eau fraîche dont Gage avait connaissance produisaient toujours en surface des eaux glacées. Gage s'amusa à penser que le soleil de Louisiane réchauffait même les eaux souterraines.

C'était sa troisième visite à la source en deux jours, car il n'avait pour seuls récipients que leurs gourdes. C'était aussi son premier printemps en Louisiane depuis que la guerre avait éclaté, et Gage avait oublié à quel point c'était beau. Il arriva enfin au bosquet de gommiers noirs qui cachait la source. Derrière les arbres, il trouva l'eau giclant en petits bouillons, en amont d'un ruisseau limpide qui courait sur un kilomètre avant de rejoindre le calme paysage des bas marécages. Dans ce coin de forêt, les gommiers noirs faisaient plonger leurs racines-échasses vers la terre dans un enchevêtrement couvert de mousse. Dans le sous-bois, les fougères balançaient dans la brise leurs frondes délicatement dentelées. Gage aurait aimé qu'il fût possible d'installer un campement dans cet endroit calme et généreux, mais trop de racines couraient au sol, et Denny n'aurait pu s'étendre confortablement.

Gage lâcha la bride de Cayenne et lui dit :

— Tu ferais mieux de boire à ta soif, garçon. Nous avons devant nous une bonne chevauchée.

Gage s'avança dans le bosquet pour aller remplir les gourdes au premier filet d'eau puisqu'il aimait se ravitailler directement à la source, mais tout autre point en aval aurait fait l'affaire, puisque l'eau du ruisseau coulait claire et fraîche jusqu'aux abords des marécages.

Il sortit du bosquet et se figea dans ses pas. Alerte comme s'il s'était encore trouvé à la guerre, Gage saisit l'ensemble de la scène en une fraction de seconde.

À quelques mètres devant lui, au milieu du ruisseau, il y avait deux femmes. L'une était couchée dans l'eau, dans une cuvette creusée par la source, l'autre se penchait sur la première, et l'eau dans laquelle elle avait les mains plongées était rose de sang.

La jeune femme leva les yeux. Son visage se fit féroce et ses yeux s'emplirent d'éclairs. Elle leva la pointe d'un couteau en direction de Gage, retroussant les lèvres comme une menace.

Gage laissa tomber les deux gourdes et leva les mains dans les airs.

— Je ne vous veux aucun mal, m'dame, dit-il tout doucement, mais la femme pointait encore l'arme blanche sur lui, son expression toujours aussi féroce. Je peux vous aider, si vous avez besoin d'aide.

La femme couchée dans l'eau releva la tête, et Gage vit son visage tordu comme un masque de douleur. Elle adressa quelques mots à la jeune femme dans une langue que Gage ne reconnut pas. Lentement, la jeune femme baissa son couteau et dit à Gage d'une voix grave :

— Elle s'est pris la jambe dans un piège.

Gage s'approcha prudemment, ses bottes glissant sur les racines mouillées des gommiers noirs. La femme couchée dans l'eau portait une longue jupe grise qui flottait autour d'elle. Les mâchoires rouillées d'un piège s'étaient refermées sur sa jambe droite, juste au-dessus de la cheville. La jeune femme avait voulu forcer le mécanisme avec son couteau, mais le couteau n'était apparemment pas assez solide ou la femme, pas assez forte. Gage s'accroupit et ferma les mains sur les mâchoires en dents de scie du piège. Bandant les muscles, grognant sous l'effort, il réussit à ouvrir les mâchoires d'un centimètre, puis de deux, et quand la jambe fut libérée, la jeune femme s'empressa de sortir l'aînée de l'eau. D'un geste rapide, Gage ôta ses mains, et le piège mortel se referma dans un grand claquement métallique. Ensuite, il ramassa l'engin désamorcé et le lança loin dans la forêt.

La vieille femme s'étendit sur la berge, haletante comme un animal blessé, sa bouche comme un trait exsangue. Gage, qui se trouvait encore accroupi dans le ruisseau, s'adressa à la jeune femme.

— Vous avez un campement près d'ici ?

— Oui, tout près d'ici, dit-elle en indiquant l'ouest d'un signe de main.

Bien que Gage n'eût aucune mauvaise intention, la jeune femme lui réservait toujours le même regard sauvage, encore que Gage remarquât qu'elle avait rangé son couteau.

— Je peux la porter, s'offrit-il, ou si vous préférez, nous pouvons l'amener sur mon cheval. Il a très bon caractère.

La femme blessée avait l'âge d'être grand-mère et était un peu grassouillette. Dans son état, elle ne pourrait pas aller bien loin sans s'appuyer sur une épaule solide.

La jeune femme regarda la vieille femme qui, de douleur, plissait les yeux. Elle regarda la jambe blessée. Le piège avait ouvert des plaies terribles à regarder de chaque côté de la jambe, et les lacérations dans les chairs saignaient abondamment.

— Très bien, dit la fille sans joie aucune dans la voix, mais d'abord, nous devons nettoyer ses blessures.

Sur ce, elle eut quelques paroles pour la vieille dame souffrante, et celle-ci répondit d'un faible hochement de tête. Son regard revint sur Gage.

— Aidez-moi, dit-elle tandis qu'elle passait le bras autour de la taille de la vieille femme.

Gage s'agenouilla derrière la vieille femme et mit les mains sous ses bras. Aussi doucement qu'il le put, il la souleva en tirant vers lui. La fille voulait placer la cheville de la vieille dame dans un remous agité du cours d'eau. Tandis qu'ils la plaçaient dans la bonne position, la vieille femme gémit en pinçant les lèvres ; on aurait presque dit un grognement. Elle était tendue de douleur, son corps raide comme du bois.

— C'était rouillé et plein de terre, s'inquiéta la fille dans un marmonnement.

Gage savait qu'elle parlait des mâchoires en métal du piège.

— Oui, m'dame, dit-il à regret. Le tétanos, c'est une bien horrible chose.

La jeune femme fronça les sourcils.

— Qu'est-ce que c'est, le tétanos ?

Gage regretta aussitôt sa remarque.

— C'est… avez-vous déjà entendu parler du trismus ? demanda Gage, ce à quoi elle répondit que non. C'est le premier symptôme d'une maladie qu'on attrape en se blessant avec quelque chose de rouillé, ou de souillé par la terre ou des déjections animales, raconta calmement Gage. Vous avez raison, le mieux, c'est de nettoyer les plaies.

C'était la vérité, mais une vérité qui ne fit rien pour rassurer la jeune femme.

— Combien de temps devrions-nous rincer les plaies ? Il y a beaucoup de sang.

— Laissons la jambe une minute ou deux sous l'eau, répondit Gage.

Ils s'assirent et, pendant les minutes de silence qui suivirent, Gage jeta sur la jeune femme quelques regards à la dérobée. Elle avait une beauté que Gage n'avait vue chez aucune autre femme, comme une fleur exotique et jusque-là inconnue qu'on découvrirait pour la première fois. Sa peau satinée rappelait la couleur fauve, et assis près d'elle, Gage pouvait admirer la délicate beauté de ses yeux, noisette au pourtour de la prunelle, puis en nuances de brun presque translucide et de vert profond. Ses cheveux pourtant noir d'ébène brillaient de reflets comme une agate d'onyx. Elle portait un corsage ample à manches longues qui laissait une épaule dénudée et une jupe grise dont l'ourlet était tout déchiré. À la taille, elle avait une large ceinture de cuir noir avec une boucle en argent repoussé. Ses gestes étaient gracieux mais vifs, presque félins. En la regardant, Gage eut cette drôle d'idée qu'il était tombé sur une tigresse dans les bois de Louisiane.

— Nadyha, c'est bon maintenant, chuchota la vieille femme. Laisse le *gajo* me ramener à la maison.

Nadyha ne sembla pas ravie, mais hocha la tête en lorgnant Gage du coin de l'œil. Ils se levèrent, et Gage souleva la vieille femme dans ses bras.

— Suivez-moi, dit Nadyha, qui s'arrêta pourtant, comme prise d'un doute. Que faites-vous de votre cheval ?

Gage porta deux doigts à sa bouche et siffla, un son sec et strident.

— Allez, garçon, héla-t-il, et Cayenne vint traverser le ruisseau pour les suivre docilement dans les bois.

Nadyha entraîna Gage dans la direction opposée à son campement. La vieille femme s'accrochait à Gage et, de douleur, elle refermait des mains crispées dans son cou. Sa jupe détrempée dégouttait dans le sentier, et elle perdait beaucoup de sang. Elle gémissait et devenait plus pâle à chaque pas.

— Je suis vraiment désolé pour ce qui vous est arrivé, m'dame, dit-il à voix basse. Je crois pouvoir vous aider. Chose certaine, je vais essayer.

Ses yeux troublés par la douleur se posèrent sur son visage, inquisiteurs, comme si elle essayait de lire ses pensées. Après un moment, elle réussit difficilement à dire :

— Les paroles agréables sont un rayon de miel, douces pour l'âme et salutaires pour le corps.

Gage s'étonna d'entendre cette vieille dame en bouffrance citer le livre des Proverbes ; de la beauté sauvage de la fille et des traits étranges de la vieille femme, il avait cru avoir affaire à des immigrants païens.

Nadyha marchait vite et jetait souvent des regards anxieux par-dessus son épaule, mais Gage n'avait aucun problème à suivre le rythme. Bien que la femme fût lourde, Gage se sentait la même force et l'énergie qu'il avait en temps de guerre, quand, en plein affrontement, il fallait sortir les blessés du champ de bataille. « Dieu donne à l'homme une force surhumaine quand c'est nécessaire », pensa-t-il.

Ils marchaient depuis quelque huit cents mètres quand soudain les bois s'ouvrirent devant eux. D'instinct, Gage saisit en quelques regards l'ensemble de la scène et fut étonné de ce qu'il découvrait. On aurait dit une enclave, ou une grotte dont les murs auraient été faits de végétaux. Les bois et les buissons en fleurs fermaient deux côtés de cette enceinte insolite tandis que, en retrait, un saule faisait retomber en un rideau opaque ses longues branches pleureuses. Un puissant parfum poivré de menthe s'élevait des herbes rampantes qui tapissaient le sol. Alignées en demi-cercle contre les murs de verdures, il y avait trois grandes roulottes en bois joliment décorées et peintes de couleurs vives. Devant les roulottes, un grand feu faisait crachoter des bûches de cyprès. Au-dessus des flammes, sur des trépieds, trois marmites laissaient échapper des volutes vaporeuses. Gage avait saisi le moindre de ces détails, et la conclusion lui apparut évidente : il se trouvait dans un camp de gitans. Cependant, ce n'était pas le plus étonnant.

À sa droite, un aigle le regardait depuis un perchoir fait de vignes tressées, posant sur lui son regard vigilant de prédateur. Assis au pied du perchoir, un grand ours noir s'était assis et dévorait une pomme qu'il tenait avec les deux pattes de devant. À côté de la roulotte de gauche, il y avait un couguar, couché à la manière du Sphinx dans un rayon de soleil, à côté d'un chat noir plein d'indifférence qui faisait sa toilette.

Une jeune femme sortit précipitamment de la roulotte de droite, la peur au visage. Elle sembla poser une question, sa voix aiguë et apeurée, et Nadyha répondit en quelques mots du même dialecte, avant de signifier à Gage qu'il devait la suivre dans la roulotte du milieu. Ils gravirent les quatre marches menant à la porte en arche. Il entra derrière Nadyha et dut plier l'échine pour ne pas se cogner la tête au plafond, qui ne faisait pas tout à fait deux mètres. L'endroit était tout en couleurs ; partout où le regard se posait, il y avait des peintures vives et des tissus éclatants. La jeune femme dont Gage ne connaissait pas le nom resta au pas de la porte à sangloter en silence.

Il y avait un grand lit au fond de la roulotte, sous une large fenêtre où poussaient des jardinières de petites fleurs jaunes. Nadyha débarrassa le lit de sa grande courtepointe multicolore, puis se pencha pour chercher un rouleau de tissu blanc. Après en avoir mesuré plusieurs longueurs, elle fit une marque au couteau et déchira la partie voulue. Par plusieurs plis, elle obtint une bonne épaisseur et étendit le tissu sur le lit. Elle fit alors signe à Gage, qui aida la vieille femme à

se coucher, prenant soin de placer sa cheville ensan-
glantée sur le tissu que Nadyha avait préparé. Une fois
installée sur le matelas douillet, la vieille femme poussa
un frêle soupir de soulagement.

Nadyha s'agenouilla, lui prit la main et lui posa
une question. La femme grimaça avant de répondre
d'une voix rauque :

— Une tisane de saule pleureur me ferait le plus
grand bien. Béni soit *miry deary Dovvel* que nous ayons
de l'*elachi*. Prépare un cataplasme, tu veux ?

Le simple fait de parler lui semblait pénible. Elle
serra les dents et ferma les yeux avec force. Ses mains
et ses bras se mirent à trembler. Gage avait vu des
hommes blessés dont le corps tout entier était pris de
convulsions sous l'effet d'une extrême douleur.

Nadyha parla à la femme dans l'embrasure de la
porte.

— Mirella, va nous chercher de l'écorce de saule, tu
en trouveras dans ma roulotte. C'est écrit sur la boîte.
J'ai mis à sécher de l'*elachi* ce matin. Tu le trouveras sur
le séchoir à côté du jardin d'herbes.

Mirella s'exécuta sans plus attendre.

Nadyha examina la jambe de la vieille femme. Elle
leva ensuite des yeux à la fois incertains et soupçonneux
vers Gage.

— J'ai déjà vu des blessures semblables, m'dame,
dit-il. Puis-je vous aider ?

Nadyha allait demander à la vieille femme si elle
acceptait l'aide de l'étranger, mais elle n'eut pas le temps
de commencer sa phrase que celle-ci chuchotait :

— *Hai, gajo.* S'il vous plaît.

Nadyha eut un commentaire qui, à en croire le ton, était tout sauf conciliant, mais la vieille femme rétorqua :

— Non, Nadyha, c'est la chose à faire.

Sur le visage de Nadyha, on vit se dessiner les traits d'une résignation fâchée.

Gage enleva un peu de sang à l'aide du tissu blanc pour examiner la gravité des plaies. Ensuite, avec le toucher le plus doux qu'on puisse imaginer, il tâta autour des chairs meurtries, en dessous et au-dessus des lacérations. Relevant la tête, il dit tout bas à Nadyha :

— La jambe est cassée.

— Lequel ? demanda-t-elle.

Gage comprit qu'elle parlait des os.

— Le petit, mais il va falloir immobiliser la jambe, répondit-il, avant de poser une question sur un ton plein de politesse. Puis-je lui demander son nom ?

— Je m'appelle Simza, répondit la femme. Vous pouvez me parler, je ne suis pas sourde, vous savez. Qu'aviez-vous en tête, jeune homme ?

— Mademoiselle Simza, j'ignore si vous… si votre peuple connaît des remèdes plus efficaces, hésita à dire Gage, mais j'ai en ma possession un antidouleur qui devrait vous aider. C'est un médicament fort et dangereux s'il est pris en fortes doses, mais dans l'éventualité où l'os devra être replacé, je ne peux que le conseiller. J'en garde une fiole dans une de mes sacoches de selle.

— Je comprends, dit-elle dans un souffle haletant. Votre médicament, c'est du laudanum ?

— Oui, m'dame.

— Bien, j'en prendrai.

Gage sortit de la roulotte. Il regarda alentour, mais ne vit Cayenne nulle part. Il jeta un regard inquiet au couguar, qui le regardait avec un certain intérêt. Gage eut la désagréable impression que l'animal ne ferait qu'une bouchée de lui.

Nadyha vint dans son dos et lui tira la manche.

— Je vais retrouver votre cheval. Où se trouve le médicament ?

— Dans la sacoche droite de la selle, dans une bouteille bleue, répondit-il. M'dame, je ne suis pas certain que mon cheval...

Elle était déjà partie, et il la regarda marcher d'un pas léger dans le chemin d'où ils étaient venus.

Gage revint au chevet de Simza et s'affaira à éponger le sang qui suintait encore des plaies. Il pouvait à présent voir clairement la peau et les muscles déchirés. Les dents du piège avaient glissé avant de s'enfoncer dans la chair. Gage pensa que c'était presque une chance qu'elle se fût pris la jambe dans un piège à loup, et non dans ceux que l'on destine aux ours, car dans cet autre cas, le pied aurait été sectionné net.

Gage eut une pensée inquiète pour la jeune femme à la beauté sauvage, mais se dit aussitôt qu'elle trouverait vite Cayenne, le cheval n'ayant pas l'habitude d'aller très loin. Il craignait quand même que Cayenne n'ait pris peur en découvrant l'étrange maisonnée d'animaux qu'abritait le campement gitan. Il fallait espérer que Nadyha réussisse à approcher le cheval, suffisamment pour atteindre la fiole de laudanum...

Les yeux brillants et le sang empourprant son visage fauve, Nadyha arriva sur ces entrefaites.

— Quelle dose ? demanda-t-elle de but en blanc.

— Ça dépend. Est-ce qu'elle a déjà pris de la morphine ou quelque autre teinture d'opium ?

— Non.

— Est-ce qu'elle boit ? Du brandy ou du whisky ?

— Jamais.

— Dans ce cas, donnez-lui une cuillerée comble, et nous verrons, dit Gage avec plus de certitude qu'il en avait en réalité.

Dans le tiroir d'une commode, Nadyha trouva une cuillère à soupe qu'elle remplit à ras bord de liquide soporifique. Elle administra la teinture à Simza. Quelques instants plus tard, on voyait déjà le laudanum faire son effet. Simza semblait plus détendue.

— Une autre cuillère, demanda la blessée, dont la voix avait retrouvé une certaine force.

Nadyha lui versa une autre cuillerée.

Ils attendirent tandis que Simza restait allongée, les yeux mi-clos. Sa respiration se fit plus aisée et ses mains cessèrent de trembler. Bientôt, son corps tout entier fut engourdi. Elle hocha la tête et dit tout bas, s'adressant à Gage :

— Je suis prête, *gajo*. Faites-le maintenant, et vite.

Gage se plaça au pied du lit et demanda l'aide de Nadyha.

— Tenez sa jambe au niveau du mollet. Tenez-la fermement.

Nadyha fit ce qu'il demandait d'elle.

Gage referma une main sur le pied de Simza et plaça l'autre de manière à avoir une bonne prise au-dessus de la cheville. Sans autre forme d'avertissement, il appliqua un brusque et puissant mouvement du torsion.

— Ahhh ! fit Simza dans un grognement bruyant.

C'était fait; l'os avait retrouvé sa place. Gage l'annonça à Nadyha d'un hochement de tête et vit que des larmes mouillaient les yeux de la jeune femme. Quand elle vit l'expression compatissante sur le visage de Gage, elle s'empressa d'essuyer ses larmes, comme si elles avaient eu quelque chose de honteux.

Simza laissa échapper un profond soupir, respira profondément puis se sentit la force d'un peu d'humour :

— Aïe, aïe, aïe. C'était douloureux, plus que je l'aurais cru, mais moins que ç'aurait dû l'être. Merci, *rai*.

Nadyha eut un petit rire moqueur.

— Mais je vous en prie, m'dame, dit Gage à Simza pour ensuite s'adresser à Nadyha. Quand vous aurez soigné les plaies, il faudra éclisser la jambe. Avez-vous besoin d'aide pour faire une attelle ?

— Non, mon frère Niçu s'en occupera dès son retour. Il est à la pêche, dit-elle avec une certaine emphase dans la voix, ce que Gage interpréta comme une volonté de lui faire savoir qu'il n'y avait pas que des femmes dans le campement.

« Vous vous débrouillez très bien seule », pensa Gage sans le dire.

Mirella revint avec une petite carafe et la plus délicieuse des odeurs se répandit dans la pièce ; Gage n'avait jamais rien senti d'aussi doux. C'était une fragrance sucrée, mais aussi subtilement épicée, un arôme poivré mariant les sucres du miel. Bien qu'il n'eût jamais rien senti de tel, cela lui fit penser à l'Extrême-Orient, à des déserts, à des oasis, à des hommes enturbannés.

— Qu'est-ce que c'est ? demanda-t-il dans un petit souffle.

Les yeux clos, Simza prenait de grandes inspirations, respirant les parfums qui embaumaient l'air. Un petit sourire vint flotter sur ses lèvres.

— Les onguents et les parfums réjouissent le cœur, murmura-t-elle.

— C'est l'*elachi*, les grains de paradis, répondit Nadyha. C'est une plante très rare qui les produit. Les *gajes* ont un autre nom pour l'*elachi* ; ils disent « cardamome ».

— Je n'ai jamais entendu ce nom, murmura Gage, mais je ne l'oublierai pas.

Il se tourna vers la porte, mais s'arrêta quand, de son lit, Simza l'interpella :

— *Av akai, rai.*

— Elle dit « venez ici », traduisit Nadyha. « Venez ici, *monsieur* », crut-elle bon de préciser avec dédain.

Gage retourna auprès de Simza. Elle lui présenta les deux mains, qu'il prit dans les siennes après une brève hésitation.

— *Devlesa avilan*, dit-elle tout bas.

— Ce sont de vieux mots roms pour souhaiter la bienvenue, lui expliqua Nadyha. Ces mots signifient « c'est Dieu qui vous a mis sur mon chemin ».

— Que dois-je répondre ? demanda Gage.

— En réponse, nous disons « grâce à Dieu, je vous ai trouvée », et Nadyha prononça lentement la phrase en langue romani.

Gage regarda Simza et lui sourit.

— *Devlesa araklam tume*, mademoiselle Simza. Je prierai pour votre rétablissement, que Dieu vous bénisse et vous garde, mesdames.

Il quitta la roulotte et laissa Mirella et Nadyha discuter entre elles. En descendant les marches, il eut à nouveau un regard pour le gros félin qui l'observait sans cligner les paupières. Il tourna les yeux vers l'ours, qui semblait s'être endormi en position assise. L'aigle avait disparu, le chat noir aussi, et Cayenne n'était pas revenu.

Dans un soupir, Gage emprunta le sentier qu'ils avaient suivi jusqu'au campement gitan. Il avait passé l'orée des bois quand la voix de Nadyha s'éleva derrière lui.

— *Gajo, av akai !*

« Soit j'ai mal compris mes leçons de romani, soit elle dit "viens ici, toi" », pensa Gage en souriant sous cape.

Quand il se retourna, il la vit, les mains en cornet devant la bouche, qui disait :

— Baba Simza dit que j'ai une dette envers vous. Que voulez-vous ?

Elle se tenait droite et s'adressait à lui d'un ton de défiance.

En la voyant ainsi, svelte et belle, la tête fière et haute dans le soleil de plomb qui illuminait son visage superbe, Gage se dit qu'elle devait faire l'objet de toutes les attentions masculines, attentions pour lesquelles elle n'avait aucun goût ; du moins, c'est ce que Gage pouvait conclure du peu qu'il savait d'elle.

— Eh bien, répondit-il en adoptant le ton détaché de l'indifférence, vous pourriez par exemple me dire où je pourrais trouver mon cheval, si bien sûr vous ne l'avez pas donné à manger à votre couguar. Il m'a l'air bien nourri.

— C'est une femelle, et elle s'appelle Anca, dit Nadyha dans un souffle exaspéré. Et sachez que malgré tout l'amour que je lui porte, je ne la laisserais jamais manger du cheval. Votre animal est attaché derrière la roulotte de mon frère, vous le voyez ? dit-elle, et Gage vit en effet Cayenne là où elle le disait, grignotant avec contentement ce qui ressemblait à de grandes pailles jaunes dans un seau.

— Ce sont des pâtes, dit Nadyha en le voyant perplexe. Vous ne lui en donnez jamais à manger ? Les chevaux adorent les pâtes, et c'est un bon aliment pour eux. J'y ai ajouté un morceau de canne à sucre, que votre cheval a déjà mangé, le petit goinfre.

— Merci à vous, m'dame, dit Gage. Vous m'excuserez, mais j'étais sur mon départ.

Cette fois, elle parla sur un ton courtois et sincère.

— Attendez, *gajo*. Baba Simza est sérieuse, tout comme moi. Nous vous sommes redevables, et il me faut savoir comment vous repayer cette dette.

— M'dame, répondit-il d'un ton égal, je vous ai aidées, vous et mademoiselle Simza, pour la simple raison que vous aviez besoin d'aide. Il n'existe aucune dette entre nous, et vous ne me devez rien.

— Nous avons de l'argent, laissa-t-elle platement tomber.

— Non, merci, m'dame, répondit froidement Gage.

Après une brève hésitation, elle dit d'une voix douce :

— Je vois. Dans ce cas, laissez-moi au moins me présenter. Je m'appelle Nadyha. Simza est ma grand-mère. Vous devez l'appeler Baba Simza, c'est un terme de politesse, mais aussi… un terme… affectueux. Elle aimerait que vous l'appeliez ainsi.

— Si d'aventure nos chemins se recroisent un jour, mademoiselle Nadyha, soyez assurée que je l'appellerai Baba Simza.

— Comment vous appelez-vous ?

— Gage Kennon.

Il la vit sourire pour la toute première fois, un sourire joyeux, presque enfantin tant il était spontané derrière ses lèvres généreuses.

— Votre nom est Gage ? Comment l'épelez-vous ?

— Hum ? Euh… G-A-G-E. En fait, c'est Gabriel, mais depuis tout jeune…

Il s'arrêta au milieu de sa phrase parce qu'elle riait à présent, un son plaisant et chaleureux.

— Vous vous appelez «Gah-geu». Oh, c'est trop drôle ! Vous êtes certainement la première personne à l'avouer, rigola-t-elle.

— Ouais, j'avais compris que «*gage*» n'était pas exactement un terme affectueux, dit Gage d'un air pince-sans-rire.

— Non, non, c'est seulement un mot pour dire «les autres», les non-Roms. Bien sûr, nous nous méfions d'eux, et c'est pour cette raison que nous donnons au mot cette intonation peu flatteuse. Remarquez que la réciproque est vraie, les *gajes* nous détestent et nous traitent de gitans, bien que nous ne le soyons aucunement. Que pouvons-nous y faire, s'ils se complaisent dans l'ignorance ? Notre peuple est celui des Roms, et sachez que je ne vous appellerai plus « *gaje* », mais bien par votre prénom, dit-elle avec un sourire en coin. Mais trêve de plaisanterie. Vous avez été bon envers Baba Simza, et je veux vous aider en retour. N'y a-t-il pas quelque chose dont vous avez besoin ? Voulez-vous de la nourriture, des vêtements, des outils ou des ustensiles pour la cuisine ? Dites, Gage, et vous recevrez.

Les yeux de Gage s'illuminèrent.

— Eh bien, m'dame, il y aurait peut-être ce service que vous pourriez me rendre. En fait, vous le rendriez à un ami à moi qui est très malade. Nous campons à deux kilomètres d'ici, de l'autre côté de la source. Quand je vous ai rencontrées à la source, je devais me rendre en ville, chez un apothicaire. Mais j'ai vu comment vous connaissiez les plantes et les remèdes qu'elles procurent. Accepteriez-vous de me fournir quelques décoctions qui soulageraient mon ami ? Si vous acceptiez, je vous serais plus que reconnaissant.

Nadyha prit un long moment pour réfléchir, sans jamais quitter Gage du regard. Elle semblait soupeser l'homme qu'il était, et le dévisager ne semblait aucunement la gêner. Il se demanda à quel genre de test silencieux elle le soumettait.

— Allez chercher votre ami, dit-elle enfin. Emmenez-le ici. Je connais les herbes médicinales ; je suis *drabengri*.

L'offre vint comme une surprise pour Gage ; il n'attendait aucune gentillesse de la part de cette jeune femme aux manières hostiles.

— Je ne sais pas si c'est une bonne idée, m'dame, dit-il pourtant. Mon ami est contagieux. Il a la rougeole. Pour l'emmener ici, il faudrait que vous ayez tous eu la maladie étant plus jeunes.

— Nous sommes quatre à vivre ici, dit-elle à voix basse. Et nous avons tous eu la maladie. Amenez votre ami, Gage. Baba Simza le voudrait ainsi.

— Et vous, Nadyha ? demanda Gage sans élever plus qu'elle la voix.

Elle releva le menton, défiante, mais répondit avec chaleur.

— C'est mon souhait également, Gage. Votre ami a besoin d'aide, et je l'aiderai.

Gage hissa Denny sur le dos de Cayenne, puis monta à l'arrière de la selle. Cayenne tolérerait le poids supplémentaire le temps d'un kilomètre ou deux. Denny dodelinait dangereusement du corps, et Gage passa le bras autour de sa taille pour l'empêcher de tomber, gardant la bride dans la main gauche. Il pouvait sentir contre son avant-bras le corps fiévreux du malade. Denny manqua de tomber de cheval quand une quinte de toux le prit. Par chance, Gage le tenait fermement.

— Vous verrez, Denny, je vous emmène dans un campement fabuleux, lui dit-il pour se faire rassurant. Je sais que vous vous sentez misérable en ce moment, mais quand nous y serons installés, vous retrouverez la forme, c'est obligé.

— Vous avez parlé de gitans? demanda Denny dans une voix faible comme un sifflement. On dit que ces gens-là, ils volent et escroquent les pauvres gens.

— C'est ce qu'on dit, mais je crois que ces gitans-là ne trempent pas dans les affaires louches. J'ai entendu la vieille femme, Baba Simza, citer la Bible. Et à moins que je ne me trompe, on n'encourage pas le vol et la divination dans les Saintes Écritures. De toute manière, je sais que Nadyha pourra nous aider. Elle est chamane, je crois, une sorte de guérisseuse.

— Et vous disiez qu'elle était belle? demanda Denny avec plus de lucidité.

— Si ma mémoire est bonne, j'ai plutôt dit «d'une beauté à vous donner le vertige», le corrigea Gage d'une voix absente, puis, se ressaisissant, il avertit Denny. Mais ne faites surtout rien qui trahirait cette pensée. Faites comme si vous n'aviez rien remarqué. Ça vaudra mieux.

— Qu'est-ce que vous me racontez là? Les femmes aiment qu'on les couvre de compliments, qu'on les dise belles, qu'on parle de leur chevelure. Elles adorent qu'on dise que leurs oreilles sont de parfaits coquillages, même si en vérité elles les ont comme celles d'un éléphant, qu'on les complimente sur leur taille, qu'elles n'ont pas toujours de guêpe. Les femmes, elles raffolent de ce genre de boniments.

— Pas celle-là, je vous assure. C'est une fille très terre-à-terre, vous verrez. Et elle traîne un couteau, un très long couteau.

— Je vois. Et vous disiez qu'elle possède un couguar? Quand vous dites «couguar», vous ne parlez pas d'une peluche, tout de même, non?

— Non, le sien est imaginaire, rétorqua Gage, par dérision. Bien sûr que c'est un vrai couguar. Elle a un ours aussi. Et un aigle. Et son chat noir est borgne et n'a qu'une oreille.

— Vous ne m'aviez pas parlé du chat, dit Denny, la voix chevrotante.

C'était la toux qui reprenait l'homme, et la quinte dont il fut pris fit grimacer Gage tant elle lui parut violente. Le corps de Denny se convulsait de douleur. Quand les spasmes cessèrent, Denny n'eut plus la force de se tenir en selle. Il s'affala contre Gage et ne bougea plus.

— Nous serons bientôt arrivés, Billy Yank, chuchota Gage. Accrochez-vous. Je crois que mademoiselle Nadyha saura vous aider, je le crois vraiment.

En repensant à la jeune femme, ces mots lui revinrent à l'esprit : «*Devlesa araklam tume*, Grâce à Dieu, je vous ai trouvée.»

CHAPITRE 5

Gage se retrouva bien mal pris en arrivant au campement des gitans. On entendait des voix murmurer dans la roulotte de Baba Simza ; sans doute Nadyha et Mirella soignaient-elles la vieille dame. Denny était revenu de son évanouissement, mais la force lui manquait pour descendre de cheval. Gage hésitait à poser le pied à terre de crainte que le malade ne chute.

Denny écarquillait les yeux, médusé de ce qu'il découvrait, tandis que Gage remarquait des détails qui lui avaient échappé plus tôt. Sur la droite, derrière les roulottes colorées, il y avait une forêt dense de chênes, de cyprès, de platanes, de cornouillers et de gommiers noirs. Les sous-bois, qu'envahissaient d'ordinaire les vignes et les bruyères, avaient été débroussaillés. Gage comptait trois sentiers distincts qui partaient derrière les roulottes

L'aigle était de retour sur son perchoir et les observait. L'ours était couché sur un gros coussin aux couleurs éclatantes et ronflait paisiblement. Anca, le couguar, dormait sous la roulotte de Nadyha ; on la voyait à peine dans les herbes folles qu'on laissait pousser là. Elle avait levé la tête pour les regarder arriver puis, après un grand bâillement las, s'était complètement désintéressée d'eux. Gage perçut un mouvement du coin de l'œil. C'était le chat noir qui, monté sur le toit de la roulotte, baissait sur eux l'étrange regard de son unique œil jaune.

Un peu plus loin, au-delà de la clairière où brûlait encore le feu de camp, il y avait encore des arbres et un bâtiment que Gage remarquait pour la première fois. C'était un appentis fait de bois de cyprès et couvert d'un toit de tôle. À l'intérieur, on avait installé une forge. Dans un coin, on avait rangé toutes sortes de boîtes, des paniers, des cageots remplis de roseaux et des chaises pliantes en osier. Aux murs, les étagères étaient garnies de divers aliments en conserve.

Le saule pleureur se trouvait sur la gauche, majestueux avec ses branches qui retombaient jusqu'au sol, son feuillage si dense qu'on ne voyait plus le tronc de l'arbre. Derrière cette cascade de feuilles vertes, quelques grands chênes se berçaient dans le vent. Gage pensa qu'il ne trouverait pas meilleur endroit où s'installer. C'était à la limite du campement, en retrait des roulottes et à une distance respectueuse des animaux sauvages. Le couvert de menthe y courait encore, rampant jusqu'à l'orée du bois. D'un claquement de langue, il demanda à Cayenne d'avancer vers le saule. Le cheval se montra un peu réticent, lorgnant d'un œil méfiant le couguar qu'il avait vu tapi sous la roulotte.

Sans surprise, Gage fut quitte pour une bonne frousse en descendant de cheval, rattrapant de justesse Denny, qui autrement serait tombé comme une roche au sol. Gage prit soin de l'installer dos contre un grand chêne, puis s'empressa d'improviser un grabat fait de branches de cyprès qu'il couvrit de son manteau ciré. Nadyha sortit de la roulotte de Baba Simza alors que Gage jonglait avec l'idée de fabriquer un oreiller. Il la vit comme elle était au petit matin, belle dans son corsage ample, sa jupe élimée, son long couteau pendu à la ceinture. D'un geste sévère, elle ramena ses cheveux en arrière et les noua d'un ruban vert. Elle s'arrêta en voyant Denny. À son expression, on pouvait deviner qu'elle n'était pas réjouie de ce qu'elle voyait.

— C'est un démon bleu? demanda-t-elle à Gage. Et vous me l'auriez caché? Alors, êtes-vous un démon bleu, oui ou non? dit-elle en fusillant du regard le malade adossé au chêne.

Depuis des semaines, Gage n'avait plus porté la laine grise où on aurait vu son insigne militaire. Il était vêtu d'une simple chemise et coiffé de son chapeau à larges bords, lequel n'avait d'autre ornement qu'un galon en cuir noir. Ses hauts-de-chausse étaient ceux de son uniforme, gris avec des rayures verticales bleues sur la jambe. Cela dit, Gage doutait que Nadyha eût connaissance ou même l'idée de relier cette partie de son habillement au gris des confédérés.

Quant à Denny, il portait la culotte et la redingote rouge de Gage; Gage n'avait pas cru utile de lui faire porter les guêtres et les brodequins pour la simple et bonne raison que Denny était trop faible pour aligner deux pas et qu'ils avaient fait le voyage à cheval jusqu'au campement. Par contre, il portait son képi, le calot bleu foncé des unionistes sur lequel brillait avec ostentation son insigne de capitaine. À l'évidence, Nadyha avait une dent contre une des armées.

Denny voulut se défendre, se lever à tout le moins, mais l'effort le fit tant tousser qu'il retomba contre l'arbre, les mains plaquées sur le flanc.

Gage répondit à sa place :

— Je m'excuse d'avoir omis ce fait que mon ami avait servi comme soldat de l'Union, m'dame. L'idée ne m'est pas venue de vous le dire. Cependant, il faut savoir qu'on a rendu cet homme à la vie civile. Et, oui, m'dame, si vous le demandez, je suis... j'étais un soldat confédéré.

On vit l'étonnement dans ses yeux aux veines d'émeraude.

— Et vous prenez soin de lui ? De ce... ce *gam'i choro* ? C'est votre *jostumal*, votre ennemi !

— Il était mon ennemi, à la guerre. Il ne l'est plus désormais. Mais je comprendrais si vous vouliez lui refuser votre aide. Je continuerai mon chemin et je l'emmènerai en ville. Loin de moi l'idée de vous offenser, mademoiselle Nadyha. Pardonnez-moi.

Le regard de Nadyha alla se poser à nouveau sur Denny, et elle grimaça ; en effet, il faisait peine à voir. Il avait la peau couverte d'éruptions rouges et, en raison d'une perte de poids fulgurante, des airs de squelette.

Dans un râle rauque à faire grincer des dents, il s'excusa.

— Je suis désolé, m'dame. Nous partons.

Et ce furent les seuls mots qu'il eut la force de prononcer.

Nadyha sembla avoir pris sa décision.

— Non, trancha-t-elle. Baba Simza souhaite que je prenne grand soin de votre ami, Gage. Elle est sage, et cette sagesse lui permet de comprendre des choses qui m'échappent encore. Vous resterez, *gajo*, dit-elle à l'intention de Denny.

— Merci, m'dame, répondit-il d'une voix fatiguée.

D'un geste dédaigneux, Nadyha enfonça le bout du pied dans le lit de fortune que Gage avait confectionné.

— Ça fera pour l'instant, décida-t-elle, le temps que j'examine le malade. Couchez-vous ici, *gajo*, exigea-t-elle de Denny.

— Je lui avais fait un oreiller d'herbage, dit Gage en se proposant d'aider Denny à s'allonger, mais il aurait été trop encombrant à transporter.

Gage coucha Denny sur le dos et eut cette attention de lui ôter la coiffe incriminée.

Nadyha s'agenouilla auprès de Denny et fit une autre moue.

— Ce gilet *lalo*, ôtez-le-lui, Gage.

Gage se dit que si Nadyha s'entêtait dans cette attitude, Denny ne guérirait jamais; il savait d'expérience, pour l'avoir vu dans les hôpitaux, que les malades étaient perméables à l'humeur du personnel soignant. Avec à-propos, il se rappela le proverbe de Simza, celui qui parlait de bons mots et de santé, mais il se refusa à le réciter devant Nadyha, de crainte de fâcher la jeune femme, qui, craignait-il, pourrait aussi bien décider de lui arracher les deux yeux. Il débarrassa Denny de la redingote, la plia soigneusement, puis la mit de côté.

— *Lalo*, le rouge, c'est *mahrime*, impur, raconta Nadyha avant de demander, un doigt pointé sur la blessure par balle de Denny : on lui a tiré dessus ?

— Oui, m'dame, et ça remonte déjà à deux semaines, répondit Gage. La blessure guérissait bien, mais depuis que les symptômes de la rougeole sont apparus, j'ai bien peur que les plaies ne se soient ouvertes. C'est pourquoi j'ai laissé le fil de la suture.

Nadyha hocha la tête pour dire qu'elle comprenait puis, dans un étonnant élan compatissant, elle dit à Denny :

— Ne vous inquiétez pas, *gajo*. Je vais découvrir la maladie qui vous accable. Ensuite, j'irai voir Baba Simza. Elle saura comment vous soigner.

— J'ai la rougeole, dit Denny, qui ne s'expliquait pas qu'on puisse en douter.

Elle ignora le commentaire et appliqua les mains sur la poitrine de Denny. Elle en observa longuement le mouvement, ses soulèvements et ses affaissements ; la respiration de Denny était très irrégulière. Elle lui tâta le cou, faisant pression en certains points de chaque côté de la nuque, puis appuya le plat de deux doigts sur la pomme d'Adam du malade, semblant surprise que ce geste ne provoque pas la toux. Elle porta enfin l'oreille contre sa poitrine, d'abord au niveau du flanc droit, où elle resta un temps parfaitement immobile.

— Toussez, ordonna-t-elle, ordre auquel Denny se plia sans résister.

Le visage de Nadyha devint grave et, au grand étonnement des deux hommes, elle mit le nez sur la blessure et se mit à renifler, longtemps et par grandes inspirations.

— Ce n'est pas infecté, diagnostiqua-t-elle, avant de plaquer cette fois la tête contre le flanc gauche de Denny, aussi concentrée qu'elle l'avait été précédemment pour le flanc droit.

Soudain, elle se rassit brusquement et posa la question à Gage :

— M'aideriez-vous à le lever ? Je voudrais qu'il s'agenouille pour que je puisse écouter son dos.

La requête était étrange, mais Gage s'exécuta ; il avait vu bon nombre de docteurs ausculter des malades dans sa vie, mais jamais il n'avait entendu parler de cette pratique qui consistait à écouter un dos. Toujours est-il qu'il aida Nadyha et, quand Denny fut levé, il le pencha doucement vers l'avant en le retenant par les épaules. Nadyha sentit la plaie dans le dos, sembla satisfaite de ce que cela lui apprenait, puis écouta le dos du malade. Sans dire un mot de plus, elle se releva et alla consulter Baba Simza dans sa roulotte. Gage recoucha Denny en prenant soin de lui infliger le moins de souffrances possible. Dans ses yeux enflés, il vit une petite étincelle.

— Bon sang, quel caractère !

— Je vous l'avais bien dit, répliqua Gage d'un air suffisant.

— J'ai ce pressentiment que, si ce n'était de Baba Simza, elle m'aurait coupé en rondelles et jeté au fauve, plutôt que de s'inquiéter du mal qui m'afflige, dit Denny, et en dépit de la légèreté de ses mots, il semblait réellement inquiet. Croyez-vous que je couve une autre maladie, en plus de la rougeole ?

— Honnêtement, je n'en ai aucune idée, Denny, dit Gage. Mais je sais ceci : j'ai beaucoup prié pour vous. En m'adressant au Seigneur, j'ai demandé une manière de vous sauver. Les pas qui nous ont menés chez ces gens, c'est certainement la réponse que j'attendais.

Un peu embarrassé, Denny rappela à Gage qu'il n'était pas féru de religion.

— Je ne sais pas ces choses-là, dit-il. Je sais seulement que je vous dois une fière chandelle.

— Ne me remerciez pas, dit Gage avec un petit sourire aux lèvres. Remerciez le Seigneur.

Nadyha revint accompagnée de l'autre jeune femme que Gage avait rencontrée.

— Voici Mirella, ma *bori*. J'ai oublié comment on dit dans la langue des Blancs. Mirella, c'est la femme de mon frère. Mirella, je te présente Gage et le *gajo* malade qu'il nous amène, dit-elle, indiquant du doigt l'homme qui, à l'évidence, n'était pas venu par ses propres moyens.

— Je m'appelle Dennis Wainwright. Mes respects, mademoiselle Nadyha, mademoiselle Mirella, réussit à dire Denny non sans effort. C'est un grand honneur de vous rencontrer.

Mirella sourit à Denny. Gage fut frappé de voir la chaleur et la bonne humeur dans son expression tandis qu'elle lui disait :

— Merci d'avoir aidé Baba Simza, Gage. Je suis heureuse de pouvoir vous aider en retour en soignant votre ami. Bienvenue dans notre humble demeure.

Elle se retourna sur ces mots et se rendit à l'appentis, devant les étagères.

Les mains sur les hanches, Nadyha leur fit comprendre qu'elle n'entendait pas s'épancher auprès d'eux. Elle leur parla avec le même ton sévère qu'elle avait servi plus tôt à Gage.

— Qu'une chose soit claire entre nous, *gajes*. N'allez pas vous imaginer que je touche aux hommes autrement qu'en *drabengri*, pour les guérir, qu'ils soient *romoros* ou *gajes*. Est-ce clair ?

Gage et Denny hochèrent humblement la tête, et Nadyha sembla satisfaite. Elle s'agenouilla pour regarder Denny droit dans les yeux.

— *Gajo*, vous avez de l'eau dans la poitrine, lui annonça-t-elle sans détour. C'est grave, mais vous en guérirez. J'ai expliqué votre condition à Baba Simza, et elle est catégorique : dans deux jours, vous serez mieux, et d'ici une semaine, vous aurez retrouvé la force de faire des excès de table, de marcher et de monter à cheval, à moins que les jours de convalescence n'aient trop ankylosé vos membres ; dans ce cas, le cheval vous désarçonnera au premier galop.

Denny esquissa un faible sourire.

— M'dame, si dans deux semaines j'ai la santé pour monter à cheval et la malchance d'en tomber, c'est que vous aurez fait un miracle.

— Je ne fais pas de miracles, affirma t elle comme une évidence pour ensuite s'adresser à Gage. Durant les deux jours à venir, il aura besoin de soins constants. Il faudra veiller sur lui jour et nuit. M'aiderez-vous?

— Absolument, l'assura Gage. En fait, m'dame, si vous vouliez m'expliquer les soins à apporter, je serais heureux de les prodiguer moi-même. Sous votre gouverne, il va sans dire.

— Un *gaje* qui supplie une femme rom d'être sa *ciocoi*, sa surveillante? Voilà qui tiendrait du miracle! dit-elle avec sarcasme. Bien, Mirella et moi, nous reviendrons quand les remèdes seront prêts. Restez couché à plat, *gajo*. Pas d'oreiller, précisa-t-elle en guise de dernière prescription.

— Je suis curieux de les voir à l'œuvre, pas vous? dit à la blague Gage quand elles furent parties.

— «Curieux», vous dites? Ce n'est pas le mot que j'emploierais, répliqua Denny. Ce qui m'intrigue, par contre, c'est de découvrir si, comme elle le prétend, je serai mieux dans deux jours. Il me déplaît de l'avouer, Gage, mais je me sens la force d'un vieillard sur le point de trépasser. Toutefois, je serai le vieillard le plus heureux du monde en apprenant dans deux jours qu'il me reste quelques années à vivre.

L'effort qu'il en coûta à Denny de parler autant vint à bout de ses dernières forces, et, après un ultime accès de toux, il n'eut plus le courage d'ouvrir les yeux.

— Je crois qu'elle a raison, Denny, lui dit tout bas Gage. Vous serez rétabli dans une semaine tout au plus.

Et en silence, il ajouta : «Et ça, Seigneur, ce serait un vrai miracle.»

Mirella s'affairait à préparer des infusions dans deux des trois marmites suspendues au-dessus du feu. Nadyha se rendit à l'appentis, enfila son tablier et s'occupa de réunir le petit matériel dont elle aurait besoin. Mirella et Nadyha retirèrent les marmites du feu puis entreprirent de traverser la « cour » pour se rendre auprès du malade. Gage, qui observait la scène, s'amusa de voir l'ours se lever et venir à grands pas patauds derrière les deux jeunes femmes. Nadyha s'en aperçut et gronda l'animal, du moins, c'est ce qu'en déduisit Gage en voyant l'ours tourner les talons pour aller retrouver son coussin, tête baissée et l'air tout penaud. L'ours semblait vraiment bouleversé par la rebuffade, et Gage le prit en pitié.

Les jeunes gitanes étendirent au sol une grande toile de jute et y placèrent le nécessaire pour les soins. Elles s'agenouillèrent, puis Nadyha donna ses instructions à Mirella :

— Verse un peu d'infusion d'*elachi* dans ce bol, romps ensuite le pain, que tu mouilleras légèrement pour obtenir la texture d'une pâte collante. Il nous en faut assez pour faire deux cataplasmes de la grosseur d'une paume.

Elle fit ensuite des mouchoirs de mousseline qu'elle plia une fois.

Denny sentit quelque chose comme un parfum dans l'air et demanda :

— Cette odeur ? C'est... on dirait...

Il cherchait des mots qui auraient expliqué la sensation que l'odeur suscitait en lui. Après quelques inspirations, il se mit à tousser et à éternuer, son nez commençant à couler abondamment.

— Parfait, *gajo*, c'est exactement ce qu'il faut faire, expliqua Nadyha. N'avalez pas le poison qui infecte votre poitrine. Il faut l'expulser par le nez et la bouche. Les mouchoirs de mousseline que voici serviront à recueillir le poison. Ne les utilisez qu'une fois et jetez-les immédiatement dans ceci.

Elle lui indiqua un vieux panier élimé.

— Vous comprenez, *gajo* ?

— Oui, m'dame, acquiesça faiblement Denny.

Mirella avait confectionné les deux boules de pâte imbibées d'infusion d'*elachi*. Elle les présenta à Nadyha sur un carré de tissu blanc. Nadyha prit une galette et dit à Denny :

— Ceci est l'*elachi*, les grains de paradis. Nous venons tout juste de reprendre les plants que les démons bleus nous avaient confisqués et nous n'avons pas encore fait de nouvelles semailles. L'*elachi* est un trésor rare, et croyez-moi, j'aurais eu à en faire mille autres usages avant de soigner un *gajo*. Je me plie pourtant à la volonté de Baba Simza.

Elle appliqua la pâte comme un cataplasme sur chacune des deux plaies, celle que Denny avait au flanc puis celle dans son dos.

— J'éviterai de vous faire un grand bandage à cause des boutons de rougeole ; ça ne ferait qu'ajouter à vos démangeaisons. Regardez d'ailleurs, juste ici, là, et là encore, vous vous êtes gratté ; vous ouvrez des plaies qui risquent de s'infecter. Ne vous grattez pas, ordonna-t-elle.

— Oui, m'dame, dit une fois de plus Denny.

— Très bien, à présent, dit-elle sur un ton presque professoral, je vous inviterais à vous asseoir.

Gage fit un geste pour aider Denny, mais Nadyha l'aidait déjà, passant tout doucement le bras dans son dos pour le supporter, et ce toucher fut délicat et doux, tout l'inverse du ton qu'adoptait la jeune gitane. Mirella tira de sa poche une bouteille remplie d'un liquide clair. Elle en versa une pleine cuillère, que Nadyha prit pour la porter à la bouche du malade.

— Buvez, mais n'avalez pas tout de suite. Laissez la mixture enduire l'intérieur de votre bouche. Vous verrez, les plaies que vous avez dans la gorge ne vous feront plus souffrir.

Docile, Denny prit la pleine cuillerée dans sa bouche. Ses yeux s'écarquillèrent, non pas de dégoût, comme il s'y attendait, mais d'une agréable surprise. Il fit rouler le liquide dans sa bouche, s'en gargarisa, puis avala.

— C'est délicieux, dit-il dans un murmure. Qu'est-ce que c'est ?

— De l'anisette, répondit Nadyha. Après quelques palpitations, vous dormirez comme un loir.

Elle se tut et, dans ce silence, elle sembla attendre une réaction de la part du malade.

Après un bref moment, Denny se mit à tousser, et Nadyha eut un hochement de tête approbateur.

— L'anisette aide votre corps à rejeter le poison. Tenez.

Elle donna à Denny un mouchoir dans lequel il se mit à tousser et à cracher. Entre deux quintes de toux, il s'étouffa et cracha encore. Denny retrouva son souffle, et Nadyha jeta le tissu souillé dans le vieux panier.

— C'est très bien, *gajo*, dit gentiment Nadyha. À présent, il faut dormir.

Denny poussa un long soupir et ferma les yeux. Paupières closes, il sombra dans un profond sommeil. Nadyha se dépêcha d'aller se laver les mains à la pompe.

À son retour, elle montra du doigt la seconde marmite, qui fumait encore, parfumant l'air d'une douce odeur d'herbes fines. Elle s'adressa à Gage.

— C'est pour le bain de ce soir. Il doit le prendre froid pour combattre la fièvre. L'eau aura tiédi d'ici là. Nous y avons ajouté des herbes pour soulager ses démangeaisons.

— Je préfère m'occuper de lui faire prendre le bain, décida Gage. Pardon, mais j'ai une question à propos de ce remède, l'anisette. Est-ce une sorte de calmant, comme le laudanum ?

— Non, c'est une infusion de la plante d'anis, d'où son goût prononcé de réglisse. Nous obtenons un spiritueux en y ajoutant du gin distillé. C'est ce qui aide à dormir, expliqua Nadyha. Pour le jour qui vient et le suivant, il doit prendre une cuillerée pleine toutes les deux ou trois heures, selon la gravité de sa toux.

— Est-ce à dire qu'il faut le réveiller ? demanda Gage. Même s'il dort à poings fermés ?

— Oui, du moins cette nuit et la nuit prochaine. Ensuite, nous aviserons. Il faut faire sortir le poison de sa poitrine. Ne lui donnez pas d'oreiller. Toute inclinaison du haut du corps ferait descendre le poison au fond de la poitrine. Vous comprenez ?

— Je vois, dit Gage, encore que je n'aie jamais entendu parler d'un tel traitement contre la pneumonie. Merci infiniment, mademoiselle Nadyha, je prendrai soin de lui.

Nadyha n'avait pas terminé.

— Je vais vous allumer un feu juste là, sous les chênes. Ses mouchoirs doivent absolument être brûlés, dit-elle, son ton soulignant l'importance de la procédure. Et après les avoir manipulés, allez vous laver les mains à la pompe.

— Je le ferai. Mais, m'dame, me laisseriez-vous creuser le trou pour le feu ? Et après, je pourrais aller chasser. Les bois regorgent de gibier en tout genre, et je suis plutôt bon chasseur.

— Vous pourriez rapporter quelques pigeons et un cochon sauvage, acquiesça Nadyha. Cependant, ce ne sera pas nécessaire aujourd'hui ; mon frère s'occupe de trouver ce dont nous avons besoin pour le repas de ce soir. Peut-être pourriez-vous chasser demain ? Pour ce qui est de creuser un trou pour le feu, c'est déjà fait, mais si vous voulez ramasser du petit bois, libre à vous. Mirella et moi, nous nous occuperons d'offrir un matelas digne de ce nom à votre ami *gajo*.

Le soleil baissait à l'horizon et disparaîtrait bientôt derrière le saule. À l'ombre, la température chutait déjà et une brise silencieuse balayait doucement le campement et son tapis de menthe. Gage ramassa un fagot composé de branchages secs de pin résineux. Il le déposa près du feu et remarqua ce faisant un sentier bien tracé menant du feu vers les roulottes. Ce sentier bien délimité, le piétinement des herbes autour du feu et l'importante quantité de cendres dans le trou l'amenèrent à se demander ce qu'on venait faire brûler aussi souvent dans ce foyer à ciel ouvert.

En retournant au campement, il dessella Cayenne, qui s'était promené toute la journée aux alentours, grignotant les herbes grasses qui poussaient en pleine ombre sous les arbres. Gage remarqua qu'une ornière avait été creusée entre la pompe à eau et un petit bassin un peu plus bas. S'agissait-il d'un abreuvoir pour les animaux, ou les gitans le destinaient-ils à un autre usage ? Est-ce dans ce bassin qu'on prenait les bains ? Il décida de poser la question à Nadyha et à Mirella, qui revenaient justement des bois avec un homme. Gage devina qu'il s'agissait de Niçu, le frère de Nadyha. Il était aussi grand qu'elle, mais toute ressemblance s'arrêtait là. Il avait la peau foncée comme Simza, ses traits étaient sévères, et ses yeux noirs luisaient dans la lumière du crépuscule naissant. Il portait une simple chemise blanche et des pantalons noirs rentrés dans des bottes cuissardes. Gage n'avait pas remarqué avant — chose peu fréquente chez lui — que Nadyha et Mirella marchaient pieds nus.

Les deux femmes étaient lancées dans une discussion animée, leurs paroles empreintes d'urgence. Niçu transportait sous le bras un gros seau et, dans les mains, une ligne hameçonnée à laquelle pendait en chapelet le fruit d'une pêche fructueuse. Dans un geste impératif, Niçu éleva la voix et dit :

— *Chavaia!*

Les femmes se turent. Nadyha prit le seau que son frère lui tendait tandis que Mirella prenait la guirlande de poissons. Niçu réserva un regard noir à Gage en chemin vers la roulotte de Simza.

Gage observa les femmes, qui se rendaient à la pompe. Nadyha en actionna la manivelle pour remplir le seau qu'elle avait recouvert d'une passoire en fer. Elle continua à puiser l'eau, sans se soucier du trop-plein qui se déversait maintenant du seau. Mirella mit les poissons sous le filet d'eau et les lava un à la fois. Tout en travaillant, elles discutaient à voix basse, une conversation entrecoupée de regards lancés à la dérobée en direction de Gage et de Denny. L'ours s'approcha de Nadyha. Et elle lui tapota gentiment la tête.

Mirella alla à l'appentis, où elle coucha les poissons sur une table aménagée contre un mur. Après avoir choisi quelques herbes dans les pots, elle décrocha un premier poisson de l'hameçon et lui trancha la tête d'un coup de couperet, un geste aussi précis qu'efficace. Gage se rendit à l'appentis pour lui proposer son aide.

— M'dame, puis-je le faire pour vous ? J'aimerais vraiment aider.

— Oui, merci, accepta-t-elle. Vous n'avez qu'à couper les têtes et les queues, et je m'occuperai du reste.

Gage prit le gros couteau, trancha la queue et la tête d'un premier poisson, qu'il envoya glisser au bout de la table. Mirella, qui se tenait là, saupoudra le poisson d'un mélange d'épices et d'herbes séchées, l'enveloppa dans deux grandes feuilles vertes avant de l'enfourner dans la grosse cocotte en métal.

— J'adore le poisson-chat, avoua Gage, qui voyait sur la ligne hameçonnée six gros spécimens de l'espèce. Mais nous avons l'habitude de le frire…

— Ne les appelez pas « poissons-chats », dit Mirella, que le mot semblait horripiler. Et surtout pas devant Baba Simza. Dites plutôt «poissons des marais».

— D'accord, promit Gage, qui se creusa un instant la tête sans trouver d'explication à ce conseil. Puis-je demander pourquoi ?

— Parce que... ce ne sont pas des chats, répondit Mirella, et Gage sut qu'elle ne saurait l'expliquer davantage. Demandez à Nadyha, elle vous le dira mieux que moi.

Du coin de l'œil, Gage regardait ce que faisait Nadyha — en fait, cette jeune femme le fascinait, et il pouvait difficilement s'empêcher de l'observer. Elle avait vidé le seau de son eau et y plongeait maintenant une grande louche, qu'elle ressortait pleine d'écrevisses. Ce faisant, elle souriait et parlait à l'ours, qui restait assis à regarder sa maîtresse et les écrevisses avec intérêt. Nadyha posa un baiser sur le front de l'ours et marcha ensuite jusqu'à son coussin, lui parlant en chemin. L'ours la suivait, et Gage aurait juré qu'il souriait. Elle déposa la platée d'écrevisses à côté du coussin, et l'ours, s'asseyant dans un gourd mouvement de l'arrière-train, commença à ramasser et à engloutir les crustacés un à un.

Les pensées de Gage l'amenèrent à comparer l'ours et le couguar, et il leur trouva des personnalités fort différentes : l'ours était jovial, ses expressions presque humaines ; Anca, le couguar, était sauvage, imprévisible, comme si elle menaçait de vous sauter dessus à tout moment. Gage remarqua aussi que l'ours semblait suprêmement indifférent quand Anca vint à pas feutrés renifler le contenu de sa platée. Non contente de ce qui s'y trouvait, Anca retourna pour faire sa toilette au pied des marches de la roulotte de Nadyha. Gage pensa qu'elle avait des pattes énormes et des griffes redoutables.

Nadyha prit le reste des écrevisses et les mit à bouillir dans un grand chaudron avec des pommes de terre en robe des champs. Tandis qu'elle assaisonnait le tout, y ajoutant des herbes fraîches, l'air s'emplit d'une odeur familière, de ces arômes fantastiques qui avaient toujours rappelé à Gage un doux souvenir de sa terre natale. Gage adorait la cuisine créole, la manière dont on la relevait de piments et d'épices.

Nadyha vint à la table et prit le dernier poisson hameçonné à la ligne.

— Celui-ci est pour Anca, si elle en veut, dit-elle. Sa dernière chasse remonte à deux jours, et elle pourrait avoir faim.

Nadyha alla à la rencontre du couguar sous le regard curieux de Gage. Elle posa un genou à terre de sorte qu'elles fussent face à face. Elle lui dit des mots tout bas, lui caressa la tête et approcha le nez jusqu'à toucher son museau. Quand Nadyha lui présenta le poisson, Anca le prit dans sa gueule avec une délicatesse qu'on n'aurait jamais crue possible de la part d'un dangereux animal sauvage. Couchée bien tranquille, elle mangea son poisson.

Gage alla à la pompe, où Nadyha se lavait déjà les mains.

— J'aime bien vos animaux, lui dit-il. Je n'ai jamais vu d'animaux aussi bien apprivoisés, même au cirque. C'est étonnant ; ils sont à la fois obéissants et tout à fait détachés. Sauf peut-être l'ours et le couguar, qui vous ont prise en affection.

— C'est vrai qu'ils m'aiment, dit Nadyha. Mais Boldo, c'est un gros bébé ; il aime tout le monde. Anca, c'est tout le contraire, les gens l'indiffèrent, et surtout les hommes. Ce n'est pas un animal domestiqué, du moins pas vraiment. Elle reste ici seulement parce qu'elle le veut bien, comme Rai, mon aigle. Elle part chasser quand la faim la prend, et peut-être qu'un jour, elle ne reviendra pas. On ne peut pas dire la même chose de Matchko, mon chat. Lui, s'il pouvait à jamais rester sous mes jupons... Il est tellement paresseux.

— Dites-moi, mademoiselle Nadyha, savez-vous pourquoi je ne devrais pas dire « poisson-chat » ? Mirella croit que vous pourriez m'expliquer.

Nadyha le regarda curieusement en se séchant les mains dans son tablier.

— Pourquoi voulez-vous savoir ? En quoi ça vous intéresse, la manière dont les Roms nomment les choses ?

— Je suis curieux, m'dame, et c'est sans arrière-pensée, croyez-moi, dit Gage, qui se sentait avancer en terrain glissant. Je n'ai jamais rencontré quelqu'un comme vous. Des gitans, je veux dire. D'ailleurs, sur ce point, je sais que vous parlez du peuple rom et que nous vous appelons des « gitans », mais est-ce une insulte de vous appeler « gitans » ?

— Non, pas du tout. En fait, derrière ce mot « gitan », il y a une histoire qui nous est chère, qui nous rend uniques, dit-elle avec une absence dans le regard. De toute façon, nous préférons que les *gajes* nous traitent de gitans, qu'ils ignorent la vraie nature romani.

— Très bien, dit Gage, soulagé. Mais, miss, ce que j'essayais de dire, c'est que j'aimerais en savoir davantage sur vous, sur vos coutumes. Je suis curieux de nature et j'aime apprendre. J'ai un millier de questions à vous poser, en plus de celles sur le poisson-chat et l'origine du mot « gitan » et…

— Ne les appelez pas « poissons-chats », le coupa Nadyha, exaspérée. De toute façon, vous voyez bien, je suis occupée. Je n'ai pas le temps ni l'envie de répondre à ces questions, et encore moins à mille autres. Niçu sortira bientôt de son entretien avec Baba Simza. Il veut vous dire un mot. À présent, je dois m'occuper de Tinar et de Saz ; les voilà justement de retour.

Elle eut un signe de tête pour attirer son attention, l'invitant à regarder derrière lui. En tournant la tête, il découvrit deux chevaux non loin de l'appentis. Ils étaient superbes, avec leur belle robe noir et blanc, leurs crinières longues et chatoyantes. De quatorze paumes, ce n'étaient pas les plus grands chevaux, mais ils étaient vigoureux et robustes. Gage sourit en trouvant Matchko, le chat, grimpé sur le dos d'un cheval. Apparemment, c'était l'endroit qu'il avait choisi pour une sieste.

— Ce sont de très jolis chevaux, la complimenta Gage. Je n'en ai jamais vu de semblables. Est-ce une race de trait européenne ?

— Voilà une histoire de plus qu'il faudra raconter un autre jour, dit Nadyha, qui, Gage en était sûr, s'amusait à entretenir le mystère. Allez-vous m'aider, oui ou non ?

— J'en serais heureux. Je venais justement vous voir au sujet de mon cheval, Cayenne. Où puis-je l'abreuver et le nourrir ?

— Nous gardons des balles de foin derrière l'appentis, et vous y trouverez aussi les mangeoires. Les chevaux boivent à l'abreuvoir près de la pompe. Suivez-moi. Et amenez votre cheval. Je suis sûre qu'ils s'entendront bien, Tinar, Saz et lui.

Gage appela Cayenne, et les chevaux gitans dressèrent l'oreille, alertés par le sifflement.

— Lequel est Tinar, lequel est Saz ? demanda-t-il à Nadyha.

— Tinar, c'est le préféré de Matchko, qui dort en ce moment même sur son dos, dit Nadyha avec amusement. Matchko essaie de monter sur Saz, même si le cheval ne l'a jamais toléré. N'empêche que Matchko s'essaie toujours. Qu'il est bête, ce chat ! lança-t-elle tendrement à l'intention du petit animal noir.

Cayenne vint d'un pas pesant, et les trois chevaux firent connaissance, méfiants au début, avant d'oser quelques rapprochements, museau à museau. Lorsque Nadyha et Gage sortirent les trois mangeoires, les chevaux s'approchèrent en rang, impatients qu'on les nourrisse. Une fois les mangeoires remplies de foin, Gage demanda :

— Vous ne les attachez jamais ?

— Jamais. Ils reviennent le soir venu et passent la nuit avec nous, raconta Nadyha. Ils ne vont jamais loin et affectionnent tout particulièrement cette clairière au nord qui, chaque année, se couvre de trèfle rouge. Est-ce que vous attachez votre cheval la nuit ?

— D'ordinaire, non, mais puisque Boldo, Anca et Rai vont et viennent en toute liberté, je crains qu'il ne veuille prendre la clé des champs, répondit Gage.

— Il restera avec Tinar et Saz, lui assura Nadyha. Bon, il est temps d'aller aux nouvelles. Allons voir Dennis.

Gage remarqua qu'elle avait dit « Dennis » et voulut y voir une volonté d'ouverture de la part de Nadyha. Denny s'agitait dans son sommeil ; on aurait dit qu'il s'efforçait de réfréner une maligne quinte de toux. Nadyha le réveilla, lui administra une autre dose d'anisette et le fit cracher dans un mouchoir de mousseline, après quoi elle le laissa en paix. Il se rendormit presque aussitôt.

— Il s'en sortira, dit-elle d'un air optimiste. Vous verrez.

Niçu sortit de la roulotte de Baba Simza. Il semblait maintenant plus songeur et moins hostile. Il vint s'asseoir jambes croisées à côté de Nadyha.

— Niçu, lui dit-elle, voici Gage et Dennis. Messieurs, voici mon frère, Niçu.

Niçu salua les deux hommes d'un hochement de tête, mais s'abstint de leur serrer la main.

— Ma grand-mère m'a raconté comment vous l'avez aidée, Gage. Elle croit que votre présence parmi nous est une bonne chose et que ma sœur doit prendre soin de votre ami. Voici ce que j'en dis, moi. Dans cette vie, je n'ai connu qu'une poignée de gens capables de traiter les gitans comme leurs égaux. Et le reste du monde se plaît à nous persécuter. Je n'ai jamais accordé ma confiance à d'autres *gajes*, et si ce n'avait été que de moi, je vous aurais déjà chassés de notre camp. Mais Baba Simza est notre *chivani*, notre *Phuri Dae*, et elle en a décidé autrement. Je connais sa sagesse en toute chose et, de ce fait, je vous accueille en notre sein. Ma *familia* vous aidera.

Gage et Denny lui murmurèrent leur reconnaissance.

— Denny est très malade, et on ne peut attendre de lui qu'il participe aux tâches quotidiennes, expliqua Gage. Mais moi, je suis bien portant. Si vous acceptiez, Niçu, j'aimerais me rendre utile. Je sais chasser, fendre du bois, prendre soin des chevaux, je ferai tout pour aider.

Le visage de Niçu s'éclaira un peu.

— Vous verrez en nous côtoyant, dit-il, que la réputation qu'on fait aux gitans est fausse. Vous verrez que nous sommes travaillants. Et sachez que j'approuve l'attitude d'un homme qui se sait accueilli et fait de son mieux pour aider ses hôtes. Nadyha me dit que vous vous êtes engagé à soigner votre ami. Faites cela, Gage. Baba Simza dit que c'est ce qu'on attend de vous.

— Je m'y engage, dit Gage, ses yeux bleus étincelant. Serait-ce… euh… inapproprié de ma part de demander à la voir ? Si elle est d'accord, bien sûr.

Niçu se leva avec au visage un large sourire. Ce sourire frappa Gage, qui eut soudain l'impression d'avoir affaire à un autre homme. Il avait remarqué le même effet quand Nadyha souriait. Au contraire de Mirella, qui incarnait la bonne humeur, Niçu et Nadyha avaient naturellement l'air farouches, et quand ils souriaient, c'était comme si le soleil apparaissait derrière des nuages d'orage.

— Baba Simza m'a justement informé, entre mille autres choses, qu'elle voulait vous voir. Cela dit, *gajo,* vous n'entrerez pas dans sa roulotte. Elle a demandé que je lui installe une chaise à l'extérieur. Elle veut que ce soit prêt demain parce qu'elle veut prendre l'air. Elle n'en peut déjà plus d'être enfermée entre quatre murs, de ne plus sortir de son *vardo*.

Nadyha eut un petit rire, apparemment amusée de voir son frère rouler des yeux.

— Elle n'est pas enfermée dans son *vardo*, voulut-elle nuancer. Elle s'y trouve depuis ce matin. Cela dit, je la comprends ; nous, les Roms, nous aimons le grand air, la nature et les grands espaces, expliqua-t-elle à Gage et à Denny. Bon, allez viens, Niçu, il nous reste encore à allumer les lanternes. Je t'aiderai à fabriquer la chaise. Connaissant Baba Simza, elle a sans doute tout prévu, des moindres détails de construction jusqu'à l'emplacement exact où elle la veut. Gage, le souper sera prêt dans une heure. Pour Dennis et Baba Simza, Mirella prépare du petit bouillon.

— Avez-vous besoin d'aide pour la chaise ? demanda Gage.

Nadyha et Niçu échangèrent un air amusé.

— Alors, ce *gajo*-là, il n'aime vraiment pas se tourner les pouces ! commenta Niçu.

— Ce que ce *gajo* aime ou n'aime pas, je ne saurais dire, répondit Nadyha, mais une chose est sûre, il n'en démord pas, comme un vendeur ambulant tant qu'on ne lui a rien acheté. Qu'il aide, ça vaudra mieux.

— Pardon, je ne m'y connais pas beaucoup en matière de coutumes gitanes, dit Gage, feignant d'être offensé, mais ce *gaje*-ci trouve plutôt impoli qu'on parle de lui comme s'il n'était pas là.

À son grand soulagement, le commentaire eut l'effet voulu. Nadyha et Niçu rirent de bon cœur.

CHAPITRE 6

L e soleil de Louisiane baignait de ses premiers rayons jaunes le campement des gitans, et Gage s'éveilla, l'esprit dispos et le corps reposé. En balayant l'endroit d'un regard alerte, il pensa que ce monde lui était encore étranger. Il remarqua aussi l'absence des chevaux et le couguar, qui somnolait sous la roulotte de Nadyha. Un peu plus loin, l'ours ronflait sur son gros coussin et l'aigle sur son perchoir semblait sans tête, puisqu'il l'avait enfouie sous son aile. Denny dormait d'un sommeil profond, et Gage jugea sa respiration meilleure que la veille au soir. Du côté de la roulotte de Baba Simza, on discutait à voix basse.

En tendant l'oreille, Gage les entendit mieux, ces voix qui semblaient à présent plus chantantes, comme des incantations. Il voulut se convaincre que son esprit lui jouait des tours, mais ces chants lui inspiraient néanmoins une réelle méfiance. Il se rappela ce que Denny avait dit des gitans, à savoir qu'ils étaient ignares, paresseux et voleurs. Gage se doutait bien qu'il n'y avait là qu'un ramassis de préjugés, mais quand même, ces gens étaient reconnus pour leurs pratiques païennes. Après tout, s'ils disaient la bonne aventure, pourquoi ne sauraient-ils pas jeter le « mauvais œil » ? Le goût de ces gens pour les choses occultes était la plus grande source d'inquiétude de Gage. À La Nouvelle-Orléans, le vaudou était un culte largement pratiqué, que dirigeaient la « reine vaudou », Marie Laveau, et sa fille, qu'on avait baptisée sans grande inspiration Marie Laveau II. Gage ne savait rien du vaudou, et c'était aussi bien à son avis ; les superstitions et le surnaturel, ce n'était pas sa tasse de thé.

Or, dans les voix chantées qui venaient à son oreille, Gage crut reconnaître un rythme familier, ou était-ce dans le phrasé ? C'était comme une chanson dont il aurait oublié le titre. En se concentrant sur la musique, il comprit que cette impression n'était pas que le fruit de son imagination. Les mots chantés l'étaient en langue gitane, mais l'air, Gage l'avait maintes fois entendu. Si seulement il pouvait mettre le doigt dessus.

Amaro Dad,
kai san ande o cheri.
Ke tjiro anav t'avel svintsime ;
ke tjiri amperetsia t'avel ;
ketu keres sar tu kames pe phuv sar ande o cheri.
De amenge adjes amaro manrro sakone djesesko
Yertisar amenge amare bezexendar,
sar vi ame jertisaras kudalendar kai amisaile amende.

Na zurnav amen,
Numa skipisar amen katar o xitro.
Ke tuke si, ande sa le bersh kai avena,
e amperetsia, e zor thai o vestimos.
Anarania.

Le chant terminé, Nadyha, Mirella et Niçu sortirent de la roulotte. Mirella se rendit au feu de camp, dont les flammes brûlaient déjà haut au petit matin et d'où s'élevait une appétissante odeur de pain cuit. Niçu salua Gage d'un hochement de tête en marchant vers l'appentis.

Nadyha vint vers Gage, qui s'était levé et s'adonnait à quelques étirements.

— Comment a été la nuit pour Dennis?

— La fièvre l'a réveillé trois fois, mais les bains l'ont très vite soulagé. Je l'ai réveillé toutes les deux heures pour prendre son médicament, raconta Gage en regardant Denny, qui remuait légèrement dans son sommeil, mais n'avait pas encore ouvert les yeux. Il semble déjà respirer mieux.

Nadyha acquiesça d'un hochement de tête.

— Aujourd'hui, il devra souffler dans le sifflet, et Baba Simza se propose d'aider sa guérison par l'imposition des mains. Vous verrez, il se remettra.

Gage hésita avant de poser la question qui le taraudait.

— Vous ai-je entendus chanter? Étaient-ce... euh... des incantations gitanes?

La question sembla exaspérer Nadyha.

— J'ignore ce qu'est une incantation, mais je crois deviner ce que vous insinuez. Vous saurez que ça n'a rien de magique, c'est le *Notre Père* dans notre langue.

— Bien sûr ! s'exclama Gage, comme sous le coup d'une grande révélation. Je le savais ! Ce que je veux dire, c'est que j'avais reconnu le rythme, la cadence des mots. Je l'avais sur le bout de la langue.

— Je sais que ça vous dépasse, *gajo*, mais nous prions, dit-elle d'un ton grinçant. Désolée de vous arracher vos œillères, mais certains gitans occupent autrement leur temps qu'en jetant des maléfices et en disant la bonne aventure.

— Mille excuses, m'dame, dit Gage d'une voix coupable. J'ai eu tort de supposer que...

Nadyha haussa les épaules et voulut parler d'autre chose.

— Baba Simza veut prendre l'air aujourd'hui et elle a même menacé de sortir en rampant pour ce faire. Elle veut que vous l'aidiez, ce qui n'a pas manqué de fâcher Niçu. L'aiderez-vous ?

— Assurément, s'engagea Gage. Dès qu'elle sera prête.

Nadyha s'intéressa à Denny, qui s'était réveillé avec une vilaine toux. Gage alla aider Niçu, qui terminait de construire la chaise de Baba Simza. Niçu était un artisan talentueux et un ébéniste expérimenté. Sa maîtrise du bois était évidente quand on regardait la demi-douzaine de chaises en cyprès qu'il avait fabriquées, avec le fond et le dossier tressés selon de jolis motifs qui avaient aussi cette qualité d'aérer le dos et le fessier de l'occupant. Elles avaient également ceci d'ingénieux d'être pliantes et faciles à ranger dans un coin de l'appentis. Niçu s'était inspiré de ses précédentes créations pour la conception d'une chaise qui, cette fois, serait munie d'un repose-pied pour le confort de Baba Simza. Avec un peu d'aide de la part de Nadyha et de Gage, il avait ainsi fabriqué sa toute première chaise longue, qu'ils installeraient aujourd'hui, selon les instructions explicites de Baba Simza, sous l'arbre et près du feu, mais non loin de la roulotte de Niçu et Mirella.

— Aujourd'hui, c'est vous la bête de somme, dit Niçu pour railler Gage. Allez chercher grand-mère et rassemblez votre courage, parce qu'avec Baba Simza, vous en aurez pour la matinée. Elle peut être très tatillonne quand il s'agit de trouver le bon endroit où s'asseoir.

— D'accord, dit Gage, docile.

Baba Simza l'invita à entrer quand il frappa à sa porte.

— Venez, Gage, dit-elle.

À son grand étonnement, il découvrit la femme bien portante et bien mise. Elle était assise dans son lit, le dos soutenu par deux gros oreillers. Ses joues ridées avaient retrouvé des couleurs et son regard était clair. Elle portait une jupe longue faite de coton teint aux couleurs de l'arc-en-ciel et un chemisier bleu foncé à manches bouffantes que trois rubans laçaient à l'avant — un jaune, un bleu et un vert. Le foulard qu'elle avait en guise de coiffe était bleu clair et jaune, et paré de piécettes d'argent qui tintaient tout doucement quand elle bougeait la tête. On pouvait voir des mèches blanches dans ses cheveux noirs, qu'elle gardait détachés sous le foulard. Sa jambe blessée était maintenue en place par une attelle faite de deux planchettes de pin qu'on avait soigneusement poncées jusqu'au brillant du grain et que retenaient de longues bandelettes de mousseline blanche. Elle avait une tasse fumante à la main, et Gage pouvait sentir les odeurs de chicorée et de citron qui s'en dégageaient.

— Bonjour, Gage, dit-elle d'une voix gaie. Êtes-vous là pour me sortir de ma prison ?

— Mademoiselle Simza, comment pouvez-vous être à ce point resplendissante le lendemain d'un si grave accident ? N'êtes-vous pas souffrante ?

— J'aimerais que vous m'appeliez Baba Simza, si ce n'est pas trop vous demander, dit-elle d'un air décontracté. Souffrante ? Oui, sans doute, mais votre remède, *gaje*, m'aide beaucoup. Il faut seulement ne pas forcer la dose ; autrement, je me trouve étourdie et sotte, comme ceux qui s'enivrent de vin. Une cuillerée suffit. Je dois aussi beaucoup à *miry deary Dovvel*, pour un message qu'Il m'a transmis. Comme il est dit dans le livre des Proverbes : une bonne nouvelle fortifie les membres. Maintenant, amenez-moi au grand air, j'ai besoin de voir *cam*, le soleil.

Une fois à l'extérieur, on se livra à un long jeu de va-et-vient, comme l'avait prédit Niçu. Il fallut déplacer Baba Simza et sa chaise en de multiples endroits avant d'en trouver un à la convenance de la vieille femme, qui, comme une reine sur son palanquin, lançait des ordres, pointait du doigt, gesticulait et protestait. Elle fut finalement installée à l'ombre du toit en porte-à-faux de sa propre roulotte, face au rond de feu, ses pieds nus allongés au soleil.

— Quand *cam* sera plus haut dans le ciel, il faudra reculer ma chaise pour suivre l'ombre, dit-elle, et ce fut sa dernière exigence.

Pour le petit déjeuner, on mangea du pain frais tartiné au beurre doux, des pommes de terre en robe des champs et des tiges vertes et croquantes au goût légèrement sucré que les gitans trempaient dans une confiture de fraises.

— C'est bon, dit Gage en croquant dans la pousse comme dans une branche de céleri. Qu'est-ce que c'est ?

— Ce sont des cœurs de quenouille, répondit Mirella. C'est délicieux en salade, dans les soupes et en macédoine de légumes.

— Des quenouilles ? répéta Denny, étonné, lui qui, malgré son manque d'appétit, voulut goûter aux mystérieuses tiges croquantes. Je n'avais pas idée que ça se mangeait.

— Moi non plus, dit Gage d'un ton songeur.

Combien de fois son armée s'était-elle retrouvée affamée alors qu'il y avait partout autour d'énormes talles de ces roseaux ? « Si seulement on avait su que ces végétaux étaient comestibles ! » pensa Gage.

Quand ils eurent terminé le repas, Simza demanda à Gage de lui amener Denny, le *gajo*. Gage marcha vers la paillasse où Denny était allongé.

— Baba Simza veut vous voir, annonça-t-il. Je crois qu'elle veut prier pour vous. Vous en sentez-vous la force ?

— Oui, si vous voulez bien m'aider, répondit Denny.

Gage l'aida à marcher jusqu'à la chaise de Simza. Malgré sa faiblesse évidente, Denny s'assit et leva les yeux vers la vieille femme, comme l'aurait fait un enfant obéissant.

— Bonjour, Dennis. Je suis Simza, et si tel est votre désir, vous pouvez m'appeler Baba Simza. Nadyha m'a tout dit de vous et de votre maladie. Êtes-vous chrétien, Dennis ?

La question décontenança le malade, qui resta silencieux un moment, puis répondit honnêtement :

— Pas exactement, m'dame. Ce que je veux dire, c'est que je crois en Dieu, mais que je ne connais pas la catéchèse.

Elle hocha la tête dans un geste compréhensif, puis posa les deux mains sur les joues de Dennis.

— Dans ce cas, inclinez la tête, fermez les yeux et adressez-vous à Dieu. Dites-Lui vos troubles du moment, ce que vous ressentez, ce qui vous passe par la tête. N'ayez pas peur de le dire si vous êtes en colère contre Lui. Dites-le-Lui aussi si vous croyez en Lui. Remerciez Dieu si vous voulez guérir, et Il vous guérira.

Docile, Denny pencha la tête et ferma les yeux. Simza posa les mains sur ses épaules et ferma les yeux à son tour. Ses lèvres remuaient, bien qu'il ne sortît aucun son de sa bouche. Après un moment, son visage s'illumina d'un sourire, et elle dit :

— *Anarania*. À présent, Dennis, vous pouvez ouvrir les yeux et relever la tête. Retournez à votre paillasse, prenez votre médicament et faites ce que Nadyha vous demande. Le Seigneur vous guérira, que vous ayez foi en Lui ou pas.

— Merci, m'da... Baba Simza, se reprit-il.

Denny retourna à son lit, qui était maintenant fort confortable, Mirella et Nadyha y ayant ajouté un épais matelas de mousse espagnole et quelques branches de romarin odorant. Après lui avoir fait boire l'anisette, Nadyha le fit tousser et cracher.

— Aujourd'hui, dit-elle ensuite, il faudra souffler dans le sifflet après avoir bu votre médicament.

Elle tira de sa poche un petit bout de roseau creux taillé en biseau.

— Soufflez, dit-elle.

Denny souffla, mais ne réussit à produire aucune note.

— Plus fort, ordonna Nadyha d'un ton sévère.

Il souffla à pleins poumons et fut vite pris d'une quinte de toux après avoir tiré du sifflet un son aigu.

— C'est bien, dit Nadyha, mais il faudra souffler souvent durant la journée.

À bout de force, Denny s'allongea dans son lit et s'endormit promptement.

Perplexe quant à l'utilité de ce traitement, Gage voulut s'informer auprès de Nadyha.

— C'est pour renforcer son souffle, lui expliqua celle-ci. Ne vous inquiétez pas, *gajo*, ce n'est pas de la sorcellerie de gitan.

Il voulut se défendre d'une telle prétention, mais elle avait déjà tourné les talons.

Gage retourna s'asseoir avec Baba Simza. La vieille femme, qui travaillait à l'aiguille en silence, le salua d'un petit sourire.

— J'ai quelque chose à vous dire, lui dit-elle peu après. Grâce à vous, j'ai appris une grande leçon.

— Vraiment ? Qu'est-ce que j'ai fait ?

— Comme la nuit porte conseil, ce n'est qu'au lever qu'elle m'est apparue clairement, raconta-t-elle, son regard pénétrant cherchant celui de Gage. C'est une leçon difficile pour moi. Pour une « gitane ». D'ailleurs, savez-vous d'où nous vient le nom de « gitans » ?

— Non, m'dame.

— Il est dit que les gitans auraient accueilli et abrité la Sainte Famille et le bébé Jésus durant leur fuite en Égypte. Jugés pour ce geste, les gitans auraient été chassés d'Égypte et condamnés à n'y jamais revenir. Le nom viendrait du mot « égyptien », qui aurait donné avec le temps « gyptien » et enfin « gitan ». L'histoire veut que, depuis ce temps, forcés à l'exil, nous errions de par le monde, ce qui a valu à notre peuple d'être la cible de tous les mépris. On nous a rejetés, chassés, persécutés, torturés, condamnés, pendus, brûlés, assassinés et j'en passe. Ici, en Amérique, notre sort s'est amélioré, bien qu'on lève souvent le doigt pour nous accuser de tous les maux. Il y a ici aussi des histoires de pendaisons, des injustices contre lesquelles nous ne pouvons rien. Partout où ils vont, les gitans ne sont jamais tranquilles.

— Je ne connaissais pas cette histoire, dit pensivement Gage. J'ai entendu parler des gitans et j'en ai même croisé à l'occasion à La Nouvelle-Orléans. Les gens pensent… ils disent que…

— Oui, les *gajes* nous croient tous sorciers, devins, tricheurs, filous et païens, dit Baba Simza en rejetant ces accusations d'un geste de la main qui tenait l'aiguille. À les croire, on jurerait que tous les gitans volent, mais que tous ne se font pas prendre en raison de leur malice.

Comme par vengeance, elle planta sèchement l'aiguille dans la chemise.

— Oui, m'dame, c'est ce que les gens pensent, avoua sans joie Gage. Et je suis sans doute aussi coupable de la même ignorance. Je vous ai entendue prier ce matin, et ma première idée a été de croire à des chants païens, à un quelconque rite occulte. C'est avec étonnement que j'ai appris que vous étiez profondément chrétienne, m'dame.

— Qui peut prétendre être bon ou mauvais chrétien ? De toute façon, les accusations des *gajes* ne sont pas sans fondement. Vous savez, beaucoup de gitans se livrent à la mystification, et vous en avez certainement vu dire la bonne aventure. *Miry deary Dovvel* désapprouve la divination, *dukkering*, comme on l'appelle, ainsi que ceux qui la pratiquent, les *chovihanis*. Et ces sots de *gajes* paient pour connaître leur avenir et croient toutes les *shestis* qu'on peut leur dire. Dans mon peuple, il y a comme dans tous les peuples des gens qui mentent et qui trichent, des adultères et des meurtriers, mais des gens bien, il y en a aussi. En fait, ce serait un peu hypocrite de notre part de blâmer les *gajes* pour les préjugés qu'ils ont à notre égard, puisque nous leur cachons qui nous sommes vraiment.

— Oui, m'dame, je comprends, dit Gage, pensif.

— Mais revenons à cette vérité que vous m'avez apprise, voulez-vous ? reprit-elle d'une voix plus gaie. De tous les livres de la Bible, je préfère celui des

Proverbes. C'est une sagesse que je comprends, du moins la plupart du temps. Selon cette sagesse, j'ai toujours cru qu'un jour les *gajes* se repentiraient de leur persécution, de la méchanceté dont ils nous accablent. J'avais la conviction que *miry deary Dovvel* les ferait payer.

— Je comprends, dit Gage sans savoir très bien où la vieille femme voulait en venir. Veuillez m'excuser si je vous ai offensée, Baba Simza.

Elle se mit à rire de le voir aussi prompt au repentir.

— Non, non, ce n'est pas une leçon de ce genre, le rassura-t-elle, et elle déposa son travail de couture pour le regarder droit dans les yeux. Hier, quand j'étais au pire, c'est un *gaje* qui est venu à mon secours, un *gaje* plein de générosité qui, sans contrepartie aucune, a accepté d'aider une gitane. Ce *gaje* a même refusé qu'on le paie pour son dérangement et le médicament qu'il a bien voulu me donner. Mais la vraie leçon d'altruisme est venue après, quand *vous* nous avez demandé de l'aide. Personne ne demande de l'aide aux gitans. Du moins, je n'ai jamais eu connaissance d'un pareil événement. Cela m'a beaucoup donné à réfléchir. Et si les gitans avaient le devoir d'aider les *gajes*, comme leur prochain ? Avant, je me réjouissais des malheurs des *gajes*, comme s'ils les méritaient pour nous avoir maltraités. Je croyais dur comme fer que les gitans ne devaient de l'aide à personne, sauf à la *familia*, à notre *vitsi*, à notre *kumpania*. Ce matin, je me suis rappelé ce qu'a dit Jésus à propos des publicains, et je me suis vue à l'image de ces *choros*, exigeant toujours d'autrui ce que je refuse de redonner de ma personne.

Gage eut un sourire engageant.

— Oh, oh ! Faites attention à ce que vous souhaitez, Baba Simza. Vous pourriez bientôt voir cogner à votre porte une horde de *gajes* dans le besoin.

— Ce serait une bonne occasion de mettre en pratique la leçon apprise, une leçon avec laquelle Nadyha a beaucoup de mal, encore qu'elle ne l'admettra jamais. Je l'ai vue ruminer la question, seule dans son coin, et visiblement, elle en est arrivée à la même conclusion que moi, sinon elle aurait refusé que vous restiez, vous et Dennis. Croyez-moi, quand je dis que cette leçon est venue comme un choc plus grand encore pour elle que pour moi, dit-elle avec une pointe de satisfaction.

— Est-elle chrétienne, m'dame ? J'avoue que Nadyha est un mystère pour moi, une énigme que je n'arrive pas à résoudre.

Simza poussa un long soupir avant de répondre.

— Elle connaît Dieu et Jésus depuis qu'elle est *bitti chavi*, mais la colère qu'elle a au ventre nourrit ses doutes. Elle n'accepte pas le monde comme il est et elle s'éloigne de Dieu. Voilà pourquoi elle préfère la dérision... et elle n'a pas la langue dans sa poche, croyez-moi. *Hai*. Nadyha veut oublier Dieu, mais Dieu ne l'oubliera jamais.

Pendant que Gage discutait avec Simza, il avait vu les gitans au travail. Niçu avait dit vrai : ces gens ne renâclaient pas à la tâche. Nadyha, les cheveux ramenés sous un grand chapeau de paille, était partie dans les bois armée d'une pelle, d'un râteau et de quelques menus instruments de jardinage. L'ours l'avait suivie dans un sentier, puis Anca s'était levée pour fermer la marche de sa grâce féline. Mirella s'occupait d'alimenter le feu et préparait divers aliments en vue des repas de la journée. Entre deux préparations, elle s'asseyait pour tresser des paniers. Niçu avait soufflé la forge et travaillait des feuilles de tôle.

Puisque Denny semblait dormir en paix, Gage décida d'aller chasser. Le gibier était abondant dans la forêt et la bambouseraie à l'est de la grande crête, et Gage ne tarda pas à revenir en début d'après-midi avec sa gibecière pleine et un sanglier ficelé jeté sur l'épaule.

Il salua Baba Simza, qui n'avait pas bougé de sa chaise et terminait son travail d'aiguille, puis se rendit à l'appentis. Il y découvrit Niçu, qui aiguisait un couteau. Gage s'arrêta un instant pour admirer la fine dextérité dont l'homme était capable. Niçu avait fabriqué une queue-de-rat, une poignée d'épée fixée à une lime ronde, dont il se servait pour aiguiser son couteau de boucher. Il passait la lame sur la lime à une vitesse fulgurante, et ses gestes faisaient penser à ceux de deux combattants qui auraient croisé le fer. Le couperet scintillait vivement au soleil.

Gage s'avança à la table de travail, où il déposa le sanglier dans un grognement, et commença à vider la gibecière. Il entreprit d'aligner soigneusement les oiseaux, huit tourterelles et deux cailles bien grasses qu'on appelait « perdrix choukar ». Mirella, Niçu et Nadyha se joignirent à lui. D'un geste lent, Niçu tendit la main pour ramasser un oiseau qui n'avait plus de tête, mais un bout de ficelle serré autour du cou.

— Alors, vous avez grimpé dans un arbre pour égorger ces oiseaux ? grinça-t-il, ce à quoi Gage ne put s'empêcher de sourire.

— Pas du tout. Je les ai ficelés au niveau du cou pour qu'ils ne... euh, perdent pas... euh... vous savez, partout dans ma gibecière ?

— Du sang ? suggéra Nadyha. Avez-vous aussi tiré le sanglier dans l'œil pour éviter qu'il se vide de son sang ?

— Non, c'est seulement... en fait, j'ai oublié de vous demander si vous mangiez de la viande, dit Gage, pris de confusion. Je me suis aussi rappelé que le rouge vous choquait. Je ne voulais pas que vous vous fâchiez à la vue de tout ce sang, vous comprenez...

Mirella, Niçu et Nadyha échangèrent des regards amusés.

— Les gitans mangent de la viande, Gage, expliqua Nadyha comme à un jeune garçon. Oui, la couleur *lalo* est impure à nos yeux parce qu'elle évoque le sang, mais c'est seulement le sang souillé par la maladie ou le sang des blessures qui est *mahrime*.

— Vous avez tué ces oiseaux d'une balle à la tête ? dit Niçu, sa voix pleine d'admiration. Et le sanglier, d'un tir parfait, exactement dans l'œil ! Vous êtes un bon tireur !

— Je ne suis pas mauvais, répondit Gage, désinvolte. Il faut croire que c'est un don naturel. Bien, alors si vous me disiez où je peux dépecer ce sanglier... quelque part en retrait du campement peut-être ?

— Derrière l'appentis, indiqua Niçu. Il y a une branche basse où nous pourrons le suspendre. Ce sera plus commode. Allez, je vous aide, Gage.

— D'accord. Mesdames, je serai plus qu'heureux de nettoyer ces oiseaux une fois le sanglier découpé. Sans vouloir me vanter, je suis plutôt habile à ce genre de manipulation.

— Non, nous nous en chargerons, Nadyha et moi, rétorqua Mirella, ses yeux étincelants lorgnant avec envie la carcasse du sanglier. Peut-on espérer en faire notre repas de ce soir ?

— Farci comme dans le *gója* ! s'exclama Niçu en se frottant gaiement les mains à l'idée de manger du sanglier.

Sur ce, il prit une grosse corde et se rendit avec Gage à l'arrière de l'appentis pour vider le sanglier. Gage entendit une respiration sourde mais puissante dans son dos. En tournant la tête, il vit Anca, qui les observait. Dans son profond regard d'ambre, on voyait que l'activité à laquelle se prêtaient les deux hommes l'intéressait au plus haut point. Elle ouvrit grande la gueule et se lécha les crocs, qu'elle avait acérés comme des rasoirs et longs de huit centimètres. Même assise, Anca avait la tête qui arrivait à la hauteur des hanches de Gage.

— Euh, allô, le chat, dit-il timidement.

Niçu se retourna, aperçut le couguar et haussa les épaules.

— Elle adore le sanglier, c'est à peu près tout ce qu'elle chasse.

— Je vois ça. Vous croyez qu'elle s'est éprise du mien? Parce que je peux lui laisser ma part, si c'est ce qu'elle veut.

— Ah, oui, elle s'attend assurément à mordre dans un bon cuisseau quand nous en aurons fini, expliqua Niçu pour ensuite continuer à voix basse. Vous savez pourquoi nous mettons rarement de la viande dans nos assiettes? C'est parce que je ne sais pas tirer. Les Perrados n'ont jamais voulu que nous nous procurions des armes à feu.

— J'ignore qui sont les Perrados, dit Gage, mais si vous voulez apprendre le tir, je vous l'enseignerai.

— Vous feriez ça? s'exclama Niçu, tout excité. Vous m'apprendrez à tirer comme vous?

Niçu était encore jeune — au début de la vingtaine, pensait Gage —, et il apprendrait vite. Avec un pincement au cœur, Gage songea qu'il avait pris un coup de vieux et que c'était sans doute la guerre qui vieillissait les hommes.

— Ce n'est pas impossible, dit Gage, se montrant prudent de ne pas nourrir de faux espoirs chez le jeune gitan. Mais j'aimerais vous apprendre avec mon fusil Mississippi. Cette arme-ci, mon Whitworth (il l'avait encore sur l'épaule et il le plaça dans le creux de son coude), c'est une arme pour les tireurs d'élite; elle est si précise que...

— Qu'est-ce que c'est, des tireurs d'élite? l'interrompit Niçu.

— Ce sont des hommes triés sur le volet qui manifestent un talent particulier dans le maniement des armes à feu. On les arme de fusils à très longue portée et on les envoie se battre au front et parfois même derrière les lignes ennemies. Les cibles qu'ils doivent atteindre sont souvent très éloignées. Avec mon Whitworth, je peux tirer sans mal à huit cents mètres.

— Vous tirez sur l'ennemi, dit lentement Niçu, un coup à la fois et... à huit cents mètres de distance ?

— Et plus loin encore.

La conversation rendait Gage mal à l'aise.

— Je disais donc, reprit-il sur un ton plus léger, que nous nous exercerons avec une autre arme pour laquelle il me reste quelques boîtes de cartouches. Pour ma part, je préfère utiliser le Whitworth à la chasse, mais il faut un tir précis, sinon on gâche la viande du petit gibier.

— Pourquoi avez-vous tiré le sanglier dans l'œil ? demanda Niçu.

— Ah, ça, c'était seulement pour le sport.

Ils terminèrent de préparer la viande, et Anca vint chercher le cuissot qui lui revenait, prenant la viande des mains de Gage avec la délicatesse d'une dame qui se serait servie des petits fours. Avec son morceau de viande dans la gueule, le couguar partit tranquillement dans les bois.

Les hommes allèrent se laver à la pompe, et Gage vit Boldo, un peu plus loin, qui s'était emmêlé dans des vignes de chèvrefeuille, dont il mangeait gaiement les jeunes pousses. Gage s'esclaffa de voir l'ours ainsi enrubanné, une guirlande de chèvrefeuille autour du cou.

— À le regarder, dit Gage, on ne croirait jamais que les ours puissent être féroces.

— Vous avez déjà rencontré des ours féroces ? demanda Niçu, tout à fait sérieux.

— Non, j'ai seulement entendu des histoires.

— Ils ne sont pas méchants, sauf s'ils se sentent menacés, mais méfiez-vous des mères avec leurs petits. La nourriture qu'ils préfèrent, ce n'est pas les gens, mais plutôt les pousses de vigne tendres, les petits fruits, les racines et le miel.

— Et les écrevisses, ajouta Gage. Boldo en raffole.

— Oui, et ils aiment aussi le poisson. À l'occasion, il peut leur arriver de manger un lapin ou un écureuil, s'ils sont vraiment affamés, mais Nadyha ne laisse jamais Boldo manger de viande. Elle ne veut pas qu'il y prenne goût.

— Sage décision, murmura Gage.

Boldo était petit pour un ours noir. Il faisait environ un mètre soixante quand il se levait sur les pattes arrière et moins d'un mètre quand il marchait à quatre pattes. Bien sûr, il avait d'immenses pattes et des griffes meurtrières, mais on ne remarquait pas ces attributs chez Boldo, qui, avec son air pataud, faisait vite oublier qu'il pût être menaçant, surtout quand il essayait gauchement de manipuler des écrevisses ou des fleurs de chèvrefeuille.

Ce soir-là, Gage comprit ce qu'était le *gója*, et après avoir savouré le plat, il décida qu'après tout, il aimait toujours les oignons. Mirella avait fait une farce pour le sanglier, non pas avec du pain de maïs ou du pain de blé, mais plutôt avec des pommes de terre râpées, des oignons coupés en dés, de la viande de caille bouillie et du riz, qu'elle avait assaisonnés d'un bouquet d'herbes variées. Le sanglier avait cuit tout l'après-midi, et on avait l'eau à la bouche juste à le regarder. Pour Denny et Baba Simza, que l'on maintenait à un régime strict, Mirella avait fait bouillir du pigeonneau, réservé les morceaux de viande les plus tendres, puis fait un bouillon savoureux et nourrissant. Au soir venu, ils s'étaient rassemblés autour de la chaise de Baba Simza pour prendre un café noir tout en discutant de choses et d'autres. On avait assis Denny sur une chaise de rotin à côté de Simza, tandis que Gage, Niçu et Mirella étaient installés par terre, jambes croisées, dans la fraîcheur du tapis de menthe.

— J'aimerais vous raconter une *lil*, dit Baba Simza

Niçu, Mirella et Nadyha posèrent leur tasse de café et firent silence.

— Il était une fois un grand chef *gajo*, un homme puissant et cruel qui possédait de vastes terres, des trésors et plusieurs esclaves. Un jour, il trouva des Roms qui campaient dans un de ses pâturages et il eut pour eux une grande haine. Il leur ordonna de partir, jurant que s'ils n'avaient pas quitté ses terres le lendemain, il ferait pendre les hommes et prendrait les femmes et les enfants comme esclaves.

» Cette nuit-là, les Roms levèrent le camp, et à l'aube, ils furent partis. Sur la route, au matin, ils virent le grand chef *gajo*, qu'on avait volé et tant battu qu'il se trouvait à l'article de la mort.

Gage remarqua les regards plutôt perplexes qu'échangeaient Niçu, Mirella et Nadyha. Aux lèvres parcheminées de Baba Simza, il y avait l'esquisse d'un sourire.

— Tous les Roms étaient ravis de voir l'infortune de l'homme cruel. En silence, ils souhaitaient que la mort l'emporte. Ils voulaient le voir puni pour sa cruauté, lui qui était haï non seulement par les Roms, mais aussi par les esclaves, les affranchis, tous ceux de son entourage. Les Roms passèrent leur chemin, *vardo* après *vardo* après *vardo*, tandis que le grand chef *gajo* gisait dans son sang. « Qu'il en soit ainsi », se dirent-ils tous.

» Tous, non. En effet, il y eut un jeune *romoro* qui arrêta son *vardo*. Ce *romoro* s'était fait une bonne vie en travaillant comme orfèvre et devait sous peu se marier. À la vue du grand chef *gajo*, le cœur du *romoro* s'emplit de pitié et de chagrin. Voyant son trouble, les gens de son *vitsi* vinrent auprès de lui. "Il faut que j'aide cet homme", leur dit le *romoro*.

» Et il fut traité de *dilo* par les gens de son *vitsi*. "Ne sais-tu pas que c'est toi qu'on accusera du crime commis contre cet homme?" lui dirent le *Rom Baro* et la *Phuri Dae*. Et même sa *chavi* le supplia de passer son chemin, mais personne n'allait convaincre le *romoro*. Voyant cela, le *vitsi* reprit la route, laissant le *romoro* avec l'homme cruel.

» Le *romoro* transporta l'homme dans son *vardo* et le coucha dans son lit. Dans le village suivant, il y avait un docteur *gaje*, et le *romoro* alla le voir. "Voici des vêtements, de bonnes bottes et de l'argent. Voudriez-vous le soigner?" Et le docteur de répondre qu'il le soignerait, parce que c'était une grosse somme en pièces d'or que le *romoro* lui donnait.

Simza se cala dans sa chaise et observa la réaction de ses petits-enfants. Après un silence, elle reprit sur un ton plein d'intensité :

— Et *amaro deary Dovvel* a béni le *romoro* pour la miséricorde dont il avait été capable. Cette année-là, le *romoro* se maria, et, avec sa *chavi*, ils eurent beaucoup d'enfants. À la fin de sa vie, quand *deary Dovvel* le rappela auprès de Lui, on organisa au ciel un grand festin, et le *romoro* occupa la place d'honneur. *Hai*, Seigneur Jésus, ayez la grâce de nous accorder, à moi et aux miens, cette même bénédiction.

Denny eut une nuit paisible et sans fièvre que seuls trois épisodes de toux vinrent troubler. Bien que Denny fût à présent tout à fait capable d'avaler lui-même son médicament, Gage se fit un devoir de se lever pour le lui administrer, après quoi il s'asseyait auprès du malade jusqu'à ce que la toux cesse. Il emportait ensuite les linges souillés d'expectorations pour les jeter dans le foyer. Cette nuit-là, Gage et Denny profitèrent enfin d'un repos réparateur.

Au petit matin, Niçu vint vers Gage avec l'idée d'organiser un exercice de tir avant qu'ils ne partent chasser.

— J'ai quelque chose à vous montrer, dit Niçu.

Il invita Gage dans le petit bois derrière l'appentis, où on rangeait les balles de foin pour les chevaux. Niçu en avait recouvert une d'un carré de jute ; sur le tissu, il y avait une série de cercles concentriques noirs avec un point au centre. Gage remarqua que la cible comptait déjà plusieurs marques.

— Je vous montre, dit Niçu, comme pour répondre à la question qu'il lisait sur le visage de Gage.

Il revint de l'appentis avec huit longs couteaux plantés dans un bloc en bois.

— Tenez ceci, demanda Niçu à Gage sur le ton de l'injonction.

Puis, comme la chose la plus naturelle, il fit siffler dans l'air les couteaux, qui, sept fois d'affilée, allèrent se planter, regroupés, au centre de la cible. Dans un dernier geste ample, Niçu prit le huitième couteau, le lança et mit dans le mille.

Gage ouvrait grand les yeux d'admiration.

— Je n'ai jamais rien vu de tel ! C'est vraiment quelque chose, Niçu ! Le moins qu'on puisse dire, c'est que vous avez l'œil. Le tir à l'arme à feu ne devrait vous poser aucun problème.

— Alors, nous pouvons utiliser la cible ? dit Niçu, trépidant.

Gage secoua la tête.

— Désolé, les balles de fusil voyagent très, très loin. Nous endommagerions l'appentis en tirant d'aussi près. Nous risquerions aussi d'atteindre Baba Simza ou, Dieu nous en garde, l'un des animaux de Nadyha. Voilà ce que je propose. Je vous emmènerai dans les plantations de canne à sucre où je chassais justement hier. Là-bas, il n'y a qu'à choisir la cible. Et ça ne m'étonnerait pas que vous nous rameniez à manger, Niçu.

Plus tard ce jour-là, Niçu fendit beaucoup de roseaux, fit éclater plusieurs quenouilles et abattit un dindon sauvage. Il se plaignit que ce ne fût pas un tir à la tête, mais Gage lui dit :

— C'était un tir franc et de surcroît très haut dans la poitrine. Un très beau tir pour une première fois.

Le compliment gonfla Niçu d'orgueil, et, de retour au campement, il ne manqua pas de raconter à Mirella, tout excité et avec force gesticulation, chacun de ses tirs. Il parla aussi du dindon sauvage comme d'un animal extrêmement rusé et difficile à abattre.

Gage trouva Denny assis, le dos supporté par un oreiller très épais qu'on avait installé contre l'arbre. Gage sourit en voyant Matchko ronronner voluptueusement sur la cuisse de Denny, l'œil à demi fermé, les pattes sagement repliées sous sa poitrine.

— Nadyha m'a donné la permission, se justifia-t-il tout en caressant la tête du chat.

— De quelle permission parlez-vous ? Celle de vous asseoir ou de caresser le chat, dit Gage en s'asseyant à côté de la paillasse de Denny.

— Les deux. Cela dit, ce chat est quelque peu accaparant et toujours à demander des câlineries, dit Denny en singeant le dégoût. C'est un peu décourageant de voir qu'à part moi, tout le monde travaille.

— Ouais, vous devriez avoir honte. C'est bien beau d'avoir la rougeole et une pneumonie, mais ça n'excuse pas tout, rigola Gage.

— Oh, je suis honteux, à n'en pas douter, dit sans conviction Denny. Et Niçu, il se débrouille bien ? Il m'a l'air plutôt satisfait de lui-même. Je parie par contre qu'il n'a pas fait mouche comme vous.

— Il a très bien fait, pour un débutant. Et vous devriez le voir à l'œuvre avec des couteaux. Je n'ai jamais rien vu de tel !

Denny lui servit un regard curieux.

— Dites-moi, Gage, êtes-vous habile avec un pistolet ?

Gage eut un petit sourire et voulut raconter une histoire.

— Un des capitaines sous lesquels j'ai servi avait une passion pour la compétition entre francs-tireurs. Voyant que le jeu ne faisait que des *ex æquo* quand nous tirions avec les Whitworth, il a eu l'idée d'organiser des joutes de tir au pistolet avec les Colt des officiers. C'était fort amusant, et si j'en avais eu les moyens, je me serais procuré un pistolet. De toute manière, oui, comme je vous l'ai dit, quand il est question d'armes à feu, je suis un naturel. Pourquoi cette question ?

— Oh, j'étais curieux, voilà tout, expliqua Denny, évasif dans sa réponse.

Il tourna la tête pour regarder les gitans.

Gage suivit son regard. Mirella et Nadyha s'affairaient autour du feu de camp, Nadyha préparant le café, Mirella s'occupant du thé. Gage s'étonna de n'avoir jamais remarqué les vêtements que portaient Nadyha et Mirella, mais cela s'expliquait sans doute par le fait que leurs vêtements étaient des plus communs. Les deux femmes portaient toujours des jupes grises ou bleues, des chemisiers unis aux manches bouffantes courtes et au col haut et rond. Pour nouer leurs cheveux, elles prenaient des rubans aux couleurs vives, mais c'était la seule touche qui égayait leur habillement. Baba Simza avait l'habitude de se coiffer d'un foulard que l'on appelait *diklo*, et portait des jupes à motifs et des chemisiers colorés. Gage soupçonnait qu'elle se vêtait différemment des autres femmes pour cette raison qu'elle ne travaillait pas. Gage avait aussi remarqué que les femmes allaient toujours pieds nus, tandis que Niçu portait de belles bottes au cuir de qualité et dont le talon faisait près de trois centimètres. Ce n'était pas habituel pour les hommes de porter des talons aussi hauts.

— Mirella vous prépare du thé et Nadyha me fait du café. Le café de Nadyha vous est interdit, mais moi, j'y ai droit, badina Gage pour taquiner Denny.

Sur ces mots, Gage plissa les yeux ; tout près d'eux, au sol, le feuillage rampant du saule pleureur venait de remuer. Il n'y avait aucune brise dans l'air étouffant de l'après-midi. Gage pensa avoir entrevu une lueur mordorée derrière les feuilles.

— Ça m'est égal, je ne veux pas de café, rétorqua Denny en reniflant. Le café ne fait qu'empirer le goût que j'ai dans la bouche, un goût horrible ! Je préfère la chicorée avec un peu de miel. Je suis aussi content de ne plus avoir à boire l'anisette toute la journée. Ça endort, même au lever.

— Voyons, mon bon Billy Yank, dit Gage comme un reproche, le sommeil est le meilleur remède contre…

Il venait de voir Anca qui pointait la tête à travers les feuilles de saule, les yeux fixes, brillants et jaunes. Elle semblait sans corps, comme un portrait qu'on aurait accroché à un mur vert. Elle sortit de derrière le rideau de feuillage et avança à pas lents vers les deux hommes, sans jamais quitter Gage du regard.

Gage se leva tant bien que mal dans un geste précipité tandis que Denny murmurait d'une voix pleine de nervosité :

— Qu'est-ce que vous faites ?

— Je pensais prendre mes jambes à mon cou et j'espérais à vrai dire qu'elle vous mangerait le premier, répliqua Gage, jetant un regard suppliant vers Nadyha pour qu'elle intercède auprès de l'animal sauvage.

Mais à l'autre bout du campement, Nadyha croisa seulement les bras, un sourire amusé aux lèvres. Gage comprit qu'elle n'interviendrait pas.

Anca venait à pas de loup vers Gage. Tout près de lui, elle leva la tête et le dévisagea de ses yeux jaunes. Gage sentit le poil se hérisser sur ses bras.

Il se produisit alors une chose étonnante : le couguar baissa la tête et frotta ses vibrisses sur la jambe de Gage. L'animal se tourna et recommença son manège, comme un énorme minet qui se faufile entre vos jambes. Gage restait planté comme un piquet, paralysé par la peur.

L'expression qu'avait Nadyha changea du tout au tout, passant de l'incrédulité à la colère tandis qu'elle venait vers eux d'un pas lourd et énervé.

— Anca ! Espèce de *lubni*, espèce de *tromple* ! Qu'est-ce que tu fais là ?

Anca ignora les récriminations de sa maîtresse et poursuivit sa danse amoureuse autour des jambes de Gage.

— Que... Que dois-je faire ? balbutia-t-il, désespérant que Nadyha le lui dise.

— Eh bien, câlinez-la, *dinili*, répondit-elle d'un ton acide. Il semble que c'est ce qu'elle demande.

Nadyha s'assit par terre et croisa les jambes, jetant des regards dégoûtés à l'endroit d'Anca.

Gage se pencha et tenta une caresse timide sur l'énorme tête de l'animal, qui s'arrêta et allongea le cou dans un petit coup de tête contre la main de l'homme. Il la flatta encore, puis se permit de lui frotter les oreilles. Comme un petit chat heureux, elle cherchait la main de Gage. Sans rien brusquer, Gage se baissa devant le gros félin. Anca finit par se coucher lourdement juste à côté de Gage, qui crut la voir adresser un regard à Nadyha, un regard qui semblait dire : « Alors ? Tu disais ? »

— Elle n'aime personne d'habitude, ronchonna Nadyha. Elle déteste surtout les hommes.

— On peut savoir ce que c'est, une *tromple* ? demanda Denny, qu'un air ébahi ne quittait plus.

— C'est... vous savez bien, la mauvaise fille, une *lubni*, répondit Nadyha avec un geste impatient de la main.

En aparté, Gage dit à Denny :

— C'est peut-être un mot gitan pour dire une femme de petite vertu, une dévergondée.

— Oh, sûrement, dit Denny, avant de s'adresser à Nadyha. M'dame, c'est quand même un animal dangereux, non ? Et vous dites qu'il n'aime pas les gens. Ne risque-t-on pas de finir dans son estomac ?

La candeur de Denny sembla adoucir l'humeur de la gitane.

— Non, non, elle n'oserait pas faire ça. Elle n'est pas apprivoisée comme Boldo, mais elle n'attaquerait jamais personne.

— Et pourquoi pas ? persista Denny tandis que Gage caressait le couguar, s'étonnant de sentir sous le pelage tous les muscles de ses épaules et de son cou.

— C'est difficile à expliquer aux *gajes*, raconta Nadyha. Ce que nous partageons, Anca et moi, c'est à la mesure de l'amour que portent les gitans aux chevaux. Pour les gitans, les chevaux sont comme des frères. Anca est ma *she'enedra*, comme ma sœur. Elle... Je l'ai trouvée, blessée par un chasseur ou un fermier. Elle était sur le point de mettre bas ; elle allait avoir deux petits couguars, une femelle et un mâle. La petite femelle est morte, mais le mâle, lui, a survécu. J'ai aidé Anca et son petit. Je suis restée auprès d'eux trois jours et trois nuits, après quoi Anca s'est senti la force de me suivre sur le chemin du campement. Elle n'est pas restée, mais on les revoyait de temps en temps, elle et son petit. Un jour, on n'a plus vu le jeune couguar, et Anca est venue vivre avec moi. Je ne l'ai pas forcée. C'est elle qui a décidé. Vous voyez donc pourquoi elle n'attaquerait jamais personne. Elle a choisi de vivre avec les hommes, et ce disant, Nadyha lança un autre regard à Anca, sa bouche se tordant en une petite grimace désespérée. Elle tolère Niçu, parce qu'il m'a aidée à la soigner au début, mais je ne l'ai jamais vue devenir aussi *dilo* avec personne d'autre.

— C'est peut-être l'odeur de sanglier que j'ai sur moi, suggéra Gage, qui souriait maintenant à l'animal.

— Peut-être, acquiesça Nadyha sans y voir une raison de sourire.

Gage voulut profiter que Nadyha semblât d'une humeur plus loquace.

— Saviez-vous que Baba Simza m'a parlé des gitans? commença-t-il. Elle m'a aussi parlé de l'origine du mot et des raisons qui font que vous n'y voyez pas d'insulte. Par contre, je me meurs toujours de savoir ce qui la rebute tant chez les poissons-chats.

Gage se réjouit de la voir sourire, et il lui parut que ses yeux n'étaient plus les mêmes, passant d'un brun-vert cendré à la couleur profonde de l'émeraude.

— Ah, oui, le chat, le chien et le poisson-chat! Vous n'y comprendrez rien, *gajo*, mais qu'importe, j'essaierai de vous le dire. Les gitans croient que le monde doit tendre à l'équilibre parfait, que les gens, les choses et les animaux doivent vivre... à l'unisson, être accordés, comme une musique, n'est-ce pas? Certains animaux sont considérés comme *wuzho*, purs et sains d'esprit. Les chevaux sont *wuzho*, les vautours sont *wuzho*.

— Les vautours? s'exclama Denny, lui qui, comme Gage avec Anca, faisait des caresses à Matchko.

— Oui, ils sont *wuzho* parce qu'ils assurent l'équilibre. Les vautours nettoient le monde des corps impurs et morts qui le souillent, dit-elle le plus sérieusement du monde. Les *tale*, les aigles, sont ni *wuzho* ni *mahrime*. Baba Simza aime Rai parce que son vol rappelle celui des vautours dans le ciel. Mais beaucoup d'autres animaux sont *mahrime*, impurs. La grenouille est le plus *mahrime* de tous les animaux, parce qu'elle naît dans l'eau pour ensuite ramper sur terre.

Elle parla de la grenouille d'une voix où se mêlaient l'effroi et le dédain, ce qui évoqua chez Gage le souvenir d'une fille qu'il avait connue et qui s'évanouissait juste à penser qu'une araignée pouvait se trouver à ses pieds. Certes, il n'aurait pas cru Nadyha capable de perdre connaissance pour si peu, mais l'expression qu'elle avait lui rappelait celle de la fille aux araignées.

— D'ailleurs, jadis, nous disions «grenouille» pour parler du diable, continua-t-elle. Et les chiens sont aussi *mahrime*, comme les renards, parce qu'ils sont à la fois chien, chat et pourtant ni l'un ni l'autre. Les chats sont *mahrime* parce que le Créateur les a faits pour fouler la terre, mais ils sautent, grimpent et marchent dans les arbres. Vous voyez donc pourquoi Baba Simza ne mangerait jamais d'un poisson qui serait un chat. Si c'est même possible, les poissons-chats sont plus impurs encore que les renards, dit Nadyha tandis qu'on voyait à présent son visage s'illuminer d'un sourire amusé.

Gage avait tout écouté, et, surpris, il demanda :

— Mais elle permet à Anca et à Matchko de vivre parmi vous?

— Hum, fit Nadyha, avant d'expliquer que Baba Simza n'était pas aussi stricte dans ses croyances. Elle n'est pas… hum… pharisienne, comme beaucoup d'autres gitans. Elle n'aime pas particulièrement Anca et Matchko, mais elle ne les maltraite pas non plus. Je crois que Baba Simza ne vit pas facilement la grande bataille qui se livre en elle; elle peine parfois à conjuguer nos anciennes croyances et ses convictions chrétiennes. Elle était très fâchée avec moi quand Anca est venue vivre ici, mais je lui ai cité la Bible, un passage du livre des Proverbes, celui qui parle du lion. Étrangement, cette seule citation a suffi à clore le débat. Bien sûr, elle fulminait de voir Anca étirer toujours plus son séjour. À vrai dire, j'étais sûre que Baba Simza allait piquer une sainte colère! dit-elle en réprimant un petit gloussement grave.

— Je ne le connais pas, le proverbe du lion, dit Denny avec intérêt. Qu'est-ce que c'est?

— Je ne connais pas les Saintes Écritures comme Baba Simza, mais ce passage-là, je le connais, raconta Nadyha avec un sourire malicieux. «Il en est trois qui ont une belle allure, et quatre qui ont une belle démarche : le lion, le héros parmi les animaux, qui ne recule devant personne; le cheval aux reins bien troussés; ou le bouc; et le roi à la tête de ses troupes à qui personne ne résiste.»

— Pauvre Baba Simza, soupira Gage. À nos pieds, juste là, nous avons à la fois un chat *et* un chien, ce à quoi Nadyha acquiesça en hochant la tête.

— Je sais qu'elle croise les doigts pour que jamais ne vienne le jour où je poserai des yeux attendris sur une portée de chiots. Mais je m'égare; nous parlions de *mahrime* et de *wuzho*. Vous devez savoir une dernière chose à ce sujet, une chose très importante à nos yeux. C'est à propos du… euh, du corps, la manière de le laver, dit-elle maladroitement, levant un bras à la peau tannée en direction de l'appentis avant de continuer. Aujourd'hui, c'est le jour du bain. Je vous montrerai, il y a une marmite pour… laver ces parties-ci, dit-elle, gênée, en indiquant du geste la taille et le haut du corps jusqu'au cou. L'autre marmite, c'est pour… eh bien, ces parties-là, dit-elle en esquissant un mouvement vague vers le bas du corps. Compris ?

— Oui, m'dame, répondirent solennellement Gage et Denny.

— Pour se laver, sachez que les gitans se baignent uniquement dans une eau vive, dit-elle. Selon nos habitudes, Baba Simza et moi, nous nous rendons un jour à la source, Niçu et Mirella s'y rendent le lendemain, et ils y étaient ce matin. Si vous voulez, Gage, allez-y cet après-midi.

— Un bon bain ne serait pas de refus, dit-il dans un soupir pour ensuite parler plus sérieusement. J'arpenterai la source en aval et en amont, tout le ruisseau s'il le faut, pour m'assurer que son lit ne cache pas d'autres pièges.

Nadyha soupira, un son profond et triste.

— Nous nous baignons à cette source depuis des années et jamais nous n'avions découvert de piège. C'est un mystère inquiétant. Baba Simza insiste toujours pour laver le… le… haut tout en amont, à la source, puis elle descend dans l'eau qui court plus en aval pour le bas. Combien de fois l'ai-je vue se baigner à ce même endroit ? Combien de fois…

— Même si la source se trouve au-dessus des terres basses, m'dame, les eaux y montent parfois, lors de grandes crues, dit Gage. Peut-être aussi que les pluies, à force de lessivage, ont charrié le piège dans les remous tournoyants de la cuvette.

— Peut-être dites-vous vrai, concéda Nadyha d'une voix détachée. Baba Simza affirme que ce n'était pas un accident, que c'était le *baxt*, et même *baksheesh*. J'ai cru que la douleur la faisait divaguer. Comment pouvait-elle affirmer que c'était le destin, que ce malheur devait arriver, et même que c'était... que c'était la... la voie tracée pour elle?

Elle posa des yeux comme du verre sur Gage, et tout bas, il dit :

— Baba Simza est une femme sage. Elle sait sans doute des choses que nous ignorons.

Se défaisant de sa rêverie, Nadyha se mit debout et dépoussiéra sa jupe.

— Elle sait beaucoup de choses que nous ignorons, dit-elle sèchement. Je suis fatiguée de parler maintenant. Allez voir Baba Simza avec vos questions. Niçu m'a dit qu'on ne vous avait pas encore expliqué pourquoi nous étions les gitans des Perrados. Baba Simza vous dira cette *lil*.

Anca se leva et suivit la gitane, qui venait d'annoncer son départ en ces quelques mots.

— C'est toujours comme ça avec les femmes, commenta Gage, le ton pince-sans-rire. Je les lasse, et, tout à coup, elles se lèvent et partent pour ne plus revenir.

Denny était plongé dans ses pensées.

— Gage? Ça vous gênerait de me réexpliquer cette affaire de grenouilles? Je n'ai rien compris. En fait, je n'ai pas écouté. Je ne pouvais plus arrêter de penser à des cuisses de grenouille dorées dans l'huile chaude, au délice que ce serait.

— À votre place, j'éviterais de demander si ce plat est au menu, lui conseilla Gage. Si vous osiez, je ne serais pas étonné qu'on nous expulse sur-le-champ, ce qui me déplairait au plus haut point, soit dit en passant.

— Et moi de même, dit Denny, qui, de sommeil, se laissa mollement retomber sur sa paillasse. C'est comme vivre dans un autre monde, ne trouvez-vous pas ? Avec ces gens, dans cet endroit, avec les animaux et toute cette culture exotique. J'ai le sentiment que nous sommes chanceux d'être ici.

— *Baksheesh*, dit Gage à mi-voix, comme s'il s'était parlé à lui-même. La voie tracée pour moi.

CHAPITRE 7

Gage et Denny dormaient quand le soleil se leva à l'est, posant quelques rayons dansants sur le visage de Gage.

— Allez debout, bande de *gajos* paresseux ! Baba Simza me charge de vous dire : «Un peu de sommeil, un peu d'assoupissement, un peu croiser les mains pour dormir, et la pauvreté vous surprendra…» et aussi quelque chose à propos de disette et d'un rôdeur, je ne sais plus.

Gage et Denny s'étaient assis au son de sa voix, les yeux encore troubles de sommeil, et Denny marmonna :

— Hein ? Vous dites quoi ?

Nadyha tourna les talons sans répondre et repartit s'occuper des marmites sur le feu.

Après un long bâillement, Gage expliqua à Denny qu'il s'agissait d'un verset du livre des Proverbes.

— Je vous le lirai plus tard, si vous voulez.

Les délicieux arômes de pain frais et de café fort emplirent l'air, annonçant le petit déjeuner. Denny toussa, mais la congestion qui l'avait tourmenté ces derniers jours avait grandement diminué. Il chercha son sifflet, prit une grande inspiration et souffla de toutes ses forces. Un son strident et plus bruyant que s'il avait crié à tue-tête déchira l'air. Boldo sursauta, l'air terrifié. Rai s'envola en quelques battements d'ailes indignés. Anca planta sur Denny un regard qui ne pouvait dire davantage sa colère. Denny prit peur et oublia de tousser.

Nadyha se redressa d'un coup en criant :

— Ça va, ça va, Dennis ! Oubliez ce sifflet, o-kaï ?

Il paraissait évident que le malade se portait beaucoup mieux. La fièvre l'avait quitté et, au petit déjeuner, il mangea avec appétit. Ils s'étaient tous installés jambes croisées autour du feu, à l'exception de Baba Simza, qui prenait place dans sa chaise longue. Elle leva la tête pour regarder le ciel bleu et l'énorme disque solaire aveuglant qui y était bien accroché. Quelques nuages venaient se gonfler depuis le sud dans la chaleur de l'air matinal.

— *Hai.* Le temps sera à l'orage cet après-midi, prédit Baba Simza.

— Et moi qui ai fait une bonne cueillette d'herbes hier, mes séchoirs sont pleins, raconta Nadyha en continuant avec une pointe de résignation dans la voix. Il faudra que je les couvre avant que ne tombe la pluie.

— Je vous aiderai, mademoiselle Nadyha, s'offrit Gage. J'aimerais visiter votre jardin.

Elle le fixa avec un sourcil interrogateur levé.

— Vous aimeriez? Pour quelle raison?

— Je ne sais trop, par curiosité sans doute. J'aime apprendre de nouvelles choses. J'ai trouvé fascinant ce que vous disiez sur les grains de paradis et sur l'anisette. Il y a aussi ce fait que je suis curieux de savoir où mon cheval disparaît toute la journée avec Tinar et Saz. Quand il revient à la nuit tombée, j'ai toujours cette crainte de le découvrir changé, noir et blanc avec une longue crinière et des fanons aux pattes. Il me regarde déjà comme si j'étais un *gaje*, se désola Gage, ce qui fit beaucoup rire les gens du groupe, dont Nadyha, qui commenta en s'esclaffant :

— Il me semblait aussi que c'était un cheval brillant !

— Merci pour le compliment, rétorqua Gage. À propos, je ne sais toujours pas de quelle race sont Tinar et Saz. Je n'ai jamais vu de chevaux pareils. Ils ont une robe magnifique comme celle des grandes races, mais sont bâtis comme des chevaux de labour.

Les gitans échangèrent un regard entendu.

— Les *gajes* les appellent des « cobs gitans », répondit Niçu avec une moue dédaigneuse. Nous faisons leur élevage depuis très, très longtemps. Chez les Perrados, nous avions notre propre cheptel. Nous nous occupions des écuries de la famille, et les Perrados affectionnaient particulièrement les grandes races, surtout l'arabe pour les chevaux de selle, et la percheronne pour les travaux des champs. Grâce à notre savoir-faire, les Perrados ont eu pendant cent ans les plus belles écuries. Toutefois, le patriarche Perrados ne savait pas que nous élevions nos propres chevaux. Cela dit, il n'avait que faire des secrets de gitans.

— Je ne sais rien encore des Perrados, dit Gage. Est-ce que vous travailliez pour la famille?

— C'est une longue histoire, dit Nadyha, mais peut-être que je vous la raconterai si le cœur vous en dit. Allons visiter le jardin.

Baba Simza sourit, apparemment heureuse de cette invitation de sa petite-fille. Quant à Nadyha, elle fit une moue de voir sa grand-mère sourire, et Gage fit semblant de ne rien remarquer.

Nadyha portait son habituelle jupe grise, un chemisier sans forme et son couteau à la ceinture. Elle ramassa son abondante chevelure sous un grand chapeau de paille, puis prit sans attendre le chemin qui partait derrière sa roulotte. Après quatre cents mètres de bois dense, Gage et elle arrivèrent devant un plat dégagé. Gage fut surpris de trouver cette étendue déboisée au cœur de la forêt ; à vue d'œil, Gage en estima la surface à vingt mètres carrés. Plus surprenant encore, l'endroit était entièrement ceint d'une jolie clôture en fer forgé de deux mètres de haut. Le jardin était en majeure partie divisé en carrés bien délimités, où poussaient des arbrisseaux, des plantes, des fleurs et des herbes. Il y avait aussi quelques rangs de plantes grimpantes où des tuteurs en cyprès supportaient d'autres cultures. À gauche, on avait réservé un espace pour le séchage. Les séchoirs étaient de construction rudimentaire, de simples feuilles de tôle ondulée recouvertes d'étamine pour empêcher les herbes mises à sécher de coller au métal chauffé au soleil. À droite, on faisait pousser contre la clôture un époustouflant éventail de vignes fleuries : il y avait là du chèvrefeuille, des bignones, des volubilis, du jasmin, des passiflores et des belles-de-nuit.

Nadyha poussa la porte du jardin en expliquant d'un ton neutre :

— La clôture, c'est pour empêcher les cerfs et les ratons laveurs d'entrer. Ils peuvent manger le fruit des vignes ; c'est pour eux que je les plante. Pour Boldo aussi, bien sûr, ce bon vieux bêta d'ours.

L'ours les avait suivis dans les bois et faisait à présent un pas vers la porte ouverte.

— Non, non, Boldo, tu sais bien que tu n'as pas le droit d'entrer. Allez, va trouver un coin d'ombre, je vais t'apporter un peu de *habben*.

Résigné, l'ours alla derrière le jardin et grimpa dans un vieux chêne, s'asseyant sur une grosse branche à deux mètres du sol. Sur sa figure d'ours, on devinait l'impatience et la faim.

Pour satisfaire la curiosité de Gage, Nadyha se mit à nommer toutes les plantes qu'elle cultivait dans son jardin. Elle s'arrêta soudain au milieu d'une phrase, devant un pied fourni de romarin, et s'exclama :

— Pouah ! Je désherbe tous les jours, et rien n'y fait. Regardez-moi tous ces pissenlits, ces souchets, ces chardons !

Ce disant, Nadyha commença à déraciner les mauvaises herbes. Gage alla s'occuper du plant suivant, et ils se mirent comme cela à remonter les rangs, trouvant partout les démones de petites herbes qui germaient sans être inquiétées. Allant à quatre pattes, le nez dans les fines herbes, Gage se plut à découvrir tantôt les arômes délicats de la sarriette et du cerfeuil, tantôt l'odeur piquante de la sauge.

Les couvercles étaient rangés sous les séchoirs ; il s'agissait de simples cadres en bois retenant des rectangles de fer-blanc que l'on déposait sur les séchoirs. Quand ils eurent terminé de les installer, Gage et Nadyha étaient en sueur et assoiffés. Le soleil était de plomb dans le ciel et les nuages poursuivaient leur lente avancée à l'horizon.

— C'est l'heure du goûter de Boldo. Ensuite, nous irons nous asseoir à l'ombre.

Avec son couteau à la main, elle s'approcha d'un grand arbuste dont elle coupa plusieurs nouvelles pousses couvertes de grosses fleurs d'un blanc rosé.

— C'est de la guimauve, expliqua-t-elle en s'exécutant. Toute la plante se mange : les fleurs, les cosses, les feuilles, les tiges et même les racines. Les fleurs ont un goût sucré dont Boldo raffole, dit-elle, s'avançant vers les chèvrefeuilles pour en couper quelques tiges longues et fleuries.

Ils allèrent ensuite derrière le jardin clôturé, où Gage s'assit au bout d'un banc de pierre joliment orné de gravures délicates tandis que Nadyha nourrissait Boldo de fleurs et de vignes. Juché dans son arbre, l'ours mastiquait tranquillement ce que lui tendait sa maîtresse. Nadyha jeta un regard oblique sur Gage avant de s'asseoir à l'autre extrémité du banc, avec cette précaution de ramener sa jupe contre elle.

— Dans l'ancien temps, dit-elle en réponse au regard de Gage, on considérait que c'était impur si la jupe d'une femme venait ne serait-ce qu'à frôler la main d'un homme.

— Dans l'ancien temps, répéta Gage d'une voix grave. Est-ce encore la croyance aujourd'hui ?

— Non, bien sûr que non, affirma-t-elle, s'empressant de le prouver en adoptant une posture plus détendue.

Elle ôta aussi son chapeau de paille et secoua ses cheveux, qui retombaient maintenant comme un flot d'ébène dans son dos et sur ses épaules. De ses doigts habiles, elle se mit à tresser des tiges de chèvrefeuille pour en décorer la couronne de son chapeau.

— Je me pose tant de questions sur vous et sur votre peuple, dit Gage. Voudriez-vous me parler des Perrados et m'en dire davantage sur votre *vitsi* ?

Nadyha lui parla de l'histoire des gitans et de la famille Perrados. Elle lui expliqua comment ils étaient arrivés en tant qu'esclaves à La Nouvelle-Orléans et la manière dont Xavier Perrados les avait affranchis après le sauvetage héroïque des chevaux par l'arrière-arrière-grand-père de Nadyha.

— À partir de ce moment, nous avons vécu librement sur la plantation des Perrados. Nous avions notre propre lopin de terre, nos propres maisons, une étable et des écuries. Il y a bien eu quelques gitans qui ont quitté la commune au fil des ans, répondant sans doute à l'appel du voyage, ou c'était peut-être le sang gitan qui bouillonnait dans leurs veines, dit-elle dans un sourire discret. De toute façon, ceux qui sont restés sont devenus les gitans Perrados. Quand la guerre a éclaté, nous étions quarante-deux et nous avions vingt et une maisons sur nos terres.

— Ne me dites pas que, de tout votre *vitsi*, vous n'êtes plus que quatre.

— Non, dit-elle tout bas. Notre *vitsi* a été séparé.

Elle hésita, son regard perdu dans les bois denses et calmes qui les entouraient. Gage attendit patiemment ; il savait qu'elle voulait raconter cette histoire.

Peu après, elle trouva les mots.

— Les démons bleus sont venus. La première fois, ils ont dit à *Kako* Perrados que des taxes de trois mille dollars lui seraient exigées, et il avait cette somme. Lors d'une deuxième visite, ils voulurent percevoir cinq mille dollars, et il promit d'amasser cet argent. Quand ils sont revenus la troisième fois, c'était huit mille dollars et, qui plus est, payables sur-le-champ, sans quoi la plantation serait confisquée. *Kako* Perrados n'avait pas les huit mille dollars exigés, mais ce n'était pas son seul malheur. Sa femme était morte dix ans plus tôt, terrassée par la fièvre jaune, et elle lui manquait terriblement. Il y avait aussi ses deux fils, qui étaient partis à la guerre. Son cœur n'en pouvait plus supporter davantage, et la mort l'a emporté une semaine plus tard.

— Je suis désolé, dit Gage, touché par le récit. Vous en parlez comme s'il n'était pas un simple *gaje*, mais quelqu'un d'important pour vous, pour les gitans.

Elle fit oui d'un hochement de tête.

— *Kako*, c'est le mot pour « oncle », mais aussi une marque de respect et d'affection, et nous appelions son épouse *Kaki* Perrados. Nous étions les gitans Perrados depuis tant d'années… puis du jour au lendemain, nous n'avions plus rien.

» Lorsque les démons bleus ont découvert que nous n'étions pas des esclaves, ils ont exigé que nous payions des taxes. Le montant a été fixé à cinq cents dollars par maison, dit-elle, sa bouche se tordant dans une moue dégoûtée. Ils auraient pu demander cinq mille ou cinquante mille dollars, le résultat aurait été le même. Et ils le savaient, bien sûr.

— Qu'avez-vous fait?

Elle leva le menton dans cet air fier que Gage commençait à lui connaître, et ses yeux défiants se mirent à luire.

— Nous sommes partis avec nos maisons; nous avons fabriqué nos *vardos* du bois dont elles étaient faites. Pour les tirer, nous avions seize chevaux dont les démons bleus ne connaissaient pas l'existence. Nous avons vécu ici, le temps de construire nos *vardos*. Au jour prévu de notre départ, Baba Simza s'opposa à ce que Mirella, Niçu et moi partions. Dans un songe, *Dovvel* lui avait dit que nous ne devions pas quitter la terre natale, et nous sommes restés.

Elle semblait triste et remplie de regrets.

— Ça n'a pas dû être facile pour vous, dit-il. Vous aviez de la famille parmi ceux qui sont partis?

— Oui. Mon père... qui est le *Rom Baro*, le chef de notre *vitsi*, et ma mère, qui a tout juste quarante ans. J'ai trois sœurs plus jeunes et deux petits frères. Ça a été dur et ce l'est encore. Ils me manquent terriblement.

— Pardonnez-moi, mais je trouve étonnant que vous soyez restée, dit lentement Gage. Vous semblez être une femme de tête, Nadyha, avec des idées bien arrêtées sur la vie.

— Oh, vous avez remarqué ? dit-elle avec flegme, puis elle haussa les épaules. Mon frère Niçu et moi, nous sommes les petits-enfants préférés de Baba Simza. Non pas qu'elle le crie sur les toits, mais il faudrait être aveugle pour ne pas le voir. Nous ne pouvions pas aller contre sa volonté, vous comprenez ? Et Mirella, pauvre d'elle… pauvre Mirella. Elle attendait un enfant, et il valait mieux qu'elle ne prenne pas la route dans son état. Nous ne sommes pas habitués à la vie de nomades, contrairement aux autres gitans. Malgré tout, elle a perdu l'enfant… et un autre l'an dernier.

— Quelle terrible histoire ! dit Gage d'une voix effacée.

Gage eut une pensée pour sa mère et son père, qui l'avaient placé en adoption ; c'était une pensée qui revenait souvent le hanter. Bien sûr, il ne pouvait rien changer au passé, mais il songeait souvent à la vie qu'il aurait eue si ses parents avaient pris une autre décision. Pour chasser le nuage de ces mauvais souvenirs, il demanda à Nadyha :

— Croyez-vous que Baba Simza se soit trompée ? Qu'il aurait mieux valu que vous partiez avec votre *vitsi* ?

— Non, répondit-elle, son regard à nouveau perdu au loin.

— Alors, que croyez-vous, Nadyha ? demanda doucement Gage.

Il vit ses joues se teinter comme le corail, et quand elle se tourna vers lui, ses yeux verts avaient quelque chose de vibrant comme l'éclair.

— Je crois que Baba Simza et nos ancêtres ont raison de craindre pour l'équilibre du monde. Je crois que nous vivons dans un monde injuste et cruel. Je crois aussi que les gens sont méchants et que de très mauvaises choses arrivent à de très bonnes personnes. Je crois aussi que Dieu se moque du sort des gitans, des malheurs de Mirella et des deux bébés qu'elle a perdus. Même les animaux sont devenus cruels, comme Anca, qui a ramené la mort au campement, aux premiers jours après son arrivée...

Sa voix se brisa, et elle baissa la tête, ses cheveux venant cacher son visage dans leur chute noire.

— C'était... une... une biche, et elle... elle vivait encore quand...

La voix étranglée par l'émotion, Nadyha se tut.

Sans l'entendre, Gage sut qu'elle sanglotait. Il aurait aimé la prendre dans ses bras, la consoler, comme on consolerait l'enfant innocent qui pleure la mort d'un chiot. Malheureusement, Nadyha lui interdirait ce toucher, et il dit plutôt d'une voix toute douce et rassurante :

— Je comprends les raisons qui vous amènent à penser que Dieu est indifférent à nos malheurs, Nadyha, et vous avez raison à propos de ce monde dans lequel nous vivons. C'est un monde de cruauté et d'injustice, que peuplent des gens mauvais qui prospèrent et des gens bien qui souffrent.

» Sachez néanmoins que ce monde n'est pas le fait de Dieu. Au commencement, la Création était parfaite et pleine de Son amour. Quand Adam et Ève ont chuté, non seulement toute l'humanité a sombré dans le péché, mais la terre entière également, et ce monde est devenu l'endroit brutal et éprouvant que vous et moi connaissons aujourd'hui. Anca n'est pas vilaine, comme on peut le croire ; elle est comme elle est à cause du péché des hommes. Dieu ne l'a pas faite comme elle est aujourd'hui ; Dieu n'a pas voulu faire d'elle une meurtrière. Il l'a créée merveilleuse comme toute Sa Création et Il lui a donné des plantes et des herbes à manger. Mais quand le monde est tombé dans le péché, toute la Création s'est mise à obéir aux règles du diable... et le monde en est devenu un de prédateurs et de proies. Chez les hommes comme chez les animaux.

En écoutant parler Gage, elle avait séché ses larmes d'un geste discret, se servant d'un coin de son tablier, et quand il avait parlé d'Anca, elle avait relevé les épaules et tourné vers lui un visage où se mêlaient l'incrédulité et l'émerveillement.

— C'est vrai ? dit-elle. Vous ne me dites pas seulement ce que je veux entendre ?

— C'est écrit dans la Bible, répondit Gage. Je vous l'ai dit dans mes propres mots, mais ça n'en demeure pas moins la vérité, aussi vrai que Dieu nous a envoyé Son Fils, Jésus, pour nous libérer de nos péchés.

— Et ce que vous avez dit à propos des animaux, insista-t-elle, c'est vrai aussi ?

— Tout est vrai. Vous connaissez sans doute l'histoire d'Adam et Ève.

— Oui, bien sûr, le serpent, le fruit défendu et Dieu qui donne les peaux d'animaux à Adam et à Ève pour qu'ils se vêtent.

— C'était le début de la prédation, soupira Gage. Avant le péché originel, Dieu a dit aux animaux de manger l'herbe verte. Je ne me rappelle plus les mots exacts du verset, mais je peux vous le trouver si vous voulez.

— J'aimerais que vous me le fassiez lire.

— Je vous le trouverai, répéta-t-il, et, soulagé qu'elle ait retrouvé sa bonne humeur, il poursuivit sur un ton léger. Saviez-vous que les animaux avaient le don de la parole avant la disgrâce?

— La Bible ne dit rien de la sorte!

— Peut-être que non, mais que dites-vous de cet intrigant passage où Dieu et Adam s'entretiennent avec tous les animaux de la Création et n'en trouvent aucun pour devenir une compagne semblable à Adam. J'ai peine à imaginer que Dieu et Adam aient perdu leur temps à considérer pour compagnons les mêmes animaux muets que nous connaissons aujourd'hui. N'oublions pas non plus qu'Ève ne s'est pas formalisée quand le serpent lui a adressé la parole. Il me semble que, si tous les animaux avaient été muets, Ève aurait eu la frousse de sa vie en entendant le serpent dans l'arbre lui dire bonjour.

Nadyha se mit à rire d'un rire comme une ébullition de joie.

— Vous êtes drôle, *gajo*, avec vos interprétations. Je ne vous contredis pas, remarquez. Je ne connais pas tous les versets de la Bible, seulement les *lils* que mes professeurs et Baba Simza m'ont racontées.

— Les histoires de la Bible, oui. C'est tout de même surprenant le nombre de gens qui connaissent les histoires sans vraiment savoir les versets. Avez-vous dit que des professeurs vous enseignaient la catéchèse? Vous avez étudié?

— Oui, grâce aux Perrados, nous savons entre autres lire et écrire.

— J'avais remarqué l'élocution soignée que vous avez, dit Gage, l'air pensif. Allez-vous à l'église? Je veux dire, y alliez-vous avant d'être chassés.

— Non, c'est interdit aux gitans, même si nos maîtres nous ont toujours forcés à adopter leur religion. Il y a cette *lil* gitane, poursuivit-elle, les yeux mi-clos, une *lil* que je sais vraie pour l'avoir lue dans les mémoires de *Kako* Perrados. À l'époque, les gitans disaient *Devvell* pour prier Dieu. Un jour, l'un des ancêtres de *Kako* Perrados a cru à tort nous entendre prier le diable, celui que nous appelons *beng*, expliqua-t-elle, et Gage vit qu'elle serrait la mâchoire. En ce temps, il y avait dans l'Église des gens terribles, et quatre gitans ont été brûlés sur le bûcher.

— Et depuis vous dites *Dovvel*, comprit Gage. Mais Nadyha, vous êtes intelligente et éduquée. Vous savez que de telles injustices ne sont pas le seul lot des gitans, que bien d'autres peuples les ont subies à travers l'histoire. C'est pour cette raison que Jésus est venu parmi les hommes et qu'Il est mort pour nos péchés, même pour ceux qui ont brûlé vos ancêtres. Il est mort pour eux, pour moi et pour vous. Vous comprenez son sacrifice, n'est-ce pas? demanda-t-il dans un élan de ferveur.

— Je suis capable de le comprendre ici, dit-elle en se touchant le front pour ensuite dire, la main sur la poitrine, mais ça n'apaise pas mon cœur. Bon, Baba Simza avait raison, annonça-t-elle en se levant, il va bientôt pleuvoir. Venez avec moi, je vais vous montrer où les chevaux vont et pourquoi même *Kako* Perrados n'était pas au courant de leur existence, comme les démons bleus d'ailleurs.

Tandis qu'il la suivait dans les bois, Gage ne put s'empêcher de lui demander :

— Ai-je bien compris quand vous disiez être partis en emportant vos maisons ? Vous n'avez rien laissé ?

Nadyha eut un petit mouvement brusque de la tête.

— On reconnaît bien là le *gaje* en vous : nous n'avons rien volé, ces maisons étaient à nous. Comment peut-on se voler soi-même ?

Gage sourit.

— Ne montez pas sur vos grands chevaux. C'est seulement que je trouve l'idée comique, voire brillante. Il n'y a que vous pour y avoir pensé.

Elle sembla contente de ce point de vue, et en filant à bon pas à l'ouest, ils arrivèrent bientôt dans une autre clairière, celle-là énorme. Il y poussait tant de trèfle rouge qu'on l'aurait dite recouverte d'un tapis écarlate. Gage aperçut Tinar, Saz et Cayenne, qui étaient là à paître gaiement. Ils relevèrent la tête tandis que Gage et Nadyha s'approchaient, et Tinar hennit dans un salut joyeux à l'intention des nouveaux venus. Gage s'amusa de voir que Matchko était encore couché sur Tinar, laissant ses pattes pendre mollement sur le flanc du cheval. Quand ils vinrent cajoler les chevaux, le chat descendit de son perchoir et partit d'un air de dignité offensée en direction du campement. Gage et Nadyha ne purent s'empêcher de rire en le voyant balancer la queue avec humeur dans le champ.

— Je dois dire que vous avez les animaux les plus intéressants, commenta Gage. J'irais même jusqu'à dire qu'ils ont plus de personnalité que certaines personnes de ma connaissance.

— Je sais, oui, même Rai se croit un personnage. Quand il daigne nous rendre visite, c'est en feignant l'ennui. Par là-bas, dit-elle en indiquant la gauche, il y a un autre pré et notre culture de *dûrvâ*. Et au-delà, c'est le territoire de chasse d'Anca.

Elle s'approcha pour caresser le museau de Saz, et quand elle reprit la parole, ce fut en baissant la voix.

— Cette fois… la fois que vous savez, précisa-t-elle, Niçu a pris la biche des griffes d'Anca pour l'emporter loin du campement. Depuis ce temps, elle mange loin de nous. Quand les vautours volent, c'est qu'Anca a chassé.

Elle leva la main au ciel et esquissa un rond pour désigner le vol des vautours.

— Je vois, dit-il tout bas.

Il était tout près d'elle, mais tout en caressant le toupet de Saz, il s'assura que leurs mains ne se touchent pas.

— C'est dire qu'Anca est très intelligente, ajouta-t-il. Si elle agit ainsi, c'est qu'elle a compris ce que vous attendiez d'elle.

— Oui, je sais, acquiesça Nadyha. Je me sens liée à Anca plus qu'aux gens en général. Baba Simza pense que c'est mal, et peut-être que ce l'est, mais je n'y peux rien, c'est ce que je ressens.

— On ne choisit pas toujours ceux qu'on aime, fit remarquer Gage.

Deux semaines passèrent et, à force d'observation, Gage commença à mieux comprendre la vie que menaient les gitans. C'était une vie secrète que de très rares *gajes* connaissaient. Les gitans avaient une culture bien à eux et parlaient parfois la langue gitane, parfois l'anglais, mais le plus souvent on les entendait marier les deux langues. Gage s'expliquait mal la raison de cette coutume, et il posa la question à Baba Simza.

— Nous, les Roms, nous avons des mots pour…

Avec les deux mains, elle toucha sa bouche, son nez, ses yeux, ses oreilles, puis fit ce signe de se frotter le bout des doigts.

— Les choses du monde matériel, devina Gage.

— *Hai*, mais nous n'avons pas de mots pour le désir, la tristesse, le cœur, l'âme, l'esprit, la joie. Même le mot pour dire l'amour, *camova*, parle de l'acte, et non du sentiment. Ainsi, nous utilisons nos mots pour parler des choses du quotidien, pour dire les choses simples, mais nous parlons anglais pour exprimer le reste, les idées et les émotions.

Gage alla plus tard vers Nadyha et lui demanda si elle voulait écrire quelques mots gitans qu'il pourrait ajouter à son vocabulaire.

— La langue romani ne s'écrit pas, lui répondit-elle en riant, c'est une tradition orale qui se transmet de père en fils et de mère en fille depuis des temps immémoriaux. Et même si des mots écrits existaient, je ne les écrirais pas pour un *gaje*.

Bien que son refus fût catégorique, Nadyha souriait à Gage.

C'était une autre particularité qu'il avait remarquée chez ces gens : d'humeur souriante, ils avaient le rire facile, tout le contraire en fait de la mélancolie et de la sévérité qu'on leur aurait prêtées aux premiers abords. Certes, leur faciès quand on le découvrait au repos pouvait sembler froid et rigide. C'était peut-être aussi le fait de la couleur terre de leur peau, du noir de leurs yeux et de leurs pommettes haut juchées. Bien que Nadyha fût de teint fort différent de Niçu, de Mirella et de Baba Simza, elle aussi affichait une certaine sévérité quand, occupée ou autrement concentrée, elle ne souriait pas. Cela dit, ces gens semblaient animés d'une éternelle bonne humeur, toujours prêts à s'amuser des pitreries de Boldo, toujours ouverts à l'autodérision. Niçu, Nadyha et Baba Simza partageaient un même goût pour l'humour grinçant, tandis que Mirella aimait jouer de subtilité. Mirella avait parfois aussi le regard triste quand elle travaillait, et Gage croyait la comprendre, étant au fait de ses deux fausses couches.

Gage avait aussi découvert à quel point les gitans étaient travailleurs. Ils commençaient le travail à l'aube et ne s'arrêtaient qu'à la tombée du jour. Gage avait appris qu'ils écoulaient une fois par mois leur artisanat au French Market. Les femmes faisaient la couture et possédaient deux métiers à tisser pour la confection de foulards et de châles de madras. La confection de paniers était l'affaire de tous ; un matin, Nadyha avait d'ailleurs invité Gage dans les marais pour récolter les roseaux. Niçu fabriquait toutes sortes d'objets en fer-blanc, certains utilitaires et d'autres décoratifs. Fasciné par la cafetière de Gage, Niçu en avait fabriqué une dizaine sur le même modèle, toutes joliment gravées. Chaque objet de sa création était unique ; on ne trouvait pas une tasse, une assiette ou un seau pareil, et même les couvercles en fer pour les conserves de verre avaient une touche d'originalité. Niçu travaillait aussi le bois, dont il faisait des boîtes munies de poignées, toutes gaiement peintes de couleurs vives, comme leurs roulottes. Il vendait aussi au mètre des sections de clôture peintes selon différentes teintes et ornées de belles fioritures.

Au bout d'une semaine, le pronostic de Baba Simza s'était vérifié, et Denny fut complètement guéri. Il était encore faible, mais on accepta à son insistance qu'il participe à quelques tâches dans le campement. C'est ainsi qu'il aida Niçu en manipulant les feuilles de tôle ou en actionnant le soufflet de la forge. Il se joignit aussi à Nadyha et Mirella quand il fallait faire sécher le roseau pour les paniers. Il se proposa même d'aider Mirella à faire la cuisine, se vantant d'être un excellent chef.

Un bon matin, Nadyha vint au « camp sous le saule » avec des vêtements pour Gage et Denny.

— Celui qui donne libéralement devient plus riche, dit-elle en empruntant le ton de la déclamation. Du moins, c'est Baba Simza qui le dit, et je la soupçonne d'inventer de nouveaux proverbes, comme elle l'a fait pour la morale du bon Samaritain.

Elle apportait deux chemises blanches et des pantalons noirs unis, comme ceux que portait toujours Niçu. La seule différence se trouvait dans la chemise, qui était plissée à l'empiècement et avait des manches plus longues. Denny était du même gabarit que Niçu, et les vêtements lui firent comme un gant. La chemise de Gage s'avéra un peu serrée sur les épaules, mais pas assez pour la rendre inconfortable. Le pantalon était trop court, mais Gage avait de toute façon l'habitude de rentrer ses hauts-de-chausse dans ses bottes hautes. «Quelle femme charitable, cette Baba Simza!» se dit Gage. Il ne lui vint pas à l'esprit que, par ce cadeau, elle mettait en pratique la leçon qu'il lui avait apprise.

Les gitans s'étaient ouverts à eux, mais Gage crut vraiment percer le mystère de ces gens le soir où on organisa une grande fête, cinq jours après leur arrivée. À en croire Niçu, c'était une coutume qu'on avait seulement mise de côté en attendant que Denny et Baba Simza prennent du mieux.

Ce soir-là, Baba Simza avait fait l'annonce que, une fois le repas terminé, on allait danser et chanter. Nadyha et Mirella avaient applaudi chaudement cette annonce, et les trois petits-enfants s'étaient empressés de regagner leurs *vardos* pour se préparer à la fête.

Gage et Denny restèrent bouche bée quand Mirella et Nadyha réapparurent dans les marches des roulottes.

La jupe que portait Mirella était longue et verte comme la pelouse en été. Elle avait un foulard d'un rose éclatant noué à la taille. Son chemisier froncé à manches courtes bouffantes avait une encolure qui, plus ample que d'habitude, montrait davantage l'épaule. Il était fait d'un tissu jaune comme le soleil avec des motifs de petites fleurs roses. Le *diklo* dont elle s'était coiffée était un fichu de madras multicolore où, de l'arc-en-ciel, il n'y manquait que le rouge, comme le remarqua Gage. Elle avait posé sur son *diklo* une jolie frange de piécettes superposées. Gage avait appris qu'il s'agissait de petits ornements d'étain que Niçu fabriquait, les frappant ingénieusement de sorte qu'ils montrent un visage de profil, comme de vraies pièces de monnaie. Mirella portait un collier orné de ces mêmes piécettes, que Niçu avait polies pour qu'elles brillent comme du pur argent dans la lumière dansante du feu.

La jupe de Nadyha était toute en couleurs. Elle portait le chemisier blanc des paysannes, sur lequel elle avait passé un gilet en cuir tanné qui se laçait à l'avant sous un grand décolleté. À la taille, elle portait le couteau que les gitans appelaient *churo*. Son *diklo* était brun et noir avec des teintes d'orange foncé et des franges comme des filaments d'or. Elle avait deux foulards sur les hanches, l'un violet, l'autre rayé vert et bleu, tous deux bordés de piécettes qui tintaient doucement à chacun de ses mouvements. Elle portait en guise de boucles d'oreille de grands anneaux d'or et, au cou, un collier doré qui rappelait celui de Mirella, sauf que les piécettes qui y pendaient étaient plus petites et moins nombreuses.

— Mesdames, vous êtes tout simplement ravissantes! souffla Denny, la bouche grande ouverte.

— *Dilo gaje*, marmonna Niçu en roulant des yeux exaspérés.

Il s'était fait beau, lui aussi, en nouant sur sa hanche une écharpe d'un bleu vif d'où l'on voyait poindre un couteau. Il étrennait des bottes neuves dont le cuir brun arborait un motif en diamant.

Baba Simza et Nadyha se proposaient de jouer de la guitare, et Mirella, de la flûte à bec. Niçu commença au violon. Aux premiers coups d'archet, on découvrit une pièce en mode mineur aux accents envoûtants. Se laissant entraîner par le rythme langoureux, Gage se découvrit bientôt comme sous l'emprise d'un sort. Les notes faisaient vibrer en lui des cordes insoupçonnées ; la mélodie lui rappelait des souvenirs poignants faits de bonheur aigre-doux. Il se rappela ce moment où il avait fallu dire au revoir à Ebenezer Jones et cet autre jour où son professeur préféré s'en était retourné auprès du Seigneur, retrouvant enfin la paix après une longue maladie. Cette musique le fit rêver d'un chez-soi, d'une maison qu'il saurait un jour appeler sienne.

Et puis Nadyha chanta. C'était une chanson en romani au refrain simple, également en mode mineur. Simza et Nadyha jouaient de la guitare, Mirella, de la flûte, et Niçu ajoutait quelques lignes mélodiques au violon. Sans comprendre les mots de la chanson, Gage devina qu'elle parlait de désir et d'un amour perdu. Nadyha avait une belle voix de contralto au timbre profond et un peu rauque. Au dernier couplet, Mirella joignit sa douce voix de soprano à celle, grave, de Nadyha, et la chanson s'acheva dans une superbe harmonie des voix.

Quand les dernières notes s'évanouirent, Gage voulut prendre la parole, mais il se trouva sans voix, tant la musique l'avait chaviré. Les gitans ne remarquèrent pas son trouble et firent comme si Denny et Gage n'avaient pas été là. Ils échangèrent un regard fugace, se mirent à sourire, et Nadyha annonça :

— Ha ni ni ni !

Elle donna sa guitare à Mirella, s'avança lentement devant le feu de camp et pointa un pied devant l'autre, les bras levés au-dessus de la tête. La musique commença. C'était une chanson enjouée et rapide dont les paroles se résumaient, comme on aurait pu le deviner, à « ha ni ni ni ». Et Nadyha dansa.

Gage était fasciné par la scène, et non pas seulement par la beauté de Nadyha. Il y avait quelque chose d'exotique, de presque sauvage dans la danse, mais rien de suggestif ou de vulgaire. Quand Nadyha tournait sur elle-même, on ne voyait pas même la peau d'une cheville. Dans des mouvements de bras amples, elle faisait tournoyer ses foulards en un tourbillon de couleurs autour d'elle. Tout en dansant, elle souriait, ses yeux brillaient d'une joie réjouissante, et bien que la chanson dît une certaine nostalgie, la danse n'avait rien de mélancolique. C'était l'expression d'une joie sans entraves, d'un profond contentement dans le moment présent.

La danse se termina sans que Nadyha montrât le moindre signe d'essoufflement, bien qu'on pût lui voir aux joues des couleurs vives et, dans les yeux, des éclairs dansants.

— Deux guitares ! dit-elle, les bras tendus vers Mirella, l'invitant à danser.

Niçu se retrouva avec une guitare dans les mains et se mit à jouer avec Simza, Niçu pinçant les cordes sur un phrasé complexe tandis que Baba Simza marquait la ligne mélodique de quelques accords lents. La pièce commença tout doucement, Mirella et Nadyha dansant à ce même rythme. Le tempo alla augmentant, toujours plus rapide, comme les pas de danse des jeunes femmes, qui se mirent à taper des mains comme un métronome qui se serait emballé. Gage et Denny se mirent eux aussi à taper des mains — Gage regarda attentivement la réaction de Baba Simza —, et l'aïeule hocha la tête et lança dans un cri :

— *Hai !*

Après quoi les gitans répétèrent ce même cri comme pour battre la mesure. *Hai !*

Les femmes dansaient de plus en plus vite — leurs foulards colorant les airs de gros tourbillons multicolores. À un certain moment durant la chanson, Nadyha appela son ours :

— Boldo ! Viens danser avec nous !

L'ours, comme s'il avait attendu l'invitation, bondit sur ses pattes arrière et vint en marchant vers sa maîtresse. Au rythme de la musique, il s'offrit en spectacle, battant des pattes avant et s'essayant à quelques gourds pas de danse. Il semblait s'amuser follement et, dans de grands éclats de rire, Nadyha l'encourageait. Denny et Gage succombèrent aussi au plaisir simple de cette prestation et ne purent se retenir de rire. Pour remercier son public, Boldo tenta une pirouette qui l'envoya lourdement tomber et il se retrouva les quatre fers en l'air ; aucunement démonté, l'ours se releva et dansa jusqu'à la toute fin de la chanson.

La danse terminée, Nadyha ramena l'ours à son coussin et lui donna un panier plein de muscadine, après quoi elle alla voir Gage et Denny.

— Ça, c'était *pias, baro pias* ! s'exclama-t-elle en se laissant tomber par terre.

Gage savait la signification de ces mots gitans.

— Nous nous sommes beaucoup amusés aussi, dit-il. Vous avez vraiment tous les talents ! Moi, je ne sais pas chanter, et si je m'essayais à danser, ce ne serait sûrement pas mieux que Boldo.

— Pardon, mais je trouve que Boldo danse très bien, rétorqua Nadyha à la blague.

— Mille excuses, loin de moi l'idée d'offenser Boldo. En fait, il était à coup sûr le meilleur danseur de la soirée.

— Quand il danse au French Market, c'est souvent lui qui ramasse le plus de pièces, raconta Nadyha.

L'anecdote piqua la curiosité de Denny.

— Est-ce à dire que vous dansez et chantez au marché ?

— Bien sûr. Les *gajes* adorent. Voyez-vous, pour les gitans, la danse et les chants sont une façon de dire nos peines, nos espoirs et nos désirs, et nous en sommes fiers. Les *romoros* dansent aussi, mais pas comme les femmes. Vous devriez voir Niçu à l'œuvre ; il est très bon danseur, même si avec nous quatre, il ne fait que jouer du violon ou de la guitare. Pour nous, gitans, la danse est une célébration de la vie et de notre culture, mais les *gajes* y voient un simple spectacle de cirque, termina-t-elle, l'air dépitée.

— Ce n'est pas le cas de tous les *gajes*, précisa Gage.

Elle allait lui répondre que c'était le cas de la majorité, mais Denny l'interrompit.

— Nadyha, emmenez-vous Anca au marché ?

— Si elle veut. Ce qui est souvent le cas.

— Fait-elle des tours comme Boldo ? Est-ce qu'elle saute dans des cerceaux, ce genre de choses ? demanda-t-il d'un ton pressant qui laissa Gage et Nadyha perplexes.

La danse et le chant l'ayant mise dans une bonne disposition, Nadyha se prêta au jeu de répondre à cette question qu'elle aurait autrement jugée déplacée.

— Bien sûr que non. Ce serait l'embarrasser, contrairement à Boldo, qui se plaît à faire le pitre. Lui, s'il pouvait rire de ses propres bouffonneries... Par contre, dit-elle avec un sourire narquois, il y a une chose qu'Anca sait faire. Je vous montre si elle est d'accord.

Elle alla voir le couguar, qui avait regardé les festivités d'un œil complaisant. La main sous le menton du fauve, elle invita Anca à se lever, et, ensemble, elles se mirent à tourner autour du feu, la main de Nadyha guidant Anca dans la marche. Nadyha parla d'une voix grave et intense.

— Le paresseux dit : « Il y a un lion sur le chemin ! »

Elle dépassa Anca, qui resta à avancer à pas feutrés derrière. Comme prise de peur, Nadyha lança un regard par-dessus son épaule.

— Il y a un lion dans les rues ! s'écria-t-elle.

Puis d'un demi-tour, elle se mit à marcher à reculons, le dos voûté. La femme et le couguar se regardaient yeux dans les yeux tout en marchant, et comme dans le silence d'un duel, la tension devint palpable.

— Le méchant prend la fuite sans qu'on le poursuive, le juste a de l'assurance comme un jeune lion.

Alors qu'elles marchaient au même rythme lent, Anca s'assit soudain sur l'ordre d'un subtil mouvement de main de Nadyha. La gitane tomba à genoux devant l'animal et, d'une voix douce et basse, elle continua.

— Le lion, le héros des animaux…, laissa-t-elle tomber, avant de relever la tête vers le ciel, élevant maintenant une voix forte et portante,… ne reculant devant qui que ce soit !

Dans un geste d'une rapidité effroyable, Anca leva une patte, sortit ses griffes assassines et ouvrit la gueule dans un grognement sauvage ; la nuit sembla tout à coup se déchirer.

Surpris — on dira plus justement qu'ils paniquaient —, Gage et Denny levèrent de terre. Gage allait déguerpir, puis il vit des sourires sur les visages de Baba Simza, de Mirella et de Niçu. La fureur d'Anca s'était calmée aussi vite qu'elle s'était déchaînée, et à présent, il n'en restait aucune trace tandis que Nadyha offrait au fauve un gros morceau de viande. La viande avalée, Anca s'avança pour se frotter le museau sur le nez de sa maîtresse.

Denny regarda Gage, ses yeux bruns brillant d'excitation.

— J'ai une sacrée bonne idée, Gage, une idée qui vous laissera sans voix. Si seulement… si seulement…

— Si seulement quoi ? Parlez, demanda Gage.

— Êtes-vous certain de savoir tirer avec un pistolet ?

— Pardon ? Euh… oui, je sais faire. Pourquoi ?

Denny ne répondit pas à la question et se contenta de secouer la tête.

— Je vous tiendrai au courant. En attendant, j'aimerais que vous vous exerciez au tir avec Niçu, vous au pistolet, lui avec ses couteaux. Je m'occupe du reste.

— O-kaï, dit Gage, qui, comme Denny, avait emprunté la curieuse manière qu'avaient les gitans de prononcer le mot.

— Mais Gage ?

— Oui ?

— Ne prenez pas les biches pour cible.

Le jeudi suivant, Mirella, Nadyha, Niçu et Baba Simza quittaient le campement vêtus de leurs plus beaux habits. En tête de procession, Tinar et Saz tiraient deux *vardos*. On leur avait passé des harnais faits du cuir le plus fin et d'argent poli, mais ils n'avaient aucun mors dans la bouche. Derrière les roulottes, Gage montait Cayenne. À côté de Denny, Nadyha tenait les rênes de son *vardo*. Mirella et Niçu conduisaient l'autre voiture, avec Baba Simza qui voyageait à l'arrière. Boldo sortait la tête par la fenêtre de côté et, à l'occasion, envoyait la main, même s'il n'y avait personne à saluer.

Ils avaient chargé des marchandises dans les *vardos* durant la matinée. Il y avait des châles, des foulards tissés et des *tignons*, ces coiffes en forme de turban que portaient les femmes de couleur affranchies. On emportait également des dizaines de paniers, de beaux éventails en bois, toutes sortes d'objets de ferblanterie que Niçu avait fabriqués et la trentaine de pots de miel que Nadyha — avec l'aide gourmande de Boldo — avait récolté dans les branches des gommiers noirs. Il y avait aussi toutes sortes de pots, de conserves, de bocaux d'herbes et d'épices et les remèdes à base de plantes dont Baba Simza et Nadyha avaient fait leur spécialité.

Chevauchant à côté de la roulotte de Nadyha, Gage demanda :

— Pourquoi nous rendons-nous en ville si tard dans la journée?

— Nous voulons arriver dans la nuit de jeudi et avoir le choix de l'emplacement. De cette façon, nous serons fin prêts au petit matin. Vendredi, c'est jour de paie pour les démons bleus, dit-elle, retroussant de dépit la lèvre du bas. Samedi et dimanche, ce sont les jours de grande affluence; toute la communauté des *criollos* se donne rendez-vous au marché

Criollos, ou «Créoles», que l'on peut simplement traduire par «natifs», était le terme d'usage à La Nouvelle-Orléans pour désigner les descendants des Français et des Espagnols nés en Amérique et attachés à leur culture d'origine.

Depuis tôt ce matin-là, on pouvait voir un sourire resplendissant accroché aux lèvres de Nadyha, qui portait pour l'occasion du voyage ses plus beaux habits, comme Baba Simza et Mirella. C'était une journée où tout respirait le bonheur.

— Et cette fois, reprit-elle, nous resterons peut-être jusqu'à mercredi, parce que c'est la grande fête *gaje*, la fête pour la liberté... ou je ne sais trop quoi.

— Mais oui! Comment ai-je pu oublier? C'est le 4 juillet, s'exclama Gage. C'est inouï d'avoir à ce point perdu le fil des jours!

Tranquillement assis, Denny regardait Nadyha avec curiosité.

— On dirait que vous attendiez ce moment avec impatience, mademoiselle Nadyha. Vous aimez aller en ville?

— Si j'aime aller en ville? Oh que oui! J'aime la ville, ses marchés et tous les gens différents qu'on y rencontre. Oui, j'aime la ville, mais j'aime plus encore le fleuve et les bateaux à vapeur.

— Oh, vraiment? dit Denny avec un sourire fendu jusqu'aux oreilles. Vous aimez les regarder passer? Les bateaux?

— *J'adore* les regarder passer! Je les observe, je rêve et je me demande où ils vont. Je m'imagine les magnifiques endroits qu'ils ont visités. Je me demande à quoi il ressemble, le grand fleuve, loin de La Nouvelle-Orléans. Et qui sont ces gens à qui la chance sourit de voyager sur des bateaux grands comme des maisons sur l'eau, dit-elle, emportée par l'enthousiasme.

C'était une envolée rare pour Nadyha, elle qui, le plus souvent, était un être de peu de mots.

Gage était surpris, mais se dit qu'il n'aurait pas dû l'être. Nadyha était une femme pleine d'audace et aventureuse, ce que lui n'était pas. N'empêche qu'ils semblaient se rejoindre dans cet amour du fleuve et cette curiosité pour les grands bateaux. «Le grand fleuve, tous ces gens et les endroits qu'ils voient... On dirait que c'est moi qui parle!»

Gage jeta un regard vers Denny. La ressemblance était trop frappante pour qu'il n'ait rien remarqué; Nadyha avait repris presque mot pour mot les confidences que Denny avait reçues de Gage. Cependant,

Denny ne le regardait pas. Il avait les yeux sur Nadyha, et un grand sourire se dessinait sur sa figure.

Il se mit à rire.

Nadyha fronça les sourcils.

— *Gajo*, qu'est-ce qui vous prend ? Ai-je dit quelque chose de comique ? Pas que je sache !

— Non, non, ce n'est pas ça, lui assura-t-il, mais je dois vous dire, mademoiselle Nadyha, qu'il arrive parfois que les rêves se réalisent.

Les yeux de Gage se posèrent sur la jeune gitane, et secrètement, il se dit à lui-même : « Si seulement c'était possible ! »

CHAPITRE 8

Cara Cogbill bifurqua sur la route poussiéreuse qu'elle empruntait tous les vendredis après-midi depuis maintenant sept ans. De chaque côté de la voie, les champs de canne à sucre s'étendaient à perte de vue ; on aurait dit une jungle désordonnée qui se refermait sur la route en terre, les grandes tiges vertes s'élevant par milliers au-dessus de la menue Cara Cogbill, qui faisait à peine un mètre soixante. Avant ses dix-sept ans, Cara n'avait eu aucune courbe féminine, et ce ne fut qu'à cet âge tardif que soudain sa féminité s'était révélée. On ne la disait pas d'une beauté superbe, mais elle avait du charme avec son petit visage arrondi en forme de cœur. De sa mère, elle avait hérité le teint de lait et une abondante chevelure blond vénitien, mais le sort voulut qu'elle n'eût pas ses petits yeux bleus ; sous de longs cils foncés, elle les avait larges et bruns.

Or, Cara se souciait pour l'instant davantage de son teint que de sa taille ou de ses cheveux, car au moindre rayon de soleil, sa peau claire se couvrait de taches de son. C'est pourquoi malgré l'après-midi caniculaire, elle était couverte de la tête aux pieds : elle portait un grand bonnet à large bord pour protéger son visage, un fichu de mousseline bien attaché autour du cou, un simple chemisier à manches longues et une paire de gants de travail en cuir qui était deux pointures trop grandes pour elle. Tête baissée, elle fixait la route pour éviter que le soleil à son zénith lui écorche le visage.

Elle ne s'étonna pas d'entendre venir un boghei sur la route, puisque le chemin était passant et menait à une douzaine de fermes à l'est de la ville. Le véhicule vint tout près, et elle leva les yeux pour saluer l'arrivant, une personne qu'elle devait connaître pour l'avoir croisée en plusieurs occasions sur cette même route. À sa grande surprise, il s'agissait de Harrison Stokes, un jeune homme dont la famille possédait des cultures de coton et de canne à sucre dans les environs, mais qui habitait une petite demeure d'inspiration renaissance grecque du côté de Donaldsonville, en Louisiane. Sur cette route, elle avait souvent croisé son père, le révérend Stokes, qui venait visiter les champs, mais elle n'y avait jamais rencontré son fils, Harry. Le boghei s'arrêta devant elle, au milieu du chemin.

— Allô, Cara. Vous semblez misérable dans cette chaleur. Que diriez-vous de monter avec moi ?

— Bonjour, monsieur Stokes. C'est très aimable de votre part, mais ne vous rendiez-vous pas dans la direction opposée ? dit-elle fort à propos.

— Vous pouvez m'appeler Harry. Attendez, je fais demi-tour. C'est pour vous voir que je suis là.

Il descendit et prit le cheval par le harnais, le guidant dans un grand demi-cercle ; la route était étroite, et il n'avait pas l'habitude de reculer son attelage.

Cara soupira. Elle connaissait Harry Stokes pour avoir fréquenté l'église de son père, le révérend Stokes, qui prêchait depuis dix ans comme pasteur de l'Église méthodiste de Saint-Luc. Toutefois, bien que Cara « connût » Harry, il ne lui avait jamais prêté la moindre attention. Cela dit, elle s'en étonnait peu. Cara venait d'une famille de fermiers pauvres, et les Stokes étaient de grands propriétaires terriens, des gens notables dans la communauté. Avant son retour de la guerre, Harry ne l'avait même jamais regardée et ne connaissait sans doute pas son nom. Au cours du dernier mois, cependant, il lui avait montré quelques attentions à l'église. Ils avaient eu un « déjeuner sur l'herbe » une fois, un dimanche, et Harry avait été un vrai pot de colle. Ce n'était pas qu'elle le détestait — elle ne le connaissait pas assez pour cela —, mais elle avait toujours pensé qu'il était hautain, comme ses trois sœurs d'ailleurs, qui ne se cachaient pas pour lever le nez sur Cara. Harry avait un charme qui plaisait à certaines femmes, mais pas à Cara, qui l'avait d'ailleurs surnommé en secret « face de tarte ». Il avait la bouche trop petite et lippue, ce qui lui faisait une drôle de moue pincée, ses joues étaient pleines et toujours rosées, et ses yeux étaient trop grands et ronds.

Cara était prise dans un dilemme dont elle connaissait pleinement les tenants et aboutissants. À dix-sept ans, quand les hommes s'étaient d'abord intéressés à elle, elle n'avait pas eu l'expérience de se défendre, mais aujourd'hui, à l'âge nubile de vingt ans, elle n'était plus cette fille naïve et apeurée. Elle savait ce que recherchait Harry et pourquoi il l'abordait sur une route de campagne, et non sur la ferme familiale, où il aurait rencontré ses parents et ses neuf frères et sœurs. Cara ne voulait pas monter avec lui, mais comment pouvait-elle refuser ? Ce serait bête de continuer à marcher pendant que Harry — car c'est ce qu'il allait faire — roulerait juste à côté d'elle, la harcelant pour qu'elle monte. Résignée, elle attendit qu'il ait terminé la manœuvre, puis grimpa dans la voiture. C'était typique de Harry — ou du moins de la façon dont il traitait les femmes comme Cara — de ne pas avoir la galanterie de l'aider à monter.

Il se contenta de claquer les rênes et de faire avancer le cheval au trot le plus lent possible.

— Il fallait que je vous parle seul à seule, Cara. C'est ahurissant à quel point vous avez changé depuis mon départ pour la guerre.

Harry avait joint une compagnie de vingt hommes de Donaldsonville et s'était fait une bonne réputation au sein de l'armée confédérée, du moins c'est ce que disait la rumeur.

— Oui, c'est ce qu'il paraît, monsieur, répondit Cara d'un ton cérémonieux.

— On dirait une tout autre personne. Vous êtes devenue une très belle femme. Et qu'ai-je entendu, que vous n'étiez plus domestique chez Mme Tabb, mais qu'elle vous avait pris sous son aile, comme « dame de compagnie » ? dit-il, ce qui le fit rire. Je soupçonne que cet avancement n'est pas étranger à la compétition entre Mme Tabb et la veuve Hacker, qui, elle aussi, dit-on, se pavane dans les salons avec sa nièce de Philadelphie. Je me trompe?

Cara était à l'embauche de M. Tabb et sa femme, Octavia, depuis l'âge de treize ans, passant toutes ses fins de semaine dans leur demeure à accomplir divers travaux ménagers. M. Tabb, qui de fortune n'était pas le plus à plaindre, avait cette manie notoire d'être radin, ce qui ne manquait pas d'être une source constante de frustration pour sa femme. Octavia se plaignait surtout qu'il refusait catégoriquement d'acheter ne serait-ce qu'une esclave pour aider dans la maison. Les esclaves coûtent trop cher, disait-il. Pourquoi paierait-il cinq cents dollars pour une jeune esclave quand il suffisait de débourser quelques cents pour engager une fille de ferme qui viendrait faire le ménage une fois la semaine? Octavia eut beau lui répéter — à juste titre — qu'une maison bien tenue n'était pas l'affaire d'une fin de semaine, mais bien un travail de tous les jours, il était resté inflexible. Octavia avait donc engagé Cara, qui se présentait chez elle le vendredi après-midi et restait jusqu'au dimanche, jour où Cara accompagnait les Tabb à la messe avant de retourner chez elle. Pour ce travail d'une fin de semaine, on la payait un dollar, et elle méritait chaque sou gagné. Cara nettoyait la maison, faisait la lessive et la cuisine. En fait, elle travaillait presque aussi fort chez les Tabb qu'à la ferme.

Le travail chez les Tabb ne gênait pas Cara, qui y trouvait même des avantages indéniables, surtout ce fait que Mme Octavia Tabb, ayant de grandes ambitions de sophistication et d'élégance, voulut faire de Cara une domestique qui se comparerait avantageusement aux servantes dont se vantaient d'autres dames bien nées dans les soirées mondaines. Ainsi, elle avait acheté à Cara un uniforme de bonne de style vieille France : le chemisier et la jupe bleu marine, le tablier blanc et le bonnet à fanfreluches. Mme Tabb lui avait appris, outre la bienséance, l'art de servir, la manière de s'asseoir en société, le dos toujours droit qui ne touche jamais le dossier, ainsi que la technique pour s'éventer en toute élégance. Les samedis soir, Mme Tabb recevait des invités et des mélomanes dans son salon. Tous les gens importants en ville se présentaient dans ce salon où l'on disait être aussi bien servi que dans les élégantes soirées à Londres. Le travail était dur, certes, et Octavia Tabb se montrait souvent sévère, mais Cara y voyait une chance inespérée d'obtenir une éducation digne d'une dame de bonne famille. Pour cela, elle était reconnaissante envers Mme Tabb.

— Ce n'est pas toute l'histoire, répondait-elle maintenant à Harry sur un ton défensif. Vous saurez que Mme Tabb a remarqué chez moi un don pour la musique et que, dans sa grande générosité, elle me donne des cours de piano, de guitare et de chant. Elle m'a même appris à lire la musique. Saviez-vous par ailleurs que votre mère m'a initiée à l'orgue ? Bref, depuis quelques mois déjà, Mme Tabb me permet de l'accompagner lors des récitals qu'elle organise le samedi soir, mais soit dit en passant, je travaille encore pour elle ; je ne suis pas sa « dame de compagnie », comme vous dites.

Harry souriait, étirant ses petites lèvres humides et charnues.

— Je persiste à croire que Mme Tabb voulait faire un pied de nez à la veuve Hacker, et je dis tant mieux pour vous et tant mieux pour Mme Tabb. Je sais que vous êtes talentueuse, Cara. Je vous ai entendue jouer, et vous chantez comme un ange à l'église. En comparaison, la nièce de la veuve Hacker, Constance, a une voix de crécelle. Est-ce vrai, ce qu'on dit ? Que vous serez la vedette du concert qu'on organise en ville pour célébrer l'indépendance ?

— Je ne suis pas une vedette, protesta Cara, mais ses yeux brillaient de plaisir de l'entendre dire. C'est une chance que le capitaine Nettles m'ait choisie comme soliste ; il y a tellement de bons artistes dans la troupe des Acteurs de Donaldsonville.

— Quelle taupe, ce capitaine Nettles ! C'est lui qui a la chance de vous avoir, dit Harry.

Il tira les rênes pour arrêter le cheval. Derrière le siège, il gardait un petit seau à glace. Une bouteille de citronnade était plantée au milieu des glaçons à moitié fondus.

— Regardez, je nous ai apporté un rafraîchissement.

Il fit sauter le bouchon de la bouteille, dont il prit une longue rasade, avant de la tendre à Cara.

— J'ai bien peur qu'il faille partager, Cara, dit-il, et dans un mouvement inattendu, il avança le haut du corps sur elle et pencha la tête, ses lèvres moites frôlant celles de Cara.

Cara le repoussa de toutes ses forces, et il reçut la bouteille de citronnade dans les côtes et de la boisson plein le pantalon. Cara profita de la surprise de Harry pour sauter en bas du boghei.

— Je ne partagerai rien avec vous, Harry Stokes! Je le savais, je n'aurais jamais dû monter dans ce boghei!

Elle s'élança sur la route, marchant à pas fâchés et balançant les bras, ce qui, elle le savait, n'était pas la démarche digne qu'une dame respectable se doit d'adopter.

— Mais, je... Cara! Revenez tout de suite! brailla-t-il.

Cara ne le satisfit pas d'une réponse. Quand elle croisa un chemin secondaire, à deux cents mètres de l'endroit où, présumait-elle, Harry tamponnait encore la tache sur son pantalon, Cara quitta la route, obliquant dans le champ de canne à sucre pour déboucher sur un pré où un vieux cheval broutait placidement. C'était un raccourci qui menait en ville, un chemin qu'elle connaissait depuis l'enfance, encore qu'elle ne l'utilisât plus parce qu'il coupait à travers champs et que ce n'était pas un chemin idéal quand on portait une jupe et des jupons. Ce détail n'allait pas l'arrêter aujourd'hui; il valait mieux une maille dans son vêtement que de souffrir une autre remarque de la part de Harry Stokes, qui, si elle était restée sur la route, l'aurait assurément pourchassée. Elle se félicita en pensant qu'il devrait rentrer en ville avec son pantalon tout mouillé, collant et inconfortable. C'était bien fait pour lui!

Octavia Tabb mit les mains sur les joues de Cara et lui releva la tête. Cara ouvrit ses petits yeux d'oiseau effarouché.

— Cara Cogbill, tu es rouge comme une tomate! Aurais-tu oublié de couvrir ton visage? Non, mon enfant, non! Combien de fois t'ai-je dit que les dames se doivent d'avoir une peau parfaite! Des taches de rousseur, mais quelle horreur!

— Vous me l'avez dit plusieurs fois, madame, répondit docilement Cara. Mais ce n'est pas le soleil, Mme Tabb. J'ai bien peur de m'être dépêchée pour venir, et il fait si chaud aujourd'hui.

— Oui, oui, eh bien, change-toi et viens vite m'aider avec le repas de M. Tabb. Tu sais que tout doit être prêt à temps. Il ne faudrait pas être en retard à la répétition de ce soir. Le capitaine Nettles ne badine pas avec la ponctualité, et je ne le blâme pas, le pauvre. Imagine un peu son malheur d'avoir à subir les sœurs Bastien, ces petites écervelées qui sont toujours à batifoler et à…

Sa voix alla s'éteindre tandis qu'elle passait la porte arrière, celle qui menait à la cuisine indépendante derrière la maison. Mme Tabb était une petite femme plutôt replète qui devenait un véritable tourbillon de gestes et de paroles quand le temps la pressait, ce qui lui arrivait toujours, et surtout quand elle s'occupait des affaires de la maison.

Avec les années, Cara avait su discerner le personnage de la personne qu'était Octavia Tabb. Derrière la devanture d'un snobisme méchant, Mme Tabb était capable de se montrer bonne, patiente et généreuse. Au début, c'était un véritable casse-tête pour Cara. À treize ans déjà, elle comprenait la différence des classes; elle connaissait le fossé énorme qui séparait sa famille des gens de la haute société, comme les Tabb, les Stokes, les Hacker et les Bastien. Or, malgré cette différence, Mme Tabb ne la traitait pas comme une moins que rien. C'était peut-être que le couple n'avait jamais eu d'enfants, se disait Cara, qui ne se berçait pourtant pas de l'illusion qu'elle pouvait être comme une fille pour Mme Tabb. Quoi qu'il en fût, Cara aimait penser que sa présence ravivait des instincts maternels profondément enfouis chez cette dame autrement arriviste et hautaine.

Cara se pressa d'aller dans le petit réduit qui lui servait de chambre, une pièce qui autrefois servait de garde-manger et qu'on avait meublée d'un lit étroit et d'une commode. Elle ôta son bonnet, son fichu et ses gants et les jeta sur le lit, puis sortit en courant pour se rendre à la cuisine. Lorsque Mme Tabb disait de se dépêcher, elle ne plaisantait pas.

C'était vendredi soir, et les vendredis soir, on mangeait du mouton chez les Tabb. M. Tabb exigeait de la régularité dans les repas qu'on lui servait, et les vendredis, c'était du mouton ou, dans le cas pénible où le mouton venait à manquer, des côtelettes de porc. Cara détestait les vendredis ; l'odeur autant que le goût du mouton lui semblaient détestables. Cara voyait un seul avantage à cette viande : c'était simple à cuisiner. Dès que Cara mit le pied dans la cuisine, Mme Tabb s'était lancée dans ses habituelles diatribes tout en mettant sur le feu de l'eau à bouillir.

— … et je te laisse t'occuper de la sauce pour le mouton, car M. Tabb dit toujours que tu la fais mieux. J'ai aussi de belles patates douces à apprêter en tarte. M. Tabb aime les tartes à la patate douce. Allez, on se dépêche, petite, l'eau va bouillir dans une minute ou deux.

Elle s'arrêta pour reprendre son souffle, et Cara en profita pour acquiescer.

— Oui, madame, murmura-t-elle en s'attaquant au jarret de mouton qu'il fallait découper.

Mme Tabb était une grande bavarde, sauf bien sûr quand elle se retrouvait dans la bonne société ; en ces circonstances, elle était pleine d'élégance, posée et très digne. Avec Cara, elle se laissait aller à un feu roulant de commentaires et d'observations en tout genre.

— Je m'inquiète que le dîner ne soit pas prêt à dix-huit heures trente, alors je t'en prie, Cara, dépêche-toi. Ne trouves-tu pas que c'est la chose la plus excitante, la générale de ce soir, notre toute première générale ? Il faut absolument que tu apportes quelques retouches à mon costume et il faudra aussi y passer le fer avant que nous partions, car le volant de l'ourlet n'est pas droit comme je le voudrais, et tu es tellement plus habile et rapide que moi quand il est question de repassage, et je veux vérifier ta robe aussi, parce que, Dieu m'en soit témoin, le jour n'est pas venu où je te laisserai porter un costume moins bien que celui de Constance Hacker, encore que le sien soit absolument ennuyeux, si tu veux mon avis, avec des étoiles au chemisier et la jupe rayée en bannière, et d'ailleurs, je ne sais pas ce que le capitaine Nettles trouve à ce costume, qui me semble à la limite vulgaire et au bas mot…

C'était au capitaine Nettles qu'on devait l'existence de la troupe qu'il avait baptisée les Acteurs de Donaldsonville. Originaire de New York, le capitaine

Nettles n'avait jamais pensé vivre loin des centres urbains, et ce fut comme une calamité qu'il reçut la lettre d'affectation qui le posta en 1862 au fort Butler de Donaldsonville. Il aurait voulu qu'on l'affecte à la garnison de La Nouvelle-Orléans, une ville qui cadrait davantage avec ses aspirations artistiques et où il pourrait s'adonner aux occupations dignes du gentleman distingué qu'il disait être, tels le théâtre et l'opéra. Donaldsonville n'avait rien pour satisfaire l'homme. Le capitaine eut beau porter sa cause en haut lieu, il ne put échapper à la prosaïque Donaldsonville et, pour conjurer la fatalité, il décida d'apporter lui-même à la ville la touche artistique dont elle était honteusement dépourvue. C'est dans cette intention qu'il fonda la troupe des Acteurs de Donaldsonville, nom fallacieux s'il en est, puisque la troupe n'avait produit aucune véritable pièce de théâtre à ce jour, que des concerts, des récitals de poésie et des tableaux vivants à caractère historique.

À leurs modestes débuts, les Acteurs avaient pour membres le capitaine Nettles, son épouse, Eliza, cinq officiers du fort Butler et les femmes de trois de ces derniers. Toutefois, après la prise du fleuve par l'Union en 1863 et tandis que la guerre se déplaçait plus loin à l'est et au sud de la Louisiane, la troupe avait connu une popularité grandissante, les habitants retrouvant le goût pour le divertissement et les loisirs. Le capitaine Nettles avait vu là une occasion de gonfler ses rangs et, à force de flatteries et galanteries, il avait réussi à attirer plusieurs citadines au sein de la troupe. Bien sûr, ces nouveaux visages féminins eurent un effet sur la vente de billets et l'assistance, car il se trouvait dans la région un nombre important de soldats stationnés, de jeunes hommes qui, cantonnés à l'année dans le fort, auraient payé n'importe quel prix pour voir de jolies femmes monter sur scène.

Mme Tabb jacassait encore tandis que Cara se lançait dans la préparation de la tarte à la patate douce. Mme Tabb était maintenant assise à la table de travail avec un verre de thé glacé, s'éventant avec énergie. C'était son habitude de s'asseoir quand elle disait « il faut cuisiner ceci » ou « nous devons absolument nettoyer cela ». C'était bien sûr à Cara de s'occuper du travail tandis que Mme Tabb bavardait, mais elle ne s'en offusquait pas, sachant qu'en tendant une oreille attentive, elle faisait plaisir à Octavia, une femme plutôt seule au demeurant.

— … et on le voyait pourtant, continuait-elle. C'était écrit sur le visage du capitaine Nettles. Du moins, moi, je l'ai remarqué, et ce n'est pas surprenant, puisque ton talent éclipse tous les autres, quoiqu'il te reste encore du chemin à faire avant de dépasser le maître. Mais il ne faut pas se décourager ; tu n'as pas commencé jeune comme moi, et on ne te demande pas d'atteindre si vite ce niveau d'excellence, dit-elle le plus placidement du monde. Toujours est-il que tu surpasses de beaucoup les sœurs Bastien… et d'ailleurs, en parlant des Bastien, ne trouves-tu pas que la petite Carolyn est lamentable au chant, et pire au piano, si c'est même possible ? C'est triste à dire, mais c'est toute la famille en fait qui se distingue par la médiocrité. En tous les cas, je félicite le capitaine Nettles et le discernement dont il a été capable en montrant une préférence marquée pour toi, dit-elle avec satisfaction.

De la manière dont Mme Tabb voyait les choses, c'était à elle que Cara devait son talent, et toute reconnaissance de ce talent était en réalité un compliment qui soulignait son propre génie.

Cara fronça légèrement les sourcils.

— Je ne pensais pas que le capitaine Nettles m'avait remarquée de cette manière, ou de toute autre manière d'ailleurs.

— Oh si, bien sûr ! Et ce soir, ce sera toi qui amèneras le spectacle à son apothéose ! dit-elle non sans emphase. Tu aurais dû voir Mme Hacker quand elle a appris que la grande finale échappait à sa Constance. Elle a eu beau supplier le capitaine Nettles, mais rien n'y a fait. Je crois que le capitaine comprend, comme je l'ai toujours comprise, toute la mesure de ton talent. D'ailleurs, je ne serais pas étonnée qu'il fasse de toi la tête d'affiche des futures productions. Confidence pour confidence, ma petite Cara, il m'a dit que le projet d'une nouvelle pièce le taraudait, qu'il en entrevoyait sérieusement la réalisation, et il m'a confié que je serais absolument fabuleuse dans le rôle de...

Les pensées de Cara allèrent vers d'autres considérations. Elle pensa qu'il y avait beaucoup d'exagération dans ce que Mme Tabb avançait, et surtout quand elle disait la grande estime que le capitaine avait pour ses talents musicaux. Le capitaine Nettles était l'archétype de l'homme ordinaire. Il avait la trentaine, et tout était banal chez lui, de sa taille au brun de ses yeux en passant par ses cheveux et l'aspect général de ses traits réguliers. En le croisant dans la rue, on l'aurait dit un badaud comme un autre, bien que l'homme fût certainement charmant quand il ouvrait la bouche, se montrant toujours accueillant et d'une agréable galanterie à l'égard des dames.

Cara, qui savait voir au-delà des façades, s'était vite lassée des hommes, et le capitaine Nettles n'échappait pas à son indifférence. Elle avait appris à la dure cette leçon qui confirmait que les hommes ne la traiteraient jamais comme les filles de bonne famille, et toute la prudence et les bonnes manières du monde n'y changeraient rien. Elle avait beau se conduire avec décorum et modestie, sans jamais ouvrir la porte à la courtisanerie ou succomber à la mièvrerie, elle attirait toujours vers elle des attentions malvenues et non sollicitées. C'était ainsi avec les soldats de l'Union, mais aussi avec des hommes distingués ou d'âge mûr qui, se disait Cara avec indignation, auraient dû se comporter en gentlemen raisonnables. Ces hommes l'appelaient par son prénom quand ils lui adressaient la parole, et ce, sans qu'elle leur en donne la permission. Ils monopolisaient la conversation et se montraient grossiers ou l'ignoraient carrément quand elle signifiait poliment son désir de prendre congé. Elle avait aussi eu affaire à des sans-gêne qui avaient le culot de la toucher, de poser un bras sur ses épaules ou de la prendre par la taille. Pourtant, même ces hommes-là n'auraient pas traité les sœurs Bastien ou Constance Hacker de cette façon.

À ce sujet, Cara n'avait aucun grief contre le capitaine Nettles, à qui elle ne connaissait pas d'habitudes pour les familiarités déplacées. Certes, en une ou deux occasions, elle avait perçu une certaine intensité dans le brun de ses yeux. C'était arrivé quand il la regardait chanter, mais Cara n'y voyait que la manie des hommes, qui ne savaient pas faire autrement. Fine observatrice, elle avait cependant remarqué que la femme du capitaine, une brunette qui aurait été sans doute séduisante si elle n'avait pas eu toujours l'air sévère, ne l'entendait pas de la même manière. En effet, Eliza Nettles surveillait son mari comme une louve aux abois, un comportement dans lequel Cara voyait une jalousie aveugle, puisque le capitaine Nettles, en ce qui avait trait aux femmes de la troupe, semblait d'un comportement irréprochable. Cara pensa en souriant secrètement que cela vaudrait mieux pour lui, soupçonnant qu'Eliza Nettles ferait chèrement payer à son mari même la plus petite incartade.

À dix-neuf heures, toute la troupe des Acteurs de Donaldsonville s'était réunie et occupait les premières rangées de bancs dans la Maison de l'opéra. La salle se trouvait au troisième étage d'un grand bâtiment en brique qui hébergeait au rez-de-chaussée l'officine d'un apothicaire et les bureaux de l'entreprise de transport maritime Edwards & Diggs. Le troisième étage avait de longue date été vacant, et, sur les insistances de Mme Tabb, M. Tabb, propriétaire du bâtiment, avait accepté qu'on y construise une scène et que l'endroit fût meublé de bancs, assez pour accueillir une centaine de personnes assises.

Le capitaine monta sur scène et frappa dans ses mains pour exiger l'attention. Les seize dames qui parlaient avec agitation se turent, comme les murmures de basse des cinq hommes présents.

— Je me vois contrarié de vous annoncer que Mme Nettles ne sera pas des nôtres ce soir, bien que je doute qu'elle s'en inquiète elle-même, dit-il avec un sourire engageant. Sur invitation de Mme Lavinia Heth, la femme du colonel Rufus B. Heth, elle doit assister à une interprétation de *Don Juan* au French Opera House, à La Nouvelle-Orléans. Vous savez peut-être que le colonel Heth est l'adjudant du général Nathaniel Banks et le chef de la police militaire de La Nouvelle-Orléans. Cousine éloignée de Mme Heth, ma femme, Eliza, ne pouvait pas décliner cette généreuse invitation et manquer la chance de voir la pièce *Don Juan*. Cependant, rassurez-vous, elle sera revenue lundi pour le grand concert de la fête de l'Indépendance.

Dans toutes leurs productions, Eliza Nettles tenait des rôles vedettes, bien qu'elle fût une soprano plutôt quelconque.

La répétition débuta, et bien vite ce fut la confusion, car c'était la toute première fois qu'on tentait l'enchaînement des morceaux et la course aux changements de costumes. Les hommes gardaient l'uniforme militaire tout au long du spectacle, mais les dames changeaient de robes et devaient pour ce faire respecter des temps bien précis. Pour empirer les choses, la petite loge du théâtre pouvait difficilement accommoder huit femmes et leurs crinolines. L'espace manquait cruellement, et l'atmosphère devint vite tendue dans la chaleur suffocante du petit local exigu et sans fenêtre. Par quelques flatteries efficaces, le capitaine Nettles réussit néanmoins à calmer les esprits échauffés, et on vit bientôt les femmes sourire en se pomponnant devant les glaces. Le capitaine était particulièrement en joie ce soir; sa voix était plus forte qu'à l'ordinaire, et Cara pensa avoir senti un relent d'alcool dans son haleine.

Cara ne changeait qu'une fois de costume, et ce changement était prévu pour la toute fin du spectacle. Pour l'instant, il lui suffisait de passer une écharpe aux couleurs du drapeau américain, que portaient toutes les femmes, mais dans des combinaisons différentes de blanc, de bleu et de rouge. Celle de Cara était en satin rouge, avec des étoiles bleues au contour blanc. Sa robe lui avait été donnée par Octavia Tabb et était d'un bleu qui rappelait la glace, avec de la dentelle blanche au col et aux manches. Cara n'avait pas de crinoline et portait seulement un jupon sous la jupe.

Ils passèrent en revue leur répertoire, qui était composé dans sa majeure partie de chants patriotiques. Le capitaine Nettles fit une lecture bien sentie de *Ô Capitaine! Mon Capitaine!*, puis on enchaîna avec un morceau au piano avant d'entamer, solennel, le canon de Pachelbel. L'avant-dernier morceau de la soirée donna lieu à plusieurs confusions, dont la majorité trouvait leur explication dans l'absence d'Eliza Nettles. On devait jouer *My Country 'Tis of Thee*. Pour ce morceau, Octavia Tabb représentait la Liberté, drapée dans sa splendide robe cramoisie, et Mary Louisa Stokes, l'Indépendance, vêtue d'une robe bleu foncé. Comme il manquait à l'appel l'Union, que devait jouer Eliza Stokes dans un costume tout blanc, les deux actrices se retrouvèrent perdues à l'enchaînement, incapables de se rappeler les pas et de trouver les harmoniques. Le capitaine Nettles trouva finalement une solution, et Cara fut désignée pour remplacer Eliza. Ils reprirent le morceau du début, et Cara se débrouilla bien, ayant sans le savoir mémorisé les pas et la partition. Quand bien même, à la demande de Mme Tabb, on fit le morceau à trois reprises.

Le moment de la grande finale arriva, et Cara se pressa d'aller revêtir son costume. Elle devait personnifier la Liberté, avec une longue et lourde pièce de satin gris argenté en guise de toge. Elle avait une torche faite de bois peint argenté sur laquelle quelques lampions, une fois allumés, donnaient une flamme fort convaincante. Sa couronne était en carton-pâte, également argenté, avec de vrais fils d'argent qui ajoutaient à l'effet spectaculaire. Elle s'enveloppa de la toge qu'elle drapa soigneusement sur son corps, et le capitaine Nettles eut l'obligeance de venir allumer la torche. Avec dignité, Cara s'en alla lentement marcher sur la scène, levant sa torche haut en entonnant *The Battle Hymn of the Republic* de sa voix puissante de pure soprano, qui portait admirablement bien dans la grande pièce vide. Au dernier *Glory, Glory, Hallelujah !*, tous les chanteurs se joignirent à elle dans une superbe finale. Après un vibrant et ultime *His thruth is marching on !*, on se félicita d'une bonne salve d'applaudissements, à laquelle Cara ne put participer parce qu'elle tenait encore la torche allumée.

Il fallut une heure à la troupe pour se changer et tout ranger, et les salutations prirent un certain temps, comme aussi le discours d'encouragement du capitaine

Nettles. La plupart des gens avaient quitté la Maison de l'opéra quand le capitaine vint voir Cara.

— Très chère, je crois sincèrement qu'il faudrait reprendre une dernière fois votre solo. Non pas que vous ayez commis la moindre erreur, oh, non, ma chère, vous avez été parfaite! J'aimerais toutefois revoir votre changement de costume et surtout trouver une solution pour cette torche. Vous comprenez que je ne peux pas allumer les lampions sur scène alors qu'il me reste à tenir la dernière note de *My Country 'Tis of Thee*.

— Euh, bien sûr, accepta Cara non sans une légère hésitation. Je vais de ce pas le dire à Mme Tabb… Dois-je lui demander de m'attendre?

— Non, non, c'est inutile. Octavia sait déjà que je vous ramènerai chez elle plus tard. D'ailleurs, nous n'en avons que pour une demi-heure tout au plus, lui assura-t-il.

Le capitaine s'intéressa ensuite aux quatre dames encore présentes qui réclamaient de le saluer, ce qu'elles firent avant de prendre congé. Cara retourna à la loge. Elle venait de prendre la toge dans sa boîte et s'apprêtait à déballer la couronne enveloppée dans un tissu protecteur quand le capitaine Nettles fit irruption dans la loge. Cara se méfia aussitôt; c'était inconvenant de sa part de se présenter ainsi, même si le changement de costume de Cara n'exigeait pas qu'elle se dénude. Elle se figea en le voyant marcher nonchalamment vers elle. Il passa la main dans une caresse sur le satin qu'elle avait dans les mains.

— C'est un tissu magnifique de sensualité. Un tissu qui vous sied, Cara. Vous devriez toujours porter de la soie ou du satin.

Il passa les bras autour d'elle et l'attira vers lui. Sous le choc de cette audace, Cara resta abasourdie, le regard levé sur cet homme qui la touchait. Le capitaine n'était plus tranquille : ses yeux étaient noirs, ses pupilles, contractées, et il serrait la mâchoire. Il se pencha sur elle, plaqua sa bouche sur la sienne et l'embrassa avec tant de rudesse qu'une peur terrible s'empara de Cara. De toutes ses forces, elle le poussa au corps, mais cet homme était fort, et il la ramena aussitôt contre lui, si près qu'elle avait peine à respirer.

Sous le coup de la peur, elle eut cette réaction désespérée de lui mordre sauvagement les lèvres. Il bascula la tête en arrière, une main plaquée sur sa bouche, qui s'était mise à saigner.

— Espèce de petite garce ! Mais regarde ce que tu as fait !

Dans l'espoir de le dissuader d'une réplique violente, Cara se mit à crier.

— Ce que *moi* j'ai fait ? Espèce de porc, quand je vais tout raconter à Mme Nettles, j'espère que…

— Non ! N'y compte pas, sale petite…

Il retenait Cara d'une main serrée sur son bras, mais elle lui fit lâcher prise d'un mouvement sec et se précipita pour atteindre la porte de la loge. Elle sortit en courant sur les planches, mais il arriva derrière et se saisit à nouveau d'elle. Dans un grand élan, Cara le gifla au visage, et il s'ensuivit une lutte à bras le corps, avec des coups et des griffures. Cara se défendait comme une renarde effarouchée, et le capitaine était fou de rage. Soudain — comme si la foudre s'était abattue sur eux —, Nettles chuta de la scène et alla s'écraser plus bas dans un bruit à soulever le cœur, face contre terre. Prise de stupeur, Cara le regarda sans pouvoir détourner les yeux. Un des bras du capitaine suivait un angle inquiétant ; il s'était sans doute brisé les os. Cara vit du sang couler en filet de son nez.

— Je l'ai tué ! Oh, Seigneur Jésus, je l'ai tué ! répétait-elle tout bas.

Elle n'aurait su dire combien de temps elle resta là à chuchoter des prières brisées, à supplier que le capitaine ouvre les yeux et se lève. Il ne fit rien de cela. Cara s'était mise à trembler sans pouvoir s'arrêter.

C'est alors qu'elle comprit l'énormité de l'événement et la gravité de sa situation. Cet homme mort était un soldat de l'Union, et la région était encore sous le coup de la loi martiale. Et le fait que Cara fût une femme ne la sauverait pas de la pendaison. On lui ferait un procès pour meurtre et on la condamnerait. La panique s'empara de Cara, mais dans son affolement, elle sut soudain ce qu'il lui restait à faire, comme si Quelqu'un le lui avait dit à l'oreille.

« Cours, Cara. »

Il était vingt-deux heures quand Cara arriva à la maison et grimpa par la fenêtre de son frère, Wesley. Il dormait, bien sûr, et ce, depuis le coucher du soleil, car dans la demeure des Cogbill, on se levait avant l'aurore et on retrouvait le lit quand la noirceur s'installait. Son frère s'était réveillé dès que Cara avait mis la main sur l'appui de la fenêtre, s'asseyant d'un coup dans son lit. Son retour à la maison était encore récent, et parfois la nuit, il se revoyait en rêve, couché dans l'herbe d'un champ, anxieux de voir l'aube se lever et les balles recommencer à siffler.

— Euh! Oh, Cara… qu'est-ce…

— Chut, dit-elle tout bas. Il faut que tu m'aides.

Elle ne cacha rien à son frère, lui racontant tout comme à son habitude, car Wesley était le seul de sa nombreuse fratrie avec qui elle se sentait une véritable affinité.

— Il faut que je parte, Wes, dit-elle en terminant son histoire. J'ai un plan, je pense, en fait, je crois que peut-être le Seigneur me montre la voie.

Pour la première fois depuis fort longtemps, Cara versa des larmes.

— Oh! Cara, ma pauvre petite sœur, dit-il, impuissant à calmer ses larmes. Qu'est-ce que je peux faire?

Cara ravala ses sanglots et le lui expliqua. Sans plus attendre, il partit chercher quelques articles pour elle. Wes pouvait aller dans la maison sans que cela éveille les soupçons. Quant à Cara, elle préférait ne pas se faire voir de sa famille et même qu'on ne sache pas qu'elle était venue.

Elle chercha du regard la Bible que Wesley avait dans sa chambre, celle où, entre les pages, il gardait souvent quelques feuilles de papier blanc. Elle avait pensé écrire un mot à ses parents, mais se ravisa; ce ne serait pas prudent de laisser une preuve de son passage, qui, une fois découvert, incriminerait ses parents pour complicité. Dans le noir, elle s'agenouilla devant le lit de Wes pour prier, et quand son frère revint quelques minutes plus tard, Cara avait retrouvé sa détermination, certaine de la voie qu'elle devait emprunter.

— C'est détestable, dit-il, véhément. Je devrais t'aider, te protéger. Ce n'est pas bien, pas bien du tout.

— C'est impossible, Wes, et tu le sais. Tu ne peux pas me protéger ni même m'aider. Personne ne peut rien pour moi, hormis le Seigneur, et je m'en remets à Lui. De grâce, ne dis pas ce que j'ai fait à papa et à maman avant que les prévôts ne viennent cogner à la porte, car ils viendront, Wes. On sait que j'étais seule avec cet horrible homme, seule, comme la petite idiote que je suis. Quand les prévôts viendront, je veux que tu mentes. Ne leur dis pas que tu m'as vue. Je sais, c'est très mal de mentir, mais tandis que je priais à l'instant, j'ai senti que le Seigneur n'allait pas nous en tenir rigueur, ou du moins qu'Il trouverait la miséricorde de nous excuser.

— Ne t'inquiète pas, petite sœur, je ne dirai pas un mot à ces salauds de tuniques bleues, jura-t-il en serrant la mâchoire.

Il serra longtemps sa sœur dans ses bras, puis posa une pièce de un dollar dans le creux de sa main.

— C'est pour toi. C'est M. Wetherington qui m'a payé pour réparer sa clôture samedi dernier. Prends-le, tu en auras besoin.

— Non, Wes, refusa-t-elle en secouant la tête. J'ai réussi à économiser quatorze dollars sur le salaire que m'ont versé les Tabb. Je les garde précieusement dans le petit porte-monnaie que tu m'as donné en cadeau. C'est une somme plus que suffisante. Range ce dollar dans ta poche. Garde-le en souvenir de moi, si tu veux. Quand tu y toucheras, tu pourras penser à moi et prier pour moi. De cette manière, nous serons tous les deux plus riches et heureux.

À l'aube, un jeune garçon mince et sale se présenta au port pour acheter un billet de transport. Il avait choisi la file qui s'allongeait devant le quai du bateau à vapeur le plus abordable, le *Luther Yates*. Luther Yates, l'homme, portait tous les chapeaux dans sa petite entreprise : il était propriétaire du bateau, son capitaine et son pilote, le commissaire de bord et le guichetier. Il ne porta pas attention au garçon malpropre qui lui achetait un billet ; il en voyait chaque jour des plus sales et plus dégue-nillés, et des filles aussi. C'étaient souvent des orphelins qui, n'ayant rien à perdre, allaient voir si les cieux étaient meilleurs à La Nouvelle-Orléans. Bref, ce garçon-là était comme tant d'autres, petit et maigre, avec son chapeau enfoncé sur la tête qui semblait deux fois trop grand, lui cachant le visage. En fait, il n'y avait que son menton délicat et pointu qui paraissait, un menton tout crotté. Il portait un manteau comme un vieux sac de pommes de terre maintes fois rapiécé par-dessus un gilet râpé. Son pantalon gris trop long était roulé dans le bas, et le cuir de ses chaussures était comme de la boue louisianaise. Le sac en jute jeté sur l'épaule du garçon semblait trop gros pour lui — Luther Yates était certain qu'aucun gamin ne possédait une garde-robe aussi volumineuse —, mais plutôt que de s'en étonner, il se fâcha de voir le garçon, malhabile, qui peinait à produire de sa poche intérieure la somme due pour le billet.

— Mon gars, ça ne te viendrait pas à l'idée d'enlever les gros gants ridicules que tu as dans les mains ? C'est quoi, les gants de ton père ?… Et donne-moi ces fichus quatre-vingts cents ; on n'a pas que ça à faire, grogna-t-il.

— Je m'excuse, monsieur, marmonna le garçon d'une voix grave et rauque que Luther Yates aurait trouvée bizarre s'il avait le moindrement écouté la réponse.

Une femme dans la file derrière le garçon lui secoua l'épaule et dit d'une voix geignarde :

— Tu vas te dépêcher, oui, petit imbécile, on cuit sous ce soleil d'enfer !

Le garçon jeta un œil par-dessus son épaule et vit une femme à l'allure grossière, ses cheveux graisseux et teints au henné rouge. Elle était vêtue d'un chemisier scandaleusement ouvert, trop court et d'un rouge sale.

Le garçon se démena et réussit enfin à tirer un billet de un dollar tout fripé qu'il tendit au monsieur. Yates le lui prit des mains, et le garçon demanda :

— La monnaie, monsieur ?

— La monnaie ? La monnaie ? Est-ce que j'ai l'air de la Banque Luther Yates, à ton avis, petit ? Si tu as les quatre-vingts cents, je les prends sans faire de chichis. Si c'est un dollar tout rond que tu as, je le prends aussi. Si tu n'es pas d'accord, alors reprends-le et débarrasse la passerelle.

Le garçon monta à bord.

Le billet qu'il avait acheté donnait le droit de poser ses pénates quelque part sur le pont, comme toute autre marchandise. Il n'y avait ni lit ni chaise, et on vous laissait le loisir de trouver une place parmi les centaines de sacs de charbon entassés sur le pont. Cara songea qu'elle s'était donné beaucoup de mal pour salir les vêtements de son frère, Hiram. L'air sur le pont était noir de poussière, et tous les passagers seraient sans doute couverts de suie à leur arrivée à La Nouvelle-Orléans.

Elle chercha à s'avancer vers la proue, le plus loin possible de la chaleur intense qui émanait de la salle des chaudières à l'arrière, car on voyait devant les portes de la chaufferie que l'air brûlant se brouillait en s'élevant vers le ciel. On respirait un peu mieux à l'avant du bateau. Bien sûr, Cara n'était pas la seule à chercher un peu d'air. À l'avant du bateau, les passagers s'entassaient, certains grimpés sur les sacs de charbon pour y étendre leur paillasse. Cara trouva un recoin assez grand pour se mettre en boule, mais deux soldats vinrent aussitôt déplacer quelques sacs, élargissant l'espace où elle s'était calée pour s'asseoir avec elle. L'un d'eux, qui était si près qu'elle le sentait respirer, attira son attention pour lui servir cet avertissement :

— Que les choses soient claires, mon gars. Que je ne te voie pas allumer de pipe ou de cigarette. Il y a tellement de poussière de charbon dans l'air que ça exploserait comme de la poudre à canon. Moi et mon copain, ici, on se charge d'être la « police du tabac », compris ? Tu peux chiquer tant que tu veux, mais ne t'avise pas de cracher dans ma direction, je pourrais me fâcher.

— Oui, monsieur, dit Cara dans un marmonnement grave.

Elle bourra son gros sac de quelques coups et se recroquevilla en position fœtale, ne pouvant faire autrement, vu le peu d'espace disponible. Au moins, elle pouvait tourner le dos aux soldats.

— Le môme fait un roupillon! s'esclaffa un soldat. On est tranquilles, il ne nous fera pas sauter!

Soixante-dix-neuf milles marins séparaient Donaldsonville de La Nouvelle-Orléans. Le voyage devait durer huit heures. Après seulement une heure dans la même position, Cara se trouva tout ankylosée et souffrante dans la chaleur accablante. Les soldats étaient allés se délier les jambes, et elle osa enfin bouger. Avec la désagréable sensation d'être passée sous une voiture, elle s'assit et croisa les jambes. D'un regard prudent alentour, elle vit qu'il y avait encore des gens installés tout près. La femme qui l'avait invectivée dans la file était juchée sur trois sacs de charbon, disgracieuse dans sa position. Assise, jambes bien écartées, elle semblait somnoler. Il y avait aussi des soldats, des jeunes hommes qui affichaient des airs de durs à cuire et une jeune femme famélique avec sa petite fille en pleurs et son bébé qui criait.

Cara était épuisée. La faim terrible qu'elle avait au ventre lui rappela qu'elle n'avait pas mangé la veille au soir, le fameux soir du mouton chez les Tabb. « Ce dîner, c'était hier? » Cara avait le sentiment que le capitaine Nettles était mort il y avait très longtemps et qu'elle fuyait depuis des mois.

Dans son sac, elle trouva le petit baluchon dans lequel Wes avait mis un pain rond, une grosse part de fromage et une pomme. Elle prit un bout de pain, un peu de fromage et commença à manger. Cara sentit tout de suite qu'on la regardait et, en levant les yeux, elle vit la jeune mère et son regard triste, un regard qu'elle eut tôt fait de baisser. Cara déchira le pain en deux, qu'elle apporta avec une grosse part de fromage à la jeune femme.

— C'est pour vous, m'dame, dit-elle dans sa meilleure imitation d'une voix de garçon. La petite a l'air d'avoir faim.

— Merci beaucoup, dit la femme d'une voix presque inaudible, tête penchée.

Lorsque Cara fit demi-tour, elle vit que la femme perchée sur les sacs s'était emparée du reste de pain, du fromage et de la pomme. Ses yeux noirs et durs de buse mitée se posèrent sur Cara, comme de défi, tandis qu'elle croquait à pleines dents dans la pomme, souriant de son sourire jauni. Avec du jus sur le menton, elle lança à Cara :

— Moi aussi, je suis une petite fille affamée ! Et comme tu me semblais avoir le cœur sur la main, je me suis dit que je pouvais me servir. Ça ne te gêne pas, j'espère ?

Cara commença à lui répondre, mais s'arrêta net, terrifiée d'entendre les mots qu'elle disait avec sa vraie voix. Pire encore, elle défiait la femme du regard, son visage pleinement exposé. Cara savait que son déguisement tenait à peu de chose et qu'elle ne pouvait pas laisser de trace de son passage. Il ne lui resta d'autre choix que de se rasseoir et de ravaler son orgueil.

Le reste du voyage fut un vrai cauchemar de chaleur et de poussière asphyxiante. Le charbon vous prenait aux poumons, et les passagers toussaient beaucoup, mais c'était la soif qui la suppliciait plus que tout. Pour ceux à l'estomac bien accroché, il y avait de l'eau laissée à croupir dans un demi-baril, avec une louche pour seul ustensile. Après avoir vu les hommes boire à la louche, ces mêmes hommes qui chiquaient le tabac et remplissaient le crachoir à côté du baril d'eau, Cara décida qu'elle saurait endurer sa soif. Toutefois, ce qu'elle ne croyait pas pouvoir souffrir, c'étaient les avances obscènes que l'affreuse femme lançait aux soldats qui allaient et venaient sur le pont. Cara avait les oreilles qui chauffaient et l'envie d'être à mille lieues de là. Quant à la jeune mère, elle regardait ailleurs en tenant ses enfants contre elle.

Enfin, après ce qui sembla une éternité, Cara sentit le bateau ralentir. Les moteurs se mirent à ronronner tout bas, et on entendit retentir dans les airs trois coups de sifflet, comme des cris enroués. Ils étaient arrivés à La Nouvelle-Orléans.

— Tu peux rester assis, mon gars, lui dit un soldat. On n'est pas arrivés à quai encore, et à voir la dizaine de bateaux qui font la file pour le déchargement, on peut y passer un sacré bout de temps. Avant que le bateau soit à l'arrêt complet, on n'est sûrs de rien.

Quand le bateau s'arrêta enfin, on entendit le cri des hommes qui abaissaient la passerelle au treuil.

— La Nouvelle-Orléans ! vint beugler un matelot sur le pont. Allez, tout le monde descend. On a du fret à décharger !

Les gens se levèrent et ramassèrent leurs maigres bagages pour se masser dans le goulot d'étranglement que formait la passerelle. Il y eut de la bousculade, des gens qui jouaient du coude. Cara se trouva toute petite au milieu de la cohue et s'accrocha à son sac. Comme elle allait sur la passerelle, la femme aux cheveux rouges vint la bousculer par-derrière, et Cara faillit trébucher.

— Désolé, chéri ! s'égosilla-t-elle, lubrique. Si ça continue, je vais croire que toi et moi, c'est pour la vie.

Sur ces mots, elle pressa le pas et disparut dans le flot de voyageurs.

Cara réussit enfin à descendre la passerelle, se frayant un chemin dans la foule qui, comme du bétail, gagnait la rive par un passage entre les hautes digues de terre. Ensuite, comme des billes qu'on aurait échappées par terre, les gens partirent dans tous les sens. Cara s'arrêta dans ses pas et se découvrit perdue dans le nouveau monde qui l'entourait. Ses sens s'émoussaient, et elle eut soudain de la difficulté à respirer. Un formidable vacarme régnait dans le port. Il y avait les débardeurs sur les docks et des centaines de gens devant elle qui criaient, s'invectivaient, se hélaient à qui mieux mieux. Il régnait ici une odeur fétide, celle du fleuve et des gens en sueur, mêlée à un lourd arôme de café noir, au fumet des grillades, aux senteurs d'ail, d'épices et de crottin de cheval.

Elle réussit peu à peu à trouver un sens au désordre qui l'entourait et vit que le French Market se trouvait à quelques pas devant elle, de l'autre côté d'une vieille rue pavée. Les Tabb n'avaient jamais visité La Nouvelle-Orléans, et Mme Tabb ne ratait pas une occasion de s'en plaindre, mais la veuve Hacker connaissait la ville tentaculaire pour y avoir séjourné avec feu son mari, qui, aimait-elle le rappeler, avait été maire de Donaldsonville. Avec le consentement de Mme Tabb, la veuve Hacker avait à quelques reprises entretenu les invités de ses salons du samedi soir avec des histoires de La Nouvelle-Orléans, et c'était justement par ces histoires que Cara avait entendu parler de la ville.

Mal assurée sur ses jambes, Cara se rendait maintenant compte que la faim et la chaleur suffocante l'avaient grandement affaiblie. Elle avait peine à avaler tant sa gorge était sèche. Cara n'avait plus qu'une idée en tête : boire. Oui, mais où trouvait-on à boire dans cette grande ville ? À n'en pas douter, il y avait des fontaines publiques quelque part, mais à la seule évocation du mot « publiques », l'odeur malodorante du fleuve semblait plus forte à ses narines et l'image du demi-baril d'eau et du crachat des hommes revenait la hanter. La meilleure solution, c'était le French Market. Il y avait peu de chances qu'on y vende de l'eau, mais peut-être pourrait-elle s'acheter un jus ou même une glace à la vanille ? Cara aurait salivé si sa bouche n'avait pas été aussi sèche.

Vêtue comme elle l'était, Cara se savait invisible aux regards des gens, mais ce fut tout de même avec prudence qu'elle tendit la main pour prendre le portemonnaie dans sa poche intérieure ; ce serait plus commode, se disait-elle, de sortir un dollar à l'avance.

La poche semblait vide.

C'était sûrement à cause des gros gants qu'elle portait. Cara n'avait pas trouvé mieux pour cacher ses mains, qui, même sales, restaient féminines. À la dérobée, elle mit sous son bras gauche sa main droite qu'elle sortit promptement du gant pour aussitôt la plonger dans la poche de son manteau.

Le porte-monnaie n'y était plus. Cara vit alors apparaître comme un fantôme devant ses yeux le visage vulgaire de la femme aux cheveux rouges, elle qui avait commis son larcin à la faveur d'une bousculade dans la foule au moment du débarquement.

La panique que Cara ressentit à ce moment fut si subite et terrible qu'elle l'étrangla presque, et son corps surchauffé par le soleil lui donna l'impression d'être changé en bloc de glace. Le sang se mit à battre dans ses tempes, et un bruit trop fort se mit à lui résonner dans les oreilles avant de s'éloigner dans un écho, puis de revenir sur elle comme un tonnerre qui gronde. Sa vision se brouilla et de petits points noirs vinrent se piquer devant ses yeux.

Dans son étourdissement, elle entendit une voix, *la* voix, qui lui emplissait la tête, celle-là même qu'elle avait entendue le soir d'avant en regardant le corps sans vie du capitaine. La veille, la voix s'était contentée de dire « cours ». À présent, elle en disait beaucoup plus : « Je suis le pain de vie. Celui qui vient à moi n'aura jamais faim, et celui qui croit en moi n'aura jamais soif. »

Cara laissa lourdement retomber la tête et pleura à chaudes larmes, mouillant les pavés brûlants à ses pieds.

— Merci, Seigneur, chuchota-t-elle.

Elle se sentait calme à présent, habitée d'un étrange sentiment, comme au sortir d'un rêve. Elle effaça les traits que ses larmes avaient tracés sur son visage et observa les alentours, voyant cette fois les choses avec un regard limpide. Juste à sa gauche, elle découvrit une scène incroyable ; Cara n'avait jamais vu rien de tel de toute sa vie, et le temps d'un moment, elle se demanda si justement elle ne rêvait pas. Elle fit quelques foulées lentes pour s'approcher.

L'étrange spectacle avait attiré une foule importante, et Cara pensa que c'était à cause de l'attroupement qu'elle n'avait pas remarqué la caravane de roulottes et le grand étal installé sous pavillon. Cara marcha encore, s'avançant là où la foule s'éclaircissait, et s'arrêta devant un haut brasero où du bois sans feu était empilé ; on aurait dit qu'il faisait barrière entre la foule et les gens de la caravane… et les animaux !

Deux magnifiques roulottes aux peintures kaléidoscopiques se trouvaient adossées l'une à l'autre. De chaque côté et devant, on avait dressé de grands auvents en tissu de couleurs vives que soutenaient de minces poteaux en fer fixés à de grandes bases circulaires. Devant les roulottes, on retrouvait un grand étal rempli de jolis objets : des paniers tressés, des foulards et des châles, des pots pleins de miel doré, des bouteilles d'huile d'olive parfumée aux herbes, des bocaux d'herbes séchées ou remplis de liquides de toutes les couleurs, des articles de ferblanterie au poli qui brillait comme l'argent au soleil, des bols débordant d'épices et des vases en fer-blanc pleins de toutes sortes de fleurs.

Or, le plus fascinant pour Cara, c'étaient les femmes qui s'occupaient de l'étal, ces belles au teint de pays lointains et vêtues de chemisiers aux manches bouffantes et de jupes aux couleurs de l'arc-en-ciel. Elles étaient pieds nus et avaient les cheveux noirs qui retombaient dans le dos. Elles étaient coiffées de foulards colorés bordés de piécettes. Cara avait aussi remarqué un beau jeune homme dont les traits d'étranger avaient quelque chose de dangereux, ou c'était peut-être seulement qu'il affûtait le fil d'un énorme couperet de boucher sur une pierre en forme de dague. Une vieille femme vêtue comme les plus jeunes occupait une chaise tout près de Cara. Elle travaillait à tisser un foulard avec des fils jaunes, verts, bleus et orange.

Cara avait du mal à se concentrer, et il lui fallait découvrir la scène un élément à la fois pour espérer en avoir une vue d'ensemble. Son regard quitta la vieille pour aller à l'autre bout de l'étal. Il y avait là un couguar. L'animal était assis sur ses pattes postérieures et se lavait une patte puis la tête, tout comme l'aurait fait un petit chat de maison. Fascinée, Cara observa le couguar faire sa toilette, se frotter la face et jusque derrière l'oreille. Comme hypnotisée, Cara sentit ses jambes fléchir à nouveau, et elle se secoua pour retrouver son aplomb.

Cara entendit l'une des jeunes femmes rire, la plus belle des deux, pensa Cara. Elle la vit tendre la main à une petite fille, et toutes deux vinrent vers Cara. « Non, ce n'est pas moi qu'elles viennent voir, comprit Cara. C'est l'ours! Comment ai-je pu ne pas voir l'ours? »

Assis derrière la vieille femme sur un gros coussin, il y avait un ours noir. Sur la tête, on lui avait mis un drôle de chapeau de paille vert avec des trous pour les oreilles. Sur un écriteau, on avait indiqué : « Nourrissez l'ours pour un cent. » Un panier plein de muscadine était posé devant lui.

Cara s'était figée à la vue de la muscadine. Les grappes étaient pleines de petits fruits succulents et beaux comme des perles. Il y en avait des vertes, des rouges et des noires. La femme et la fillette s'arrêtèrent devant le panier de fruits. La petite fille porta son choix sur une grappe rouge et, tout délicatement, la présenta à l'ours. L'animal montra une patte énorme, paume vers le ciel. La fillette laissa tomber les raisins dans sa patte, et l'ours remercia l'enfant d'une drôle de révérence avant d'avaler la grappe tout rond.

Cara se mit à éprouver une faim comme elle n'en avait jamais connu ; elle se pensa capable d'avaler tout le panier de muscadine en une bouchée. Elle passa la langue sur ses lèvres desséchées. « Nourrissez-moi… nourrissez le petit garçon pauvre pour un cent », se dit-elle dans une pensée hébétée.

Soudain, elle ne vit plus les couleurs vives devant elle, mais une grande étendue de ciel bleu. Sans savoir pourquoi, elle voyait ce ciel s'obscurcir — qu'est-ce qui pouvait bien arriver au ciel ? se demanda-t-elle tandis que ses jambes se dérobaient sous elle. Cara Cogbill s'était évanouie en pleine rue.

CHAPITRE 9

G age Kennon retrouva sa ville natale le 29 juin 1865, après quatre longues et difficiles années de vie militaire. Il fut absolument bouleversé au moment où la « caravane gitane », comme il l'avait surnommée, entra à La Nouvelle-Orléans par l'avenue de l'Esplanade.

Son premier choc fut olfactif. N'ayant visité aucune grande agglomération durant son déploiement, Gage découvrait la puanteur de cent soixante-quinze mille personnes entassées dans la chaleur et l'humidité des basses terres du Mississippi. Et le coup fut d'autant plus grand qu'il venait de vivre ces deux dernières semaines dans un havre pour l'esprit et les sens, un environnement où on respirait des odeurs toutes plus agréables les unes que les autres. Nadyha lui avait expliqué que le couvert de menthe qu'elle plantait sur le terrain du campement n'avait pas que l'utilité de son parfum apaisant : il repoussait toutes sortes d'insectes, et même — le plus important, selon Baba Simza — les affreux batraciens. Pour ces mêmes propriétés insectifuges, les gitans faisaient pousser différentes espèces de plantes autour du camp. À toutes les fenêtres des *vardos*, ils suspendaient des jardinières pleines d'herbes et de plantes aromatiques. Avant d'entrer en ville, Gage n'avait pas eu conscience de s'être à ce point accoutumé aux senteurs de menthe poivrée mêlées aux subtiles fragrances de citronnelle, de rue et de souci. Nadyha avait dû remarquer la moue dégoûtée qu'il faisait, car elle le regarda avec un sourire amusé tandis qu'il venait à cheval sur le côté de la roulotte. Gage se sentit soudain déloyal envers sa ville natale ; il se composa à la hâte un visage impassible.

Gage éprouva aussi cette autre contrariété de voir sa ville envahie par les soldats de l'Union. Bien sûr, il s'attendait à voir ces soldats dans la ville qui, en plus d'être occupée depuis le mois de mai 1862, abritait le siège administratif du Département du Golfe, une des nombreuses zones sous le coup de la loi martiale fédérale. Bon an mal an, on comptait depuis l'occupation entre douze et quinze mille soldats stationnés à La Nouvelle-Orléans. Gage était au fait de cette situation, sans pour autant y être préparé ; de voir tant de tuniques bleues à tous les coins de rue ravivait chez lui de vieilles colères qu'il aurait préféré oublier. Partout où il regardait, des soldats se promenaient, discutaient, riaient fort ou s'amusaient dans les saloons, bref, ces petites choses de la vie que Gage aurait aimé qu'ils aillent faire ailleurs, pas dans sa ville. En fait, Gage croyait que les unionistes n'auraient jamais dû se trouver à La Nouvelle-Orléans ;

pour lui, la guerre n'avait eu d'autre intérêt que de chasser les unionistes de la Louisiane.

La caravane gitane attirait les curieux et les badauds, et ce, même si la ville était on ne peut plus cosmopolite. Les passants, à pied, en voiture de maître ou à cheval, s'arrêtaient pour regarder passer le cortège sur l'Esplanade. Gage nota que les femmes bien mises les lorgnaient d'un regard fâché tandis que les femmes plus modestes envoyaient la main, toutes souriantes. Les hommes, hormis ceux aux bras des dames outrées, sifflaient et saluaient le passage de la caravane. Trois soldats de l'Union apparurent sur le bas-côté de la rue et rattrapèrent par petits bonds excités le *vardo* de Nadyha. La caravane avançait très lentement, et ils n'avaient pas à se presser pour la suivre.

— Nadyha! Nadyha! héla l'un d'eux, celui qui, selon Gage, souriait comme un grand dadais. Tu m'as manqué, ma reine gitane!

Il semblait avoir à peine vingt ans. Il avait une tignasse brune sous son képi bleu et une ombre pitoyable en guise de moustache.

Gage enragea de voir les manières de cet importun et voulut faire volter Cayenne pour lui donner une leçon de savoir-vivre. Toutefois, Nadyha se tourna vers lui et secoua la tête pour l'en décourager.

— *Dinili gaje*, dit-elle avec un sourire avenant au jeune soldat, les gitans n'ont pas de reines.

En claquant la langue, elle fit avancer Tinar au trot rapide.

— Je serai là ce soir, Nadyha! Je ne raterais ton spectacle pour rien au monde! cria encore le soldat derrière la caravane pour ensuite se tourner vers ses camarades et dire avec un petit coup de coude complice : ce soir, les gars, on va faire l'épicerie !

Par cette expression propre à La Nouvelle-Orléans, on voulait dire « faire son marché », mais ce jeune soldat y donnait fort certainement un sens plus figuré.

Il passa tout près d'eux avec Cayenne, manquant de renverser les jeunes soldats. À quoi pensait Nadyha, de se frotter ainsi à la racaille ? Gage songea qu'il faudrait la prévenir des dangers auxquels un tel comportement l'exposait.

Gage oublia vite l'incident et retrouva sa bonne humeur en traversant les quartiers chics pour arriver au quartier français, heureux de découvrir que la vieille ville avait été complètement préservée. Gage n'en pouvait plus de voir des villes, des villages et des campagnes ravagés par la guerre, toutes ces jolies petites bourgades, comme celle de Fredericksburg, pillées et incendiées, celle de Petersburg, changée en bidonville par une année de siège, et celle de Richmond, que les obus avaient laissée en ruine. Par chance, aucune bataille n'avait été livrée dans les vieux quartiers de La Nouvelle-Orléans ; en effet, l'offensive de l'amiral David Farragut, qui s'était rendu maître de deux forts en aval, s'était arrêtée aux portes de la ville, quand il avait demandé et obtenu la reddition, ayant l'avantage d'une grande flotte de cuirassés sur les fronts de La Nouvelle-Orléans. Certes, il y avait eu quelque volonté de résistance, mais aucune action d'importance n'avait été menée. Avec ce flegme latin qu'on leur connaissait, les citoyens de La Nouvelle-Orléans avaient accepté l'inévitable. Gage était plus qu'heureux que la ville fût protégée, malgré le dénouement fâcheux pour les forces confédérées. Dans un élan nostalgique, il leva les yeux sur la rue Dauphine, vers son ancienne maison, et se demanda qui l'habitait aujourd'hui. Il était à craindre que ce fussent des soldats de l'Union.

Quand ils arrivèrent au French Market, avec ses arcades adossées aux levées du fleuve Mississippi, Gage retrouva ce sentiment d'appartenir à un endroit. Il avait tant aimé son meublé et la quiétude de cette petite cour intérieure ! Il avait aimé vivre près du marché et des docks, des lieux uniques et pittoresques qu'il retrouvait, la joie au cœur. Il ne put s'empêcher de sourire en longeant les arches de la vieille galerie marchande. Tout était fidèle à son souvenir, ou presque. Il vit encore des hommes en uniformes bleus, mais même eux ne pouvaient pas ruiner la beauté simple, hétéroclite et toujours kaléidoscopique du marché de La Nouvelle-Orléans.

Il était environ dix-huit heures, et depuis l'ouest, le soleil couchant jetait ses rayons obliques sur la scène du marché. Les tuyères des bateaux à vapeur sifflaient, un son qui faisait penser, comme Gage se le rappelait à l'instant, au souffle d'un animal gigantesque. Dans le marché, il régnait un brouhaha des plus insolites. Aux Halles des Boucheries, des Français vendaient à la criée leurs viandes, et un peu plus loin, derrière les étals de fruits des Italiens et des Espagnols, des Teutons hélaient les clients avec l'énergie de leur tempérament germanique. Dans les allées, on voyait passer des Chinois, des Indiens et des Maures, qui tiraient des chariots remplis de marchandises diverses. Ici, les gens parlaient souvent français, espagnol ou créole, mais aussi anglais, et il n'était pas rare qu'on entende les langues s'amalgamer pour former un dialecte aussi riche qu'étrange. Dans la foule bigarrée du marché, des Blancs de la haute société, ceux-là parés de leurs plus beaux atours, côtoyaient les femmes de mauvaise vie aux rires gras et bruyants. On y retrouvait également des femmes créoles de bonne famille et hautaines, des Noirs venus des quatre coins de l'Afrique, les «femmes de couleur libres», comme on les appelait, avec leurs *tignons* colorés sur la tête. Avec un sursaut, Gage se rappela que les Noirs étaient tous à présent des gens de couleur libres, ce qui reléguait à la redondance l'expression séculaire néo-orléanaise «gens de couleur libres». Bref, ici, tous les genres et les origines se mélangeaient sans la zizanie que cela aurait sans doute créée ailleurs.

Nadyha amena son *vardo* à l'arrêt sur les vieux pavés de la rue qui longeait le marché, et Niçu fit de même. Gage sauta hors de selle et s'empressa d'aller tendre la main à Nadyha pour l'aider à descendre de la roulotte. Elle jeta un regard dédaigneux à sa main et descendit de voiture par ses propres moyens. Des gens s'approchaient déjà de la caravane pour voir les gitans.

Niçu, Mirella, Nadyha, Gage et Denny se réunirent dans un grand cercle pour parler d'organisation.

— Avant toute chose, dit Niçu, il faut vite sortir Baba Simza de la roulotte si on ne veut pas l'entendre hurler jusqu'à Alger. Gage?

— Oui, je m'en occupe, dit Gage, que l'expression imagée de Niçu amusait.

Pour aider Baba Simza dans ses déplacements, Niçu lui avait fabriqué une canne en bois blond avec, en guise de pommeau, une tête d'ours sculptée. Apparemment, Nadyha avait parlé à sa grand-mère de la discussion qu'elle avait eue avec Gage sur le statut des animaux avant la chute ; à l'évidence, Baba Simza en avait conclu que les ours, puisqu'ils étaient surtout végétariens, avaient leur place dans le «grand équilibre des choses». Par conséquent, elle porta plus d'attention à Boldo ; il n'était pas rare de la voir lui parler, lui chanter une chanson ou même le caresser à l'occasion (encore qu'elle refusât platement de lui donner un bécot sur le museau, comme Nadyha aimait le faire). Quant à cette nouvelle canne, Baba Simza l'aimait beaucoup et faisait montre d'une intrépidité étonnante quand elle l'avait à la main. Cela dit, elle exigeait encore souvent que Gage la transporte d'un endroit à l'autre, semblant y prendre un grand plaisir, surtout du fait que la chose irritait manifestement Nadyha.

Comme il s'y était engagé, Gage alla installer la chaise de Baba Simza, puis Baba Simza elle-même, et quand il eut terminé, la vieille sage demanda à ce qu'on lui prépare une chicorée, qu'elle prenait tiède, voulut-elle préciser.

Sur ces entrefaites, Denny vint lui parler.

— Hé, Gage, j'ai affaire en ville. Il faut que je trouve mon oncle Zeke. Est-ce que je peux emprunter Cayenne ?

— Oui, certainement, répondit Gage avec décontraction. Allez, à tout à l'heure.

Denny grimpa d'un bond sur le dos du cheval et, plein d'allant, partit à la recherche de son oncle.

Sur le site, il fallait maintenant assembler le « pavillon gitan », comme Gage le surnomma. Gage, Nadyha, Niçu et Mirella mirent tous la main à la pâte. On détela Saz pour ensuite démonter l'attelage de la roulotte. Les *vardos* étant d'une conception ingénieuse et bien suspendus, il suffit de quatre personnes pour les installer dos à dos et descendre les petits escaliers galbés peints en bleu, dont les côtés avaient de belles ornementations en bois gravé.

Niçu montra à Gage comment il fallait installer le stand. On déchargea des tiges en fer de deux mètres qu'on avait montées sur le toit de la roulotte de Niçu pour ensuite les visser dans de lourdes bases circulaires. De grands pans de toile rayée aux couleurs de l'arc-en-ciel furent tendus entre les montants de fer, et on leva trois grands toits pour protéger les marchandises de la pluie, deux sur les côtés et un à l'avant de la roulotte de Nadyha. Gage et Niçu s'occupèrent ensuite de décharger douze braseros. Ils les disposèrent juste à l'extérieur du pavillon, sur les trois côtés. Nadyha et Mirella se chargèrent d'apporter les bûchettes qu'on avait coupées de sorte qu'elles s'empilent parfaitement dans les braseros.

Le groupe de curieux qui s'était massé pour les regarder travailler recula derrière les braseros, comme pour respecter la ligne d'une frontière imaginaire. Gage pensa que c'était un étrange réflexe humain que celui de respecter les limites, que celles-ci fussent bien définies ou non. Même les garnements reculaient devant la ligne tracée par les braseros, eux qui d'ordinaire n'avaient aucune gêne à courir partout et entre les jambes des passants.

— Et maintenant ? demanda Gage à Niçu.

Niçu hocha la tête en direction de la foule, souriant de toutes ses dents.

— À votre avis ?

Gage regarda les gens, qui se demandaient, tout excités, quand le spectacle allait commencer. On les entendait crier des choses comme « Allez-vous me dire mon avenir, Vieille Mère ? », « Nadyha, Nadyha, où il est, votre couguar ? » ou encore « Et l'ours, on veut voir l'ours ! » Gage aperçut les trois soldats qu'ils avaient croisés sur l'avenue de l'Esplanade. Si ce n'avait été des braseros, ils se seraient approchés tout près de Nadyha.

— Nadyha, tu vas danser et chanter pour nous ce soir, oui ? Allez, tu es la reine des gitans, il faut que tu danses pour nous !

Gage soupira.

— J'imagine qu'il faut sortir Anca et Boldo, et que les femmes vont chanter et danser.

— Exact ! dit Niçu. Nous ne remplissons pas les étals avant demain matin. Ce soir, nous donnerons à notre public un petit avant-goût, histoire que les gens reviennent en plus grand nombre demain.

Maintenant que la nuit tombait, Nadyha et Mirella allumèrent tous les braseros. Gage s'étonna de les voir parler aux gens et répondre avec bonne humeur aux cris insistants d'un public sans gêne.

— Vous... ça ne vous vexe pas que Mirella agisse de la sorte ? demanda Gage à Niçu tandis qu'ils brossaient et étrillaient Tinar et Saz.

— Comment agit-elle ? demanda Niçu d'un ton égal.

— Je ne sais pas... vous n'êtes pas inquiété du fait qu'elle parle à des inconnus, qu'elle s'esclaffe comme en privé et ce genre de choses ?

— Mirella n'agit pas comme les femmes *gajes* parce qu'elle n'en est pas une. Elle est Rom, et je suis fier d'elle. Personnellement, je trouve plus gênant le comportement des femmes *gajes*, qui sont toujours à pencher la tête, à vous regarder sous leurs grands cils ou par-derrière leur éventail. Elles agissent aussi comme si vous étiez invisible sous le seul prétexte qu'on ne vous a pas « convenablement présenté ». Mais c'est normal, me direz-vous, qu'elles n'aient pas l'énergie de lever les yeux ou de parler au premier venu, épuisées qu'elles sont de porter cent kilos de vêtements sur le dos.

— Euh... ouais, je vois ce que vous voulez dire.

Il leur restait à installer un dernier brasero au centre du pavillon, celui-ci plus gros et bas sur pieds. Une fois allumé, il reproduisait à s'y méprendre l'effet d'un grand feu de camp. Quand ce fut fait, Baba Simza demanda à Gage d'approcher sa chaise du grand brasero.

Nadyha entreprit de sortir les animaux. Une fois la porte du *vardo* ouverte, Matchko fila comme un éclair noir pour aller bondir sur le dos de Tinar. D'un bond tout en légèreté, il avait sauté les quatorze paumes que faisait le cheval et fait deux tours sur lui-même avant de se coucher, la queue ramenée sur ses pattes avant. Dans la foule, on entendit les gens rire et appeler « minou, minou ». Matchko, avec son seul œil jaune et son oreille manquante, leur adressa un regard indifférent.

Boldo pointa le bout de son nez par la porte du *vardo* et fit un pas balourd à l'extérieur. Nadyha vint lui tenir une patte, comme pour aider un enfant, et ils descendirent ensemble les marches. Gage pensa que c'était tout un exploit pour l'ours, et la foule sembla d'accord avec cette opinion, car on entendit fuser des oh! et des ah! parmi les spectateurs.

— Voici Boldo, le plus grand et le plus féroce des ours noirs! annonça Nadyha, qui avait guidé l'animal jusqu'au brasero central.

On vit des gens sourciller, craignant la bête qui s'avançait vers eux. Boldo plaça alors une patte sur son ventre dodu pour se courber dans une révérence maladroite. Visiblement heureux des éclats de rire qu'il s'attirait, l'ours reprit le geste dans toutes les directions pour saluer l'ensemble de la foule. Satisfait, il alla finalement clopin-clopant vers Baba Simza. Niçu avait déjà eu la prévoyance de poser son coussin à côté de la chaise longue.

Nadyha sortit ensuite de la roulotte avec Anca, et Gage fut surpris de voir le couguar en laisse. Anca portait un collier de cuir brun foncé duquel pendait une frange de piécettes, mais celles-là, plus épaisses et plus lourdes, produisaient un tintement métallique grave quand l'animal marchait. La chaîne était mince, avec des maillons légers et des piécettes attachées à tous les deux liens. La foule se fit silencieuse tandis que Nadyha faisait marcher Anca à pas lents devant les gens.

— Je vous présente Anca, leur dit Nadyha. C'est elle, la vraie reine !

Anca, comme si elle avait pu être consciente de l'admiration mêlée de crainte qu'elle imposait, tenait la tête haute et lorgnait d'un œil jaune comme l'or les spectateurs. Nadyha faisait parader le majestueux animal quand une personne dans la foule demanda :

— Nadyha, est-ce qu'on peut la flatter ?

— Demain, vous le pourrez, répondit-elle d'une voix sonore, si vous avez une pièce… et le courage d'oser.

On répondit à la boutade par des applaudissements nourris.

Nadyha ramena Anca devant la roulotte, où l'animal avait son propre coussin de voyage. On aurait dit un matelas tant il était grand et épais. Toutefois, il était plein de paille et, comme Nadyha l'avait raconté à Gage, d'herbe-aux-chats, une plante qui avait cette propriété de calmer certains animaux, comme Anca. Gage prit la chaîne des mains de Nadyha et lui demanda :

— Est-ce qu'il y a une raison pour cette laisse, outre l'esthétisme ? Ce n'est quand même pas ce petit collier mignon qui arrêterait Anca, si elle décidait de prendre la poudre d'escampette.

— Elle n'ira nulle part, dit Nadyha, que l'éventualité n'inquiétait absolument pas. C'est pour les apparences, pour que les *gajes* ne prennent pas peur. Nul besoin de tenir la laisse, il n'y a aucun danger. Anca va sûrement s'endormir sur son coussin.

Nadyha entra dans sa roulotte, et Gage s'assit, les jambes croisées, sur le matelas d'Anca. Celle-ci se coucha, comme sa maîtresse l'avait dit, et vint poser sa tête sur la cuisse de Gage, comme elle le faisait souvent maintenant. Gage lui caressa la tête, et elle se mit à ronronner, un son comme un rugissement étouffé. Gage s'étonnait toujours de voir un aussi gros fauve se comporter en chat de maison.

Niçu s'était avancé devant la foule pour jouer un morceau au violon. Baba Simza et Nadyha se joignirent à lui avec leurs guitares, et Mirella joua de la flûte. Mirella et Nadyha offrirent une seule danse, et quand la foule cria « Encore ! », Nadyha exigea le silence d'une voix impérieuse.

— Demain ! dit-elle. Venez acheter quelques marchandises, et si vous dépensez assez d'argent, nous chanterons et danserons pour vous toute la nuit !

La foule commença à se disperser, et on vit la déception assombrir quelques visages.

Mirella posa sur le feu du grand brasero une grille de cuisson pour réchauffer une marmite de ragoût. Gage avait beaucoup chassé en prévision de leur voyage en ville, rapportant chaque jour au campement des lièvres, des oiseaux et des dindons en grand nombre. Il avait aussi ramené deux sangliers. Niçu avait construit un fumoir, et ils avaient fumé de la viande, assez pour tenir les cinq jours que devait durer leur séjour à La Nouvelle-Orléans. Pour Anca, ils avaient fait des salaisons. De plus, la veille de leur départ, Gage avait amené la carcasse d'un sanglier sur les terres de chasse d'Anca. Elle avait déjà mangé de petits morceaux de gibier que

Gage avait chassé, mais il n'était pas certain qu'elle accepterait le sanglier. Elle était une chasseuse, et il pensait qu'elle dédaignerait une proie fraîchement tuée par un homme. Mais finalement, elle l'avait acceptée volontiers. Ayant mangé à satiété la veille de leur départ, Anca pourrait se contenter de petites quantités de nourriture pour les jours à venir. Quand Nadyha avait appris ce que Gage avait fait pour son couguar, elle était venue le remercier.

— Merci d'avoir nourri Anca, Gage, avait-elle dit.

— À votre service, avait-il répondu.

Après avoir mangé le ragoût de Mirella, Gage eut envie d'une balade dans la ville, et il voulut inviter Nadyha.

— Ça fait une éternité que je n'ai pas pris un café au lait en marchant sur les quais. Voudriez-vous m'accompagner, Nadyha ?

Elle considéra l'invitation, puis accepta d'un hochement de tête.

— J'avais moi-même cette idée d'aller me promener sur les docks. J'imagine que votre compagnie ne me sera pas imbuvable.

— Eh bien, c'est trop aimable ! fit Gage, pince-sans-rire.

Elle consentit à ce que Gage paie pour son café noir. Avec le café au lait, la facture s'élevait à quarante cents, ce qui laissa Gage avec exactement quarante-trois cents en poche, mais ce genre de préoccupations ne l'inquiétait pas. Sans trop savoir pourquoi, il avait ce sentiment que le Seigneur avait quelque plan en réserve pour lui. « Le cœur de l'homme médite sa voie, mais c'est l'Éternel

qui dirige ses pas», pensa-t-il en payant négligem-
ment la cafetière, une jeune et belle mulâtre, lui posant
dans la main les quatre pièces de dix cents dues. Dans
un demi-sourire, il eut cette autre pensée : «Si Baba
Simza continue, je vais bientôt pouvoir réciter de
mémoire tous les versets du livre des Proverbes!»

Il regarda Nadyha. Elle était coiffée d'un *diklo* rayé
orange, jaune et vert que des piécettes frangeaient joliment. Ses yeux vert-brun étaient brillants et son visage,
illuminé et radieux. Elle observait les gens aller et venir
dans le French Market, mais semblait insouciante ou
inconsciente des regards qu'on lui renvoyait. Gage aurait
pu croire que c'était par naïveté ou par aveuglement
volontaire qu'elle ne voyait pas le désir qu'elle suscitait chez certains, mais il connaissait Nadyha, et elle
n'était ni naïve ni aveugle. Cela dit, il comprenait pourquoi les hommes la regardaient ainsi, puisqu'il portait
lui-même souvent ce même regard sur elle.

Leurs cafés bus, ils quittèrent le marché, et leurs pas
les menèrent sur les fameux docks centenaires de La
Nouvelle-Orléans. Le port accueillait toutes sortes
d'embarcations à rames, à voile et à vapeur. Il y avait
des bateaux de pêche, les canots des Amérindiens, les
bateaux qui transportaient à la fois des marchandises et
des passagers, mais aussi de grands vaisseaux de luxe.
Comme au marché, on croisait là des gens de tous
les métiers : des débardeurs, des hommes d'équipage, des voyageurs, des coursiers, des commerçants,
des ouvriers, des bûcherons, des voleurs à la tire, des
ivrognes et des prostituées. Il y avait aussi le va-et-vient
des chevaux, des chariots, des haquets, des fardiers, des

voitures de maître et des bogheis. Sur les quais bondés, Gage faisait de son mieux pour ne pas trop se frotter contre Nadyha, sachant pertinemment combien elle avait en horreur qu'on envahisse son espace intime. Tandis qu'ils marchaient côte à côte, toutefois, elle ne semblait pas inquiétée par cette question. Dans la cohue, elle marchait, comme seule au monde, inconsciente des gens et des chevaux qui pouvaient vous passer sur le corps si vous ne portiez pas attention.

Or, Nadyha n'avait d'yeux que pour les bateaux à vapeur alignés à quai et surtout celui, énorme et luxueux, qui surgissait des eaux devant eux. Ce vaisseau surplombait tout autour. Sur la coque, son nom peint en or brillait doucement à la lumière des lanternes : *Reine de Bohême*. Il comptait quatre ponts, tous illuminés, bien qu'on ne vît personne sur les promenades. Il était peint en blanc, avec des rambardes rouges et dorées. La timonerie, un grand carré vitré posé sur le pont supérieur, était ornée de moulures superbes et coiffée d'un dôme octogonal. Au sommet de ses grandes cheminées, il y avait des couronnes d'or et, au milieu d'une longue chaîne qui les reliait, on pouvait admirer des armoiries sur un grand bouclier. Sur ces armoiries, on découvrait, blanc sur un fond rouge, un lion rampant et couronné, qui tirait une langue en or et sortait d'immenses griffes dorées. Symbole de richesse et de luxe, le *Reine de Bohême* avait tout d'un palais flottant.

— Avez-vous déjà vu bateau plus grandiose ? dit Nadyha d'une voix si basse que Gage dut se pencher pour l'entendre.

— J'ai vu le même bateau à quelques reprises avant la guerre, dit Gage. Si ma mémoire est bonne, c'est le plus gros bateau à vapeur en service sur le Mississippi. À tout le moins, je n'en ai jamais vu d'aussi gros accoster à La Nouvelle-Orléans.

— Je me demande d'où il vient, commença Nadyha d'un air rêveur. Je me demande quels merveilleux endroits il a pu visiter. Ce doit être incroyable de vivre tout là-haut, dit-elle en levant un doigt vers le pont supérieur, où s'alignaient de grandes portes à double battant, sans doute celles des cabines de première classe.

— J'imagine qu'il y a là des chambres incroyablement luxueuses, dit Gage.

Ils admirèrent encore un certain temps le bateau, puis Nadyha reprit sa marche. Puisqu'elle lui en avait donné la permission, Gage la suivit.

— Nadyha, il y a une ou deux questions que j'aimerais vous poser. Me le permettriez-vous ?

Elle eut un grand sourire.

— Vous, les *gajes*, vous coupez les cheveux en quatre. Sans cesse, vous demandez la permission de parler, de faire ceci ou cela. Les hommes roms se contentent de dire ce qu'ils ont à dire.

— D'accord, je sais être plus direct. Euh… hum… je, euh…

Elle eut ce petit rire, celui au timbre grave et plaisant.

— Puis-je… est-ce que je peux rester avec vous encore un peu ? bafouilla Gage.

Maintenant, elle ne souriait plus.

— Voulez-vous dire « avec nous tous au marché » ?

— Oui.

— Je croyais que vous étiez chez vous dans cette ville. J'avais cru... N'avez-vous nulle part où aller ?

— Évidemment, oui, répondit Gage.

Avec les quarante-trois cents qu'il lui restait en poche, il pourrait sans doute passer la nuit dans un asile des quartiers pauvres. Il pouvait aussi repartir au nord de la ville et trouver un endroit où camper.

— Je veux seulement rester avec vous, avec vous tous, je veux dire, au campement. Si ça ne vous dérange pas, et si les autres sont d'accord, bien sûr.

— Baba Simza ne vous laisserait pas partir de toute façon, fit remarquer Nadyha sur un ton léger. La parole de Baba Simza est d'or, et gare à qui fait la sourde oreille.

— C'est en effet ce qu'il semble. C'est donc réglé. Maintenant, j'ai cet autre sujet sur lequel j'aimerais attirer votre attention. Vous n'aimerez sans doute pas ma franchise, mais je vous parlerai sans détour, comme un *Rom Baro*.

Il se tourna pour la regarder droit dans les yeux.

— Nadyha, dit-il, l'air grave. Vous n'êtes pas sans savoir le charme que vous opérez sur les hommes, et en ce sens, je vous demande d'être plus prudente. Je sais que vous ne recherchez pas l'attention des hommes, mais... vous leur êtes plaisante. Ces hommes ne sont pas tous des enfants de chœur, Nadyha. Leurs intentions sont souvent loin d'être honorables, et je vous implore d'être prudente.

Il vit le regard de Nadyha s'assombrir.

— Que je sois prudente, répéta-t-elle, mordant dans les mots. Si je vous comprends bien, vous voudriez que je me couvre de la tête aux pieds, que je porte la crinoline, que je me cache sous des tonnes de vêtements ridicules? Voudriez-vous aussi me voir baisser les yeux quand on m'adresse la parole? Que je ne parle qu'aux personnes à qui j'ai été correctement présentée? Que jamais je ne chante ou ne danse? C'est ce que vous me dites?

Gage comprit que c'était ce qu'il demandait d'elle, sans toutefois l'avoir pensé dans des mots aussi crus. N'était-ce pas la manière dont les femmes respectables se comportaient et se vêtaient? «Ce n'est pas ce qui les rend respectables, pensa-t-il aussitôt. Même convenablement vêtues et malgré des manières sophistiquées, ces femmes peuvent être aussi viles que n'importe quelle dévergondée qu'on croise au coin des rues. Pourtant, je ne peux pas m'empêcher d'être troublé de voir Nadyha agir de manière si peu orthodoxe, de la voir si séduisante aussi. Mirella et Nadyha sont vertueuses, je le sais, mais leur allure et leurs façons disent le contraire. Elles sont différentes des Blanches, d'accord, mais d'agir comme elles le font, c'est... c'est s'attirer des ennuis...»

Gage chercha les mots qui diraient sa pensée sans brusquer Nadyha.

— C'est un point de vue que vous pouvez trouver difficile à saisir, je sais, Nadyha, mais je vous jure que votre bien-être est la seule raison qui me pousse à vous avertir. Je m'inquiète pour vous, Nadyha. Et pour Mirella, bien sûr. Ces hommes, dit-il avec un geste vague sur la populace alentour, vous ne savez pas comment ils pensent. Vous n'imaginez même pas de quelles bassesses ils sont capables.

— Oh, je vois, alors vous essayez simplement de me protéger, dit-elle gravement. Ce n'est pas que vous désapprouviez ce que je suis.

— Bien sûr que non !

— Très bien. Dans ce cas, dites-moi ce que vous voudriez me voir porter exactement, ce que vous voudriez m'entendre dire. Dites-moi aussi quand, comment et à qui je dois sourire. Et pendant que nous y sommes, montrez-moi comment danser et chanter !

— Vous vous moquez de moi.

— Peut-être, mais que suggérez-vous que je fasse ?

Après un moment de réflexion, il fit la grimace et eut ceci à dire :

— De grâce, ne changez rien, vous êtes parfaite, Nadyha. Il faut me pardonner, je ne suis qu'un sombre idiot de *gaje* qui ose juger les choses gitanes auxquelles il ne comprend rien. Cependant, j'aurais cette demande à vous présenter : s'il vous plaît, je vous en supplie, ne vous promenez pas en ville seule. Laissez-moi au moins vous... en fait, non, je reformule. Je crois sincèrement que je devrais être à vos côtés si vous sortez, comme en ce moment, pour cette balade sur les docks.

Elle le regarda avec un air de révolte.

— Et s'il nous venait l'idée, à Mirella et à moi, d'aller quelque part sans vous ?

— Niçu permet-il à Mirella d'aller où bon lui semble ?

— S'il le lui *permet* ? J'aimerais bien voir le jour où Niçu se permettrait de lui interdire quoi que ce soit. Mais non, pour répondre à votre question, quand

Mirella veut se rendre quelque part, Niçu se propose généralement de l'accompagner. Bon, si je suis votre logique, vous me *permettriez* une balade avec Mirella si Niçu nous accompagne. C'est ça ?

— Oui, dit-il sérieusement, préférant ignorer le sarcasme. Comprenez-moi, je dis seulement que la ville est dangereuse pour les femmes sans escorte.

— Et pourtant, je vois des femmes seules, ici même.

— Je sais. Mais c'est différent pour vous, Nadyha. Les hommes regardent les gitanes différemment. Comprenez-vous ce que je m'escrime à vous dire ?

— Oui, je comprends, *dinili gaje*, lui assura-t-elle. Je n'irai pas me balader seule en ville.

— Bien. Une dernière chose. Vous rappelez-vous cette promesse faite le jour de notre rencontre ? Vous ne deviez plus m'appeler *gaje*. Comptez-vous tenir parole ? Puis-je au moins espérer marquer un seul point ?

— Marquer un point ? C'est amusant comme expression. Très bien, je tiendrai promesse. Je ne vous traiterai plus d'idiot de *gaje*. Vous gagnez.

— Merci.

— Mais de rien, Gage Kennon.

Nadyha se réveilla en pleine nuit, au moment où tous les marchands du French Market commençaient à garnir leurs éventaires et à soigner leur devanture. Il était trois heures, et l'endroit grouillait d'activité comme en plein jour.

En s'habillant, elle eut une pensée pour Gage Kennon, qui avait déroulé sa paillasse derrière les roulottes, là où commençait la terre des levées. Nadyha pensa que de dormir au sol, ce n'était pas idéal, une pensée qu'elle chassa aussitôt. « En quoi ça me regarde si Gage a bien ou mal dormi ? »

Elle enfila une jupe rayée bleu, rose, vert et orange. Les femmes roms n'avaient pas l'habitude de porter le jupon, parce que ce vêtement gonflait les jupes, qui risquaient alors davantage de frôler la main des hommes. Dans une moue dédaigneuse, elle pensa aux femmes *gajes* et à leurs crinolines. Quelle invention inutile ! Elles vous faisaient une taille, des épaules et une tête minuscules, comme une souche qu'on aurait posée sur une énorme cloche. Les femmes roms avaient ce seul souci de modestie de confectionner leurs jupes dans des tissus épais, pour que la lumière ne les rende pas transparentes.

Son chemisier d'aujourd'hui, décida-t-elle, serait pêche avec un lacet vert, et elle porterait son *diklo* vert, bleu et jaune, celui paré de piécettes d'or. Au cou, elle passerait une chaîne dorée, et en guise de boucles d'oreille, de grands anneaux d'or. Nadyha, Mirella et Baba Simza ne portaient pas de *diklos* ni de bijoux au campement, sauf en ces occasions où elles se faisaient belles pour danser. « Aujourd'hui, j'en mettrai plein la vue à ces *gajes* », se dit-elle.

Tout le monde était debout, et dans le grand brasero, les bûches crépitaient déjà. Mirella vint poser la cafetière sur la grille, à côté de la marmite où réchauffaient les restes du ragoût de la veille. Gage et Niçu attendaient Baba Simza pour la prière matinale près de la chaise longue, et Nadyha se résigna à les rejoindre. C'était une tradition que Nadyha avait respectée toute sa vie : au petit matin, on joignait les mains pour réciter le *Notre Père*. Or, depuis deux ans maintenant, Nadyha avait perdu le sens de ce rituel, et elle faisait la prière comme une automate, sans conviction. Au tréfonds de son être, Nadyha savait que le problème venait d'elle, et non de la tradition. Cela dit, elle était passée maître dans l'art de se cacher la vérité, et c'était d'ailleurs à cela qu'elle s'appliquait en ce moment même.

Nadyha ne s'expliquait pas cette volonté de Baba Simza d'inclure Gage dans la tradition de la prière matinale, invitation qui avait par ailleurs plu au principal intéressé. De son côté, Gage, suivant son intuition qu'il serait malséant de se joindre au cercle familial, ce qui l'aurait obligé à tenir la main des femmes, était resté la première fois en retrait derrière la chaise de Baba Simza et, ainsi isolé, il avait retiré son chapeau et baissé la tête. C'est dans cette même position qu'il se trouvait en ce moment. Nadyha ouvrit les yeux un bref instant au milieu de la prière et pensa lire sur les lèvres remuantes de Gage des mots en langue romani. Vraiment, cet homme était peu commun, pour un *gajo*, avait-elle pensé.

Troublée, elle s'était vite éclipsée, une fois la prière terminée, pour aller s'occuper d'Anca et de Boldo. Le reste du groupe s'affaira à remplir les étals de marchandises. Il fallait installer les tables et obéir à Baba Simza, qui savait se montrer extrêmement tatillonne sur la manière de placer les produits. Nadyha, Mirella et Niçu acceptaient sans se plaindre de marcher à la baguette ; après tout, Baba Simza avait l'œil pour présenter les produits. Elle avait aussi la bosse des affaires, et les gitans revenaient rarement de la ville avec des produits invendus. Il leur fallut deux heures pour tout arranger. Déjà, les gens commençaient à affluer devant le pavillon des gitans.

Nadyha ne pensa plus à Gage Kennon. Elle oublia le marasme des derniers jours, toutes ses questions qu'elle ruminait sans trouver de réponses. Elle ne pensa plus à l'injustice d'avoir été chassée, trois ans auparavant, de la plantation des Perrados. Elle oublia le ressentiment que lui inspirait la vie au campement, cette existence isolée de tout et déshumanisée. Elle s'amusait. À ses yeux, il n'existait rien de plus excitant que ces moments passés au French Market.

— Oh, mais oui, madame, ce châle vous va à merveille, assura-t-elle à une femme courtaude et tout à fait quelconque. C'est un morceau unique, vous savez. Vous ne verrez jamais le même au cou d'une autre dame. C'est seulement trois dollars. Oui, oui, c'est une aubaine, et voyez comme ce bleu fait ressortir celui de vos yeux ! Quel mariage parfait ! Ce serait dommage de ne pas montrer vos beaux yeux bleus à tout le monde !

Sans plaisir, le mari de la dame tendit trois pièces à Nadyha.

Et la journée se continua ainsi. À un certain moment, Nadyha se sentit une faim de loup, mais les ventes étaient trop bonnes pour s'arrêter, même le temps d'un en-cas. Les gens venaient nombreux et enthousiastes devant le pavillon. Nadyha décida qu'elle mangerait plus tard. Un peu plus loin, Boldo faisait de bonnes recettes. On le payait pour cet exploit de manger de la muscadine, et quand son panier était vide et que les spectateurs en redemandaient, Nadyha prenait une grande voix triste et disait :

— Oh, pauvre Boldo ! Tu n'as plus de muscadine ! As-tu encore faim, petit ours ?

D'un geste solennel, il hochait sa grosse tête d'ours.

— Je vois. Désolée, je n'en ai plus, mais tu peux toujours manger ton chapeau.

Boldo ôtait alors son chapeau et prenait une grosse bouchée dedans. Dans la foule, on riait à gorge déployée, et bientôt, quelques sous supplémentaires venaient atterrir devant l'ours. Bien entendu, Nadyha ne faisait pas croquer l'ours dans la paille ; elle avait tressé son chapeau dans des roseaux de canne à sucre. Après ce petit numéro comique, on faisait une pause, le temps que la foule de spectateurs se renouvelle, puis on recommençait avec un panier rempli de muscadine et un tout nouveau chapeau en canne à sucre. Bien vite, l'argent recommençait à pleuvoir.

Nadyha devenait un peu nerveuse quand l'attroupement se faisait trop dense près du coussin où Anca était couchée. Elle n'avait pas peur qu'Anca attaque ; elle avait l'impression de la connaître aussi bien qu'elle connaissait Mirella. Toutefois, elle gardait à l'esprit cet incident passé où un jeune voyou avait eu la mauvaise idée de jeter une bouteille à la tête du couguar. Les yeux d'Anca avait lancé des éclairs, elle avait tourné la tête et rugi après le garçon. Celui-ci avait pris les jambes à son cou et tous les clients avaient pris peur. Nadyha ne s'en faisait pas pour eux, car ils revenaient toujours. Cependant, elle s'inquiétait qu'Anca subisse un tel traitement, et il était impératif, pour que les affaires tournent rondement, que les autorités ne leur fassent pas de problèmes.

Voyant qu'un groupe bruyant se tenait devant Anca, demandant à caresser l'animal, Nadyha vint s'agenouiller près de son couguar.

— Je vais lui demander si elle veut des câlins, dit-elle à la foule, et Anca ouvrit des yeux alertes et se leva, le regard planté dans celui de Nadyha. Anca, ma reine, acceptez-vous de recevoir des visiteurs aujourd'hui? demanda Nadyha d'un ton solennel, la main dans la poche de sa jupe.

S'il existait une telle chose qu'un couguar amusé, eh bien Anca semblait l'être. Obligeamment, elle ouvrit la gueule toute grande et rugit. Il y eut un mouvement de recul dans la foule, et certaines personnes allaient partir quand Nadyha donna la gâterie à Anca pour ensuite faire cette annonce :

— Elle vous recevra aujourd'hui. La reine dit aussi que pour ce privilège de lui flatter la tête, il vous en coûtera dix dollars !

Le trait d'humour rassura les plus craintifs et fit bien rire les plus hardis parmi la foule. Il arrivait parfois à Nadyha de souhaiter que quelqu'un accepte de payer les dix dollars exigés. Si d'aventure cela se produisait, elle saurait convaincre Anca de se laisser toucher. Cela dit, elle n'irait jamais jusqu'à laisser n'importe qui la caresser. Dans le cas de Boldo, c'était une tout autre paire de manches.

En se retournant vers la rue, Nadyha vit Dennis Wainwright descendre d'une belle voiture qui tirait Cayenne à sa remorque. Elle se dit, pince-sans-rire, que Gage devait être le plus généreux des amis, car Denny était disparu avec son cheval, et Gage n'avait même pas commenté le vol. Denny entra dans le pavillon et alla d'abord présenter ses respects à Baba Simza pour ensuite échanger quelques mots avec Mirella et Niçu. Il vint finalement d'un pas preste s'adresser à Nadyha, la saluant d'une basse révérence.

— Mademoiselle Nadyha, je vois que les ventes sont bonnes, un vrai boom, si j'ose dire ! Je voulais seulement prendre un peu de votre temps pour vous offrir mes respects et vous saluer.

Elle l'étudia de pied en cap. Il portait une jaquette et un pantalon rayé crème avec un gilet bien ajusté et une montre de gousset dont la chaîne en or scintillait au soleil. Son costume était coupé sur mesure et, à l'évidence, très coûteux.

— Bonjour, Dennis. Vous avez bonne mine. Pas du tout celle d'un voleur de cheval.

Il écarta l'allusion du revers de la main, et elle vit qu'il portait à l'auriculaire un jonc d'or serti d'un petit diamant carré.

— Ce bon vieux Gage m'a dit que je pouvais prendre Cayenne pour rendre visite à mon oncle Zeke. Et comme je rends le cheval, je suppose que ça fait de moi un bien piètre voleur de cheval.

— Bon point. À votre place, Dennis, je n'en ferais pas mon gagne-pain, dit Nadyha d'un ton railleur, avant de le laisser en plan. Excusez-moi, dit-elle à la hâte en voyant une dame qui regardait toutes les boîtes d'épices sans les remettre à leur place.

— Mais... mais m'dame! balbutia Denny.

Nadyha regarda en arrière et s'excusa en disant :

— Désolée, les affaires d'abord.

Denny alla s'asseoir avec Gage dans les marches de la roulotte de Nadyha. Matchko l'aperçut et alla aussitôt lui sauter sur les cuisses. Dans un élan de tendresse, le chat se frotta sur lui, laissant des poils noirs sur son beau costume crème. Gage et Denny restèrent un bon moment assis ensemble à discuter de choses et d'autres.

À un certain moment, Nadyha remarqua la présence de Gage derrière elle. Il semblait attendre qu'elle eût conclu sa vente. Quand ce fut fait, elle se retourna vers lui et vit qu'il souriait comme un petit garçon.

— C'est l'heure d'une pause. Vous travaillez sans arrêt depuis des heures. Allez, venez vous asseoir un moment... et attendez de goûter à ce délice, dit-il en parlant du verre qu'il avait à la main, un verre plein de glace pilée d'une couleur orange sur laquelle trônait une tranche de pêche fraîche. C'est un sorbet à la pêche! Une manne tombée du ciel!

Juste à le regarder, Nadyha avait l'eau à la bouche. En regardant autour, elle vit que Baba Simza, Mirella et Niçu en avaient tous à la main. Baba Simza attira son attention d'un signe impérieux.

— Va t'asseoir, repose-toi. Je m'occupe des clients, lui dit-elle en langue romani.

Nadyha se fit un plaisir d'obéir, prenant place sur la dernière marche de sa roulotte, Gage s'asseyant sur celle du bas. Elle prit une grosse cuillerée de sorbet, ferma les yeux et laissa la glace fondre dans sa bouche. C'était un vrai régal !

— Mmm ! C'est délicieux. C'est vous qui l'avez acheté, Gage ?

— Absolument. Vous aimez ?

— Non, j'adore. Merci de tout cœur.

— Euh… ne me remerciez pas. En fait, ce n'est pas tout à fait un cadeau. C'est plutôt une sorte de… de pot-de-vin.

— Un pot-de-vin ? Qu'est-ce que c'est ?

— C'est un cadeau que je vous offre pour vous forcer la main, pour vous amener à faire quelque chose que vous ne feriez pas autrement. Cela dit, peut-être que vous auriez accepté de toute façon, et dans ce cas, ce n'est plus un pot-de-vin, mais un cadeau, dit-il jovialement.

— Ne dites pas n'importe quoi ! Vous parlez comme un *dilo ga…* pardon, ça m'a échappé… mais cessez de tergiverser, Gage, s'il vous plaît. Exprimez-vous sans détour.

— O-kaï. Vous allez chanter et danser ce soir, n'est-ce pas ?

— Euh, oui, répondit Nadyha, méfiante.

Gage sortit un papier de sa poche, qu'il entreprit de déplier lentement.

— Que diriez-vous d'inclure un nouveau volet à votre… à votre spectacle ? Ah, et puis non ! Oubliez tout. Denny se trompe sur toute la ligne. Il voulait que je vous convainque de lire ce qu'il y a sur ce bout de papier pendant votre numéro, vous savez, celui avec Anca autour du feu. Je lui ai dit que c'était peine perdue, que je n'avais aucun ascendant sur vous, mais il a insisté. Je crois que je n'arriverais pas même à vous convaincre de respirer si ce n'était pas votre désir. Imaginez un peu ! Cela dit, Denny serait heureux si vous vous prêtiez au jeu. Il vous suffirait de lire ce texte vers vingt et une heures ce soir.

Nadyha prit le papier, le parcourut en vitesse, puis fixa Gage.

— Pourquoi ?

— Je n'en ai pas la moindre idée.

Elle baissa à nouveau les yeux sur le papier pour cette fois le lire attentivement. Elle retroussa les lèvres, puis eut un petit sourire en coin.

— O-kaï.

— Pardon ?

— Anca et moi, nous sommes d'accord pour jouer le jeu, dit-elle, avalant une autre cuillerée de sorbet à la pêche.

— Oh. Bon, c'est… c'est bien, bredouilla Gage. Prenez encore un moment de répit et terminez votre sorbet. Je vais remplir le panier de Boldo. Il semble que nous soyons au bord de la catastrophe. Les enfants pleurent pour donner des raisins à l'ours. Je m'occupe d'eux.

Malgré la cacophonie ambiante, on entendait les bateaux à vapeur dans le port. Nadyha aimait le son de leurs sifflets quand ils venaient à quai et les grosses cloches qui sonnaient comme des gongs quand ils appareillaient. Durant l'après-midi, elle avait entendu le sifflet d'un plus petit bateau qui passait devant les digues. Nadyha savait reconnaître les sifflets des bateaux à leur timbre, ce qui lui permettait en outre d'en deviner le gabarit. Les sifflets des plus petits bateaux avaient un son strident et haut perché dans les aigus, ceux des immenses palais flottants étaient plus graves et rauques. Nadyha avait pris l'habitude de ne pas s'intéresser aux voyageurs qui débarquaient au quai, car ceux-ci passaient en coup de vent sans jamais rien acheter, trop pressés qu'ils étaient de retrouver leur logis après un long voyage.

Il y avait justement un débarquement en cours du côté des levées, mais Nadyha ne se donna pas la peine de jeter un regard en direction des passagers. De ces gens, elle vit seulement un jeune garçon s'avancer pour regarder Boldo. C'était un jeune tout sale et maigre qui ployait l'échine sous un sac en jute rapiécé beaucoup trop gros. On remarquait ce garçon dans la foule du fait de sa grande immobilité. Les jeunes mendiants que Nadyha avait vus traîner dans les parages étaient bruyants, chahuteurs et toujours à trottiner çà et là, en quête, pouvait-on deviner, d'un larcin facile ou de quelques sous à mendier. Ce garçon, lui, se tenait tout simplement là, son visage caché sous un énorme chapeau. Une vraie statue.

Nadyha l'observait du coin de l'œil tout en expliquant à une dame les usages médicinaux et les propriétés gustatives du fenouil.

— En tisane, le fenouil a un délicieux goût de réglisse. C'est aussi efficace pour certains problèmes féminins. On s'en sert aussi pour apaiser les douleurs aux articulations, les maux de dos…

Nadyha s'était tue en voyant le garçon s'écrouler au sol. On aurait dit un vase jeté par la fenêtre, qui tombe et *bang !* s'écrase par terre. En quelques secondes, Gage fut auprès de lui. Il se pencha dans un geste brusque et souleva le garçon, le découvrant léger comme une plume dans ses bras. Gage alla chuchoter quelque chose à l'oreille de Baba Simza, qui sembla un moment décontenancée avant de lui répondre. Gage se rendit aussitôt après dans la roulotte de Mirella et Niçu, montant l'escalier deux marches à la fois. Il pencha la tête pour ne pas se cogner en passant la porte et disparut à l'intérieur avec le garçon dans les bras.

Nadyha ouvrit des yeux scandalisés et porta ses poings fermés à ses hanches. Laissant la dame au fenouil sur le carreau, elle marcha d'un pas fâché jusqu'à Baba Simza et demanda en romani :

— À quoi vous jouez ?

— Je t'expliquerai plus tard. Tu n'as pas à t'inquiéter, répondit placidement Simza sans arrêter le travail sur son métier à tisser.

— Quoi ? Un *gaje* fait entrer un petit polisson *gaje* dans un de nos *vardos*, et je ne devrais pas m'inquiéter ?

— Ce n'est pas tout à fait cela, répondit Baba Simza avec un sourire amusé. Retourne travailler, Nadyha, les gens essaient de nous donner leur argent. Essaie au moins d'être là pour le prendre.

Furieuse, Nadyha ignora l'ordre et alla voir Niçu et Mirella, qui étaient occupés avec des clients. Dans sa colère, elle les interrompit.

— Avez-vous vu ce que j'ai vu? Avez-vous vu Gage amener ce petit garçon tout crotté dans votre *vardo*?

— Oui, oui, Nadyha, répondit Niçu avec une pointe d'impatience dans la voix. Et j'ai également vu Baba Simza donner son accord à Gage.

Mirella avait haussé les épaules et s'était remise au travail.

Exaspérée, Nadyha retourna vers la Créole qui s'impatientait à la table et reprit là où elle l'avait laissée, terminant ses explications à propos du fenouil. Tout en parlant, Nadyha avait cette pensée derrière la tête : «Stupide *gaje*! Qu'est-ce qu'il croit? Qu'il peut sauver le monde entier?»

Et quelque part dans ses pensées, une petite voix se fit entendre : «Le monde entier, peut-être pas... peut-être qu'il entend sauver le monde, une personne à la fois...»

Aux environs de vingt et une heures, quand Nadyha marcha avec Anca autour du grand brasero, elle cita de mémoire ces strophes avec une voix profonde et pleine d'intensité :

Tigre ! Tigre ! Toi qui luis
Dans les forêts, dans la nuit,
Quel œil, quelle main divine
T'a fait symétrie et ruine ?

Dans quels cieux ou profondeurs
Brûla le feu de tes pleurs ?
Quelle aile porta son vœu ?
Quelle main saisit ton feu ?

Quelle épaule et quelle ardeur,
Firent les nerfs de ton cœur ?
Et quand il battit enfin,
Quels effrayants pieds et mains ?

Quelle chaîne ? Quel marteau ?
Où fut forgé ton cerveau ?
Quelle enclume ? Et quelle étreinte
Saisit tes terreurs sans crainte ?

Les étoiles désarmées,
De pleurs les cieux inondés,
Rit-il en te trouvant beau,
Lui qui jadis fit l'agneau ?

Tigre ! Tigre ! Toi qui luis
Dans la forêt, dans la nuit,
Quel œil, quelle main divine
T'a fait symétrie et ruine ?

Au moment précis de ce dernier vers, Anca sortit les griffes et poussa un énorme rugissement au visage de Nadyha, un son épouvantable de sauvagerie. C'était à couper le souffle !

Dans la foule, les spectateurs anticipaient le pire et tremblaient de peur. Cependant, ce court moment d'effroi passé, il y eut une tempête d'applaudissements, et les gens se mirent à siffler leur enthousiasme et à crier leur admiration.

— Bravo ! Bravo, Nadyha ! Bravo, Anca ! scandait-on.

Nadyha adressa un sourire à la foule, hocha la tête, puis s'agenouilla pour serrer Anca dans ses bras. Anca, elle, regardait la foule sans broncher, fixant les gens de son mystérieux regard de « tigre ».

Denny appliqua un coup de coude sur le ventre rebondi de son oncle Zeke. Dans son excitation, Denny frappa peut-être un peu fort, car son oncle eut le souffle coupé.

— Vous voyez ! Vous voyez ! Je vous l'avais bien dit ! Je vous l'avais dit !

Zedekiah Wainwright planta son gros cigare dans sa bouche et se joignit aux applaudissements, un large sourire au visage.

— Oui, et je ne t'ai pas cru, mais maintenant si. Cependant, il te reste encore à dompter cette gitane, qui, c'est à croire, se montrera plus récalcitrante que son ours savant.

Denny secoua la tête.

— En effet, aucune personne saine d'esprit ne tenterait d'imposer sa volonté à Nadyha. Par ailleurs, je suis sûr qu'elle acceptera de son plein gré. Vous l'avez vue, non ? Vous l'avez entendue ? Elle a un don inné. Elle est passionnée. Oh, croyez-moi, nous lui mettrons le grappin dessus, sans la soudoyer, sans lui forcer la main, parce que, comme Anca, Nadyha est indomptable. Cela dit, elle acceptera, parce que c'est ce qu'elle veut. Vous verrez.

CHAPITRE 10

Quand Denny s'était hissé d'un bond sur le dos de Cayenne, il avait immédiatement pris le chemin de l'hôtel Saint-Louis. Avant la guerre, ce luxueux établissement était le lieu de rendez-vous de la haute société créole. On y organisait les bals et les banquets les plus somptueux, et aussi la plus courue des fêtes de Mardi gras. Durant la guerre, l'hôtel avait été réquisitionné pour servir d'hôpital. Denny était au fait que certains blessés graves y séjournaient encore et que des soldats y avaient toujours leurs quartiers. Grâce à ses relations, et notamment cette amitié qu'il entretenait avec Nathaniel Banks, le gouverneur militaire, l'oncle Zeke avait obtenu ce privilège de résider dans une des grandes suites de l'hôtel quand il était de passage en ville.

Denny laissa les rênes de Cayenne à un garçon d'écurie en veston rouge. Il pénétra dans la superbe rotonde au plafond voûté qui tenait lieu de hall d'entrée et gravit l'imposant escalier ouvragé. Il croisa des soldats de l'Union et des porteurs vêtus de noir. Pince-sans-rire, il se dit que, avant la guerre, on l'aurait expulsé *manu militari* s'il avait tenté de franchir ainsi vêtu les portes du luxueux hôtel. En effet, il avait l'air d'un pauvre mendiant sans feu ni lieu, avec son pantalon noir défraîchi, sa chemise blanche sans gilet et ses brodequins d'occasion. Cependant, les temps avaient bien changé, car aujourd'hui sa présence n'attira aucun regard.

Il monta au premier étage et traversa un long couloir qui se terminait devant une immense porte à deux battants ; on avait renommé cette chambre la Suite du duc d'Orléans, pour commémorer le séjour dans cette même suite du prestigieux personnage dans les années 1840. Avec quelques coups frappés à la porte, il appela :

— Oncle Zeke, vous êtes là ? Laissez-moi entrer, c'est Denny !

Les grandes portes s'ouvrirent d'un coup, et l'oncle Zeke se jeta sur son neveu, l'étouffant dans une embrassade virile.

— Denny, nous étions morts d'inquiétude ! Où diable étais-tu passé ? Nous devions te quérir à Natchez, il y a un mois !

Zedekiah Wainwright tenait Denny par les épaules et le regardait de haut en bas. C'était un homme solidement charpenté, avec de larges épaules et un ventre rebondi. Ses cheveux épais et bruns frisés avaient commencé à grisonner, et il portait les favoris longs et fournis, comme le voulait la mode du moment. Malgré un sourire jovial et des traits plaisants, on devinait que l'homme pouvait se montrer sévère et imposer le respect. Ses yeux étaient bruns et perçants, et, quand il parlait, sa voix était tonitruante. Malgré sa forte carrure, il était vêtu avec élégance ; son costume était fait des plus fins tissus et coupé sur mesure. Il portait à la poche de sa veste une montre en or qu'une lourde chaîne du même métal retenait. En mâchonnant avidement son cigare, qu'il avait toujours au bec, il continua :

— Qu'est-ce qui t'est arrivé ? On dirait un gueux qui fait la manche sur les trottoirs !

— C'est une longue histoire, résuma Denny. Est-ce que je peux entrer, même dans ces vêtements de va-nu-pieds ?

— Bien sûr, mon garçon, entre ! Je te regarde, et quelque chose me dit qu'un bon brandy ne te ferait pas de tort. Et une nouvelle garde-robe aussi. Hervey, Denny nous est revenu. Sois gentil et apporte-nous deux brandys.

Le salon de la suite avait le charme et le luxe de n'importe quel salon de réception des grandes maisons, avec ses meubles en noyer et en cerisier et ses draperies de velours. Denny se laissa tomber dans un confortable canapé Louis XVI et accepta avec joie le verre ballon en cristal que lui tendait le majordome.

— Merci, Hervey. Vous semblez bien portant. Oncle Zeke ne vous a pas encore rendu fou, à ce que je vois.

— Non, monsieur. Et nous sommes heureux de vous voir de retour parmi nous, dit Hervey.

L'homme noir était de stature moyenne, et le seul trait qu'on lui remarquât était sans conteste les grands yeux intelligents qu'il avait. Autrement, il était d'une impassible sérénité.

— Alors, raconte, qu'est-ce qui t'est arrivé ? insista Wainwright. Où te cachais-tu ?

— Chaque chose en son temps, dit Denny. Comment va ta reine du fleuve ?

Wainwright se cala dans son fauteuil et tira quelques bouffées de son cigare jusqu'à ce que le feu rougeoie comme un brasier.

— Le *Reine de Bohême* est toujours le plus grand et le plus majestueux bateau à vapeur à voguer sur le Mississippi, Denny. Il nous rapporte un plein bateau d'argent, si tu me pardonnes le jeu de mots, et des jours encore meilleurs sont à venir, maintenant que cette guerre insensée est terminée.

Denny prit une gorgée du brandy vieilli en fût.

— Ce sont de très bonnes nouvelles. De mon côté, elles ne sont pas aussi heureuses sur le plan des liquidités, si vous me permettez l'euphémisme. Cela dit, j'ai vu le bateau, et il est superbe. À ce sujet, j'ai des plans pour ce bateau. Si tout marche comme je l'entends, vous ferez, oncle Zeke, encore plus d'argent, tant d'argent en fait qu'une augmentation de ma rente vous semblera de mise, dit-il, tout gai.

— Tu m'en diras tant, laissa tomber Wainwright, un éclat de malice dans les yeux. Et depuis quand es-tu devenu expert dans les affaires maritimes ?

— Depuis ma rencontre avec les gitans, répliqua Denny dans un grand sourire.

Denny s'était présenté au pavillon gitan le jour suivant, frais rasé et toiletté. Pour se payer un costume aussi beau, Gage aurait dû débourser plusieurs mois de son ancien salaire, celui qu'il touchait avant la guerre. Gage avait découvert avec surprise que le capitaine Dennis Wainwright, le pauvre éclopé qu'il avait recueilli près de Natchez, était en fait issu d'une riche famille. À bien y penser, Gage n'aurait pas dû s'en étonner : Denny avait un certain air d'autosuffisance et cette confiance qu'affichent généralement les gens fortunés. Or, riche ou pauvre, Gage vouait au capitaine Wainwright un profond respect pour le courage avec lequel il avait affronté les épreuves des dernières semaines. Denny n'avait pas combattu au front durant la guerre et n'avait vu de près qu'une seule bataille, celle de First Bull Run. Ce n'était donc pas dans la vie militaire qu'il s'était forgé un tel tempérament, et Gage n'en avait que davantage d'estime pour lui. De plus, Denny n'avait jamais été hautain avec Gage ou les gitans, ce qui n'était pas commun pour un homme de la haute société.

— Je vous dois une fière chandelle, Gage, avait dit Denny en tirant de sa poche un billet de vingt dollars. S'il vous plaît, acceptez ceci en gage de ma gratitude.

Sourcils froncés, Gage avait répliqué ne pas l'avoir aidé pour l'argent.

— Je ne l'ai même pas fait en m'attendant à recevoir votre gratitude, Billy Yank.

— C'est l'évidence. Par ailleurs, je sais que vous êtes sans le sou, Gage, et que je vous ai coûté le peu d'argent que vous aviez en poche. En refusant ce billet, vous commettriez le péché d'orgueil, et je n'hésiterais pas à le moucharder à Baba Simza.

Gage avait pris le billet de banque.

Ensuite, Gage avait voulu tirer les vers du nez à son ami au sujet de ce poème de William Blake, mais Denny s'était montré très mystérieux et évasif dans ses réponses, lui assurant de tout lui dire plus tard. Gage jeta un œil à Nadyha, qui s'occupait des clients devant les étals. On aurait dit qu'elle dansait de joie en conversant avec les hommes et les femmes souhaitant acheter des articles. C'était bien sûr de la poudre aux yeux qu'elle lançait aux *gajes*, mais aussi une manière d'être, l'expression de son identité gitane. Nadyha était une femme de tête, certes, et Gage s'expliquait mal pourquoi elle avait consenti à intégrer le poème de Denny à son numéro avec Anca.

C'était à ce genre de réflexion qu'il s'adonnait, assis dans les marches de la roulotte de Nadyha, quand il vit le garçon sale et maigre, remarquant comme Nadyha que son comportement était étrange pour un enfant des rues. Le garçon avait le visage caché sous un chapeau à bords flottants, de sorte que Gage ne voyait pas sa figure. Cette silhouette solitaire et malheureuse intriguait Gage, et il pensa s'approcher pour satisfaire sa curiosité. Le garçon s'effondra à ce moment précis. Il s'était évanoui.

Quelques secondes après, Gage se trouvait à genoux, penché sur le garçon. C'est à ce moment qu'il vit enfin son visage et se raidit de surprise, ébahi de ce qu'il découvrait. Sans plus attendre, il prit Cara Cogbill dans ses bras et alla chuchoter à l'oreille de Baba Simza :

— C'est une jeune femme, Baba Simza. Puis-je l'amener dans l'une des roulottes ?

Simza releva les sourcils, mais se remit vite de sa surprise.

— Pas dans celle de Nadyha, elle se fâcherait. Amenez cette jeune personne dans le *vardo* de Niçu.

— Merci, m'dame, dit Gage.

La roulotte de Niçu et Mirella était semblable à celle de Baba Simza, à ce détail près que le lit était plus grand. Dans un soupir, Gage pensa que cette fille allait salir le couvre-lit, puisqu'elle avait non seulement le visage crotté et les vêtements franchement crasseux, mais était de plus couverte de suie de charbon. Gage se dit que Nadyha allait piquer une colère de tous les diables en voyant l'état de la literie, même si ce n'était pas la sienne. Gage coucha tout doucement la fille sur le lit et lui ôta son gros chapeau. Une magnifique chevelure blonde — des cheveux propres, nota Gage avec étonnement — se répandit sur l'oreiller.

Il étudia son visage. Elle était belle, avec des traits jolis, comme ceux d'une poupée de porcelaine, qui rendaient la supercherie impossible quand on les découvrait. En effet, peu importe les couches de saleté et de poussière sur ce visage, personne n'aurait été berné à croire qu'il puisse s'agir d'une figure de garçon. Gage versa de l'eau dans une cuvette et lava son visage à l'éponge. Sous la suie, elle était blanche comme le papier, et ses lèvres n'avaient aucune couleur. Il lui nettoya aussi le cou et décida de lui retirer ses gants bizarres, qui cachaient des mains toutes féminines. Malgré la chaleur implacable qu'il faisait ce jour-là, sa peau était fraîche et moite au toucher. Gage commença à s'inquiéter de son état. Elle gisait inerte, les paupières closes et le visage exsangue. Gage songea à un remède dont il avait entendu parler. Il s'agissait de sels qui, respirés, faisaient revenir à elles les personnes évanouies. Serait-ce la chose à faire ? Est-ce que les gitans avaient ce genre de sels ? Il l'ignorait et sortit donc chercher des réponses.

— Elle n'est pas bien du tout, alla-t-il dire à Baba Simza. Je ne sais pas quoi faire. Voudriez-vous m'aider, m'dame ?

Un sourire apparut sur les lèvres tannées de Baba Simza.

— Que je *vous* aide ? C'est un intéressant choix de mots, mais je ne suis pas surprise. Allez, amenez-moi auprès d'elle.

Gage la transporta dans le *vardo* et l'assit sur une chaise à côté du lit.

— Quelle belle enfant ! dit Baba Simza.

Elle s'avança sur le bout de sa chaise pour mettre la main sur la poitrine de Cara, puis approcha l'oreille pour vérifier sa respiration, laquelle était rapide et superficielle.

— Je vais avoir besoin de quelques articles, dit-elle. Allez chercher Nadyha.

— Euh... peut-être que Mirella serait moins occupée ? dit Gage d'un ton de supplication.

— Non, Nadyha et moi, nous sommes *drabengris*. D'ailleurs, c'est bon pour elle, dit-elle en levant un regard entendu vers Gage. Vous êtes bon pour elle.

— Pardon? Mais… oh, et puis d'accord, je vais la chercher. En croisant les doigts pour qu'elle ne lance pas Anca à mes trousses…

Il sortit et attendit que Nadyha eût conclu la vente d'une demi-douzaine d'éventails en palmier.

— Nadyha, commença-t-il doucement, ce garçon qui s'est évanoui n'en est pas un. C'est une jeune femme, et il semble qu'elle se trouve au plus mal. Baba Simza m'a chargé de venir vous chercher. Nous avons besoin de votre aide.

Le visage sombre, Nadyha rétorqua qu'elle était fort occupée.

— Gage, comment voulez-vous que nous tenions boutique s'il faut constamment nous occuper des petits *gajes* égarés que vous recueillez?

— Eh bien, euh… Je vendrai à votre place. Du moins, je ferai de mon mieux.

Nadyha roula des yeux exaspérés.

— Vous ne savez pas faire la différence entre un châle *gaje* et un *diklo* gitan! Essayez au moins de ne pas tout brader pour quelques sous, vous qui avez toujours le cœur sur la main.

Elle partit avec raideur vers le *vardo* de Niçu.

Une dame créole aux vêtements élégants tâtait d'un air songeur le tissu d'un grand châle aux couleurs vives. Gage se glissa derrière la table devant laquelle la Créole s'était arrêtée.

— Bonjour, m'dame, dit-il.

La dame le regarda en plissant les yeux.

— Et puis-je savoir à qui j'ai l'honneur, monsieur? dit-elle froidement.

Gage soupira.

— Je ne suis qu'un bêta de *gaje*, m'dame, mais ce châle vous va à ravir. Et il vous en coûtera seulement trois dollars.

Cara réagit quand Baba Simza et Nadyha lui passèrent les sels volatils sous le nez, remuant tout d'abord dans le lit, avant de se réveiller en sursaut. Ses yeux bleus s'élargirent tandis que, avec consternation, elle découvrait le lieu étrange dans lequel elle se trouvait. Elle regarda l'intérieur du *vardo* avant de voir Baba Simza, assise à son chevet, et enfin Nadyha, debout à côté du lit, la regardant de haut avec les lèvres retroussées.

— Où... où suis-je? Qu'est-ce qui m'est arrivé? demanda Cara d'une voix faible.

Le simple fait de parler la fit tousser. Baba Simza lui souleva la tête et lui fit boire de l'eau fraîche.

— Chut, chut, reste calme, *bitti gaji*. Nous sommes gitans, et tu es dans un de nos *vardos*, une roulotte de voyage, expliqua Baba Simza d'un ton familier et apaisant. Tu t'es évanouie, comme ça, d'un coup, boum! C'est sans doute la chaleur, mais peut-être aussi le fait que tu n'as pas mangé depuis un bon moment, *hai*?

Cara était désorientée.

— Je... je ne me souviens pas, bredouilla-t-elle, levant sa main toute blanche pour la porter à son front, puis soudain elle sembla alarmée. Oh, non! Vous savez... vous savez que je suis une fille!

— Oui, nous avions remarqué, fit Nadyha d'un ton sarcastique. Tu n'as pas de souci à te faire, cela dit. Pour l'instant, il te faut boire de l'eau à petites gorgées. Je vais te préparer une bonne tisane et du bouillon. Crois-moi, tu iras mieux quand tu seras rafraîchie et sustentée.

Nadyha les laissa, et Cara jeta un regard plein d'appréhension à Baba Simza.

— Qu'est-ce… Qu'allez-vous faire ?

— Faire ? Tu veux savoir si je vais te faire du mal ? Non. N'aie pas peur, tu ne risques rien ici. Je suis *drabengri*, une guérisseuse gitane, et je sais tout au sujet du mal qui t'afflige. Tu sens ton ventre se tordre et tu as comme des tambours dans la tête. Tu brûles à l'intérieur, et pourtant ton corps frissonne. Tu dois boire de l'eau, puis la tisane et le bouillon. Ensuite, tu mangeras, mais pour l'instant, il faut surtout te reposer.

Cara se détendit un peu, bien que Baba Simza vît encore dans ses yeux une pointe d'affolement. Lorsque Nadyha revint avec la tisane, Cara se fit toute petite dans le lit, probablement consciente que Nadyha n'avait pas pour elle la même sympathie que Baba Simza. Nadyha parla avec politesse, malgré la froideur qui marquait son visage.

— Il faut boire. Attends, je vais t'aider à soulever la tête, je sais que tu es faible. Tu retrouveras des forces sous peu.

Baba Simza et Nadyha s'occupèrent de dévêtir Cara, lui ôtant son manteau trop chaud et ses chaussures trop grandes. Cara était si faible qu'elle ne put s'asseoir pour leur faciliter la tâche.

— As-tu été malade ? demanda Nadyha. As-tu une maladie grave ?

— Non, je suis en santé et je n'ai pas été malade depuis... depuis très longtemps.

— Dans ce cas, tu devrais avoir récupéré dans l'heure, dit brusquement Nadyha.

Elle se leva et dit en romani :

— Une heure, pas une minute de plus, Baba Simza. Après, c'est au revoir et bon vent !

— Nous verrons, répondit calmement Baba Simza. Maintenant, va chercher Gage et dis-lui de venir. Il faut que je retourne vendre aux étals, comme toi aussi, Nadyha. Les *gajes* viennent pour vous voir, toi, Anca et Boldo. Il ne faudrait pas les faire attendre plus long-temps. Gage pourra veiller sur elle.

Nadyha sentit une révolte monter en elle et s'emporta.

— Gage ? Quelle stupide idée ! Pourquoi devrait-il prendre soin de cette malingre *gaji* ?

— Pourquoi ? Ça te choque qu'il soit auprès d'une jeune femme ? répliqua Baba Simza.

L'expression d'une désagréable surprise passa sur le visage de Nadyha pour aussitôt disparaître.

— Non, ça m'est égal, dit-elle sèchement, lorgnant Cara d'un regard qui disait le contraire. Je vais le chercher.

En sortant, Nadyha eut cette autre mauvaise sur-prise de voir deux prostituées, qui faisaient de l'œil à Gage. Elles étaient jeunes, mais semblaient vieilles et misérables dans l'impitoyable lumière du jour. L'une d'elles avait les cheveux sales et châtains, l'autre les avait bien foncés et tout aussi rebelles. Elles portaient toutes les deux des vêtements bon marché qui laissaient peu de place à l'imagination. Tandis que Nadyha approchait des tables, elle surprit leur conversation.

— Oh, mais vous savez, monsieur, disait l'une d'elles, nous n'avons pas les moyens d'acheter ce châle. Par contre, vous êtes bel homme, et, en échange, nous pourrions passer un bon moment ensemble. Qu'en dites-vous?

En disant cela, elle roulait des yeux séducteurs.

— Désolée, mesdames, mais ces châles ne sont pas à… Oh, bonjour, Nadyha! Ces dames ici présentes désirent acheter un châle, s'empressa-t-il d'annoncer.

— Ce n'est pas ce que j'ai entendu, dit Nadyha en dévisageant les deux femmes. Cela dit, si vous êtes acheteuses, je serai heureuse de vous conseiller. Si, par contre, vous êtes vendeuses, je vous conseille d'aller voir ailleurs.

— Oh, là, là! s'exclama la gueuse aux cheveux foncés. C'est que la gitane est jalouse! Inutile de monter sur tes grands chevaux, chérie! Allez, viens, Jenny, nous reviendrons plus tard rendre visite à Gage.

Bras dessus bras dessous, elles partirent d'un pas léger, jetant une œillade par-dessus leur épaule à Gage et faisant la grimace à Nadyha.

Nadyha fusilla Gage d'un regard accusateur.

— J'essayais seulement de vendre un châle à ces dames! se plaignit-il. Je vous le concède, ce n'est pas ma tasse de thé, mais j'ai fait une vente tout à l'heure. J'ai également eu affaire à une femme… je parle d'une vraie femme respectable… qui s'est offensée quand je lui ai adressé la parole. Elle a pris la mouche qu'un homme lui parle. C'est une vraie chance qu'elle ne m'ait pas giflé pour mon impudence.

— Estimez-vous heureux de ne pas avoir ma main au visage, ici et maintenant, rétorqua Nadyha, une réaction qui sembla à Gage quelque peu déraisonnable. Bon, toujours est-il que Baba Simza demande un porteur pour la ramener à l'extérieur. Elle veut aussi que vous veilliez sur la jeune *gaji*.

— Pardon? Moi? Pourquoi elle ne s'en occupe pas elle-même?

Nadyha mit les poings sur ses hanches, un signe d'exaspération que Gage commençait à connaître.

— Si vous ramassez un chien errant dans la rue, dit-elle avec une lenteur des plus inquiétantes, et que vous ramenez ce chien à la maison, n'en va-t-il pas de votre responsabilité de prendre soin de ce chien? Comprenez ici que l'animal perdu, c'est cette *gaji*. Occupez-vous-en. Et une dernière chose : la prochaine fois qu'il vous prendra l'envie d'adopter des vagabonds, ramenez-les donc chez vous plutôt que chez moi.

Elle tourna les talons et partit répondre à une femme qui s'intéressait aux remèdes à base de plantes.

— Aïe! fit Gage en réaction à ce traitement.

Il partit à son tour pour se rendre au *vardo*. La fille le regarda entrer avec de grands yeux alarmés, des yeux d'un bleu pervenche, remarqua-t-il maintenant.

— Mademoiselle, dit-il en se pressant d'enlever son chapeau. J'espère que vous allez mieux.

— Oui... oui, merci, répondit-elle, mais sa voix était chevrotante et aussi faible qu'un murmure.

Baba Simza leva les bras, et il ne fallut pas davantage à Gage pour comprendre sa demande. Tandis qu'il la transportait à l'extérieur, Baba Simza lui servit ses instructions.

— Écoutez-moi bien, Gage. Cette fille file un mauvais coton, quoi qu'en pense Nadyha. Asseyez-vous avec elle, faites-lui du vent, gardez un linge d'eau froide sur son front et faites-lui boire de la tisane et du bouillon. Ensuite, nous lui donnerons à manger. Assurez-vous qu'elle se repose en attendant.

Gage la déposa dans sa chaise longue.

— Oui, m'dame.

— Et elle peut rester... aussi longtemps qu'elle le désire, si bien sûr elle le désire, ajouta Baba Simza avec fermeté.

— Vraiment? Mais... je croyais que... je ne m'attendais pas à ce que...

— Je sais. Rapportez-vous à moi, *gajo*, et à moi seule. De mon côté, je m'occupe d'elle, dit Baba Simza en pointant le menton en direction de Nadyha, qui semblait encore verte de colère.

— À moi la tâche facile! laissa tomber Gage à la blague. Très bien, mais si cette jeune femme commence à tourner de l'œil, vous ne m'aurez jamais vu ressortir aussi vite d'un *vardo*.

Sur ce, il retourna au chevet de Cara.

— Mademoiselle, je sais que ma présence peut vous sembler inconvenante, mais voyez-vous, euh... je fais selon la volonté de Baba Simza. C'est la vieille gitane qui était là tout à l'heure. Je ne vous dérangerai pas, je respecterai votre... vous, je vous respecterai, vous. C'est que quelqu'un doit veiller sur vous, et il semble que cette personne, ce doit être moi.

— Oh, mais… monsieur, ce… ce n'est vraiment pas nécessaire, je me sens déjà mieux…

Ce disant, elle essaya de s'asseoir, et Gage décida de ne pas l'en décourager. Il avança une chaise sur le côté du lit. Cara se mit à trembler et, après quelques vaines tentatives, elle se laissa lourdement retomber dans le lit.

— Je… je réessaierai dans une minute ou deux, murmura-t-elle.

Gage l'aida à terminer sa tisane, puis lui fit boire une tasse de bouillon clair. Ses efforts pour se lever avaient sapé ce qu'il lui restait de force. Ses paupières se firent lourdes, et elle ferma enfin les yeux. Gage veilla à humecter d'eau froide le linge qu'elle avait sur le front et l'éventa souvent avec un éventail que les gitans fabriquaient. Elle dormait depuis un bon moment quand sans raison elle s'éveilla, le cœur battant la chamade.

— Tout va bien, mam'selle, rendormez-vous si vous le pouvez, dit gentiment Gage.

Elle le considéra d'un drôle de regard, à présent plus alerte et consciente de sa situation.

— N'avez-vous aucune question à me poser ?

— Pas avant que vous soyez remise, non.

— Je me sens mieux. Allez-y… posez vos questions, dit-elle d'une petite voix.

— En fait, avoua Gage, j'aurais préféré que vous me racontiez, plutôt que de vous soumettre à un interroga-toire. Nous voulons vous aider. Vous savez, personne ne vous veut de mal ici.

— Je ne dirais pas « personne », releva Cara, le regard baissé, ses doigts jouant nerveusement avec un bout de son chemisier élimé.

— Ah, je vois. Vous parlez de Nadyha. Ne vous occupez pas d'elle, elle n'aime personne. Je fréquente ces gitans depuis un certain temps maintenant, et croyez-le ou non, Nadyha n'a pas encore réussi à me chasser. Baba Simza ne le permettrait pas.

— Baba Simza, la vieille dame, elle est gentille, dit Cara avant de pousser un long soupir. Bon, j'imagine que je vous dois une explication.

Elle raconta son histoire, relatant les événements des jours passés, sans rien omettre, pas même le vol de son porte-monnaie.

— En fait, quand vous m'avez vue, j'étais en quête d'un verre d'eau. Et les gitans étaient là, avec l'ours et les grappes de muscadine…

Elle bredouilla quelques mots incompréhensibles, puis sa voix s'effaça dans un petit râle.

Gage resta muet un long moment. « Cette fille s'est embarquée dans un bourbier épouvantable, pensa-t-il. Pas étonnant qu'elle soit venue chercher l'anonymat qu'offre la grande ville. » C'était d'ailleurs la décision qu'avaient prise beaucoup de soldats après l'assassinat du président Lincoln. En effet, il y avait chez les unionistes une volonté de vengeance depuis l'événement, et si par malheur Cara avait tué, comme elle le craignait, un capitaine de l'Union, on lui passerait assurément la corde au cou. Gage eut une idée et demanda à Cara :

— Vous avez dit que le capitaine était posté au fort Butler, à Donaldsonville ?

— Oui, je suis native de la région.

— Vous connaissez son nom ?

— Joseph Nettles.

Gage hocha la tête.

— J'ai un ami qui pourrait nous renseigner sur la condition de ce Nettles. Il serait aussi utile de savoir ce que pensent les autorités de cet incident. Peut-être que l'affaire a été classée comme un accident ? Le capitaine aurait pu succomber à une mauvaise chute. Ces choses-là arrivent, vous savez.

— Peut-être, dit Cara, qui n'en était pas convaincue.

— Il y a une question à laquelle j'aimerais que vous répondiez, mam'selle.

— Oui, bien sûr.

— Comment vous appelez-vous ?

Elle sourit un peu.

— Je ne vous ai pas dit mon nom. Comme c'est étrange. Je m'appelle Cara Cogbill.

Gage prit sa main ballante et se pencha sur celle-ci.

— Je m'appelle Gage Kennon, mademoiselle Cogbill, et c'est un grand plaisir de faire votre connaissance, dit-il, se levant avant de reprendre. Je crois qu'il serait bénéfique que vous dormiez encore un peu. Je serai dans les marches, juste derrière la porte, alors n'hésitez pas à m'appeler si vous avez besoin de quoi que ce soit. Nous vous apporterons à manger plus tard. Et ne vous inquiétez pas, mademoiselle Cogbill. Pour le temps présent, oubliez vos problèmes et reposez-vous.

Cette nuit-là, tandis que le numéro spectaculaire de Nadyha se terminait, Denny tint ces propos à son oncle Zeke :

— Je vais leur parler de ce pas. Demain, Nadyha serait furieuse si je venais l'interrompre dans ses ventes.

— Invite-les sur le *Reine*, le pressa Zedekiah Wainwright. Fais-leur faire la visite, déballe le grand jeu. Insiste pour dire combien c'est une bonne affaire ! De mon côté, je retourne à l'hôtel. Tu viendras tout me raconter après, n'est-ce pas, Denny ?

— Comptez sur moi, mon oncle. Je crois avoir assez campé ce mois dernier. Partez et prenez la voiture, j'emprunterai Cayenne à Gage s'il le faut.

Wainwright quitta le marché, et Denny resta un moment en retrait de la foule, qui n'avait pas terminé d'applaudir. Les gens en redemandaient. On voulait des chants, de la danse. On voulait revoir Boldo, caresser Anca et voir encore Nadyha.

Avec bonne humeur, Nadyha salua la foule et annonça que c'était l'heure pour les gitans de prendre congé.

— Vous nous excuserez, mais il faut manger. Et quand Anca a faim, il vaut mieux ne pas rester dans les parages !

La foule commença à se disperser lentement dans un mélange de rires joyeux et de bougonneries déçues. On vit aussi bon nombre de gens venir déposer des pièces dans les deux grands paniers posés devant les braseros. Discret, à moitié caché derrière un homme corpulent, Denny s'avança et mit deux billets de dix dollars dans un des paniers. Cela fait, il se retira et patienta, le temps que les gens partent.

Bientôt, il ne resta plus que lui, debout à observer les gitans. Niçu et Gage s'affairaient à sortir des chaises tandis que Mirella préparait des bols de ragoût qu'on servirait avec du pain et du fromage. Assise à côté de Baba Simza, Nadyha lui adressait à l'oreille des paroles pressées. Denny traversa la ligne imaginaire des braseros pour entrer dans le pavillon. Tout le monde le salua.

— Mangez-vous avec nous, Dennis ? demanda Mirella. Ne soyez pas timide, il y en a assez pour tout le monde.

— Merci, m'dame, mais j'ai déjà mangé. Cela dit, j'aimerais me joindre à vous pour discuter, si vous voulez bien pardonner la rudesse de mes manières.

Il prit une chaise. Ils étaient maintenant tous assis dans un demi-cercle autour du grand brasero.

— J'ai aimé votre poème, dit Nadyha.

— Ainsi que la foule, fit remarquer Denny. Je tiens à vous remercier du fond du cœur, Nadyha. Vous m'avez fait une fleur en acceptant d'inclure ce texte dans votre spectacle. D'ailleurs, c'est de ce sujet que je voulais vous entretenir... J'ai une proposition à vous faire. J'aimerais vous offrir à tous un travail. Et cette offre vaut pour vous aussi, Gage.

Les gitans échangèrent des regards perplexes. Denny continua.

— Tout d'abord, je vous dois une explication... euh... à mon sujet et à propos de mon oncle et des affaires dont nous nous chargeons. Ma famille possède une grande compagnie, les Investissements Wainwright limitée. C'est une société en commandite qui possède quelques commerces à part entière, en plus d'investir dans d'autres entreprises, celles-là à profit partagé. Nous possédons principalement des filatures et nous investissons dans le coton, la machinerie, le fer et... euh... d'autres projets dont je ne me rappelle pas le détail, pour être franc. De toute façon, je voulais vous parler d'un titre de possession en particulier. Il s'agit d'un bateau à vapeur dont la compagnie familiale est propriétaire. Et ce bateau s'appelle le *Reine de Bohême*.

— Vous me charriez! lâcha Gage.

On vit soudain une lumière danser dans les yeux de Nadyha.

— Vous possédez cette merveille? Ce superbe, immense et magnifique bateau à vapeur?

— À vrai dire, j'en possède une petite part, précisa Denny. Mon père est propriétaire de la compagnie à quarante-huit pour cent, mon oncle en possède quarante-huit pour cent, et les quatre pour cent restants me reviennent; on pourrait dire que j'ai au moins une cabine bien à moi. Bon, pour être bref, je vous dirais que mon père et mon oncle sont comme l'huile et l'eau, aussi différents de nature que Boldo et Anca peuvent l'être. Ils ont tous les deux un flair certain pour les affaires, mais leurs visions ne sauraient être davantage aux antipodes. Ils se querellent sur toutes les décisions d'entreprise, aussi futiles soient-elles. Il faut savoir que mon grand-père possédait de son vivant cent pour cent de la compagnie... c'est lui qui l'a bâtie et l'a fait prospérer à partir de presque rien. C'est une simple filature qu'il a fait croître jusqu'à devenir la compagnie nationale que l'on connaît aujourd'hui. Je me rappelle que mon oncle et

mon père le rendaient fou, avec leurs disputes conti-
nuelles et leurs constantes chamailleries, dit Denny,
souriant d'un sourire enfantin en y repensant.

» J'avais seize ans quand mon grand-père est mort. Il
m'aimait beaucoup, vous savez, mais ç'aurait été de la
folie pure de donner la part du lion de l'entreprise à un
gamin. Cela dit, il a quand même pris les dispositions
pour m'en léguer une part assez importante, ce qui me
permet d'avoir voix au chapitre sur les décisions de sa
compagnie et de trancher les disputes entre mon père et
mon oncle. Pour ça, je le remercie infiniment. Mon père
n'aurait jamais donné son aval pour acheter un bateau à
vapeur si oncle Zeke et moi n'avions pas fait front
commun, avec les cinquante-deux pour cent qui nous
donnaient majoritaires dans cette décision d'affaires,
dit-il, visiblement fier de cette bataille remportée. Voilà
ce qui m'amène au vif du sujet. J'ai retourné cent fois la
question, croyez-moi, et j'en suis arrivé à la conclusion
que le mieux serait de vous le montrer. Acceptez, s'il
vous plaît, de venir avec moi à bord du *Reine de Bohême*.
Je vous le ferai visiter, et vous comprendrez alors ce
que je vous offre exactement.

Nadyha se leva d'un bond.

— Une visite ? Nous allons monter à bord de ce
grand bateau, dites-vous ?

— C'est effectivement ce que je dis, m'dame,
répondit Denny. Vous êtes tous conviés, car, comme je
l'ai précédemment dit, ce que j'offre, c'est du travail
pour vous tous, un travail qui s'accompagne d'une
rémunération substantielle, un travail sur le *Reine de
Bohême*.

CHAPITRE 11

L a question ne fut même pas débattue ; les gitans s'étaient levés d'un bond pour ranger les marchandises et fermer boutique pour la nuit. Denny alla parler à Gage, qui aidait Niçu à mettre ses articles en ferblanterie dans des boîtes. Tandis qu'il approchait du *vardo* de Niçu et Mirella, Denny vit une silhouette dans l'ombre ; la lumière du brasero le plus près permettait difficilement de discerner le personnage qui se tenait dans les marches. Sa curiosité piquée, Denny fit quelques pas en direction de la roulotte, puis s'arrêta net, stupéfait de l'apparition qu'il voyait là.

— Euh, oui, Denny, vint vite lui dire Gage, il y a un petit détail dont il faut que je vous parle. En fait, j'ai une faveur à vous…

— Qui est cette fille ? demanda Denny, les yeux ronds et la bouche ouverte. Et pourquoi est-elle vêtue de la sorte ?

— Oui, c'est… elle… c'est une longue histoire, finit par dire Gage. Je vous expliquerai, mais j'avais cette faveur à vous demander. Y aurait-il un moyen d'obtenir quelques informations à propos d'un capitaine en poste au fort Butler, à Donaldsonville ?

— Sûrement, mais qui est cette fille ? Et pourquoi est-elle habillée comme un garçon ?

— Je vais vous présenter, Denny, dit Gage, que l'insistance de son ami désespérait, mais voulez-vous cesser de la dévisager, ça vous donne des airs de poisson rouge ! Et évitez les commentaires au sujet de sa tenue vestimentaire, voulez-vous ? Et ne posez pas toutes sortes de questions embarrassantes.

— Mais…

Gage le prit par le bras et l'entraîna devant Cara.

— Mademoiselle Cara Cogbill, j'ai le plaisir de vous présenter un bon ami à moi, le capitaine Dennis Wainwright. Capitaine Wainwright, j'ai l'honneur de vous présenter cette jeune dame qui se nomme Cara Cogbill, dit-il d'un ton formel.

Denny ôta à la hâte le chapeau qu'il avait sur la tête et salua la dame d'une petite révérence.

— Mademoiselle Cogbill, c'est un grand honneur de faire votre connaissance. Euh… et puis…

Cara leva enfin le regard sur lui, car elle avait encore le visage à moitié caché sous son grand chapeau.

— Capitaine Wainwright, c'est un plaisir de vous rencontrer. Me pardonnerez-vous l'audace de vous demander, commença-t-elle, avalant difficilement sa salive avant de reprendre, dans quelle armée vous avez servi, celle de l'Union ?

— Je ne suis plus dans l'armée, répondit-il, ébahi par sa beauté. J'ai reçu mon congé le mois dernier. Euh… je… c'est-à-dire que… euh…

— Denny, fermez la bouche, chuchota Gage sans remuer les lèvres. Mademoiselle Cogbill, reprit-il en élevant la voix, veuillez excuser mon ami, il est plutôt de nature impressionnable, si vous voyez ce que je veux dire. De toute manière, il nous a invités à visiter le bateau à vapeur qu'il possède, le *Reine de Bohême*. Voilà pourquoi nous nous empressons de tout remballer.

— Oui, c'est ce que j'ai cru entendre, dit Cara sur un ton léger. C'est sans fierté que j'avoue avoir écouté aux portes. Je n'ai pas eu la chance de voir le *Reine de Bohême*, capitaine Wainwright, mais je suis certaine qu'il s'agit d'un superbe vaisseau.

— Mais… pourquoi…

À ce moment, Gage sentit la soupe chaude et asséna un coup de coude dans les côtes de Denny.

— Hé… aïe! marmonna ce dernier. Euh, mademoiselle Cogbill, puis-je vous adresser la même invitation? Me feriez-vous l'honneur de nous accompagner à bord du *Reine de Bohême*?

Elle ouvrit de grands yeux, et Denny la trouva plus belle encore.

— Un honneur? Vous… vous seriez heureux? Ce que j'essaie de dire, c'est que… voyez-vous… mes habits ne sont pas…

Denny s'était ressaisi, et maintenant, il lui adressait un grand sourire.

— Mademoiselle Cogbill, le capitaine du *Reine de Bohême*, gentleman et ancien vice-amiral de la Marine, se nomme Edward T. Humphries, et il est tout aussi vieux jeu que son nom le laisse entendre. Ce sera tout simplement magnifique de voir la tête qu'il fera quand je monterai à bord avec Nadyha, Niçu, Mirella, Baba Simza — avec Gage qui la transporte, bien sûr — et vous. S'il vous plaît, vous devez me faire ce plaisir d'accepter.

— Loin de moi l'intention de vous en priver, dit Cara avec un air espiègle qui surprit Gage.

— Très bien ! C'est donc décidé, dit Denny, tout heureux. Hum... je me demandais... pouvons-nous emmener Boldo ?

Bien qu'il fût vingt-deux heures passées, il y avait encore beaucoup de gens sur les docks de La Nouvelle-Orléans ; les quais bourdonnaient d'activité, de jour comme de nuit, peu importe le jour de la semaine. Denny les emmena sans détour au *Reine de Bohême*. S'arrêtant devant une passerelle large de trois mètres, il fit de grands gestes en annonçant :

— Vous voyez là-bas, au milieu du bateau, c'est la grande entrée, mais j'aimerais commencer la visite par la zone de cargaison et la troisième classe, alors nous embarquerons ici.

Ils marchèrent sur la passerelle qui menait aux deux grandes portes que l'on gardait ouvertes. Tous s'attroupaient derrière Denny : Gage, transportant Baba Simza, Nadyha, Niçu et Mirella, qui partageaient la même excitation et babillaient gaiement, et Cara, qui traînait le pas derrière. Denny avait décidé que — cette fois-ci, mais seulement pour des raisons logistiques — il n'était pas nécessaire d'emmener Boldo.

Ils se réunirent dans un vaste espace vide sur un pont en bois. Les murs latéraux étaient percés de quatre fenêtres qui assuraient, le jour, un minimum d'éclairage. Tout au fond, il y avait encore deux grandes portes.

— Voici l'espace destiné aux marchandises, leur dit Denny. Bien sûr, ce bateau en est un de passagers, mais il nous arrive parfois de manutentionner quelque fret. Je vous montre cet endroit pour une raison que je vous expliquerai plus tard, dit-il, jetant un bref regard à Nadyha. Là-bas, nous retrouvons les quartiers de l'équipage, la chaufferie et la salle des machines. Maintenant, si vous voulez bien me suivre, nous montons sur le pont-promenade, qui accueille en fait les passagers de troisième classe.

— Ne pourrions-nous pas visiter la chaufferie et la salle des machines? demanda Gage avec intérêt.

— Non! dirent d'une même voix Denny, Simza et Nadyha.

— Nous nous salirions, ajouta Denny, et d'ailleurs, les lieux sont vides à cette heure. Vous ne trouveriez aucun chauffeur ni mécanicien pour vous faire visiter. Vous aurez tout le loisir d'y jeter un œil plus tard, Gage. Sortons maintenant et allons prendre les escaliers extérieurs.

On pouvait emprunter l'un des deux escaliers à la proue et à la poupe du bateau pour accéder au deuxième pont. Ils montèrent par la proue. Sur un large balcon, on passa deux portes d'entrée qui donnaient sur le couloir des cabines. Denny s'avança dans ce large et très long couloir où s'alignaient une multitude de portes de chaque côté.

— Ici, comme vous le verrez, sur ce pont et en deuxième classe, il y a des cabines de pont et des cabines intérieures, ces dernières ne comptant pas de fenêtres avec vue sur la promenade. Elles sont moins coûteuses, bien entendu, mais nous les avons meublées avec autant de soin que les cabines de pont.

Il se rendit à la première porte à gauche et l'ouvrit. Gage fut surpris de voir que la porte coulissait dans le mur.

— Toutes les portes sont coulissantes, continua Denny, ce qui a cet avantage de ne pas perdre d'espace dans les cabines, vous voyez? Et bien sûr, elles sont munies d'un loquet pour assurer l'intimité des occupants.

— Posez-moi, dit Baba Simza.

Gage fit ce qu'elle demandait. Niçu lui tendit sa canne, qui lui permettait de se déplacer fort bien, encore que ce fût avec une certaine lenteur.

Ils entrèrent en groupe pour visiter la cabine.

— Vous dites que cette chambre est réservée à la *troisième* classe? s'exclama Gage.

— Oui, troisième classe *intérieure*, précisa Denny, un éclat dans les yeux. Ce sont les cabines les plus minables que le *Reine de Bohême* a à offrir!

Très spacieuse, la pièce avait des dimensions similaires au petit salon que l'on retrouvait dans la maison des familles de classe moyenne. Les murs étaient peints d'une plaisante couleur crème et les planchers étaient faits de chêne rouge verni. À chaque mur, on retrouvait une lampe à gaz en laiton. Deux lits, que les ornements en laiton et les montants en fer forgé peints en blanc rendaient fort jolis, étaient adossés contre un mur. On retrouvait une petite commode entre les lits avec une carafe de cristal taillé et deux verres posés dessus. Dans un coin, il y avait une table ronde et deux chaises, et à l'opposé, on retrouvait une table de toilette surplombée d'un miroir ainsi qu'un pot à eau et une cuvette en porcelaine. Tous les meubles étaient en bois de cerisier. Les matelas et les oreillers étaient épais et les couvre-lits, damassés avec des rayures rouges et or. À la tête des lits, on avait accroché deux peintures à l'huile illustrant des scènes sur le fleuve Mississippi.

— Tous les lits du *Reine de Bohême* sont importés de France, et les meubles ont été commandés et fabriqués sur mesure chez Jarrod Brothers, de Boston, leur dit Denny. Bien entendu, toutes les draperies, la literie et les tissus d'ameublement proviennent de Wainwright Dry Goods limitée.

Les gitans découvraient la pièce en écarquillant les yeux. Baba Simza alla passer la main sur les couvre-lits. Gage s'en étonna quelque peu, puisque le tissu était rouge, mais ce n'était pas un rouge cramoisi, plutôt un rouge brique, et il avait remarqué que c'était seulement le rouge sang qui semblait offenser les gitans.

Nadyha prit le pot à eau dans ses mains et le regarda de près.

— C'est de la porcelaine?

— Assurément, m'dame, répondit Denny.

Elle sembla perplexe.

— Alors, c'est votre définition de « minable » ?

— Certainement pas, dit Cara tout bas, passant la main sur le dessus de la table, dont le bois de cerisier était lisse et doux comme la soie.

Tout le monde fut surpris d'entendre sa voix ; on avait oublié que Cara était là.

— Oui, c'était par dérision que je disais « minable », raconta Denny. En vérité, il n'y a rien de minable à bord du *Reine de Bohême*. Bien, allons de l'autre côté du corridor voir une chambre qui donne sur la promenade.

Les cabines de pont étaient *grosso modo* les mêmes, sauf pour l'énorme fenêtre de deux mètres de large et les rideaux de damas qui s'agençaient aux couvre-lits.

— C'était seulement pour vous montrer qu'il y a une petite différence de prix avec les cabines intérieures en raison de la vue, expliqua Denny, refermant la porte pour ensuite montrer d'un geste le fond du couloir pour poursuivre la visite.

» Tout au fond, il y a un restaurant, les Montagnes de la Sumava, qui fait office de salle à manger pour les voyageurs de troisième classe. Ces dames peuvent y réserver une petite salle privée, joliment aménagée, et il y a aussi le saloon de l'Elbe à la disposition de ces messieurs. Vous pourrez voir tout ça plus tard, si vous le désirez. Pour le moment, retournons à l'extérieur. Je veux vous montrer la grande entrée.

Ils allèrent marcher sur la promenade et arrivèrent bientôt au pied d'un grand escalier en bois de rose, que flanquaient deux hautes colonnes. Au sommet de celles-ci, on pouvait admirer une statuette à l'image du lion rampant, le même que l'on retrouvait sur le bouclier suspendu entre les deux grandes cheminées du bateau.

— Est-ce les armoiries de votre famille ? demanda Gage, qui s'apprêtait à transporter Baba Simza dans les marches.

— En fait, il s'agit du blason du pays de Bohême, répondit Denny. Mon oncle a ce qu'on pourrait qualifier comme un grand intérêt pour la Bohême, et c'est d'une telle coïncidence… mais je vous en parlerai plus tard. Voilà, cet escalier mène au pont salon, où se trouvent les cabines de deuxième classe. Une fois à l'intérieur, un autre escalier nous mènera au pont Texas, auquel les passagers des deuxième et troisième classes n'ont pas accès. Le présent escalier débouche sur le salon de Moravie, une salle mise à la disposition des passagers des première et deuxième classes.

Le salon occupait toute la largeur du bateau. Exactement au centre, on découvrait en montant le grand escalier une énorme fontaine à six niveaux entièrement taillée dans le granite. La statue d'une jeune femme à la couronne d'or et vêtue d'une robe simple trônait sur le dessus de la fontaine. Bien que le bateau fût désert, la fontaine faisait couler de l'eau ; les petites chutes d'une eau cristalline tombaient au pied de la dame et cascadaient lentement vers la grande vasque à la base.

— Voici, comme vous l'aurez sans doute deviné, la *Reine de Bohême*, dit Denny, levant la tête vers la statue, qui s'élevait à deux mètres au-dessus d'eux. En fait, nous dirions plus justement qu'il s'agit de l'évocation féminine du *Reine de Bohême*. Le pays de Bohême n'a jamais eu de reine à sa tête, seulement des rois, mais ce n'est pas ce genre de détail qui aurait arrêté mon oncle.

La salle était remplie de sofas, de causeuses, de canapés, de fauteuils, de chaises d'appoint et de tables basses, des meubles où le riche noyer noir était à l'honneur. Sur le mur du fond, on retrouvait les crédences servant au rangement de grands samovars pour le café et le thé, de verres en cristal, de bols pour le punch ainsi que de divers autres ustensiles, dont les seaux à glace. Sur le mur latéral de la pièce, contre lequel des chaises d'appoint étaient soigneusement disposées en rangées, il y avait un grand piano à queue. Au mur à l'opposé, on pouvait admirer de grandes bibliothèques murales aux portes vitrées, qui contenaient bien sûr une foule de livres, mais aussi des bustes et des urnes décoratives, des gravures et des statuettes.

Denny pointa du doigt les deux portes à leur gauche, celles-là coulissantes et faites de bois simple.

— Ces portes mènent aux cabines de deuxième classe.

Et sur cette annonce, il se dirigea dans la direction opposée. Au milieu du bateau, ils arrivèrent devant des portes impressionnantes, celles-là hautes de trois mètres et peintes en blanc avec des moulures dorées et des poignées en or joliment gravées. Ces portes s'ouvraient sur un large corridor au plancher couvert d'un somptueux tapis. Aux murs, des lampes à gaz aux abat-jour en albâtre étaient suspendues au-dessus de grandes peintures à l'huile dont Denny fit une brève description.

— Voici le *Reine*, comme vous pouvez le voir... et chacun de nos ports d'escale... et voici mon oncle Zeke, puis plus loin, vous verrez le portrait du capitaine Humphries.

Ils s'arrêtèrent un moment devant les peintures, et Gage s'intéressa plus particulièrement à celle dont la petite plaque en laiton annonçait : « Zedekiah Wainwright, propriétaire du *Reine de Bohême* ». L'homme partageait quelques traits de ressemblance avec Denny, et notamment l'épaisse chevelure brune et bouclée, encore que Denny ne grisonnât pas encore et qu'il eût les favoris moins duveteux.

Un petit ricanement se fit entendre, et cette fois encore, on s'étonna de remarquer Cara au sein du groupe. Elle admirait le portrait au bas duquel on pouvait lire : « Edward T. Humphries, capitaine du *Reine de Bohême* ». C'était un homme aux cheveux noir charbon et aux sourcils broussailleux qui ombrageaient des yeux brun foncé déjà austères. Il avait le visage carré et une mâchoire proéminente. Il portait aussi une moustache parfaitement soignée.

— Ma foi, c'est vrai qu'il a des airs d'une autre époque, dit Cara, avant d'ajouter avec un regard taquin à l'intention de Denny : êtes-vous sûr de vouloir l'affronter en compagnie d'un tel entourage, capitaine Wainwright ?

— Bah ! Je n'ai pas peur de ce monsieur, répliqua Denny pour ensuite servir un avertissement. Mais ne m'appelez pas « capitaine », s'il vous plaît, mademoiselle Cogbill. Il n'y a pas d'autre capitaine que celui aux commandes de ce sabot. Et n'allez pas voir là la preuve que ce monsieur m'intimide, mademoiselle Cogbill, car c'est loin d'être le cas.

Dans le groupe, des regards amusés furent échangés.

Denny ouvrit une autre porte blanche avec des moulures dorées, celle-là donnant à gauche.

— Voici le salon de la Dame de Silésie, pour ces dames, bien sûr. Non, non, n'y entrons pas de suite, les arrêta Denny. Allons d'abord voir la Salle de bal bohémienne. Ah, oui, en passant, de l'autre côté, derrière cette porte, il y a la salle de jeu du Comte de Lusace, une autre région de Bohême. Venez tous, rendons-nous sans plus attendre à la grande salle de réception.

Denny ouvrit toutes grandes les portes à deux battants qui donnaient sur une immense pièce de réception. Pouvant facilement accueillir des centaines de personnes, la salle était meublée de tables en bois de rose qu'ornaient de fines marqueteries en citronnier. Les chaises étaient superbement sculptées, avec leurs sièges en velours doré ou rouge. Le plancher de bois avait le beau blond du citronnier et son poli brillait comme le satin. Les murs étaient en lambrissage de noyer noir dans leur moitié inférieure et, au-dessus, ils étaient recouverts de papier peint rouge et or. D'énormes chandeliers d'argent et de cristal pendaient au plafond de plâtre moulé.

La salle était grandiose, certes, mais le regard des visiteurs fut rapidement attiré par la grande scène au fond de la pièce, avec ses rideaux de velours rouge de chaque côté.

— Quel genre de spectacle donne-t-on sur ces planches ? demanda Gage. Cette scène n'est pas pour un simple orchestre de chambre, elle est beaucoup trop grande.

— Parfois, on y joue de la musique de chambre, répondit Denny. Nous organisons de grands bals dans cette salle. Nous invitons aussi des artistes à se produire en solo. D'ailleurs, la cantatrice Adelina Patti a été la première artiste professionnelle à chanter sur cette scène, imaginez! Cela dit, nous consacrons quelques soirées à l'opéra et nous accueillons des troupes de théâtre.

— Vous m'en direz tant! laissa tomber Gage en jetant un œil aux gitans.

Admiratifs, ils étaient encore à découvrir la richesse des boiseries qui encadraient la scène, sourds à ce que Denny et Gage venaient de dire. Or, Cara les avait entendus et arborait un sourire un peu amusé.

— Tout ça, c'est à vous! souffla Nadyha d'une toute petite voix. Je vous revois, pauvre Dennis, tout picoté de rougeole, dans votre pantalon crotté, avec ce gilet sale et *mokadi lalo*. Et tout ce temps, vous étiez *baro gaje, dhon dhon bestipen*! Un *gaje* qui *bujo* les gitans! On aura tout vu!

Baba Simza, Niçu et Mirella se mirent à rire et s'esclaffèrent longtemps sans pouvoir s'arrêter.

Denny regarda Gage sans comprendre, et plus les gitans riaient, plus il angoissait.

— Qu'est-ce qu'elle a dit, Gage? C'est bon ou mauvais?

— Comment le saurais-je? répondit Gage, les yeux bleus et pétillants. Tout ce que je sais en romani, c'est le *Notre Père*, et je peux seulement vous dire que ce n'était pas cette prière.

Denny grommela quelques mots inquiets tandis qu'on s'amusait follement à ses dépens, en romani, bien sûr.

— Bon, dit-il finalement, je suis heureux d'être le dindon de la farce, mais maintenant que vous avez eu votre plaisir, j'aimerais que nous montions à la cabine de mon oncle Zeke. Des rafraîchissements vous seront servis, et nous pourrons discuter tranquillement.

— Attendez, fit Cara, qui faisait remarquer qu'on n'avait pas encore visité les cabines de deuxième classe.

— Elles sont de mêmes dimensions que celles de troisième classe, lui assura Denny, la seule différence étant que le mobilier est plus luxueux. Venez, je vais plutôt vous montrer une cabine des voyageurs en première, puisque c'est justement une cabine de ce type que mon oncle occupe, encore que la sienne ne soit pas... comment dirais-je... typique. Il se trouve un escalier vers le pont Texas dans le salon de Moravie, mais passons plutôt par la cuisine et l'escalier de service.

Il les guida dans l'arrière-salle, puis dans une grande cuisine où tout était impeccable.

— Pourquoi l'appelez-vous le pont Texas? demanda Nadyha, qui trouvait l'appellation curieuse. Le Texas est un État d'Amérique, n'est-ce pas?

— À cette question, je sais répondre, dit Gage, qui, avec Baba Simza dans les bras, montait les marches abruptes à l'arrière de la cuisine. Les premiers bateaux à vapeur à transporter des passagers nommaient les cabines d'après les différents États d'Amérique, et c'est d'ailleurs pourquoi en anglais on dit «*stateroom*», qui signifie «chambre d'État». Puisque le Texas est le plus grand État d'Amérique, on nomma les plus grandes et les meilleures cabines d'après ce nom, et plus tard, ce fut le pont en entier qu'on surnomma « pont Texas ».

— Sauf que mon oncle, ajouta Denny, quand Gage eut terminé son explication, a cette fascination pour la Bohême, comme vous le savez, de sorte qu'il a nommé les cent soixante-quatorze cabines du *Reine* d'après les villages et les villes de ce pays. Bien sûr, personne n'a entendu parler de ces endroits, et beaucoup de passagers ont de la difficulté avec la prononciation, mais par chance les cabines sont aussi numérotées.

Le pont Texas ne comptait aucune cabine intérieure. Denny ouvrit la première porte qu'ils rencontrèrent. Sur la plaque en laiton, il était écrit : « Lebnitz pokoj 315 ».

La chambre faisait quatre mètres et demi sur six, offrant une aire plus grande que celle de la plupart des cottages achetés par les citoyens ordinaires. À leur galbe superbe, on reconnaissait tout de suite les lits Louis XV en bois de noyer noir richement sculpté. La table, la commode et le buffet étaient tous faits de bois de rose, et leurs dessus étaient de marbre blanc. Au sol, il y avait un magnifique tapis d'Orient aux couleurs riches. Les couvre-lits étaient d'un rouge velouté et les draperies étaient en velours doré, ornées de glands rouges avec des embrasses satinées. De grandes portes vitrées donnaient sur la promenade, et quand elles étaient pleinement ouvertes, celles-ci délimitaient l'espace d'un balcon privé.

— La promenade sur ce pont fait office de balcon privé, leur dit Denny, mais les passagers des ponts inférieurs ont bien sûr accès à la promenade du pont salon.

Venez, il faut absolument que je vous montre quelque chose d'épatant. Toutes les cabines de première classe et de deuxième classe ont leur propre salle de bain, mais celle de première classe est... eh bien, voyez par vous-mêmes !

C'était une salle spacieuse, avec une baignoire en cuivre au fond émaillé et un lavabo en marbre. Toute la robinetterie était en argent poli, et le grand miroir accroché au-dessus du lavabo avait un cadre en bois de rose avec des incrustations en argent.

Baba Simza leva le nez en apercevant la baignoire.

— Bah ! on reconnaît bien là le mauvais goût des *gajes* ! Se baigner dans de l'eau *mokadi*, quel sacrilège !

— Oh, c'est vrai, je n'avais pas pensé à ça, murmura sombrement Denny, avant de retrouver aussitôt sa bonne humeur. Ne vous en faites pas, Baba Simza, je trouverai bien une solution... Bon, maintenant, allons voir la cabine de mon oncle, c'est au fond du couloir.

Quand ils sortirent dans le couloir, ils tombèrent nez à nez avec l'auguste personnage qu'était le capitaine Edward T. Humphries. Il était en habit de soirée, avec la cravate blanche et une queue-de-pie. Le moins qu'on pût dire de son visage, ce fut qu'il était comme son portrait, on ne peut plus sombre.

— Monsieur Wainwright, auriez-vous l'obligeance de m'expliquer ce que signifie tout ce cirque ? Votre oncle sait-il que vous avez introduit ces personnes à bord du *Reine* ?

Denny sembla s'amuser comme un gamin de l'indignation guindée du capitaine, même si son plaisir aurait été plus grand encore si Gage avait transporté Baba Simza au moment précis de cette rencontre.

— Oui, monsieur, il le sait, répondit Denny avec beaucoup d'assurance. Pour tout vous dire, c'est à sa demande que je fais faire la visite à ces gens.

Humphries posa un regard pesant et long sur les gitans, remarquant surtout que Mirella, Simza et Nadyha étaient nu-pieds, et aussi que cette bande bigarrée était accompagnée d'un jeune mendiant. Ses yeux se plissèrent.

— Votre oncle vous a demandé d'emmener une bande de gitans à bord ? Où va donc le mener cette lubie qu'il a pour la Bohême ? Très bien, dans ce cas, je vous exhorte seulement à essayer de ne rien briser, monsieur Wainwright. Nous ne voudrions pas gâcher les préparatifs pour le prochain embarquement, n'est-il pas ?

Sans attendre de réponse, il leur tourna le dos dans un mouvement sec et partit dans le couloir vers la proue, où il avait sa cabine.

— Je suis franchement déçu, se plaignit Denny. Je m'étais imaginé une plus grave réaction de sa part.

— De quels bris nous croit-il capables ? dit Gage dans sa barbe. Craint-il que nous dormions dans les lits des cent soixante-quatorze cabines que compte ce bateau, des lits qu'il trouvera demain tous défaits ? A-t-il peur que nous goûtions à son gruau ou de nous voir assis dans ses fauteuils douillets ?

— Arrêtez de vous lamenter, Gage, ce n'est pas vous qu'on a traité de bande de gitans, dit Nadyha, qui fulminait encore d'avoir entendu l'insulte.

— On nous a crié des noms bien pires, lui rappela Baba Simza.

— Je suis désolé pour ces paroles mal à propos et blessantes, s'excusa Denny. Si vous pouvez y trouver un quelconque réconfort, sachez qu'il me traite de bon à rien, de paresseux et de désœuvré. Voici la cabine de mon oncle, venez tous, s'il vous plaît, entrez et faites comme chez vous.

C'était une pièce énorme, avec de hauts plafonds, des murs d'un rouge profond et beaucoup de dorures. Il y avait un poêle encastré dans un mur qui donnait l'impression réussie d'un vrai foyer avec son manteau en marbre. On le découvrait centré sur le mur du fond, qui était en fait une cloison contre la poupe du bateau. Deux grands canapés Louis XV étaient disposés de chaque côté du foyer, comme aussi des fauteuils et des dessertes en noyer qui invitaient à la détente, rappelant l'intimité qu'on retrouve dans les boudoirs. Les gitanes prirent place dans un des grands canapés de velours doré tandis que Niçu et Gage s'assirent dans les fauteuils. Cara s'installa dans un gros fauteuil capitonné et, consciente de la posture qu'une dame bien élevée devait adopter, elle s'assit le dos loin du dossier et croisa la jambe de sorte qu'une cheville se pose parfaitement devant l'autre, les mains sagement jointes sur le genou. Cette posture toute en dignité faisait un singulier contraste avec les vêtements qu'elle portait. Denny sourit de la voir ainsi, et il s'assit sur la chaise à côté d'elle.

Dans la salle à manger, il y avait une grande table dressée et un buffet à côté duquel Hervey attendait que les gens fussent installés. Sur le buffet, on avait rangé plusieurs carafes en cristal, des verres, des bouteilles de vin, un service pour le thé en argent et un service à café en or. Confortablement assis sur sa chaise, Denny présenta à ses invités le majordome.

— Voici Hervey, fidèle serviteur et homme de confiance de mon oncle. Il est d'une telle discrétion qu'on le croirait parfois invisible. Cela dit, il apparaît dès qu'il me prend l'envie d'un verre. Que voudriez-vous boire?

Hervey prit connaissance des désirs de chacun, et dès qu'on eut un verre à la main, Denny se mit à parler.

— Ainsi que je vous l'ai expliqué, le *Reine de Bohême* porte ce nom en raison de la passion de mon oncle Zeke pour ce pays de Bohême. Par ailleurs, je ne vous ai pas expliqué d'où venait cette fascination. En fait, tout a commencé par un opéra appelé *La bohémienne*. Mon oncle adore cet opéra. Il va partout où on le joue, il ne rate aucune représentation. Et ce qui le passionne dans cette œuvre, c'est qu'elle met en scène des gitans.

Nadyha et Mirella échangèrent un regard convenu.

— Nous en avons entendu parler, dit Nadyha. Cet opéra a donné l'idée à Mme Perrados, l'épouse de Jerome Perrados, de divertir ses invités en leur faisant visiter notre commune. Et ces gens nous regardaient comme des animaux de foire. Il fallait les entendre. «Oh, mais voyez comme ils sont bohèmes! Quel exotisme, quelle sauvagerie! Exactement comme *La bohémienne*», dit-elle en prenant une voix hautaine et nasillarde. Dites-nous, Dennis, cet opéra, nous le connaissons de nom, mais que raconte-t-il?

— On y raconte l'histoire d'un comte polonais du nom de Thaddeus, qui est forcé à l'exil pour avoir épousé la foi catholique. On a voulu camper l'intrigue sous le règne de la Maison de Habsbourg et dans... oh, pardon, je vous épargnerai les détails politiques. Pour faire court, disons seulement que le comte polonais s'exile en Autriche, où il fait la rencontre de gitans. Le destin voudra qu'il croise Arline, fille du comte d'Arnheim. Et Arline sera attaquée par un cerf...

— Pardon! s'exclama Nadyha. Attaquée par un *cerf*! Qu'a-t-il bien pu lui faire, la mordiller à mort?

— Bon d'accord, oubliez le cerf. Il arrive dans un opéra que l'auteur se permette quelques fantaisies. De toute façon, le chef des gitans, Trousse-Diable, kidnappe la comtesse Arline...

— Et voilà, encore une histoire où les *gajes* nous accusent d'enlever leurs enfants, grommela Nadyha. Nous n'en avons que faire de leur marmaille! Nous avons nos propres enfants, merci beaucoup!

— Oui, euh... malheureusement, cet opéra a sans doute contribué à bâtir ce mythe populaire, dit Denny, l'air désolé. Je m'excuse. De toute façon, Trousse-Diable enlève Arline...

— Aucun *romoro* ne porterait un nom pareil! Trousse-Diable, quand même! l'interrompit encore Nadyha.

— Nadyha, laisse-le terminer son histoire, s'impatienta Baba Simza. Continuez, Dennis.

Se sentant pressé, Denny fit court et vite.

— Donc, Thaddeus s'enamoure d'Arline, qui, d'amnésie, ne se souvient plus qu'elle est comtesse d'Autriche;

elle se croit Bohémienne, comme la reine des gitans, qui, elle aussi, est amoureuse de Thaddeus. Arline va retrouver la mémoire en revoyant son père qui la ramène dans leur château. Thaddeus tentera l'impossible pour récupérer Arline. La reine des gitans essaiera d'assassiner Arline, mais Trousse-Diable… euh, c'est-à-dire le chef des gitans, l'en empêchera. Elle succombera accidentellement à un coup de couteau. Thaddeus et Arline se marieront et vivront le parfait bonheur pour le reste de leurs jours.

— Bien, dit Niçu pendant que Denny reprenait son souffle, nous savons donc que votre oncle se passionne pour la Bohême et les gitans. Nous savons maintenant l'intrigue de cet opéra, *La bohémienne*, et nous comprenons que l'auteur de l'œuvre ne sait rien du peuple rom. En fait, nous ignorons une seule chose : que voulez-vous de nous ?

Denny bondit hors de sa chaise et commença à faire les cent pas. Il renversa presque au passage Hervey, qui, penché, resservait du thé à Baba Simza.

— Je vous explique, reprit-il, cet opéra a fait courir les foules. Dès ses débuts, il a fait souffler un vent d'enthousiasme de par le monde. Il y a vraiment aujourd'hui un « engouement gitan » dans les grandes villes : Londres, Paris, Vienne, Hambourg, sans oublier bien sûr Prague, New York, Boston… et sûrement ici aussi, à La Nouvelle-Orléans, ce qui expliquerait le désir de Mme Perrados de présenter de vrais gitans à ses amis, si vous voulez bien me pardonner l'effronterie de cette formulation. Qui plus est, la musique de cet opéra est beaucoup plus accessible ; on a même adapté certains passages pour en faire des arias. On les chante dans les salons privés, les gens dans la rue les fredonnent, on siffle les mélodies, et elles font chanter les hommes dans les saloons. Bref, certains morceaux de cet opéra pourraient être interprétés par les chanteurs les plus amateurs.

» Par contre, l'œuvre n'a rien de spectaculaire sur le plan de la scène, et c'est là que vous ferez opérer votre magie. Avec votre énergie, vos costumes, vos... vos, dit-il, faisant un grand geste dans les airs. Avec votre talent, vos numéros, votre musique, vos danses, nous ferions mille fois mieux que l'œuvre originale. Voici donc ce que je vous propose : que diriez-vous d'être les vedettes d'une production qui serait fortement inspirée de *La bohémienne*, mais à laquelle nous donnerions une authentique saveur romani ?

L'offre fut accueillie dans un vaste silence hébété. Stupéfaits, les gitans se regardaient, puis regardaient Denny. Gage n'avait pas l'air surpris, non plus que Cara, remarqua-t-il. Elle souriait un peu, une expression énigmatique et pensive.

— Vous voudriez nous voir jouer une pièce de théâtre, ici, à bord du *Reine de Bohême* ? demanda Niçu.

— Tout à fait, acquiesça Denny avec satisfaction. Naturellement, nous vous installerions dans les cabines, et non dans les quartiers de l'équipage. Et vous seriez payés.

Sourcils froncés, Nadyha eut ceci à dire :

— De quel genre de prestation parlez-vous ? Vous n'êtes pas sans savoir que nous ne chantons pas l'opéra. Nous ne sommes pas des acteurs non plus.

— Vous savez jouer, rétorqua Denny, et nous en avons eu la preuve. C'est la raison pour laquelle je voulais vous entendre réciter ce poème de William Blake. Vous savez jouer la comédie, Nadyha. Je le sais depuis cette nuit où vous nous avez séduits en récitant la Bible, l'histoire du lion dans les rues. Il me restait simplement à en faire la démonstration à mon oncle. Vous l'avez épaté, Nadyha. Il a même cru, je crois, que William Blake avait écrit ce poème pour Anca. Vous avez un réel talent d'actrice. J'ai d'ailleurs décidé que vous joueriez la scène d'ouverture avec Anca.

— Pardon ? souffla Nadyha.

— Oui, oui, vous avez bien entendu. Sachez que l'écriture de la pièce est en bonne voie d'être terminée, il me reste quelques détails à peaufiner, poursuivit Denny, tout enthousiaste. Comme je le disais, la pièce est librement inspirée de *La bohémienne*, mais je compte laisser toute la place à la vraie musique gitane, à vos danses et à vos chants. J'ai même pensé mettre en scène Anca, et Boldo aussi, et je crois que nous devrions mettre à contribution vos magnifiques chevaux, Tinar et Saz ! Vous vous demandiez peut-être la raison de notre visite à la cale, eh bien, j'avais pensé y installer des stalles. Ce ne serait pas une première, nous avons déjà transporté des chevaux par le passé. Vous voyez, j'ai pensé à tout, et cette production sera certainement sensationnelle ! Chacun d'entre vous aura un rôle, et vous aussi, Gage, voulut-il préciser, souriant comme un jeune garçon. J'ai aussi proposé à mon oncle de jouer le comte Arnheim, ce qui explique sans doute son enthousiasme pour le projet. Par contre, je n'ai personne pour le rôle de la comtesse Arline… nous trouverons peut-être une actrice parmi les troupes qui se produisent en ville…

Cara parla, mais trop bas pour qu'on la comprenne.

Denny cessa d'arpenter la pièce.

— Je vous demande pardon, mademoiselle Cogbill? J'ai mal saisi ce que vous disiez.

Elle s'éclaircit la voix et leva sur lui ses beaux yeux bleus.

— *I Dreamt I Dwelt in Marble Halls*, l'aria la plus célèbre de l'opéra *La bohémienne*. Je sais la chanter.

CHAPITRE 12

Denny revint au pavillon avec les gitans. Niçu, Mirella, Nadyha et Baba Simza avancèrent des chaises devant le grand brasero et se lancèrent dans de vives discussions en romani. Cara alla à la hâte dans le *vardo*, où son sac était rangé.

Gage sortit trois chaises, qu'il disposa de l'autre côté du feu. Denny et lui s'assirent en attendant Cara ; Gage savait qu'elle faisait ses bagages et qu'elle avait l'intention de partir. Il allait essayer de l'en dissuader.

— Gage, demanda Denny, vous devez absolument m'en dire davantage sur cette fille ! Qui est-elle ? Pourquoi porte-t-elle ces vêtements ?

— Vous m'avez déjà posé ces questions mille fois, répondit Gage. Et je n'y répondrai pas. C'est à elle de vous raconter. Denny, avant qu'elle ne revienne, je dois vous demander… encore, parce que la première fois vous ne m'écoutiez pas. Tout ce que vous trouviez à dire, c'était « Qui est-ce ? » et « Pourquoi porte-t-elle ces vêtements ?» Tentons de ne pas retomber dans cette même ornière, voulez-vous ? Ce que vous devez faire pour moi, si bien sûr vous le pouvez, c'est obtenir des informations à propos d'un capitaine stationné au fort Butler, à Donaldsonville. Son nom est Joseph Nettles.

— Joseph Nettles, répéta pensivement Denny. Je n'ai jamais entendu ce nom. Peu importe, que voulez-vous savoir au juste ? Combien il mesure, quelle enfance il a eue, sa couleur préférée ?

— Je veux savoir s'il est mort, expliqua succinctement Gage.

— Oh !

Cara passa la porte du *vardo* avec son gros sac en jute, et Gage se leva pour aller à sa rencontre.

— Mademoiselle Cogbill, je vous prie, joignez-vous à nous. M. Wainwright aimerait vous entretenir de l'aria dont vous avez parlé.

— Oui, j'ai cru comprendre que ce monsieur est emballé à propos de la production théâtrale qu'il envisage, dit Cara, jetant un coup d'œil à Denny, qui la regarda en retour. Comme vous ne l'ignorez pas, monsieur Kennon, je suis dans une… une situation difficile et je ne crois pas… en fait, je suis désorientée. En toute honnêteté, je crois qu'il vaudrait mieux que je reprenne la route.

— C'est ce dont je voulais vous parler, dit doucement Gage. Prenons un moment et discutons entre amis, voulez-vous ?

— Très bien, acquiesça-t-elle, bien qu'à contrecœur.

Elle suivit Gage et s'assit sur la chaise qu'il avait sortie pour elle. Denny s'était levé à la hâte pour l'aider galamment à s'asseoir, un sourire dans les yeux en voyant cette fois encore la pose gracieuse qu'elle prenait malgré ses vêtements masculins élimés.

— Mademoiselle Cogbill, j'ai pleinement conscience que nous nous connaissons depuis peu, et peut-être trouverez-vous mon audace peu orthodoxe, mais je me permettrai quand même l'impertinence de vous poser plusieurs questions indiscrètes.

— Vous me surprenez, dit Cara d'un ton égal.

— Non, non, mam'selle, s'empressa de rectifier Denny. Ça ne concerne pas votre... euh... tenue vestimentaire. Ce que je veux savoir, c'est si vous savez vraiment chanter. Savez-vous bien chanter ? Avez-vous déjà envisagé de faire partie d'une production théâtrale ? Êtes-vous à l'aise sur scène ?

Elle souriait maintenant.

— Vous ne parlez pas à tort et à travers, monsieur, dit-elle, avant de prendre une grande inspiration pour répondre à toutes ses questions. On dit que je chante très bien, oui. Je suppose que ce serait de la fausse modestie de dire le contraire. Je crois que le Seigneur m'a fait don d'un talent pour le chant. Je sais aussi jouer du piano et de la guitare. J'ai déjà fait... de la scène, oui. Voilà, je crois avoir répondu à toutes vos questions.

Denny s'avança sur le bout de sa chaise.

— Vraiment ? C'est donc dire que vous avez de l'expérience dans l'art théâtral ? Oh, mais c'est tout simplement extraordinaire ! Voudriez-vous chanter un peu pour moi ? S'il vous plaît ?

Après un moment de réflexion, elle accepta.

Gage se leva, content qu'elle ait accepté.

— Je reviens avec la guitare de Baba Simza, dit-il.

Denny et Cara se regardèrent en silence. Denny avait l'air intrigué et fébrile. Cara semblait tranquille et secrètement amusée.

Gage revint, et Cara prit la guitare. Elle gratta les cordes et dut en accorder deux, ce qu'elle fit à l'oreille. Sans autre préambule, elle se mit à pincer les cordes, et une douce mélodie emplit l'air.

Are you going to Scarborough Fair?
Parsley, sage, rosemary and thyme...
Remember me to the one who lives there.
He once was a true love of mine.

Elle chanta la chanson jusqu'au dernier couplet, et Gage remarqua que les gitans s'étaient tus pour l'écouter. Dans les yeux de Nadyha, il y avait une lumière ; elle adorait la chanson.

Quand les dernières notes allèrent doucement se perdre dans la nuit, Denny laissa échapper ce mot :

— Exquis !

— Merci, monsieur, répondit simplement Cara.

— Acceptez-vous d'être ma comtesse ? lâcha-t-il d'un seul souffle.

— Je vous demande pardon ?

— Euh, non, je me suis mal exprimé. C'est dans le titre de ma pièce, que dis-je, mon opérette ! dit Denny sous le coup de l'émotion. *La comtesse et la reine gitane.* Et vous serez la comtesse... la comtesse Cara Czerny de Bohême, qu'en dites-vous ?

Cara baissa les yeux sur ses habits, son gilet tout crotté, son pantalon effiloché, ses chaussures d'homme.

— Comtesse? Vous m'avez bien regardée?

Elle éclata de rire, et Denny s'esclaffa aussi. Gage souriait de les voir rire.

— Monsieur Wainwright, dit Cara, quand elle eut retrouvé son sérieux, sachez que j'apprécie cette occasion que vous m'offrez, c'est la vérité, mais j'ai bien peur que le moment soit mal choisi… je ne serais pas… je dois décliner l'offre.

— Le moment est mal choisi? releva Denny. Dans ce cas, reparlons-en demain, dit Denny.

Nadyha vint les voir et félicita Cara.

— C'était une très belle chanson. Nous l'avons tous aimée. Vous avez une belle voix, mademoiselle Cogbill.

— Merci, mais de grâce appelez-moi Cara. Je serais heureuse de vous apprendre cette chanson, Nadyha. M. Kennon me dit que vous êtes vous-même une chanteuse accomplie.

— Hum, fit Nadyha d'un ton sombre, portant ses poings fermés sur ses hanches et jetant à la dérobée un bref coup d'œil à Gage.

Malgré ce regard pugnace, Nadyha avait une sorte d'aura autour d'elle; elle rayonnait, aurait-on dit.

— Dennis, nous acceptons de travailler et de vivre à bord du *Reine de Bohême*.

Denny sauta hors de sa chaise et poussa des cris de joie; il était au comble de l'excitation.

— Oui, oui, oui! Je le savais, j'en étais sûr!

— Oh, vous ne saviez rien du tout, *dilo gajo*, dit Nadyha. Vous avez votre réponse. Il est presque minuit, et nous sommes épuisés. Nous rentrons nous coucher. Miss... pardon, Cara, ma *puridaia* — Baba Simza — aimerait vous parler.

Nadyha tourna les talons, laissant Denny sur sa faim.

— Mais... euh... je voulais quand même... euh...

Cara se leva pour aller voir Baba Simza, et Denny se remit à balbutier :

— Mais... mademoiselle Cogbill... je... Attendez.

— Ne vous en faites pas, on s'y habitue, vous verrez, le rassura Gage. Je dois quand même avouer que je n'ai jamais vu autant de femmes laisser de braves gens sur le carreau. Vous roulez encore de gros yeux ronds, Denny. Asseyez-vous, vous avez votre réponse. C'est tout ce que vous tirerez d'eux ce soir. Quand ces gens se font une idée, ils ne tergiversent pas, ils agissent, n'aviez-vous pas remarqué ?

— Je voulais seulement en discuter ! se plaignit Denny, qui se rassit mollement sur sa chaise.

— Discutons, dans ce cas. De but en blanc, je vous dirai que je ne serai pas de votre pièce ni d'aucune opérette, affirma Gage d'un ton sans équivoque. Alors, qu'importe la ritournelle que vous espériez me faire chanter sur scène, vous pouvez remballer votre marchandise, parce que je ne marche pas.

— Oui, je m'en doutais, fit remarquer Denny. Pourtant, je vous suis redevable, Gage. Pour régler cette dette que j'ai envers vous, j'avais pensé vous proposer le rôle du comte Untel de Pologne; il me reste à lui trouver un nom.

— Merci, mais je vais passer mon tour.

— De toute manière, comme je savais que vous refuseriez, j'ai écrit le rôle avec quelqu'un d'autre en tête.

— Hum, hum! Et ce comte est l'objet de l'idylle amoureuse de la comtesse Cara Czerny de Bohême, c'est bien ça?

— En effet.

Gage se cala sur sa chaise, étirant ses longues jambes et croisant les bras sur son ventre.

— Il me semble que vous seriez parfait dans le rôle du comte Untel de Pologne, mon cher. Vous savez chanter aussi, si j'en crois ces fois où je vous ai surpris à gazouiller *When Johnny Comes Marching Home* quand nous étions sur la route.

— Vous croyez? demanda Denny, à qui le compliment était véritablement agréable. De toute façon, des corneilles pourraient chanter sur scène, et personne ne le remarquerait, du moment que Nadyha se trouve à l'avant-scène... Et mademoiselle Cogbill..., dit-il sans terminer sa phrase.

En silence, il rumina des pensées chagrines, puis s'égaya à nouveau.

— Gage, mon ami, j'ai des projets pour vous. Pour vous et Niçu, en fait. Voici, je vous explique, même si Niçu n'est pas là.

Sur ces entrefaites, Niçu et Mirella regagnaient leur *vardo*.

— Quelle idée saugrenue a encore germé dans cette grosse tête que vous avez ? grommela Gage.

Fine mouche, Denny avança un argument de poids.

— Saugrenue, vraiment ? fit-il. Et si je vous disais que cette idée implique des armes à feu et beaucoup de munitions ?

Gage tourna brusquement la tête vers Denny.

— Ah ? Des armes et des munitions à volonté ?

— Tu parles ! Johnny Reb.

— Dans ce cas, Billy Yank, dit chaleureusement Gage, ça change tout. Discutons.

Cara alla voir Baba Simza.

— M'dame ? dit-elle doucement. Vous vouliez me parler ?

— *Hai*, assieds-toi, Cara, l'invita-t-elle d'un geste de la main, et Cara s'assit par terre, jambes croisées devant la chaise de Baba Simza. Tu avais l'idée de partir ce soir ?

— En fait, oui, m'dame. Je me sens beaucoup mieux, voyez-vous. Je n'ai plus de vapeurs ni aucun autre malaise. Vous avez tous été très gentils, et je vous suis reconnaissante, mais le temps est venu pour moi de poursuivre mon chemin.

— Ah, vraiment ? demanda Baba Simza, et, dans la lumière mourante du feu, ses yeux brillaient. Tu as prié aujourd'hui, quand tu étais mal dans le *vardo*. Tu es chrétienne ?

— Oui, m'dame, je le suis. Je sais donc que le Seigneur est... qu'Il... bredouilla Cara, la gorge nouée.

Peu importe ce que l'avenir me réserve, je sais qu'Il prendra soin de moi.

— Et ne crois-tu pas qu'Il a déjà intercédé en ta faveur? demanda Baba Simza. Tu es ici. Crois-tu que c'est le fait du hasard? Non, *bitti gaji*, tu t'es effondrée, *boum!*, juste aux pieds de Gage Kennon. *Miry deary Dovvel* s'est assuré que tu ne tombes pas par là, là-bas ou encore plus loin, fit Baba Simza en indiquant trois directions d'un doigt pointé. Tu es tombée juste ici. Je trouve amusant que les gens ne cessent de s'évanouir devant Gage Kennon, et il doit trouver amusant que je doive recueillir de pauvres *gajes* blessés dans mon campement. Tu es blessée, n'est-ce pas, Cara?

Cara voulut répondre que non, mais ses yeux s'emplirent de larmes. Baba Simza posa la main sur son épaule.

— Ce n'est pas toujours une mauvaise chose de pleurer. Il n'y a que les larmes de peur qui soient mauvaises. *Miry deary Dovvel* m'a un jour dit : « Ne redoute ni une terreur soudaine ni une attaque de la part des méchants, car l'Éternel sera ton assurance, et Il préservera ton pied de toute embûche. »

Cara fut saisie de surprise. Était-il possible que cette vieille dame en sache autant sur elle?

— Non, continua Baba Simza, Gage ne m'a rien dit sur toi. Notre discussion m'a fait penser à ce verset du livre des Proverbes, voilà tout. *Hai.* Ce soir, tu dormiras dans le *vardo* de Nadyha, je coucherai dans celui de Niçu.

Troublée, Cara tenta de s'opposer.

— Mais… Nadyha ?

Baba Simza haussa les épaules.

— C'est elle qui a pris cette décision, pas moi. Pour cela aussi, il faudra un jour remercier Gage Kennon.

Les douze jours suivants furent exténuants d'activité, mais également parmi les plus plaisants que Gage Kennon ait vécu.

Les gitans avaient refusé de quitter le marché tant qu'il resterait des marchandises à vendre. Ils travaillaient du matin au soir, et Denny s'affolait de devoir retarder le début des répétitions sur le *Reine de Bohême*.

— Nous appareillons le douze, plaidait Denny auprès de Baba Simza. Aujourd'hui, nous sommes le deux. Comme vous le savez, Baba Simza, c'est un travail qui vous rapportera à tous de bonnes sommes d'argent. Ne pourriez-vous pas entreposer vos marchandises invendues et emménager sans plus attendre sur le *Reine* ? Nous pourrions commencer à répéter. Je vous en prie ?

— « Si tu vois un homme habile dans son ouvrage, il se tient auprès des rois ; il ne se tient pas auprès des gens obscurs », récita placidement Baba Simza, qui travaillait à la confection d'un *tignon*. Nous vendrons notre artisanat, puis nous retournerons au campement pour tout ranger.

— Oui, m'dame, dit Denny, vaincu.

Cara fut vite adoptée par le groupe, un peu comme l'avaient été Gage et Denny. Elle évitait de se montrer le jour et portait encore le chapeau trop grand et les vêtements de son frère. Durant l'après-midi, Denny avait reçu des nouvelles au sujet du capitaine Joseph Nettles. L'air maussade, il s'était présenté devant Gage, qui était occupé à aiguiser les couteaux de Niçu.

— J'ai des informations à propos de ce capitaine dont vous m'avez parlé, dit-il, un regard brièvement levé en direction de Cara, qui était assise dans les marches du *vardo*. Les nouvelles ne sont pas très bonnes. Maintenant, je comprends l'histoire des vêtements de garçon.

Gage posa lentement la pierre à aiguiser et le couteau.

— Ce serait mieux si nous allions lui parler. Inutile de prétendre que vous n'êtes pas au courant.

Ils allèrent s'asseoir avec Cara, qui s'inquiéta de la face de carême qu'ils affichaient.

Gage parla calmement.

— Mademoiselle Cogbill, j'ai cru bon de demander à Denny de faire quelques recherches, et il a reçu des nouvelles. Avant toute chose, sachez que j'ai confiance en vous. Je vous sais bonne chrétienne et je crois sincèrement que le Seigneur vous impose cette épreuve pour une bonne raison. Bon, je laisse la parole à Denny.

— Le capitaine Nettles est mort, dit Denny, qui s'en voulut aussitôt de ne pas ménager Cara. Il a fait une chute en bas d'une scène et s'est brisé le cou. Il a été établi que le capitaine avait beaucoup bu ce soir-là, et on pense que cet abus n'est pas étranger à l'accident, que c'en est possiblement la cause.

» Le problème, mademoiselle Cogbill, c'est que plusieurs zones d'ombre demeurent à propos des circonstances de cette nuit tragique. On a découvert que vous étiez la dernière personne à avoir vu le capitaine vivant. Les prévôts ont déclaré qu'ils aimeraient vous interroger.

— Est-ce... est-ce qu'il y a un mandat pour mon arrestation ? dit Cara, sa voix tremblante de crainte.

— Non, ils ne sont pas allés aussi loin, répondit Denny, mais sachez qu'on vous recherche. Apparemment, certaines rumeurs disent que vous... que vous avez eu des gestes... que vous êtes ce genre de femme quoi, vous comprenez ? Et les ragots des dames seraient apparemment venus à l'oreille de Mme Nettles, qui croit... eh bien, ce n'est pas qu'on pense que vous avez eu l'intention de tuer son mari, mais que vous... hum...

— Que je l'ai fait boire, que j'ai voulu le séduire, qu'il est tombé et que j'ai fui, dit Cara tout bas. Connaissant Mme Nettles, je peux comprendre qu'elle voudrait penser cela. Ce n'est pas ce qui est arrivé !

Elle avait levé des yeux alarmés vers Denny, qui eut un sourire. En fait, c'était plus fort que lui ; c'était l'expression qui lui venait comme un réflexe. Elle était si belle d'innocence, un petit chaton, pensa Denny.

— Je vous crois, mademoiselle Cogbill. Si j'avais pensé que vous étiez capable d'un quelconque acte déshonorant, vous aurais-je demandé d'être la comtesse Cara Czerny ? Certainement pas. Je crois que c'est exactement ce qui devrait occuper vos pensées pour l'instant. Dans onze jours, nous partons pour deux semaines de navigation sur le fleuve. À en croire mon informateur au fort Butler, il y a de très bonnes chances que tout ce scandale soit oublié d'ici là.

Cara regarda Gage, et il lui adressa un hochement de tête d'encouragement. Elle prit une grande respiration.

— Monsieur Wainwright, dit-elle, je vous remercie du fond du cœur pour votre généreuse offre d'emploi et je l'accepte avec plaisir.

— Formidable ! Allons de ce pas faire prendre les mesures pour les costumes ! dit Denny en se levant d'un bond.

Gage et Cara accompagnèrent Denny dans cette activité qu'il avait spontanément proposée. De guerre lasse et parce que le personnage ne disait pas plus de deux lignes, Gage avait accepté de jouer le rôle du capitaine de la garde. Il lui fallait donc un costume. Les gitans, eux, avaient décidé qu'ils porteraient leurs propres habits, comme Denny l'avait imaginé. Il leur manquait seulement quelques pièces d'or et une chaîne pour fabriquer à Nadyha un *galbé*, le collier traditionnel porté par les gitanes. Denny se procura aussi des écheveaux de vrai fil d'or, avec lesquels Nadyha put confectionner un tout nouveau *diklo*.

L'affluence au marché fut telle que les gitans eurent presque tout vendu dès le dimanche matin. Voyant cela, ils décidèrent de retourner au campement avant le soir. Denny les accompagna dans ce voyage du retour.

Durant les jours suivants, ils se consacrèrent aux répétitions de *La comtesse et la reine gitane*. Niçu, Mirella et Gage travaillèrent leurs numéros d'adresse, et tout le monde mit la main à la pâte pour effectuer les tâches quotidiennes. Niçu fabriqua une dizaine d'assiettes en fer-blanc, des soucoupes et une multitude de piécettes. Mirella et Simza tissèrent des *diklos* et des *kishtis*, ces larges ceintures à nœud portées par les hommes gitans ; c'était une commande que Denny avait passée et qui servirait à vêtir les figurants de la pièce. La note serait réglée par les Investissements Wainwright limitée.

Niçu apprit des pas de danse à Denny, et Nadyha fit de même avec Cara. Nadyha avait appris, bien que lentement, à apprivoiser Cara. Leur relation s'était surtout cimentée tandis qu'elles soignaient les animaux. Dans son personnage, Cara devait interagir avec les animaux, et Nadyha l'aida en ce sens. Bien que Cara fût d'abord craintive avec Anca, elle réussit à surmonter ses peurs. Anca adopta une attitude de tolérance envers Cara, mais sans plus, ce qui n'était pas mauvais en soi. Nadyha et Cara passèrent aussi de longues heures à apprendre de nouveaux tours à Anca, à Boldo, à Tinar et à Saz. Cara se faisait un plaisir d'aider Nadyha dans les entraînements.

Cinq jours avant le départ du *Reine de Bohême*, les gitans, Cara, Gage et Denny s'installèrent à bord du bateau. Anca, Boldo, Tinar, Saz et Cayenne, et même le chat Matchko emménagèrent avec eux sur le *Reine*. Les journées furent encore bien remplies ; on répéta du matin jusque tard dans la nuit, et quand le douze du mois arriva enfin, le spectacle fut fin prêt.

Nadyha prenait l'air sur son balcon privé ; Denny lui avait attitré une cabine de première classe de sorte qu'elle ait l'espace pour garder Anca et Boldo. Elle ouvrait grands les yeux et tendait une oreille attentive pour ne rien manquer de l'appareillage. Dans le ventre du grand bateau à vapeur, les chaudières rougissaient, et soudain on eût dit qu'il prenait vie, son souffle grave comme un rugissement s'élevant des tuyaux d'échappement. Des centaines de curieux s'étaient massés sur les docks, admirant le *Reine de Bohême* tandis qu'il amorçait sa lente manœuvre de recul. Ses cheminées crachaient une fumée noire et ses moulures rouge et or scintillaient dans le soleil du petit matin. Son grand sifflet retentit, un profond et imposant timbre de baryton, un son plein d'autorité.

— Je n'arrive pas à y croire, dit-elle doucement à Anca, qui était assise à côté d'elle. Je croirais rêver... rêver le plus beau des rêves...

«Et ce rêve, je le dois à Gage Kennon.»

CHAPITRE 13

Par dizaines, les passagers s'étaient attroupés devant le chevalet installé près du grand piano dans le salon de Moravie. Sur ce chevalet, on retrouvait l'affiche annonçant deux représentations d'une opérette durant le voyage du *Reine de Bohême* vers Saint-Louis. L'élaboration de cette affiche avait été confiée à un spécialiste de l'illustration, ce qui expliquait qu'elle fût aussi bien réalisée. En gros caractères, au haut de l'affiche, il y avait le titre de l'opérette : *La comtesse et la reine gitane*. Denny avait passé la commande d'une gravure sur bois représentant Nadyha et Anca, qu'on avait ingénieusement insérée dans le coin supérieur gauche. Sous cette image, on pouvait lire : « Nadyha, reine des gitans, et Anca, son féroce couguar ».

Sous le titre, dans une fonte plus délicate, on pouvait lire :

Mettant en vedette :
Baba Simza, la Phuri Dae
Mirella, la gitane amoureuse de Bulibasha
Niçu dans le rôle de Bulibasha, chef des gitans
et membre du vitsi gitan

Dans le coin inférieur droit, on pouvait admirer une autre gravure sur bois, celle-là de Cara levant un regard rêveur vers des montagnes éloignées. En légende, il était écrit : « La mystérieuse comtesse Cara Czerny ».

En dessous et écrit en petites capitales, l'affiche annonçait : « L'illustre propriétaire du *Reine de Bohême*, Zedekiah Wainwright, a gracieusement accepté de tenir le rôle du comte Czerny de Bohême. Mettant également en vedette le capitaine Dennis Wainwright, retraité, dans le rôle du comte Tomasz Adamczyk de Pologne. »

On retrouvait aussi en capitales rouges un avertissement destiné aux cœurs sensibles qui disait : « Des animaux sauvages seront de cette production. Ils ne sont pas dangereux, mais nous tenions à en avertir les dames aux sensibilités vives. » Cela, bien entendu, garantirait que toutes les dames se bousculeraient au portillon.

Tout en bas de l'affiche, il y avait un carton amovible qui annonçait les dates et les heures des représentations destinées aux différentes classes de passagers. On y lisait ceci : « Première représentation à vingt et une heures jeudi soir dans la Salle de bal bohémienne pour les passagers du pont Texas ».

Mme Euprosine Dobard renifla sèchement et dit tout haut :

— Je trouve toute cette affaire scandaleuse! Saviez-vous que ces femmes, ces gitanes, se promènent pieds nus et que leurs bras sont toujours exposés! J'ai informé M. Dobard que, peut-être, il vaudrait mieux débarquer à Bâton-Rouge et prendre un autre bateau!

C'était une petite femme grassouillette à la peau olivâtre. Elle portait un ensemble de voyage aussi onéreux que le prix de sa cabine. Son mari, Theodule Dobard, était également courtaud et rondelet. On aurait dit un hobereau, avec ses favoris épais et duveteux et ses grosses joues rouges.

— Ah, Euprosine! Le *Reine de Bohême* est le plus grand bateau à vapeur sur le Mississippi! dit-il de sa voix joviale, un contraste frappant avec les reniflements pincés et les airs moralisateurs de sa femme. Bon, bon, si les animaux vous effarouchent, vous n'êtes pas tenue d'y assister, n'est-ce pas?

Les gens autour du couple, dont certains étaient des passagers de deuxième classe, s'approchèrent pour mieux entendre.

— Est-ce vrai qu'il y aura un couguar? demanda timidement une jeune fille.

— En effet, un couguar et un ours mal léché, et aussi un chat de gouttière qui appartient à ces *gens* et qui gambade dans les couloirs bon gré mal gré! dit Mme Dobard, enflant la voix. Pis encore, ils sont en première classe! C'est une abomination!

M. Dobard poussa un long soupir; l'éventualité d'un débarquement à Bâton-Rouge devenait de plus en plus sérieuse. Cependant, leur fille Monique vint passer son bras sous celui de sa mère et dit :

— Oh, maman, vous faites tout un plat de cette banale affaire. Pour ma part, je trouve cela excitant ! Moi, je suis de ceux qui souhaiteraient voir la pièce ce soir même plutôt que demain. J'attends ce spectacle avec impatience.

Mme Dobard leva les yeux sur sa fille, ne pouvant faire autrement, puisqu'elle faisait une tête de moins que Monique. En fait, Monique aurait pu être une enfant trouvée, car l'hérédité ne lui avait donné aucun trait que l'on pût trouver chez ses parents. Elle était mince, grande et d'une grâce exquise, presque hypnotique. Elle avait une voix musicale et un visage fort, à défaut d'être superbement joli, avec un nez patricien, un menton ferme et des lèvres aux formes agréables. Ses cheveux et ses yeux étaient du même brun profond, mais c'étaient d'abord sa voix et son charme qui faisaient d'elle une si belle femme.

— Vous êtes impatiente ? bougonna Mme Dobard. Monique, enfin, pensez un peu à mes nerfs ! Imaginez donc, de sales voleurs gitans et des animaux sauvages sur scène ! J'aurais cru que vous me tiendriez compagnie demain soir durant cette… ce… spectacle.

— Non, m'dame, dit Monique avec une désinvolture un peu fabriquée. Je ne manquerais ce spectacle pour rien au monde !

L'anticipation était à son comble dans la Salle de bal bohémienne. Les passagers de première classe avaient terminé de dîner, et on entendait une foule de sons intrigants venant de derrière les rideaux de velours rouge qui masquaient la scène. À un certain moment, on entendit des cris de guerre chevalins et les grognements d'un couguar. À présent, les garçons de table retiraient les dernières nappes blanches, et ils commencèrent à disposer sur les tables, au grand plaisir des spectateurs, de petits vases de fleurs à côté de jolies lanternes à bougie. On tamisa l'éclairage des appliques à gaz, et aussi la lumière des grands lustres de cristal tandis que la scène s'illuminait de quelques projecteurs. Le capitaine Edward T. Humphries, resplendissant dans son uniforme blanc aux galons d'or, vint au milieu des planches, son arrivée suscitant certaines conversations murmurées dans l'assistance.

— Mesdames et Messieurs, commença-t-il d'une voix pleine d'autorité, je vous demande votre attention, s'il vous plaît. *La comtesse et la reine gitane* va commencer dans quelques instants. Je suis persuadé qu'il a déjà été porté à votre connaissance que des animaux sauvages monteront sur scène durant cette opérette. Je tiens à vous assurer que personne à bord de mon vaisseau ne sera exposé à quelque danger que ce soit. Ainsi, n'ayez aucune crainte à ce sujet. Je voudrais cependant vous demander de faire silence pendant que les animaux sont sur scène ; je vous prierais de ne pas applaudir ni crier pendant ces segments du spectacle. De plus, je dois vous demander de rester assis durant la représentation. Certains passages de cette production sont, comme vous le constaterez, peu orthodoxes, mais il est impératif que vous gardiez votre calme et fassiez silence. Merci et bon spectacle.

La pièce que Denny avait écrite suivait *grosso modo* la trame narrative de *La bohémienne*, sans quelques-unes des intrigues secondaires plus compliquées.

Durant le premier acte, le comte Czerny d'Autriche (personnage que campait avec enthousiasme l'oncle de Denny) faisait part à son capitaine de la garde (joué par un Gage plutôt impassible et raide) d'une rumeur qui voulait qu'un rebelle polonais se cachât quelque part dans son fief. Il le chargeait de dénicher ce rebelle pour le mettre aux arrêts. Ce rebelle, le capitaine Tomasz Adamcyzk, dans sa fuite pour sauver sa peau, allait rencontrer Bulibasha, le chef des gitans. Bulibasha se découvrait de l'empathie pour le pauvre fugitif en cavale et invitait Tomasz à se joindre à sa bande. À ce moment, on entendait des chevaux approcher, et Bulibasha pressait Tomasz de se cacher.

Le capitaine de la garde revenait alors sur scène. Un magnifique cheval alezan faisait exactement deux pas sur les planches, levant des pattes hautes et fières pour ensuite reculer en hennissant furieusement à la vue du gitan. Nadyha avait appris à Cayenne ce petit tour, et le cheval rendait une image des plus convaincantes d'une fière monture de guerre. Le capitaine demandait alors à Bulibasha s'il avait par hasard remarqué la présence d'étrangers dans la région. Bulibasha répondait avoir vu un soldat polonais et dirigeait le capitaine dans la mauvaise direction, loin du camp gitan.

On retrouvait ensuite le capitaine de la garde faisant une semaine plus tard son rapport au comte Czerny. Il disait n'avoir pu retrouver la trace du soldat rebelle polonais. Il le soupçonnait d'avoir fui le fief. Le comte

Czerny mettait fin à la chasse à l'homme. Le comte demandait ensuite à ses serviteurs de lui dire où se trouvait sa fille, la comtesse Cara, et ses serviteurs répondaient qu'elle était partie cueillir des fleurs dans les prés. Le comte Czerny expliquait alors comment il s'inquiétait pour sa fille, qui, si souvent, s'éloignait du château. Il racontait aussi que, depuis sa tendre enfance, elle avait été trop souvent laissée à elle-même. Les rideaux se fermaient sur cette scène.

À ce signal, les garçons qui se trouvaient debout près des lampes à gaz s'assuraient de régler la lumière ambiante, la salle retrouvant son éclairage normal. Soudain, on entendait comme au loin le son de deux guitares. Tout doucement, la musique gagnait en force, et la comtesse Cara Czerny faisait son entrée depuis l'arrière de la salle. Elle portait dans les bras un panier de fleurs. Sa robe était d'un satin bleu comme un ciel qui scintillait richement dans la lumière. C'était une robe à la coupe simple, avec des manches étroites et un corsage ajusté au corps. La jupe légèrement froncée à la taille avait une longue traîne. Cara avait les cheveux détachés, un nuage doré comme le miel retombant sur ses épaules et jusqu'à sa taille. Elle portait au cou un médaillon d'or au bout d'une longue chaîne. Elle allait de table en table, ramassant ici et là une fleur dans un vase tout en chantant *Are you going to Scarborough Fair ?*

À son entrée, les gens se retournaient sur leur chaise, faisant dos à la scène. Ensuite, un silence profond tombait. On n'entendait plus que les notes distantes jouées à la guitare et la douce voix de Cara, qui chantait tout bas, comme pour elle-même.

Tandis qu'elle approchait de la scène, les rideaux s'ouvraient silencieusement, et on découvrait derrière Tinar et Saz, qui venaient au pas. Saz, tout particulièrement, était un cheval d'une beauté exceptionnelle. Il avait la crinière d'un blanc pur que striait une large bande noire. La nuit précédente, Gage et Nadyha avaient longuement brossé la crinière et la queue des chevaux, y nouant des fils d'or et d'argent. Sur scène, leurs crins étaient flottants, pleins et bouclés, et les rubans brillaient sous les feux de la rampe. Gage s'était même donné la peine de saupoudrer les jarrets des chevaux avec de l'or des fous, de sorte qu'à chaque coup de sabot, une petite pluie de poussière dorée tombât sur scène. Les chevaux se mettaient à brouter des trèfles rouges à leurs pieds.

Cara s'arrêtait dans ses pas et disait, les yeux pleins d'admiration :

— Je foule une terre de rêve ? Qu'êtes-vous donc, mes merveilleux coursiers ? D'où venez-vous, et vers quelles contrées vous mène votre galop ?

Cara montait alors sur scène et s'approchait des chevaux.

— Est-ce une chimère, un enchantement ? Non, non, je ne suis pas ensorcelée, mais mon cœur chavire de voir ces bêtes fantastiques. Oserai-je m'en approcher ?

À ce moment, comme Nadyha et Cara le lui avaient enseigné, Saz levait la tête pour regarder droit vers Cara, puis hochait la tête dans un mouvement de haut en bas, comme s'il lui disait « oui », pour ensuite piaffer, frappant le sol de ses antérieurs. Stupéfaite, Cara laissait tomber son panier de fleurs et s'avançait pour donner quelques caresses au vaillant animal (elle devait en profiter pour lui donner secrètement un morceau de sucre). Dans des paroles tendres et tandis qu'elle caressait les deux chevaux, Cara continuait ses réflexions à haute voix.

C'est alors qu'elle était attaquée par un ours féroce. Il entrait sur scène d'un pas menaçant derrière les chevaux. L'apercevant, Cara prenait peur et reculait pour s'éloigner de la bête féroce. L'ours se levait sur ses postérieurs, dressait une patte dans les airs et marchait vers elle. Tandis qu'il approchait, Cara devait feindre l'évanouissement et, dans sa chute, se heurter la tête contre une roche. L'« ours féroce » grimpait alors sur un monticule de roches où l'attendait, caché du public, un rayon de miel. Ayant trouvé sa récompense, il s'asseyait et commençait à manger sans s'inquiéter de la pièce qui se poursuivait. Même Nadyha n'avait pas pu le faire sortir de scène une fois son goûter trouvé ; cela dit, les spectateurs ne semblaient pas s'en formaliser. Sur les visages, on voyait se mêler l'admiration et la crainte, la stupéfaction et l'étonnement, et certaines dames étaient extrêmement apeurées. Cependant, personne ne quittait la salle.

Tomasz, à la recherche de ses chevaux, entrait en scène pour découvrir la comtesse inconsciente. Dans sa chute, la chaîne qu'elle portait au cou s'était rompue, et en la ramassant, il reconnaissait le blason de la Maison de Czerny. Empochant la chaîne, il réveillait la jeune femme, et on comprenait bientôt qu'elle souffrait d'amnésie ; elle ne se souvenait pas même de son nom. Puisqu'elle était si faible, Tomasz la prenait dans ses bras et la ramenait au camp gitan.

Dans la scène suivante, le rideau s'ouvrait sur Nadyha et Anca dans un décor de forêt, avec des arbres et des arbustes en toile de fond et un feu de camp au centre. Nadyha récitait *Le tigre*, et Anca donnait de grands coups de patte méchants devant elle et poussait un rugissement assourdissant. Il régnait alors dans la salle un silence de mort ; personne n'osait même remuer sur sa chaise. Et quand la scène se terminait, malgré les instructions du capitaine Humphries, les gens se mettaient à applaudir, à crier et à siffler. En grand nombre, les hommes se levaient pour ovationner les deux artistes, criant des « Bravo, Nadyha ! » et des « Bravo, Anca ! » Nerveuses, les femmes tiraient sur leur queue-de-pie pour que les hommes se rasseyent.

Ensuite, on retrouvait les gitans en route pour Prague, où une grande foire nationale devait se tenir. Bien que Tomasz connût la véritable identité de Cara, il gardait le secret, parce que, amoureux d'elle, il craignait de la perdre s'il la ramenait à son père. Parce qu'elle avait perdu la mémoire, il lui donnait le nom de « Camova », qui, en langue romani, signifie « amour ». L'histoire se poursuivait sur les chemins, voyage durant lequel Camova devenait gitane. Nadyha, qui était amoureuse de Tomasz, la jalousait. Bulibasha allait également tomber amoureux de Camova.

Il y avait ensuite ce tableau particulièrement poignant où Nadyha et Niçu se trouvaient sur scène, mais éloignés, l'un du côté cour, l'autre du côté jardin, devant leurs *vardos* respectifs, des maquettes qu'on avait très ingénieusement conçues selon des plans à plus petite échelle. Ils jouaient chacun la scène sans avoir conscience de l'autre, mais chantaient un duo, se répondant à tour de rôle, pleurant leur amour impossible. C'était une belle chanson, un appel du fond du cœur. Nadyha en était l'auteure ; elle avait enfin mis les mots sur la musique qu'elle avait imaginée.

Comme toujours quand les gitans chantaient, jouaient de leurs instruments et dansaient, les spectateurs étaient ravis, applaudissant à tout rompre ce moment mémorable du spectacle. Niçu et Denny s'adonnaient ensuite à une danse à la mode gitane, qui demandait d'enchaîner des pas compliqués, de frapper du pied et, en guise de finale, d'exécuter en synchronie un saut au-dessus du feu de camp. Durant la représentation, Matchko alla se balader sur scène et sauta avec nonchalance sur le dos de Tinar, ce qui fit bien rire l'assistance. Également sur scène, il y avait les gens de l'orchestre, tous costumés en gitans, et aussi, en figuration, des femmes de chambre qui semblaient passer le plus agréable moment de leur vie. Quand Baba Simza et Niçu entonnaient la mélodie rythmée de *Ha ni ni ni* et que Nadyha, Mirella et Cara dansaient, la salle entière, ignorant une fois de plus l'avertissement du capitaine Humphries, se mettait à crier en chœur *Hai !* avec les figurants. Boldo dansait, lui aussi, au grand plaisir de l'assistance.

Le tableau le plus émouvant de la pièce mettait en scène Cara et Niçu. Bien qu'il ne sût lire la musique, Niçu savait jouer par cœur la partition de violon de la fameuse aria de *La bohémienne*. Avec les lumières tamisées, on le découvrait assis dans les marches du *vardo* de Camova, dans les ombres profondes sous la fenêtre

arrière. Il commençait à jouer la mélodie simple mais
envoûtante. Après quelques mesures, Cara, dans une
robe flottante blanche, sortait de la roulotte et, sans voir
Niçu, commençait à chanter, devant le décor d'un ciel
étoilé :

I dreamt I dwelt in marble halls
With vassals and serfs at my side,
And of all who assembled within those walls
That I was the hope and pride.
I had riches all too great to count
And a high ancestral name...

La chanson comptait quatre couplets et se terminait sur
une note triste, où Camova disait désespérer que son
amour l'aimât encore. Cara rentrait dans le *vardo* une
fois la dernière note envolée. Les derniers doux accents
que Niçu jouait au violon allaient mourir et, son personnage atterré de savoir que Camova en aimait un autre,
ce Tomasz, il laissait tomber son instrument et ployait la
tête. Niçu était, comme lui-même le découvrit, un excellent acteur.

Le dernier acte s'ouvrait avec le comte Czerny, le
père de Cara, à la foire de Prague. C'était là qu'il revoyait
sa fille. En voyant son père, Cara retrouvait la mémoire,
et ils retournaient ensemble à leur château. Tomasz la
laissait partir, parce qu'il ne supportait pas la culpabilité
d'avoir gardé l'identité de la comtesse secrète et de ne lui
avoir jamais révélé qui il était en réalité. À ce moment,
Denny entonnait *Then You'll Remember Me* avec l'orchestre tout entier, et il chantait très bien.

À la fin de l'opérette, Tomasz décidait de se confesser auprès du comte Czerny. Il lui révélait son identité et l'amour qu'il portait à Cara. Nadyha, folle de jalousie, suivait Tomasz dans le château et tentait d'assassiner Cara, mais Bulibasha, faisant fi de l'ordre de sa reine, Nadyha, empêchait l'assassinat au dernier moment, tandis que Nadyha se jetait sur Cara, couteau à la main. Dans la bagarre, Nadyha recevait le couteau en plein cœur et mourait. Les gitans quittaient le pays de Bohême l'âme en peine, le comte Czerny pardonnait à Tomasz (surtout parce qu'il était, comme lui, comte), et Cara et Tomasz vivaient heureux le reste de leurs jours.

Le consensus, partagé même par Euprosine Dobard, fut de dire que la pièce était un succès spectaculaire.

Nadyha fut stupéfaite de l'accueil enthousiaste qu'on réserva à la pièce, mais fut chagrinée en apprenant cette coutume qui voulait que les acteurs d'une production rencontrent les gens de l'assistance et se mêlent à eux après la représentation. Denny avait invité plusieurs personnes dans les coulisses et entreprenait de présenter à ces gens Cara, Simza, Niçu et Mirella. Nadyha avait attrapé Anca et Boldo et s'était enfuie. Après avoir fait entrer ses animaux dans sa cabine, elle était partie en courant pour monter sur le pont-promenade.

Le plus haut pont du *Reine de Bohême* était pleinement accessible aux passagers, mais puisque les salons et les promenades offraient tout le luxe et le confort dont quiconque pouvait rêver, avec ses flâneuses et ses chaises longues, il était rare de croiser des gens tout là-haut, sauf peut-être le pilote, qui sortait parfois de la timonerie. Nadyha aimait monter sur le pont-promenade, et non seulement pour la solitude qu'elle y trouvait, mais aussi pour la vue circulaire qu'on y avait sur le fleuve. À chacune de ses visites, elle était fascinée par les paysages toujours changés qu'elle découvrait, avec tous ces petits hameaux, toutes ces étendues de forêt tranquille, ainsi que la pièce centrale de ces tableaux : le fleuve lui-même.

Nadyha entendit des pas dans les marches, et, tournant la tête, elle découvrit Gage qui venait sur le pont.

— Oh, bonjour, Nadyha, dit-il. Mes félicitations ! Vous avez été fabuleuse, vraiment !

Il vint à côté d'elle, qui s'était accoudée au garde-corps à la poupe du bateau. Sous eux, la grande roue à aubes faisait bouillonner les eaux du fleuve, mais le *Reine* était si imposant et lourd qu'il glissait majestueusement sur les eaux.

— Comment saviez-vous me trouver ici ? demanda Nadyha.

— Je ne savais pas. Il m'a seulement pris l'envie de prendre un peu d'air et d'éviter la cohue. De toute manière, je m'imagine mal qu'on veuille se bousculer pour rencontrer le capitaine de la garde.

D'un regard, il étudia son profil. Elle était belle, mystérieuse, séduisante, mais son expression ne laissait rien transparaître des sentiments qu'elle pouvait avoir tandis que son regard se perdait sur le fleuve.

— Je crois, continua-t-il, qu'ils sont tous restés pour rencontrer Nadyha, la reine des gitans.

— Les gitans n'ont pas de reines, rétorqua-t-elle comme un automatisme.

— Ça, je sais, mais vos admirateurs l'ignorent, précisa-t-il, et comme elle ne répondait pas, il posa une question. Nadyha, est-ce que cette histoire peut vous rendre malheureuse ? Si oui, rien ne vous oblige à continuer. Je parlerai à Denny, et, si c'est votre souhait, je nous ramènerai sans plus attendre au campement.

Elle le regarda, et un petit sourire se dessina sur ses lèvres.

— Non, non, pas du tout. Je me plais ici, sur ce magnifique bateau. J'aime…, commença-t-elle, englobant du geste la scène que baignait le clair de lune. J'aime tout ce que je vois. J'aime la pièce et aussi la scène. C'est seulement que je ne m'étais pas préparée à toute cette attention.

— Il me semble que l'attention, ce n'est pas ce qui vous manquait à La Nouvelle-Orléans, et vous vous en accommodiez très bien, dit-il, s'approchant un peu plus près d'elle, mais en prenant soin, comme toujours, de ne jamais la frôler.

— Oui, mais c'était différent. Ici, on attend de moi que je sois présentée aux *gajes* et que je leur parle, dit-elle avec dédain. Que suis-je censée leur dire ? Je n'ai rien à dire aux *gajes*. D'ailleurs, ils ne me connaissent pas et n'ont aucune envie de me connaître. Ce qu'ils veulent, c'est parler à la reine des gitans.

— Oui, c'est vrai. Puis après ? Les gens au French Market voulaient vous parler parce que vous vendiez des choses qu'ils désiraient acheter ; ils voulaient vous voir avec Boldo et Anca ; ils voulaient vous entendre chanter et vous voir danser ; ils voulaient vous voir parce que vous êtes une femme gitane des plus intéressantes. C'est du pareil au même ici, seulement vous vendez la reine des gitans plutôt que des châles et des herbes.

— Je n'avais pas vu les choses de cette façon, dit-elle lentement.

— Je crois qu'il suffit de vous détendre et de laisser le temps faire son œuvre. Vous découvrirez, j'en suis sûr, que c'est aussi facile que de parler aux clients du marché. Et vous êtes particulièrement douée dans ce domaine. Tout comme vous réussissez dans tout ce que vous entreprenez.

— C'est des bêtises, se moqua-t-elle. Personne n'est bon dans tout.

— O-kaï. Au moins, cette fois vous ne m'avez pas traité de *dinili gajo*. Je fais des progrès, lança Gage à la blague.

— Vous progressez pour en arriver à quoi ? demanda-t-elle brusquement.

— Euh… c'était seulement une façon de parler.

Dans un même geste, ils se tournèrent pour regarder le paysage et, dans le silence, il n'y eut aucune gêne, aucun embarras. La lune formait un joli croissant et le ciel était si clair qu'on aurait cru voir les pointes des étoiles. Ils voguaient sur un long droit de fleuve, qui, en ce lieu, montrait des rives densément boisées. Encore que l'eau du fleuve fût brune et boueuse sous le soleil, elle s'étendait la nuit comme un miroitement infini et pur, éclairée à la lumière des mille lanternes du bateau.

— Tout est changé, tout est différent, dit doucement Nadyha. Depuis que nous avons passé Bâton-Rouge, les paysages me semblent étranges. Même le ciel n'est plus le même, comme le soleil, la lune et les étoiles.

— J'ai une théorie à ce sujet, dit Gage d'un ton rêveur. C'est peut-être de la bouillie pour les chats, mais je crois qu'elle a du vrai. J'avais l'habitude de lever les yeux au ciel pour regarder les étoiles et la lune depuis les champs de bataille de la Virginie, et je trouvais qu'elles avaient des allures plus dures et froides, qu'elles étaient plus distantes. Je pense que c'est l'air de la Louisiane et l'humidité qui le gorge. Ici, l'air compte tant de minuscules gouttelettes d'eau que le ciel en est grossi, comme à travers la lentille d'une longue-vue. Toutes ces minuscules gouttelettes adoucissent aussi la lune, en plus de nous la faire voir plus grosse. Ce sont peut-être ces gouttelettes qui lui donnent son halo lumineux. Et les étoiles, on dirait des diamants qui scintillent sous l'eau !

Elle le regarda avec curiosité.

— Je dis que c'est une très belle idée. J'y crois, moi aussi.

— Bien. Si nous sommes tous les deux d'accord, c'est peut-être que la théorie est fondée. Hum, puisque nous nous entendons si bien, il y a cette question que j'aimerais vous poser, Nadyha. En fait, c'est une grande faveur, mais qu'importe, je tente ma chance. D'expérience, j'ai appris qu'on ne perd rien à demander. Que du moins, ça ne fait de mal à personne.

Elle sembla amusée.

— Je promets de ne pas vous faire mal si vous faites juste demander. Promis juré.

Gage hésita un moment avant de parler.

— Voudriez-vous m'aider avec mon numéro? dit-il enfin. Mirella aide Niçu, vous savez, et j'aurais besoin d'un assistant. C'est beaucoup demander, je le conçois, parce que vous êtes maintenant une grande vedette et tout, et ce serait sans doute gênant d'aider ce sombre inconnu de Gage Kennon, le tireur à l'œil de lynx, mais ça vous demanderait deux fois rien, seulement de m'aider avec... euh... comment dire, avec... En fait, j'ai réfléchi un peu et j'ai pensé que... mais vous ne voudrez probablement pas, alors...

— Gage, je vous ai entendu dire une fois à Denny qu'il était un vrai moulin à paroles, dit-elle, pince-sans-rire. Et voilà que vous êtes bavard comme une pie borgne! Pour répondre à votre question, c'est oui. Je serai heureuse d'être votre assistante.

— Pardon?

Prenant grand soin de prononcer tous les mots, comme s'il était un peu dur de la feuille, elle répéta :

— Oui. Je serai heureuse d'être votre assistante.

— Vous acceptez? souffla-t-il sans y croire.

— Pour la troisième fois, oui.

— Oh. Oh! Formidable, c'est fantastique! Merci, Nadyha. J'apprécie vraiment ce que vous faites pour moi. Pouvons-nous... puis-je vous montrer ce que je veux vous faire faire? Maintenant?

— Si vous pouvez me faire la démonstration ici, acquiesça Nadyha. Excusez-moi, mais je n'ai aucune envie d'être enfermée plus qu'il ne le faut, même dans la cage dorée de ma cabine.

— Bien sûr, faisons comme ça ! Je vais chercher mon matériel et quelques lanternes et, bref, tout ce qu'il faut. Dites, pourquoi ne ferions-nous pas monter Boldo et Anca ? Je suis sûr qu'ils apprécieraient, eux aussi, une petite sortie en plein air, hors de la cage dorée.

Nadyha se mit à rire, ce son délicieux d'authenticité dont Gage était fou.

— Je crois que vous les aimez presque autant que moi, Gage Kennon. Oui, j'aimerais que Boldo et Anca soient là avec nous. Merci de l'avoir proposé.

Gage partit d'un pas preste pour se diriger vers l'escalier quand il eut soudain l'idée de se retourner pour dire d'une voix douce :

— Vous savez, Nadyha, vous avez drôlement tort sur un point. Je vous connais, je connais la vraie Nadyha. Et même si je suis *gaje*, votre bonheur me tient à cœur.

Elle n'eut pas le temps de répondre ; il était déjà reparti.

CHAPITRE 14

C'était un matin clair et radieux quand le *Reine de Bohême* arriva à quai à Natchez, dans l'État du Mississippi. Comme dans toutes les villes portuaires, les docks fourmillaient de gens affairés. Le *Reine* lui-même était comme une ruche bourdonnante, avec ses passagers qui débarquaient nombreux, d'autres qui montaient à bord, et dans tout ce tohu-bohu, on voyait les débardeurs s'échiner à charger des tonnes de bois pour nourrir les chaudières voraces du grand palais flottant.

Au-dessus de cette extraordinaire animation, sur le pont-promenade, Nadyha observait le va-et-vient des gens tout en bas. Peu après l'arrêt complet des moteurs, elle fut rejointe par Stephen Carruthers, le premier pilote du *Reine*. Quand Denny avait fait les présentations de l'équipage, des pilotes et des mécaniciens, Carruthers s'était montré très prévenant envers Nadyha — et il l'était toujours, quand il pouvait la trouver. À vingt-cinq ans, il était très jeune pour être premier pilote d'un grand bateau à vapeur tel que le *Reine de Bohême*. Grand, avec des yeux bleus perçants et les cheveux châtain foncé, c'était un bel homme qui avait pris l'habitude de l'attention que lui portait la gent féminine. C'était pour lui un objet de fascination, mais un fait frustrant aussi, que Nadyha se comportât avec lui avec la même courtoise décontraction qu'elle traitait tous ceux qu'elle rencontrait.

Il remarqua, en la rejoignant au garde-corps, qu'elle avait aussitôt fait un pas de côté. C'était un geste qu'elle avait toujours, avait-il constaté, quand quiconque s'approchait d'elle, homme ou femme.

— Bonjour, mademoiselle Nadyha. Quel magnifique matin, n'est-ce pas? Alors, comment trouvez-vous Natchez?

— Bonjour, monsieur Carruthers. Je trouve que c'est une ville très étrange, dit-elle en levant un doigt vers les docks et les baraques insalubres que l'on pouvait apercevoir près de la rive. On dirait que tous les gens misérables vivent ici et que les gens riches vivent là-haut.

Ce disant, elle pointa le doigt vers la ville à proprement parler, juchée sur les promontoires.

— Vous avez parfaitement raison. Ici, tout en bas, c'est Natchez-Under-the-Hill. C'est un endroit qui a une mauvaise réputation d'ailleurs, même pour un quartier populaire, lui raconta-t-il. La ville tout là-haut, par contre, elle est vraiment belle. Et on y maintient l'ordre, pas comme au pied de la colline où les gens vivent sous la houlette de crapules sans foi ni loi.

— Vraiment? dit-elle avec intérêt. Et par là, qu'est-ce que c'est? On dirait un joli petit bois.

— C'est le cimetière municipal. J'y suis allé une fois, c'est joli et tranquille, comme un parc. C'est vieux aussi. J'ai vu des tombes là-bas qui dataient des années 1700.

— Des tombes? Vous dites que les morts sont ensevelis... sous terre?

Il lui sourit. Ses joues se creusaient de deux belles fossettes et ses dents étaient blanches et bien alignées.

— J'avais oublié que vous veniez de La Nouvelle-Orléans. Oui, ici nous pouvons enterrer les morts sans craindre que les crues les lèvent de terre. Aimeriez-vous visiter la ville et le cimetière? Nous faisons escale quatre ou cinq heures, le temps de charger le bois. Ce serait un honneur pour moi si vous acceptiez que je vous escorte le temps d'une petite visite, Nadyha.

— Je vous remercie, mais non, dit-elle sans chaleur, consciente du fait qu'il s'était approché d'elle et qu'il n'avait plus cru nécessaire de dire «miss». Je retourne à l'instant dans ma cabine. Au revoir.

Fidèle à son habitude, elle fit une pirouette et disparut, laissant le jeune homme planté comme un piquet, bouche ouverte.

Anca était assise sur le balcon et regardait avec intérêt les quais et les louches activités auxquelles les hommes s'adonnaient. Boldo, qui s'était approprié le deuxième lit de la cabine, dormait dur. Nadyha arriva en trombe sur le balcon et dit à Anca :

— Qu'est-ce qu'ils ont dans la tête ces *gajes*? Ils se croient le devoir de vous surveiller toute la journée? C'est ridicule! Je ne suis plus une fillette et, d'ailleurs, je porte un couteau et je sais m'en servir, maugréa-t-elle, et Anca semblait d'accord avec ces observations. Et j'ai aussi un couguar, continua-t-elle dans un demi-murmure. Anca ? Que dirais-tu d'une petite promenade ?

Anca s'était fort bien comportée à bord du bateau, et quand Nadyha marchait avec elle sur le pont-promenade, les passagers les saluaient avec familiarité tout en gardant leurs distances, ce qui n'était pas pour lui déplaire. Et à présent qu'elles découvraient les rues des quartiers pauvres de Natchez-Under-the-Hill, Anca avait ce même comportement, la suivant tranquillement à côté, bien que Nadyha tînt serrée sa laisse dorée. Cela dit, les gens de Natchez-Under-the-Hill ne se montraient pas aussi civils que les passagers du *Reine de Bohême*.

Sur leur passage, les hommes glapissaient et reculaient de surprise ; des prostituées criaient et maudissaient Nadyha ; les chevaux bronchaient devant elles et paniquaient. Elles virent ce même cirque bruyant se répéter tout le long de Silver Street, la rue principale qui partait des docks et remontait par l'est vers la ville de Natchez. Peu impressionnées du remue-ménage qu'elles causaient, Nadyha et Anca marchaient posément vers l'ouest de Natchez-Under-the-Hill. Nadyha avait vu depuis le pont-promenade que Silver Street allait faire une boucle un peu plus loin et passait devant le cimetière municipal.

Bientôt, elles furent là où s'arrêtaient les baraques, les cabanes, les maisons de débauche et les entrepôts qui s'aggloméraient autour des docks de Natchez. La rue grimpait les promontoires, et Nadyha prit de grandes respirations, humant l'air qui était plus respirable ici, loin de la puanteur du port. De chaque côté de la route de terre, on découvrait des prés où poussaient sans gêne des rudbeckies jaunes et pourpres et des lantaniers aux fleurs de couleurs vives.

Le cimetière était calme et désert. Nadyha et Anca allèrent flâner parmi les tombes. Sur de nombreuses pierres tombales, on voyait de jolies gravures, des épitaphes émouvantes et parfois même des dictons. En plusieurs endroits, des bancs de marbre invitaient le promeneur au recueillement. Comme la journée se faisait chaude, Nadyha amena Anca vers un banc placé sous un chêne si vieux que ses branches retombaient pour frôler le sol.

Nadyha passa un long moment à réfléchir. Elle pensa à la mort sans s'en inquiéter; elle était jeune et menait une vie riche et pleine d'espoir. Elle peinait à imaginer la sienne, sa mort, son propre trépas. « Baba Simza dit que les jeunes gens se croient immortels. Difficile de ne pas le croire, quand il nous reste la vie devant nous, des années et des années et des années à vivre... »

Elle pensa ensuite à Gage Kennon. Ces derniers temps, l'homme se glissait souvent dans ses pensées, et, parfois, cela l'exaspérait qu'il y soit; d'autres fois, elle y voyait le simple fait d'une conséquence. Après tout, il avait pris une place importante dans leurs vies — dans celles de Baba Simza, de Niçu et de Mirella, pas seulement dans la sienne. Un sourire vint égayer son visage quand elle repensa à cette première fois où elle l'avait vu. Elle avait dû faire toute une impression, sauvage et féroce comme Anca, son regard plein d'éclairs tandis qu'elle le regardait par-dessus le corps étendu de Baba Simza, son couteau tiré et brandi vers lui. Elle se rappelait les premiers mots qu'il lui avait dits : «Je peux vous aider.» Il lui sembla que Gage Kennon disait souvent cette même chose à beaucoup de gens. Pourquoi donc? Était-ce parce qu'il était chrétien? Était-ce par charité? Nadyha ne comprenait pas cette propension qu'avait Gage à «donner». Était-ce un masque qu'il voulait mettre quand il croisait ceux dans le besoin, ou une attitude innée, une façon d'être qui lui venait naturellement?

Soudainement, elle se trouva fatiguée d'être assise là depuis si longtemps à penser à Gage Kennon. Elle se leva donc et alla à nouveau marcher parmi les tombes. Anca la suivait, avec sa laisse traînant derrière. Nadyha allait au gré de ses désirs, lisant les inscriptions funéraires, quand elle s'arrêta devant une grande pierre tombale de marbre blanc. Gravés dans ce marbre, on pouvait lire ces quelques mots :

LOUISE

La malchanceuse

Nadyha fixa longuement cette inscription toute simple. Apparemment sans raison et à sa grande consternation, Nadyha sentit des larmes lui emplir les yeux.

— Hé, vous! Vous, là-bas! Qu'est-ce que vous faites? se fit entendre une voix crue et distante.

Essuyant vite ses larmes, Nadyha fit demi-tour sur elle-même. Deux hommes marchaient devant le cimetière, tenant leurs chevaux par la bride. Ils portaient des cartouchières et des pistolets. Une étoile argentée était épinglée sur leur long manteau. Nadyha se refusa à crier pour leur répondre, car elle avait beau être gitane, elle n'était pas harengère. Elle prit la chaîne d'Anca et revint au banc sous le grand chêne pour attendre les hommes de loi. Nadyha s'assit, et Anca décida à ce moment — éternel assouvissement félin, s'il en est un — de se faire les griffes sur le vieil arbre. Les marques qu'elle laissa dans l'écorce à deux mètres du sol étaient profondes de six centimètres et longues de trente. La vue du fauve coupa les deux hommes dans leur élan à une dizaine de mètres de l'arbre.

— Que croyez-vous que je suis en train de faire ? répondit Nadyha sur un ton tout à fait normal. Je me promène en profitant du calme et de la paix qui règnent dans ce lieu. Du moins, c'était ce que je faisais avant votre intervention.

L'un des marshals, un homme au visage couperosé et doté d'un énorme ventre de buveur de bière, s'avança d'un pas.

— Vous ne pouvez pas rester ici avec cet animal sauvage, espèce de gitane écervelée ! La ville de Natchez n'est pas un cirque, et nous n'en voulons pas non plus !

— C'est étrange, je croyais me trouver dans le cimetière municipal, non pas dans la ville de Natchez, dit Nadyha avec fougue. Et je ne fais pas partie d'un cirque, pas plus que mon couguar !

— Ouais, ouais, fit le gros rougeaud. Ce que vous faites, par contre, c'est troubler l'ordre public, et croyez-moi, ce n'est pas l'envie qui me manque de vous mettre aux arrêts !

— Oh, vous m'en direz tant ? Et vous pensez aussi mettre Anca en état d'arrestation ? Mais faites, je vous en prie.

Les deux hommes se regardèrent d'un air hésitant.

La figure déjà rouge du gros marshal était maintenant violette de colère.

— Regardez bien, ma poule ! renâcla-t-il. Vous allez arrêter de jouer au plus malin et nous suivre avec le lion que vous avez là. Et s'il a le malheur ne serait-ce que de nous regarder bizarrement, c'est une balle entre les yeux qui l'attend !

Nadyha se leva d'un bond et, s'arc-boutant devant Anca, elle tira son couteau.

— Si vous touchez même l'étui de vos révolvers, répliqua-t-elle entre ses dents serrées, ce couteau finira dans un de vos cœurs ! Ensuite, Anca tuera celui qui sera encore debout. Et c'est ainsi que l'histoire finira !

Sur ces paroles menaçantes, le second marshal, un homme plus jeune, svelte, au visage honnête et avenant, s'avança en présentant les mains.

— Holà ! Ho ! m'dame. Ne nous énervons pas. Roy, c'est quoi ton problème ? Personne ne va tuer qui que ce soit ici. S'il vous plaît, m'dame, rasseyez-vous et rangez votre couteau. Nous pouvons discuter gentiment. S'il vous plaît ?

Nadyha garda son regard sur « Roy », un regard dur et peu rassurant. De son côté, Roy fit la grimace et jeta un regard mauvais au jeune marshal, puis eut un petit geste énervé de la main.

— Votre couguar ne risque rien du moment qu'il ne fait de mal à personne, grommela-t-il. Vous n'êtes pas obligée non plus d'agiter un couteau au visage d'officiers de paix dûment assermentés.

Nadyha remit lentement le couteau dans sa gaine. Elle s'était agenouillée à côté d'Anca, avec les bras autour du cou du fauve. Le plus jeune officier dit :

— C'est beaucoup mieux, merci, m'dame. Je suis le marshal Bart Ingram et voici le marshal Roy Maltby. M'dame, pouvez-vous nous dire exactement ce que vous faites à vous promener dans les parages avec votre lion de montagne ? Je sais qu'aucun gitan n'est enterré ici. Où sont vos gens ?

— Mes gens sont sur le *Reine de Bohême*, dit Nadyha, ramenant ses cheveux en arrière dans un brusque mouvement de la tête.

Les deux officiers se regardèrent, et Maltby éclata d'un gros rire gras.

— Ouais, et mes gens à moi, ils vivent dans un château rose et chevauchent des licornes ! s'exclama-t-il, sa voix comme un braiment, puis il retrouva son sérieux et parla à Ingram. Quel ramassis de mensonges ! Voyez-vous ça, une bande de gitans sur le *Reine de Bohême* ! Moi, je dis qu'on l'arrête tout de suite. Crois-moi, après avoir passé une nuit avec les gibiers de potence de Natchez-Under-the-Hill, elle aura une tout autre histoire à nous raconter !

— D'accord, dit Ingram dans un haussement d'épaules. J'arrête la fille, et tu arrêtes le couguar.

Les deux hommes se regardèrent cette fois encore avec un air d'hésitation.

Le marshal Maltby passa un bien mauvais quart d'heure quand il alla visiter le *Reine de Bohême*.

D'abord, il fut arrêté au pied du grand escalier par le chef du service d'ordre, qui l'informa que les passagers de troisième classe devaient utiliser les entrées extérieures. Le marshal dut informer le chef du service d'ordre que s'il ne parlait pas à la personne responsable de ce bateau dans la minute, il mettrait tout le monde aux arrêts.

Le chef du service d'ordre s'empressa d'aller chercher le capitaine Humphries, qui se chargea avec humeur d'escorter le marshal Maltby jusqu'à la cabine de Zedekiah Wainwright, où Denny se trouvait justement, rendant visite à son oncle. Quand le marshal eut terminé d'exposer le problème qui l'amenait, le neveu et l'oncle Wainwright rirent aux éclats, ce qui n'aida pas la cause du marshal Maltby.

— Vous n'allez quand même pas me dire que cette jeune rôdeuse disait la vérité ? demanda-t-il. Vous laissez ces sales gitans embarquer sur ce superbe bateau ?

— Ils sont plus propres que vous ne l'êtes, rétorqua Denny avec un regard sur ses ongles crottés. Nous nous considérons comme privilégiés de les avoir à notre bord, où, sachez-le, ils jouent dans une opérette.

Maltby regarda Denny et son oncle avec des yeux exorbités.

— Toujours est-il, finit-il par dire, que nous ne pouvons pas tolérer qu'elle se balade toute seule avec un lion. C'est un problème de sécurité.

— Nous nous occuperons d'elle, ne vous faites pas de souci. Je vous protégerai à mon corps défendant s'il le faut, monsieur le marshal Maltby, dit Denny avec une pointe d'exaspération dans le ton. Je vais chercher Gage, dit-il à son oncle. Nous arrangerons ce petit problème.

— Marshal, j'aimerais que vous traitiez Nadyha avec un soin particulier, elle est la vedette de mon spectacle, dit Wainwright avec fierté, avant de replanter son éternel cigare dans sa bouche.

— Prendre soin de cette femme ! grogna Maltby. Si ce n'avait été de mon copain Bart, je l'aurais déjà jetée derrière les barreaux ! Parader avec un lion dans Natchez, quelle idée ! Et je ne parle même pas de menacer d'un couteau des officiers de paix dûment assermentés. Et de troubler l'ordre public.

— Comment peut-on troubler l'ordre public dans un cimetière, dites-moi ? demanda Denny. Oh, oui, bon, j'imagine que Nadyha est fort capable d'imaginer un moyen. Alors, monsieur le marshal, vous joindrez-vous à M. Kennon et à moi-même pour sauver votre personne et votre collègue de cette dangereuse femme ?

— Je vous accompagne, oui, mais si ce n'avait pas été de mon collègue Bart...

— Oui, je sais, je sais, l'arrêta Denny. Nous serions tous en prison à l'heure qu'il est. Nous serons bientôt revenus, oncle Zeke. Et en un morceau, je présume... si le marshal ne fait rien pour fâcher Anca.

Denny trouva Gage à la cale, où il tenait compagnie à Tinar, à Saz et à Cayenne. Comme l'avait fait Denny et son oncle, Gage s'esclaffa en entendant l'histoire qu'avait à raconter le marshal, s'amusant aussi de voir le visage sanguin et bougon de l'officier.

— J'ai une très bonne idée, dit Gage à Denny. Allons chercher Niçu. Natchez va avoir un défilé comme elle n'en a jamais vu!

Ce fut une procession des plus uniques qui déambula dans Natchez-Under-the-Hill en empruntant Silver Street jusqu'au cimetière municipal. À leur arrivée, Nadyha était assise sur le banc de marbre, avec Anca couchée à ses pieds dans cette position de sphinx dont elle avait l'habitude, faisant face au marshal Ingram, qui se tenait encore à une distance respectueuse. Elle les regarda venir avec amusement, un sourire narquois aux lèvres.

Niçu ouvrait la marche, guidant Saz par la bride, et derrière lui, il y avait Denny, guidant Tinar. La procession continuait avec Gage et Cayenne, que Cara montait. De façon décontractée, Gage vint s'asseoir à côté de Nadyha.

— J'ai appris par ouï-dire qu'on vous avait arrêtée, dit-il, tout sourire.

— Non, on n'a rien fait de tel, répliqua-t-elle avec un éclat dansant dans les yeux. Mais à Anca, si. Toutefois, ils sont encore à se demander par quel moyen ils vont bien pouvoir la mettre en garde à vue, *dinili shanglo*. Qu'est-ce que vous faites tous là?

— Nous vous ramenons sur le *Reine de Bohême* avec panache, Votre Majesté! Par la rue Principale de Natchez, grande ville du Mississippi. Votre souveraine monture vous attend.

D'un air sceptique, Nadyha jeta un coup d'œil au marshal Maltby, qui grognait quelque chose à l'oreille du marshal Ingram.

— Ce *shanglo*, celui à la figure sale et *lalo*, il ne nous aime pas, Anca et moi.

— Il lui reste encore à apprendre le respect des aînés, dit Gage. Il appert que l'oncle Zeke est bon ami avec le maire de Natchez et que, en fait, le maire et sa petite famille sont en ce moment même à faire leurs bagages pour un voyage à titre gracieux à bord du *Reine* à destination de Saint-Louis. Et nous sommes tous invités à parader dans Natchez, histoire de faire mousser la toute nouvelle et sensationnelle opérette *La comtesse et la reine gitane* que l'on présente actuellement à bord du *Reine de Bohême* !

L'événement impromptu avait été décidé au pied levé, et personne ne sut vraiment qui étaient ces gens déambulant dans la rue, mais les citoyens de Natchez n'en furent pas moins ravis.

Nadyha portait une jupe violette avec un ruban de piécettes cousu à l'ourlet, une innovation qu'elle avait apportée à la confection des costumes pour le spectacle. Un foulard vert était noué autour de sa petite taille, et son chemisier était noir avec des manches courtes et bouffantes. Par-dessus le chemisier, elle avait passé un gilet de cuir ajusté. Son *diklo* était multicolore et frangé de vraies pièces d'or. Elle montait Saz en amazone, encore que le terme ne convînt pas tout à fait, car elle montait à cru. Saz ne portait pas de selle, et Nadyha, le dos svelte et droit, guidait le cheval avec une main doucement refermée sur sa crinière chatoyante. À côté d'elle, Niçu montait Tinar, ses traits sombres lui conférant un air d'une férocité mystérieuse. Son *churo* tranchant comme un rasoir luisait à sa large ceinture noire. Entre eux, Anca marchait d'un pas majestueux, la tête haute, sans jamais regarder à gauche ni à droite.

Dans un contraste frappant avec les gitans, Cara venait derrière, blanche et blonde dans sa robe de théâtre de satin bleu glacé avec sa longue traîne. Ses cheveux étaient détachés et produisaient un grand halo doré autour de son beau visage. Denny la précédait, en selle sur Cayenne. C'était plus fort que lui, il ne pouvait pas s'empêcher de regarder derrière, de la regarder, elle. Elle lui souriait timidement en retour chaque fois qu'il se retournait.

En queue de cortège, on retrouvait les deux marshals, chevauchant côte à côte. Le marshal Maltby avait à contrecœur retrouvé une meilleure humeur, tandis que le marshal Ingram semblait visiblement disposé à s'amuser. Ni les gitans ni Cara n'adressèrent la parole aux gens qui s'arrêtaient pour les voir passer, mais ils regardaient quand même les badauds et saluaient la foule en hochant la tête. Au début, les gens regardèrent en silence, étonnés de ce qu'ils voyaient, puis on vit sortir les gens des boutiques et des bureaux. Ils se massaient sur les trottoirs de la rue Principale pour admirer le spectacle. Dans la foule, on s'était mis à murmurer : «Qui sont donc ces gens ? Regardez comme elle est belle, la jeune femme ! Elle n'est pas gitane ; eux, ils sont gitans, n'est-ce pas ? Où ont-ils dégoté des chevaux pareils ! Et regardez, un couguar !»

Le marshal Ingram leva son chapeau pour saluer quelques-unes de ces dames, puis annonça :

— Ce sont des acteurs qui jouent dans *La comtesse et la reine gitane*, mesdames. Ils donnent leur spectacle sur le *Reine de Bohême*. Ils ont sorti leurs animaux pour leur faire respirer un peu d'air frais et leur montrer comme elle est belle, notre ville.

Un jeune dandy au visage juvénile héla les gens de la caravane :

— Est-ce que la comtesse et la reine pourraient de grâce nous accorder une audience ?

Cette sortie fut accueillie par des rires — du moins, chez les hommes.

Remontant discrètement le trottoir, suivant la « parade », Gage était heureux des réactions qu'il voyait chez les gens ; il pouffa même de rire en voyant un jeune homme qui regardait Nadyha et Cara d'un air enamouré.

De temps à autre, Nadyha regardait dans sa direction. Elle ne souriait pas, mais Gage aurait mis sa main au feu et juré qu'il avait entendu sa voix dans sa tête.

« Merci, Gage Kennon. »

« La charité est patiente, elle est pleine de bonté ; la charité n'est point envieuse ; la charité ne se vante point, elle ne s'enfle point d'orgueil, elle ne fait rien de malhonnête, elle ne cherche point son intérêt, elle ne s'irrite point, elle ne soupçonne point le mal ; elle ne se réjouit point de l'injustice, mais elle se réjouit de la vérité ; elle excuse tout, elle croit tout, elle espère tout, elle supporte tout. La charité ne périt jamais... »

Gage lut et relut ces mots, s'efforçant de découvrir la vérité sur les sentiments qu'il éprouvait pour Nadyha. Était-il réellement amoureux ?

« Oui, je souffre à l'intérieur », pensa-t-il, ce qui lui donna envie de rire, un rire jaune, grinçant. « Et je me targue d'être un homme droit et bon. Mais l'envie... la jalousie... » Gage était conscient que Nadyha faisait naître en lui de pareils sentiments. Il avait vu les attentions que lui manifestait le pilote, Stephen Carruthers. Il y avait aussi de jeunes hommes, des voyageurs de deuxième classe, qui la traquaient dans ses moindres déplacements, une fois la porte de sa cabine passée. Même si Nadyha tenait en respect ces importuns à sa coutumière distance d'un bras, Gage était jaloux ; il la voulait pour lui seul. Il voulait aussi que les autres hommes se tiennent loin d'elle.

« Et me voilà, inconvenant dans mes gestes comme dans mes pensées, recherchant seulement mon propre bénéfice, prompt à la provocation. Est-ce ça, l'amour ? Ou seulement du désir, la faim charnelle ? » Gage luttait avec ses propres démons en cherchant une réponse à ces questions du cœur parmi les plus importantes.

« Cette femme est si belle, quel homme ne voudrait pas d'elle, quel homme serait insensible à ses charmes ? En vérité, ce n'est pas l'essentiel ; elle est beaucoup plus que cette ravissante enveloppe, elle est beaucoup d'autres choses… juste de penser vivre ma vie avec elle, me réveiller à ses côtés chaque jour que le Seigneur nous offre. Chaque jour serait fait de sucre et d'épice, tout comme l'*elachi*, les grains de paradis… »

Après un temps passé à ruminer son chagrin, Gage fit un effort conscient pour taire ces questions qui lui serraient le cœur. « Quelle différence ça peut faire ? Nadyha ne ressent pas la même attirance envers moi, et parfois même, je crois qu'elle ne m'aime pas beaucoup. Sans doute qu'il vaut mieux me concentrer sur le travail et "porter ma propre croix"… »

Denny entra et sembla troublé de voir Gage assis avec sa bible ouverte devant lui.

— Est-ce que… euh, vous priez ?

— Non, je boude, répondit Gage. Mais entrez.

Denny et Gage partageaient une cabine de deuxième classe, mais Denny l'occupait rarement, sauf en ces occasions où il se lassait d'être chez son oncle, avec les habitués du salon de Moravie ou les joueurs de la salle de jeu du Comte de Lusace. Il était arrivé avec un verre à liqueur en cristal rempli d'un liquide brun sur glace. Il en prit une grande rasade en s'asseyant avec Gage à la table.

— Dites-moi, s'il vous plaît, que vous ne buvez pas du whisky avant le spectacle, grommela Gage.

— Non, non, c'est du thé sucré, rectifia Denny. Pourquoi, êtes-vous nerveux ?

— Non, ça va. Je ne voudrais pas vous voir lancer les assiettes jusqu'à Vicksburg ou sur la tête des spectateurs, c'est tout.

— Sachez, monsieur, que je suis sobre comme un chameau ! Ne vous inquiétez pas, je les lancerai si bien que même Boldo pourrait faire mouche. Ce que je n'arrive pas à croire, par ailleurs, c'est que vous ayez convaincu Nadyha d'être votre assistante pour le numéro. Expliquez-vous, comment avez-vous fait ?

— Pas la moindre idée, dit-il. Je le lui ai demandé, et elle a dit oui. Il a même fallu qu'elle le répète trois fois, avant que je réussisse à me mettre ce « oui » dans le crâne !

Denny inclina la tête et observa Gage comme l'aurait fait un petit animal curieux.

— Vous tenez beaucoup à elle, pas vrai, Gage ? Ce que je dis, c'est que vous tombez amoureux d'elle, je me trompe ?

Gage se leva de table pour aller à la fenêtre, regardant devant lui filer les rives du fleuve Mississippi.

— Niçu et moi, dit-il tout bas, nous avons parlé des mariages chez les gitans. Saviez-vous qu'on ne célèbre pas les anniversaires de naissance dans leur culture ? Qu'ils considèrent le mariage comme l'événement le plus important de leur vie et qu'ils fêtent son anniversaire chaque année ? Niçu m'a aussi raconté qu'il arrivait parfois qu'un gitan tombe amoureux d'une *gaji* et que le mariage n'était possible que si la femme consentait à devenir pleinement gitane, autrement dit à épouser la vie des gitans. Dans ce cas, le *vitsi* accepte cette femme, et elle devient membre de la famille de son mari.

Il s'était soudain rembruni et ne parlait plus.

— Et avec une gitane et un *gajo*, c'est idem ? demanda tout bas Denny.

Il y eut un long silence avant que Gage réponde.

— Niçu dit que si jamais une Rom tombe amoureuse d'un *gaje*, celle-ci risque d'être bannie par son *vitsi*. À sa connaissance, par contre, ce ne serait jamais arrivé. Selon lui, on n'a jamais vu une Rom épouser un *gaje*.

Denny sembla chercher ses mots et n'en point trouver. Gage se retourna et changea de sujet, comme si une bourrasque s'était levée :

— Bon, je ne suis pas nerveux, mais, chose certaine, je vais en suer un coup ce soir.

Il se rendit devant les crochets alignés au mur et enfila son gilet en satin noir, puis il boucla sa ceinture et sangla son holster en cuir noir, qui permettait de ranger deux Colt de calibre 44, un de chaque côté. Il passa enfin une longue redingote noire.

— Je ressemble à un croque-mort! Une autre de vos idées de génie de m'habiller tout en noir? J'ai l'air ridicule et je crève de chaleur.

— Niçu ne porte que du noir, et on ne l'entend pas chialer comme une fillette.

— Il ne porte ni le gilet ni la redingote. Pourquoi faut-il absolument que je porte le gilet et la redingote?

Denny prit le temps de lui expliquer posément :

— La raison est fort simple, Gage : vous n'êtes pas gitan. Vous êtes Gage Kennon, le tireur à l'œil de lynx.

Gage roula des yeux d'exaspération en posant sur sa tête son chapeau noir.

— Parfois, je souhaiterais vraiment être un gitan, grommela-t-il.

Les garçons de cabine avaient installé soixante chaises à bâbord sur le pont-promenade ; elles étaient toutes prises, et il y avait une cinquantaine de personnes debout. Denny se dit qu'il faudrait sortir une centaine de chaises à la prochaine représentation. Il trouva surprenant de voir que les femmes s'étaient présentées en si grand nombre ; il n'aurait jamais pensé que Gage Kennon, le tireur à l'œil de lynx, et Niçu, l'as des as au tir de couteaux, auraient un tel succès auprès du public féminin.

On avait érigé un grand mur en balles de foin — trois balles de profond par six de haut — tout à l'arrière du pont. De chaque côté du mur, il y avait deux grandes tables et deux tables supplémentaires à sept mètres devant le mur. Mirella se tenait à l'une de ces tables, vêtue de ses beaux habits gitans et arborant son plus beau sourire. Sur la table, un billot de boucher servait de présentoir ; on pouvait y admirer les couteaux de Niçu, plantés par la lame.

Nadyha se tenait à l'autre table, sur laquelle était présenté un long étui en bois doublé en velours et des munitions. Denny trouva plaisant qu'elle voulût s'habiller pour l'occasion dans l'un des costumes utilisés dans la pièce, celui avec le *diklo* noir aux coutures de fil d'argent et frangé de piécettes, le chemisier, le gilet et la jupe noirs et le foulard vert serpent noué à la taille. « S'ils n'avaient pas autant de prestance, pensa Denny, Gage et Nadyha feraient un drôle de couple de corbeaux. C'est quand même triste, cette histoire de cœur… pauvre Gage… »

Gage et Niçu firent leur entrée sur le pont, sourire aux lèvres et saluant l'assistance, qui, dans un élan spontané, se mit à applaudir. Denny s'avança devant les cordons qu'on avait tendus pour éviter que les spectateurs ne s'approchent de la zone de tir.

— Bonjour, Mesdames et Messieurs ! Merci d'être venus en si grand nombre. Bienvenue à tous ! J'espère que vous apprécierez le spectacle que nous avons préparé juste pour vous et que nous vous offrons cet après-midi. Vous allez être témoins de numéros exceptionnels, mettant en vedette sous vos yeux ébahis un as de la gâchette et une légende vivante du tir de couteaux !

» Je vous demanderais seulement de respecter, pour votre propre sécurité, cette règle de ne pas franchir les cordons avant la toute fin du spectacle. Par ailleurs, ajouta Denny avec un sourire un peu diabolique, Gage et Niçu me chargent de vous dire qu'ils tiennent mordicus à vous rencontrer après leur numéro. J'ai même ouï-dire qu'ils pourraient offrir à quelques chanceux ou chanceuses l'occasion de tester leur adresse au tir, au pistolet et au couteau !

À cette annonce, que Denny venait de lancer à l'étourdie, improvisant à mesure, Gage le fusilla d'un regard si noir que Denny sembla se ratatiner sur place, et Nadyha ne put s'empêcher de rire de le voir ainsi.

Avant que le spectacle ne débute, Mirella et Nadyha invitèrent les spectateurs à inspecter les armes. Gage déposa les pistolets dans l'étui, et Nadyha alla marcher lentement devant les gens, présentant l'étui ouvert en disant :

— Comme vous pouvez le constater, il s'agit de pistolets Colt 44, des armes à six coups. Ces armes n'ont rien de spécial. Vous pourriez vous procurer les mêmes chez n'importe quel armurier. Vous allez voir que Gage Kennon est un as de la gâchette, mais qu'il ne dissimule rien dans ses manches ! Tout est vrai, rien n'est arrangé, Mesdames et Messieurs !

Ce fut ensuite au tour de Mirella de montrer les couteaux, et elle passa devant les spectateurs en présentant le billot de boucher, tirant un couteau différent tous les deux ou trois pas, le levant haut de sorte que sa lame brillât d'un dangereux éclat dans la lumière du soleil d'après-midi. Après cette présentation, elle s'arrêta et dit :

— J'ose croire qu'il n'y a personne ici qui, volontairement, se départirait d'une pièce de vêtement pour une démonstration ? Non, bien sûr, ç'aurait été étonnant ! Nadyha ?

Nadyha s'approcha d'une démarche hardie et jeta un châle de madras dans les airs. Mirella tendit les bras en avant, comme aussi les deux couteaux qu'elle avait dans les mains. Le châle était lourd et il retomba vite sur les lames, qui tranchèrent de façon bien nette le matériau, du simple fait de son passage sur le fil des lames. Dans l'assistance, on entendit les gens pousser des exclamations d'étonnement et d'incrédulité.

Mirella et Nadyha se déplacèrent ensuite vers les balles de foin pour y appliquer deux cibles. Celle de gauche représentait à l'identique le six de pique que l'on retrouve dans un paquet de cartes et celle de droite, le six de trèfle. Gage visa et mit une balle directement au centre d'un des huit piques sur la cible, et Niçu planta un couteau exactement au milieu d'un trèfle et, à tour de rôle, ils répétèrent l'exploit jusqu'à ce que tous les piques et les trèfles aient été perforés.

Ensuite, Denny lança des assiettes dans les airs — à tribord, bien sûr —, que Gage tirait en plein vol. Au campement gitan, ils avaient répété en tenant compte des mesures de la scène imaginée sur le pont-promenade, de sorte que Denny savait l'endroit exact où se placer et la manière de lancer les assiettes pour qu'elles retombent sur le pont, et non par-dessus bord. Gage avait remarqué qu'en visant le centre des assiettes, celles-ci retombaient presque verticalement, mais que l'assiette ricochait quand il l'atteignait plus loin sur le pourtour. Denny avait dépensé beaucoup d'argent en munitions pour que Gage s'exerce, mais l'investissement portait ses fruits, puisque toutes les assiettes sur lesquelles Gage tira cet après-midi-là retombèrent sur le pont avec un trou rond au milieu. Quand on eut fait voler une douzaine d'assiettes, Mirella et Nadyha les ramassèrent et les levèrent dans les airs de sorte que le public ait tout le loisir de voir le trou parfait qui les perçait en plein centre.

Niçu s'avança vers les spectateurs pour exécuter un nouveau tour, un numéro qu'il avait imaginé et conçu lui-même. Il s'agissait de jongler avec quatre couteaux à une vitesse vertigineuse. Niçu s'exécutait si vite que ses mouvements créaient un flou que les lames virevoltantes venaient zébrer comme des éclairs de métal.

Soudain, dans un geste spectaculaire, il leva les bras et fit un pas en arrière, et tous les couteaux retombèrent dans un bruit saccadé comme la mitraille. On vit devant lui, à ses pieds, dans une ligne parfaite, les quatre couteaux avec leur lame à moitié plantée dans les planches du pont. Niçu se vit accorder une longue et formidable ovation.

Mirella et Nadyha changèrent les cibles pour des nouvelles de style conventionnel. Niçu et Gage se placèrent en position, le dos tourné aux cibles, et, à tour de rôle, ils tournèrent sur eux-mêmes et, qui d'une balle, qui d'un couteau, mirent dans le mille. Gage dut admettre que, bien qu'il se fût plaint de ses vêtements, il avait exécuté à la perfection ce mouvement de pirouette stylisée durant lequel il dégainait ses armes à la vitesse de l'éclair, une exécution des plus tape-à-l'œil qui sembla plaire beaucoup à son public.

Pour le numéro de clôture, Gage se plaça devant sa table de présentation, dans une position détendue, les mains baissées de chaque côté du corps, prêt à dégainer ses armes. Nadyha épingla une cible ; c'était un carton complètement blanc et tout petit, faisant environ vingt sur vingt-cinq centimètres. Intrigués et perplexes, les spectateurs ne faisaient plus un bruit. Nadyha s'avança jusqu'aux cordons de sécurité. Gage prit une grande inspiration, puis dégaina les deux pistolets et se mit à faire feu. Douze coups retentirent dans un si bref intervalle qu'on eut l'impression d'entendre une seule et énorme explosion.

Tandis que la fumée qui s'échappait de ces pistolets surchauffés se dissipait, l'assistance regardait la cible avec de grands yeux ronds. À cette distance, on ne pouvait pas voir le résultat. D'un pas tout en grâce, Nadyha alla dégrafer la cible, puis vint la présenter à la foule, marchant très lentement dans les rangées et tenant le carton haut dans les airs.

Sur la minuscule cible, les balles avaient découpé en silhouette la tête et les épaules d'un homme. À l'endroit où le cœur aurait dû se trouver, il y avait deux perforations exactement distantes d'un centimètre.

Les gens réservèrent à Gage une ovation debout.

Denny s'avança devant les cordons avec les mains levées au ciel.

— Nous espérons sincèrement que le spectacle vous a plu, Mesdames et Messieurs! Gage et Niçu se feront un plaisir de discuter avec vous et de répondre à vos questions. Merci beaucoup!

Il apparut que tous les gens présents voulaient leur parler. Les passagers des deuxième et troisième classes, n'étant pas astreints ou attachés aux normes de la haute société, se massèrent autour des tables, se présentant aux artistes et les bombardant de questions. Les passagers de première classe devaient être dûment introduits auprès d'eux, et Denny était fort occupé à présenter Gage Kennon et Niçu en bonne et due forme aux dames et aux gentlemen.

Theodule Dobard, qui arborait comme toujours l'expression d'une joie bon enfant, vint voir Denny avec, à son bras, sa sombre épouse, ainsi que sa charmante fille.

— Nous aimerions rencontrer M. Kennon, dit-il à Denny. Auriez-vous la gentillesse de nous présenter?

— Avec joie, monsieur.

Guidant la voie, Denny leur fit traverser un groupe composé de deux couples, de quatre hommes et d'une petite famille de cinq pour s'approcher de Gage. Derrière sa table, le tireur à l'œil de lynx parlait avec grande animation, ses armes déchargées posées devant lui. Denny s'éclaircit la voix, ce qui eut l'effet escompté d'attirer l'attention de Gage.

— Monsieur Kennon, j'ai l'honneur de vous présenter M. Theodule Dobard, Mme Euprosine Dobard et mademoiselle Monique Dobard, citoyens de La Nouvelle-Orléans. Monsieur Dobard, madame Dobard, mademoiselle Dobard, j'ai le plaisir de vous présenter un ami cher en la personne de M. Gage Kennon, également de La Nouvelle-Orléans.

Theodule Dobard se lança immédiatement dans le feu de l'action, posant mille questions à Gage à propos des pistolets, de la grande adresse qu'il avait, de son expérience en tant que tireur d'élite. Mme Dobard reniflait et semblait s'ennuyer comme un rat mort, mais Denny avait remarqué que Monique Dobard regardait et écoutait Gage avec une certaine avidité dans ses yeux brun foncé, un air que Denny aurait reconnu entre mille.

Profitant du fait que son père prenait une respiration, Monique fit un pas pour s'approcher de Gage. Elle leva des yeux charmeurs vers lui.

— Monsieur Kennon, je n'ai jamais tiré au pistolet de ma vie. Je crois même n'avoir jamais tenu une arme dans mes mains. Me ferez-vous la gentillesse de m'offrir une petite leçon… privée ?

Gage lui adressa un sourire aimable, ce même sourire qu'il adressait à tous ses interlocuteurs, que ce fût un richissime gentleman voyageant en première classe ou un orphelin de dix ans en troisième classe.

— Mais certainement, m'dame. Je peux vous montrer comment charger le barillet, mais vous comprendrez, j'en suis sûr, qu'avec tous ces gens sur le pont, je ne peux pas le garder chargé.

— Hum, c'est donc que vous pouvez m'apprendre à charger et à décharger, dit-elle en lui souriant en retour. Et peut-être qu'après, vous pourriez me montrer comment le tenir et le pointer ? Je dois dire que de voir votre magnifique spectacle m'a beaucoup inspirée. Je pourrais même envisager de me mettre au tir à la cible.

— Monique, que vas-tu dire là ? s'énerva sa mère. Quelle idée qu'une dame se mette à tirer au pistolet comme un flingueur de ruelle ! et ce disant, elle foudroya Gage d'un regard très noir.

Sans ôter son regard mièvre du visage de Gage, Monique prit une voix toute mélodieuse et dit :

— Maman, c'est terrible la chaleur qu'il fait ici, ne trouvez-vous pas ? Et vous savez les faiblesses que la chaleur vous cause. Papa, peut-être voudriez-vous raccompagner maman au salon et lui offrir un jus de fruits ou un sorbet ?

— Très bien, mais j'aurais souhaité que nous poursuivions notre petite discussion, monsieur Kennon, dit M. Dobard, qui acceptait de mauvaise grâce l'idée de sa fille. Peut-être pourrions-nous nous reprendre plus tard, disons à la table de jeu ?

— Peut-être que M. Kennon voudrait se joindre à notre table pour le dîner? suggéra Monique, dévisageant un instant sa mère avec un regard d'avertissement.

Euprosine Dobard referma la bouche dans un claquement de langue qu'elle voulut bien audible. Monique glissa le bras sous celui de Gage et le toisa du regard attendri qu'elle avait sous de longs cils noirs.

— Auriez-vous la bonté de dîner avec nous ce coir, cher monsieur Kennon? dit-elle.

— Merci, m'dame, j'en serais heureux, dit Gage, qui n'aurait pas su comment refuser.

Denny trouva le plus grand plaisir à les regarder et ne voulut rien manquer de la suite. Il sembla que Gage dût non seulement montrer à mademoiselle Dobard comment tenir un pistolet, mais qu'il fût obligé de prendre une position qui le rendait visiblement mal à l'aise, debout, collé derrière cette jeune femme tandis qu'elle étendait les bras, ses mains sur les siennes pour l'aider à viser correctement. «Ah, les Créoles, si sensuelles et impertinentes! Pas étonnant que j'aime La Nouvelle-Orléans!» songea Denny.

Dans un changement d'idée abrupt, il se demanda où Nadyha était passée. Mirella était avec Niçu, mais Nadyha avait disparu. Il chercha parmi les spectateurs et la vit enfin, accoudée au garde-corps de bâbord. Elle était toute raide, les bras croisés sur la poitrine. En suivant son regard, Denny vit qu'elle regardait Gage et Monique Dobard, et l'expression qu'elle avait au visage en était une de fureur à peine voilée.

Denny pensa : «Regardez-moi ça! Peut-être que l'histoire de Gage n'est pas triste après tout...»

CHAPITRE 15

— Baba Simza, votre technique de broderie est tellement plus au point que la mienne, soupira Cara. J'ai peur que, une fois attaché au vôtre, mon morceau n'ait l'air d'un coupon que j'aurais trouvé dans le panier chez la couturière.

— *Shesti, bitti gaji*, la réprimanda Simza. C'est toi qui m'as appris, le mien est pareil au tien.

Cara avait initié Simza et Mirella à cette technique particulière de broderie qu'on appelait «frivolité». Cara s'adonnait à ces ouvrages de broderie depuis l'âge de huit ans, mais elle fut bien obligée d'admettre que les gitanes, qui adoraient toutes les travaux d'aiguille, produisaient déjà de bien plus jolies dentelles qu'elle. Nadyha s'était vite découvert un talent pour cette activité, mais elle n'avait plus eu ces derniers jours le cœur de faire de la couture, de la broderie ou tout autre travail d'aiguille.

La vie avait vite trouvé son cours normal à bord du *Reine*. Nadyha aimait flâner dans sa cabine de première classe, car elle y avait sa propre «terrasse», mais l'ennui et la solitude la rattrapaient vite quand elle y restait trop longtemps enfermée. Simza, Cara et Niçu avec Mirella, qui avaient leurs cabines en deuxième classe, venaient chaque matin rendre visite à Nadyha, à l'invitation de cette dernière. Nadyha avait également étendu l'invitation à Denny et à Gage, mais Denny avait dû décliner l'offre, prétextant qu'il faisait toujours la grasse matinée — les gitans avaient gardé cette habitude de se lever à l'aube. Cela dit, il avait eu l'obligeance de demander en cuisine que le petit déjeuner fût monté à la cabine de Nadyha. Les gitans restaient ensemble jusqu'au déjeuner (comme on disait à bord du *Reine de Bohême*), sauf quand le bateau accostait pour charger le bois, ce qui devait être fait deux fois par jour. Quand le bateau était à quai, Nadyha, Niçu et Mirella se faisaient un devoir d'organiser une excursion, et d'ordinaire, ils emmenaient Tinar, Saz et Cayenne. Nadyha n'avait plus tenté de sortir avec Anca, mais si l'on en croyait Denny, le couguar pourrait bientôt se délier les pattes, puisque oncle Zeke voulait organiser une «tournée» qui amènerait la troupe de théâtre à se produire dans tous les ports où ils feraient escale durant le voyage de retour.

— Je sais qu'Anca a besoin de sortir de sa cage dorée, avait dit Denny à Nadyha, avec un petit sourire narquois. Et ce serait détestable qu'elle se fasse arrêter de nouveau.

Ils avaient passé une agréable matinée ensemble, cette fois encore sans Gage, comme les femmes ne manquèrent pas de le remarquer. En fait, Nadyha n'avait plus invité Gage ces quatre derniers jours. Quand Nadyha avait d'abord suggéré qu'ils passent les matinées ensemble dans sa cabine, tous avaient cru comprendre que ce serait leur routine de chaque jour. Cela étant, Gage n'aurait certainement pas cogné à la porte d'une dame sans être invité, et Nadyha le savait fort bien. Depuis le premier jour du voyage, Nadyha et Gage s'étaient vus aux aurores dans la cale. Nadyha avait décidé qu'elle prendrait soin de Tinar et de Saz, plutôt que de laisser les hommes d'équipage s'en charger, et Gage avait pris cette même décision pour Cayenne. Ainsi, tous les matins avant le petit déjeuner, ils avaient pris l'habitude de nourrir les chevaux, de faire leur toilette et de curer les stalles. Une fois le travail terminé, Nadyha invitait Gage dans sa cabine, et ils prenaient le petit déjeuner avec tous les autres.

Depuis quatre jours, Nadyha avait chargé Niçu d'aller voir au bien-être des chevaux, et elle descendait plus tard, après le petit déjeuner, pour s'acquitter des corvées. Niçu, un homme qui assumait pleinement sa virilité, n'avait pas posé de questions et s'était contenté de dire à Nadyha qu'il nettoierait les stalles et nourrirait les chevaux, et que Nadyha pourrait les toiletter quand bon lui semblerait. Nadyha n'avait rien ajouté, et elle descendait depuis à la cale à l'heure où les gitans s'attablaient pour prendre le déjeuner. Nadyha savait qu'il y avait peu de chances qu'elle croise Gage à cette heure.

Tôt ce matin-là, Cara, Simza et Mirella se trouvaient à la table, occupées à broder de la frivolité, et Nadyha, Anca et Boldo prenaient l'air sur la terrasse. Nadyha se tenait à la balustrade, balayant du regard l'immensité du paysage sur lequel le soleil jetait ses premiers rayons. Dans cette lumière, la rive ouest du fleuve semblait s'illuminer d'un feu orange. Depuis qu'ils avaient passé Memphis, tout était plat sur les rives, où défilaient à perte de vue les champs de culture. Nadyha ne se lassait pas d'admirer les paysages le long du grand fleuve, où l'on découvrait, ponctuant la rive, quelques appontements à l'usage des plantations avoisinantes. Les paysages lui étaient étrangers, et le fleuve semblait changer de personnalité selon la lumière du moment, qui possédait toujours des qualités différentes. À cette heure qui suit l'aube, le soleil donnait des reflets d'or à ce bon vieux fleuve boueux.

À l'intérieur, les trois femmes échangèrent des regards qui en disaient long sur leur inquiétude de voir Nadyha si immobile et silencieuse. Baba Simza secoua la tête et soupira, puis reprit la conversation.

— Cara, j'ai su que tu allais être la... la... comment appellent-ils cela encore? La bébelle du bal?

Cara sourit.

— On dit la « belle » du bal, Baba Simza. Cela dit, il y a peu de chances que je sois élue. Il y a tant de femmes ravissantes, tant de dames belles *et* riches qui peuvent s'offrir les plus somptueuses robes. Et moi qui n'ai même pas de crinoline, dit-elle d'une voix plaintive pour aussitôt se reprendre, ses yeux grands de honte. Oh, s'il vous plaît, il faut m'excuser, je ne voulais pas me plaindre ! C'est si gentil de votre part, Baba Simza, et de la vôtre aussi, Mirella, de m'aider pour ma robe. J'avais cru que vous m'auriez jugée, stupide *gaji* que je suis, avec ce rêve de jeune fille d'aller au bal. Une chose est certaine, grâce à vous, j'aurai de plus belles dentelles que toutes ces dames à la mode et bien en vue.

Le *Reine de Bohême* devait s'arrêter à Saint-Louis le soir même et passer la nuit à quai, sa dernière escale avant d'entreprendre le voyage du retour. Demain soir, on organisait le bal du capitaine, la plus grande fête à se tenir sur le *Reine* durant son voyage de deux semaines. Denny avait demandé à Cara s'il pouvait être son cavalier, et elle avait poliment décliné son offre, prétextant qu'elle préférait rester en compagnie des gitans, qui, bien sûr, n'assisteraient pas à la fête. Toutefois, en fouillant un peu la question, Baba Simza avait découvert le pot aux roses. En fait, la véritable raison du refus de Cara était qu'elle n'avait pas de robe de bal. Baba Simza avait pris l'initiative d'aller trouver Cara pour lui offrir de remettre en état sa vieille robe en mousseline bleu ciel, après quoi elle avait signifié à Denny que Cara acceptait finalement l'invitation.

Baba Simza la regarda avec un grand sourire.

— Comment as-tu pu penser que nous trouverions la danse ridicule ? Nous dansons beaucoup plus que les *gajes* ! Pour ma part, je n'en peux plus d'attendre que ma cheville guérisse. J'ai si hâte de danser à nouveau !

Niçu entra, et on sentit aussitôt une odeur de cheval dans la cabine. Il s'étendit sur un des lits de Nadyha, croisant les mains derrière la tête.

— On faisait cuire du bacon pour le petit déjeuner dans le restaurant de la Sumava. L'odeur m'a donné une de ces faims, j'ai cru en mourir. Saviez-vous que les *gajes* croient que dix heures, c'est une heure décente pour servir le petit déjeuner ? Ils me l'ont dit, le petit doigt en l'air ! Ces gens sont vraiment prétentieux, un peu comme ma sœur.

Nadyha entra à son tour et vint s'asseoir en tailleur sur l'autre lit.

— On lui sert le plus somptueux petit déjeuner, et il se prélasse dans une cabine de première classe, et monsieur se plaint ? Qui est le plus prétentieux des deux ? Je me demande. Et ôte ces sales bottes de dessus mon lit.

— Ce n'est pas ton lit, c'est celui de Boldo, dit Niçu, enlevant quand même ses bottes pour ne pas trop fâcher sa sœur. Hé ! Nadyha ? Gage m'a demandé de tes nouvelles ce matin. Il dit ne plus t'avoir parlé depuis des jours et il se demandait si tu étais o-kaï.

— J'imagine qu'il a amplement eu le loisir de penser à moi, avec cette *lubni*, son affreuse mère et le jacasseur qu'elle a pour père ! Elle lui tourne toujours autour, celle-là, dit Nadyha d'un ton sec et méchant. Qu'est-ce qu'il t'a dit ?

— Hein ? Je viens de le dire. Il dit qu'il ne t'a pas parlé et il demande si tu es o-kaï.

— Et qu'as-tu répondu ?

Niçu ne sembla pas comprendre le sens de la question.

— J'ai dit que tu étais o-kaï. J'étais censé dire quoi ?

— Rien ! dit Nadyha avec humeur. C'est stupide, nous nous sommes vus hier pendant la représentation.

— Oui, peut-être, mais… il dit, eh bien, que vous ne vous parlez pas, dit Niçu, comme s'il marchait sur des œufs. Pourquoi ne lui parles-tu pas ?

— Parce que je n'ai rien à lui dire, rétorqua-t-elle en se levant d'un mouvement brusque pour aussitôt ressortir sur la promenade.

Maintenant, Niçu ne comprenait plus rien à rien, et, tout bas, il demanda aux femmes à la table :

— Qu'est-ce qui se passe ? Qu'est-ce que j'ai fait ?

— Tu n'as rien fait de mal, Niçu, le rassura Mirella. Comment se portent Tinar, Saz et Cayenne ?

Ils parlèrent des chevaux, du spectacle, du bateau et des gens en général jusqu'à l'heure du petit déjeuner. Niçu avait exagéré : le petit déjeuner était servi aux environs de huit heures tous les matins. Nadyha revint à l'intérieur, et ils se mirent à table. On leva un à un les couvre-plats en argent qui cachaient des plateaux de bacon, des œufs à la coque dans de jolis petits coquetiers, des rôties, des côtelettes et des pommes de terre rissolées. Niçu récita le bénédicité, puis ils commencèrent à manger avec appétit ; huit heures, c'était déjà tard pour eux.

Nadyha se brûla un doigt sur une tranche de bacon trop chaude, et en essayant de craqueler la coquille de son œuf, elle le brisa, et le jaune d'œuf se répandit sur le dessus en marbre de la table. Devant ce gâchis, elle bondit hors de sa chaise et, grommelant des mots sinistres, se rendit à la salle de bain, où elle fit couler l'eau.

— Je crois n'avoir jamais vu Nadyha d'une humeur aussi *narkri*, se plaignit Niçu. Est-ce que quelqu'un va finir par me dire ce qui se passe ? Je suis son frère, après tout, et j'aimerais prendre soin d'elle, mais si on ne me dit rien…

Nadyha revint dans la pièce avec un linge mouillé d'une eau très chaude. Elle se mit à frotter sauvagement la table pour faire disparaître le dégât d'œuf tout en disant, les dents serrées :

— Je vais très bien, je ne suis pas d'une humeur *narkri* et je n'ai pas besoin que quelqu'un prenne soin de moi, pas même toi, *Prala*.

— Mais *Phei*…, commença Niçu, qui s'arrêta aussitôt en voyant Baba Simza secouer la tête dans un avertissement clair. Désolé, *Phei*, termina-t-il sans conviction.

Nadyha laissa lourdement retomber sa tête et arrêta de frotter. Elle la releva ensuite pour regarder son frère, à qui elle dit :

— Non, c'est moi qui suis désolée. C'est vrai, je suis *narkri*. Je ne saurais pas l'expliquer. Ce que j'essaie de dire, c'est que c'est sans raison que je suis *narkri*. Je veux dire… oh, et puis, basta ! Je n'ai qu'à me secouer, voilà tout, conclut-elle, avant de pirouetter sur elle-même pour prendre la porte.

— Non, non, ne dites rien, dit Niçu aux femmes, montrant ses paumes dans un signe de capitulation. Je ne suis plus convaincu de vouloir savoir.

Ils ne revirent pas Nadyha avant d'aller au restaurant des Montagnes de la Sumava, et, dans ce lieu où l'on servait les passagers de troisième classe, on disait « dîner »

et non « déjeuner » quand on mangeait le midi. Denny avait tout essayé pour convaincre les gitans de manger au Bohémien, ce restaurant qui servait les première et deuxième classes, mais après deux repas en cet endroit huppé, ils avaient décidé de n'y plus remettre les pieds. Leur expérience avait été des plus désagréables, avec les femmes qui les dévisageaient et les hommes qui faisaient la grimace. En ces deux occasions, il y avait également eu ce couple de Créoles fabuleusement riches et bien nés, les Saint-Amant de La Nouvelle-Orléans, qui étaient sortis outrés du restaurant et s'étaient plaints au capitaine Humphries. Le capitaine Humphries avait transmis leurs doléances à Zedekiah Wainwright, qui, à son tour, avait raconté l'histoire à Denny.

— Les femmes vont nu-pieds, et puis alors ? avait dit Denny avec insouciance. C'est l'une des particularités qui rend les gitanes si exotiques, oncle Zeke. Et que je ne vous entende pas me parler de leurs bras dénudés, car je suis prêt à parier ma chemise qu'au bal du capitaine, vous aurez tout loisir de lorgner les bras de Mme Saint-Amant, et bien plus encore, si vous voyez ce que je veux dire.

La mode féminine du moment voulait que les dames portent des robes de soirée qui montraient beaucoup de poitrine.

— Certes, mais pas à la table du dîner, avait argué oncle Zeke. Et Mme Saint-Amant aura des chaussures aux pieds.

— Dans ce cas, je vous laisse donner les explications à Nadyha, dit-il pour se débarrasser de la question. Je suis persuadé qu'elle se montrera raisonnable.

— Euh… tu ne pourrais pas lui parler, toi ?

— Oh, non, que nenni ! Je vous rappelle que ce n'est pas moi qui veux interdire les gitans au Bohémien. Personnellement, je crois que la majorité des gens sont fascinés par les gitans et qu'ils se moquent comme de leur première chemise de les voir nu-pieds. Et s'il ne tenait qu'à moi, je laisserais Anca et Boldo manger en première classe !

En définitive, ni Denny ni son oncle ne parlèrent de l'incident aux gitans, et la plainte des Saint-Amant devint lettre morte quand les gitans décidèrent d'eux-mêmes qu'ils fréquenteraient dorénavant le restaurant des Montagnes de la Sumava, décision qu'appuya Cara. Là aussi, les regards se tournaient vers eux, et les gens se sentaient libres de venir les saluer à leur table, mais de manière générale, c'était simplement par curiosité ou pour faire signer un autographe.

Malheureusement, il y avait aussi trois fiers-à-bras, de vrais casse-pieds, qui embêtaient tout le monde et qui tournaient autour de Nadyha. Les gitans étaient justement à déguster un repas exquis (à bord du *Reine de Bohême*, même la nourriture que l'on servait en troisième classe était toujours fraîche et bien apprêtée), dont le plat principal se composait d'un bifteck de filet accompagné de légumes de saison, quand Frank Yargee, E. B. Aikil et Leroy Hinkle s'arrêtèrent à leur table pour faire un brin de causette. Sans invitation aucune, ils tirèrent trois chaises et s'assirent en demi-cercle autour de Nadyha. En voyant Frank avancer sa chaise si près de sa sœur, Niçu se rembrunit et dit :

— Yargee, vous ne voyez pas que ma sœur est à l'étroit, qu'elle peut à peine lever sa fourchette ?

— Bah ! Je dérange personne, pas vrai, Votre Majesté ? dit Yargee.

— À vrai dire, si, monsieur Yargee, répondit Nadyha d'un ton égal.

Il déplaça sa chaise d'un centimètre et jugea que cela suffisait.

— Voilà, satisfaite ? Je ne voudrais quand même pas vous empêcher de vider votre assiette.

Frank Yargee était bâti sur un châssis carré, comme un bloc, absolument aussi large que haut et fort comme un bœuf. Il avait une tête tout aussi carrée, avec de longs cheveux bruns graisseux qui s'emmêlaient sur les épaules, de petits yeux noirs et une mâchoire forte. Il s'habillait d'une manière que même les gitans jugeaient extravagante et m'as-tu-vu. Il portait un chapeau melon en feutre brun qu'il ne semblait jamais retirer, même dans la salle à manger. Il aimait les manteaux avec des motifs écossais ou à carreaux voyants, et son gilet favori était d'un satin rouge cramoisi aux revers jaunes avec de gros boutons dorés. Il avait également des dents en or, les deux incisives supérieures, et pensait qu'elles le rendaient tout simplement irrésistible auprès des dames.

Ses deux amis, comme c'est souvent le cas des petites brutes despotiques, étaient timides et effacés de caractère. Ils travaillaient tous les deux comme tonneliers dans une fabrique et, pour cette raison de leur penchant pour la bouteille, ils étaient devenus les meilleurs amis de Yargee. E. B. Aikil, de son vrai nom Edra Boaz, encore qu'il ne le dît à personne, était un petit homme avec de longs cheveux plaqués qui auraient pu être comme la paille s'ils n'avaient pas été d'un brun quelconque. Il avait les yeux d'un bleu humide, vides et la plupart du temps veinés de rouge parce qu'il buvait trop. Leroy Hinkle était de taille moyenne et souffrait d'une calvitie précoce qui le laissait chauve sur le dessus de la tête. Par ailleurs, il laissait pousser sur ses épaules la couronne de cheveux brun foncé qui commençait juste en haut de ses oreilles. Hinkle portait, lui aussi, un chapeau melon sale qu'il gardait constamment vissé sur la tête, singeant son ami, à qui il vouait une admiration sans borne pour la réputation de vrai dur qu'il avait. Il avait un peu plus de jugeote que E. B. Aikil, mais la blague qu'il préférait le plus au monde était un jeu de mots avec le nom de son ami. « Hé, béquille ! » disait-il toujours, ce qui le faisait rire comme les fous qui hurlent à la lune. Il riait de cette farce depuis qu'ils étaient amis, leur amitié remontant maintenant à vingt ans.

Yargee regarda Nadyha avec des yeux d'une concupiscence détestable.

— Vous savez, Nadyha, j'ai vu mon lot de filles danser dans ma vie, mais jamais aussi bien que vous vous êtes trémoussée hier soir. C'est quand, votre prochaine danse ?

Niçu déposa violemment son couteau et sa fourchette et se pencha au-dessus de la table.

— Yargee, vous dépassez les bornes. Laissez ma sœur tranquille.

— Oooh, t'as vu, E. B.? Le petit gitan aux couteaux est fâché, dit Yargee. Et si tu lui racontais comment on me surnomme sur les docks?

E. B. Aikil eut un vilain sourire.

— C'est Yargee la balafre. Inspirant, pas vrai?

Avec ses petites lèvres retroussées, Yargee se pencha vers Niçu.

— Vous voyez, mon vieux père a un saloon dans le coin de N'awlins, À la levée de Yargee, que ça s'appelle. Et c'était moi qui faisais régner l'ordre dans ce saloon, et tout le monde buvait en paix, laissez-moi vous dire. Ce n'était pas pour les enfants de chœur, ce job, avec tous les débardeurs, et les rats des quais, et un paquet d'autres ordures qui buvaient jusqu'à la torpeur dans le saloon. Vous savez quoi, je n'avais pas encore quatorze ans quand j'ai commencé. Et je ne suis pas le genre qui fignole en sortant les poings, la queue de billard ou même les pistolets, non. J'ai toujours fait un travail honnête, à la lame, avec mon bon vieux couteau de chasse, que j'ai baptisé « Belle ». Belle et moi, on a laissé des cicatrices sur un paquet de gens qui dépassaient les bornes. Alors, les bornes, je connais. Et ce que je vous dis, petit gitan, c'est que vous pouvez la fermer et aller jongler ailleurs avec vos cure-dents, parce que je ne dépasse pas les bornes avec Nadyha.

Niçu se leva d'un bond, son visage noir et féroce.

— Je vous demande de partir maintenant, Yargee, et de ne plus vous approcher de ma famille.

Yargee s'était levé aussi, envoyant violemment à la renverse sa chaise en noyer noir sur la cuisse de Leroy Hinkle.

— Et qu'est-ce que vous allez faire sinon, petit gitan ?

Les yeux de Niçu brillèrent de menace.

— Si vous voulez régler ce différend au couteau, je serai heureux de vous donner satisfaction, ici même.

Yargee eut une moue méprisante.

— Ouais, j'imagine que ça vous ferait plaisir. Cela dit, je vous couperais en rondelles, et on se ferait vite jeter, mes amis et moi, hors du bateau. Oh, non, ça, pas question. Que je ne vous reprenne pas à me dire où m'asseoir et à qui parler, petit homme. Un dernier conseil : à l'avenir, vous feriez aussi bien de surveiller vos arrières.

Il sortit de la salle à manger avec ses deux amis sur les talons, jetant un dernier regard à Niçu avec, sur le visage, l'expression d'une jubilation idiote. Niçu se rassit et recommença à manger comme si de rien n'était.

Baba Simza secoua la tête et dit avec une pointe de regret dans la voix :

— « La voie des méchants est comme les ténèbres ; ils n'aperçoivent pas ce qui les fera tomber. »

Sur ce, avec appétit, elle prit une grosse bouchée de bifteck.

Cara promena un regard ébahi sur ses amis attablés. Les gitans finissaient calmement leur dîner.

— Pardon, mais aucun de vous n'est... troublé ? Niçu, cet homme est comme un mur de briques, il fait deux fois votre poids ! Mirella, n'avez-vous pas peur ? Et Nadyha, qu'allez-vous faire ?

— Non, je n'ai pas peur du tout, répondit Mirella. Ce n'est pas la grosseur de l'homme qui compte, c'est son intelligence. Niçu a la tête sur les épaules... et du courage au ventre. Il a plus de jugement dans un petit doigt que ce *didlo gaje* en a dans la cervelle. Niçu nous protégera.

Cara tourna son regard vers Nadyha, qui sirotait son café.

— Nadyha ? Et si cet homme réussissait je ne sais comment à vous trouver seule ? Je crois sincèrement qu'il est dangereux !

Nadyha haussa les épaules.

— Nous ne sommes jamais seules quand nous sortons de notre cabine. Ça n'arrivera pas.

Elle avait tort.

Mirella, Simza et Cara passaient leurs après-midi dans les chaises longues du pont-promenade. La promenade en tant que telle faisait trois mètres de large et était surplombée d'un toit en porte-à-faux haut de deux mètres, ce qui assurait aux flâneurs l'ombre et la fraîcheur, surtout avec la brise qui soufflait quand le *Reine de Bohême* était sur le fleuve. Nadyha se joignait rarement à elles, préférant se promener avec Anca et Boldo. Cet après-midi-là, toutefois, elle était assise avec les femmes, avec sur les genoux un morceau de broderie qu'elle ne touchait pas, se contentant de regarder la rive. Elle s'était installée sur la chaise à côté de Baba Simza. Sa grand-mère la laissa à sa contemplation silencieuse un certain temps, avant de lui demander en romani :

— Vas-tu me dire ce qui te tracasse, mon enfant ?

Nadyha sortit de sa sombre rêverie, baissa les yeux, commença à broder un motif puis s'arrêta, reposant la dentelle pour regarder sa vieille et sage grand-mère dans le blanc des yeux.

— Je ne peux pas. Je ne veux même pas y penser, encore moins en discuter.

— Tu y penses, et beaucoup trop d'ailleurs. Peut-être trouverais-tu un quelconque soulagement à m'en parler, ou pas. Je sais toutefois que tu n'abordes pas le problème dans tes prières, dit doucement Baba Simza. Ce que je dis, c'est qu'*il* n'est pas dans tes prières.

La sagacité de sa grand-mère n'avait rien d'une surprise pour Nadyha; Baba Simza connaissait sa petite-fille aussi bien qu'on pût connaître une personne. Nadyha se trouvait prise dans l'écheveau de ses sentiments pour Gage Kennon et, en son for intérieur, elle avait conscience de se rebeller contre Dieu; elle se sentait donc perdue et coupable à la fois.

— Grand-mère, je suis une adulte et je sais régler mes problèmes toute seule. J'ai seulement besoin... besoin... de temps.

— Du temps loin de lui? Hum, cela ne va pas être facile, dit Baba Simza avec flegme. Oh, oui, peut-être aujourd'hui. Le temps sera à l'orage cet après-midi, donc Gage et Niçu ne pourront pas donner leur spectacle. Aujourd'hui, oui, tu pourras encore fuir.

Nadyha reporta son regard par-dessus la rambarde. Il faisait un soleil resplendissant. À perte de vue, il y avait les champs de coton, et le ciel était bleu pervenche.

Comme toujours, Baba Simza ne s'était pas trompée. À quinze heures, il fit noir comme la nuit. Les nuages d'orage filaient si bas qu'on les aurait dits juste au-dessus des cheminées du *Reine de Bohême*. Le tonnerre était assourdissant et des éclairs violents sillonnaient le ciel et s'abattaient partout autour. La pluie chaude et drue donnait l'impression de tomber presque à l'horizontale, et tous les passagers étaient rentrés à l'intérieur pour se mettre à l'abri.

Nadyha s'était retirée dans sa cabine, soulagée que le spectacle de Gage fût annulé. Il ne lui était jamais venu à l'idée de revenir sur sa décision et de faire faux bond à Gage ; Nadyha était une femme de parole, et elle s'était engagée, un point c'est tout. Pour l'instant, le soulagement qu'elle ressentait était le bienvenu, comme l'orage aussi. Nadyha avait toujours aimé quand le ciel se déchaînait. Pour elle, c'était comme de danser trop près du feu, de savoir qu'on frôlait un danger imminent. Dans la fureur de l'orage, Nadyha était paisible et sans aucune peur. Ouvrant les portes vitrées, elle s'avança dans l'embrasure, à la pluie battante, sereine dans le tumulte d'un spectaculaire orage qui lui faisait même oublier Gage Kennon.

Après un temps, elle prit conscience que la pluie détrempait le tapis de la cabine et, à regret, elle referma les portes. Anca s'était trouvé un endroit dans un coin au fond de la pièce et regardait Nadyha, l'air de trouver une certaine insignifiance à ce que sa maîtresse faisait. Quant à Boldo, il s'était tapi derrière le lit et se lavait les pattes de quelques lèchements anxieux.

— Oh, pauvre l'ours Boldo! dit-elle en lui tapotant la tête. N'aie pas peur, c'est juste un petit orage de rien du tout. Tiens, pourquoi ne monterais-tu pas sur ton lit, le temps que j'aille chercher des raisins?

Elle se rendit devant le buffet et en déverrouilla les portes du bas; si elle ne fermait pas à clé, Boldo s'y jetterait et mangerait tous les fruits, le pain et le fromage que le personnel du *Reine* offrait gracieusement à tous les passagers de première classe.

Quand elle posa un bol plein de raisins sur le lit, l'ours grimpa maladroitement comme s'il avait eu les pieds gourds et se mit à manger, oubliant tout de l'orage et de ses peurs. Nadyha se changea prestement dans des vêtements secs. Elle avait enfilé l'un de ses vieux chemisiers sans forme et une jupe grise à l'ourlet tout élimé. Elle essora son *diklo*, qui était tout mouillé, et alla chercher une serviette pour se sécher les cheveux.

Elle prit l'étrille à cheval qu'elle gardait rangée dans sa penderie et commença à brosser Boldo. L'ours devenait tout à fait ramolli quand elle le brossait. Quand le tonnerre gronda, il ne broncha même pas.

— Que tu es ridicule, l'ours, lui dit-elle en prenant une grosse voix grave. Tu ne pourrais pas être aussi bien élevé quand je te donne le bain, non? À voir comment tu te tortilles dans la baignoire, on jurerait que ce sont les couteaux de Niçu que je te plante dans le corps.

Ce commentaire lui fit repenser au spectacle de Niçu et de Gage et, dans le fouillis de ses pensées confuses, elle se surprit à regretter de ne pas voir Gage ce soir.

— Oh! Tu fais la tête, je t'ai traité de ridicule! dit-elle à Boldo comme à un bambin qui babille. Quoi? Tu me trouves aussi bête qu'un *gajo*!

Elle continua un temps à faire la conversation avec l'ours, qui, une fois ses raisins mangés, dodelina de la tête en fermant des paupières lourdes. Finalement, elle le fit se coucher, et il s'endormit presque aussitôt.

Le *Reine de Bohême* continuait sa route en voguant paisiblement sur les eaux du fleuve — aucune quantité de vent ou de pluie n'aurait pu le ralentir — quand, tout à coup, la grande cloche de bronze se fit entendre, sonnant six coups bruyants et pleins d'urgence. L'instant d'après, on faisait crier les sifflets. Le *Reine* commença immédiatement à ralentir, quelques secondes avant de gîter violemment sous la force d'un terrible choc. Le bateau tout entier vibra d'une puissante secousse, puis on eut l'impression que, de la coque au pont supérieur, il s'était mis à frissonner. Nadyha fut projetée au plancher, et tout ce que le buffet contenait se retrouva par terre. Les portes vitrées, que Nadyha n'avait pas verrouillées, s'ouvrirent avec fracas et allèrent frapper contre les murs.

Nadyha se releva à la hâte pour refermer les portes, avant d'aller auprès de Boldo, prise d'angoisse à l'idée de le trouver paniqué. Il avait ouvert une paupière alourdie au moment de l'accident et, tandis que Nadyha se penchait au-dessus de lui, il la regarda à peine et referma lentement les yeux. Il ronflait déjà. Anca, couchée sur son coussin à côté du lit de Nadyha, sembla vexée de tout ce dérangement et, pour ne plus y penser, entreprit de faire sa toilette.

Nadyha eut soudain une pensée affolée pour les chevaux. «Tinar et Saz! Et Cayenne! Mon Dieu, faites qu'il ne leur soit pas arrivé malheur! Il faut que j'aille vérifier. Ils pourraient être tombés ou s'être blessés dans leurs stalles! Surtout Cayenne, il est tellement plus nerveux que Tinar et Saz... »

Elle sortit de sa cabine en courant.

Stephen Carruthers venait tout juste de négocier le méandre de la pittoresque ville de Sainte-Genevieve, après avoir navigué vingt kilomètres d'un long droit sur le fleuve. Il connaissait chaque courant, chaque obstacle caché, chaque haut-fond et même chaque arbre sur les rives de la région, bref, il connaissait le fleuve Mississippi sous toutes ses coutures depuis La Nouvelle-Orléans jusqu'à Saint-Louis. Voilà pourquoi il se dit, en voyant la foudre éclater en une boule de feu aveuglante au loin sur la rive droite, que l'éclair avait dû frapper le pin géant qu'il utilisait comme borne kilométrique, car l'arbre était d'idéale dimension pour attirer l'éclair, avec son tronc impressionnant de deux mètres de diamètre et sa cime qui se balançait à plus de quinze mètres dans les airs. Réagissant rapidement, il mit son pied entre les rayons de la barre à roue, s'aidant de tout son poids pour faire tourner le bateau à bâbord. Il fit aussi sonner la cloche — le signal d'urgence quand le bateau était à flot — et les sifflets. Comme une souveraine l'aurait fait pour ses loyaux sujets, le *Reine* répondit impérativement à la commande et vira brusquement à gauche. Prêtant le flanc au courant gonflé par l'orage, le bateau se mit à rouler violemment.

Les passagers eurent tous le même réflexe de se précipiter dehors pour voir ce qui se passait, insouciants de la pluie qui tombait à verse sur leur tête. Frank Yargee, E. B. Aikil et Leroy Hinkle se trouvaient dans le saloon de l'Elbe, où ils avaient décidé de poser leurs pénates après la confrontation avec Niçu. Depuis leur arrivée, ils éclusaient au comptoir, avalant l'un sur l'autre des whiskys cul sec. Au moment du choc, ils se trouvaient déjà passablement ivres. Yargee se vantait depuis un bon moment de la manière dont il «arrangerait le portrait» à Niçu et répétait à tort et à travers que Nadyha comprendrait qu'il était l'homme fait pour elle, ou sinon qu'il le ferait comprendre à cette pimbêche de gitane.

Au moment de l'accident, les trois comparses, bien installés au comptoir et le nez dans leur verre, tombèrent à la renverse. Ç'aurait été une scène cocasse de les voir tous les trois tituber et trébucher dans le saloon, essayant tant bien que mal de se relever, s'ils n'avaient pas juré comme des charretiers. Peu après cette valse d'ivrognes, ils sortirent comme tout le monde sur la promenade pour voir de quoi il retournait.

Le saloon se trouvait à tribord, et en sortant sur la promenade, ils furent abasourdis de voir que le bateau présentait le flanc au fleuve et à ses courants déchaînés et que sa proue s'était envasée sur la rive gauche.

C'est sur ces entrefaites que Frank Yargee aperçut Nadyha, qui descendait les marches en courant. Son chemisier ample laissait son épaule dénudée, ses cheveux étaient détachés et en bataille, et, à sa vue, Yargee se sentit plein de désir, de rage et d'excitation, qu'exacerbait sa grande ivresse.

— Suivez-moi, les gars, je sais où elle va, dit-il à ses deux amis.

Ils se frayèrent un chemin parmi la foule de passagers, à coups de jurons et de gestes violents, pour atteindre l'escalier menant au pont de la salle des chaudières. Yargee avait surveillé les allées et venues de Nadyha et savait, fort de ses observations, qu'elle se rendait à la cale pour s'occuper de ses chevaux. Il savait aussi que, peu importe l'accident, qu'il fût banal ou grave, aucun membre de l'équipage ne viendrait fouiner dans la cale pour un certain temps.

Les stalles avaient été installées à tribord de la cale. Elles étaient de bonnes dimensions, trois mètres sur deux et demi, de sorte que les chevaux avaient amplement d'espace pour bouger. De droite à gauche, on retrouvait d'abord la stalle de Cayenne, puis celle de Saz et enfin celle de Tinar. À côté de cette dernière, il y avait une autre stalle qu'on avait construite pour Anca ; on l'utilisait seulement lorsqu'il fallait la nourrir. Elle était plus petite, deux mètres sur deux et demi, et mise à part la paille fraîche dont on tapissait le fond, on retrouvait un coussin que Nadyha avait cousu, ajoutant beaucoup d'herbe-aux-chats à la bourre de mousse espagnole. Après le nourrissage, Anca avait l'habitude de faire sa toilette, puis de se coucher sur le coussin pour dormir quelques heures.

Yargee et ses amis pénétrèrent dans la cale et virent Nadyha près de la stalle de Cayenne. Elle se tenait devant la porte sans y entrer pour ne pas rendre le cheval plus nerveux qu'il ne l'était déjà. Il secouait nerveusement la tête et tremblait beaucoup. Des frissons couraient sur sa peau, et il avait les yeux blancs. Tandis que Nadyha lui caressait le museau et lui parlait doucement, le cheval avait commencé à se calmer. L'orage redoublait, et, dans le vacarme monstre que la pluie faisait en tambourinant contre la coque, Nadyha n'entendit pas les trois hommes arriver. Quand ils eurent passé la stalle d'Anca, elle les aperçut du coin de l'œil. D'instinct, elle se plaqua contre la porte de Cayenne, et sa main alla à sa taille. À son grand dam, elle ne portait pas de ceinture, et sa main ne trouva pas le couteau. Ses yeux se braquèrent à sa droite, mais Yargee s'en rendit compte et, en deux pas rapides, il vint lui agripper le bras.

— Oh, non, je ne croirais pas, lui souffla-t-il à l'oreille. Tout le monde est occupé à la chaufferie, et on ne voudrait pas déranger ces messieurs, n'est-ce pas ?

Nadyha voulut échapper à la poigne de Yargee, mais on aurait dit qu'elle avait le bras pris dans un étau. Yargee se plaqua contre elle et mit le bras autour de sa taille. La bouche sur son oreille, il dit encore :

— Maintenant, toi et moi, nous allons avoir une petite causerie et nous allons tomber d'accord. D'abord, tu ne vas pas souffler un traître mot de notre petit entretien de ce soir et de notre entente. Parce que sinon, ta vieille mamie pourrait se réveiller en boitant beaucoup plus qu'elle ne le fait déjà. On est d'accord, espèce de petite putain de gitane ?

Nadyha ouvrit la bouche toute grande et cria à tue-tête, mais elle aurait aussi pu chuchoter, car personne n'allait l'entendre. Outre la pluie qui tombait à verse et le tonnerre assourdissant, la cale résonnait des bruits de la chaufferie et de la salle des machines non loin. Son cri eut par ailleurs un effet sur les trois hommes. Aikil et

Hinkle, qui avaient un sourire bête, se regardaient maintenant, l'air inquiets.

Frank Yargee, dans un mouvement rapide comme un fouet qui claque, sortit son couteau de chasse. Il le porta à la joue de Nadyha, la lame de vingt-cinq centimètres montrant une pointe recourbée et d'horribles dentelures.

— Tu recommences ce petit manège, siffla-t-il, et je coupe ton joli minois. Non, je ne te tuerai pas et je ne te ferai pas vraiment mal, je ne suis pas ce genre d'homme, mais je te laisserai des marques, Nadyha, et ce serait dommage de gâcher le visage d'une jolie gueuse comme toi !

Nadyha ouvrait de grands yeux terrifiés, et on voyait ses lèvres trembler, mais elle resta parfaitement immobile.

— Voilà qui est mieux. Maintenant, je sais que tu gardes un mignon petit coussin pour ton tigre dans la stalle là-bas. Que dirais-tu d'aller nous asseoir pour discuter un peu ?

Il traîna Nadyha devant les stalles. Le regard horrifié de Nadyha passa d'un cheval à l'autre. Alertes, Tinar et Saz la regardaient, mais ne semblaient pas sentir d'angoisse dans le regard éperdu qu'elle leur lançait. Dans l'agitation, Nadyha se demanda pourquoi il en était ainsi ; elle s'était toujours senti un lien profond avec ses chevaux, comme avec Anca mais, tout de suite, elle pensa qu'Anca était un animal prédateur qui pouvait sentir la peur d'une proie à des kilomètres à la ronde. Nadyha se dit qu'Anca saurait, en cet instant précis, que sa maîtresse était menacée. Les chevaux, eux, ne sentaient pas sa peur.

Les deux acolytes de Yargee suivaient derrière en trébuchant, et on entendit Aikil marmonner :

— Frank? Es-tu sûr que... enfin, les gens aiment cette fille et...

— Boucle-la! renâcla Yargee par-dessus son épaule. Ouvrez-moi cette satanée porte. Et refermez-la derrière. Vous, vous restez à faire le guet, bande d'idiots, et mêlez-vous de vos oignons!

Hinkle ouvrit la porte et, quand Yargee et Nadyha furent entrés, la referma. Aikil et lui firent le piquet devant la stalle, regardant tantôt timidement leurs pieds, tantôt anxieusement les environs.

Pour le seul plaisir de la chose, Yargee poussa violemment Nadyha contre le mur du fond et, tenant toujours la lame à un cheveu de sa joue, il se pressa contre elle.

— Tu vois, je t'observais, Nadyha, et je sais le genre de fille que tu es. Tu aimes bien t'amuser, pas vrai? Alors, on va s'amuser, d'accord?

Yargee tournait le dos à la porte de la stalle. Il ne vit pas Gage qui entrait en courant. Gage se jeta sur lui, le prenant au collet et par la taille. Il le souleva de vingt centimètres dans les airs pour ensuite lui écraser la figure contre le mur. Au bruit qu'il fit, le nez de Yargee était assurément brisé. Les échardes du bois rugueux s'étaient enfoncées partout dans la peau du visage de Yargee, qui se mit à saigner comme un bœuf. Cependant, Yargee était un battant, et il tenait encore le couteau. Il tourna l'arme dans sa main pour piquer Gage au ventre dans un coup sournois appliqué par-derrière.

Gage para le coup, et Yargee retomba sur ses pieds. Il empoigna son poignet droit et le ramena brusquement dans son dos, dans une clé de bras bien haute entre ses omoplates. Avec une joie mauvaise, Gage sentit l'épaule de Yargee se disloquer et entendit ensuite, malgré le vacarme qui régnait dans l'endroit, le craquement d'un os qui se brisait dans le haut de son bras. Yargee laissa échapper un hurlement de mort qui, le temps d'un instant, offrit à Nadyha et à Gage beaucoup de plaisir. Gage relâcha sa prise, et Yargee s'écroula face la première au sol, sa main gauche remuant frénétiquement dans la paille, un cri encore pris dans sa bouche pleine de sang.

Gage tourna la tête vers Nadyha. Elle était restée immobile, le corps plaqué contre le mur, avec son regard fixe et horrifié sur Yargee. Lentement, elle leva les yeux vers Gage et se mit à trembler. Son corps tout entier était parcouru de convulsions, et son visage était jaune et luisant comme de la cire. Gage pensa qu'elle allait vomir.

Il balança le couteau de Yargee à l'extérieur de la stalle et alla vers elle pour la prendre tout doucement dans ses bras. Le visage enfoui dans son cou, Nadyha tremblait énormément. Gage passait la main sur ses cheveux en lui chuchotant des mots de réconfort. Ils restèrent ainsi très longtemps, insouciants de la présence de Yargee, qui gémissait et sanglotait sur le plancher. Peu à peu, Nadyha cessa de trembler.

Puis, avec une violence qui stupéfia Gage, Nadyha le repoussa. Son visage s'était enflammé d'une rougeur terrible et son regard était noir de colère.

— Vous... vous, les hommes ! Qu'est-ce qui ne va pas chez vous ? Tout ce que vous voulez... tout ce qui vous intéresse... c'est de... c'est de... sales brutes !

Elle sortit en courant de la stalle et s'enfuit par les marches.

Gage eut le sentiment que la situation allait le rendre malade. Il lança un regard furieux à Yargee, qui pleurnichait, s'humiliant sur le plancher, et Gage considéra sérieusement de lui briser l'autre bras... et les deux jambes.

— Ça me soulagerait, pour sûr, dit-il en marmonnant dans sa barbe. Et peut-être qu'elle a raison. Je suis peut-être une sale brute.

CHAPITRE 16

Nadyha courut à perdre haleine et se précipita dans la cabine de Baba Simza. À la fenêtre, Simza regardait la pluie tomber sans comprendre où était passée la rive. En effet, par la fenêtre, on ne voyait plus que les eaux rageuses précipitées dans leur violente fuite en avant. Quand, d'un demi-tour, Baba Simza posa le regard sur sa petite-fille, elle fut glacée d'effroi.

Nadyha avait les cheveux en bataille, le visage jaune comme un citron et les yeux trahissant l'horreur des événements récents. Son chemisier était déchiré, et on pouvait voir dans son cou et sur son épaule de vilaines marques rouges.

— *Puridaia!* cria-t-elle d'une voix étranglée par l'angoisse, que Simza, même dans ses pires cauchemars, n'aurait jamais cru entendre de la bouche d'un être aimé.

Ignorant la douleur de sa cheville blessée, Baba Simza accourut auprès de Nadyha et la prit dans ses bras, la serrant fort contre elle. Dans cette étreinte, Nadyha se mit à trembler et à pleurer à sanglots étouffés. Par des gestes pleins de tendresse, Baba Simza l'amena au lit, et elles s'assirent ensemble. Baba Simza lui murmurait des paroles inarticulées qui se voulaient réconfortantes. Nadyha se tenait collée contre elle et, entre les sanglots, elle réussit à lui raconter ce qui lui était arrivé. Elle parla en romani et souvent sans cohérence. Il n'existait aucun mot rom pour dire « viol », mais dans ce témoignage que livrait Nadyha, Baba Simza crut l'entendre à chacune de ses paroles. Après un long moment, Baba Simza convainquit Nadyha qu'il fallait s'étendre. Nadyha se blottit dans le lit. Malgré ses pleurs, qu'elle ne pouvait pas arrêter, ses sanglots ne la suffoquaient plus. Baba Simza la couvrit d'un drap léger et lui murmura :

— Je vais chercher Niçu et Mirella. Ne bouge pas, je reviens, *bitti chavi*, ce à quoi Nadyha acquiesça dans un hochement de tête plein de tremblements.

Baba Simza se rendit vite à la porte voisine, sur laquelle elle frappa plusieurs fois et très fort.

— Niçu ! *Av akai !*

Niçu vint immédiatement ouvrir avec au visage une expression inquiète. Mirella venait juste derrière.

Baba Simza leur fit un résumé des événements. Les yeux de Mirella s'emplirent de larmes tandis que Niçu écumait de rage.

— Niçu, descends à la cale et parle à Gage. Vous déciderez entre hommes de ce qui doit être fait. Mirella et moi, nous allons ramener Nadyha dans sa chambre, où elle se reposera avec Boldo et le chat, dit-elle en parlant bien sûr d'Anca. Et Niçu, ne laisse personne qui voudrait s'enquérir de son état entrer dans sa cabine, pas même les femmes de chambre. Pour le temps présent, elle n'a besoin que de nous, sa *familia*. Quand tu auras réglé cette histoire avec ce *narkri mokadi mahrime gaje*, cracha-t-elle, reviens voir si nous avons besoin de quoi que ce soit.

Quand Niçu mit le pied sur le pont de la chaufferie, il trouva Gage debout avec Frank Yargee à ses pieds, qui fixait de ses yeux bleu ardoise l'homme au sol en crispant la mâchoire.

Niçu regarda Frank Yargee, s'étonnant de ne pas éprouver à sa vue une irrépressible envie de tuer. Tout ce que cet homme lui inspira sur le coup fut un dégoût des plus profonds. Il gisait encore face contre terre et se tortillait de douleur dans la paille maculée de sang. Son bras droit était plié dans un angle incongru, et Niçu comprit immédiatement que Gage le lui avait brisé. Il faisait des bruits qui alternaient entre vagissements pitoyables et grognements sourds.

— Qu'allez-vous faire ? demanda Niçu à Gage.

— Je ne sais pas. Je me disais à l'instant que si je ne lui avais pas brisé le bras, j'aurais pu le battre à mort dans un combat à la loyale, grommela Gage. Je pensais le laisser moisir là et condamner la porte avec des planches et de gros clous, mais il salirait la stalle d'Anca, alors…

— C'est bien vrai, la sale vermine salirait tout, acquiesça Niçu sur un ton venimeux, lui qui se découvrait maintenant l'envie de frapper Yargee à coups de botte; après tout, celui-ci n'était pas encore blessé du côté gauche, pouvait-on arguer. J'imagine que le mieux, c'est d'aller chercher Dennis, se contenta de dire Niçu, réfrénant son envie violente.

— Il sera probablement au salon de Moravie, dit Gage. Nous nous y trouvions au moment de l'accident.

En y repensant, Gage était amer et accablé de regrets; il se trouvait dans le salon avec Monique Dobard pendue à son bras, comme c'était de plus en plus fréquent ces jours-ci, à écouter Cara chanter et jouer au piano. Après la violente secousse, il avait passé de longs moments à rassurer mademoiselle Dobard et ses parents, avant de se précipiter à la cale pour jeter un œil aux chevaux. Et pendant ce temps, il avait laissé Nadyha entre les mains de la pire crapule. Gage se sentit soudain l'âme remplie d'un désir meurtrier; c'était un sentiment qu'il trouvait fort difficile à combattre.

Niçu trouva en effet Denny en compagnie de son oncle dans le salon de Moravie. Ils s'affairaient à rassurer les passagers, expliquant que des hommes étaient déjà à pied d'œuvre pour désobstruer la voie navigable, qu'il n'y avait plus aucun danger et qu'ils arriveraient à Saint-Louis ce soir. Niçu se mit devant eux alors qu'ils étaient encore à s'adresser à un groupe de passagers de première classe et, faisant fi de la politesse, il interrompit Wainwright en plein discours.

— Je dois vous parler, messieurs. Ça ne peut pas attendre.

Ils se retirèrent dans le couloir, et Niçu leur raconta ce qui s'était passé. La réaction de ces deux *gajes* fut une surprise pour lui : Zedekiah Wainwright sembla atterré et aussi horrifié que Niçu lui-même et, en regardant Denny, il pensa : « Je n'aurais jamais cru qu'un gai luron tel que Dennis Wainwright pouvait avoir l'air aussi dangereux. »

D'un pas lourd, les trois hommes descendirent à la cale, où, comme l'avait fait précédemment Niçu, l'oncle Wainwright et Denny regardèrent Frank Yargee avec le plus violent dégoût.

— Je ne sais pas ce qui m'empêche de le jeter par-dessus bord séance tenante, grogna Zedekiah Wainwright. Mais ce serait sans doute lui faire une fleur, ajouta-t-il, avant de pousser un grand soupir résigné. Nous avons un médecin à bord, je vais demander qu'il jette un œil sur ce monsieur. Cependant, soyez assuré que sa première consultation sera pour Nadyha, dit-il à Niçu.

Niçu secoua la tête.

— Baba Simza dit qu'elle n'est pas blessée, pas physiquement, du moins, et qu'elle ne veut voir personne sauf nous dans sa cabine pour l'instant.

Ils comprirent tous que Niçu parlait des gitans, et Gage se sentit comme une déchirure au cœur.

— Les deux autres imbéciles, ceux qui le suivent comme des caniches, ils montaient la garde, expliqua froidement Gage. Ils ont détalé à toutes jambes en me voyant arriver, et je suis heureux qu'ils l'aient fait. S'ils étaient venus vers moi, avec leurs babillages d'ivrognes, je n'aurais pas répondu de mes actes… ç'aurait été…

« … la fin d'eux », articula Gage sans prononcer les mots.

— Ces deux dégonflés? cracha Denny. Terrorisés comme ils devaient l'être, ça m'étonne qu'ils aient eu le bon sens de s'enfuir. Cela dit, ils ne sont pas moins dans le pétrin. Nous contacterons les autorités à Saint-Louis, et ils seront tous les trois arrêtés pour coups et blessures et tentative de viol. Jusqu'à notre arrivée, ils seront confinés à leur cabine. Je ferai poster un homme en arme devant leur porte.

— Je serai cet homme, dit Gage d'un ton sans équivoque. Et sincèrement, je souhaite qu'ils tentent de s'échapper.

Le Dr Hypolite Dauterive était un grand homme à la posture droite et fière et à la chevelure poivre et sel abondante. Au signal d'un coup à la porte, Gage lui ouvrit et, après s'être écarté pour laisser sortir le médecin dans le couloir des cabines de troisième classe, il lança un regard meurtrier aux trois hommes à l'intérieur.

Dauterive étudia Gage de son regard perçant, et Gage lui rendit ce regard avec froideur.

— Vous savez, monsieur Kennon, dit Dauterive d'une voix égale, quand M. Wainwright m'a demandé de soigner cet homme, il m'a par le fait même informé que ce monsieur irait en prison ce soir dès que nous serions arrivés à Saint-Louis. J'ai insisté pour connaître les détails de l'altercation parce que, à vrai dire, je ne comprenais pas que ce monsieur aille en prison et pas vous. Après m'avoir avoué sa répugnance à dévoiler quelque information que ce fût, il m'a relaté les événements exactement comme ils se sont déroulés, expliqua le Dr Dauterive, qui, ce disant, présenta à Gage une main fort bien manucurée. Puis-je vous serrer la main, monsieur ?

Ils échangèrent une poignée de main virile, puis le Dr Dauterive continua en adoptant le ton froid de l'objectivité :

— Son épaule est seulement disloquée, mais en raison des multiples fractures qu'il a au bras, je ne peux remettre l'articulation en place. J'ai fait des bandages et une attelle. Il a le nez brisé et l'enflure au niveau des yeux le laissera avec une vision temporairement diminuée. Le plus inquiétant, c'est qu'il a subi une sévère fracture du crâne. L'hémorragie fait pression sur le cerveau, et à moins d'une opération chirurgicale pour soulager cette pression, il est fort probable qu'il succombe à ses blessures.

— Une opération ? s'exclama Gage. J'imagine que vous ne pouvez pas opérer ici ?

— Je n'ai pas les instruments qu'il faut et je n'ai moi-même jamais effectué ce type de chirurgie. D'ailleurs, je ne m'y essaierais pas, même si on avait à bord la meilleure salle d'opération. Selon le capitaine Humphries, nous serons à Saint-Louis avant minuit. Ils auront amplement le temps d'opérer ce monsieur à l'Hôpital de la Charité de Saint-Louis, dit-il en souriant à cette perspective. Saviez-vous qu'ils laissent les étudiants opérer dans cet établissement ?

— Ne risque-t-il pas de mourir avant ? demanda froidement Gage.

— Malheureusement, non, répondit Dauterive et, à présent, je dois aller à la confesse pour avoir dit une chose pareille, et pour l'avoir pensé du fond du cœur. S'il y a quoi que ce soit que je puisse faire pour vous, monsieur Kennon, n'hésitez pas.

— Merci, monsieur.

Après une dernière poignée de main, Dauterive laissa Gage, qui recommença à faire les cent pas devant la porte.

On avait mis une chaise à sa disposition, mais Gage ne tenait pas en place. Il connaissait de nom la plupart des passagers qui allaient et venaient dans le couloir, mais ne voulut engager aucune discussion avec eux. Les gens venaient parfois vers lui avec un sourire, qui, cependant, s'évanouissait quand ils apercevaient la dureté sur son visage. Il portait un pantalon noir et une chemise blanche sur lesquels il avait passé son holster; ses deux pistolets Colt étaient bien en vue, et les gens s'écartaient dans leur marche quand ils le croisaient dans le corridor.

« J'aurais dû le demander à Niçu. Il aurait pu venir me dire comment elle va, se tracassait Gage. Niçu ne connaît pas les sentiments que j'ai pour elle, il ignore comment toute cette histoire me ronge comme un cauchemar éveillé... Nous sommes tous amis, bien sûr, mais Niçu ne sait pas à quel point je l'aime... »

Cette pensée l'amena à s'arrêter dans ses pas. « J'aime Nadyha. Tous ces autres sentiments, toute la jalousie, le désir et la passion que j'ai ressentis, ça n'a plus d'importance maintenant. Je veux seulement qu'elle soit bien, qu'elle soit heureuse, qu'elle soit libre de toute peur... et ce, même si ce doit être sans moi. »

Il reprit sa marche monotone et silencieuse, plus lentement cette fois.

Il eut vaguement conscience que le bateau était à nouveau en mouvement et il entendit ensuite trois coups de sifflet triomphants. Une demi-heure plus tard, Denny venait le rejoindre, lui disant sans préambule :

— Selon ce que Niçu a appris de Baba Simza, il semblerait que Nadyha est en état de choc. Ils ont voulu lui faire boire du brandy, mais elle a été malade quand ils lui ont mis le verre sous le nez. Apparemment, c'était une odeur qu'elle avait sentie sur *lui*, raconta Denny, la lèvre retroussée. J'ai demandé qu'on livre une fiole de laudanum à leur cabine, et Niçu me dit qu'elle dort depuis.

— J'imagine que c'est la meilleure chose pour le moment, dit Gage. Nadyha..., dit-il, ravalant sa salive avant de pouvoir continuer, Nadyha est forte, mais une telle épreuve accablerait n'importe quelle femme.

— Je sais, dit Denny d'un ton de désespoir. Oncle Zeke et moi, nous leur avons offert de retourner immédiatement à La Nouvelle-Orléans s'ils le veulent, et par train s'il le faut. Sinon, nous les installerons à l'Hôtel Royal de Saint-Louis, nous ferons tout ce qu'il faut, tout...

— Pensent-ils partir ? demanda aussitôt Gage.

Denny secoua la tête.

— Baba Simza dit que non ; elle pense que le mieux pour eux serait de rester à bord du *Reine*. Elle ne voit pas l'intérêt de se coltiner trois jours de train ou de rester dans un stupide hôtel *gaje* où il n'y aurait peut-être pas même l'eau courante. Cela dit, elle entend demander l'avis de Nadyha demain matin.

Gage fut soulagé ; il savait que Nadyha abonderait dans le sens de sa grand-mère.

— Ils resteront, Dieu merci. Nous... nous les protégerons.

— Oncle Zeke n'a jamais cédé à une fureur pareille, raconta Denny avec feu. Et moi non plus d'ailleurs. Ce crime n'aurait jamais dû avoir lieu, jamais, pas à bord de ce bateau. Nous avons travaillé dur pour assurer la sécurité de nos passagers, et celle de nos dames, oui, même ces dames de troisième classe qui font assez d'argent dans les bordels de luxe de La Nouvelle-Orléans pour s'embarquer sur le *Reine de Bohême*, comme ces deux petites nigaudes, Susanna Melton et Fanny Griffiths, pesta Denny, qui connaissait de nom tous les passagers ou presque, même ceux de troisième classe.

» Même les gens qui dénigrent les gitans seraient outrés d'apprendre l'attaque, continua-t-il. Cependant, à ce sujet, nous avons, mon oncle, le capitaine Humphries et moi-même, pris la décision de ne pas ébruiter l'affaire, de n'en rien dire à personne, pour être plus exact. N'allez surtout pas croire que c'est la réputation du bateau qui a motivé cette décision, ça jamais ! Nous prônons cette approche parce que nous ne voulons pas que Nadyha subisse l'opprobre, voilà tout. Même le capitaine Humphries admet que c'est la voie à suivre. Je crois que le vieux schnock s'est découvert une admiration pour notre gitane.

— Qui ne l'admire pas ? dit Gage, dont le moral était un peu requinqué. Comme vous, je suis pour cette décision de ne rien dire. Ce serait catastrophique si elle devenait la cible de tous les ragots. Il y a par contre cette autre chose qui me gêne. J'aimerais que Niçu comprenne que j'ai besoin d'avoir de ses nouvelles, de savoir comment elle va, de pouvoir aider si elle a besoin de quoi que ce soit, vous comprenez ?

Un petit éclair sagace illumina les yeux bruns de Denny.

— Oui, Niçu est dans le noir à propos de vous et de Nadyha. Oh, ne faites pas cette tête-là ! Nous savons tous les deux de quoi je parle. À ce sujet, j'ai de très bonnes nouvelles pour vous, mon ami. Les Guidry débarquent à Saint-Louis.

— Qui sont les Guidry, et en quoi ça devrait m'intéresser ?

— Les Guidry, répondit lentement Denny, savourant apparemment le moment, occupent la cabine adjacente à celle de Nadyha. Et cette cabine ne fait l'objet d'aucune réservation pour le voyage du retour.

Gage se composa un petit sourire en coin.

— Oh, vraiment ? Il faudrait vérifier, mon ami, car je crois qu'on vient de la réserver !

Le *Reine* entra dans le port de Saint-Louis une demi-heure après les douze coups de minuit, faisant comme toujours une entrée majestueuse. Cette nuit-là et jusque tard dans la journée, Gage et Denny furent très occupés.

Ils accompagnèrent le capitaine Humphries et Zedekiah Wainwright dans les bureaux de la capitainerie. Ils expliquèrent la situation à l'autorité portuaire et demandèrent à ce que les trois criminels à bord du *Reine* fussent arrêtés sur-le-champ et amenés à la prison de Saint-Louis. Ils précisèrent aussi que, malheureusement, l'un de ces criminels devait être transporté en ambulance à la Charité pour y subir une chirurgie urgente, mais qu'il rejoindrait aussitôt après ses acolytes en prison, à supposer qu'il survive à l'opération, bien entendu. Le capitaine du port dépêcha promptement deux grands gaillards de la sécurité portuaire pour qu'ils les raccompagnent au bateau, leur assurant du même souffle qu'il enverrait des adjoints et prendrait les arrangements pour le transport en ambulance.

Après s'être entretenus en petit comité, le capitaine Humphries, Gage, Denny et l'oncle de ce dernier décidèrent de ne pas donner suite aux accusations de viol contre Yargee pour éviter que Nadyha ait à faire une déposition au bureau du shérif. Ils décidèrent d'un commun accord qu'il valait mieux la garder à l'écart de toutes ces tracasseries judiciaires. Ce fut donc Gage Kennon qui porta plainte contre Frank Yargee pour agression à main armée.

— Il m'a attaqué à coups de couteau, et je n'étais pas armé, expliqua Gage au marshal qui recueillait sa déposition, Gage ayant consciemment omis le fait d'avoir brisé le nez et fracturé le crâne de Yargee avant l'attaque au couteau. Leroy Hinkle et E. B. Aikil ont été complices de cette agression, ajouta-t-il, ce qui, dans ce cas, décrivait exactement les faits.

La mise aux arrêts de Yargee, Aikil et Hinkle les occupa durant une bonne partie de la nuit, puis Gage et Denny montèrent s'installer dans la cabine adjacente à celle de Nadyha. Juste avant l'aube, Baba Simza les fit demander dans le couloir pour leur expliquer la situation.

— Elle dort beaucoup. Les gouttes de laudanum qu'elle prend lui donnent envie de dormir, dit-elle, et Gage et Denny savaient d'expérience ce qu'elle disait. C'est le mieux que nous puissions faire pour le moment, mais je connais Nadyha, demain elle regimbera à prendre ses gouttes. *Miry deary Dovvel*, Il prendra soin d'elle. Vous devez prier, Gage, et vous aussi, Dennis, jeune païen.

— Il vaut mieux que je laisse les prières à Gage, dit-il. Mais Baba Simza, s'il vous plaît, dites-moi ce que nous pouvons faire. Que pouvons-nous lui apporter ? D'autres médicaments, des herbes ? Son plat préféré ? Qu'est-ce qu'elle aime manger ?

— Du *gombo* d'écrevisses et tous les plats préparés avec des pêches, répondit promptement Gage. Attendez, Baba Simza, j'ai une idée de cadeau pour elle, mais je dois vous en parler d'abord.

Baba Simza exagéra un soupir d'exaspération.

— Autant dire un cadeau que je n'approuverai pas. Mais allez-y, *gaje*, j'écoute.

Gage discuta avec elle, discussion pendant laquelle Baba Simza ronchonna beaucoup, mais qui se termina avec la bénédiction de la vieille sage pour qu'il puisse offrir ce cadeau spécial à Nadyha.

Gage et Denny avaient des commissions importantes à faire, et ils retournèrent sans tarder en ville, se
disant qu'ils auraient le temps de dormir plus tard.
Puisque le *Reine* n'avait pratiquement subi aucun dommage dans le quasi-naufrage de la veille, il était prévu
que le bateau appareille à dix-huit heures ce soir même.
Gage voulut partir à cheval, mais Denny objecta qu'il
leur faudrait louer une voiture.

— Pourquoi faut-il partir en voiture? demanda
Gage tandis qu'ils traversaient les quais pour se rendre
dans la rue Principale. J'aimerais mieux monter à cheval.

— Croyez-moi, vous n'aimeriez pas, dit Denny avec
assurance, parce que nous avons une crinoline à acheter.
Vous auriez l'air brave à vous balader à dos de cheval
avec une crinoline!

— Une crinoline? dit Gage, ses yeux trahissant son
égarement. Qu'est-ce que c'est?

Denny avait le devoir de rendre visite à ses parents, et
Gage ne put faire autrement que de l'accompagner. Gage
découvrit en Lucius Wainwright, le père de Denny, un
homme intraitable sur les questions de discipline
comme également sur le fait que son fils était selon lui
un parfait raté en toute chose; il se fit un point d'honneur de souligner l'ampleur de ses tares dès leurs premiers pas dans la grande demeure familiale. Denny
avait les mêmes cheveux épais et châtains et les yeux
bruns de sa mère, mais la ressemblance s'arrêtait là. Elle
était d'humeur irascible — et l'âge n'aidait en rien ce

caractère qu'elle avait —, tout le contraire de Denny, qui était, au fond et surtout, une bonne pâte. La visite laissa Gage perplexe quant à cet étrange phénomène de l'hérédité, force capricieuse s'il en est une, qui pouvait parfois vous jouer les pires ou les meilleurs tours. Par chance, Denny était davantage comme son oncle et très peu comme ses propres parents.

C'était la même chose dans le cas de Monique Dobard, avait songé Gage tandis qu'ils quittaient avec soulagement la maison des Wainwright. Elle était aussi différente de ses parents qu'on puisse l'être d'un étranger. Gage avait été flatté, au début, par la flagrante partialité dont elle faisait preuve envers lui. Il n'avait jamais fait la connaissance d'une femme de la haute société néo-orléanaise, et il était loin de s'imaginer qu'une telle femme puisse flirter effrontément avec lui, ce qu'elle faisait abondamment. Cette jeune femme lui inspirait maintenant un léger dédain pour cette raison. Il en était venu à comprendre que l'obsession qu'elle avait pour lui n'avait d'autre objet que le plaisir de la conquête. Elle ne voulait pas apprendre à mieux connaître l'homme qu'il était — Gage Kennon ou un autre homme, c'était du pareil au même pour elle. L'objet de son désir, de son flirt, c'était Gage le dangereux tireur à l'œil de lynx, ce qui rendait sa mère folle. Monique semblait d'ailleurs aimer voir sa mère perdre contenance, peut-être plus encore que ce flirt qu'ils avaient, elle et Gage.

Ils réussirent à s'acquitter de toutes les commissions, encore qu'il leur fallût un temps fou pour trouver des écrevisses. Gage se rabattit sur les docks et trouva finalement deux kilos de crustacés vivants, mais le propriétaire du boui-boui qui les vendait, en découvrant ces deux messieurs aussi désireux d'acheter, fixa le prix à cinq dollars, somme que Denny fut bien obligé de débourser.

— C'est seulement cent fois le prix qu'on aurait payé à La Nouvelle-Orléans, dit-il, sa joie aucunement diminuée par l'arnaque. Notre gitane les vaut bien.

Il avait fallu sortir de la ville pour le cadeau de Gage, et ce détour ajouta deux heures à leur petite excursion. Ils avaient enfin tous leurs achats en main, incluant la crinoline. Gage comprit en la voyant qu'il aurait été embarrassant de transporter un tel accessoire à dos de cheval, car c'était un cercle plat d'un diamètre d'un mètre quatre-vingts et muni d'armatures circulaires concentriques. Au sujet de cet article, Denny devait une explication à Gage et la lui donna.

— C'est Baba Simza qui m'a passé la commande. C'est pour Cara, qui a une belle robe de bal, mais pas de crinoline, et c'est vraiment la fureur par les temps qui courent, on se les arrache ! Donc, je disais quoi… ah oui, Baba Simza m'a donné de l'argent, mais j'ai objecté que le *Reine* financerait cet achat comme faisant partie de la garde-robe de costumes de la comtesse. Baba Simza, ça l'a vraiment piquée au vif — ça lui arrive beaucoup, je trouve —, et vous auriez dû l'entendre : « Oh, alors, vous présumez que Cara acceptera le cadeau d'un homme ? Vous êtes certain qu'il ne vous manque pas quelques écrous là-haut, *dinili gajo* ? »

— Oui, bien, n'empêche qu'elle a raison, dit Gage. Je ne sais peut-être pas faire la différence entre une crinoline et une enclume, mais je connais les femmes comme Cara. Ce serait une humiliation pour elle d'accepter un présent que lui offrirait un homme, surtout des... des dessous.

— Oui, je le conçois maintenant, dit Denny, songeur. Cara est une femme très spéciale. Elle est charmante, gentille, ses manières sont délicieuses, et elle a une grâce incroyable. Et les talents qu'elle a! Vous savez, au Moravie, les gens lui demandent toujours de chanter. Je pensais d'ailleurs à un spectacle qui la mettrait en scène, un concert ou un récital, je ne sais pas encore.

— Hum, hum! bonne idée, commenta vaguement Gage, ses pensées s'élançant au-delà des docks, vers le *Reine*, vers Nadyha.

Ils furent de retour au *Reine de Bohême* à dix-huit heures trente. Le capitaine Humphries leur fit sentir son mécontentement pour cet accroc à l'horaire auquel leur retard le forçait.

— Bah! fit Denny, quand ils furent un peu plus loin. Cet homme-là, il est seulement content quand il y a raison de se plaindre. Je vous le garantis, Gage, s'il avait fait la moitié de ce que nous avons fait — et je soupçonne qu'il n'aurait pas renâclé à la tâche pour Nadyha —, il ne serait pas arrivé à l'heure tapante non plus.

Le bal du capitaine devait se tenir ce soir-là, mais puisque l'accident avait chamboulé la planification des escales et l'horaire de l'équipage, on décida de le reporter au lendemain, le vendredi.

— Comme de raison, expliqua Denny à Gage, ce petit remaniement signifie qu'il n'y aura pas de pièce demain. Je me demandais si vous pourriez, Niçu et vous, donner votre spectacle samedi.

— Si Niçu est d'accord, je n'y vois aucun problème, dit Gage. Dans le cas contraire, j'irai seul et je me donnerai en spectacle.

— Vous ne vous donnez pas en spectacle, Gage, dit-il avec un soupçon de jalousie. Vous êtes simplement vous-même. Je vous garantis une chose, si je savais tirer comme vous, je serais le matamore le plus fanfaron qu'on n'ait jamais vu de toute l'histoire.

— Qui dit que vous ne l'êtes pas déjà, Billy Yank ? le relança Gage.

Bien que le capitaine Humphries, Zedekiah Wainwright, Gage et Denny s'étaient solennellement engagés à garder secrète l'attaque à laquelle Yargee s'était livré sur Nadyha, ils avaient oublié d'informer le Dr Hypolite Dauterive de cette décision. Le Dr Dauterive l'avait dit à sa femme et à quelques hommes en première classe, ce qui fut amplement suffisant pour que la vérité soit sue par tous les gens en première classe dès le jeudi soir.

Le *Reine de Bohême* n'était pas si différent d'une petite ville, bien qu'il fallût admettre que rarement on vit petite ville aussi somptueuse. Les porteurs, les garçons de table et les femmes de chambre entendirent parler de l'agression dans les conversations, et les passagers de troisième classe s'étaient doutés de quelque chose en voyant Gage monter la garde devant la cabine de Yargee et ses amis. En outre, plusieurs passagers, bien que la nuit fût à ce moment avancée, se trouvaient encore debout quand l'équipe du shérif était montée à bord pour procéder à l'arrestation des agresseurs. On avait également vu l'ambulance se garer sur les quais. Vendredi après-midi, déjà, quand le bateau fit escale à Cairo, dans l'Illinois, on ne croisa pas âme à bord qui n'ait eu vent de l'agression, sinon des détails.

La nouvelle affecta les passagers et entraîna des répercussions, certaines visibles, d'autres insoupçonnées. Comme un mal inévitable, celui que redoutaient Gage et les autres, on se laissa aller aux pires commérages au sujet de cette histoire d'agression, et le nom de Nadyha se retrouva sur toutes les lèvres. Ce qu'aucun d'eux n'avait anticipé, cependant, ce fut la force de l'admiration et du respect que les gens vouaient à Nadyha, des sentiments non loin de l'amour. Quand le bateau quitta Cairo, quelques heures avant le bal du capitaine, on eût dit que la cabine de Nadyha avait été transformée en marché aux fleurs.

Du capitaine Humphries, Nadyha avait reçu un discret billet d'excuse, accompagné d'un énorme bouquet de fleurs, une idée qu'avaient eux-mêmes eue un nombre phénoménal de passagers. Bien vite, Mirella en fut réduite à sortir les fleurs sur la terrasse. Même l'équipage s'était concerté pour acheter une douzaine de roses rouges, dont Niçu fit la livraison, avec une note à l'orthographe douteuse, mais qui touchait au cœur, signée de la main du chef mécanicien. Stephen Carruthers lui fit livrer une boîte de chocolats. L'orchestre se réunit pour transcrire sur parchemin et dans la plus belle calligraphie la musique et les paroles de *Scarborough Fair*.

Zedekiah Wainwright avait pratiquement pillé la ville de Saint-Louis de ses pêches fraîches. En fait, il en acheta tant à deux marchands de fruits qu'ils purent fermer boutique plus tôt. Il fit donc livrer une profusion de pêches et de fruits de toutes sortes à Nadyha, que Boldo se ferait sans doute un plaisir de manger.

Denny lui avait offert un énorme panier où elle trouva des pains de savon parfumé de fabrication provençale, des poudres de talc, des eaux de toilette et cinq shampoings parfumés pour le lustre et l'hygiène des cheveux des dames.

— Elle me passera sans doute un savon pour lui avoir acheté des articles d'usage aussi intime, avait-il lancé à la blague tandis que Gage et lui revenaient au bateau. Encore que, en voyant votre cadeau, elle en oubliera sûrement le mien… et tout le reste.

Nadyha ouvrit les portes vitrées et s'avança dans la fraîcheur de la nuit sans lune. On pouvait entendre depuis le pont des premières classes la musique qui animait la soirée du capitaine. Nadyha s'assit sur sa chaise capitonnée — un autre présent de Zedekiah Wainwright —, et Anca vint s'asseoir avec elle. Passant la main dans son pelage fauve, se laissant bercer par la musique, elle savourait la nuit. Le *Reine* était illuminé de toute part, mais ces mille lanternes n'atteignaient pas de leur lumière dorée la rive au loin. Nadyha ne voyait que l'ombre des arbres qui découpaient le ciel à l'horizon.

Derrière elle, Mirella et Baba Simza étaient assises à la table, lisant des passages de la Bible et discutant à voix basse. Le son de leur voix venait à l'oreille de Nadyha comme un murmure indéfinissable, mais comme agités par le doux zéphyr ou peut-être par le fait de la chance, les mots de sa grand-mère vinrent se poser, intelligibles, dans son esprit.

— Pouah ! Quatre roues, chacune paraissant tourner au milieu d'une autre, allez savoir ce que cela signifie ? Mais toujours, dans la Bible, *Dovvel* te montrera quelque chose. Même dans Ézéchiel, écoute, Mirella : « Je chercherai celle qui était perdue, je ramènerai celle qui était égarée, je panserai celle qui est blessée, et je fortifierai celle qui est malade… » C'est un passage dans lequel les Roms pourraient trouver un sens, tu vois ?

« Cette histoire, ça pourrait être la mienne, pensa Nadyha. Je me sens perdue. Quelque chose s'est brisé en moi. Serai-je pour toujours morcelée et incomplète ? Retrouverai-je un jour… la force, le bonheur… la sérénité d'un bien-être simple ? Je l'ignore, je ne vois plus, je broie du noir. J'ai peur d'avoir été à jamais brisée. J'ai peur… si peur… »

L'âme en peine, elle retourna à l'intérieur et prit place à la table avec les deux femmes.

— *Si tut bocklo ?* demanda Mirella.

Nadyha allait dire non, mais elle se ravisa.

— À bien y penser, je veux bien manger un fruit ou deux, si Boldo en a laissé, bien sûr.

Mirella et Baba Simza croisèrent un bref regard ; c'était la première fois qu'elles entendaient Nadyha se laisser aller à un trait d'humour, aussi facile fût-il. Mirella se leva et alla au buffet lui préparer une assiette de fruits frais ; elle n'avait que l'embarras du choix pour composer l'assiette. Sur le buffet débordant de victuailles, il y avait bien sûr le régiment de pêches que Wainwright avait fait livrer, mais aussi des prunes mûres, des bananes et des bananes plantains, de beaux raisins rouges, verts et bleus, des pommes, des poires et d'autres fruits que les gitans n'avaient jamais goûtés, comme la goyave et la mangue. Curieuse, Mirella décida de peler et de couper en quartiers ces fruits exotiques.

En entendant son nom, Boldo s'était levé pour marcher pesamment vers Nadyha et, près d'elle, il poussa un immense soupir d'ours en s'asseyant lourdement sur son arrière-train.

— Il sent que quelque chose ne va pas, dit Nadyha à mi-voix.

— *Hai*, approuva Baba Simza. Même le *chat* le sent.

Quand elle parlait d'Anca, Baba Simza disait avec emphase « chat », pour communiquer le dédain qu'elle nourrissait pour les animaux de cette espèce. Or, la nuit dernière et celle d'avant, Nadyha avait surpris Baba Simza dans un moment de tendresse — en fait, il y en avait eu deux — à caresser la tête d'Anca. C'était la première fois que Nadyha voyait sa grand-mère toucher le couguar.

— *Puridaia* ? dit Nadyha, sa voix indécise. J'ai une question, et il me faut une réponse honnête. Il me faut la vérité.

— *Hai*, je te la dirai.

Nadyha se mordilla la lèvre, préoccupée par ce qu'elle allait dire.

— Crois-tu… est-ce que tu crois que les gitans devraient parfois faire l'effort de… d'être… d'être plus comme les *gajes* ? Parce que, tout bien pesé, si nous allons vivre parmi eux, plutôt que par nous-mêmes, retranchés dans notre seul *vitsi*, j'ai pensé que, peut-être, nous pourrions… nous présenter comme eux… agir comme eux…

Baba Simza leva une main dans un geste impérieux.

— *Hush kacker !* Je comprends ce que tu essaies de dire, Nadyha, mais tu t'égares, tu ne vois plus les choses comme elles sont. Tu penses que c'est à cause de nos vêtements, de la peau de nos bras nus, des chaussures que nous ne portons pas aux pieds, de nos danses et de nos chants que ce *mokadi jook* t'a attaquée ? Mets-tu en cause la manière dont tu te vêts, dont tu marches, dont tu vis pour ce que, criminellement, il t'a fait ? Crois-tu sincèrement que, d'une certaine façon, la faute te revient ?

Nadyha baissa les yeux, ses doigts nerveux jouant dans le tissu de sa jupe.

— Nous sommes tellement différents des *gajes*, Baba Simza. Les hommes se bornent à nous… ils nous voient comme des… et ce qu'ils pensent de nous…

— Les hommes pensent, les hommes voient, toujours à ta bouche cette idée des hommes, l'interrompit Baba Simza. Il n'existe rien de tel que « les hommes », il n'y a qu'un homme, qu'une femme, qu'un être, qui a fait,

fait et fera des choix, pour le meilleur et pour le pire. Ce Yargee, cet homme, il a choisi de faire le mal. Que tu aies porté les habits de deuil *gajes* ou que tu te sois couvert le corps entier, Nadyha, cela n'y aurait rien changé. Il aurait fait ce qu'il a fait.

Mirella posa un plateau de fruits alléchants sur la table, accompagnés de pain et de fromage.

— Permets-moi de te poser une question, Nadyha. Si c'était moi que Yargee avait agressée, aurais-tu pensé, comme tu le penses pour toi, que je le méritais ?

— Quoi ? Non !

— Non, répéta Mirella, et pourtant je porte les mêmes vêtements que toi, je danse devant les gens, comme toi. Ça ne justifierait jamais l'acte, et personne ne pourrait dire que j'ai seulement eu ce que je méritais. Jamais. C'est la même chose pour toi.

Nadyha réfléchissait profondément, mais bientôt on la vit porter une main au-dessus des fruits et en choisir un ; elle mangeait enfin. Baba Simza et Mirella suivirent son exemple, et elles mangèrent en silence.

— Nous sommes censées donner une représentation demain soir, dit Nadyha après avoir mangé, rompant le long silence.

— Personne ne s'attend à ce que tu montes si tôt sur scène, dit calmement Baba Simza. M. Wainwright a longuement insisté sur le fait que nous pouvons faire ce que nous voulons de notre temps, même s'il en va de notre souhait de simplement rester en cabine jusqu'à La Nouvelle-Orléans.

— C'est sans doute ce que je vais faire, dit Nadyha, songeuse.

Baba Simza la regarda d'un air préoccupé.

— Te souviens-tu de ce *narkri bitti gajo* qui a lancé une bouteille à la tête d'Anca?

Perplexe, Nadyha répondit qu'elle ne l'oublierait jamais.

— Et comment Anca a-t-elle réagi?

— Réagi? Elle s'est fâchée.

— Oui, elle s'est fâchée, Nadyha. Tu vois, elle savait n'avoir rien fait pour mériter ce mauvais geste. Elle n'avait rien à voir avec ce choix que le garçon avait fait de lui lancer une bouteille à la tête, et elle s'est fâchée. Elle s'est mise en colère, oui, mais elle n'a pas attaqué ce garçon qui l'attaquait. Tu es comme Anca, Nadyha. Tu es forte et tu sais ce dont tu es capable. Tu te connais bien. Tu peux être en colère, Nadyha, mais sois en colère contre le péché, non le pécheur; et ne fais pas payer à l'homme les gestes qu'il commet, car ce jugement revient à *Dovvel* et à Lui seul. Alors, sois fâchée, Nadyha, mais garde-toi du péché.

«Suis-je en colère? se demanda Nadyha. Je me sens seulement révoltée et faible. Et je me moque de ce que Baba Simza dit — je n'ai même rien à faire de ce que Tu dis, Dieu! Je vais me venger de l'homme!»

Plus Nadyha réfléchissait à leur conversation, plus la colère grondait en elle, et sa mémoire devint confuse et oublieuse. Dans son esprit enfiévré, Nadyha perdit le souvenir de cette sagesse que sa grand-mère lui avait prodiguée en ces brefs mots: «Garde-toi du péché.»

CHAPITRE 17

Comme à l'accoutumée, Niçu et Mirella montèrent à la cabine de Nadyha aux aurores. Tandis qu'ils joignaient les mains pour la prière du matin, Baba Simza remarqua à regret que Nadyha ne récitait pas les saintes paroles, se contentant de fermer le cercle et de baisser la tête.

— Aujourd'hui, il faut nourrir Anca, dit Niçu à Nadyha quand ils eurent terminé la prière. J'avais aussi l'idée d'amener Boldo faire un tour. C'est un vrai bonheur pour lui, tout ce monde qui veut lui donner à manger.

— Comment vont Tinar, Saz et Cayenne ? s'enquit Nadyha, elle qui ne s'était plus intéressée à eux depuis l'agression. Ils me manquent terriblement.

— Ils vont bien, mais tu leur manques à eux aussi, *Phei*, répondit affectueusement Niçu tout en menant Anca et Boldo vers la porte. Gage et moi, nous prenons soin d'eux, mais nous ne pourrions pas te remplacer, jamais.

Baba Simza vit une pointe de nostalgie piquer le coin des yeux de Nadyha, qui semblait ce matin agitée. Elle avait longuement erré sans but dans la pièce, cueillant au passage une fleur ou parcourant sans les lire quelques-uns des innombrables billets qu'elle avait reçus. Baba Simza suivit Niçu dans le corridor.

— Dis à Gage que l'heure est venue, lui annonça-t-elle une fois la porte refermée.

— Tu es sûre de toi, *Phuri Dae*? demanda Niçu. À ma connaissance, aucune *Phuri Dae*, quel que soit le *vitsi*, n'a donné sa permission à un tel *mahrime*.

— Ce n'est pas *mahrime*, et si c'l'était, je ne le permettrais pas, rétorqua Baba Simza. D'ailleurs, c'est écrit dans la Bible. À présent, file! Oh, fantastique, regarde! Maintenant que le *chat* s'en va, voilà que l'autre revient!

Matchko se glissa dans la cabine sans se presser et alla, la queue bien haute, zigzaguer entre les jambes de Nadyha.

— Matchko, grosse nouille de chat, où étais-tu encore passé? murmura-t-elle avant de le prendre sur ses genoux, s'asseyant dans la chaise longue sur la terrasse.

Il fit quelques tours sur lui-même avant de s'installer, les pattes bien enfouies sous la poitrine. Mirella apporta à Nadyha un verre de jus et sourit de découvrir le matou éclopé qui ronronnait de plaisir.

— Je crois qu'il a vécu plus d'aventures sur le *Reine* que Boldo et Anca réunis.

Du bateau, Matchko aurait pu être la mascotte. Il s'y promenait tout à loisir, rien ni personne ne le dissuadant d'entrer au salon de Moravie ou même dans la Salle de bal bohémienne. Il était aussi de toutes les représentations de *La comtesse et la reine gitane*, apparaissant au hasard d'une scène. Il passait souvent ses nuits avec Denny. Le soir où les gitans avaient emménagé, Matchko avait filé de la cabine de Nadyha pour fureter un peu partout jusqu'à trouver Denny dans sa cabine de deuxième classe. Le jour, il se rendait le plus souvent dans la cale et tenait compagnie à Tinar et à Saz. Ce fut d'ailleurs dans la cale que les hommes d'équipage le virent la première fois. On pensa d'abord à s'en débarrasser, car, selon la croyance, les chats portent malheur, et les chats noirs plus encore. Cela dit, quand Matchko attrapa deux rats, l'équipage s'accorda pour reléguer au rang des superstitions cette croyance à propos des chats noirs. En effet, l'idée que des rats du fleuve Mississippi puissent infester le *Reine* était cent fois plus horrifiante que le mauvais sort qu'un petit chat noir aurait pu présager.

— C'est que tu grossis, ma foi ! dit Nadyha en pinçant le bedon rond de Matchko.

— Tu ne devineras jamais ce que ce *narkri* de matou manigance, dit Mirella en s'asseyant. Il a charmé les deux *gajis* en troisième classe, tu sais bien, celles qui se déhanchent dans des habits peu convenables pour aguicher les hommes ? Oui, je suppose que *lubni* serait le mot qui leur convient, mais il faut admettre qu'elles sont plus… plus raffinées que celles qu'on voit d'habitude, non ?

— Tu parles de Susanna et de Fanny. Savais-tu que les *gajes* ont un nom pour les filles comme elles ? Ils les appellent « belles-de-nuit ». Qu'est-ce qu'il fabrique avec ces femmes, Matchko ?

— Dennis m'a raconté que Matchko s'est mis à les suivre partout et qu'elles l'ont pris en affection. En fait, il dit qu'elles sont carrément gâteuses avec lui, comme avec un bébé ou je ne sais quoi. De toute façon, Susanna et Fanny se sont fait des amis parmi les cuisiniers et les boulangers, et ces messieurs leur donnent de la crème pour Matchko. Ce n'est pas pour rien qu'il est gros comme une vache.

— *Dinili* Matchko, dit Nadyha dans une affectueuse gronderie, le grattouillant derrière l'oreille.

Relevant les yeux, elle regarda la rive, qui filait plus vite qu'à l'ordinaire ; ils descendaient le courant à présent, et le bateau prenait plus de vitesse. Nadyha y découvrit une superbe forêt de grands chênes, d'ormes et de pins que perçaient quelques clairières sauvages.

— Ces femmes sont un mystère pour moi, dit Nadyha. Je me demande quel genre de vie elles mènent. Comment peuvent-elles être heureuses, comment font-elles... ce qu'elles font ? termina Nadyha dans un murmure.

Elle ne put réprimer un frisson de dégoût en se remémorant les mains brutales de Frank Yargee qui lui trituraient les chairs, l'haleine fétide qu'il avait, l'odeur de son corps sur elle, le métal froid du couteau sur sa joue.

— Je me posais ces mêmes questions, dit Mirella. Ces deux filles sont si jeunes, mais elles ont perdu jusqu'au dernier grain de leur innocence. C'est tellement triste, ajouta-t-elle, puis, durant un long silence, elle étudia Nadyha avant de reprendre la conversation en parlant tout doucement. J'ai souvent pensé à elles depuis que ce *mokadi jook* t'a attaquée, Nadyha. S'il avait violé Susanna ou Fanny, je crois que ça n'aurait choqué personne. N'est-ce pas étrange ? Nous avons toujours pensé que les *gajes* n'avaient pour nous, les gitans, que du dégoût. Pourtant, tu as vu comme ils ont été gentils.

Cette discussion lui donna à réfléchir. C'était vrai, elle avait été l'objet des plus bienveillantes attentions depuis l'attaque de Yargee. Une prostituée *gaje* se serait-elle attiré la même considération ? Nadyha n'aurait pas su dire, son incompréhension de la psyché des *gajes* étant trop grande.

Tout à coup, une toute timide pensée germa dans son esprit : « Dieu aurait-Il envoyé Gage pour sauver Susanna ou Fanny ? Peut-être que oui, peut-être que non… » En son for intérieur, Nadyha savait que le Seigneur avait envoyé Gage dans la cale, mais elle s'empêchait d'y penser, s'effarouchant à la seule évocation de Gage Kennon. Comme le ressac reprend toujours la vague, Nadyha retrouva ce douloureux sentiment d'être brisée. Elle se sentait meurtrie et fragile, non pas en son corps, mais dans ses pensées, en son esprit.

Nadyha avait connaissance que Gage et Denny occupaient la cabine adjacente, celle de gauche, et son regard alla errer vers la porte qu'elle laissait ouverte. Celle-ci allait jusqu'à la rambarde, masquant la vue de la terrasse voisine. De toute manière, Nadyha savait que Gage et Denny n'auraient jamais ouvert les portes vitrées de leur cabine ; c'était là un autre exemple du respect scrupuleux auquel ils s'astreignaient pour préserver son intimité.

Nadyha décida qu'elle ne voulait pas penser aux autres. Elle avait suffisamment de problèmes à résoudre de son côté, dont la colère qui ne la quittait plus, comme aussi le ressentiment tenace qui lui collait à l'âme et se changeait tranquillement en amertume. La vérité, c'était que le monde entier était le cadet de ses soucis et qu'elle n'avait d'autre préoccupation que sa seule personne, bien que cette vérité ne perçât pas ses pensées conscientes.

Dans la cabine, Baba Simza avait coupé quelques fruits dont elle voulait agrémenter le petit déjeuner. Quand on frappa à la porte, elle alla prestement répondre, comme c'était maintenant son habitude. Quel ne fut pas son choc de découvrir Mme Saint-Amant, dans toute sa superbe, debout devant elle dans le corridor ! La dame fit un pas en arrière et invita Baba Simza d'un petit geste gracieux à sortir de la cabine.

Ynes Saint-Amant était issue de la plus aristocratique des lignées créoles, celle de sang aux trois quarts espagnol et au quart français. Elle était grande, un mètre soixante-quinze, avec une peau olive parfaite, de grandes paupières, des yeux noirs et des cheveux épais qui avaient le lustre de l'ébène. Ce matin-là, elle portait une robe de promenade d'un profond vert mousse ornée de brandebourgs en satin noir et boutonnée à l'avant avec des boutons noirs comme jais. Aux poignets, il y avait de fines dentelles autrichiennes comme celles qui ornaient le col. Sa jupe en taffetas changeant jaune, bleu

et vert était si large qu'elle emplissait presque le corridor. De son réticule agencé en satin vert mousse, elle
sortit deux petites cartes, que Baba Simza prit d'un geste
lent. Sur ces cartes, elle put lire : «Madame Toussaint
Saint-Amant, 12, rue Dauphine».

Mme Saint-Amant prit la parole et parla de sa voix
éduquée où l'on percevait une pointe d'accent français :

— Madame, vous devrez pardonner mon audace,
car je n'ai pu faire autrement que de venir auprès de
vous. Il me tardait de faire votre connaissance, la vôtre
et celle de votre famille. Je suis madame Toussaint Saint-
Amant. Vos noms d'artistes me sont connus, mais je n'ai
pas eu ce privilège de connaître vos noms propres,
termina-t-elle avec délicatesse.

De plus en plus étonnée, et quelque peu amusée,
Baba Simza lui répondit :

— Les gitans ont des noms chrétiens, madame
Saint-Amant, mais vous me permettrez de respecter
cette tradition établie de longue date qui veut que nous
ne divulguions jamais ces noms aux gens qui ne sont
pas Roms. Vous pouvez m'appeler Simza.

— Oh, je... je vois, dit-elle d'une manière hésitante,
ce qui n'était pas dans ses habitudes. Eh bien... dans ce
cas, de grâce, appelez-moi Ynes, suggéra-t-elle, avant de
reprendre, après s'être éclairci la voix, le cours d'un discours sans doute préparé. Simza, nous avons été épou-
vantés, mon époux et moi-même, d'apprendre le terrible
et malheureux incident qui a affligé votre famille. Je
comprends que vous avez grand besoin de solitude et
de ressourcement, et je vous demande encore pardon de
mon ingérence, mais il me fallait vous rencontrer et

vous dire personnellement combien je regrette ce qui vous arrive.

— Pourquoi ? demanda simplement Baba Simza.

— Parce que les gens bien ne doivent pas rester muets lorsque le mal sévit, répondit-elle avec véhémence, pour ensuite ajouter sur un ton plus hésitant, et parce que je... j'ai conscience que, personnellement, je me suis mal comportée. Je me suis crue au-dessus... au-dessus de vous, de vous tous. Acceptez mes excuses les plus sincères et, je vous prie, transmettez mes meilleurs sentiments à votre famille, termina-t-elle dans un souffle.

— *Hai*, je le ferai, dit Baba Simza et, après un long moment durant lequel elle vit la dame s'agiter, Baba Simza dit tout bas : nous vous pardonnons.

Ynes Saint-Amant eut des larmes aux yeux et, cherchant un instant à tâtons dans son réticule, elle produisit un mouchoir avec lequel elle se sécha rapidement les yeux.

— Merci. Avant de vous libérer, Simza, j'aimerais vous dire une dernière chose. Nous sommes, mon époux et moi, les présidents d'honneur du French Opera House, des mécènes si vous voulez. Nous croyons que vous devriez considérer la scène, professionnellement. Vous êtes si talentueux, si doués, et il se dégage une telle force de votre jeu d'acteur. Je voudrais que vous en parliez à Nadyha et à votre famille.

» De plus, j'aimerais étendre à vous tous cette invitation à venir vous entretenir avec moi. Choisissez le moment à votre convenance, mais le plus tôt sera le mieux. Les jours où je suis à la maison sont les mardis et les jeudis, mais je serai toujours disponible pour vous. Généralement, nous consacrons les vendredis aux activités familiales, mais si vous deviez vous présenter le vendredi, je saurais vous accueillir.

Baba Simza semblait perplexe, et ce n'avait rien d'une ruse.

— Je ne comprends pas. Vous ne vivez pas dans votre maison tous les jours ? Vous vivez là les mardis et les jeudis, et parfois les vendredis ?

Mme Saint-Amant fut d'abord interloquée, mais bien vite elle eut un petit sourire compréhensif.

— Non, Simza, c'est une convention, un moyen poli d'annoncer les jours où l'on accepte de recevoir. D'ailleurs, j'ai une confidence à vous faire, bien que je n'en tire aucune fierté : il m'arrive parfois d'être « à la maison », mais de faire mentir mon majordome pour qu'il renvoie les visiteurs. Beaucoup de gens le font, mais je doute que vous me pardonniez si je vous exposais à ce même traitement. Bref, je voulais seulement vous dire que, peu importe le moment de votre visite, je serai heureuse de vous recevoir.

Sur ces mots, Ynes Saint-Amant fit quelque chose qu'elle n'avait jamais fait. Elle tendit les deux mains à Baba Simza.

Baba Simza les prit chaleureusement.

— Merci de m'avoir expliqué tout cela, Ynes, dit-elle. Sans le savoir, nous aurions commis un faux pas en vous rendant visite un jour où vous n'êtes pas « à la maison ». Ces choses *gajes*, nous ne les connaissons pas.

— Sans doute, mais ce n'est pas nécessairement un défaut. Je vous laisse à présent, Simza. Merci de m'avoir écoutée, merci aussi pour cette occasion de m'expliquer... et de vous présenter mes excuses.

— Soyez bénie de *miry deary Dovvel*, dit Baba Simza, et elle retourna dans la cabine, s'adossa contre la porte qu'elle avait fermée derrière elle et plongea le regard sur les cartes qu'elle tenait à la main.

Nadyha et Mirella étaient encore assises sur la promenade. Nadyha se tourna en l'entendant entrer.

— Qu'est-ce que c'était? demanda-t-elle.

Secouant la tête, Baba Simza alla leur raconter sa visite. Nadyha eut même le cœur à rire quand Baba Simza lui parla de cette étrange affaire d'Ynes qui « était, mais n'était pas à la maison ».

— Toute ma vie, j'ai cru que les *gajes* étaient fous, grommela Baba Simza. Et voilà que non! *Miry deary Dovvel* me montre que j'avais tort! Quand même, je me demande...

— Je n'arrive pas à croire qu'elle s'est excusée, dit Mirella d'un ton pensif. Je croyais qu'elle était la plus arrogante et la plus hautaine personne du monde!

— Peut-être qu'elle l'était et qu'elle le redeviendra, dit Baba Simza. Qui peut savoir? Chose certaine, Dieu sait faire triompher le bien dans les ténèbres les plus profondes. À mon avis, si ce qui t'est arrivé n'avait pas eu lieu, Nadyha, cette *gaji* n'aurait pas eu la révélation qu'elle a eue. De cette mauvaise, très mauvaise chose, quelque chose de bon a fleuri.

— Peut-être, mais cette mauvaise chose, c'est à *moi* qu'elle est arrivée! dit Nadyha avec feu. Aucun bien ne pourra jamais en ressortir pour *moi*!

Baba Simza allait répondre quand on frappa de nouveau à la porte.

— J'aimerais vraiment que les gens me laissent en
paix, se plaignit Nadyha.

— Non, tu n'aimerais pas cela, rétorqua Baba Simza,
qui se leva et partit répondre au visiteur.

Cette fois, elle ne fut pas surprise. Sur le pas de la
porte, il y avait un panier d'osier, mais personne dans le
corridor. Baissant les yeux sur le panier, Baba Simza
soupira et eut cette pensée : « Si je ne fais pas attention,
avant longtemps, je serai devenue une vieille *gaje*
gâteuse ! »

Cette fois, Mirella et Nadyha l'avaient suivie du
regard, et maintenant, elles venaient voir qui était à la
porte. Nadyha ouvrit grands les yeux et se mit à crier :

— Des chiots ! Ce sont des chiots ! Oh ! Oh, qu'ils
sont beaux, mais regardez ces petits chéris ! Ils sont à
croquer !

Tout excitée, elle prit le panier et le posa sur son lit.
Lovés au fond, il y avait deux boules de poil jouffues.
L'un des chiots était plus gros que l'autre, trois kilos
environ, avec des taches noires et brunes. Le plus petit
était d'une jolie couleur sable avec du blanc sur le corps.
Ils avaient tous les deux de longs museaux et les oreilles
douces comme une plume et joliment retombantes à la
pointe. Le plus gros avait au cou un beau ruban en satin
jaune et le plus petit, un ruban vert auquel un mot plié
était attaché.

Nadyha l'ouvrit lentement et le lut : « D'un admira-
teur qui vous veut du bien et le meilleur en toute chose.
Je prie pour que vous trouviez auprès de Dieu sérénité,
paix et amour. »

Des larmes remplirent ses yeux, et elle laissa retomber la tête. D'une voix étouffée, elle dit :

— Baba Simza, il faut aller dire à Gage que je le remercie.

Matchko sauta sur le lit pour sentir le panier. Aplatissant son unique oreille, il feula un peu, puis bondit en bas du lit et sortit par la porte que Baba Simza ouvrait. En riant, Nadyha prit l'un des chiots, puis le deuxième. Elle se laissa lécher le visage et enfouit le nez dans leur pelage pour sentir l'odeur des petits chiens chauds et doux.

Baba Simza revint en ronchonnant.

— Il dit qu'il n'y a pas de quoi, et moi, je dis que tu devrais me remercier. Si tu crois que c'est avec joie que je vois la maisonnée s'agrandir de bêtes *narkri*, des *jooks* qui plus est !

— Ils ne sont pas *narkri*. D'ailleurs, il y a des chiens dans la Bible, dit Nadyha avec des yeux pétillants de bonheur.

— Ils ne sont même pas propres ! rétorqua Baba Simza, qui, malgré les apparences, était ravie de voir le bonheur simple que vivait Nadyha.

Baba Simza savait que ces deux bêta de chiens valaient bien le dérangement.

Nadyha était aux anges avec les chiots et ne se lassait pas de jouer avec eux. L'horreur des derniers jours semblait chose du passé. Niçu ramena Boldo de sa promenade et vint avec le chariot du petit déjeuner. Nadyha «fit les présentations», et Boldo et les chiots semblèrent aussitôt s'entendre comme larrons en foire. Chose certaine, les chiots adoraient l'ours. Ils montaient partout sur lui, lui léchaient le museau et lui mordillaient les pattes. Nadyha avait mal au ventre à force de rire de leurs cabrioles et de leurs gambades, mais aussi de voir l'expression de patiente souffrance qu'avait Boldo.

Elle eut tant de plaisir avec les chiots ce matin-là qu'on aurait dit qu'elle n'avait plus un seul souci au monde. Tandis que midi approchait, elle dit soudainement à Baba Simza :

— Est-ce que tu pourrais faire venir Gage ? Peut-être aimerait-il manger avec nous ?

— Ce n'est pas trop tôt, répondit Baba Simza en se dirigeant aussitôt vers la porte. Oui, je vais voir si je peux le trouver.

— Et aussi, j'aimerais que Cara vienne me voir cet après-midi. Tu pourrais trouver un garçon assez gentil pour lui faire le message.

— À vos ordres, madame la reine des gitans, lança Baba Simza avec sarcasme tandis que, au fond d'elle-même, elle se réjouissait de la bonne humeur retrouvée de sa petite-fille.

En quelques secondes, Gage fut à la porte de la cabine de Nadyha. Il paraissait soulagé, heureux et épuisé.

— Bonjour. Alors, est-ce que vous aimez mon cadeau ? demanda-t-il, tentant de se montrer désinvolte dans son approche.

— Vous savez bien que oui ! dit-elle. Venez, asseyez-vous avec nous et parlez-moi des chiots.

Elle était assise par terre et jouait avec les chiots. Gage se joignit à elle, et ce fut pour lui un moment de grand bonheur, d'être ainsi assis près de Nadyha, avec les chiots qui s'amusaient entre eux. En regardant les petits chiots et leurs espiègleries, on ne pouvait s'empêcher de sourire.

— Ce sont des colleys à poil long, raconta-t-il. Ce sont des chiens de berger, mais comme ils sont doux et affectueux, ils font de très bons chiens de maison.

» C'est Denny qui a trouvé le chenil à Saint-Louis. Comme sa famille connaît tout le monde à Saint-Louis — et peut-être même au Missouri —, il m'a amené chez M. Cyril Hull, propriétaire de la laiterie du même nom. M. Hull garde depuis des années des colleys pour l'aider dans les travaux de la ferme, parce qu'ils font de bons chiens de berger et de garde. Ce monsieur fait l'élevage. Lors de notre visite, par une heureuse coïncidence, une de ses chiennes avait mis bas huit semaines auparavant, et j'ai choisi le plus gros de la portée et le tout riquiqui.

— Riquiqui? C'est quoi? demanda Nadyha.

— Ça veut dire «tout petit», «chétif». En parlant des chiens, ça veut seulement dire «le plus petit de la portée».

— Hum! C'est vrai qu'il est petit, non? et, ce disant, elle se mit à rire, et Gage pensa que c'était le plus joli des sons. L'autre, il est tout dodu! Ils sont tous les deux trop... trop mignons!

Elle les prit et leur donna de gros bécots sur la truffe et directement sur la gueule.

— Il vaudrait mieux que Baba Simza ne voie pas ça, soupira Gage. J'ai comme ce sentiment qu'elle vous savonnerait la bouche avec du savon au crésol. Elle me réserverait sans doute le même traitement, histoire de me faire payer pour ce cadeau que je vous ai offert.

— Je ne peux pas croire que vous avez réussi à la convaincre de me laisser garder des chiens, dit Nadyha. Baba Simza a toujours dit qu'elle n'irait jamais jusqu'à accepter des chiens dans le campement, que sa tolérance s'arrêtait là.

— Ce doit être mon célèbre charme, celui auquel aucune femme ne peut résister, blagua Gage et, immédiatement, il le regretta en voyant une ombre passer sur le visage de Nadyha.

Or, si le commentaire l'avait offusquée, comme le laissait deviner son expression, elle n'en dit rien et continua à parler des chiens ainsi que de la difficulté qu'elle avait à leur trouver un nom.

Gage pensa soudain : « Ce n'est pas elle... ce n'est pas Nadyha. Du moins, pas la Nadyha que je connais. Cette fille est froide et dure... Nadyha a toujours été si chaleureuse, si radieuse, si passionnée... Cette Nadyha est-elle disparue à jamais ? Oh, Seigneur, je Vous en prie, faites que non ! »

Baba Simza revint dans la cabine, suivie d'un garçon de cuisine qui poussait le chariot du déjeuner. Mince, jeune et sérieux, il semblait conscient du privilège qu'on lui accordait en le laissant entrer dans la cabine. Il adressa à Nadyha à cinq ou six reprises le même hochement de tête poli tout en mettant la table. Nadyha hocha la tête pour le remercier.

Pendant le déjeuner, Nadyha ne tenait pas en place ; elle était toujours à sauter de sa chaise pour voir ce que faisaient les chiots. Ces petites bêtes avaient joué jusqu'à tomber de fatigue, et maintenant elles dormaient.

— Nadyha, voudrais-tu, s'il te plaît, t'asseoir à table ? Pose donc le panier à tes pieds et cesse de bondir comme un lapin, lui ordonna Baba Simza. Et non ! Pas de panier sur la table, grand Dieu !

Niçu leur raconta comment s'était passé le nourrissage d'Anca.

— M. Wainwright a acheté deux flancs de bœuf juste pour Anca ! Je lui ai dit qu'elle avait une préférence pour le sanglier et que Gage pourrait aller chasser dans les bois à la prochaine escale, mais je crois que M. Wainwright ne veut voir personne quitter le *Reine*. Il s'imagine peut-être que nous pourrions vivre sur son bateau comme dans un gigantesque *vardo*.

— Nous ne ferons rien de tel, n'est-ce pas ? dit brusquement Nadyha. Nous retournons au campement dès notre retour à La Nouvelle-Orléans, non ?

— Bien sûr, *bitti chavi*, dit Baba Simza, posant la main sur la sienne. Si c'est ce que tu veux, c'est ce que nous ferons.

Le cœur de Gage se déchira.

Cara entra et alla immédiatement s'asseoir sur le plancher avec Nadyha.

— Je me suis ennuyée, dit-elle. Je suis vraiment désolée.

— Merci, dit Nadyha dans un hochement de tête. Regarde ! Regarde ce que Gage m'a donné !

— On m'a dit, oui, expliqua Cara en prenant le plus gigoteur des deux chiots. Nous avions des chiens à la ferme. J'aime les chiens.

Après quelques autres anecdotes canines, Nadyha demanda à Cara de lui parler de sa soirée.

— Comment c'était, le bal du capitaine ? Est-ce que c'était *pias, baro pias* ?

Cara rougit, et dans ses yeux bleus, il y eut des étoiles.

— C'était très amusant. J'ai dansé… Plusieurs gentlemen très gentils m'ont demandé une danse. Et Dennis a été si aimable. Il a veillé à ce que je sois dûment introduite auprès de tous les convives. C'est si drôle… et bête à la fois, vous auriez dû voir le nombre de gens qui m'ont demandé si j'étais une vraie comtesse ! C'est incroyable, non ?

— Oui, j'imagine. Que leur as-tu répondu ?

— J'ai répondu que non, bien sûr, mais certains messieurs ont cru que je voulais seulement faire des mystères, dit-elle, un sourire aux lèvres. Ils n'ont peut-être pas tout à fait tort ; je ne suis pas complètement transparente, à cause de ce qui s'est passé… avec le capitaine Nettles. Une chose est sûre, je n'essaie pas de me faire passer pour une comtesse. J'ai eu une très belle soirée avec Dennis. Il a de très élégantes manières, vous savez, quand il ne cherche pas à épater la galerie. Aussi, il s'est assuré que ces messieurs ne se montrent pas trop… trop attentifs.

— «Harcelants», tu veux dire, marmotta Nadyha, et, dans un effort, elle continua sur un ton plus gai. Tu l'appelles «Dennis» maintenant? Tu me surprends, Cara. Quelle familiarité déplacée!

Le sang lui monta au visage.

— Je sais, cela vous semble sans doute idiot, mais il s'agit d'une règle *gaje* importante, je vous l'assure. Les jeunes dames célibataires ne permettent pas aux hommes cette familiarité de les appeler par leur nom de baptême, et elles ne s'adressent pas non plus aux jeunes hommes par leur prénom. Néanmoins, Dennis trouvait ridicule de chercher son oncle dans la pièce chaque fois qu'il m'entendait dire «monsieur Wainwright». Alors, oui, je l'appelle «Dennis», et il a la permission de m'appeler «Cara». Au début, je lui ai dit qu'il pouvait m'appeler «comtesse Cara», mais cela n'a pas très bien fonctionné.

Nadyha lui sourit.

— Je crois que Dennis t'apprécie beaucoup, Cara. Peut-être davantage que tu le crois.

Cara baissa les yeux sur les chiots et se mit à flatter le plus petit des deux.

— Non, je le sais fort bien, dit-elle avec pondération. Malheureusement, ces sentiments sont sans avenir. Saviez-vous que Dennis n'est pas chrétien? Et même s'il l'était, nous savons tous que la justice est à mes trousses, à cause de cette histoire à Donaldsonville. Oh, je prie pour que tout cela soit terminé à notre retour! Ma famille me manque terriblement. Je m'ennuie même de Mme Tabb, c'est dire!

Cara parla encore, et Nadyha eut une révélation : « Cara, elle a vécu exactement ce que j'ai vécu ! Bon, il est possible que le capitaine qui l'a agressée n'ait pas été une brute dangereuse comme Yargee, mais la peur qu'elle a dû ressentir devait être la même. La pauvre, personne n'est venu à son secours. Et le capitaine est mort, une chose atroce, quoi qu'on dise et qu'importe l'homme. Elle a dû fuir aussi pour sauver sa peau. En plus d'être une victime, elle était prise pour proie ! Elle semble pourtant pleine d'innocence, si fragile… et elle s'en sort beaucoup mieux que moi. Qu'est-ce qui ne va pas chez moi ? »

— … Dennis pense que je devrais donner des concerts, ici, sur le *Reine*, disait Cara. Je n'avais jamais réfléchi à la chose, parce que j'étais tout à fait heureuse avec la pièce.

— Oui, nous l'avons tous été, n'est-ce pas ? affirma Nadyha. Heureux de jouer… heureux ici. Tu sais quoi, Cara, bien que ce soir je n'aie pas la force de jouer, pourrais-tu dire à Dennis que les gitans remonteront sur scène lundi soir, avant d'arriver à La Nouvelle-Orléans ?

— Vous êtes sérieuse ? s'exclama Cara, tout excitée. Est-ce que vous… vous aurez la force de jouer, Nadyha ?

— Je l'ignore, avoua-t-elle maintenant avec lassitude, mais je vais certainement essayer.

Le lundi soir, la pièce débuta à vingt et une heures. En temps normal, durant les voyages du *Reine*, on donnait deux représentations pour accueillir, le premier soir, le public du pont Texas, et le second, les passagers des deuxième et troisième classes. Or, en raison des récents événements, il n'y aurait qu'une seule représentation donnée durant le voyage de retour, et on y convia tous les voyageurs du *Reine de Bohême*. Sauf pour quelques chaises, la salle ne comptait que des places debout. Le capitaine Humphries vint sur scène et demanda à l'assistance, dans son habituel avertissement, de rester assis lorsque les animaux sauvages seraient sur les planches, et, ce disant, l'absurdité de la chose le frappa : devant lui dans la salle, il y avait une centaine de personnes debout. Après un moment, on vit son visage de granite se craqueler et on devina un petit sourire gêné sur ses lèvres.

— En fait, contentez-vous de ne pas courir devant la scène, d'accord, Mesdames et Messieurs ? termina-t-il dans un grognement embarrassé.

Parmi les spectateurs, il régnait un grand silence. On ne remarquait aucun murmure, aucun mouvement, pas même le bruit d'un pied glissé sur le plancher. Les rideaux s'ouvrirent, et la foule admira la pièce dans un silence ravi. Personne n'avait encore remué quand Cara fit son entrée et commença à chanter.

Ce fut ensuite le moment d'ouvrir les rideaux sur Nadyha et Anca. À cet instant, dans la salle, on entendit s'élever mille murmures, puis les passagers de première classe qui avaient des chaises se levèrent pour applaudir. On vit même des femmes se lever et taper dans leurs mains.

— Nadyha ! Nadyha ! Bravo, Nadyha ! entendit-on crier parmi les spectateurs debout, et d'autres gens se mirent alors à taper du pied et à siffler bruyamment.

Nadyha se tenait au centre de la scène, svelte, grande et digne, ses yeux comme des perles noires qui, dans la lumière tamisée, brillaient comme parfois la mer brasille. La main posée sur la tête d'Anca, qui était calmement assise à sa droite, elle paraissait une observatrice immobile devant la foule bruyante. Les applaudissements redoublaient, se prolongeaient, ne tarissaient plus. Finalement, Nadyha tomba à genoux, jetant ses bras autour d'Anca dans une grande étreinte. Elle se tourna vers l'assistance, et les spectateurs purent lire sur ses lèvres qu'elle répétait encore et encore : « Merci, merci beaucoup. »

Après le spectacle, Denny et Gage s'assirent dans la salle de bal déserte pour discuter avec les gitans.

— Je peux prendre tout de suite les arrangements pour qu'on vous ramène tous, et les animaux aussi, au campement, leur dit Denny.

Niçu se montra cependant intraitable.

— Nous ne voulons pas que toute une bande de *gajes* sache où nous campons. Le site est sur les terres de la plantation des Perrados, et si le commandant Wining venait à l'apprendre, il se ferait un plaisir de nous réclamer dix mille dollars en taxes… ou il nous jetterait en prison, c'est selon. Non, notre décision est prise, nous avons convenu que Mirella et moi chevaucherions Saz, que Nadyha monterait Tinar, que nous irions ainsi au campement. Ensuite, nous reviendrons, Mirella et moi, chercher Baba Simza et les animaux avec deux *vardos*.

— Vous pouvez prendre Cayenne, dit Gage. Je vais demeurer au Saint-Louis quelques jours. Il sera mieux avec vous de toute manière.

Nadyha insista sur le fait qu'elle ne voulait absolument pas qu'on fasse un événement de leur départ du *Reine*.

— Je préfère partir sans bruit, sans être confrontée à…

Elle termina la phrase dans un geste vague, ce qui n'était pas son habitude. Elle semblait totalement sans force, tout à fait épuisée.

— Bien sûr, *Phei*. Nous attendrons que tous les voyageurs soient débarqués. Après, l'équipage sera occupé au point où les hommes ne remarqueront même pas notre départ.

— Très bien, dit Nadyha dans un soupir de soulagement. Donc, disons-nous au revoir pour l'instant, Dennis, Gage. Merci pour tout.

Elle se leva et quitta la pièce, les épaules et la tête basses.

Le *Reine de Bohême* entra au port de La Nouvelle-Orléans le mardi matin. C'était une journée ensoleillée, et même ce bon vieux fleuve boueux brillait, tel de l'or au soleil. Gage n'avait pas le cœur à la fête. Debout sur le pont-promenade tandis que le vaisseau accostait, il regardait d'un air morne les quais, qui, comme toujours, donnaient l'impression d'un méli-mélo kaléidoscopique où se mêlaient les gens, les chariots et les animaux. Le French Market était bondé. Les habituelles équipes d'ouvriers travaillaient sur les docks, et les passagers se préparaient au débarquement, venant sur les ponts inférieurs et par les escaliers. Gage avait le sentiment d'être seul, un étranger. Il n'avait pas le sentiment d'appartenir à ce monde.

« C'est pourtant chez moi, ma ville, pensa-t-il avec désespoir. Si je n'ai pas d'attaches ici, où donc en trouverai-je ? »

Spontanément, une réponse lui vint à l'esprit, comme venue de loin : « Avec Nadyha… toujours et seulement avec Nadyha. »

CHAPITRE 18

Gage balaya du regard la chambre qu'il occupait à l'hôtel Saint-Louis. Il la trouvait peu réjouissante par rapport à sa cabine de deuxième classe à bord du *Reine de Bohême*. Cela dit, les deux lits en fer forgé étaient de fabrication élégante et solide. Les ressorts ne grinçaient pas et le matelas avait une bonne épaisseur. Les draps de lit et les taies d'oreiller étaient en coton égyptien, mais on était un peu à l'étroit sur les lits plus petits que ceux qu'on trouvait sur le *Reine*. Les jambes de Gage étaient trop longues, et il avait passé une mauvaise nuit.

Sous la fenêtre, il y avait une petite table en cerisier et deux fauteuils de chambre recouverts de damas satiné bleu, mais sur l'un des sièges, on remarquait tout de suite une vilaine tache. Au Saint-Louis, les chambres n'étaient pas louées avec la salle de bain attenante, et une table de toilette en chêne servait à cet effet, avec un pot à eau et une cuvette. Gage repensa avec envie à la superbe salle de bain à bord du *Reine*.

« Et voilà, je fais la fine bouche maintenant ! » pensa-t-il avec acrimonie. Il posa sa bible sur la table, mais, incapable de concentration, il ne l'ouvrit pas et alla plutôt regarder par la fenêtre. La rue Saint-Louis était déjà achalandée dans l'heure après l'aube, et Gage se demanda ce qu'il allait pouvoir faire de ses os durant la semaine à venir. Le prochain départ du *Reine de Bohême* était prévu pour le mardi suivant, le premier août.

« Que je suis bête de seulement réfléchir à la semaine qui vient ! Seigneur, que vais-je faire du reste de ma vie ? Retourner travailler à la raffinerie de sucre Urquard ? » Il avait en abomination cette idée qu'il puisse passer le reste de sa vie derrière un bureau. Comment pourrait-il retourner à une existence aussi monotone ? Comment, oui ? Après la guerre, après avoir vécu avec les gitans, après le *Reine de Bohême*… après Nadyha ?

Chassant brusquement les pensées accablantes qui rappelaient cette femme à son souvenir, il s'efforça une autre fois de lire et de prier, mais sans résultat. L'agitation qui le troublait était presque physique. En effet, il sentait sa peau chaude et irritée, comme s'il avait bu du café fort, tasse sur tasse. Il se mit à arpenter la pièce, ce qui l'aidait habituellement à penser. Il lui fallait absolument démêler les choses de sa vie.

Au départ, ses pensées se bousculèrent dans un fouillis incroyable, un désordre qui mélangeait les époques et les gens : sucre, comptable, gitans, tireur d'élite, Nadyha qui chante, le *Reine*, Nadyha et Anca, Nadyha et les chiots, le fleuve, le brouillard, l'avenir, Nadyha encore, son visage, son dernier au revoir.

En homme discipliné qu'il était, Gage s'éreinta à tout mettre en ordre, puis à chasser Nadyha de son esprit. Il pensa au *Reine de Bohême*. Comme elles lui avaient été plaisantes, ces deux dernières semaines! Que de moments excitants il avait vécus! Voyager sur le fleuve, c'était tout ce dont il avait rêvé, et plus encore. C'était mieux qu'il ne l'avait imaginé des années auparavant, avant la guerre, quand il passait le plus clair de ses temps libres à flâner sur les docks. Plus il pensait au *Reine*, plus il se disait que le luxe ne lui manquait pas, non, ce n'était pas cela, malgré les reproches formulés plus tôt à l'endroit de l'hôtel Saint-Louis, qui, devait-il le concéder, était un établissement fort décent.

Petit à petit, il commença à entrevoir une vérité : «J'aime me trouver sur le fleuve. Bon sang, voilà que, non content d'être un gentleman tatillon, je veux devenir matelot!»

Cette idée de carrière lui parut des plus étranges. Gage se rappelait sa vie avant la guerre et combien il l'avait vécue en solitaire. Même sa première et seule amourette n'avait été qu'une passade. Dans cette relation, il s'était laissé porter par le courant, se disant que, après tout, il fallait bien se marier. «Tout le monde se marie.» Il comprenait maintenant qu'il n'avait jamais envisagé sérieusement le mariage, et qu'elle devait l'avoir deviné. Pas étonnant qu'elle en ait épousé un autre dès qu'il avait été parti à la guerre. Au fond, la nouvelle ne l'avait pas troublé outre mesure.

Où s'en étaient allés ses rêves d'abandon et de solitude ? N'étaient-ce pas ces désirs qui l'avaient aidé à passer à travers ces années de guerre ? Sur le *Reine de Bohême*, malgré l'immensité et l'espace qu'on y trouvait, Gage avait toujours cherché la compagnie des gens. Était-ce cette vie qu'il voulait ? Envisageait-il sérieusement de travailler sur les bateaux ?

Oui, Gage y pensait. Comme une éponge, il avait assimilé tout ce qu'il y avait à savoir sur les bateaux à vapeur durant les deux semaines du voyage. Il avait été une peste, soupçonnait-il, pour le chef mécanicien et l'ingénieur en chef de la chaufferie, toujours à fouiner dans la salle des chaudières et la salle des machines, posant mille et une questions. Fasciné, il avait découvert que, une fois que l'on comprenait le mécanisme, les moteurs à vapeur qui faisaient avancer un bateau à vapeur étaient en fait moins complexes que les chaudières et les moteurs nécessaires au raffinage du sucre. De ce bateau, tout l'intéressait : savoir comment les moteurs entraînaient dans son axe la roue à aubes, comment les chauffeurs jaugeaient la vapeur nécessaire à l'action des moteurs, comment les pompes de la fontaine fonctionnaient, où les cuisines s'approvisionnaient en lait frais, quelles dimensions avait la roue à aubes, où les femmes de chambre allaient chercher les produits ménagers, etc.

« Pourrais-je vraiment travailler sur un bateau à vapeur ? Est-ce que c'est même... possible ? Seigneur ! Quel poste pourrais-je occuper ? Il faut être entraîné pour devenir chauffeur, avoir une compréhension précise des chaudières, et c'est un savoir qui semble uniquement s'acquérir par l'expérience. Mécanicien... ça, je pourrais faire, les moteurs n'ont rien de compliqué, mais il se trouve déjà des centaines de mécaniciens au chômage sur les quais de tous les ports, des gens qui ont vécu leur vie entière sur le fleuve. Saurais-je me satisfaire de peu et commencer tout en bas de l'échelle, à travailler comme équipier à bord d'un petit bateau de fret ? »

Il n'avait pas la réponse à ces questions. Fatigué déjà, bien que les sept coups de l'heure n'aient pas encore sonné, il se trouva devant une vérité dure à avaler : l'avenir sans Nadyha serait sombre et désolant.

Il retourna s'asseoir à la table et ouvrit la Bible au Psaume 119. Dans un grand effort mental, il s'obligea à lire. Quand toute concentration lui semblait impossible, Gage savait qu'il pouvait toujours lire les Psaumes. Bientôt, il fut absorbé dans sa lecture, celle du plus long psaume.

Quand il eut terminé, il pria et le fit comme un sombre idiot, pensa-t-il, assis à marmonner dans sa barbe. Il pria quand même. Gage avait été baptisé dans la foi chrétienne à l'âge de huit ans. Il savait que, malgré les apparences, Dieu était toujours présent, qu'Il était là, aussi physiquement qu'Il savait l'être. Gage avait la conviction que s'il priait et demandait des réponses à Dieu, Il les lui donnerait. Les réponses lui venaient rarement au moment voulu, mais Dieu répondait toujours. Quand il eut terminé de se recueillir, l'heure était venue de rencontrer Denny pour le petit déjeuner.

Au rez-de-chaussée, dans la Grande Rotonde, Gage lorgnait d'un œil mauvais les soldats de l'Union qui vaquaient à leurs affaires; il y en avait partout, semblait-il.

— Cet endroit grouille de tuniques bleues, grommela Gage.

— Ouais, c'est pareil dans tous les hôtels, dit Denny. Cessez de vous plaindre, Johnny Reb, et estimez-vous heureux d'avoir une chambre dans l'établissement. C'est uniquement parce que l'oncle Zeke est si bon ami avec le général Banks, vous savez. De toute façon, que pensez-vous d'aller prendre le petit déjeuner au salon de thé russe de Madame Borski?

Ils étaient sortis dans les marches de l'hôtel, et Denny chargeait un valet de leur héler une voiture de place.

— Vous n'êtes pas sérieux? C'est que je suis affamé, moi, rouspéta Gage. Je n'ai aucune envie de m'asseoir pour boire du thé à l'eau avec une biscotte. Nous allons chez Tujague. Là, ils servent de vrais repas.

Tujague était un petit café près des docks dans le quartier français. On y servait des petits déjeuners et des déjeuners copieux, et la clientèle était principalement composée d'ouvriers du port, des débardeurs pour la plupart, et de marchands du French Market. L'endroit était bondé de monde, chaud et humide. Les conversations des clients produisaient un ronflement bruyant et constant, mais la nourriture qu'on y servait était fabuleuse.

— Essayez donc la casserole créole à la Guillaume, conseilla Gage à Denny. C'est le plat que je préfère.

Il s'agissait d'une casserole aux œufs, faite avec des saucisses allemandes, des poivrons, des oignons et de l'ail, que l'on épaississait avec de la crème fraîche et de la chapelure de biscuits secs. Au Tujague, on servait du pain français toujours frais, du beurre doux et, bien sûr, du café noir à volonté.

Tandis qu'ils terminaient leur repas, Gage demanda à Denny :

— Dites donc, vous savez, vous, ce que font les gentlemen oisifs et prétentieux toute la journée ? Parce que moi, je n'y connais rien.

— Ma foi, on ne s'est pas levé du bon pied ce matin ? dit Denny. Pour répondre à votre question, nous, les oisifs et prétentieux gentlemen, nous perdons notre temps de toutes les façons imaginables. Aujourd'hui, par exemple, je vous invite au salon de coiffure chez Corbette puis chez le barbier, ensuite nous irons prendre un bain turc au Bustamente. Ce qui nous amènera sûrement en fin de journée. Après, nous trouverons à nous occuper jusqu'au dîner.

— Je garde le mot « souper », si ça ne vous offense pas, dit Gage. Et ce soir, je veux aller chez Antoine. Je n'ai jamais mis le pied dans cet endroit.

Denny eut un regard pétillant.

— Il se trouve justement qu'oncle Zeke…

— Oui, oui, je connais la rengaine. C'est un cousin à lui qu'il avait perdu de vue depuis des lustres… ou encore, c'est qu'Antoine lui doit dix mille dollars, et bla-bla-bla. C'est tout bien, du moment que vous pouvez nous faire entrer. Qu'est-ce que c'est au juste, un bain turc ?

Gage se sentit mieux après une coupe de cheveux et un rasage professionnel, mais le bain turc fut pour lui la plus grande des découvertes. Il en connaissait l'existence, bien sûr, et savait même que, à La Nouvelle-Orléans, on trouvait au moins quatre bains turcs, mais Gage n'avait jamais eu le bonheur d'avoir l'argent pour s'offrir une telle gâterie.

Tout d'abord, il y avait l'étuve sèche, où le baigneur s'asseyait dans une pièce close où des petits feux chauffaient et asséchaient l'air de manière à provoquer une sudation excessive et purificatrice. Des garçons s'occupaient de ventiler l'air chaud pour assurer une circulation parfaite. Ensuite, on vous faisait passer dans l'étuve humide, un sauna au centre duquel un grand four brûlait du charbon qui réchauffait les pierres. Les garçons s'employaient ici à verser de l'eau sur les pierres chaudes de sorte que la pièce fût toujours pleine de vapeur d'eau. Après ce bain de vapeur, on passait à la pièce suivante où, sous plusieurs fontaines d'une eau très froide, le baigneur se rafraîchissait le corps. Seulement après allait-on dans les bains que l'on pouvait à loisir choisir frais, tièdes ou chauds. Gage opta pour le bain tiède. La température de l'eau était exactement celle de son corps, et il eut la sensation d'être enveloppé d'une fine pellicule de satin liquide. Il se prélassa ainsi durant une demi-heure, puis il eut droit à un massage qu'exécuta un gros homme noir. Le massage fut si complet et relaxant que Gage sentit enfin toute tension le quitter.

Denny, présumant de son agrément, s'en était tenu au strict minimum de conversation durant les bains.

Tandis qu'ils se faisaient masser sur des tables adjacentes, Gage engagea la conversation.

— Vous savez, Denny, je réfléchissais ce matin et je me disais que la vie est superbe sur le *Reine de Bohême*, mais que ça n'a rien à voir avec la vraie vie. En fait, ce n'est ni plus ni moins qu'une grande fête sans fin.

— Certainement pour les passagers, mais pour les propriétaires, c'est beaucoup de travail. Par ailleurs, c'est une affaire honnête et très lucrative que la gestion d'un bateau comme le *Reine*.

— Sans doute. J'y pensais parce que je me sens idiot. J'ai besoin de trouver un vrai travail. Faire le beau et tirer sur des assiettes, ce n'est pas un métier.

Couché à plat ventre sur le marbre de la table de massage d'à côté, Denny lui jeta un bref regard intrigué.

— Qu'allez-vous dire là ? Bien sûr que c'est un travail. Hé, vous êtes mon ami, Gage, et je vous dis sans détour que le *Reine de Bohême*, ce n'est pas une œuvre de charité. Oncle Zeke ne vous paierait pas s'il croyait ne pas avoir un rendement sur son investissement.

— J'essaie d'y croire, mais ça ne me rentre pas dans la tête.

Denny s'arma de patience et tenta une autre approche.

— Alors, vous pensez aussi que les gitans n'ont pas un vrai travail, qu'ils ne méritent donc pas la paie qu'ils touchent ? Cara non plus ? Non, vous ne pouvez pas penser ça. Je sais que, de bien des façons, vous êtes comme ces jeunes gens naïfs qui se croient perdus dans un monde impitoyable, Gage. Cela dit, comprenez une chose : tout comme les gitans et Cara, vous êtes ce qu'on appelle dans le métier une « prise ». Vous avez un talent extraordinaire, et qui plus est, les gens vous aiment, ils veulent vous parler, ils vous trouvent intéressant. Même les femmes, ajouta-t-il, pince-sans-rire.

— Ouais, et vous me connaissez, j'ai tout misé sur cette case-là, dit Gage. Le problème, c'est que les femmes vous remplacent vite par la prochaine sensation. Et qui peut dire de quoi sera faite la nouvelle fantaisie de ces dames ?

— Moi, je peux, dit Denny. Je connais les femmes. Elles vous aiment et vous font confiance au premier abord, parce que, franchement, il ne faut pas avoir inventé l'eau tiède pour savoir que vous êtes un homme bon et honnête.

Denny laissa Gage ruminer la question un temps, puis il continua :

— À propos de Cara, oncle Zeke a communiqué avec un ami à lui, un aide de camp du général Banks qui aurait apparemment un vague lien de famille avec le capitaine décédé. Il lui a demandé de glaner tout ce qu'il y avait à savoir à propos de la situation à Donaldsonville. J'ai bon espoir que, d'ici demain, nous aurons de bonnes nouvelles de ce côté.

Gage prit conscience qu'il n'avait pas eu la moindre pensée pour Cara depuis la dernière représentation sur le *Reine*, deux jours auparavant.

— Quel goujat je fais ! Je n'ai même pas pris de nouvelles d'elle. Où loge-t-elle ? Est-elle encore en ville ?

— J'ai bien essayé de la convaincre de rester à bord du *Reine*, car vous n'ignorez pas que le capitaine

Humphries et les pilotes vivent à l'année sur le bateau, ainsi qu'une cinquantaine d'hommes d'équipage, de sorte que nous gardons une des cuisines et la blanchisserie ouvertes en tout temps, mais elle n'a pas voulu. Elle avait le sentiment que ce serait accepter la charité. Avec l'argent qu'elle a gagné, elle a préféré prendre pension dans une maison de chambres. Dans une maison qui n'accepte que les dames respectables, ça va de soi.

— Bien entendu. Cara est une jeune femme très courageuse, une femme de tête, une indépendante comme on en voit peu.

— C'est le moins qu'on puisse dire. Sous des allures de petit chaton duveteux, c'est une femme de fer qu'on découvre, imagea Denny avant de faire une pause puis de continuer d'un ton tout à fait décontracté. J'ai beaucoup pensé à elle ces derniers temps, à sa situation. À Nadyha aussi.

— Nadyha ? Que voulez-vous dire ? demanda Gage, soudain alerte.

— C'est trop étrange. Des deux, Nadyha me semble la plus flamboyante, la plus audacieuse et la plus ouverte sur le monde ; à côté, il y a Cara, l'innocente petite fille de ferme qui n'est jamais sortie de son patelin. J'en suis venu à comprendre que Nadyha a été élevée dans la ouate, si l'on compare sa vie avec celle que Cara a eue jusqu'ici. Cette loyauté totale des gitans envers leur *familia* et leur *vitsi*, et cette manière d'éviter tout contact avec les *gajes*, en fait, ça les coupe complètement du vrai monde, mais ça les protège aussi.

Gage se mit à réfléchir à cette nouvelle mise en perspective.

— Je n'y avais jamais pensé, dit-il, songeur. Vous avez raison, Denny. En fin de compte, je suis peut-être le plus bête des *gajes*.

— Non. Vous êtes brillant. Surtout quand on sait que vous êtes un Johnny Reb.

Le fameux restaurant chez Antoine répondit à toutes les espérances de Gage, avec au menu un choix d'huîtres meunières, de pompano en croûte et un succulent filet mignon flambé. En sortant de table, Denny avait demandé au maître d'hôtel de leur appeler une voiture, et Gage s'était enfin décidé à protester.

— Pourquoi ne pas marcher jusqu'au *Reine*? C'est à cinq pâtés de maisons, et il nous faudrait davantage d'énergie pour monter dans une voiture et en descendre. Après un si merveilleux dîner, offrons-nous donc une petite balade digestive et vivifiante.

— Ah! Ah! Vous avez dit «dîner». Mais passons. Gage, vous saurez que prendre une voiture de place, c'est ce que font toujours les gentlemen oisifs et prétentieux. Bon, j'imagine que je saurai tituber jusqu'aux docks.

Comme toutes les nuits de juillet à La Nouvelle-Orléans, il faisait chaud et lourd cette nuit-là, mais l'air était bon quand on sortait d'un lieu clos comme chez Antoine. Les trois premiers pâtés de maisons de la rue Saint-Louis comptaient majoritairement des résidences privées, de vieilles maisons de l'époque coloniale espagnole qui n'étaient pas sans rappeler à Gage son ancien meublé. En approchant des docks, on voyait davantage de cafés, de restaurants et, bien sûr, des saloons et des maisons de passe. Gage et Denny se firent aborder en quatre occasions par les « belles-de-nuit », et ce, avant même d'avoir traversé la rue Chartres.

Comme à son habitude, le *Reine de Bohême* était tout illuminé, même si seul l'équipage était à bord. Gage savoura la vue de ce grandiose bateau qui s'élevait au-dessus de tous les autres. Ils montèrent à bord et allèrent gravir le grand escalier.

— N'est-ce pas qu'il est beau ? C'est un bateau royal, vraiment, mais je suis tout de même surpris que vous vouliez m'accompagner, Gage. J'ai bien peur que l'ennui vous tenaille bien vite, mon cher. J'ai peur moi-même de m'ennuyer.

— S'ennuyer ? Pas moi. D'ailleurs, qu'aurais-je de mieux à faire, dites-moi ? Vous saurez, Denny, que tout m'intéresse au sujet de ce bateau, même le côté affaires, ce qui, ai-je constaté, n'est pas votre cas. Puis-je demander la raison de votre visite auprès de votre oncle ?

— J'ai décidé que si j'allais jouer les grands proprié-taires, armateurs et gestionnaires de bateau, je ferais aussi bien de savoir un peu à quoi je joue, dit Denny avec enthousiasme. Je n'aime pas l'admettre, étant le bon à rien de gentleman oisif, paresseux et dépensier que je suis, mais après le voyage dont nous revenons, je me suis découvert un intérêt pour l'aspect crasse et ultime-ment mercantile de l'entreprise.

Ils montèrent à la cabine palatiale de Zedekiah Wainwright, où ce dernier les accueillit avec sa chaleur et son exubérance habituelles. Le commissaire de bord du bateau, A. J. Ruffin, se trouvait là pour la réunion d'affaires. Gage avait déjà fait sa rencontre et, tandis qu'ils échangeaient une poignée de main, il repensa à ses réflexions du matin à propos des équipages à bord des bateaux à vapeur. En se fiant aux apparences, jamais on n'aurait deviné que Ruffin fût comptable ; c'était un homme au fort gabarit avec des cheveux foncés et hirsutes, de fins yeux bruns et une figure taillée à la serpe. Gage n'aurait pas été surpris d'apprendre que le commissaire travaillait comme matelot sur le fleuve depuis sa tendre enfance. De plus, il était plus que probable que Ruffin fût autodidacte en la matière de tenir les livres d'un bateau à vapeur.

— Et si nous prenions un verre avant de nous attaquer aux choses sérieuses, proposa Wainwright. Monsieur Kennon ? Imaginez-vous donc que j'ai aujourd'hui même pris réception d'une caisse du plus fin brandy français. Intéressé ?

— Non merci, du café pour moi, si toutefois Hervey en a déjà préparé, répondit Gage.

— Il ne boit pas de spiritueux, expliqua Denny.

— Jamais ? s'exclama Wainwright, que cette possibilité étonnait au plus haut point.

— J'ai essayé une fois, dit Gage. Nous ne faisons pas très bon ménage, l'alcool et moi.

— Je vous ferais remarquer, Gage, que le baril de bière que vous avez volé, vous et vos copains, quand vous aviez onze ans, c'est loin d'être la même histoire que de déguster un bon brandy, se moqua Denny.

— J'ai été malade durant une semaine, rétorqua Gage avec un sourire narquois, et croyez-moi, même si ça remonte à quinze ans, je n'ai pas encore oublié. Ça n'en vaut pas la peine, vraiment.

— C'est mon ami Gage tout craché! dit Denny en s'asseyant à côté de son oncle.

Tandis qu'Hervey, comme une ombre, servait à Gage son café et aux autres hommes quelque boisson un peu plus forte, Denny demanda à Ruffin :

— Alors, A. J., quels sont les chiffres de notre dernière sortie? Il me semble que nous devons avoir plutôt bien fait; ce bon vieux *Reine* était rempli au maximum de sa capacité.

— C'est le cas, en effet, mais quant aux résultats financiers, pour être tout à fait honnête, nous nageons en plein mystère, répondit-il d'un air un peu stressé. C'était notre premier voyage où nous vendions tous les billets depuis la guerre, et, avant celle-ci, nous respections une échelle de tarification différente. En outre, nos coûts étaient beaucoup plus bas à l'époque. Nous n'aurons pas le tableau complet avant une semaine au moins. Mes assistants et moi-même, nous y travaillons assidûment.

— Nous appareillons la semaine prochaine, et je vois déjà poindre les problèmes, dit Wainwright, tirant quelques bouffées de son tout nouveau et gros cigare. De un, la première classe au départ de La Nouvelle-Orléans est réservée, aller-retour, et donc nous ne pouvons embarquer personne à Saint-Louis. Là-bas, ça commence à ruer dans les brancards, croyez-moi. Je pense qu'il serait souhaitable de mettre en place une liste d'attente pour Saint-Louis et peut-être même pour Memphis.

» Et de deux, comme si ce n'était pas assez, nous sommes officiellement en surréservation d'une cabine en première classe. Sacré général Banks, on peut dire qu'il a choisi son moment, celui-là ! Lors de ma dernière visite, il a laissé entendre que je ferais mieux de les accommoder, lui et sa famille, si je ne voulais pas goûter à l'hospitalité populaire et passer mes nuits dans un asile de Bourbon Street, raconta-t-il non sans irritation.

— Vous n'allez quand même pas expulser Nadyha, non ? demanda Denny, que l'idée effrayait.

— Tu plaisantes ? Jamais de la vie ! Je n'ai aucune envie de la perdre au profit du French Opera House.

— Le French Opera House ? répéta Gage, pour le moins surpris qu'on évoque ce haut lieu de théâtre.

— Je ne vous ai rien dit ? demanda Denny. Les Saint-Amant sont présidents d'honneur de l'opéra, autrement dit mécènes, et ils désirent financer une production qui mettrait en scène les gitans et Cara aussi.

— Je n'arrive pas à croire le culot de ces Saint-Amant. Pensez donc ! Me voler mes gitans et ma comtesse, grogna Wainwright pour ensuite s'adresser à Denny. Selon toi, c'est presque certain qu'ils vont revenir, n'est-ce pas ? Parce que, quand même, ce sont des gitans...

— Nadyha m'a dit qu'ils revenaient, et donc c'est qu'ils reviendront, j'en suis convaincu, répliqua Denny. Elle ne pouvait pas me promettre qu'ils seraient de tous les voyages, mais du prochain, oui, et je soupçonne qu'après quelques jours de tranquillité et une autre série de succès comme ceux du précédent voyage, ce qui est inévitable, selon moi, elle voudra rester. Je crois aussi que Nadyha, Niçu, Mirella et Baba Simza se sont amusés follement… jusqu'à ce que cette vermine de Frank Yargee fasse des siennes.

— Monsieur Wainwright, s'immisça spontanément le commissaire Ruffin, l'idée m'est revenue à l'instant même, et je m'en excuse, monsieur, mais j'avais complètement oublié de vous dire que le bureau du shérif de Saint-Louis nous a fait parvenir un télégramme. On y apprend que la chirurgie a réussi, mais que Yargee se trouve dans une léthargie profonde. Les médecins ne semblent pas savoir s'il va sortir ou non de ce coma.

Wainwright haussa les épaules.

— Ce n'est pas notre problème. En fait, c'est une bonne nouvelle pour vous, monsieur Kennon. Tant que ce Yargee restera hors de combat, vous n'aurez pas à vous présenter au tribunal de Saint-Louis.

— Tant mieux, ce n'était pas un devoir dont je me réjouissais à l'avance.

— En plus, il me serait détestable de perdre Gage Kennon, mon tireur à l'œil de lynx, affirma avec beaucoup de chaleur l'oncle Wainwright. Vous savez, c'est drôle, je savais que ce numéro ferait un véritable tabac auprès des hommes, mais j'étais loin de me douter de l'intérêt que ces dames ont montré pour votre spectacle et celui de Niçu.

— Je vous l'avais dit, Gage, se vanta Denny en se donnant des airs supérieurs pour ensuite se tourner vers Zedekiah. Mon oncle, vous vous étonnerez sans doute d'entendre ces mots sortir de ma bouche d'incapable, mais pourrions-nous revenir aux affaires courantes ? Qu'allons-nous faire pour résoudre ce problème de la cabine en surréservation ?

— J'aimerais bien le savoir. La seule idée qui me vient en tête, c'est d'accorder un rabais à quiconque voudrait céder sa cabine de première classe en échange de deux cabines de deuxième classe. Les cabines de deuxième classe sont seulement réservées aux deux tiers. Cela étant, je connais personnellement tous les passagers qui ont une réservation en première classe, et personne de ma connaissance n'accepterait d'abaisser ses espérances quant au confort de la cabine. Peut-être devrais-je parler aux Chalmers, ou aux Dutreuil. D'entre tous, c'est eux que je connais le mieux. Je pourrais leur offrir une réduction sur un prochain voyage.

— Cette approche est certainement plus prometteuse que cette idée de convaincre les passagers de première classe de se contenter de la deuxième.

— Peut-être que je ne me mêle pas de mes affaires et que je n'y connais rien dans la gestion d'un bateau à vapeur, dit Gage, mais le cas échéant, tout le blâme reviendrait à Denny pour m'avoir invité ici. Vous comprenez, j'ose croire, le problème sous-jacent à cette situation de surréservation en première classe. Oui ?

Les trois hommes eurent l'air interdit, et Gage continua.

— Vous ne demandez pas assez. Si vous voyagez aller-retour avec toutes les cabines occupées avant même de quitter La Nouvelle-Orléans, et que, en plus, vous avez des gens sur une liste d'attente pour la première classe, ça ne peut vouloir dire que ceci : la demande dépasse l'offre, et il faut augmenter vos prix.

— Je crois que, tout bien pesé, il y a une certaine logique à cette théorie, dit lentement Denny.

— Bien sûr, j'aurais dû y penser ! grinça Wainwright. C'est la base de l'économie de marché. Je sais qu'il m'arrive parfois d'être sentimental quand il est question du *Reine*, tandis qu'il faudrait être pragmatique pour assurer la rentabilité des opérations, car, disons-le, nous ne pouvons pas vivre d'eau fraîche et de notre fructueuse carrière théâtrale. Ne ris pas, Denny, tu sais très bien ce que nous valons sur les planches et que ce rêve n'est possible que pour cette seule raison que nous sommes propriétaires. Nous le faisons parce que nous le pouvons, un point c'est tout. Cela dit, je m'amuse comme un fou sur scène. D'autres observations dont vous voudriez nous faire part, monsieur Kennon ?

— Puisque vous le demandez, je pourrais souligner le fait que les tarifs des cabines de deuxième classe sont un peu trop élevés pour la clientèle visée, des gens qui sont surtout des hommes d'affaires, des détaillants, des propriétaires, des salariés et des administrateurs travaillant dans les domaines commerciaux et manufacturiers. Les prix en deuxième classe sont juste un peu trop élevés pour certains individus de ces groupes, et c'est peut-être pour cette raison que vous remarquez une inoccupation aussi conséquente des cabines.

» En ce qui concerne la troisième classe, à mon humble avis, les tarifs sont à peu près les bons, mais je crois que vous dépensez beaucoup trop d'argent en nourriture, notamment aux Montagnes de la Sumava. Vous pourriez aisément y servir une casserole d'écrevisses plutôt que des huîtres. Vous n'êtes pas obligé de servir les mêmes coupes de viande que celles offertes aux passagers de première classe. Vous pourriez mettre au menu du vivaneau rouge ou du spare tête-de-mouton plutôt que du pompano. De petits détails, certes, mais qui, additionnés, vous feraient faire des économies substantielles en abaissant vos coûts, et je ne crois pas que les passagers de troisième classe auraient même l'idée d'y voir une baisse dans la qualité générale d'un voyage à bord du *Reine*.

Denny braquait un regard médusé sur Gage.

— Est-ce seulement moi, ou il parle mieux qu'un savant ?

— Tu ne t'imagines rien, n'aie crainte, dit Wainwright. Mon cher A. J., que diriez-vous d'étudier plus avant certaines de ces suggestions avec M. Kennon, ici même et maintenant ?

La chose sembla inquiéter vivement Ruffin, et Wainwright s'empressa d'ajouter :

— N'ayez pas peur pour votre travail, A. J. Vous m'êtes fidèle depuis le début, depuis la construction du *Reine*, et je ne peux pas me priver de l'homme honnête et bon que vous êtes. Je crois qu'un regard neuf pourrait seulement nous aider, vous et moi, de même que mon paresseux et bon à rien de neveu.

— Oui, monsieur, répondit Ruffin, manifestement soulagé, je crois que vous avez raison.

— De toute façon, A. J., dit Denny, Gage a déjà un travail. Il fait mousser les affaires en tirant plus vite que son ombre !

Quand les gitans et leurs animaux furent enfin de retour au bercail, Nadyha se découvrit une telle fatigue qu'il lui était pénible de bouger, et encore davantage de se concentrer pour terminer son assiette. Tard ce soir-là, on avait réchauffé un délicieux braisé de bœuf aux légumes préparé dans les cuisines du *Reine de Bohême*. De quelques pas d'une lenteur léthargique, Nadyha regagna son *vardo* et se laissa tomber dans son lit, se laissant bercer par cette douce quiétude de se savoir à la maison.

Après un long sommeil sans rêves, elle fut surprise de se lever bien après l'aube. À la lumière que filtraient les fenêtres voilées de fleurs, elle sut qu'il était environ dix heures. Les chiots dormaient blottis contre elle et, sans pensée précise, sauf celle du bonheur que ces chiots lui apportaient, elle se pelotonna contre eux.

Quand elle sortit enfin du lit, Nadyha éprouva un sentiment des plus singuliers. C'était comme si elle avait franchi une porte. Dans son dos, il y avait un monde bruyant, effréné et caniculaire, mais aussi une vie trépidante, et dès qu'elle franchissait l'embrasure de la porte, elle foulait un monde complètement différent, mais tout à fait familier, serein, calme, sûr, un monde fait de certitudes. Nadyha n'avait jamais eu de penchant pour la fainéantise, mais ce jour-là, elle se promit d'oublier les tracas quotidiens et d'aller se baigner à la source. Elle jouerait avec les chiots et Boldo, elle brosserait les chevaux et broderait des dentelles avec Mirella et Baba Simza.

Pour seul point d'ombre dans cette journée ensoleillée, il y avait cette sensation de deux mondes, de deux réalités en apparence irréconciliables qui s'entre-choquaient, et c'était la faute de Gage Kennon. Il était *gaje* et appartenait à l'autre monde, le monde fou où l'on trouvait le French Market et le *Reine de Bohême*, un monde auquel elle avait tourné le dos sans regret. Cependant, dans son monde à elle, son monde gitan, tout semblait rappeler l'homme à son souvenir. Il y avait Cayenne, qu'on aurait dit « à la maison » avec Saz et Tinar, et l'endroit là-bas, au pied du grand saule pleureur, où Gage avait sa paillasse. En regardant Niçu travailler dans l'appentis, elle revit Gage qui aidait à la forge et qui s'escrimait à comprendre la technique de fabrication des fausses pièces gitanes. Quand Niçu décida de s'exercer au tir de couteaux, elle se rappela Gage qui s'entraînait, chose étonnante quand on savait son adresse, à des lancers fort malhabiles, au grand dam du lanceur lui-même et au plaisir amusé des gitans. À chaque regard posé sur les chiots, elle pensait à lui. Même — et peut-être surtout — quand elle se baigna à la source, elle pensa à lui. C'était en ce lieu qu'elle avait pour la première fois levé les yeux sur lui. Dans son esprit, elle voyait Gage. Dans son esprit, elle entendait sa voix.

Ce soir-là, autour du feu, tandis que les gitans discutaient du *Reine de Bohême* et de leur voyage sur le fleuve, Nadyha pensa trouver une solution pour réconcilier les deux mondes et panser la déchirure qu'elle avait au cœur. L'autre monde, celui des tumultes, celui qui faisait peur et qu'elle avait fui, était le monde *gaje*. Ce monde-ci, le sien, celui où elle vivait, c'était le monde rom. Gage Kennon pouvait faire partie des deux mondes ; il pouvait exister à l'intersection de ceux-ci, ou peut-être, comme elle, aller et venir par la porte. Cependant, dans cette vision, il n'y avait aucune certitude que ce passage puisse à jamais exister, pour elle ou pour lui.

« Et pourquoi pas ? »

Ces trois petits mots qui vinrent sans crier gare choquèrent Nadyha. À quoi pensait-elle ? Quoi qu'elle puisse faire demain, la semaine suivante ou l'année prochaine, Nadyha appartiendrait toujours au monde gitan. Elle était Rom. Gage était *gaje*. C'était aussi simple que cela.

Elle ne dormit pas très bien cette nuit-là.

Nadyha était une femme forte, jeune et d'une vitalité intarissable, legs qu'elle attribuait à sa grand-mère plus qu'à ses parents. Ainsi, le jour suivant, l'idée de se laisser aller dans le farniente, ainsi qu'elle l'avait fait la veille, ne lui inspira qu'ennui et morosité. Une fois sortie du lit, elle alla s'occuper du jardin, un travail éreintant qui lui demanda presque la journée entière, car dans le jardin clôturé, les mauvaises herbes avaient davantage poussé que les fleurs et les plantes aromatiques. Elle fut heureuse de voir que l'*elachi*, les grains de paradis qu'elle avait transplantés, s'adaptait bien, les pieds enracinés dans leur nouvelle terre. Encore que ce fût inconscient, elle oublia peu à peu l'horreur et les souffrances de l'agression. Lentement, elle guérissait à l'intérieur.

Par ailleurs, elle avait conscience que Gage était constamment dans ses pensées, et cela l'irritait beaucoup. Elle avait beau le chasser, il revenait toujours. Hormis ce désagrément, la journée fut agréable et, à la nuit tombée, Nadyha annonça aux autres qu'elle aimerait chanter après le souper. Niçu et elle répétèrent leur duo dans *La comtesse et la reine gitane*. Nadyha et Mirella firent la découverte que la chanson *Scarborough Fair* était encore plus belle quand Mirella accompagnait à la flûte à bec le chant et la guitare de Nadyha. Ils restèrent debout très tard, comme ils en avaient pris l'habitude sur le *Reine*, et Nadyha apparut plus vivante et rieuse que ces jours passés.

Après le petit déjeuner, le lendemain matin, Nadyha se proposa d'aller à la bambouseraie pour y cueillir des roseaux.

— Il ne nous reste presque plus de jonc, et qui sait? Le mois prochain, il nous faudra peut-être des paniers pour vendre au marché.

— Aimerais-tu que je vienne avec toi? demanda Niçu.

— Quoi? Pourquoi faire? Bien sûr que non, dit Nadyha, le ton un peu plus enflé que de raison.

La pirogue était là où elle l'avait laissée et toujours en bon état. En glissant lentement sur les eaux peu profondes, Nadyha coupa quelques roseaux avec son *churo*. Elle se rappelait sa dernière visite en ces lieux. Gage Kennon l'accompagnait. C'étaient de plaisants souvenirs que ceux qu'évoquait l'odeur des marais, des salicornes et des roseaux. C'était bon de se rappeler le chaud soleil qui, à travers son chapeau de paille, traçait des dentelles sur son visage, et aussi le cri des huards.

Tandis qu'elle travaillait à la récolte, Nadyha devint peu à peu inquiète. Elle sursauta au bruit soudain d'une colombe qui, battant des ailes à la surface de l'eau, prenait son envol. Elle tourna des regards anxieux dans toutes les directions, mais la bambouseraie était comme un champ tranquille de joncs. Tout près, elle entendit un bruit d'eau qui éclabousse, qu'un oiseau ou, plus certainement, une horrible grenouille aurait pu faire, mais Nadyha se trouva à tendre l'oreille, anxieuse d'entendre d'autres sons. Sans raison apparente, soudain alarmée, elle se mit à décocher des regards d'un côté puis de l'autre.

La panique s'emparait d'elle, et bientôt l'envie de fuir fut trop forte. Nadyha se mit à ramer pour rejoindre la rive au plus vite. Quand elle sortit de la bambouseraie et put voir le vieux sentier qui partait dans les bois, elle pensa retrouver son calme. La panique s'était estompée, certes, mais elle ressentait encore l'envie pressante de fuir, de retourner au campement. Ramassant sa maigre récolte de roseaux, elle gravit la pente à la hâte et s'en retourna dans la forêt. Tandis qu'elle se pressait dans le sentier qu'elle empruntait depuis l'enfance, elle s'arrêta brusquement et jeta les roseaux par terre.

— Qu'est-ce que j'ai à courir comme ça? chuchota-t-elle.

«Je ne suis plus moi-même. Jamais je n'ai eu peur dans la bambouseraie, dans la forêt... ou d'être seule. Est-ce que... c'est à cause de lui? Ce Yargee? C'est ça, sûrement! J'ai peur et c'est à cause de ce qu'il m'a fait! Il a ruiné ma vie! Comment a-t-il osé!»

Nadyha se sentit soudainement pleine de rage. Elle était furieuse contre Frank Yargee pour ce qu'il lui avait fait. Elle était en colère contre Dieu qui n'avait rien fait pour l'empêcher. Elle était obscurément fâchée contre Gage Kennon, et bien qu'elle ne pût en rien le comparer à Yargee, cet homme faisait trop souvent irruption dans ses pensées, et, pour une raison ou une autre, elle lui en tenait rigueur.

Épuisée par la force de ses sentiments, Nadyha s'assit sur le tronc d'un pin tombé en travers du sentier. Avec lassitude, elle pensa qu'il faudrait dire à Niçu de venir couper l'arbre pour libérer le sentier.

Sans joie, elle revint sur ses dernières pensées. «Cher Dieu, pourquoi, pourquoi? Pourquoi me punir ainsi? Comment avez-Vous pu laisser cet homme m'insuffler la peur de ce que j'aime, la peur d'être seule, la peur de la nature?»

Elle attendit, prêtant l'oreille à une réponse éventuelle, mais les cieux étaient aussi muets que les pots de fer-blanc de Niçu: lisses, incassables et sans vie.

Nadyha resta longtemps assise en silence, le regard perdu dans les bois profonds et tranquilles. Petit à petit, elle eut conscience que la peur s'en allait. Elle comprit qu'elle n'avait pas à avoir peur. Elle pouvait choisir de laisser la peur la paralyser, comme dans la bambouseraie, ou choisir de ne pas lui laisser de place, comme elle le faisait, ici, dans cette solitude. Nadyha pouvait prendre la décision consciente que Frank Yargee n'affecterait pas sa vie.

Nadyha comprit que Dieu lui avait répondu.

Au soir venu, après le repas, ils chantèrent, et Nadyha dansa avec Boldo. Leurs singeries firent beaucoup rire ; Nadyha était aussi sinon plus enjouée que l'ours.

Après des applaudissements bien nourris, Mirella alla préparer une chicorée au citron, et ils s'installèrent devant les dernières flammes du feu mourant.

— Niçu et moi, nous avons une annonce à vous faire, dit-elle à Baba Simza et à Nadyha.

Son visage rayonnait, ses yeux étaient pleins d'étoiles, comme la voûte céleste. Un sourire empreint de fierté se dessinait sur la figure de Niçu.

— J'attends un enfant.

— *Nais tuke, deary Dovvel* ! s'écria Baba Simza avec satisfaction. C'est encore tout récent, *hai* ?

— Oui, seulement six semaines, répondit Mirella, mais je suis certaine de moi.

— C'est une merveilleuse nouvelle, *te' sorthene* ! s'exclama Nadyha, toute joyeuse. Je suis tellement heureuse pour toi, *Phral*.

— Et moi donc, dit Niçu, une réponse qui n'était pas sans absurdité.

Nadyha retrouva son air sérieux.

— C'est donc dire que... les plans sont changés, n'est-ce pas ? Est-ce que vous pensez encore à retourner sur le *Reine* ? Peut-être vaudrait-il mieux rester ici.

— Nous en avons parlé, raconta Niçu, mais nous voulions d'abord te demander ton avis, Baba Simza. Après tout, tu es notre *chivani*, notre *Phuri Dae*.

Baba Simza resta longtemps assise à fixer le feu de camp. Nadyha, Mirella et Niçu étaient assis par terre devant elle, attendant en silence.

— «Le cœur de l'homme médite sa voie, mais c'est l'Éternel qui dirige ses pas», dit-elle tout bas. Vous me demanderez ce que cela signifie, et je vous dirai une *lil* que *miry deary Dovvel* m'a apprise aujourd'hui.

» Nos vies sont comme ceci, des dentelles qu'il nous faut broder, dit-elle, tenant à la main un flot de dentelle sur lequel elle avait travaillé durant la soirée. J'ai fait le choix du fil et j'ai décidé des motifs. Or, broder la dentelle, ce n'est pas coudre ; il faut faire des nœuds, encore et encore des nœuds. J'ai dit que j'avais choisi le fil et imaginé les motifs qu'il me plairait de voir une fois le travail terminé, mais rien de cela, aucun de ces choix n'aurait eu d'importance si les nœuds n'avaient pas été bien faits.

» Nous avons décidé, il y a trois ans, poursuivit-elle en montrant de la main le feu et la forêt alentour, de demeurer ici, en cet endroit, plutôt que de partir et de voyager avec notre *vitsi*. C'était notre choix, et je crois que c'était le bon. C'était un bon fil, et nous avons fait de bons nœuds, en retournant la terre et en plantant notre jardin, en cultivant nos herbes, en préparant nos remèdes, en fabriquant des paniers et des articles de ferblanterie pour vendre au marché.

» Puis au beau milieu de la vie, comme la foudre, *boum !*, il y a eu le piège à ours qui s'est refermé sur ma cheville, et ce n'était sûrement pas mon choix. Il y a eu Gage Kennon et Dennis Wainwright, et cela n'était sûrement pas notre choix. Néanmoins, ils se sont greffés aux motifs de notre dentelle et ont noué certains nœuds qui forment désormais la dentelle de nos vies.

» Après, il y a eu le *Reine de Bohême*, et je pense que c'est une très bonne chose. Vous pourriez dire que tel était notre choix, mais je vous dis maintenant que nous n'aurions pas pu faire ce choix si ce piège *narkri* n'avait pas refermé ses mâchoires sur ma cheville, non plus si Gage Kennon n'avait jamais rencontré Dennis Wainwright sur cette route poussiéreuse à mille lieues d'ici, et encore moins si Dennis n'avait pas eu la rougeole et la pneumonie, et enfin aussi si Gage n'était pas allé chercher de l'eau à la source ce jour-là. Toutes ces choses, tous ces choix sont des pas que le Seigneur a voulu diriger. Il a noué ces nœuds Lui-même.

» Et voilà donc où nous amène cette petite *lil*. Comme par le passé, Niçu et Mirella, je ne vous dirai pas ce qu'il faut faire ; c'est à vous de laisser votre cœur diriger vos pas, choisissez le fil et les motifs de votre vie. Cependant, je vous dis que *deary Dovvel* nous a guidés jusqu'ici, que nos pas nous ont menés à la rencontre de Gage et de Dennis, devant le grand fleuve et à bord du *Reine de Bohême*.

Mirella et Niçu décidèrent qu'il valait mieux réfléchir à la *lil* de Baba Simza avant de prendre une décision, et ils allèrent se coucher. La rosée du soir avait mouillé la jupe de Nadyha. Elle avança une chaise pour s'asseoir avec Baba Simza.

— Je dois réfléchir à ta *lil*, moi aussi, *Puridaia*, dit-elle. Je n'ai jamais pensé à la vie de cette manière.

— Moi non plus, répondit-elle. Dieu pense ainsi.

— Crois-tu que c'était la volonté de Dieu que Gage Kennon entre dans nos vies ? demanda abruptement Nadyha.

— *Hai*. Et toi, non ?

— Je ne sais pas, mais je me demande pourquoi. Pourquoi toutes ces choses nous sont arrivées ? Est-ce seulement pour que nous ayons *baro pias* à bord du *Reine de Bohême* ? Est-ce seulement pour l'argent ?

Baba Simza eut un petit rire moqueur.

— Peut-être, mais rien n'est si sûr. Dieu dit qu'il dirigera nos pas, mais dit-Il que nous devons connaître la destination ? Non, non. Je lui demande pourquoi le piège s'est refermé sur ma cheville et je n'entends que le silence, aucune réponse. Dieu me répond à sa manière, et quand Il le fait, je sais que j'ai ma réponse, expliqua Baba Simza, puis, sans donner le temps à Nadyha d'absorber ses paroles, elle continua : je pense que tu te poses beaucoup de questions à propos de Gage Kennon, beaucoup plus que tu ne veux bien l'admettre.

— C'est vrai, avoua Nadyha d'une voix toute basse. Comme j'aimerais m'en libérer ! J'essaie très fort de ne pas penser à lui.

— Pourquoi cela ?

Nadyha arrêta un regard incrédule sur sa grand-mère.

— Parce qu'il est *gaje*.

— Oui. Et il y a cinq ans, j'aurais été très fâchée que ma *chaveske chikni* pense autant à un *gajo*, mais regarde aujourd'hui. Il y a un chat *baro* et un chat *bitti* dans mon campement. Il y a deux *jooks* aussi. Aujourd'hui, je sais, pour l'avoir vu sur le *Reine*, que tous les *gajes* ne sont pas méchants et qu'ils ne nous méprisent pas tous. Les temps changent et les gens changent, Nadyha, même les personnes au cœur de pierre, comme Mme Saint-Amant... même une vieille grincheuse de *Phuri Dae* comme moi.

Nadyha n'eut d'autre réaction que de regarder fixement Baba Simza avec perplexité, donc Baba Simza poursuivit :

— Nadyha, c'est un homme bon. Et il est beau, ne trouves-tu pas ? Pour un *gaje*, bien sûr. Pourquoi ne veux-tu pas penser à lui ?

— Parce que... je n'ai jamais pensé... *jamais* je n'aurais pensé... c'est un *gaje*, voyons !

— Tu l'as déjà dit.

— C'est tout simplement impossible, reprit Nadyha d'un ton sinistre. Et ça me fâche de perdre mon temps à m'inquiéter pour ce qui n'arrivera jamais. De toute façon, ce n'est pas important. Gage est avec moi comme il se comporte avec tout le monde. Il est gentil et attentionné. Il ne me considère pas davantage qu'il le fait en ce qui concerne Cara ou Mirella, ou toi d'ailleurs. Tiens ! Il était tout aussi aimable avec cette *dilo gaji* de Dobard !

C'était à cette frontière que la voix de la sagesse de Baba Simza cessait de prévaloir. Elle connaissait très mal le monde des *gajes*, et surtout celui des relations entre hommes et femmes. Elle ignorait tout de la manière dont les *gajes* courtisaient les *gajis* et des règles qui régissaient leurs jeux de séduction. En y réfléchissant, il lui sembla déceler une part de vérité dans ce que Nadyha disait. Gage était un homme bien élevé qui traitait les femmes avec beaucoup de politesse, d'obligeance et de courtoisie.

N'avait-elle pas vu, cela dit, la chaleur et le bonheur sur le visage de Gage Kennon quand il était avec Nadyha ? L'estime qu'il portait à Nadyha n'était-elle pas différente du respect, de l'affection aussi, qu'il montrait à Mirella, à Cara ou à n'importe qui ? Dans le cas de la jeune femme Dobard, Baba Simza savait reconnaître un flirt quand elle en voyait un, et elle savait discerner les bonnes manières chez un homme quand il était confronté à un flirt. Or, le ton qu'avait adopté Nadyha en disait long ; jusque-là, Baba Simza n'avait pas compris la profondeur des sentiments de Nadyha pour Gage, et maintenant elle n'était plus si sûre des sentiments de Gage envers sa petite-fille.

Baba Simza avait pourtant ce sentiment, tout au fond d'elle, que Gage était amoureux de Nadyha, mais dans le doute, elle préférait ne pas donner le mauvais encouragement. Si jamais elle se trompait à propos de Gage, et qu'elle donnait de faux espoirs à sa petite-fille, ce serait catastrophique.

Nadyha attendait, non sans une pointe d'anxiété, que sa grand-mère dise quelque chose. Baba Simza se pencha vers elle et lui prit les mains.

— *Bitti chavi*, je peux seulement te dire ce que je sais. Dieu dirige les pas de Gage Kennon, et si tu veux bien le Lui permettre, Il dirigera les tiens. C'est ainsi que tu trouveras le bonheur.

Nadyha ne trouva pas matière à se réjouir de telles paroles.

CHAPITRE 19

L e vendredi matin, Gage et Denny sortaient de l'hôtel pour aller prendre le petit déjeuner quand Niçu remonta la rue encombrée dans un galop imprudent. Sautant lestement de la selle de Cayenne, il vint à leur rencontre en souriant.

— Vous avez l'air surpris de me voir.

— Je le suis! s'exclama Denny. Je sais, vous m'aviez dit que vous reviendriez, mais en vous voyant disparaître dans vos *vardos* vers on ne sait quel bois mystérieux, je me suis mis à penser que j'avais peut-être imaginé toute cette histoire de gitans. Que faites-vous en ville?

— Rien de grave n'est arrivé, j'espère? s'empressa de demander Gage.

— Hein? Non, tout va bien, affirma Niçu. Vraiment tout. Et je vous rassure, Dennis, nous ne sommes pas des gitans imaginaires et nous revenons à bord du *Reine*. C'est pour vous l'annoncer que je suis venu et prendre des arrangements pour déménager le zoo que nous avons au campement.

— Bien sûr, nous ferons le nécessaire. Nous allions justement manger chez Tujague, Niçu, joignez-vous donc à nous, l'invita Denny.

— J'ai déjà déjeuné, mais la route, ça ouvre l'appétit. Je veux bien vous accompagner. Êtes-vous à pied ?

— Denny, à pied, vous voulez rire ? s'esclaffa Gage. Monsieur ne va jamais nulle part à pied, dit Gage en prenant un ton hautain. Encore une chance qu'on ne trouve pas de voiture assez petite pour rouler dans les couloirs de l'hôtel !

— Ah, fermez votre clapet ! dit Denny. Ce n'est pas parce que vous, les Johnny Reb, vous pouvez marcher des millions de kilomètres que le monde entier doit faire pareil tous les jours. Allez, Niçu, laissez Cayenne au valet, et nous prendrons une voiture de place.

Bientôt, ils s'entassèrent dans la voiture.

Niçu était curieux ; c'était son premier voyage dans une voiture *gaje*.

— Nos *vardos* sont bien mieux, dit-il avec une moue de dédain. C'est inconfortable et bringuebalant comme voiture. Justement, c'est de transport que je voulais que nous discutions. Nous avons décidé que, cette fois, nous ne voulions pas faire ce petit jeu d'aller-retour pour déplacer tout le monde. C'est un peu pénible d'aller à cheval jusqu'au campement et de revenir avec les *vardos* pour ramener Baba Simza, Anca, Boldo, Baro et Bitti…

— Qui sont Baro et Bitti ? demanda Denny.

Niçu eut un grand sourire. Gage avait remarqué qu'il semblait particulièrement dans de bonnes dispositions ce matin.

— Ce sont les noms que Nadyha a finalement choisis pour les chiens. Pendant des jours, elle nous a cassé la tête en changeant d'idée à tout bout de champ. Elle disait « ah, lui va s'appeler comme ceci, l'autre, je vais l'appeler comme cela », et ce petit manège a continué longtemps. En attendant qu'elle se décide, nous les appelions « le *baro* » et « le *bitti* ». En fin de compte, ce sont les noms qu'elle leur a donnés. Elle est tellement *dinili* de ces chiens. Je ne l'ai jamais vue dans un état d'euphorie pareil, Gage. Vous avez bien fait.

— Merci. Baro et Bitti, Gros et Petit. J'aime bien.

— Bon, revenons à cette question de nous véhiculer. Nous pouvons venir en ville avec deux *vardos*, mais il faudrait trouver un endroit où les garer. Je n'ai aucune envie de faire plus de route que nécessaire. Dennis, croyez-vous que nous puissions trouver un endroit ?

— Il se trouve qu'il y a seulement cinq cents entrepôts dans les alentours. Après le petit déjeuner, nous irons en visiter quelques-uns pour voir ce qui peut être fait.

— Bien, dit Niçu, et Gage le sentit extrêmement soulagé.

Niçu et Mirella avaient eu une dispute au sujet du voyage de retour entre le *Reine* et le campement. À ce moment, elle ne lui avait pas encore annoncé qu'elle soupçonnait — en fait, elle en était absolument persuadée — d'être enceinte. Pour Niçu, et selon la culture gitane en général, ce n'était pas normal de traiter les mères en devenir comme s'il s'agissait de délicates porcelaines se brisant au premier cahot sur la route. Et même si Mirella avait déjà perdu deux enfants, Niçu n'avait jamais pensé mettre en cause la manière dont

elle vivait. Chez les gitans, les femmes enceintes travaillaient, cousaient, cuisinaient, tissaient et dansaient
même, dans les premiers mois de grossesse. Mirella faisait de même. Par ailleurs, Niçu croyait avec raison
qu'elle ne devait pas soulever des objets lourds ou
monter à cheval.

— Comment as-tu pu faire une chose aussi idiote,
Mirella? avait-il demandé en prenant conscience qu'elle
avait fait le long voyage du retour à dos de cheval.

— C'était la seule manière d'aider Nadyha, avait-
elle répliqué sans élever la voix. Comprends-moi, Niçu.
Il fallait que Nadyha revienne au campement, et seulement avec sa *familia*.

— Oui… oui. Tu as raison, mais je ne veux plus te
voir monter à cheval, dit-il en se montrant autoritaire, et
ainsi il avait décidé de se rendre en ville pour organiser
des déplacements plus appropriés à leur situation.

Or, Niçu n'avait pas pour autant l'intention de mettre
Denny et Gage dans le secret en dévoilant la vraie raison
de ses inquiétudes. Niçu en était venu à considérer
ces deux hommes comme ses amis, mais amitié ou non,
ils étaient tout de même *gajes*. Cette séculaire habitude
de ne rien divulguer de sa vie intime aux *gajes* était profondément enracinée en lui.

Ils arrivèrent devant chez Tujague, qui était bondé,
comme toujours. Après avoir passé la commande à une
serveuse débordée aux joues rougies, Gage demanda
avec une désinvolture fabriquée :

— Comment va tout le monde chez vous?

— Tout le monde va bien. C'est quand même bon de
revenir chez soi, mais après quatre jours, les femmes ont
déjà hâte de retourner sur le *Reine*.

— Même Nadyha? demanda Gage de propos délibéré.

— Tout spécialement Nadyha. Pour être honnête, après les événements qu'on connaît tous, j'ai douté qu'elle veuille revenir. Les deux premiers jours, je la voyais distraite, ténébreuse, mais elle a retrouvé sa bonne humeur. Elle semble tout excitée à l'idée de revenir.

— C'est bien, souffla Gage. C'est très bien.

— En fait, c'est elle qui a insisté pour devancer notre arrivée, comme vous le vouliez, Dennis. Au début, ce n'était même pas quelque chose qu'elle voulait envisager, mais maintenant elle nous presse pour que nous arrivions lundi après-midi au lieu de mardi matin. Elle a raison sur ce point que ce sera plus facile pour tout le monde de s'installer la veille du départ.

— Vous m'en voyez fort heureux, dit Denny. Mon oncle le sera aussi. Notre premier souhait, c'est que vous vous plaisiez durant ce voyage, qui sera, j'en suis certain, *baro pias*.

— Bien, et pour ce *mokadi jook* de Yargee, avez-vous des nouvelles? Est-il encore à l'hôpital?

Denny lui parla de la chirurgie de Yargee.

— Il est inconscient. Les médecins n'ont pas réussi à le réveiller, et ils ne savent pas s'il se réveillera un jour. Ses deux imbéciles d'amis sont derrière les barreaux à la prison de Saint-Louis, et si on peut les oublier là, eh bien, ce n'est pas moi qui vais verser une larme.

— Je ne comprends pas les hommes comme eux, dit Niçu, l'air sombre. Et à vrai dire, je ne veux pas les comprendre, mais seulement oublier. J'espère de tout cœur que *Phei* pourra oublier, elle aussi. Bon, reprit-il en s'égayant un peu, j'ai toute une liste de demandes dont les femmes m'ont chargé de vous faire la lecture, comme si vous ne vous voyiez pas dans trois jours. À propos, vous avez des nouvelles de la comtesse Cara ? Est-ce que sa situation s'est améliorée ?

— Cette sale histoire ne semble plus intéresser personne. J'ai même fait des démarches pour que Cara aille rendre visite à sa famille, répondit Denny. Il semblerait que cette dame, cette Mme Tabb pour laquelle Cara travaillait, a résolu le problème d'un coup de baguette magique. Selon la rumeur, au début, Mme Tabb aurait été aussi expéditive que tout l'entourage à Donaldsonville pour dénoncer Cara. Elle a dû revenir à la raison après coup, parce que, du jour au lendemain, elle a changé de refrain, disant à qui voulait l'entendre que Cara n'était pas de ces filles qui ont des relations avec des hommes mariés, et qu'elle-même, Mme Tabb, avait remarqué que ce soir-là, le capitaine avait beaucoup bu. Elle a répété à tout le monde, depuis le commandant du fort Butler jusqu'aux simples balayeurs de rue, que ce capitaine avait certainement fait une mauvaise chute dans sa stupeur éthylique et que Cara, pauvre petite, avait dû prendre peur et s'enfuir.

L'air songeur, Niçu hochait la tête.

— Nous savons que ce n'est pas toute l'histoire, mais Cara est un peu comme ma sœur. Elle se dit sûrement que ce serait une tempête dans un verre d'eau que de faire éclater la vérité au grand jour. C'est dommage, non ? Ce que je veux dire, c'est que des hommes comme eux devraient au moins être montrés au monde comme les agresseurs qu'ils sont.

— Je partage tout à fait votre point de vue, dit Gage, mais je crois qu'il faut laisser les femmes décider de ce qui est mieux pour elles, dans leur situation. De toute manière, ça nous fait une mauvaise tête de rabâcheur quand on essaie de les aider.

— Non. Vous avez vraiment aidé, Gage. Vous avez aidé Cara et Nadyha. Ce que vous avez fait pour ma sœur, c'est vraiment courageux. Je vous en serai toujours reconnaissant, dit Niçu en pesant ses mots. Maintenant, si nous allions visiter quelques entrepôts ?

Gage aurait cru passer la semaine à regarder l'horloge égrener ses interminables minutes avant qu'enfin ne vienne le jour où il reverrait Nadyha, mais le temps passa vite. Il fut bien occupé, surtout après la réunion d'affaires. En effet, Denny et son oncle s'étaient mis en tête de le consulter sur une foule de questions concernant le *Reine*. Denny et Gage s'étaient rendus sur le bateau chaque jour, où ils passaient de longues heures en compagnie du commissaire de bord et de ses quatre assistants, dépouillant les livres de comptes, proposant des solutions pour rationaliser les coûts et aidant aux calculs en vue d'obtenir les chiffres définitifs pour le voyage précédent.

Ils passèrent aussi en revue l'ensemble des tableaux de l'opérette, trouvant de nouvelles idées de décors qui demandèrent quelques travaux de menuiserie, que Gage se proposa de superviser. De plus, pour tenter de satisfaire sa curiosité insatiable, Gage visita souvent la salle des machines et la chaufferie, où l'équipage accepta volontiers de répondre à ses nombreuses questions. Il obtint du chef mécanicien une visite en bonne et due forme de la sacro-sainte timonerie, où il n'avait jamais mis les pieds. Gage s'intéressait réellement à tout ce qui avait trait de près ou de loin aux bateaux à vapeur.

Les jours passèrent ainsi, et Gage fut un peu surpris en découvrant que c'était déjà dimanche soir et que Nadyha arrivait le lendemain. Il alla cogner à la porte de Denny, qui lui ouvrit dans une robe de chambre en satin bordeaux avec, à la bouche, un des cigares de son oncle et, à la main, un verre ballon rempli de brandy. En le découvrant ainsi vêtu, Gage se permit ce commentaire :

— Pour un travailleur, vous êtes très chic.

— Est-ce là la raison de votre visite ? Vous venez vous moquer de mon habillement ? Sachez que venant d'un comptable qui porte le noir comme un entrepreneur de pompes funèbres et un holster avec deux Colt, je ne suis pas impressionné. Que me vaut le plaisir ?

— J'avais pensé que nous pourrions arranger la cabine de Nadyha de sorte qu'elle lui soit plaisante quand elle arrivera demain. Nous pourrions mettre quelques fleurs, des pêches fraîches, ce genre de choses. Le faire aussi pour les autres, bien sûr.

— Bien sûr ! fit Denny sur un ton ironique. J'ai bien peur de vous avoir damé le pion sur ce coup-ci. C'est déjà fait, les cabines sont toutes prêtes. Oh, oui, pendant que j'y pense, si vous croyez que nous faisons tout un foin du retour de Nadyha, eh bien, j'ai bien peur que l'oncle Zeke nous batte à plate couture.

Il s'installa dans un fauteuil, tira vigoureusement des bouffées de son cigare et se mit à tousser violemment.

— Vous n'avez jamais pensé arrêter ? demanda Gage.

— Je viens de commencer, dit Denny d'une voix étranglée, et ça me plaît !

Il se racla la gorge, écrasa soigneusement son cigare et put enfin continuer.

— Je vous raconte : A. J. avait déjà attribué les cabines à la clientèle, mais oncle Zeke a insisté pour que Nadyha prenne la cabine juste à côté de la sienne. Comme vous le savez, sa cabine fait la largeur du bateau, et par conséquent, aucune cabine n'y est contiguë, ni à gauche ni à droite. Cependant, en raison de la configuration de la cabine d'oncle Zeke, les deux cabines qui lui font directement face sont d'un mètre plus larges que les autres cabines de première classe. Il prétend que c'est pour cet espace supplémentaire qu'il voulait installer Nadyha dans l'une d'elles, quitte à déplacer tout le monde et à donner à A. J. quelques maux de tête. En réalité, je crois que l'oncle Zeke veut surtout s'assurer de sa sécurité. Je crois qu'il aura l'esprit en paix si elle se trouve juste à côté de sa cabine. Hervey est toujours là, et il y a constamment le va-et-vient du commissaire, des mécaniciens, des pilotes et du capitaine Humphries, parce que les papiers importants restent dans la cabine de mon oncle et que c'est le lieu de toutes les réunions.

— Je crois que c'est une très bonne idée, concéda posément Gage. Tant mieux pour oncle Zeke, sacré veinard, va !

La caravane gitane arriva sur les docks à seize heures le jour suivant, s'attirant l'habituelle attention des passants. Gage était si nerveux qu'il aurait pu se jeter à l'eau. Il réussit tout de même à réfréner cette impulsion forte et secrète de se jeter sur Nadyha pour la regarder de la tête aux pieds et vérifier qu'elle n'avait pas perdu de poids, qu'elle ne se trouvait pas encore pâle, qu'elle ne gardait pas dans ses yeux les traces d'égarement et la tristesse qu'ils avaient le jour où elle était partie. S'il ne s'était pas empêché, il l'aurait bombardée de questions pour savoir toutes ses pensées et tous ses sentiments du moment. Bien entendu, Gage n'aurait jamais osé agir de la sorte avec une femme, encore moins avec Nadyha, alors il essaya de se calmer et de ne pas la dévorer des yeux. Elle amena le *vardo* de tête à l'arrêt sur le site de leur ancien pavillon, à l'entrée des levées, à côté du French Market. Boldo sortait la tête par la fenêtre, avec son chapeau de canne à sucre, et il envoyait la main aux passants. Malgré sa trépidation intérieure, Gage réussit à se composer un sourire assez désinvolte, crut-il.

— Je vois que rien n'a trop changé depuis la semaine dernière. Bonjour, Nadyha.

— Bonjour, Gage, bonjour, Dennis, dit-elle, se penchant un peu vers eux depuis le siège du conducteur. Non, pas de gros changements, sauf que j'ai maintenant deux bébés *jooks* ! Et Baba Simza n'est pas tombée frappée d'apoplex !

— D'apoplexie, vous voulez dire, la corrigea Gage.

Elle avait bonne mine, pensa-t-il, comme l'ancienne Nadyha. Ses yeux brun-vert étaient brillants, son teint avait retrouvé une belle couleur dorée, loin de l'ocre jaune dont Gage se souvenait. Et le bonjour qu'elle leur adressait était à mille lieues de l'au revoir qu'elle leur avait dit une semaine auparavant.

— Vous êtes ravissante, Nadyha, murmura Gage. Je suis si heureux, je... nous nous sommes fait beaucoup de soucis pour vous.

— Plus besoin, dit-elle avec légèreté. Je vais bien, je vous assure. Bon, allez-vous nous aider avec tous nos bagages, ou vous êtes là pour faire joli ?

Il fallut un temps fou pour décharger les *vardos,* puis embarquer sur le *Reine* tout ce beau monde, leurs instruments de musique et leurs bagages.

En aparté, Nadyha vint dire à Gage qu'au moins, cette fois, il n'avait pas à transporter Baba Simza.

— Je voulais le faire, mais elle a refusé, raconta Gage. C'est bien les femmes, ça, elles vous aiment, puis vous jettent comme un vieux mouchoir.

Il observa attentivement Nadyha pour jauger sa réaction. Elle avait eu l'habitude d'apprécier ce genre d'humour, mais plus autant depuis l'agression.

Gage fut soulagé de la voir sourire. Il remarqua cependant que ce n'était pas le sourire éclatant et épanoui qu'elle avait d'ordinaire. La boutade l'avait tout de même amusée.

— Mais n'ayez crainte, vous ne serez pas en reste, Gage. Elle a apporté son petit métier à tisser et deux gros paniers remplis de fils. J'imagine qu'elle exigera vos services de porteur, et vous trimballerez son nécessaire à tissage du salon de Moravie à la Salle de bal bohémienne jusqu'à ma cabine, puis sur la promenade... et en bien d'autres endroits qu'elle jugera souhaitable de visiter.

Après cet échange, Gage éprouva un grand soulagement. «O-kaï! C'est possible de reprendre comme avant...»

«Où en étions-nous, avant?»

Gage se retrouva aussitôt replongé en pleine confusion. Les semaines passées avec Nadyha avaient été un tourbillon frénétique de grandes et de moins glorieuses émotions. Gage ne savait plus exactement ce qu'avait été sa relation avec Nadyha, ce qu'était ou devait être la «normalité». «J'étais séduit et je crois qu'elle était attirée vers moi, mais il y avait cet obstacle de la tradition, ce mur entre *gaje* et Rom, et a-t-elle une seule fois ressenti les mêmes sentiments que j'ai pour elle? A-t-elle ce même dégoût envers moi qu'elle a pour les autres hommes qui lui tournent autour? Notre histoire a commencé en d'étranges circonstances... et ensuite il y a eu le *Reine* et l'attaque vicieuse... mais de tout ce temps, Nadyha a-t-elle éprouvé l'amour que j'ai pour elle? Est-elle tombée amoureuse de moi?»

En rétrospective, Gage ne trouvait pas d'indices qui lui auraient fait croire que oui. Le dilemme auquel ses propres émotions le confrontaient l'avait tant absorbé qu'il se retrouvait maintenant dans l'ignorance la plus complète quant aux sentiments que Nadyha avait pour lui. C'était peut-être seulement de la reconnaissance qu'elle lui exprimait pour avoir aidé Baba Simza quand celle-ci était au plus mal. C'était peut-être Baba Simza qui avait fait pression pour que Niçu, Mirella et Nadyha l'acceptent dans leur petit cercle fermé.

Gage s'épuisa à force de réfléchir. Il réussit à faire taire son esprit et se mit au lit. « Deux semaines, pensa-t-il. Il me reste deux semaines. Et avant la fin de ce voyage, je saurai. »

Gage se demanda si Nadyha reprendrait les habitudes qu'elle avait lors du dernier voyage. Avec des fourmillements au corps, il se pressa dès l'aube de descendre dans la cale, espérant y trouver Nadyha en train de prendre soin des chevaux. Elle y était, occupée à nettoyer la stalle de Saz.

— Petit *gaje* paresseux, le taquina-t-elle.

— Hum… il me semble avoir souvenir… mais c'était il y a longtemps… c'était vous ? Oui, je crois que c'était vous, la gitane qui avait promis de ne plus m'appeler *gaje*, lui rappela-t-il en guidant Tinar hors de sa stalle.

— Oh, oui, c'était moi, cette gitane, n'est-ce pas ? Désolée, j'ai la mémoire courte parfois.

— Vous êtes toute pardonnée.

Gage entendit de petits gémissements venant de la stalle d'Anca, et il alla regarder par-dessus la porte.

— Je vois que vous avez emmené Gros et Petit.

— Oui, je les traîne partout, expliqua Nadyha tout en fourchant énergiquement la paille, mais leur panier est incommode à déplacer, et ils sont encore petits pour les grandes promenades. Pour le moment, ce tour matinal à la cale sera leur seule sortie, j'en ai bien peur.

De l'entendre dire qu'elle se présenterait tous les matins rendit Gage heureux.

— Vous savez, si vous voulez, je pourrais fabriquer un sac en jute pour les transporter, avec une bandoulière. Le fond serait plat et solide, avec du carton-pâte peut-être, pour éviter qu'il ne s'affaisse.

— Vraiment? Ce serait formidable! À la vitesse qu'ils grossissent, je ne pourrai pas les transporter encore longtemps, ces dodus de petits *jooks*, mais ils auront sûrement gagné en force d'ici là et ils pourront marcher de plus grandes distances.

— Oui, et quand ils seront gros, il ne faudra pas oublier de leur mettre des laisses en or. Aviez-vous remarqué que vos animaux de compagnie portent mieux les bijoux que la plupart des femmes?

— Hum! Mieux que les femmes *gajes*, oui, sans doute. Mais vous devriez voir les gitanes qui portent les *galbés*, des bijoux qui se transmettent de mère en fille.

— Des *galbés*, voulez-vous parler des colliers ornés de piécettes que vous portez? J'avais cru que c'était Niçu qui les fabriquait.

— Nous ne portons pas nos vrais *galbés*, sauf en des occasions très spéciales, comme une fête pour célébrer la naissance d'un enfant.

— Et les mariages? dit Gage de but en blanc.

— Oui, nous les portons à l'occasion des mariages, dit-elle dans un murmure pour ensuite parler d'une voix claire qui était très différente de la sienne. Et pour ce soir ? Voulez-vous toujours que je vous assiste dans votre spectacle ? Peut-être que la comtesse Cara a si bien fait la dernière fois que je me retrouve sans travail ?

— Vous dites ? Non ! En fait, oui, Cara a très bien fait, mais non, je vous veux, vous, bredouilla Gage.

Elle se leva sur la pointe des pieds pour le regarder par-dessus la cloison de la stalle et lui sourit.

— Oh, vraiment ? Peut-être que je vais vous inviter à prendre le petit déjeuner dans ce cas. Nous verrons alors qui, de Cara ou de moi, mérite ce poste de prestige !

Ce fut la dernière invitation qu'elle lui adressa. Ce fut leur dernière conversation chaleureuse et intime du voyage.

Si Gage s'était senti prisonnier de Monique Dobard lors du précédent voyage, il se trouva fort mal quand les sœurs Chalmers jetèrent sur lui leur dévolu. Selon Gage, il s'agissait carrément de harcèlement.

Denny les appelait « les trois Grâces », mais ce surnom ne parlait aucunement de l'élégance de ces dames. Leur mère, Grace Steptoe Chalmers (les Steptoe de Virginie, comme elle le répétait sans cesse), était une coquette blonde aux yeux bleus. De ses trois filles, on aurait dit qu'elles étaient des copies à l'identique de l'original. À dix-neuf ans, Lavinia était l'aînée des trois sœurs, mais elle avait la même immaturité et les manières exubérantes de sa mère. Ses sœurs, Josephine et Flora Louise, étaient du même moule. Josephine avait dix-sept ans, mais c'était Flora Louise, qui, à quinze ans à peine, était la plus extravertie et la plus aguicheuse des trois ; d'ailleurs, c'était d'elle que Gage se méfiait le plus. Flora Louise était une enfant gâtée qui ne montrait aucune gêne à flirter avec Gage. Pis encore, sa mère et ses sœurs ne faisaient rien pour infléchir en un autre sens ce comportement à tout le moins douteux. Le père, Boothe Chalmers, était un grand homme carré et direct aux cheveux noirs. Il était né d'une famille qui avait fait fortune dans le transport maritime. Ce M. Chalmers semblait occuper la majorité de son temps à éviter les femmes de sa famille, ce qui expliquait peut-être qu'il ne fût pas au fait des lubies de sa femme et de ses filles.

Cette fois encore, tout commença après le spectacle de Gage et de Niçu. M. Chalmers, en bon père de famille, avait accompagné sa femme et ses filles pour assister aux numéros d'adresse, mais s'était aussitôt éclipsé, une fois le spectacle terminé, retournant à la salle de jeu du Comte de Lusace, où il passait le plus clair de son temps. Mme Chalmers et ses trois filles, cependant, s'étaient attardées et avaient accroché Denny à la première occasion afin que ce dernier s'organise pour les introduire auprès de Gage. Dès qu'elles furent présentées, Lavinia se pendit au bras de Gage, le serrant contre elle au point que Gage ne put plus bouger. Un genre de petite échauffourée s'ensuivit entre Josephine et Flora Louise, qui se disputaient l'autre bras, et en définitive, Flora Louise l'emporta. Gage se sentit complètement dépassé et ne remarqua pas que, comme la fois précédente, Nadyha s'esquivait discrètement. Cette fois, par contre, elle ne s'attarda pas contre le garde-corps pour les observer. Elle quitta le pont-promenade sans plus attendre, et Gage n'aurait jamais pu s'imaginer qu'elle pleurait.

Vint ensuite cet inévitable moment où Gage se vit invité à dîner avec les Chalmers. À nouveau, Gage se trouva bien mal pris de savoir comment refuser. On invita aussi Denny, et ils se retrouvèrent plus tard en soirée tous les sept attablés — M. Chalmers les ayant rejoints — pour ce qui fut pour Gage une véritable et interminable séance de torture. Les filles, et même la mère, gloussaient sans cesse. Elles minaudaient, regardant Gage avec des yeux de sainte nitouche sous leurs cils papillonnants. Quand vint le temps du dessert, il sembla que Josephine eut envie de se rabattre sur Denny. Gage fut soulagé de ne plus avoir toute l'attention de ces dames, mais ce ne fut pas assez pour le rassurer. Gage sentait qu'il allait étouffer.

Dès qu'ils eurent terminé de dîner, M. Chalmers annonça chaleureusement :

— Je crois qu'un cigare et un brandy du côté du Lusace seraient de mise. Est-ce que l'un de ces gentlemen aurait le cœur de m'accompagner ?

Gage manqua de renverser sa chaise tant il se leva rapidement.

— Je veux bien, monsieur, s'empressa-t-il d'accepter.

Denny lui adressa un petit sourire narquois et se leva à son tour pour prendre congé des dames. Gage n'était jamais entré dans les saloons du *Reine*. Tandis qu'ils passaient la porte du restaurant, il s'approcha de Denny.

— Aidez-moi. Cachez-moi, faites quelque chose enfin, lui murmura-t-il, suppliant.

— Désolé, mon ami. Comme je vous l'ai dit, ce sont les aléas du métier.

La première représentation de *La comtesse et la reine gitane* devait avoir lieu le soir suivant. Après une eau minérale sans cigare, Gage s'excusa auprès de M. Chalmers.

— Nous devons réaliser une toilette spéciale pour préparer les deux chevaux, et ce travail doit être fait la veille du spectacle, s'expliqua-t-il.

— Oh ? Et cela consiste en quoi ? demanda M. Chalmers.

— Nous appliquons un shampoing spécial sur les crinières et les queues, que nous tressons ensuite pour la nuit. C'est un processus fort laborieux, alors si vous voulez bien m'excuser...

La voix de Gage s'effaça tandis qu'il passait la porte du saloon. À nouveau, il entretint de grands espoirs que Nadyha vienne l'aider, comme elle l'avait fait précédemment.

Ses espoirs furent anéantis.

Le lendemain matin, Nadyha était déjà dans la cale quand Gage arriva. Elle avait presque terminé de curer la stalle de Saz et elle semblait terriblement pressée. Cette fois, elle n'avait pas emmené Baro et Bitti. Gage voulut lancer la conversation, mais n'obtint de Nadyha que des réponses brèves et à peine polies. Après quelques essais qui donnèrent les mêmes résultats, ils travaillèrent en silence. Quand tout fut fait, Nadyha eut ce commentaire d'une voix distraite :

— Niçu viendra pour terminer de préparer Saz et Tinar. Je vous verrai ce soir.

«Qu'ai-je fait? pensa Gage. Elle est fâchée, je le vois bien. Qu'est-ce que j'ai fait pour la mettre en colère?» Avec désespoir, Gage s'aperçut qu'il ne comprenait plus Nadyha. Il lui apparut que, quelque part en chemin, Nadyha et lui s'étaient perdus, que le lien qui les unissait s'était rompu. Il n'avait plus la moindre idée de ce qu'elle voulait, de ce qu'elle pensait, de ce qu'elle ressentait. Il douta même de savoir encore qui elle était.

La pièce reçut le même accueil enthousiaste qu'elle recevait toujours. Les femmes Chalmers furent les premières dans les coulisses, et elles s'accrochèrent à Gage comme des sangsues. Nadyha avait disparu.

Durant ce voyage, puisqu'il y avait de l'inoccupation en deuxième classe, Gage et Denny eurent droit à des cabines séparées, mais adjacentes tout de même. Ce soir-là, ils se rencontrèrent dans le corridor, et Gage suivit Denny dans sa cabine.

— Écoutez, Denny, je ne crois pas pouvoir survivre à trois repas par jour avec les femmes Chalmers, se plaignit Gage. Je sais que vous voulez me voir fréquenter la Salle bohémienne le plus possible, que je fasse de la lèche aux passagers, que je me rende intéressant, mais à moins que les trois Grâces me donnent un peu de répit, ce qui n'est pas près d'arriver, je n'ai aucun moyen d'entretenir la bonne société. Dire qu'elles m'accaparent tiendrait de l'euphémisme; je ne peux parler à personne, sauf à Lavinia, Josephine et Flora Louise.

— C'est probablement vrai, acquiesça Denny avec son petit sourire habituel, qui, à ce moment, eut le don d'irriter Gage. Envisagez-vous dorénavant de manger au Sumava? Parce que c'est là qu'ils mangent tous, vous savez.

Gage n'y avait pas pensé, et ce fait le démoralisa profondément.

— J'imagine qu'il me faut trouver une autre solution.

— Gage, lui demanda Denny avec curiosité, qu'est-ce qui se passe avec Nadyha?

— Je ne sais pas. Hier matin, tout semblait au beau fixe, nous avons ri et blagué, comme nous en avions l'habitude. Depuis, cependant, elle semble fâchée contre moi, et je n'ai aucune idée pourquoi.

Denny hésita. Il avait vu Nadyha filer en douce sur le pont-promenade après avoir présenté les Chalmers à Gage, après le spectacle d'adresse. Cependant, n'ayant pas vu son visage, il n'avait pas su qu'elle pleurait. Il savait par contre que, durant le premier voyage, Nadyha avait montré les signes d'une grande jalousie envers Monique Dobard, mais c'était un autre jour, un autre temps, et les gens avaient cette forte propension à changer. Denny savait fort bien que la jalousie naissait parfois d'une obsession amoureuse passagère, que cela arrivait à tout le monde. Pour autant qu'il sache, Nadyha avait peut-être mis une croix sur Gage Kennon.

— Oh, allons donc, Gage! dit-il enfin pour encourager son ami. Les femmes, qui les comprend, de toute façon? Nadyha a le sang chaud, mais elle retombe vite les pieds sur terre. Vous savez très bien que les gitans seraient heureux de vous avoir à leur table. De mon côté, je suis revenu à la charge pour convaincre Cara de manger au Bohémien, mais elle insiste pour dire qu'elle se sent davantage chez elle avec les gitans. Ainsi qu'il en va pour vous, mon cher.

Gage n'était pas le genre d'homme à s'imposer quand on ne voulait pas de lui. « Et si elle n'a réellement aucun sentiment pour moi et qu'elle en est venue à trouver ma compagnie lassante ? C'est certainement ce qu'il semble... Oh, Seigneur, non, pitié, est-ce possible que je lui inspire la même réaction que celle, épidermique, que j'ai en présence de ces détestables filles Chalmers ? Non, non, je ne peux pas supporter cette idée... Et je ne peux pas tout bonnement débarquer au Sumava, sachant que Baba Simza, Niçu, Mirella et Cara insisteront pour que je me joigne à eux. Je ne ferai jamais subir ma présence à Nadyha. Il faudra voir comment les choses se présentent... si elle continue de m'éviter... »

C'est ce qu'elle fit, et Gage se convainquit qu'il avait eu raison sur toute la ligne : Nadyha ne s'intéressait pas à lui. Elle avait deviné qu'il tombait amoureux d'elle, la chose l'avait ennuyée, et voilà. Il ne vit plus Nadyha sauf le matin, tandis qu'ils soignaient les chevaux, mais même en ces occasions, Nadyha arrivait très tôt, réduisant de beaucoup le temps qu'ils passaient ensemble. Bien sûr, ils se côtoyaient durant la pièce, et elle continua de jouer les assistantes durant ses spectacles, mais ils n'échangèrent jamais un seul mot en privé, avant ou après les représentations. Il était au fait que Nadyha et les autres passaient beaucoup de temps sur la promenade du pont salon et il commença à éviter l'endroit, préférant descendre sur le pont-promenade et se perdre dans l'agitation simple et bruyante avec les passagers de troisième classe. Pour seule consolation, il avait la certitude que les femmes Chalmers ne viendraient jamais salir leurs chaussons sur le pont des troisièmes classes.

Comme il l'avait promis, il demanda à Niçu et à un homme d'équipage, un ancien marin qui savait coudre la toile, de l'aider à confectionner le sac pour Baro et Bitti. Ils le fabriquèrent assez long pour les deux chiens, mais sans trop exagérer la largeur afin qu'on puisse le transporter sur l'épaule sans s'encombrer. Devant le résultat fini, Niçu suggéra à Gage de l'apporter lui-même à la cabine de Nadyha.

— Allez-y, on ne vous a plus vu depuis des jours !

— Non, merci. Apportez-le-lui, dit Gage. Dites-lui que j'espère que Gros et Petit l'aimeront.

Les jours, comme les ports d'escale, se succédèrent. Zedekiah Wainwright avait agi selon la suggestion de Denny et pris les arrangements pour que Nadyha, Niçu et Cara paradent avec Anca, Tinar, Saz et Cayenne lors des arrêts du *Reine de Bohême* dans les villes de Bâton-Rouge, de Natchez, de Vicksburg, de Memphis, de Cairo et de Saint-Louis. Bientôt, la rumeur de ces artistes colorés qui ravissaient les voyageurs du *Reine de Bohême* se répandit sur les rives du fleuve, et Wainwright, pour ajouter à l'effet du bouche-à-oreille, pensa à faire épingler l'affiche de la pièce à côté des horaires du *Reine* dans tous les bureaux portuaires.

Denny demanda à Gage de se joindre au défilé, mais il refusa.

— Vous n'avez pas besoin que j'aille battre le pavé avec vous. Ça fonctionne très bien avec Nadyha et Niçu qui montent Tinar et Saz, avec Anca entre eux deux et vous qui guidez la comtesse Cara sur le dos de Cayenne. Que ferais-je, moi ? Traîner la patte derrière et faire le clown avec l'ours Boldo ?

Il s'était montré si véhément dans sa réponse que Denny n'avait rien ajouté. Quand ils arrivaient à quai, Gage restait seul sur le pont-promenade, les regardant quitter le *Reine*, procession qui créait d'ordinaire tout un remue-ménage sur les docks. Une fois, à Memphis, Nadyha s'était tournée pour regarder vers le pont-promenade, et Gage avait cru qu'elle le cherchait peut-être, mais elle s'était détournée si vite qu'il avait compris s'être trompé... cette fois encore.

La dernière représentation de la pièce était prévue le dimanche 13 août, le jour avant leur retour au port d'attache de La Nouvelle-Orléans. Gage se trouvait alors dans un désarroi tel qu'il était à peine poli avec les gens de deuxième et de troisième classe qui se présentaient dans les coulisses. Comme toujours, Nadyha, avec Anca et Boldo, avait disparu dès qu'on avait fermé les rideaux. Extraordinairement soulagé que les gens de première classe n'aient pas assisté au spectacle — et espérant être débarrassé pour de bon des femmes Chalmers après le dîner de ce soir —, Gage s'éclipsa sur le pont-promenade pour profiter d'un peu de solitude.

Nadyha s'y trouvait. Elle se tenait contre le garde-corps de tribord, occupée à observer les paysages de bayous qui défilaient devant elle. Il y avait une moitié de lune parfaite, accrochée tout bas dans le ciel et brillant d'un jaune orangé parmi les étoiles nombreuses. Des éclats de lune se reflétaient sur les piécettes de son *diklo* et dans son cou, donnant aussi une lumière mystérieuse à son visage hâlé. Gage pensa n'avoir jamais vu quelque chose d'aussi beau. Elle se retourna en sursaut.

— Oh, Gage. Je… je ne savais pas que vous veniez encore ici… après… de toute façon, j'allais partir. Si vous voulez bien m'excuser…

Il marcha vite vers elle puis s'arrêta, prudent de garder ses distances.

— Attendez, Nadyha, s'il vous plaît.

— Pourquoi ? dit-elle abruptement.

— J'aurais aimé vous parler. S'il vous plaît.

Elle s'arrêta et se tint devant lui, la tête baissée cependant.

— Je voulais seulement vous poser une question, dit doucement Gage. C'est que… En fait, je ne comprends pas. Je croyais que nous devenions amis. De bons amis.

— Oui, je le pensais…

Elle avait murmuré ces mots, mais, dans un brusque mouvement, elle se raidit et le toisa d'un regard chargé de défi.

— Ce n'était pas une question.

Gage se fit suppliant.

— Ai-je fait quoi que ce soit pour vous mettre en colère, Nadyha ? Si oui, dites-moi ce que j'ai fait, s'il vous plaît.

Sans réfléchir, il tendit le bras vers elle. Elle recula.

— Ne faites pas ça, dit-elle froidement. Non, Gage, je ne suis pas en colère. Plus maintenant.

Elle le frôla en passant et disparut.

Au désespoir, Gage pensa : « Je sais, Seigneur. Je ne peux pas toujours avoir la réponse que je souhaite… »

CHAPITRE 20

Il était presque midi quand le *Reine de Bohême* rentra au port de La Nouvelle-Orléans. C'était la mi-août, la journée était étouffante de chaleur et la ville miroitait sous le soleil de plomb. La lumière blessait les yeux de Gage, et il baissa son chapeau à large bord pour ombrager son visage. Il s'était découvert un léger mal de tête.

Dans la solitude du pont-promenade, il s'était retiré loin vers la poupe, du côté tribord du bateau. Il regardait la grâce avec laquelle le *Reine* glissait sur les eaux du port achalandé. Ils s'approchaient du poste de mouillage attitré au *Reine*, près des levées, en face du French Market. Au port de La Nouvelle-Orléans, les plus petits bateaux à vapeur pouvaient se mettre à quai dans une approche frontale, mais il était exigé des plus gros bateaux d'accoster flanc tribord contre le quai. Dans les grands ports, la manœuvre revenait au premier pilote, Stephen Carruthers, qui montrait, comme l'avait remarqué Gage, un style un peu casse-cou, amorçant son approche à trop grande vitesse, virant à la dernière minute dans un angle presque droit, à tribord toute ! Au dernier instant, il envoyait le signal « lentement » à la salle des machines, de sorte que les mécaniciens devaient faire évacuer toute la vapeur d'un coup, faisant hurler les tuyères tout près des docks.

Sur les ponts inférieurs, les passagers se réunissaient pour le débarquement. C'était commun de voir les passagers sortir sur les promenades quand le bateau faisait escale, et l'attroupement était encore plus grand quand le bateau revenait à son port d'attache. Sur les quais, il y avait toujours foule quand le *Reine de Bohême* rentrait au bercail, et on voyait maintenant se masser au bord du fleuve les familles et les amis des voyageurs, ainsi que les badauds qui s'arrêtaient seulement pour le spectacle de l'arrivée gracieuse d'un des grands palais flottants du Mississippi.

Devant lui, Gage observait les bateaux alignés en un rang compact, montrant la proue au quai. Gage reconnut le *Soleil d'Ouest*, un bateau à vapeur de petit gabarit, mais assez joli avec ses rambardes tarabiscotées, sa brillante peinture blanche et ses bordures bleues et jaunes. Venait ensuite le *Demoiselle Matoaka*, et Gage y porta une attention particulière, car c'était un bateau à roues latérales. Gage se demanda si l'expérience était différente pour les passagers par rapport à un bateau à aubes conventionnel. Est-ce que le fait d'avoir deux roues le rendait deux fois plus bruyant ? Pouvait-on entendre les aubes qui fouettaient l'eau de partout sur le bateau ? L'instant d'après, il se dit que la question ne s'appliquait pas dans ce cas, puisque le *Demoiselle Matoaka* était visiblement un bateau de fret sans pont Texas. En ce moment même, d'ailleurs, on pouvait voir les débardeurs terminer le chargement de barils et de caisses à claire-voie.

Ensuite, il y avait l'*Impérieux*, un bateau de passagers de moyen gabarit, puis le *C. J. Berkeley*, un vaisseau de transport spécialisé. L'*Impérieux* piquait la curiosité de Gage. Denny lui avait parlé de ce vaisseau qui, bien qu'il fît moins des deux tiers de la taille du *Reine de Bohême*, comportait cinquante-six cabines joliment aménagées, une grande salle de bal, des salons pour ces dames, des saloons et une salle de jeu pour ces messieurs. Le bateau faisait de très bonnes affaires, selon Denny, et l'oncle Zeke le considérait même comme le premier compétiteur du *Reine* dans le marché des passagers de deuxième classe. Gage se demanda si, sur l'*Impérieux*, on avait besoin d'un commissaire. Il était à présent persuadé d'avoir toutes les compétences nécessaires pour être chef comptable à bord d'un bateau à vapeur. Bien que le commissaire du *Reine*, A. J. Ruffin, fût issu du milieu ouvrier et qu'il eût toute sa vie travaillé sur le fleuve, son cas était plutôt inhabituel, car ne devenait pas qui veut commissaire, et plus rarement encore un simple matelot. Gage avait appris que tous les grands bateaux de passagers embauchaient un comptable, et non un matelot, pour gérer leurs finances.

Ses réflexions le désespéraient. Il n'avait aucune envie de travailler sur l'*Impérieux* ni sur tout autre bateau à vapeur d'ailleurs. Il voulait demeurer à bord du *Reine de Bohême*, mais c'était impossible. Il le comprenait trop bien maintenant. C'était douloureux d'être ici, près de Nadyha. Jetant un regard derrière lui, à bâbord, il pensa que la cabine de Nadyha se trouvait juste un pont en dessous. Elle y serait sûrement, préférant la quiétude de sa cabine aux bains de foule. Ses portes seraient ouvertes. Gage se demanda ce qu'elle faisait à l'instant. Elle était probablement assise sur la promenade privée, admirant la rive est du fleuve Mississippi. De lassitude, Gage pensa qu'il connaissait au moins une raison pour expliquer le mal de tête qui le prenait ; bien bas et noirs, des nuages d'orage étaient apparus au sud-est. Il arrivait souvent que Gage ait des maux de tête juste avant les gros orages ; il pensait que la pression de l'air devait y être pour quelque chose.

Le *Reine* filait encore parallèlement aux quais. Tandis qu'il passait devant le *C. J. Berkeley,* Stephen Carruthers commença sa fameuse manœuvre de virage à angle droit, alignant la proue du *Reine de Bohême* sur son poste de mouillage. Gage avait de l'admiration pour Carruthers ; il était peut-être un peu m'as-tu-vu, mais c'était un pilote hors pair. Bien que le virage fût serré et rapide, la manœuvre était calculée et réalisée de main de maître. Le bateau en approche allait présenter le flanc au quai. C'était une technique tape-à-l'œil, certes, mais que le bateau pouvait exécuter sans secousse. Gage admira le mouvement fluide qui les amenait vers les docks, s'attendant d'un instant à l'autre à ce que les tuyères se mettent à crier.

Or, ce ne fut pas le cri des tuyères qu'il entendit ensuite.

Le *Demoiselle Matoaka* était la propriété d'un pilote teuton, un marin professionnel aux traits sévères qui avait servi dans la marine allemande. Son vaisseau avait pour seule vocation le transport de marchandises, parce que le capitaine Arnim Schulteiss n'était pas patient et qu'il aurait eu tôt fait de faire passer par-dessus bord les passagers un peu trop exigeants. Astucieusement, il avait compris durant la guerre que la sphère d'activité la plus lucrative sur le fleuve Mississippi était sans conteste celle du transport des armes et des munitions. Le dépôt d'armes de La Nouvelle-Orléans, que l'Union avait saisi en 1862, fournissait tous les forts le long des berges du Mississippi. Encore aujourd'hui, en temps de paix, l'armurerie fonctionnait à plein régime, fabriquant toujours plus de fusils, d'obus, de pièces d'artillerie et, bien sûr, de canons.

C'était justement de la poudre à canon qui se trouvait dans les barils que Gage avait vus transbordés à bord du *Demoiselle Matoaka*.

Le capitaine Schulteiss était un homme prudent et méthodique. Quand le *Demoiselle Matoaka* avait décroché son premier contrat pour transporter de la poudre à canon, Schulteiss avait platement stipulé que l'Armée fédérale allait payer la fabrication de casiers spéciaux pour le rangement des barils, de sorte que la marchandise fût totalement sécuritaire plutôt qu'empilée sur le pont, comme le voulait la méthode traditionnelle. C'étaient des casiers de fabrication rudimentaire : des carrés de bois faits en pin et munis de traverses qui fermaient le bas d'un compartiment destiné au rangement d'un seul baril de poudre et laissant environ cinq centimètres d'espace de tous les côtés. Les compartiments avaient une mince couche de paille au fond pour aider à stabiliser les barils. Ce système s'était avéré d'une efficacité sans faille. Le *Demoiselle Matoaka* n'avait jamais eu de barils roulant sur les ponts ou encore percés par inadvertance, et les casiers étaient aussi solides et droits qu'au moment de l'installation.

Après trois ans, cela dit, une petite vis s'était desserrée au niveau de la traverse d'un des casiers. Elle dépassait d'un centimètre à peine et se trouvait cachée sous la paille. Un homme d'équipage rangea un baril dans son compartiment. D'un coup d'œil, il lui sembla que la paille devait être trop épaisse, puisque le baril ne reposait pas d'équerre. Il poussa un peu. La vis frotta contre un des cerceaux en métal du baril. Une étincelle jaillit.

À l'évidence, l'histoire des quelques dernières minutes du *Demoiselle Matoaka* resta à jamais méconnue.

« Je devrais sans doute prendre une chambre dans une petite maison de pension en ville et me chercher du travail. Rester loin du fleuve et loin de… »

Gage perdit le fil de sa pensée, le souffle, l'ouïe et le contact avec la terre. L'explosion le souffla trois mètres en arrière. Il atterrit sur le dos dans un violent et douloureux choc et resta étendu là, assommé. Il vit une immense boule de feu noir et écarlate s'élever au-dessus de lui. Puis, les brandons enflammés commencèrent à retomber, comme si le feu pouvait pleuvoir.

Il lui fallut quelques secondes pour revenir à lui, et pour Gage, ces secondes semblèrent éternelles tandis qu'il peinait à respirer, balayant les alentours d'un regard plein d'incompréhension, les seuls sons à résonner dans sa tête étant ceux d'un prodigieux rugissement.

La jambe de son pantalon était en feu. Gage se leva d'un bond et étouffa les flammes à mains nues. Tout autour, il vit de gros bouts de bois embrasés tomber sur le pont-promenade, trop nombreux et trop enflammés pour penser les prendre et les lancer par-dessus bord. Déjà, et en plusieurs endroits, les planches du pont prenaient feu. Il décida de courir jusqu'à l'escalier menant plus bas, au pont Texas, esquivant dans sa course les brandons de feu. En arrivant devant les marches, il vit que le feu y était pris. Sans ralentir sa foulée, il fit demi-tour et courut à bâbord du bateau. Il enjamba en vitesse le garde-corps, puis s'accrochant à un montant, s'y laissa glisser. Dans un mouvement de jambes comme un coup de pied, il se donna de l'élan et atterrit un pont plus bas, sur le pont Texas. Il se trouvait en fait sur la promenade tout près de la cabine de Nadyha.

L'horreur régnait dans son esprit, et cela ne fit qu'empirer quand il découvrit la scène.

Boldo se trouvait entre les lits, essayant de se recroqueviller contre le mur. Les sons qu'il faisait étaient à fendre l'âme ; il braillait, une plainte bruyante qui ressemblait à s'y méprendre aux gémissements d'un homme : « NNOOOoon, NNNOOOOooooon, NNOOOoooon ! » Sur le lit, Baro et Bitti tremblaient de peur au fond du sac en jute.

Anca se trouvait à la porte de la cabine, et beaucoup de fumée entrait au niveau du plancher, s'élevant en rubans infernaux qui enveloppaient le couguar. Anca était levée sur ses pattes arrière et griffait furieusement la porte, ses oreilles ramenées en arrière, complètement aplaties sur la tête. Elle poussait des grognements féroces. Gage vit des dizaines de marques profondes dans le bois et du sang sur la porte. En l'entendant entrer, elle regarda Gage, qui, de ses yeux, ne vit que des fentes terribles. Dans une férocité inouïe, elle poussa un horrible rugissement.

Nadyha se trouvait à quelques pas derrière Anca et s'accrochait à la laisse. Elle poussait d'affreux sanglots et n'arrêtait pas de crier :

— Anca ! Anca, non ! Anca, s'il te plaît ! Non !

Tout en criant, elle tirait fort et inutilement sur la laisse.

Gage traversa la pièce à toute vitesse et attrapa les bras de Nadyha pour la retourner brutalement vers lui. Dans son regard terrifié, il n'y avait que la panique.

— Nadyha ! lui cria-t-il. Nadyha ! Écoutez-moi !

Elle le regardait fixement, ses yeux trop écarquillés, son regard comme un mur d'incompréhension. Gage la secoua très fort.

Une ombre de colère envahit son regard, mais elle s'entêtait à tourner la tête pour voir Anca, brusque dans ses mouvements sans toutefois lutter contre Gage.

La pièce s'emplissait vite de fumée, et ce, même si les portes vitrées étaient grandes ouvertes. Boldo criait ; Anca rugissait. Derrière la porte et depuis l'extérieur, ils pouvaient entendre des hurlements et des cris rauques.

Gage essaya de prendre une voix un peu plus calme.

— Nadyha, s'il vous plaît, écoutez-moi. Anca a peur parce qu'elle vous sent effrayée. Si vous vous calmez, nous pourrons calmer Anca.

Nadyha ne sanglotait plus à présent. Elle avait aussi arrêté de tirer sur la laisse d'Anca, mais Gage voyait bien qu'elle ne s'était pas encore tout à fait ressaisie. Il posa les mains sur son visage et la força doucement à le regarder.

— Nadyha, s'il vous plaît, écoutez-moi. Je vous aime, Nadyha, je vous aime plus que ma vie même. Si je dois rester ici et brûler avec vous, je le ferai, mais nous n'avons pas à mourir. Je peux nous sortir de ce pétrin, nous en sortir tous, mais vous devez d'abord vous calmer.

— Qu... quoi ?

Elle essayait encore de pivoter pour voir Anca. Appliquant doucement une pression quand même insistante sur son visage, Gage l'obligea à se concentrer sur ce qu'il disait.

— Vous devez vous calmer et surmonter la peur. Il est temps de prier, Nadyha. Faites le vide dans votre esprit, oubliez tout, fermez les yeux et priez.

Après un moment, elle déglutit avec effort, puis baissa la tête et ferma les yeux. Gage enleva doucement ses mains de son visage et l'entendit réciter : *Amaro Dad, kai san ande o cherie, ke tijiro anav t'avel svintsime...* Il joignit sa voix à sa prière, récitant le *Notre Père* en romani. Quand ils eurent fini, Nadyha était calme ; son visage, posé, et elle ne pleurait plus.

Elle fit un pas vers Gage et le serra dans une étreinte rude.

— Merci, dit-elle seulement.

Elle se tourna vers Anca et, avec une lenteur tout à fait tranquille, elle se mit debout près d'elle. Le couguar griffait et feulait toujours.

— Anca, dit Nadyha aussi calmement qu'elle savait le faire. Anca, *te' sorthene.* Anca, tout va bien.

Elle répéta encore et encore ces mêmes mots apaisants, et Anca se laissa finalement tomber à quatre pattes et leva la tête pour regarder sa maîtresse. Elle avait encore les oreilles aplaties sur la tête et les yeux comme les fentes d'une fournaise rougeoyante, mais elle ne grognait et ne feulait plus. Nadyha lui fit quelques caresses sur la tête, lui murmurant encore des mots rassurants. Elle s'agenouilla ensuite et se pencha en avant. Elles se touchèrent, nez à museau.

Anca était calmée.

Nadyha marcha jusqu'à Boldo, posa un genou au plancher et enveloppa l'ours dans une grande étreinte.

— Boldo, vieil ours mal léché, tout va bien aller, ne pleure plus, *dinili* ours…

L'ours arrêta finalement de gémir, encore que Gage trouvât qu'il avait dans la face l'air d'un petit enfant effrayé.

Nadyha se releva.

— Que faisons-nous? demanda-t-elle.

— On quitte le bateau, répondit-il.

Il passa le sac avec les chiots sur son épaule et ajouta, en indiquant la porte de la cabine :

— Nous ne sortirons pas de ce côté-là, on dirait que le corridor est en feu. Nous emprunterons l'escalier de service.

— Par la promenade ?

— Oui, c'est cette petite porte vers le milieu du bateau. Gardez Anca en laisse. Est-ce que Boldo va suivre ?

Elle se tourna vers l'ours, à qui elle s'adressa avec la voix qu'elle avait tous les jours.

— Boldo, allez, c'est l'heure de partir.

L'ours se mit à quatre pattes et, obéissant, il suivit Nadyha et Anca à l'extérieur. Quand ils furent sortis, Gage ferma vite les portes. Nadyha et lui décochèrent des regards dans toutes les directions.

Le *Reine* avait été repoussé par le souffle de l'explosion et il partait lentement à la dérive. À présent, le flanc bâbord du bateau faisait face à la rive est. Gage songea à tous les bateaux qu'il avait vus le long de la Pointe d'Alger, mais il ne voyait maintenant sur les eaux aucun autre bateau. Sur leur gauche, il y avait les fenêtres de la cabine de Zedekiah Wainwright, qui étaient des fenêtres tout à fait ordinaires, et non des portes vitrées, comme c'était le cas des autres cabines. Elles étaient entrouvertes, et Gage remarqua dans une moue mauvaise que de la fumée s'en échappait. La vue était complètement obstruée quand il tourna le regard vers la proue du bateau. Par là, il y avait de gros nuages noirs d'une fumée épaisse et pleine de cendres chaudes.

Le *Reine* était ballotté par les flots, dérivant sans gouverne et s'éloignant des docks. Le soleil était assombri d'un voile de fumée noire. L'air était plein d'étincelles, de brandons à l'odeur âcre de tout de ce qui brûlait. Tandis qu'ils hésitaient, un morceau du toit en porte-à-faux se détacha du pont-promenade et vint s'écraser en flammes à côté d'eux.

— Allez, dit Gage, qui prit Nadyha par la main.

Ils coururent sur la promenade, et Gage vit avec soulagement que les portes des cabines étaient fermées. Ç'aurait été une perte de temps précieux s'il avait fallu les fermer toutes pour libérer le passage.

Le premier problème auquel Gage avait pensé, tandis qu'ils fuyaient la fumée et les flammes, c'était que le seul escalier qui descendait depuis le pont Texas jusqu'au pont principal se trouvait tout à l'arrière du bateau, du côté tribord. Gage avait déjà constaté sur le pont-promenade que cet escalier était la proie des flammes ; il était à craindre qu'une grande partie du côté tribord ne brûlât. Même si Nadyha et lui avaient pu atteindre, par le corridor des cabines de première classe, le salon de Moravie, l'escalier qui s'y trouvait était à tribord. Gage remercia Dieu de connaître ce petit escalier de service qui se trouvait, lui, à bâbord.

C'était grâce à sa curiosité que Gage avait découvert ce passage au milieu du bateau, qui reliait le pont des passagers de première classe au pont de ceux de troisième. Malheureusement, l'escalier se terminait là, un pont au-dessus du pont principal. Gage pensa vite et décida que, une fois sur le pont de troisième classe, il suffirait de remonter jusqu'à la proue où il y avait l'autre escalier. C'était celui que tous les passagers de troisième classe empruntaient au moment de l'embarquement, puisque l'escalier de la grande entrée leur était interdit d'accès, comme aussi le salon de Moravie où cet escalier montait. Gage se rappela que, après l'embarquement, puisque les passagers n'étaient pas autorisés sur le pont principal, on bloquait l'escalier par une porte grillagée. Gage se dit qu'il improviserait une fois sur place. Il se promit d'ouvrir la grille avec ses dents s'il le fallait. Il jeta un œil par-dessus la rambarde : c'était un plongeon de dix mètres jusqu'à l'eau. Gage sut qu'il n'y avait d'autre voie que celle de rejoindre les ponts inférieurs.

Sur la promenade, ils arrivèrent enfin devant la petite porte qui s'ouvrait sur l'escalier de service, et Gage tira violemment sur la poignée. Une odeur de fumée lui vint au nez, mais aucune fumée ne s'échappait de la cage d'escalier. Il tint la porte ouverte et fit signe à Nadyha de passer la première. Elle entra, avec la laisse d'Anca à la main, mais la laisse se raidit, et Nadyha ne put aller plus loin. Anca et Boldo hésitaient, manifestement refroidis devant la perspective de pénétrer dans cet endroit noir et exigu.

— C'est o-kaï, Anca, dit Nadyha. Viens avec moi, Boldo.

Elle s'engouffra dans la cage d'escalier, et les animaux suivirent. L'escalier était étroit ; on aurait dit un escalier en colimaçon tant les marches descendaient raide. La cage d'escalier était sans fenêtre, et sur chaque palier, les lampes à gaz ne fonctionnaient pas. Ils progressaient lentement et à l'aveuglette dans une obscurité inquiétante. Gage eut les jambes en coton quand il s'aperçut que les lampes étaient éteintes, parce que c'était la première fois qu'il pensait aux lignes de gaz.

L'équipage avait dû courir vers la ligne principale pour tout couper dès que le feu s'était déclaré. C'était une chance, pensa-t-il.

Gage crut que son ouïe lui revenait. La cage d'escalier était déserte et silencieuse, même s'il pouvait entendre le souffle des tuyères, ce qui signifiait que les moteurs et les chaudières fonctionnaient encore.

Nadyha avançait devant; derrière elle, Anca dévalait l'escalier, l'arrière-train au ras des marches. Boldo faisait preuve d'une surprenante agilité en descendant à quatre pattes. Gage fermait la marche, en queue de peloton.

Les chiots se tortillaient beaucoup et voulaient sans cesse grimper hors du sac. Gage s'en voulut de ne pas avoir pensé à mettre un bouton qui aurait servi de fermeture. Il gardait la main gauche sur le sac, le pinçant au milieu de sorte que les chiots puissent seulement sortir la tête.

Nadyha se mit à tousser, mais elle ne s'étouffait pas. Il y avait de la fumée dans la cage d'escalier, mais on pouvait encore respirer. Gage demanda à Nadyha si elle allait bien.

— Oui, ça va, répondit-elle. Gage… où allons-nous? Qu'est-ce que nous allons faire?

— En arrivant sur le pont de troisième classe, n'ouvrez surtout pas la porte qui mène au couloir des cabines, nous allons sortir par la porte qui s'ouvre sur le pont. Rendus là, nous remonterons jusqu'à la proue, où des escaliers descendent vers le pont principal.

Ils passèrent le palier au niveau du pont des cabines de deuxième classe. Ils pouvaient entendre des voix et des cris, le vacarme d'une foule de passagers qui leur venait comme en sourdine du fait que l'escalier se trouvait au bout d'un long et étroit corridor.

— Gage, avez-vous pensé à Baba Simza, à Mirella, à Niçu ? Et à Cara ? demanda Nadyha, sa voix étranglée par l'angoisse.

— J'ai prié pour eux, lui répondit-il. Je dois vous sauver, Nadyha. Niçu prendra soin des autres. Quand vous serez sauve, si je le peux, je reviendrai.

Nadyha hocha la tête et essuya une larme, avant de reprendre la descente.

Ils sortirent en trombe sur la promenade des passagers de troisième classe, où les bruits crus de la foule paniquée leur vrillèrent les tympans. Ils regardèrent à leur droite, vers la proue, clignant des yeux dans la lumière qu'ils découvraient après leur progression à tâtons dans la cage d'escalier obscure. On se massait sur le pont, on s'entassait devant la grille de l'escalier. Dans la foule, les gens ne se maîtrisaient plus, et c'était à qui pousse, tire, jure ou crie le plus fort. Ils virent un homme pousser une femme. Sous leurs yeux effarés, la femme passa par-dessus la rambarde et chuta dans un cri de mort vers le fleuve tout en bas.

Gage se tourna vers Nadyha.

— Nous ne pouvons pas passer par là, dit-il sombrement.

Nadyha serra les dents, puis son visage se décomposa.

— J'avais... j'avais cru, balbutia-t-elle, que nous pourrions descendre à la cale et... Tinar, Saz et Cayenne... ils peuvent nager...

— Je sais, dit Gage, ce sont vos frères, mais ce sont aussi les frères de Niçu, et je sais qu'il en prendra bien soin, comme vous et moi le ferions. Regardez, Nadyha, c'est bloqué. Nous ne passerons jamais, même en violentant la foule qui se masse devant l'escalier, et d'où nous sommes, il n'existe aucune autre manière de rejoindre la cale. Il va falloir sauter.

Nadyha regarda par-dessus la rambarde. C'était un saut de trois mètres jusqu'au fleuve, qui était jonché de débris. Elle posa à nouveau le regard sur Gage. Bien qu'elle semblât effrayée, sa voix fut ferme quand elle demanda :

— Vous et moi, nous pouvons enjamber la rambarde, mais que fait-on pour Anca et Boldo ?

— Écartez-vous.

Nadyha recula. Gage se donna un élan et se jeta comme un bélier, pied devant, sur la rambarde, qui ne céda pas, mais montra des signes de fragilité. Gage recommença, grognant sous l'effort. Le bois de la main courante se fendit, et, d'un dernier coup de pied, Gage démolit une section de la rambarde, laissant une ouverture d'un mètre environ. Tandis qu'il enlevait ses bottes, Gage demanda d'une voix hésitante :

— Je ne sais même pas si... les couguars, est-ce qu'ils nagent ? Et les ours ?

— Je ne le sais pas plus que vous, répondit Nadyha, mais je prie pour que ce soit le cas.

— Moi de même. Bon, je ne sais pas si l'eau est bien profonde ici, mais je sais, comme la rive n'est pas loin, que nous n'aurons pas à nager longtemps avant d'avoir le fond sous les pieds. Quand vous sauterez,

mi-chemin de la rive. Gage força l'allure jusqu'à ce qu'il fût à la hauteur de Nadyha.

— Vous vous en tirez très bien. Encore un petit effort, et je crois que nous pourrons prendre pied sur le fond.

— Je comprends, dit-elle en soufflant sous l'effort.

Ils nagèrent; ils nagèrent encore. Gage s'inquiétait pour Nadyha, mais elle gardait un rythme soutenu et rapide. Il décida de tester le fond et laissa son corps revenir à la verticale. Ses pieds touchèrent le fond, mais Gage avait encore de l'eau jusqu'au cou.

— Juste un dernier effort, lui cria-t-il.

Avec force et détermination, elle fit trois mouvements des bras puis s'arrêta. Debout, l'eau lui arrivait aux épaules. Avant même de reprendre haleine, elle utilisa son souffle pour dire :

— Merci, Seigneur, merci à Vous!

Gage passa le bras autour d'elle, et ils regagnèrent la rive à pied. Un peu plus loin, Anca et Boldo étaient déjà hors de l'eau.

Ayant pied, Gage put à présent souffler un peu. Il se tourna vers le bateau pour constater la situation. Le pont-promenade du *Reine* brûlait depuis la poupe jusqu'au milieu du bateau; la timonerie, avancée à quelques mètres de la proue, n'avait pas été touchée par les flammes. Comme Gage le soupçonnait, le pont Texas était transformé en brasier à tribord. Les ponts inférieurs, cependant, semblaient intacts, mais il voyait de la fumée s'échapper du grand escalier. Le pont salon devait être en feu, lui aussi. Au moment de l'explosion, il avait immédiatement cru à cet accident qui se produisait trop souvent à bord des bateaux à vapeur : l'explosion des chaudières. Plus tard, il avait compris que ce ne pouvait pas être le cas. Du moins, ce n'étaient pas les chaudières du *Reine de Bohême* qui avaient explosé, car autrement le bateau tout entier aurait volé en éclats. Gage comprenait à présent qu'il y avait eu une explosion sur les docks, une explosion dont le souffle avait endommagé l'arrière et le flanc tribord du *Reine*. Il voyait aussi que les pires dégâts avaient été causés par la pluie dévastatrice de débris enflammés.

Derrière le poste d'amarrage du *Reine*, le *C. J. Berkeley* avait brûlé jusqu'à la ligne de flottaison. En face de son poste, les quais étaient en feu. Apercevant la scène par bribes entre les volutes d'une fumée bouillonnante, Gage vit avec stupéfaction que l'*Impérieux* avait disparu. Il n'était tout simplement plus là.

La scène semblait des plus chaotiques à bord du *Reine*. Sur le pont de la troisième classe, une foule paniquée s'agglutinait vers la proue, luttant pour se frayer un passage dans l'escalier. Plus bas, sur la plateforme à l'avant du pont principal, tant de gens s'entassaient qu'on en voyait certains tomber ou être poussés à l'eau.

Ils regagnèrent enfin la rive. Boldo était assis sur son arrière-train, les regardant sortir de l'eau. Anca tournait en rond ; elle était surexcitée, mais la panique l'avait quittée. Gage posa le sac en jute à ses pieds et se retourna pour regarder ce qu'il craignait être la fin du *Reine*.

— Je peux y retourner, je peux nager et monter à bord. Il y a une porte au milieu du pont principal qui mène tout droit à la cale.

Nadyha alla se mettre devant lui et leva les yeux. Sur son visage, il y avait l'expression d'une tendresse qu'elle n'avait jamais eue auparavant.

— Là-bas, sur le bateau, vous avez dit que vous m'aimiez.

— J'ai dit que je vous aimais plus que ma vie même, dit Gage d'une voix rauque. C'est la vérité.

Elle passa les bras autour de son cou et ramena Gage vers elle. Chuchotant à son oreille, elle lui dit :

— Je vous aime, Gage Kennon. Je vous aime plus que je pourrai jamais le dire.

Il l'embrassa, passionnément, et elle s'accrocha à lui.

Un grondement assourdissant vint des cieux. Un éclair perça à travers la fumée noire. Il se mit à pleuvoir.

Niçu et Mirella se trouvaient dans leur cabine, Baba Simza, dans celle adjacente à la leur, et Cara, dans la suivante. Ils entendirent l'explosion et sentirent le *Reine* tanguer. En regardant par la fenêtre de leurs cabines respectives, ils virent la pluie de débris qui tombait partout autour. Niçu fut aussitôt galvanisé par le danger, et il passa à l'action.

— *Av akai !* ordonna-t-il, attrapant Mirella par la main.

Ils sortirent en courant dans le corridor, et Niçu alla frapper à la porte de Baba Simza tandis que Mirella se rendait à la porte de Cara. Quand ils furent tous dans le corridor, Niçu leur demanda de le suivre. Ils se trouvaient dans le corridor des passagers de deuxième classe, mais plutôt que de se rendre comme eux au grand escalier en passant par le salon de Moravie, Niçu partit à gauche et se dirigea vers l'avant du bateau. C'est ainsi qu'ils atteignirent l'escalier extérieur de tribord. Ils savaient que les ponts au-dessus d'eux étaient en feu et que les flammes feraient vite leur chemin jusqu'à l'escalier. Pour le moment, par chance, l'escalier était libre de toute flamme, et ils descendirent aussi vite que Baba Simza pouvait boitiller. En bas, arrivés au pont principal, ils passèrent les grandes portes et pénétrèrent dans la cale. Tinar et Saz étaient relativement calmes, mais Cayenne s'énervait, reculant et piaffant dans sa stalle, poussant des hennissements aigus et les ébrouements auxquels on reconnaît un cheval apeuré. Niçu le calma, puis il dit aux autres :

— Réfugiez-vous dans la stalle d'Anca et restez-y. Vous serez beaucoup plus en sûreté là qu'avec les *gajes*. De mon côté, je vais aux nouvelles.

— Niçu, que faisons-nous pour Nadyha ? dit Mirella, la voix pleine de détresse.

— Gage la trouvera et il prendra soin d'elle. Je le sais, nous le savons tous. Je reviens dès que possible.

Il se rendit à la salle des chaudières et fut soulagé de trouver les portes déverrouillées. À l'intérieur, il n'y avait que quatre chauffeurs ; normalement, ils auraient dû être huit. Les chaudières ronflaient bruyamment, bien que le bateau fût à l'arrêt.

— Qu'est-ce qui s'est passé, Mannie ? demanda Niçu à l'homme d'équipage le plus près, un grand Noir fort jovial d'ordinaire, mais qui semblait à l'instant prêt à se casser comme un ressort trop tendu.

— Il semblerait qu'un des bateaux ait explosé à quai, répondit-il. On a d'abord pensé qu'il avait crevé une chaudière, parce que ces choses-là, c'est fréquent. Personne n'a vu l'explosion. Le chef, il dit qu'il pleut du feu dehors et que ça ne peut pas être une chaudière crevée, alors on ne sait pas trop.

— Et le *Reine* ? On a une idée des dégâts ?

— Dans la chaufferie, pas de problème, comme tu vois. Et pour les moteurs, rien à signaler. Par contre, le pilotage ne répond plus. Il est possible que le pilote Carruthers soit mort. Les ponts du haut sont en feu, et personne n'a encore pu monter voir à la timonerie.

— Qu'est-ce qu'on fait ? C'est quoi, le plan ?

Mannie haussa les épaules.

— Le capitaine Humphries a donné l'ordre de tout garder en marche ; on espère qu'un autre pilote pourra se rendre tout là-haut avant que les problèmes nous rattrapent ici-bas. Le capitaine, il dit que c'est encore possible d'amener le bateau à quai.

Sourcils froncés, Niçu considéra un moment ces nouvelles informations.

— Et toi, qu'est-ce que tu en penses, Mannie ? demanda-t-il enfin. Crois-tu qu'il vaudrait mieux se jeter à l'eau et nager ?

Mannie répondit sans hésiter.

— Pas encore, non. On fait la chaîne avec des seaux d'eau dans le secteur de l'escalier de poupe, et je dis qu'il y aura un pilote à la timonerie avant longtemps. Ce bateau, c'est le plus vaillant qui soit sur le fleuve. Moi, je dis qu'il ne va pas rendre l'âme de sitôt.

La règle voulait que les gitans ne serrent jamais la main, mais dans les circonstances, Niçu tendit la main, et Mannie la prit dans une poigne ferme et solide qui réconforta Niçu, plus encore que tous les mots rassurants de Mannie.

— Merci, Mannie. Une dernière chose, est-ce que je peux t'aider?

— Va prendre soin des tiens, Niçu. Et prie.

Et c'est exactement ce que fit Niçu. Il retourna à la cale et entra dans la stalle d'Anca, où les femmes étaient réunies.

— Je veux que nous disions la prière. Ensuite, Baba Simza, prie pour nous.

— Je prie déjà, dit-elle, et *miry deary Dovvel* me dit que, peu importe ce qu'il adviendra de nous, Il est là, avec nous, et Il nous rassurera et nous donnera la paix. *Hai*, je prierai pour que vous puissiez m'entendre, et alors vous pourrez tout savoir, vous aussi.

Ils firent un cercle et se tinrent la main. Ils récitèrent le *Notre Père*, les gitans en romani et Cara chuchotant en français. Ensuite, Baba Simza pria tout haut, une prière fervente. Elle avait eu raison : après la prière, ils se sentirent tous rassurés et sans peur.

Stephen Carruthers ne sut jamais ce qui l'avait frappé. L'explosion souffla toutes les vitres de la timonerie, et il fut tué instantanément.

Le capitaine, les pilotes et les propriétaires avaient des routines bien établies quand venait le temps de rentrer au port d'attache du *Reine de Bohême*. Le capitaine Humphries descendait toujours à la proue du pont principal et s'y postait, debout, dans une magnificence solitaire. Denny et Zedekiah Wainwright se mêlaient aux passagers sur la promenade du pont salon. Le commissaire, A. J. Ruffin, et les deux autres pilotes se rendaient à la cabine de Wainwright, en prévision d'une réunion qui suivait toujours l'accostage, une réunion à laquelle Wainwright conviait le capitaine, les pilotes et le commissaire de bord.

Dans la cabine, au moment précis de l'explosion, les hommes se trouvaient à occuper ces positions exactes : Hervey se trouvait à son poste habituel, à côté du buffet, lequel se trouvait à tribord du bateau. A. J. Ruffin était debout devant le buffet, occupé à se préparer une tasse de café au lait — et il disait justement qu'il était le seul à savoir le préparer exactement comme il l'aimait. Les deux pilotes se trouvaient assis de l'autre côté de la pièce, dans les canapés, s'apprêtant à boire le café qu'Hervey venait tout juste de leur servir.

Le deuxième pilote du *Reine de Bohême* était un jeune marin téméraire et un peu voyou appelé Joshua Swain, qui travaillait sur le fleuve depuis l'âge de six ans. Le troisième pilote était un homme plus vieux qui s'appelait Hiram McCullough. Il avait jadis exploité un petit bateau de fret, mais l'avait perdu dans l'explosion d'une chaudière. Malgré sa bonne volonté, il n'avait jamais pu rassembler les fonds pour relancer ses affaires. Quand l'occasion s'était présentée, il avait accepté avec plaisir de piloter un fier vaisseau comme le *Reine*.

Le *Reine* commença sa manœuvre de virage, et Joshua Swain commenta, s'adressant à McCullough :

— Comme d'habitude, Carruthers pousse le bateau comme un cheval de course. Est-ce que quelqu'un savait que...

BOUM !

L'explosion fit voler en éclats les fenêtres de tribord. Hervey fut projeté contre le buffet et se brisa le cou. Ruffin alla s'écraser contre la table à manger et fut quitte pour des fractures à la jambe et au bras gauche, ainsi qu'une sérieuse commotion. Puisque les pilotes se trouvaient assis de l'autre côté de la pièce dans des canapés rembourrés, ils sentirent le souffle de l'explosion, mais s'en sortirent indemnes.

Quelques secondes après, des morceaux de débris enflammés vinrent s'écraser sur le *Reine* et dans la cabine de Wainwright. Presque instantanément, le mur de tribord et le mobilier prirent feu.

Lorsque Swain et McCullough se ressaisirent, leur premier instinct fut de combattre les flammes. Ils se servirent de tout ce que le buffet contenait, à l'exception bien sûr des alcools inflammables, pour éteindre le feu. Lorsqu'il n'y eut plus de liquide à lancer, ils se saisirent de seaux à glace et firent la navette entre le salon et la salle de bain, qui se trouvait du côté proue de la grande cabine, à l'intérieur de la chambre de Wainwright.

Le tapis en laine était carbonisé en plusieurs endroits, mais il ne brûlait pas ; le feu ne se propageait donc pas au sol, mais la pièce s'emplissait vite de fumée.

L'air devenait irrespirable, et McCullough étouffait.

— On n'y arrivera pas. Les moteurs fonctionnent encore, alors il faut que tu montes à la timonerie pour voir ce qui se passe. Je m'occupe de sortir A. J. d'ici. L'explosion est venue de tribord en poupe. Je vais essayer de le transporter vers une cabine en proue.

— Es-tu sûr que c'est la meilleure façon ? demanda Swain. Je suis plus fort, je pourrais le transporter plus facilement.

— Non. Tu es meilleur pilote. Les marches en poupe sont sûrement en feu. Tu vas devoir faire beaucoup de gymnastique et de course pour monter là-haut. Pars !

Les pilotes et le chef mécanicien logeaient dans des cabines intérieures avec les passagers de troisième classe. Au milieu de ces quatre cabines se trouvait une petite cage d'escalier, dont l'usage leur était strictement réservé. Grâce à elle, on pouvait monter trois ponts plus haut et accéder à la timonerie. La seule manière d'accéder à ces marches était d'emprunter une porte à l'intérieur des cabines, car Zedekiah Wainwright avait eu cette perspicacité de savoir qu'un escalier menant à la timonerie aurait attiré les passagers comme le miel attire les guêpes.

Swain sortit dans le corridor et découvrit qu'il y faisait nuit noire, une fumée dense ayant envahi l'endroit. Cela dit, il ne vit aucune flamme — pas encore — et se précipita vers l'escalier de service. Il dévala les marches trois à la fois en jurant par tous les saints du paradis, parce que, dans sa course, il descendait alors que son but était de monter. Or, il ne pouvait pas concevoir un autre chemin que celui-là.

Il déboucha dans le vestibule du personnel de service, puis s'engagea dans le corridor où l'on trouvait les cabines de troisième classe. Des hommes et des femmes allaient et venaient en courant comme des fous. Comme en proie à une terreur aveugle, ils criaient, poussaient et se bousculaient les uns les autres. Au premier pas que Swain fit dans le corridor, il fut renversé par deux jeunes hommes qui le piétinèrent quand il fut au sol et qui continuèrent leur course sans se soucier de l'avoir assommé. Swain se releva de peine et de misère et, piqué au vif, se mit à pousser sauvagement les gens sur son chemin, même les femmes qui avaient le malheur d'être trop près. De cette façon, il atteignit rapidement la porte de sa cabine. Il entra, notant au passage qu'il n'y avait aucun signe trahissant la présence d'un feu sur ce pont inférieur; l'air n'était aucunement obscurci. Il ouvrit d'un coup la petite porte, pénétra dans la cage de l'escalier privé et se mit à gravir les marches à toute vitesse. Tandis qu'il arrivait au niveau du pont Texas, le découragement s'empara de lui. La cage d'escalier s'emplissait de fumée. En poussant plus avant, il vit que les escaliers étaient en feu. Derrière les flammes, il y avait le pont-promenade et la timonerie, où il devait absolument se rendre. Swain recula de quatre marches, puis se mit à courir et se lança dans les flammes.

Il y avait des gens alignés de la proue à la poupe contre la rambarde des promenades des deuxième et troisième classes. Ils étaient tous sortis pour admirer le spectacle du majestueux *Reine* en approche de son port d'attache. Une fois passé le *C. J. Berkeley*, le bateau avait commencé à négocier son virage, et les gens avaient vu la grande foule qui s'était réunie sur les docks pour les accueillir. Même s'ils n'étaient pas encore à portée de voix, les gens s'étaient mis à pousser des acclamations. Les hommes agitaient leurs chapeaux. Les femmes montraient aux enfants l'endroit où le *Reine* allait accoster.

Soudain, le monde sembla exploser.

Le *Reine de Bohême* était placé de telle manière qu'il y avait deux bateaux entre lui et le *Demoiselle Matoaka*. Ayant amorcé son virage à gauche, il se trouvait orienté un peu de biais par rapport au point d'origine de la déflagration. Le plus gros du choc frappa à tribord de la poupe du *Reine*. Le *Demoiselle Matoaka* fut détruit instantanément. Les deux bateaux entre le *Reine* et l'explosion absorbèrent le gros du souffle latéral, épargnant par leur sacrifice les ponts inférieurs du *Reine*. En effet, on remarquait à ces niveaux un minimum de dommages. Or, le *Reine* s'élevait deux ponts plus haut que les bateaux alentour, et ce fut sur ces ponts que l'explosion causa les plus gros dégâts. À tribord, le pont Texas et le pont salon avaient rapidement pris feu. La poupe fut aussi frappée par davantage de débris enflammés.

Quand le *Demoiselle Matoaka* explosa, il se trouvait cent douze personnes le long de la rambarde sur le pont salon. D'entre eux, six moururent sur le coup, et du nombre, tous se trouvaient loin vers la poupe sur la promenade de tribord. De la cinquantaine de passagers qui s'étaient trouvés non loin des six malheureux, dix-huit furent grièvement blessés, et tous se retrouvèrent au plancher, plusieurs se brisant des os dans leur chute et subissant de sévères commotions cérébrales. Du reste, on ne comptait plus les blessures mineures, les égratignures et les entorses musculaires.

Sur le pont du dessous, celui de la troisième classe, cinquante-deux voyageurs se trouvaient à la rambarde. La moitié de ces gens, ceux plus près de la poupe, furent projetés au sol tandis que les autres passagers titubèrent sous la force de l'impact. Un seul voyageur, un jeune homme, mourut en se cognant violemment la tête contre la cloison extérieure.

À cet instant funeste, Denny et Zedekiah Wainwright se trouvaient dans l'embrasure des portes du salon de Moravie, derrière les passagers qui s'alignaient le long de la rambarde. Ils furent tous les deux solidement secoués, et quand ils se remirent du choc, les passagers commençaient déjà à paniquer, courant sans but dans tous les sens. Denny et son oncle, aidés du général Banks et de ses subalternes, ainsi que d'autres hommes qui avaient su garder leur sang-froid, entreprirent de rassembler et de diriger les passagers vers le grand escalier et le pont principal. Cependant, ils se rendirent compte qu'un gros morceau de débris avait atterri dans le hall du deuxième pont et que les marches avaient pris feu à ce niveau. Denny ordonna aux garçons de service et aux porteurs de faire une grande chaîne pour maîtriser l'incendie, et les seaux s'étaient vite mis à passer de main en main. Wainwright et les autres hommes commencèrent à s'occuper des blessés, les amenant dans le grand salon, transformé momentanément en infirmerie de fortune.

Bientôt, le capitaine Humphries se trouva auprès de Wainwright pour lui faire un rapport de la situation.

— Que pouvons-nous faire? demanda succincte-ment Wainwright.

— Exactement ce que vous faites ici. Il n'y a pas eu de dommages au niveau du pont principal, et donc la chaufferie et la salle des machines sont intactes. Carruthers ne répond plus aux appels de la salle des machines. J'ai bien peur qu'il soit mort. Swain et McCullough, comme vous le savez, devaient se trouver dans votre cabine, et je les espère sains et saufs. Nous savons par ailleurs que la poupe est la proie des flammes au niveau des ponts supérieurs, mais nous ignorons la gravité de la situation là-haut. J'ai dépêché l'équipage, qui, en ce moment, doit faire la chaîne dans l'escalier de poupe. Je pressens que les pires foyers d'incendie sont concentrés sur le pont-promenade; il faut les atteindre, et vite. Je me rends de ce pas à l'escalier des pilotes pour voir si je peux atteindre la timonerie.

— Vous êtes un homme bon, Humphries. Que Dieu vous garde, dit Wainwright.

— Que Dieu nous garde tous.

Le sud de la Louisiane était réputé pour ses orages spec-taculaires en après-midi, et celui-ci ne faisait pas mentir cette réputation. Il n'y eut aucune gouttelette annoncia-trice, aucun tonnerre venant rouler depuis l'horizon, juste le craquement du ciel qui s'éventre, puis le déluge.

Quand le vaisseau sinistré accosta enfin à son poste de mouillage au port de La Nouvelle-Orléans, les feux sur le pont-promenade étaient déjà éteints. Le flanc tribord au niveau du pont Texas brûlait encore en certains endroits, mais la chaîne humaine maîtrisait la situation. Précisément pour cette raison que Zedekiah Wainwright n'avait pas regardé à la dépense lors de la construction du *Reine de Bohême*, le feu avait causé beaucoup moins de dégâts qu'il l'aurait fait sur n'importe quel autre bateau à vapeur. Les pompes assurant l'approvisionnement en eau dans les salles de bain n'avaient jamais cessé de fonctionner, de sorte que l'équipage eût toujours accès à l'eau sur tous les ponts. Non seulement les tapis de Turquie ne s'enflammaient pas, mais leur laine faisait aussi l'effet d'un coupe-feu, isolant le plancher des cabines dans lesquelles les flammes se seraient autrement propagées de manière imprévisible, en courant dans les murs et sous les lattes au sol.

Les feux sur le pont Texas s'étaient déplacés vers les murs extérieurs et le long du toit, sans cependant s'étendre à toutes les cabines. On constata que les plafonds de seulement six cabines avaient été en partie perdus au feu, dont celui de la cabine de Zedekiah Wainwright.

Gage et Nadyha se tenaient en retrait du quai où le *Reine de Bohême* accostait, parce que Boldo, Anca et, bien sûr, les chiots étaient encore avec eux. Devant le poste de mouillage du *Reine*, il y avait des pompes à incendie et des ambulances, et les autorités avaient peine à maintenir la discipline au sein de la foule agitée, que composaient principalement les proches et les amis des passagers du *Reine*.

Malgré les dommages, le *Reine de Bohême* ne s'avouait pas vaincu. Joshua Swain l'avait guidé à quai, et le bateau s'était montré plus fort et brave que jamais. En un temps record, l'équipage avait abaissé les passerelles, et une rivière de gens s'était déversée sur les quais, d'abord dans une grande bousculade, mais ensuite de manière plus ordonnée tandis que la foule se dispersait.

— Ils descendront les derniers, vous savez, dit Gage à Nadyha.

— Je sais, dit-elle, cependant qu'elle vivait ce moment dans l'angoisse.

Quand tous les passagers eurent libéré la plateforme de chargement, ils sortirent de la cale et vinrent en une procession solennelle sur les passerelles. Vint d'abord Niçu, guidant par la bride Tinar, puis Mirella avec Saz, et enfin Cara et Baba Simza, guidant Cayenne. Gage et Nadyha se regardèrent, puis éclatèrent de rire.

Pour la première fois de sa vie, Matchko avait réussi à négocier une promenade sur le dos de Saz.

CHAPITRE 21

Gage Kennon fut un homme fort occupé durant les mois qui suivirent. Dès le lendemain de l'accident, Zedekiah Wainwright eut une proposition à lui faire.

— Puis-je vous offrir une carrière de chef comptable ?

— Je veux bien jouer les chefs comptables, dit Gage, le temps qu'A. J. poursuive sa convalescence.

— C'est d'accord. D'ici là, qui sait ? Nous aurons peut-être remis sur les rails nos lucratives carrières d'acteurs, dit Wainwright avec une tape dans le dos de Gage. Mais ça, c'est à condition que vous convainquiez Nadyha, bien sûr.

— Je n'ai aucun pouvoir sur cette femme, monsieur.

— Vous l'avez bien persuadée de vous fiancer.

— Non, dit Gage, tout sourire. C'est elle qui m'a demandé en mariage. Il faut que ce soit son idée, vous comprenez ?

Denny avait fait sa petite enquête et découvert que la plantation des Perrados était à vendre. Le commandant Wining, pour l'anecdote, avait été sévèrement sanctionné pour sa piètre gestion de la propriété, et depuis, son personnel et lui-même logeaient apparemment dans une miteuse maison de pension en ville.

— Je ne pourrai jamais acheter vingt mille hectares de terre, se plaignit Gage. Même si je le voulais, et ce n'est pas le cas.

— Il semble justement que la propriété peut être vendue en parcelles. Si, par exemple, «quelqu'un» voulait acheter, disons, cette inutile bande de terre qui joint cette encore plus inutile bambouseraie...

— Dans ce cas, appelez-moi «quelqu'un»! dit Gage avec empressement. Cependant, j'ai besoin d'argent, et j'aimerais que vous m'aidiez à en obtenir.

— C'est déjà fait, Johnny Reb, expliqua gaiement Denny. Les Investissements Wainwright limitée ont des parts dans quatre banques différentes où votre crédit est bon. À vous de choisir laquelle!

La construction du cottage de Baba Simza et de celui de Niçu et Mirella, qui se trouvaient près de l'ancien site du campement gitan, fut terminée en octobre. Le cottage de Gage et Nadyha, qu'ils firent bâtir près de la source, fut achevé en novembre.

Gage et Nadyha se tenaient côte à côte dans une chaleureuse étreinte. Depuis qu'il avait la permission de toucher Nadyha, Gage la gardait toujours près de lui. Ils étaient donc là à admirer leur maison; on avait mis ce matin même les toutes dernières touches à la peinture vert vif des moulures.

— Jamais je n'aurais imaginé vivre dans une maison qui ressemble à une roulotte de cirque, dit-il.

Nadyha lui donna un coup de coude dans les côtes.

— *Dilo gaje*, ça ne ressemble pas à ça, pas même à un char allégorique. C'est bien mieux, on dirait un *vardo* gitan.

Il la prit dans ses bras pour la regarder et l'étreindre.

— Vous avez raison. Et croyez-moi, j'adore tout ce qui est gitan.

Il l'embrassa, mais tout doucement, sans feu, parce que Gage avait compris qu'il fallait réserver ses élans de passion pour quand ils seraient mariés. Si cela n'avait tenu que de Gage, ils auraient convolé en justes noces le lendemain de l'accident. Nadyha avait voulu des fiançailles et avait fait promettre à Gage d'attendre qu'elle fût prête avant de fixer une date pour le mariage.

Elle l'embrassa en retour, puis le repoussa.

— Pouah! Vous voulez toujours m'embrasser! Voyez-vous Niçu et Mirella s'embrasser sans arrêt?

— Je parie qu'ils le font quand personne ne regarde, la taquina-t-il en la ramenant aussitôt dans ses bras.

Après un long moment, Gage la libéra, bien qu'à contrecœur.

— Vous savez, vous devriez vraiment emménager sans attendre.

— Non! refusa-t-elle avec ardeur. C'est notre maison, et nous y vivrons, vous et moi, ensemble. D'ailleurs, pourquoi voudrais-je vivre ici toute seule? Je resterai dans mon *vardo*, près de Baba Simza, de Niçu et de Mirella, jusqu'à ce que nous soyons mariés.

— Et quand peut-on espérer cet heureux événement ? demanda Gage. Je dois avouer que je suis un peu las de dormir sous le saule.

— Bientôt, répondit-elle doucement. Je vous le promets, *ves'tacha*. Bientôt.

Chaque matin à l'aube, Gage se rendait à cheval en ville pour rencontrer Denny et Zedekiah Wainwright, et bien qu'il arrivât souvent que ces messieurs insistent auprès de lui pour qu'il reste tard le soir, quand les affaires étaient prenantes, il avait toujours refusé et retournait au campement. Même si Mirella ne pouvait plus désormais cacher son gros ventre rond et ne dansait plus, Nadyha, elle, dansait pour deux. Et Gage n'aurait raté cela pour rien au monde.

Le *vitsi* de Nadyha revint à La Nouvelle-Orléans en décembre. Le père de Nadyha, Dimas, était le *Rom Baro* du *vitsi*, un poste électif, qui faisait de lui un président plus qu'un roi. Cela dit, il entretenait certaines idées féodales, notamment au sujet du mariage de sa fille avec un *gaje*.

— Êtes-vous tous devenus *dinili*, dit-il à sa mère, Baba Simza ? Toi et Niçu, je pourrais comprendre, mais ma fille, Nadyha ? Qu'est-ce que vous voulez ? Vous transformer en *gajes* et continuer votre petit bonhomme de chemin ?

— Nous ne serons jamais *gajes*, répliqua-t-elle. Surtout pas Nadyha. Son fiancé est un homme à part, un homme bon, et il sait que Nadyha sera toujours une

Rom. Je crois qu'il l'aime même davantage parce qu'elle est gitane.

— Eh bien, il n'est pas dit que je lui verserai une dot, grogna Dimas. Selon moi, c'est même lui qui devrait me payer.

Bien que Dimas fût dans une colère noire à propos de cette histoire et qu'il regardât Gage avec un suprême dédain, il prit finalement la décision que le *vitsi* resterait quelques mois dans la région et qu'il s'installerait sur le site de l'ancien campement. Avec le temps, Dimas en vint à traiter Gage avec un respect prudent et finit bientôt par l'apprécier et lui faire confiance. Et puisqu'à la cour, on fait comme le roi, les gens du *vitsi* apprirent comme Dimas à accepter Gage, le considérant non pas comme un des leurs, mais comme un *gaje* relativement sain d'esprit et plutôt agréable.

Une semaine avant Noël, Gage annonça à Nadyha :

— Nous sommes enfin fixés. Toutes les réparations sur le *Reine* devraient être terminées le mois prochain. M. Wainwright a même décidé que le premier appareillage se fera le 5 février.

— En ce cas, j'ai une question pour vous, dit Nadyha, ses yeux noisette pétillants de reflets vert doré. Me rejoindrez-vous sur le *Reine de Bohême*, le 4 février, pour m'épouser ?

— Quoi ? Vous… comment saviez-vous que le *Reine* serait prêt à cette date ?

— Je l'ignorais jusqu'à présent. C'est ce que j'attendais, par ailleurs. Nous sommes liés au *Reine*, et je crois que nos vies y seront également liées pour encore quelque temps à venir. Je voulais me marier sur le *Reine de Bohême,* car je pense que c'est *baksheesh,* la voie tracée pour vous et moi. Et *miry deary Dovvel* m'a dit que c'était une bonne chose.

— Ce n'est pas qu'une bonne chose, c'est la meilleure chose qui soit, s'exclama Gage, qui se jeta sur Nadyha pour la prendre dans ses bras et la lever haut dans les airs. Tout comme vous l'êtes, ma chérie.

Un mariage chez les gitans se célébrait par quatre jours de fête, où l'on festoyait, jouait de la musique, chantait et, bien sûr, dansait beaucoup. Zedekiah Wainwright crut d'abord qu'il regretterait amèrement cette décision d'inviter Gage et Nadyha à se marier sur le *Reine* quand il vit monter à bord les quarante-deux gitans du *vitsi.* Toutefois, ces gens étaient respectueux, faisaient leur propre cuisine et nettoyaient tout après. Ils ne buvaient pas avec excès et étaient de manière générale des gens très joyeux et amicaux. La veille du mariage, Wainwright entretenait déjà des discussions intéressantes avec deux des frères de Nadyha et l'une de ses sœurs. On l'entendit même essayer de les convaincre de rejoindre la troupe de théâtre.

Étaient présents à la cérémonie Denny et Cara, qui se rapprochaient toujours plus chaque jour, Zedekiah Wainwright et, bien évidemment, Anca, Boldo, Matchko, Bitti et Baro. Dimas et les gens du *vitsi* avaient été horrifiés de découvrir que Nadyha gardait des chiens, peut-être même plus que d'apprendre son intention d'épouser

Gage. Toutefois, après un mois, ils acceptèrent, bons princes, l'existence des chiots, comme cela avait été fait pour Gage.

Nadyha avait expliqué à son futur mari que les gitans n'organisaient pas de cérémonie de mariage comme telle, mais qu'elle consentait à célébrer une cérémonie *gaje*. Gage fit venir le vieux pasteur méthodiste de sa paroisse, un homme bon et aimable qui les unirait par les sacrements du mariage. Gage et Nadyha se faisaient face devant le pasteur dans le salon de Moravie, et, mains dans les mains, ils récitèrent leurs vœux de mariage. Or, bien sûr, ce moment n'aurait pas été complet sans y ajouter une touche gitane. Les vœux chrétiens récités, la demoiselle d'honneur de Nadyha, Mirella, s'avança pour lui apporter un morceau de pain et une petite aiguille à coudre, et Denny, le témoin de Gage, tendit de même au futur marié le pain et l'aiguille. Gage et Nadyha piquèrent le bout d'un de leurs doigts et laissèrent couler une goutte de sang sur le pain. Cela fait, ils échangèrent le pain en se promettant l'un à l'autre :

— Par ce pain et ce sang, je vous promets mon cœur, ma vie, qu'à jamais je vous appartiens.

Puis Nadyha et Gage mangèrent le pain.

Pour les gitans, c'était honteux d'échanger un baiser en public, et donc Gage se tourna vers Nadyha et lui prit les mains.

Sa voix résonna dans la pièce tandis qu'il disait à sa bien-aimée :

— *Devlesa avilan*. C'est Dieu qui vous a mise sur mon chemin.

Nadyha lui sourit tendrement.

— *Devlesa araklam tume*. Grâce à Dieu, je vous ai trouvé.

GLOSSAIRE GITAN

Langue romani	Français
amaro deary Dovvel	très cher Dieu
anarania	amen
av akai	viens ici
baksheesh	la voie tracée pour toi
baro	gros, grand
baxt	le destin, ce qui doit être
beng	diable
bitti	petit ou jeune
bitti chavi	petite fille rom
bori	épouse du frère, belle-sœur
bujo	flouer, berner
cam	soleil
camova	amour charnel
chavaia!	Arrête!
chaveske chikni	petite-fille
chavi	femme rom

chivani	vieille sage
choro	un voleur
chovihani	personne dotée de pouvoirs
churo	couteau
ciocoi	surveillant
devlesa avilan	C'est Dieu qui vous a mis sur mon chemin
devlesa araklam tume	Grâce à Dieu, je vous ai trouvé
Devvell	mot ancien pour désigner Dieu; le mot était confondu avec *devil*, le diable
dhon dhon bestipen	très, très riche
didlo	fou
diklo	foulard
dilo	imbécile ou idiot
dinili	ridicule, stupide, risible
Dovvel	Dieu
drabengri	guérisseuse
dukkering	cartomancie, divination
dûrvâ	spartina, graminée des marais
elachi	grains de paradis; mieux connus sous le nom de «cardamome»

familia	famille
gaje	non-gitan, étranger
gaji	paysanne non gitane
gajo	paysan non gitan
galbé	collier orné de piécettes
gam'i choro	voleur sans foi
gója	un plat très apprécié des gitans, fait de porc rôti et farci de pommes de terre râpées, de riz ou de farine de maïs, d'oignons, d'ail et d'épices
habben	nourriture
hai	oui
Hush kacker!	Tais-toi et écoute!
kralisi	reine
jook	chien
jostumal	ennemi
kaki	tante; marque de respect envers son aînée
kako	oncle; employé comme formule de politesse
kishtis	larges ceintures que portent les hommes gitans

kumpania	groupe de gitans composé de plusieurs *vitsis*
lalo	rouge sang
lil	histoire
lubni	femme immorale, de mœurs légères
magerd' o choros	méchants voleurs, des crapules
mahrime	sale, impur; aussi, le péché
miry	déterminant possessif : mon, ma ou mes
misto kedast tute	c'est du travail bien fait
mokadi	impie, impur
mokadi lalo	se rapporte à cette couleur rouge que l'on considère comme impure
nais tuke	merci
narkri	désagréable ou pénible
phei	sœur
phral	frère
Phuri Dae	femme sage du clan
pias, baro pias	le plaisir, un grand plaisir
prala	frère
puridaia	grand-mère

purodod	grand-père
rai	monsieur
Rom Baro	le grand chef du *vitsi* ; littéralement, le grand homme
Roma	nom par lequel les gitans s'appellent entre eux, Rom ou Romani
romoro	homme gitan ou rom
shanglo	policier
she'enedra	être que l'on aime comme une sœur
shesti	absurdité
si tut bocklo?	As-tu faim ?
tale	aigles
te' sorthene	ami intime, esprit
vardo	roulotte
ves'tacha	bien-aimé
vitsi	clan gitan
wuzho	pur, sain d'esprit

Aussi disponibles

Tome 1

Tome 2

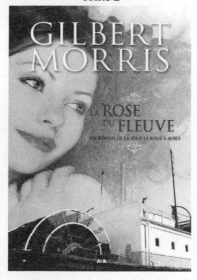

éditions

www.ada-inc.com
info@ada-inc.com

 www.facebook.com/EditionsAdA

 www.twitter.com/EditionsAdA